KB145811

중고제 판소리와 심청가

김석배

경북대학교 학사·석사·박사
국립금오공과대학교 명예교수
영남판소리연구회장
판소리학회장 역임
대구광역시 문화재위원 역임
경상북도 문화재위원 역임

저서: 『고전서사문학의 넓이와 깊이』(박이정, 2021)
『한국고전의 세계와 지역문화』(보고사, 2021)
『판소리와 판소리문화』(박문사, 2022)
『명창 주덕기 가문의 소리꾼들』(박이정, 2022)
『소리에 길을 묻다, 인간문화재 박록주 명창』(애드게이트, 2022)
『판소리 명창의 삶과 예술세계』(박문사, 2023) 외 다수

중고제 판소리와 심청가

초판 인쇄 2024년 5월 20일
초판 발행 2024년 6월 12일
지은이 김석배
펴낸이 박찬익
편집 이기남
책임편집 권효진
펴낸곳 ㈜박이정
주소 경기도 하남시 조정대로 45 미사센텀비즈 F827호
전화 031-792-1195
팩스 02-928-4683
홈페이지 www.pijbook.com
이메일 pijbook@naver.com
등록 2014년 8월 22일 제2020-000029호
ISBN 979-11-5848-944-1 (93810)
책값 35,000원

중고제 판소리와 심청가

김석배

박이정

머리말

필자는 심청가에 관심을 가지고 몇 편의 글을 여러 지면에 발표해 왔다. 그동안 묵혀두었던 글들을 한곳에 모아 거둔 것이 『중고제 판소리와 심청가』이다. 차일피일 미루다가 이제야 상재한 것은 게으른 탓도 있지만, 심청가의 역사를 살피는 데 매우 귀중한 자료인 허흥식 소장본 심청가를 영인하고 싶었기 때문이었다. 사반세기를 기다린 끝에 이제야 이 중고제 심청가 창본과 소중한 연이 닿은 것이다.

옛것을 익히고 그것을 미루어서 새것을 안다는 溫故知新은 널리 알려진 말이다. 나름 심청가와 씨름하느라 골몰했지만, '지신'은 고사하고 '온고'라도 제대로 했는지 의문이다. 혹 조그만 지신이라도 있다면 실로 큰 다행일 터이다. 그러나 마냥 모른 채 내버려 둘 수는 없어 한껏 용기를 내어, 이 책에 심청가와 소통했던 '온고'의 시간과 지나간 세월의 소박한 추억을 함께 담았다. 심청가를 투박하게 빚은 질그릇에 담는 우를 범한 것이 아닌지 모르겠다. 부족한 부분이 없지 않을 것이다. 모두 우둔한 탓이니 어쩌랴, 헤아려 주시기 바란다.

이 책은 3부와 부록으로 구성되어 있다. 글을 다듬는 과정에서 처음의 모습과 크게 달라진 부분도 있고, 글의 성격상 다소 중복되는 부분도 있다. 庖丁의 솜씨를 부러워하며 애를 썼으나, 뼈와 살을 구분하지 못한 부분이 적기를 바랄 뿐이다.

제1부에서는 허흥식 교수 소장본 심청가에 관해 살펴보았다. 이 이본은 심청가 역사의 한 장을 알려주는 매우 귀중한 창본으로, 19세기 중기 무렵부터 충청도 서산지역을 중심으로 불리던 고제 내지 중고제 심청가이다. 1장에

서는 사설 구성, 장단과 창법의 특징을 통해 허흥식 소장본 심청가의 성격과 가치를 살펴, 이 이본이 고제 내지 중고제 심청가 창본임을 밝혔다. 2장에서는 허흥식 소장본 심청가의 판소리사적 위상을 고찰하였다. 이를 위해 중고제 판소리의 역사를 간략하게 살펴보았으며, 아울러 〈허흥식본 심청가〉를 중고제 심청가인 〈방진관 심청가〉, 〈강상련〉, 〈심상건 심청가〉 등과 비교하여 이 이본이 중고제 심청가와 친연성이 매우 큰 이본이라는 사실을 분명하게 밝혔다.

제2부에서는 심청가의 역사와 내포지역의 판소리를 살펴보았다. 1장에서는 판소리사에 등장한 심청가 명창과 『조선창극사』에 소개되어 있는 심청가 더늠의 실상에 대해 간략하게 검토하였다. 2장에서는 중고제 심청가의 터전이던 내포지역의 판소리문화 전반에 대해 두루 살펴보았다.

제3부에서는 심청가가 후대로 오면서 겪은 지평의 전환에 관해 구체적으로 살펴보았다. 지평의 전환은 심청가 담당층이 심청과 심봉사의 말동무가 되어 그들이 겪는 신산스러운 삶에서 비롯한 아픔과 서러움을 달래고 보듬어주는 과정이라고 할 수 있다. 1장에서는 심청가의 전반부인 '초입 대목~부친 봉양 대목'에 이루어진 지평전환의 양상과 그 의미를 자세하게 검토하였다. 2장에서는 심청가의 중반부인 '장승상부인 대목~국혼 대목'에 이루어진 지평전환의 양상과 그 의미를, 3장에서는 심청가의 후반부인 '맹인잔치 배설 대목~심봉사 눈 뜨는 대목'에 이루어진 지평전환의 양상과 그 의미를 자세하게 검토하였다. 더늠을 중심으로 지속적인 지평전환을 겪으며 성장한 것이 지금의 심청가인 것이다.

부록에 허흥식 소장본 심청가의 원문을 수록하고, 원본을 영인하여 자료에 쉽게 접근할 수 있도록 하였다.

원고를 정리하면서 판소리사를 수놓았던 명창들이 심청가에 기울인 정성과 노력이 얼마나 지대했던가를 절감하고, 그들에게 경의를 표하지 않을 수 없었다.

자료의 소중함을 누구보다도 잘 아시는 허흥식 교수님께서 오랫동안 아끼며 갈무리해 오시던 귀중한 심청가 사본을 영인할 수 있도록 흔쾌히 제공해 주셨다. 학문을 사랑하시는 넓은 마음에 깊이 감사드린다. 그리고 책 모양을 갖추도록 도와준 동학들에게 감사드리고, 중고제판소리보존회와 이애리 명무의 관심과 후의에도 감사드린다. 끝으로 이 책 출간을 위해 애쓰신 박찬익 대표님과 박이정 가족 여러분에게 감사드린다.

지난해 2월 말에 짧지 않은 세월을 보냈던 교정을 떠나 정년퇴직을 하였다. 이룬 것이라곤 한 줌도 채 되지 않아 보잘것없지만, 긴 세월을 탈 없이 보낼 수 있었던 것은 오로지 묵묵히 보내준 가족들의 사랑 덕분이다. 오랫동안 가슴속에 담아두었던 '사랑한다, 고맙다'는 말을 우리 가족에게 전한다. 늦어도 한참 늦었지만, 지금에서야 한다.

돌아보니 참 어리석게 살았던 것 같다. 이제라도 세상 사는 이치에 실눈이라도 뜰 수 있으면 좋겠다. 그리고 앞으로 경상도에서도 판소리가 외롭지 않기를 기대한다.

2024년 3월

김석배

목 차

제1부 허흥식 소장본 심청가의 특징

제2부 심청가의 역사와 내포지역의 판소리

02 내포지역의 판소리 문화지형도

제3부 심청가와 지평의 전환

01 심청가 전반부의 지평전환과 그 의미

02 심청가 중반부의 지평전환과 그 의미

제1부

허흥식 소장본 심청가의 특징

01

허흥식 소장본 심청가의 성격과 가치

1. 머리말

판소리학계는 그동안 심청가에 대해 각별한 관심을 지속적으로 가져 왔고, 그에 따른 폭넓고 깊이 있는 연구 성과도 적지 않게 축적하였다. 근래에 더욱 활발하게 이루어지고 있는 심청가 역사에 관한 논의도 그런 성과 중의 하나이다.[1] 그러나 심청가 역사에 대한 논의는 괄목할 만한 성과에도 불구하고 그것을 구체적으로 뒷받침할 수 있는 결정적인 자료 곧 19세기 중기 이전의 고제 심청가 창본이 발견되지 않아 추정 단계에 머물러 있었던 것이 사실이다. 그러던 중 이른 시기에 불렸던 심청가 창본인 허흥식 소장본 심청가(이하 〈허흥식본〉)가 공개됨으로써 심청가 역사에 대한 논의가 좀 더 분명하고 심도 있게 이루어질 수 있는 길이 열리게 되었다.[2]

---

1 사재동, 「심청전 연구 서설」, 『어문연구』 7, 어문연구회, 1971. 최운식, 『심청전 연구』, 집문당, 1982. 정하영, 「심청전의 제재적 근원에 관한 연구」, 서울대학교 박사학위논문, 1983. 유영대, 『심청전 연구』, 문학아카데미, 1989. 정병헌, 「이날치판 심청가의 성격과 판소리사적 위치」, 『판소리문학론』, 새문사, 1993. 박일용, 「〈심청전〉의 가사적 향유 양상과 그 판소리사적 의미」, 『판소리연구』 5, 판소리학회, 1994. 성현경, 『한국옛소설론』, 새문사, 1995. 박일용, 「가사체 〈심청전〉 이본과 초기 판소리 창본계 〈심청전〉의 관련 양상」, 『판소리연구』 7, 판소리학회, 1996. 박일용, 「심청가 '강상풍경' 대목의 변이 양상과 그 의미」, 『판소리연구』 8, 판소리학회, 1997. 장석규, 『심청전의 구조와 의미』, 박이정, 1998. 김석배·서종문·장석규, 「심청가 더늠의 통시적 연구」, 『판소리연구』 9, 판소리학회, 1998.

2 이 글에서는 김진영 외, 『심청전 전집』 [1]-[4](박이정, 1997-1998)를 연구자료로 삼았다. 이 전집에 수록되지 않은 이본의 경우는 필요할 때마다 밝힌다. 다만 〈허흥식본〉

이 글에서는 〈허흥식본〉이 심청가의 역사적 전개 과정의 한 부분을 밝힐 수 있는 매우 귀중한 자료라는 사실에 주목하고, 사설 구성, 장단과 창법의 특징 및 〈송동본 심청전〉과의 친연성을 검토하여 그것의 성격과 가치의 일면을 구명해 보고자 한다.

논의에 앞서 〈허흥식본〉의 서지사항을 간단히 정리하기로 한다. 이 이본은 원래 허흥식 교수의 본가인 충남 서산시 팔봉면 금학리에 소장되어 있던 필사본으로, 종이는 볏짚으로 만든 藁精紙로 크기는 가로 20.5cm, 세로 25.5cm이다.[3] 달필의 필체로 매면 11행, 매행 20자 내외로 필사하였고, 앞면과 뒷면 상단에 장수 표시가 되어 있다. 책장을 넘길 때 손가락으로 잡는 부분, 즉 앞면의 마지막 두 행과 뒷면의 첫 두 행에 1-3자 정도 글자를 덜 썼으며, 군데군데 고치거나 덧보태기도 했다. 그리고 아니리와 장단이 바뀔 때마다 '○'표를 한 다음 '안니리', '평즁단', '즁모리' 등의 장단 표시를 하였다.

앞뒤 표지가 떨어져 나갔으며, 총 55장의 본문 중에서 제1장은 완전히 낙장되었고, 제2장의 앞면과 뒷면, 제3장 앞면은 훼손이 심하여 온전한 내용을 알기 어렵다. 그리고 제53장~제55장은 후대에 덧붙인 것으로, 종이와 필체가 다르고 장단 표시도 없다. 현재 이 부분은 보수하는 과정에서 분실되었는데, 다행히 1978년 복사본에는 남아 있다.

한편, 다음과 같이 훼손되지 않고 남아 있는 부분을 통해 제2장은 심봉사 부부를 소개하고 심봉사 부부가 자식 없음을 한탄하는 대목이며, 제3장 앞면은 심봉사 부부가 기자치성을 올리는 대목임을 알 수 있다.

은 원본을 연구의 대상으로 삼는다.

3 허흥식, 「중고제 심청가와 가사집 호서가」, 사단법인 중고제판소리보존회 주최, 「중고제 판소리의 보존과 향후 계획」 세미나 발표자료집, 2021년 12월 6일, 서산시문화회관 소공연장, 12쪽, 19쪽. 1978년 3월 22일에 한 복사본 첫째 면에는 "忠南 瑞山郡 音岩面 新莊里 五壹 許興植 本第 藏本 沈晴傳 寫本也"라고 기록되어 있다. 소장자는 '팔봉본 심청가란 용어로 사용되기'를 바라지만, 이미 학계에 '허흥식본'으로 널리 알려져 있으므로 혼란을 줄이기 위해 그대로 〈허흥식본〉으로 지칭한다.

〈2앞〉 -훼손- 진ᄆᆡᄒᆞ녀 가니 슈신졔가 말 -훼손- ᄒᆞ며 본 바드리 뉘 잇시 -훼손- 먼난 양쥬 □□ 이 -훼손- 눅 남녀간의 읍셔시니 심 -훼손-

〈2뒤〉 -훼손- 불 미력보살임게 -훼손- ᄒᆞ기 회포 무근 붓쳐 ᄉᆡᆼ 올녀 ᄀᆡ금 -훼손- 눈비 만난 미력죤불 집 지녀 시쥬ᄒᆞ기 -훼손- 불공 ᄇᆡᆨ일 신공 일월 칠셩졔 격격 봉봉 셩황졔 관음 탄일 인[등]하기 삼ᄐᆡ셩의 ᄌᆡᄇᆡ하기 단산 쳘융 가신져[을]

〈3앞〉 졍셩으로 츅원ᄒᆞ니 지셩니면 감쳔이라 [공든 탑]이 무너지며 심든 낭기 ᄉᆡᆨ재딜가 심봉ᄉᆞ 양[쥬] -훼손- ᄌᆞ식만 보랴 ᄒᆞ고 쥬야로 츅원할 져 심봉ᄉᆞ -훼손- 공덕 옥황니 아르시고 지극함을 감동ᄒᆞ[ᄉᆞ] -훼손- [삼]신을 급피 불너 특별니 ᄒᆞ -훼손- 의 심 -훼손-[4]

〈허흥식본〉은 장단 표시가 있고, 사설 또한 완연한 판소리체이므로 창본이 분명하다. 필사연대가 없어서 구체적인 정착연대를 확인할 수 없는 아쉬움이 있지만, 사설과 장단의 구성이 매우 고졸하고 널리 알려진 심청가의 더늠이 보이지 않는 점 등으로 미루어 보아 19세기 중기 무렵부터 불렸던 고제 내지 중고제 심청가가 확실하다. 또한 원소장처가 충남 서산이고, 사설의 일부가 서산 심씨 가문의 심청가를 비롯한 충청도 지역의 심청가와 강한 친연성을 보이는 점도 〈허흥식본〉이 고제 내지 중고제 심청가라는 사실을 뒷받침한다.[5]

2. 〈허흥식본 심청가〉의 사설 구성의 특징

〈허흥식본〉은 19세기 중기 무렵의 심청가 모습을 지닌 고제 심청가 창본으로 지금의 심청가와 현저하게 다른 모습을 보이고 있어 주목된다. 왜냐하면

4 [ ] 안은 문맥으로 미루어 추정한 것이고, 동자 표시 '々'은 읽기 편하도록 되살렸다. 이하 같다.

5 중고제 판소리에 대해서는 다음 논문에서 자세하게 다루었다. 서종문·김석배, 「중고제의 역사적 이해」, 『국어교육연구』 24, 경북대 사대 국어교육연구회, 1992. 배연형, 「판소리 중고제 론」, 『판소리연구』 5, 판소리학회, 1994.

이를 통해 고제 심청가의 실상을 구체적으로 확인할 수 있고, 나아가 심청가가 후대에 겪은 변모 양상을 살필 수 있기 때문이다. 〈허흥식본〉의 사설은 지금의 심청가와 다른 부분이 워낙 많아서 일일이 거론하는 것은 번거로우므로, 여기서는 고제 심청가의 모습을 확연히 드러내고 있는 부분을 중심으로 사설 구성상의 특징을 살펴보고자 한다.

첫째, 역대 심청가 명창들의 더늠이 보이지 않는다. 지금의 심청가는 역대 명창들이 창조한 심청 탄생, 곽씨부인 장례, 장승상부인, 범피중류, 중타령, 화초타령 등의 더늠으로 이루어져 있다. 그런데 판소리 예술의 꽃이라고 할 수 있는 더늠,[6] 그것도 역사가 오래되고 정평이 나 있는 범피중류나 화초타령 등이 보이지 않는다는 사실은 〈허흥식본〉이 이 더늠들이 창조되기 이전부터 불렸던 심청가임을 입증하고, 또한 호남지역에서 불리던 심청가의 영향을 받지 않은 심청가임을 입증하고 있다. 즉, 〈허흥식본〉은 고제 심청가의 순수 혈통을 고스란히 유지하고 있는 창본인 것이다.

둘째, 문학적인 측면에서 매우 단순하고 소박하다. 이 역시 〈허흥식본〉이 고제 심청가란 사실을 입증하는 것이다.

> 【안니리】 녕중ᄒᆞ고 들어가셔 반안싸지 편니하니 요슌 인심 이 안니야 심봉사 단니면셔 동ᄂᆡ 상ᄒᆞ 노쇼 읍시 은혜 치ᄉᆞ 다한 후 죠셕을 비러다가 승식 후의 연명ᄒᆞ고 젹막숑층 빈방 안의 쳬운 편월 더진 듯시 강보 녀식 품의 안고
>
> 【진냥죠】 후유 허허 ᄂᆡ 일니냐 ᄎᆞ목ᄒᆞ게 도녀쇼나 한슘 장탄 일곡성의 좌불안셕 건일면셔 부억니라 드러가니 죠용ᄒᆞ기 층냥 읍고 윗방니라 드러가니 츤바람니 니러난다 바느질 그릇도 만져 보며 멋 읍시 홀노 안져 탄식ᄒᆞ녀 우난 쇼리 일월도 슈식하고 유슈도 목밋친 듯 셕목도 함누한다 슙풍의 셰우 뿔여 쥬루록쥬루록 오난 비난 심봉ᄉᆞ의 눈물리라
>
> 【즁모리】 어린 것슨 ᄇᆡ가 곱퍼 응아 응아 우난 쇼ᄅᆡ 일촌간ᄌᆞᆼ 다 녹넌다 쥭은 어미 졋 ᄎᆞᆺ노라고 쇼경 아비 헛가심의 헐근헐근 ᄒᆞ난고나 심봉ᄉᆞ ᄀᆡ가 막켜 아가 아가 우지 마라 네 아무리 ᄇᆡ 곱퍼도 먹던 암쥭 읍셔지고 네 아무리 목

---

6 김석배·서종문·장석규, 「판소리 더늠의 역사적 이해」, 『국어교육연구』 28, 경북대 사대 국어교육연구회, 1996.

말너도 어미 죽고 읍셔시이 목 말너도 할닐읍다 쏘닥쏘닥 ᄌᆞ근ᄌᆞ근 아무리 달ᄂᆡ녀도 목니 밧터 우난 쇼ᄅᆡ 아비 간ᄌᆞᆼ 다 셕난다

【안니리】 못 견듸게 봇ᄎᆡ오니 그즁의도 ᄋᆡ을 얼으던 거시녓다

【엇모리】 아가 아가 우지 마라 둥게둥게 우지 마라 도리도리 우지 ᄆᆞ라 세ᄉᆞᆼ세ᄉᆞᆼ 죠남죠남 우지 마라 그랴도 응아 뉘녀도 응아 안어도 응아 업싸 야야 우지 말라 ᄇᆡ곱픈냐 어미 ᄉᆡᆼ각나늬 졋 먹ᄌᆞ 시부냐 어미난 너 바리고 멀니 갓싸 가련타 심봉ᄉᆞ넌 불으넌니 마누라라

【평중단】 어듸 간노 어듸 간노 쇼경 된 날 발리고 부인 혼져 어ᄃᆡ 갓쇼 죽ᄉᆞᆼ누의 우던 혼ᄇᆡᆨ 이비을 보러간가 반야ᄉᆞᆫ 바외 틈의 숙낭ᄌᆞ을 보러 간가 슈쪽 ᄉᆞᆫ코 절ᄉᆞᄒᆞ던 쳑부인을 보러간가 가던 날른 잇샌문은 다시 올 날 읍셔씨이 죽엄길니 무정ᄒᆞ다 방안니 휘휘하녀 ᄉᆞ람니 읍셔도 부인 ᄉᆡᆼ각 날이 ᄉᆡ나 밤이 ᄉᆡ나 몸이 치워도 부인 ᄉᆡᆼ각 침침칠양냐의 붓붓 두견셩의도 부인 ᄉᆡᆼ각 뇌셩 번ᄀᆡ 셔우 즁의 바람쇼ᄅᆡ도 부인 ᄉᆡᆼ각 월즁 김셩 난의 셀녹셀녹 기러기 쇼ᄅᆡ도 부인 ᄉᆡᆼ각 헌 누덕니 니가 물어 극져거려도 부인 ᄉᆡᆼ각 거젹을 녈쓸리고 부억을 보와도 부인 ᄉᆡᆼ각 허허허허허 헛우심 슷ᄐᆡ도 부인 ᄉᆡᆼ각 아무랴 오쪽할냐 목져비도 쪵경쪵경 냥숀의 칼을 들고 얼ᄉᆞ절ᄉᆞ 츔도 츄며 공년니 박긔 나와 어졍어졍 이웃집의 도러가셔 우리 마누라 녀긔 왓쏘 아무리 ᄎᆞ져본들 죽은 ᄉᆞ람 잇씰숀냐 일낙셔ᄉᆞᆫ ᄒᆡ 져무러진ᄃᆡ 눌과 함씌 말을 ᄒᆞ며 동지ᄌᆞᆼ냐 질고 진 밤의 잠은 뉘라 가져 갓노 고분지통 실피 울 졔 집고 집푼 슈심즁의 어린 것션 ᄌᆞ덜 안코 죽은 어미 졋 ᄎᆞ노라고 쇼경 아비 헛가심ᄋᆡ 입을 ᄃᆡ고 헐근헐근 더듬더듬 문지르며 ᄇᆡ고퍼 우난 쇼ᄅᆡ ᄉᆡᆼᄉᆞ람니 다 죽샌네 아가 아가 우지 마라 우넌 너도 불상ᄒᆞ고 못 머기난 나난 긔절ᄒᆞ여 ᄂᆞ 죽것싸 얼린 것 우난 쇼ᄅᆡ ᄌᆞᆷ잘 긔약 망년ᄒᆞ고 신셰된 일 ᄉᆡᆼ각ᄒᆞ니 긔가 막켜 나 죽샌네(〈허흥식본〉, 13뒤-15앞)

(중머리) 집이라고 들어오니 부엌은 적막하고 방안은 텅 비었는데 향내 쑥내 흔적이라 심봉사 기가 막혀 지팡막대 부여잡고 실성발광 미치는디 아이고 마누라 허허 손뼉치고 웃어도 보고 발등 둥글러 얼사덜사 춤도 추고 방으로 들어서며 더듬더듬 만지면서 쓰던 수건 빗던 빗접 그릇을 잡히는 대로 내던지고 부엌문을 툭 차 열고 아이고 마누라 밖으로 우루루 나가더니 허허 마누라게 있소 허허 내가 미쳤구나 방안으로 다시 들어와서 말 못 하는 석불같이 우두머니 앉었을 제 이때에 귀덕이네는 아이 안고 돌아와서 여보시오 심생원

이 어린아이를 보드라도 그만 울음 진정하시요 허 참 귀덕이넨가 고마운 말 다하겼나 종종 와서 돌봐주소 귀덕이네는 돌아가고 혼자 앉아 슬피 울 제 문틈에 찬바람은 스르르르 살쏘듯이 소란하구나 어린아이 놀라 운다 응아 응아 울음 우니 심봉사 기가 막혀 우지 마라 내 새끼야 너의 모친은 먼 데 갔다 낙양동촌이화정에 숙랑자를 따라 갔다 죽상지루 우는 혼백 이비부인을 보러 갔다 벽해청천야야심의 월궁항아 따라가서 하소연을 하러 갔다 가신 날은 안다마는 오마는 날은 모르겠다 네가 얼마나 복이 있으면 네 낳은 칠일만에 네의 모친을 잃었으랴 배가 고파 운다마는 강목수생이로구나 어린아이 기진하야 그저 응아 응아 안었던 아이를 방바닥에 내려 놓고 화가 나서 아나 죽거라 죽거라 썩 죽어라 네가 죽으면 내 못 살고 내가 죽어도 네 못 살리라 불쌍한 내 자식아 우지 마라 어서어서 날이 새면 젖을 얻어 많이 먹여주마 아기를 다시 끼어안고 슬피 운다(〈정광수 창본〉)7

위의 인용문은 심봉사가 배고파 우는 심청을 달래고, 죽은 부인을 그리워하며 탄식하는 대목이다. 〈허흥식본〉의 "어린 것슨 ᄇᆡ가 곱퍼 응아응아 우난 쇼ᄅᆡ 일촌간ᄌᆼ 다 녹넌다 쥭은 어미 졋 ᄎᆞᆺ노라고 쇼경 아비 헛가심의 헐근헐근 ᄒᆞ난고나 심봉ᄉᆞ 긔가 막켜 아가 아가 우지 마라 네 아무리 ᄇᆡ 곱퍼도 먹던 암쥭 읍셔지고 네 아무리 목 말너도 어미 쥭고 읍셔시이 목 말너도 할닐읍다 쏘닥쏘닥 ᄌᆞ근ᄌᆞ근 아무리 달ᄂᆡ녀도 목니 밧터 우난 쇼ᄅᆡ 아비 간ᄌᆼ 다 셕난다"는 심봉사 부녀가 처한 참혹한 현실을 잘 보여준다. 죽은 부인에 대한 그리움도 "방안니 휘휘하녀 ᄉᆞ람니 읍셔도 부인 ᄉᆡᆼ각"처럼 '~해도 부인 생각'을 반복하여 비교적 잘 그려내고 있다.8 그러나 문학적인 측면에서 보면 〈허흥식본〉은 〈정광수 창본〉에 비해 단순하고 소박하다. 이러한 특징은 〈허흥식본〉의 전편에 두루 발견된다.

셋째, 심청의 출생 과정이 매우 사실적이고 구체적으로 묘사되어 있다.

-(전략)- ᄎᆡ운이 어리녀셔 옴막집을 두루더이 삼신이 이 하렴ᄒᆞ셔 방안의 좌

7 김진영 외, 『심청전 전집』 [2], 박이정, 1997, 81-82쪽.

8 부인을 생각하며 탄식하는 부분은 〈이선유 창본〉과 비슷하다. 이 점에서 보면 〈이선유 창본〉이 다른 심청가보다 고제 심청가의 모습을 더 많이 지니고 있음을 알 수 있다.

졍ᄒᆞ니 곽시부인 황숑하녀 다시 ᄯᅮ러안지면셔 엇더ᄒᆞ온 부인니 뉘츄ᄒᆞ온 이 방안의 좌졍하녀집쏘니짜

【평장단】 삼신이 ᄃᆡ답ᄒᆞ되 나넌 삼신 몸으로셔 그ᄃᆡ 양쥬 일심쇼원 옥황니 알으시고 ᄌᆞ식 쥬라 ᄒᆞ옵씨예 졈지코져 왓ᄂᆞ니다

【안니리】 품으로셔 아기 ᄂᆡ녀 곽시 쥬며 ᄒᆞ난 말니 텬상옥경 ᄐᆡ을션관 말ᄊᆡ ᄯᅡᆯ 심쳥인ᄃᆡ ᄉᆞᆼ졔째 득죄ᄒᆞ고 젹ᄒᆞ인간 ᄂᆡ치시이 이 아기 탄ᄉᆡᆼ 후의 고니 길너 ᄂᆡ옵쇼셔 곽시부인 아기 바더 품의 안고 졋 머기며

【진중단】 ᄇᆡᆨ비사례하난 말니 삼신임 덕ᄐᆡᆨ으로 무ᄌᆞ혼신 면케 ᄒᆞ오니 ᄇᆡᆨ골난망 집푼 덕을 ᄋᆞᆺ지ᄒᆞ녀 갑쇼리가

【안니리】 말니 맛지 못ᄒᆞ녀 ᄎᆡ운이 거두면셔 인홀불견 간ᄃᆡ읍싸 곽시부인 이러나셔 공즁을 상ᄒᆞ녀 ᄇᆡ례을 ᄒᆞ넌 후의 방으로 드러와셔 아기을 품의 안고 ᄃᆡ희ᄒᆞ녀 하난 말리

【엇모리】 심씨녁 젼후사을 네가 모도 맛쌔고나 어녀쁨도 어녀쁘다 은ᄌᆞ동 금ᄌᆞ동아 만쳡쳥ᄉᆞᆫ 옥포동아 일심쇼원 포복동아 통비단의 ᄎᆡᄉᆡᆨ동아 어르쇠 셕경인냐 눈 진 ᄉᆞᆫ의 ᄭᅩᆺ치런가 어름 궁긔 슈달피야 ᄎᆡ운 즁의 반달니야 냥무쥰지 년화런가 길겁ᄉᆞ 길거올ᄉᆞ 안ᄉᆞ 죠와 못 ᄯᅧᆫ딜 ᄶᅢ 계명셩 ᄒᆞᆫ 쇼ᄅᆡ의 집피 든 잠 ᄭᆡ녀ᄉᆞ나 이러 안져 품의 악기 더드므니 간듸읍ᄂᆡ 곽시부인 혹한 마음 ᄉᆞᆷ인 쥴을 모로고셔 어린 것슬 ᄎᆞᆫ난다 어듸 간노 우리 아기 고이한 일리로다 누은 ᄌᆞ리도 만져 보고 치마도 활활 아모리 ᄎᆞ져 본들 몽즁 아기 잇쓸숀야 졋ᄭᅩᆨ지 문져 보니 ᄲᅡ던 흔젹 잇싸믄은 아기난 간ᄃᆡ읍네

【안니리】 ᄎᆞᆺ다가 ᄉᆡᆼ각한이 몽즁일시 분명하다 완년이 잠을 ᄭᆡ여 몽ᄉᆞ한 말 다 이르니 양쥬 몽ᄉᆞ 갓튼지라 심봉ᄉᆞ ᄃᆡ희하녀 포ᄐᆡᄒᆞ올 귀몽닌이 타인의계 ᄂᆡ셜 말고 심 독희 ᄌᆞ부ᄒᆞ오 그달벗텀 잉ᄐᆡᄒᆞ녀

【엇모리】 ᄉᆞᆷ ᄉᆡᆨ이 되더이믄 입쪗시 나넌고나 셩뉴 능금 포도 등물 졋틔 두고 안 쥬넌 듯 육칠 ᄉᆡᆨ 도녀가니 마르던 몸 부러가고 가느던 숀목 굴거간다 팔구 ᄉᆡᆨ 다다르니 ᄇᆡ안의 ᄋᆞ기 드러 구틀구틀 노넌 거동 장포 밧틔 잉어 노덧 ᄭᅩᆺ 쇽의 나븨 노덧 구룡슈 용일넌가 구븨 트러 졸도 논다(〈허흥식본〉, 2뒤-5앞)

위의 인용문은 '기자치성, 태몽, 산모의 입덧과 신체 변화, 배 속의 아이 성장' 등으로 구성되어 있다. 지금의 심청가와 비교해 보면 기자치성만 비슷하고 나머지는 완전히 다르다. 〈허흥식본〉에는 심청의 전신은 태을선관의

막내딸로 광한전에 반도 진상할 때 자미성과 눈 맞추어 상제께 득죄하여 적하인간 한 것으로 되어 있다. 지금의 심청가에는 서왕모의 딸이 옥황상제에게 반도 진상 가던 중 옥진비자를 만나 수작하다 때를 어긴 죄를 지어 인간세상에 적강하였는데, 태상노군 등의 지시로 심봉사 부부에게 찾아온 것으로 되어 있고, 나머지 부분은 태교로 대체되어 있다. 심청의 출생 대목에 민간에서 널리 신봉되던 삼신신앙이 결부된 것은 매우 자연스럽다고 할 수 있다. 이 대목은 〈박순호 43장본〉과 〈최재남 낙장 22장본〉 등 초기 심청가로 지목된 이본에 있는 것으로 보아 돌출적인 것이 아니라 고제 심청가에 널리 불렸던 지평이 분명하다.

삼신화소는 고제 심청가의 모습을 보여주고 있을 뿐만 아니라 심청가의 발생 지역을 밝힐 수 있는 유력한 단서로 볼 수 있어 더욱 주목된다. 전남지방에서는 삼신을 '지앙할매'로 부른다는 사실과 전기 팔명창 시대의 판소리 명창이 대부분 충청도에서 배출되었다는 사실을 함께 고려하면, 〈허흥식본〉처럼 삼신화소가 등장하는 심청가는 충청도 일원에서 부르던 고제 심청가이고, 나아가 심청가가 충청도에서 발생되었을 가능성을 강하게 시사하는 것으로 볼 수 있다. 여기서 김제철이 전기 팔명창 시대의 충청도 출신 명창이라는 점을 적극적으로 해석한다면 〈허흥식본〉의 지평이 그의 더늠일 가능성이 큰 것으로 볼 수 있다.

넷째, 곽씨부인 장례 대목이 크게 부연되어 있다. 초상기계와 상여치레는 장례 장면을 사실적으로 묘사하고, 상두꾼의 발 붙는 삽화는 곽씨부인의 죽음을 애절하게 그리기 위해 설정된 지평인데 지금의 심청가에는 거의 불리지 않는다.

【안니리】ᄎᆞ려로 다 거두어 초샹긔겨 촐일 젹의 포목긔화 회홍ᄃᆡ 칠셩판의 쳔금지금 면무 악슈 화릐원ᄉᆞᆷ 쪽도리며 ᄃᆡᄃᆡ오랑 ᄉᆞ민 후의 쇼렴 ᄃᆡ렴 입관ᄒᆞ야 교의 힝상 찌녀 녹코

【셰ᄆᆞ치】슬푸다 고ᄉᆞ당의 ᄃᆡ원 쇼ᄅᆡ 창쳔ᄒᆞ녀 녕쳔지례 녕신 불유금봉 구긔식젼 죠도 일포시죠 젼젼졔난 망죵 가난 ᄒᆞ직이라

【안니리】 동ᄂᆡ 힝ᄉᆞᆼ 갓싸 녹코 용두봉미 ᄎᆡ화ᄉᆞᆼᄌᆞᆼ 야쳥뉸포 휘ᄌᆞᆼ 둘너 오ᄉᆡᆨ드림 불근 씌예 구름ᄎᆡ일 덥펴 치고 츌관상 ᄭᅵ년 후의 쥬과포혜 ᄎᆞ려 녹코 녕니긔가 왕진유퇵 ᄌᆡ건뎐예 영결죵쳔

【평ᄌᆞᆼ단】 씌녀 하고 나갈 젹의 요량 징징 치난 쇼ᄅᆡ 구쳔녕혼 실푸도다 어니가리 념ᄎᆞ너

【안니리】 문젼의 나가랴 할 졔 상두군덜 발니 붓터 써러지지 안니ᄒᆞ니 발인쑨이 ᄃᆡ경ᄒᆞ녀 ᄋᆡ고 니게 웬이리요 니게 달옴 안니라 쥭은 혼니라도 쇼경 가ᄌᆞᆼ과 유체 어린 녀식을 두고 죵ᄂᆡ 못 이져 넉시라도 안니 가고 니 지경이 도녀시니 심봉ᄉᆞ 어린 것 안고 나와 하직니나 망죵ᄒᆞ오 심봉사 듯쎤니ᄆᆞᆫ

【평ᄌᆞᆼ단】 ᄋᆡ구 그게 웬 말니요 어린 것 품의 안ᄭᅩ 더듬더듬 나오면셔 긔막킨 셰한숨은 봉ᄂᆡ손 안ᄀᆡ로다 신체을 만치면셔 엇씨하녀 이리 ᄒᆞ노 못다 갑푼 원슈을 다 갑ᄌᆞ 이리 하나 그ᄃᆡ 쥭은 혼니라도 셔러 말고 어셔 가오 황쳔ᄀᆡ니 되년후의 날 ᄉᆡᆼ각 씰ᄊᆡ읍ᄂᆡ 그ᄃᆡ 쥭은 넉시라도 이것슬 ᄉᆡᆼ각ᄒᆞ와 귀니 되게 졈지ᄒᆞ고 멀고 먼 황쳔길의 어셔 밧비 도러가오

【안니리】 앙쳔ᄋᆡ곡하녀 우니 ᄉᆞᆼ두군도 낙누ᄒᆞ고 동ᄂᆡ ᄉᆞ람 구경ᄒᆞ다 안니 울니 뉘 닛스랴 그제야 써러져셔 북망으로 상ᄒᆞ올 졔(〈허흥식본〉, 11앞-12뒤)

초상기계는 〈박순호 46장본〉과 〈강전섭본〉,[9] 〈국립중앙도서관 59장본〉(이하 〈국도본〉)에 보이고, 상여치레는 〈박순호 46장본〉과 〈송동본〉, 〈국도본〉에 두루 보이므로 고제 심청가에 불렸던 것이 분명하다.[10] 그리고 상두꾼의 발 붙는 삽화는 〈박순호 46장본〉과 〈국도본〉, 〈가람 46장본〉, 〈강전섭본〉 등에도 있고, 20세기 초의 고음반 『폴리돌 심청전 전집』[11]에 있는 것으로 보아 고제 및 중고제 심청가에서 불렸던 것이 확실하다.

다섯째, 심청이 부친을 봉양하기 위해 밥 동냥을 나갔다가 동네 여인으로부터 심하게 구박당한다. 이 대목은 호의적인 동정을 받으며 밥을 비는 지금의

9 강전섭, 「심청젼(沈淸傳)」, 『대전실전논문집』 2, 대전실업전문학교, 1971.

10 〈김소희 창본〉에는 상여치레가 구체적으로 나오고, 〈정광수 창본〉에도 그 흔적(남대단 휘장 공대단 띠로 붉은 홍전을 끝 물였네)이 일부 남아 있다.

11 「Polydor 19235-19258」. 김창룡, 이동백, 정정렬, 조학진, 임소향, 문연향 등 여섯 명창이 여러 배역을 나누어 소리하였다.

심청가 지평과 크게 달라서 일찍이 초기 심청가의 중요한 특징 중의 하나로 주목된 바 있다.12

【평중단】 엄동셜한 뵈 쇽쌧세 짓만 나문 헌 져구리 다 쩌러진 힝ᄌᆞ치마 알발의 집신 신소 박쪽 ᄒᆞ나 녑희 씨고 동지놉령 쇼ᄃᆡ한의 몹쓸 악풍 들니불고 빅셜니 펄펄 헌날일 졔 양지을 으지ᄒᆞ녀 남북촌 동셔리을 거쥬 읍시 ᄎᆞ져갈 졔 마음니 청간 되고 념쳬가 ᄌᆞ심하녀 이 문의 가 졉붓졉붓 져 문의 가 디웃디웃 시문의 누은 ᄀᆡ난 컹컹 짓고 ᄂᆡ다르니 심쳥니 어린 마옴 긔쉭ᄒᆞ녀 벌벌 쩔며 안목으로 ᄀᆡ을 쫏고 간신니 드러가셔 아쥬 알뜰 어린 말노 밥 한 술 죤닐 ᄒᆞ오 쇼경 부친 혼져 두고 밥을 빌너 왓ᄉᆞ오니 각찌 한 술 덜 좁숩고 십시일반 글념ᄒᆞ오면 부친 공경ᄒᆞ겟네다 이렷텃 ᄋᆡ걸할 졔 동네 즁의 괴한 계집 독술시럽고 인졍읍셔 사람을 몰너보고 함박 쑈빡 드지며 너의 아버니 심밍인도 사을 걸너 단니면셔 오면 먹고 바더 가더이 너야 몬너니 ᄃᆡ칙 나 무슌 신셰 지녀노라 일싱 밥을 달나너야 구박 츌숑 쑈쳐ᄂᆡ니

【안니리】 가련타 심쳥니 쥭구 읍난 어머니을 거쥬 읍시 불으면셔 어쥴 업시 벌벌 쩔 졔 동네 즁의 ᄎᆞᆨ한 부인 심쳥의 숀을 잡고 날니 ᄎᆞ다 드러가ᄌᆞ 심청을 니ᄭᅳ러 방의 안치고 어안을 시긴 후의 네 부ᄃᆡ 죵죵 오라 ᄒᆞ며 밥과 반찬을 만니 쥬니 심쳥니 황공ᄒᆞ녀 난망지은 치ᄉᆞᄒᆞ고

【평중단】 집으로 도러올 졔 황녕의 춘비 비쳔젹젹니 어두어소 셔ᄉᆞᆫ ᄂᆡ길 풍셜 즁의 거쥬 읍시 오난 거동 반냐ᄉᆞᆫ 부모 이별 슉낭ᄌᆞ 모냥니라 진동한동 밧비 올 졔(〈허흥식본〉, 17앞-18앞)

밥을 얻으러 간 심청에게 개가 컹컹 짖고, 독살스럽고 인정 없는 아낙은 심청이 들고 간 쪽박을 던지며 "너의 아버니 심밍인도 사을 걸너 단니면셔 오면 먹고 바더 가더이 너야 몬너니 ᄃᆡ칙 나 무슌 신셰 지녀노라 일싱 밥을 달나너야" 하고 구박하며 내쫓는다. 심청이 처한 참혹한 현실이 극적이고 생동감 있게 묘사되어 있다. 〈박순호 19장본〉과 〈박순호 낙장 27장본〉, 〈박순호 48장본〉, 〈박순호 57장본〉, 〈김광순 30장본〉도 같은 것으로 보아 고제 심청가에 널리 불렸던 지평이 분명하다. 〈박동진 창본〉에도 다음과 같이

12 유영대, 『심청전 연구』, 문학아카데미, 1989, 51-53쪽.

그 흔적이 뚜렷이 남아 있다.

> 아가 네가 나이도 어린 것이 이 추운 날 밥 얻으러 가면은 남의 집의 개가 달려들어 물 것이고 구박인들 오죽하며 근 십 년을 밥을 얻어다 먹으니 염치도 없고 그러하니 네가 가서 밥 주것냐 -(중략)- 무정한 게 개로구나 개가 느닷없이 골목에서 쑥 나오며 응캉캉 심청이 기가 막혀 아이고 이 개야 내가 무슨 죄가 있다고 그러느냐[13]

여섯째, 심청이 인당수에서 돌아오는 도중에 이비의 혼령과 만나 그들의 원정을 듣는다.[14] 지금의 심청가에는 범피중류 다음으로 옮겨져 이비와 오자서, 굴원 등의 혼령을 만나 효성에 대한 칭송과 위로를 받는 한편 그들의 원정을 듣는 것으로 되어 있다. 심청의 효를 강조하기 위해 의도적으로 옮긴 것이다.[15] 그러나 이비가 심청에게 자신의 억울한 사정을 세상에 알려달라고 부탁하는 내용으로 볼 때 〈허흥식본〉이 더 자연스럽다. 〈박순호 19장본〉과 〈박순호 46장본〉, 〈박순호 57장본〉, 〈국도본〉 등도 〈허흥식본〉과 동일한 것으로 보아 고제 심청가의 지평인 것으로 보아도 무방할 것이다. 〈신재효본〉의 혼령 상봉 대목도 환세 대목에 나오지만 신재효가 개작하여 사설이 크게 달라졌다.

일곱째, 서사 전개에 천상계의 개입이 뚜렷하다. 천신이 남경 상고 선인들에게 효심이 출천한 십오 세 처녀를 인당포의 제숙으로 드리면 행보마다 패가 없고 십만 냥 퇴를 낼 것이라고 일러준다. 그리고 상고 선인들이 해상의 꽃을 발견하고 의견이 분분할 때 청의선관이 나타나 '타인 통설 말고 고이 모셔 천자에게 진상하라'고 일러주고, 천자의 꿈에 봉래선관이 나타나 상제의

---

13 김진영 외, 『심청전 전집』 [1], 박이정, 1997, 208-209쪽.

14 "ᄋᆡ달을ᄉᆞᆫ 우리 형졔 이 물의 몸니 ᄌᆞᆷ겨 열불츌셰 셔른 ᄠᅳᆺ과 ᄂᆡ 글니나 들어다가 쵸쳔 일월 발근 셰상 ᄌᆞ셔니 젼ᄒᆞ쇼셔 그 글의 ᄒᆞ여시되 ᄎᆞᆼ우ᄉᆞᆫ붕ᄉᆞᆼ슈졀 ᄃᆡᄅᆡ냐 죽ᄌᆞᆼ지누을 ᄂᆡ가멸리라 잇지 말고 젼ᄒᆞ쇼셔 고유 황능지묘라 하더이 오늘 보니 과약지언이로다" (〈허흥식본〉, 37앞-37뒤).

15 박일용, 「심청가 '강상 풍경' 대목의 변이 양상과 그 의미」, 『판소리연구』 8, 판소리학회, 1997, 96-101쪽.

명이라며 심청을 황후로 맞아들이도록 계시한다.

【안니리】 헌식하고 용밥 쥴 졔 보지 못한 쏫 한 숑니 ᄃᆡ하 즁의 쎠잇거날 져 쏫시 무신 쏫가

【평즁단】 셰우동풍 홍난만ᄒᆞ이 화즁복의 몰란화야 그 쏫션 안니로다 쳥ᄉᆞᆫ벽도 츙널ᄌᆞ의 월즁단겨 졔화련가 안니 그 쏫 안니로다 우후쳥강 츈흥단ᄒᆞ니 ᄇᆡᆨ도 죽연 여긔환야 안니 그 쏫 안니로다 ᄉᆞᆫ쳔 독ᄀᆡ 별양츈ᄒᆞ니 쇼ᄉᆞᆼ강ᄉᆞᆫ 죽단화야 안니 그 쏫 안니로다 공논니 미결할졔

【진냥조】 표풍셰우 ᄃᆡ무 즁의 호록한 쳥의션관 크게 불 불너 이론 말니 ᄒᆡᄉᆞᆼ의 쎤넌 져 ᄇᆡ 쏫슬 보고 헌아 말나 요지년의 ᄌᆞ싱화니 타인 통셜 부ᄃᆡ 말고 각별 죠심 고니 모셔 쳔ᄌᆞ 압희 진ᄉᆞᆼ하라 약ᄎᆞ불연직 쳔도신명 뇌공신의 불벼락을 당ᄒᆞ리라

【안니리】 엄슉키 닐우거날 ᄉᆞᆼ고션인 겁을 ᄂᆡ여 져의 셔로 당부ᄒᆞ며 쏫슬 고이 건져 ᄂᆡ여 허리싼의 모신 후의

【엇모리】 쳥포ᄌᆞᆼ을 둘너치이 ᄂᆡ외 쳬통 엄숙ᄒᆞ다 닷 들고 돗츨 달아 슌풍의 ᄇᆡ을 노니 ᄊᆞᆼ용이 협쥬한 듯 남경이 슌식이라 안관ᄉᆞᆫ쳔 반갑도다 션두의 ᄇᆡ을 ᄆᆡ고 고ᄉᆞ을 극진할 졔(〈허흥식본〉, 38뒤-39뒤)

〈강상련〉과 〈박동진 창본〉도 이와 같다. 그리고 옥황상제가 삼신을 통해 심봉사 부부에게 심청을 점지하고, 용왕이 인당수에 투신한 심청을 구출하여 수정궁에서 환대하고, 곽씨부인이 현몽하는 것도 천상계의 개입이다. 이처럼 옥황상제는 사건의 반전이 이루어지는 결정적인 고비마다 직간접적으로 등장하여 심청의 삶이 천상계의 예정된 질서에 따른 것임을 암시하고 있다.

여덟째, 심청이 황후가 되는 국혼 과정이 세밀하고 구체적으로 묘사되어 있다. 그중의 일부를 들어보면 다음과 같다.

【안니리】 니 뜻즈로 글을 지여 묘당의 ᄂᆞ리시니 시원임 공경ᄃᆡ신 만죠ᄇᆡᆨ관 문무졔신 일시예 진안ᄎᆞ로 들어올 졔

【엇모리】 거마병진 경필ᄒᆞ고 ᄌᆞᆼ안ᄃᆡ도 년협야의 쳥우ᄇᆡᆨ마 칠양ᄎᆡ라 평교ᄌᆞ 파쵸션은 ᄌᆞ공퇴 ᄃᆡ신이라 ᄉᆞᆷᄐᆡ육경 벌녀 잇셔 가젼금도 싱풍ᄒᆞ고 호록한 문영

춍ᄌᆡ 금관죠복 됴을시고 집평졍언 할님니요 양현관은 학ᄉᆞ로다 ᄃᆡᄉᆞ헌의 광녹후난 좌우 빈ᄀᆡᆨ 들어오고 일니품 ᄉᆞᆷ광신은 죽셔관의 졍외로다 문ᄌᆞᆼ 명ᄉᆞ 들어오고 당ᄒᆞ국ᄆᆡᆼ 졔진ᄒᆞ니 화ᄀᆡ난 졉쳔ᄒᆞ고 홍광은 요일리라 진무가 펴쳔ᄒᆞ며 문ᄌᆞᆼ무션 들어올 졔 황금쥬 ᄇᆡ운갑은 ᄉᆞᆷ군ᄉᆞ명 ᄃᆡᄉᆞ마라 도춍도ᄉᆞ 울양관은 좌우익ᄌᆞᆼ 들어오고 젹 노ᄌᆞᆼ군 파도ᄌᆞᆼ군 도독니며 춘ᄐᆡᆨᄉᆞ 남명관과 포신아ᄌᆞᆼ 별여 닛셔 일ᄃᆡ 이ᄃᆡ 젼후ᄃᆡᄌᆞᆼ 음신갑 잉모젼포 가진 융복 홀긔 등ᄎᆡ 각궁 철젼 쇄금 동ᄀᆡ 쳥요슌시 용호각긔 긔면 보둑 관니 영젼 ᄉᆞᆷ지층 어널쏘며 ᄌᆞᄀᆡ층 숙졍픠난 위풍니 늡늡ᄒᆞ고 ᄉᆞᆯ긔가 츙쳔ᄒᆞ여 날빗쳘 움쥭니며 경향문을 발아보고 국궁ᄒᆞ난 예을 ᄎᆞ려 굴율 잇게 드러셔셔 구름 ᄎᆞ일 어탑 압픠 용호방을 ᄎᆞ린 후의 화ᄀᆡ츈ᄉᆞᆫ의 상운니 일어난 듯 경픠금관의 명텬니 지슈ᄒᆞ니(〈허흥식본〉, 41앞-42앞)

심청을 황후로 맞이하기 위해 문무백관이 모여드는 장면이 눈에 선할 정도로 자세하게 묘사되어 있다. 〈강전섭본〉은 이와 거의 같고, 〈김연수 창본〉에도 있는 것으로 보아 고제 및 중고제 심청가에 불렸던 대목임을 짐작하기 어렵지 않다. 그리고 대례식 장면의 심황후와 천자의 위용은 〈강상련〉, 〈박동진 창본〉, 〈강전섭본〉과 유사하다.

아홉째, 곽씨부인이 심봉사의 꿈에 나타나 딸을 잃게 된 것은 하늘의 정한 수이며 앞으로 귀하게 될 것이니 때를 기다리라고 하고, 심황후의 꿈에 현몽하여 맹인잔치를 열도록 한다.

【안니리】 심봉ᄉᆞ난 ᄌᆞᆷ을 드러 비몽닌 덧 ᄭᅮᆷ을 ᄭᅮ니 ᄭᅮᆷ 가온ᄃᆡ 곽시부인 ᄎᆡ운으로 몸을 ᄡᆞ고 압희 와 이론 말니 쳡은 임의 ᄌᆞᆫ명ᄒᆞ녀 진세을 하직하고 구쳔ᄐᆡ일 아득한ᄃᆡ 실푼 넉시 도녀시나 그ᄃᆡ 신세 일니 된 일 ᄯᆞᆯ 읍싸고 한치 마오 하날니 졍한 슈니 이후 귀니 될 거시이 아직 풍싱 달게 알게 일후 ᄣᆡ을 지ᄃᆞ리오 녁녁히 일우거날 놀ᄂᆡ 일셩의 ᄌᆞᆷ을 ᄭᆡ니 ᄭᅮᆷ일시가 젹년ᄒᆞ다(〈허흥식본〉, 28뒤-29앞)

【진냥죠】 아득 ᄎᆞᆼ망 구름 밧긔 싱이ᄉᆞ별 웬일린고 부친 ᄉᆞᆼ봉 못 ᄒᆞ오니 번화부귀 쫏타 할가 위친투강 니ᄂᆡ 몸니 ᄉᆞᆯ어시니 불효로다 슈심으로 지닐 젹의 날이 가고 밤니 드니 탑ᄉᆞᆼ을 으지ᄒᆞ여 비몽인 덧 ᄉᆞ몽인 덧 요지년 년황궁의

영독당을 드러가니 항아년 쥴을 잡고 ᄇᆡ옥탑의 좌정ᄒᆞ고 쳥심졍 니층의년 쇼아가 쳔도 쥐고 황금탑의 좌정ᄒᆞ고 좌우의 안진 부인 왕경부 기란니며 이경파 난향공쥬 남악션녀 졍부인 반쳡녀 녀롱왕씨 ᄎᆞ례로 안졋난ᄃᆡ 죵싱화 난만즁의 반도 벽도 풀으녓고 졔슈나무 그늘 쇽의 월즁토 도약할 졔 단쳥화각 후당으로 곽시부인 나오시며 황후 잡고 낙누ᄒᆞ며 긔특하다 ᄂᆡ ᄯᅡᆯ이야 위친투강달효지심 쳔명으로 환셰ᄒᆞ녀 황후 되니 긔특하다 일엇텃 층춘할 졔

【즁모리】 심황후 긔ᄉᆡᆨᄒᆞ며 모친 젼의 달여들어 어마니 불으면셔 졍신 읍시 늑겨 울며 아바니는 날을 일코 긔진 셰ᄉᆞᆼ 발니신지 죵젹을 모로네다 곽시부인 ᄯᅡᆯ을 잡고 영넉히 니론 말ᄉᆞᆷ 진즁한 ᄂᆡ ᄯᅡᆯ아 너의 부친 ᄉᆞ러시니 옥뉘을 ᄂᆡ지 말고 망닌존치 셜시ᄒᆞ고 구쥐 쇼경 다 불으면 부녀 ᄉᆞᆼ봉할 거시니 망인ᄌᆞᆫ치 부ᄃᆡ하라

【안니리】 ᄉᆡᆼ시갓치 일을 젹의 금계셩의 ᄌᆞᆷ을 ᄀᆡ이 ᄭᅮᆷ 가온ᄃᆡ 보던 션녀 모친 일시 졍년ᄒᆞ니 모녀 ᄉᆞᆼ봉 쳔힝니라 심황후 니 ᄯᅳᆺ즈로 탑젼의 ᄉᆞᆼ달ᄒᆞ니 쳔ᄌᆞ 게옵셔 황후덕을 칭츈ᄒᆞ시고 잇튼날 ᄎᆞᄃᆡ예 이 ᄯᅳᆺ스로 글 지녀 졔신덜게 나리시이 ᄒᆞ려 ᄒᆞ난 졍ᄉᆞ ᄯᅳᆺᄐᆡ

【모리】 시급피 반포ᄒᆞ녀 구쥬ᄌᆞᄉᆞ ᄐᆡ슈현의 죠셔을 ᄂᆞ리시되 슌병 녈읍 각촌 곳곳지 ᄉᆞ난 쇼경 잇난 ᄃᆡ로 녕거ᄒᆞ녀 황셩으로 다 올이라 죠셔을 ᄂᆡ려 힝관ᄒᆞ니(〈허흥식본〉, 49앞-50앞)

이 대목은 다른 심청가에는 발견되지 않는 매우 특이한 지평이다. 지금의 심청가에는 심청이 수정궁에서 옥진부인이 된 곽씨부인을 만나고, 심황후가 천자에게 청하여 맹인잔치를 연다.

열째, 목욕하다가 옷을 잃어버린 심봉사가 지나가던 관장에게 도둑맞은 물건을 찾아달라고 억지 부리는 골계적인 대목이 부연되어 있다.

【평즁단】 심봉ᄉᆞ 거동 보아라 ᄯᆡ는 맛츰 유월니라 ᄉᆞ승맛포 고의젹ᄉᆞᆷ 단물 다 난 헌 즁츄막 압 터진 헌 망건 은졍관 덥펴 씨고 모ᄌᆞ ᄉᆞᆼ한 헌 갓시다 옥갓끈 달아 씨고 망혀쥭죵 끌어 집고 황셩으로 ᄉᆞᆼᄒᆞ올 졔 날니 더워 목욕하다

【안니리】 나와 더듬어 보니 어늬 몹실 놈니라 의관을 모도 가져 각ᄭᅩ나 심봉ᄉᆞ 긔가 막혀 불알만 쥐고 안져씰 졔 맛츰 관힝ᄎᆞ가 지나가니 심봉ᄉᆞ 긔녀 들어가 엽쳐고나 어닌 ᄇᆡᆨ셩인다 ᄉᆡᆼ니 어냥짜 도화동 ᄉᆞ난 심봉ᄉᆞ옵더니 황셩으로

가옵다 날니 더워 목욕ᄒᆞ옵다 의관을 모도 봉젹ᄒᆞ옵고 촌보 갈 길 읍ᄉᆞ와 명졍지ᄒᆞ의 의관을 ᄎᆞ져 지다 무엇슬 일럿난고 심봉ᄉᆞ가 좀싼 에누리로 알리던 거시엿다

【엇모리】 ᄉᆞᆷᄇᆡᆨᄐᆡ 통냥갓 밀화갓끈 단 ᄎᆡ 일코 게알 것턴 와룡탕건 ᄃᆡ모몃쑥니 단 ᄎᆡ 일코 외올망건 ᄃᆡ모관ᄌᆞ 금ᄑᆡ풍ᄌᆞᆷ 단 ᄎᆡ 일코 당모시 곱바지에 졔츄리 즁의 졉쳐 일코 미량한포 헐릐씌예 우단쥼치 졉쳐 일코 ᄉᆡᆼ면쥬 졉져구리 문포젹ᄉᆞᆷ 졉쳐 일코 슉쥬창의 당쐬도포 부납씌 졉쳐 일코 합쥭션 밀화션쵸 니궁향을 졉쳐 닐코 화문갑ᄉᆞ 담ᄇᆡ쌈지 ᄉᆞᆷ등쵸 년 ᄎᆡ 일코 은졀병 통셔ᄌᆞ로 ᄃᆡ모ᄌᆞᆼ도 졉쳐 일코 은쵸녀 통셔 투셔 학실경을 졉쳐 일코 ᄉᆞᆷ승보션 육분당혀 통힝젼을 졉쳐 일코 젼쥬간모 ᄉᆞᆼ도유ᄉᆞᆷ 쳥목젼ᄃᆡ 넌ᄎᆡ 일코 유랑달마 가진 부담 노ᄌᆞ ᄇᆡᆨ냥 졉쳐 일코 마노비 의관 신발 몰쇽니 일어ᄉᆞ오니

【안니리】 명졍지ᄒᆞ의 통쥭ᄒᆞ와 봉젹한 것슬 ᄎᆞ져지다 쎄을 더럭 씨며 달녀드니 힝ᄎᆞ가 어[이읍셔 쇽의 입어쎤] 고의젹ᄉᆞᆷ 버셔 쥬고 의[관 범졀 노ᄌᆞ까지 ᄎᆞ려] 쥬니 심봉ᄉᆞ 더욱 죠와 [황셩으로 ᄉᆞᆼ하올 졔](〈허흥식본〉, 51앞-52앞)

심봉사의 억지 행동이 터무니없는 웃음을 자아내는 이 대목은 지금의 심청가에는 매우 간략하게 처리되어 있다. 〈강상련〉, 〈송동본〉, 〈박순호 57장본〉, 〈하바드대본〉, 『폴리돌 심청전 전집』에도 동일한 지평이 있으므로 이 역시 고제 및 중고제 심청가에 불렸던 것이 분명하다.

이 밖에 비록 단편적인 것이지만 심봉사의 이름이 '핑규'인 점, 심청이 쌀 삼백 석을 받으러 온 몽은대사에게 직접 시주하는 것, 심청이 투신하는 장소가 '묵길섬 인당포'인 점16 그리고 뺑덕어미가 황성으로 올라가기 훨씬 전에 샛서방과 달아나고, 남방의 맹봉사가 해몽을 하는 점 등도 〈허흥식본〉의 사설 구성의 특징으로 꼽을 수 있다.

16 방진관의 심청가에는 '묵길섬 인당포', 〈강전섭본〉에는 '묵씰셤 인당슈'로 되어 있다.

3. 〈허흥식본 심청가〉의 장단과 창법의 특징

〈허흥식본〉은 소리를 잃어버렸기 때문에 음악적인 측면의 특징을 밝히기 어렵지만, 다행히 장단과 창법 표시가 남아 있어 그 대강을 파악할 수 있다. 고제 판소리 창법을 일정 부분 간직하고 있는 중고제 판소리도 〈허흥식본〉의 음악적 측면의 특징을 짐작하는 데 좋은 참고가 된다.

〈허흥식본〉에는 아니리와 장단이 159번 표시[17]되어 있는데, 아니리는 75번,[18] 장단과 창법은 83번 나온다. 장단은 평장단 31번, 엇모리 18번, 진양조 12번, 중모리 8번, 진장단 6번, 세마치 1번, 모리 3번, 미상인 것 1번 등이다. 그리고 창법은 삼궁접 2번과 후탄 1번, 우주 1번이다.

〈허흥식본〉의 장단 구성과 창법의 특징은 19세기 후기 이후에 널리 불리던 심청가와 비교하면 분명하게 드러난다. 그중에서 두드러진 것을 중심으로 간략하게 살펴보기로 한다.

첫째, 아니리와 창이 지나칠 정도로 자주 교체되고 있다. 곽씨부인의 유언 대목을 예로 들어 살펴보자.

> 【안니리】 심봉ᄉᆞ 짓부 마음 아들이나 다름읍씨 쳔금갓치 즁이 알고 구실갓치 ᄉᆞ랑하며 부인을 공경ᄒᆞ녀 치류을 시길 젹의 압 못 보난 심봉ᄉᆞ가 조셕분별 ᄒᆞ넌 거동 ᄉᆞᆫ모 보기 민망ᄒᆞ녀 삼닐 ᄆᆞᆫ의 박씌 나와 ᄎᆞᆫ물 달아 밥도 ᄒᆞ고 ᄲᆞᆯ ᄂᆡ 셔답ᄒᆞ녀더이 상쵸로 춍닝ᄒᆞ고 ᄒᆞ쵸로 발암 드러 별씀으로 알넌고나
>
> 【평중단】 ᄋᆡ고 ᄇᆡ야 ᄋᆡ고 ᄇᆡ야 쳔병ᄆᆞᆫ약의 약 먹을 병 안니로다 신음셩 알넌 쇼ᄅᆡ 심봉ᄉᆞ 겁을 ᄂᆡ여 집팡막ᄯᅵ 것쳐 집ᄭᅩ 더듬더듬 단이면셔
>
> 【안니리】 지극키 병셰을 문복ᄒᆞ녀 ᄇᆡᆨ 가지로 구병ᄒᆞ되 병이 졈졈 집펴 간이 병셕의 집히 누어 어린 것 품의 안ᄭᅩ 졋 먹이며 하난 말니
>
> 【진냥지】 슬푸다 ᄂᆡ 일리야 ᄇᆡᆨ년이나 ᄉᆞᆯ 쥴 알고 ᄉᆞ십의 와 공을 들녀 쳔덕으로 너을 나아 우리 양쥬 짓뿐 마음 ᄆᆞᆫ 셔름을 이져쩌니 ᄐᆡ산 갓턴 병을 어더

---

17 낙장된 부분은 제외하였다.

18 "(안니리) ᄇᆡ녀셔 고ᄉᆞᄒᆞᆯ 제 -(중략)- 당셤 압희 쓸린 후의 (안니리) 사공니 북을 달고 ᄎᆡ을 들어 북을 치며 고ᄉᆞ할 제"(30뒤-31앞)에 아니리가 연속되어 있다.

옛날 명의 화틔라도 솔녀 뇔 슈 읍셔시이 이닉 몸 쥭어지면 압 못 보난 너 아버니가 너을 엇지 ᄒᆞ존 말닌야

【엇모리】 심봉ᄉᆞ 달녀들며 쥭싼 말니 왠 말니요 허허 그 말 슝악ᄒᆞ오 그딕 문일 쥭째 도면 압 못 보난 이 신셰가 진ᄌᆞ리의 어린 것슬 엇지 ᄒᆞ녀 솔녀닉리요 비난니다 비난니다 인물ᄎᆞ지 념닉왕임 졔발 덕뿐 비난니다 씨지 못할 이 병신을 딕명으로 좁어 가고 손모난 솔녀 쥬오

【안니리】 아무리 익통 쥭엄의 딕신 잇씰쏜야 슬푸다 곽시부인 우넌 가ᄌᆞᆼ 쇼믹 좁고 만단셜화 유언한다

【평즁단】 앙쳔탄식하난 말니 쇼경 된 가ᄌᆞᆼ의게 슈다분별 밋친 셔롬 거쥬 읍시다 막찌고 나넌 쥭어 도러가니 문셔롬을 잇거이와 불분쳔지 폐안 즁의 져 신셰을 어니할고 이닉 몸 쥭어지면 의틱할 듸 읍쎠시이 이 ᄌᆞ식을 엇디할고 원통ᄒᆞ다 니닉 신셰 원명니 니뿐닌지 할닙업시 쥭ᄉᆞ오니 니거시나 고니 질너 효도을 보옵쇼셔(〈허흥식본〉, 8앞-9뒤)

(아니리) 이리 한참 얼울 저게 잇때 곽씨부인 산후별증이 나 아이고 머리야 아이고 가삼이야 아모리 생각하여도 사지 못할 줄을 알고

(진양조) 가군에 손을 잡고 여보시요 봉사님 우리 두리 서로 만나 해로백년하랴 하고 간구한 살님사리 내가 조금 범연하면 노음찌기 숩것기로 아모쪼록 뜻을 바다 풍한세지를 가리지 안코 남촌북촌 품을 파라 밥도 밧고 반찬 어더 식은 밥은 내가 먹고 더운 밥 가군 드려 곱흐지 안코 칩지 안케 극진공대하옵더니 천명이 그뿐인지 인연이 끈처지니 할일업시 죽겟소 눈을 감고 어이가리 뉘라 흔옷 지여주며 맛진 음식 먹어볼가 내가 한번 죽어지면 눈 어두운 우리 가장 사고무친 혀혈단신 의탁할 곳 바이 업서 집행막대 걸더 집고 쌔차저 나가다가 굴엉에도 써러지고 돌에 채여 업더저서 신세 자탄 우는 양은 눈으로 본 듯하오 가가문전 다달너서 밥 달나 하는 소래 귀에 쟁쟁 들이는 듯 내 죽은 혼백인들 차마 엇지 듣고 보며 명산대찰 신공드려 사십 후에 나은 자식 젖 한 번도 못 먹이고 죽단 말이 무슨 죄오 어미 업시 어린 거슬 뉘 젖 먹여 살여내며 뉘 품에 잠을 자리 저 건너 리동지 집 돈 열 양 맛겻스니 그 돈 열 양 차저다가 초상에 보태 쓰고 광 안에 잇는 양식 해복 쌀노 두엇더니 못다 먹고 남엇스니 첫 상망이나 지낸 후에 두고 양식하옵시고 뒤말에 귀덕어멈 절친하게 단여쓰니 아기 안고 차저 가서 젓슬 먹여 달나 하면 응당 괄세 안 하리다 가군에 일신반도 주체무로하되 또 저것을 엇지하며 그 고생

을 엇지하리 멀고 먼 황천길을 눈물겨워 엇지 가며 압히 막혀 엇지 갈가 할 말이 무궁하나 길이 밧버 못 하오(〈이선유 창본〉)[19]

두 예문을 비교해 보면 동일한 내용이지만 사설과 장단 구성이 현저하게 다름을 쉽게 확인할 수 있다. 〈이선유 창본〉은 아니리로 곽씨부인이 산후별증이 나서 앓는 상황을 간략하게 서술한 다음 진양조의 곽씨부인의 유언이 길게 이어지고 있는 데 비해, 〈허흥식본〉은 아니리와 장단의 교체가 빈번하게 이루어지고 있다.

〈허흥식본〉에서 장단과 장단이 이어진 곳은 10번에 불과하다. 곽씨부인이 죽기 직전에 자탄하는 대목(진양조)과 심봉사가 탄식하는 대목(엇모리), 심봉사가 곽씨부인을 묻고 돌아와 탄식하는 대목(진양조)과 심청이 보채는 대목(중모리), 심봉사가 심청을 어르는 대목(엇모리)과 곽씨부인을 그리워하는 대목(평장단), 심청이 인당수로 가는 대목(진장단)과 풍랑이 거세게 이는 대목(모리), 심청이 환세할 때 눈 앞에 펼쳐지는 해상풍경 대목(진양조)과 상고선인들이 고국으로 돌아오는 대목(평장단), 천자가 선인이 바친 꽃을 보고 칭찬하는 대목(평장단)과 천자 꿈에 봉래선관이 현몽하는 대목(진양조), 심황후 꿈에 곽씨부인이 나타나 현몽하는 대목(진양조)과 천자가 맹인잔치를 열라고 하는 대목(중모리) 등이다.

판소리의 양식적 원리가 '상황이 지닌 의미·정서를 강화 확장하여 부분이나 상황의 독자적인 미와 쾌감을 추구하는 것'[20]이라고 한다면, 아니리와 창의 잦은 교체는 치명적인 결함이 아닐 수 없다. 왜냐하면 그것은 창자에게는 상황에 내포된 의미와 정서를 강화·확장하는 데 필요한 판소리 기량을 제대로 발휘할 수 없게 하고, 청중에게는 판소리 세계에 몰입할 수 없게 하여 판소리 예술이 주는 감흥과 감동을 원천적으로 차단해 버리기 때문이다. 이러한 점은 〈허흥식본〉이 음악적인 측면에서 세련되지 않은 고제 심청가라는 사실

---

19 김진영 외, 『심청전 전집』 [1], 박이정, 1997, 56-57쪽.

20 김흥규, 「판소리의 서사적 구조」, 조동일·김흥규 편, 『판소리의 이해』, 창작과비평사, 1978, 108-116쪽.

을 알려주고, 당시의 충청도 지역의 판소리 모습을 잘 보여주고 있다고 하겠다. 심청가를 비롯한 지금의 판소리가 창과 창이 길게 이어지면서 정서적 미감의 극대화를 지향하고 있는 사실과 견주어 보면 그러한 사정은 더욱 분명해진다. 요컨대 이 시대에 충청도 지역을 예술적 기반으로 하던 고제 판소리는 이렇다 할 만한 예술적 완성도를 이룩하지 못한 매우 고졸한 수준에 머물러 있었던 것이다. 여기서 중고제 김창룡의 소리가 선율이 단순하고 밋밋하여 옛날 독서체 성독에 방불하며, 자칫 덜 짜인 소리라는 느낌이 들 정도로 소박한 분위기를 지니고 있다는 사실[21]을 생각하면 〈허흥식본〉의 소리 특징을 짐작할 수 있을 것이다.

둘째, 한 장단으로 부르는 소리 대목이 매우 짧다. 앞에서 살펴본 곽씨부인 유언 대목도 이러한 모습을 잘 보여주고 있다. 한 장단의 소리 대목이 짧은 것도 아니리와 창의 잦은 교체와 마찬가지로 결점이 아닐 수 없다. 이것은 〈허흥식본〉이 한 장단으로 길게 소리하는 것을 소화할 수 없을 정도로 초보적인 수준에 머물러 있던 심청가임을 알려준다. 이처럼 장단과 사설이 단조롭고 소박하게 짜인 〈허흥식본〉은, 중고제 판소리가 그러하듯이, 장단 변화에 의한 장면의 극적인 전환이나 절실한 이면 표현을 통해 정서적 미감에 호소하는 것이 아니라 평이한 진행으로 사설의 내용을 담담하게 전달하는 데 치중했던 것으로 이해할 수 있다.[22]

셋째, 평장단과 진장단 등 특이한 장단이 쓰이고 있다. 이 장단은 지금의 판소리에는 쓰이지 않는 것이므로 그 쓰임새와 성격을 따져 볼 필요가 있다.

먼저, 가장 많이 쓰인 평장단부터 살펴보기로 한다. 평장단은 심봉사가 삼신에게 축원하는 대목, 심봉사가 곽씨부인을 생각하며 자탄하는 대목 등 무려 31번이나 사용되었다. 그런데 평장단은 지금의 판소리에서는 쓰이지 않는 장단이기 때문에 그것의 명확한 개념을 파악하기 어렵다. 앞장에서

---

21 배연형, 「판소리 중고제 론」, 『판소리연구』 5, 판소리학회, 1994, 170-178쪽.

22 송혜진, 「심정순 창 심청가의 장단 구성 특징」, 『정신문화연구』 통권 제34호, 1988, 319쪽.

살펴본 심봉사가 곽씨부인을 여읜 후 부인을 생각하며 자탄하는 대목으로 돌아가 보자. 심봉사가 부인을 잃고 그리워하는 모습이 적실하게 그려져 있는 이 대목은 지금의 심청가와 비교해 보면 장단도 다르고 사설도 다르다. 〈강상련〉을 위시한 〈박동진 창본〉, 〈정광수 창본〉, 〈한애순 창본〉 등에는 중모리이고, 〈이선유 창본〉에는 진양조이다.[23] 심봉사의 삼신 축원 대목[24]과 같이 예외적인 것이 더러 있지만, 지금의 창본은 〈허흥식본〉의 평장단 대목을 대부분 중모리나 중중모리로 한다. 이런 점에서 일단 평장단을 중모리나 중중모리 장단과 유사한 것으로 볼 수 있다. 그러나 〈허흥식본〉에 중모리가 쓰이고 있으므로 평장단은 중모리나 중중모리와 다른 장단이 분명하다. 여기서 심정순의 심청가와 흥보가의 '평타령'에 주목할 필요가 있다.[25] 〈강상련〉의 평타령 대목 역시 다른 창본에는 중모리나 중중모리이다. 명고수 한성준이 중모리 대신에 '평타령'이란 말을 자주 썼다는 사실[26]과 사설의 성격을 함께 고려하면 평장단은 평타령과 동일한 것으로 볼 수 있다. 그렇다면 평장단은 중모리와 비슷하지만 그보다는 약간 느린 장단으로 볼 수 있을 듯하다.

진장단은 심청이 동네 사람들에게 부친을 부탁하는 대목과 심청이 인당수로 떠나는 대목 등 6번 사용되었다.

【진ᄌᆞᆼ단】 가련타 심낭ᄌᆞ난 강변으로 ᄉᆞᆼᄒᆞ오니 무한ᄌᆞᆼ강 풀은 물은 ᄌᆞᆼ쳔일식 둘넌난듸 두용두용 떠오난 ᄇᆡ 긔경션ᄌᆞ 가년 후의 풍월 실너 가난 빈가 ᄉᆞᆼ션과 시션덜언 남북의 어리녓싸 상고션인 일희닐비 심낭ᄌᆞ을 ᄇᆡ의 싯고 닷 감넌 관아일셩 ᄉᆞᆫ슈록이 슬푸도다 무심한 갈마기난 강ᄉᆞᆼ의 펄펄 날어들고 유의

23 〈허흥식본〉과 〈이선유 창본〉의 사설은 비슷한 데가 많다. 이 또한 〈이선유 창본〉이 고제 심청가의 모습을 비교적 많이 지니고 있음을 알려주는 것이다.

24 〈이선유 창본〉과 〈박동진 창본〉, 〈정광수 창본〉에는 중중모리, 〈한애순 창본〉에는 잦은 중중모리, 〈정권진 창본〉에는 자진모리이다.

25 심청가에 화초타령, 심황후 탄식, 맹인잔치 방을 붙임, 태수께 아룀, 길소리, 장승상부인과 해후 등 6번, 흥보가에 흥부 쫓겨남, 흥부 치레, 놀부계집 탄식, 돈타령, 화초장타령, 놀부제비 강남으로, 놀부박 무성 등 7번 나온다.

26 송혜진, 「심정순 창 심청가의 장단 구성 특징」, 『정신문화연구』, 통권 제34호, 1988, 318쪽.

> 한 가마귀넌 돗ᄃᆡ 박긔 우러온다 풍법 냥돗 츅혀 달고 ᄃᆡ하망망 쳘니파의 어둥셜 ᄇᆡ을 씌녀 북경으로 상ᄒᆞ올 제 슈원ᄉᆞᆫ곡 아득한ᄃᆡ 가넌 길니 창ᄒᆡ로다 호호탕탕 치난 물셸 ᄃᆡ풍ᄒᆞ녀 가난 그 ᄇᆡ 고물의 ᄭᅩ진 긔발 바람셸의 표표ᄒᆞ고 ᄉᆞ공은 치을 트러 ᄇᆡ길을 가르치고 호호한 ᄎᆞᆼ낭이며 탕탕ᄒᆞᆫ 강호 빗치 ᄒᆡ풍도 십십하니 일식도 죠냥일다 원근ᄉᆞᆫ쳔 얼는얼는 쳥ᄉᆞᆫ 말리 일고쥬라 심냥을 당도ᄒᆞ니 빅냑쳔 일거 후의 풍월강ᄉᆞᆫ 임ᄌᆞ 읍다 등왕각 ᄉᆞᆯ펴보니 문ᄌᆞᆼ 왈발 지은 글은 함의ᄌᆞᆼ강쁜니로다 동ᄌᆞᄃᆡ 다다르니 ᄆᆡᆼ덕니 간ᄃᆡ 읍고 ᄒᆡᄉᆞ을 도라드니 ᄉᆞ호 안져 두던 바독 일편셕문 나머 잇ᄭᅩ 오ᄉᆞᆫ은 쳔쳡니오 츄슈난 만곡인ᄃᆡ 젹셩의 느진 안ᄀᆡ 셩근 빗쳘 씌여 잇고 남포의 이난 구름 반허리을 버녀닛싸 ᄉᆞᆫ양의 듯난 비와 벽파의 치넌 물셸 죵일위지쇼녀ᄒᆞ고 능망견지망견니라 북길셤 닌당포을 슌식간의 다다르니 ᄒᆡ즁의 큰 셤이요 녕ᄒᆞ의 ᄃᆡ지로다 ᄎᆞᆼ숑녹쥭 울밀한듸 일좌녕신을 ᄇᆡ셜ᄒᆞ니 션판의 글을 씨되 인당포라 하녓난듸 그 압흘 다다르니(〈허흥식본〉, 29뒤-30앞)

위의 인용문은 심청이 인당수로 가는 도중에 펼쳐지는 강상 풍경 대목으로 진양 우조로 부르는 지금의 범피중류에 해당한다. 진장단은 명칭상 진양조와 비슷하지만 〈허흥식본〉에 진양조가 따로 쓰이고 있으므로 동일한 것은 아니다. 동네 어른에게 부친을 부탁하는 대목의 경우 〈강상련〉에는 평중모리이고, 〈정광수 창본〉에는 중모리이다. 이런 점에서 본다면 진장단은 진양조보다는 빠르고 중모리보다는 느린 장단으로 이해할 수 있다.

넷째, 중중모리와 자진모리, 휘모리 장단 등이 보이지 않는다. 다만 모리 장단은 오늘날의 자진모리 내지 중중모리에 해당하는 것으로 짐작된다. 중중모리는 흥취를 돋우고 우아한 맛을 주고, 자진모리는 섬세하면서 명랑하고 차분하면서 상쾌한 맛을 주며, 휘모리는 흥분과 긴박감을 주는 장단이다.[27] 이런 장단이 사용되지 않았다는 사실은 당시의 판소리가 지향하던 바가 예술적 표현보다는 담담하게 사설을 전달하는 것이라는 사실을 알려주고 있다.

다섯째, 중모리와 엇모리 장단이 빈번하게 쓰였지만, 그 쓰임새가 지금의

---

27 조동일, 「판소리의 전반적 성격」, 조동일·김흥규 편, 『판소리의 이해』, 창작과비평사, 1978, 20쪽.

판소리와 다른 경우가 많다. 〈허흥식본〉에는 인당수에 몸을 던진 심청을 구하는 대목이 중모리인 데 비해 〈강상련〉에는 엇중모리이고, 그 외의 다른 창본에는 엇모리이다. 엇모리의 경우도 마찬가지이다. 〈허흥식본〉에 엇모리인 뺑덕어미 행실 사설이 〈한애순 창본〉에는 잦은 잦은몰이이고, 그 외는 자진모리여서 당시에는 엇모리가 지금의 자진모리의 기능을 함께 담당했음을 알 수 있다. 이외에 견전례에 쓰인 세마치 장단[28]도 고제 판소리에서 더러 쓰였던 장단으로 볼 수 있다.

여섯째, 삼궁접과 우주, 후탄이 쓰이고 있다. 삼궁접(삼궁제)은 김정근이 창시했다는 그 상궁접이다. 상궁접은 심청이 수정궁에 들어가는 대목과 심청이 황후가 되는 대목에 쓰였는데,[29] 충청도권의 고제 및 중고제 심청가의 음악적 특징의 일면을 잘 드러내고 있다.

> 【ᄉᆞᆷ궁져비】 팔 션여가 옹위ᄒᆞ녀 ᄎᆡ운으로 둘너 ᄊᆞ고 뉵용니 뎡을 메어 만죡이 구인ᄒᆞ녀 ᄇᆡᆨ녕이 앙덕니라 쇽녀 풍우ᄒᆞ녀 용궁의 들어가니 운셩풍일ᄒᆞ여 ᄑᆡ옥 쇼ᄅᆡ 들니거날 ᄌᆞ셔이 ᄉᆞᆯ펴보이 쳔지 명낭ᄒᆞ고 일월니 죠림한ᄃᆡ 쥬궁ᄑᆡ궐 영농ᄒᆞ녀 ᄉᆞᆷ광을 응ᄒᆞ엿고 곰의슈싱 황울ᄒᆞ여 비인간지오복이라 ᄉᆞ방으로 정ᄀᆡ 보고 ᄉᆞᆼ향문 지은 들보 괘룡고리우양ᄒᆞ이 영광이 요일니요 집벌린니 ᄌᆞ래ᄒᆞ니 셔긔 반공 황울ᄒᆞ다 슈족분운 승덕화요 강신ᄒᆞᄇᆡᆨ 됴령ᄀᆡ라 청심정 도러들어 슈졍궁을 들어가이 쳔문만호 의의ᄒᆞ고 문슈달 번화한ᄃᆡ 긔ᄎᆞᆼ젼 고셕틈의 옥쁜 고ᄆᆡ ᄉᆞ이ᄉᆞ이 난쵸 향긔 씌녀셔라 일씬 풍악의 졍옥쇼ᄅᆡ 바람셜의 경경 이층젼 단청화ᄀᆡᆨ 호박쥬츄 유리지동 진남분 홍도쥬련 직령으로 글을 씨고 금슈보진 만화방셕 ᄊᆞᆼ학 문ᄎᆡ 더욱 죠타 홍쥬ᄇᆡᆨ벽 슈졍쥬렴 셔ᄉᆞᆫ의 비드리운 덧 회ᄉᆡᆨ은 ᄌᆡ오하녀 쳔일ᄉᆡᆨ을 쓰여시이 가니 진셰ᄉᆞ람으로 ᄎᆞᆷ녜할 곳 안니로다(〈허흥식본〉, 34앞-35앞)

---

28 "(셰ᄆᆞ치) 슬푸다 고ᄉᆞ당의 ᄃᆡ원 쇼ᄅᆡ 창쳔ᄒᆞ녀 녕쳔지례 녕신불유 금봉구거 식젼죠도 일포시죠 젼젼졔난 망죵 가난 ᄒᆞ직이라". 권삼득의 특징을 "세마치 장단으로 一毫差着이 없이 소리 한바탕을 마치는 것이 타인의 미치지 못할 점"이라고 한 데서 이른 시기에는 세마치 장단이 판소리의 중요 장단이었음을 짐작할 수 있다. 정노식, 『조선창극사』, 조선일보사출판부, 1940, 18쪽.

29 정명기 소장 43장본 심청가에도 "(삼궁점니라) 가군의 손을 잡고 후유 한숨 눈물지며 봉ᄉᆞ님 ᄂᆡ 말 드르시요 -하략-"로 나온다.

【ᄉᆞᆷ궁제】 융쥰용안 미슈념의 미ᄃᆡ강ᄉᆞᆫ 경긔ᄒᆞ고 복은죠화ᄒᆞ니 황ᄒᆡ슈 다시 말거 셩현니 나시도다 멸뉴관 보불룡포 양 억ᄀᆡ예 일월 붓쳐 응쳔상지ᄉᆞᆷ광이요 십니ᄌᆞᆼ 만젼홍포 비인간지오복니라 요슌 갓턴 우리 황상 임ᄉᆞ 갓턴 황후젼의 길예가 되옵시이 ᄐᆡ평셩ᄃᆡ 이 안인가 육예을 갓츈 후의 금뎡의 황후 모셔 ᄌᆞᆼ낙젼 젼의 드옵실 졔 졔쥬ᄉᆞᆼ궁 보모ᄉᆞᆼ궁 ᄌᆞ비ᄉᆞᆼ궁 봉위ᄒᆞ니 ᄉᆞᆷ쳔 궁여 시위ᄒᆞ녀 여밀낙 ᄃᆡ풍뉴난 쳘셩으로 질게 느러 궁중의 ᄌᆞ욱ᄒᆞ고 시위셩 놉픈 쇼ᄅᆡ 황극젼의 진동ᄒᆞ며 ᄂᆡ젼의 직위ᄒᆞ셔 ᄃᆡ례을 맛츤 후의 황후 셩덕 어진 됴ᄒᆞ 쳔ᄒᆞ의 가득ᄒᆞ니 ᄉᆞᆷᄐᆡ육경 만죠ᄇᆡᆨ관 각도ᄌᆞᄉᆞ 열읍 ᄐᆡ슈 억죠ᄎᆞᆼᄉᆡᆼ 만민더리 복지ᄒᆞ여 츅원ᄒᆞ되 쥬ᄉᆞᆼ젼ᄒᆞ ᄎᆞᄉᆞᆫ슈갓치 ᄉᆞᆫ봉슈갈토로 셩슈무강ᄒᆞ옵쇼셔 ᄉᆞᆫ호만셰 불으오니 일언 경ᄉᆞ 또 잇난가(〈허흥식본〉, 43뒤-44앞)

앞의 인용문은 심청이 수정궁에 들어가는 장면으로 〈이선유 창본〉, 〈한애순 창본〉, 〈정권진 창본〉, 〈정광수 창본〉, 〈박동진 창본〉에는 엇모리이고, 〈강상련〉과 〈김연수 창본〉에는 엇중모리이다. 그리고 뒤의 인용문은 국혼 대목으로 〈김연수 창본〉에는 자진모리, 〈강상련〉과 〈박동진 창본〉에는 중중모리이다.

상궁접에 대해서는 중고제 김정근 명창이 창시했다는 사실[30] 이외에 자세한 것은 알려지지 않았는데, 명고수 김명환은 상궁접에 대해 다음과 같이 말한 바 있다.

근디 참 소리가 되아. 〈심청전〉 곽씨부인이 유언하고 죽는 대목이랄지, "뛰고 미친 데" 거기도 되지만 저 "범피중류" 뒤에 "한 곳얼 당도허니" 그리고 또 "허허, 내가 미쳤구나" 거기도 옳게 헐라면 삼공잽이로 활짝 늘여 갖구 해야 되네. 서울서 시방 소리 헌 사람네들 삼공잽이가 뭔지도 모릉께 어찌 삼공잽이로 헐라요? 실력 있는 박봉술이도 안 된단 말이시. 근디 박동진이한테 허게 한다 치면 성음이야 어찌 되았든지 목이 나옹께 거기서 헐 것이여. 북얼 침서도 그냥 땁이나. 내가 뭐 소리 속얼 모르고 치야 한단 말이지, 앙께 어떻게 갖고 그냥 몸부림얼 그냥 해부러.[31]

30 정노식, 『조선창극사』, 조선일보사출판부, 1940, 95쪽.
31 김명환 구술, 『내 북에 앵길 소리가 없어요』, 뿌리깊은나무, 1991, 46-47쪽.

김명환은 상궁접이 쓰인 대목으로 곽씨부인 유언 대목(①), 심봉사가 곽씨부인이 죽은 줄 알고 슬퍼하는 대목(②), 심봉사가 공양미 삼백 석 시주 약속을 하고 후회하는 대목(③), 심청이 임당수에 당도하는 대목(④)을 들고 있다. 이 대목의 장단을 정리하면 다음과 같다.

구분	이선유	강상련	김연수	박동진	정광수	한애순	정권진	성우향
①	진양조	긴양조	진양조	진양조	진양조	진양조	진양조	진양조
②	자진모리	자진모리	중중모리	중중모리	조금잦은 중중모리	잦은 중중모리	중중모리	중중모리
③	중중모리	긴양조	중모리	중모리	중모리	중모리	중모리	중모리
④	자진모리	자진모리	중모리	엇모리	자진모리	자진모리	엇모리	엇모리

이와 같이 지금의 창본에서는 상궁접 대목을 진양조, 긴양조, 자진모리, 중중모리, 엇모리 등 다양한 장단으로 한다. 삼궁접(삼궁제)은 단순한 장단 개념이 아니라 추천제나 덜렁제, 산유화제 등과 마찬가지로 창법 개념이다. 정노식도 상궁접을 '曲調'라고 했다.32 여기서 무가의 삼공잽이 장단에 관심을 가질 필요가 있다.33 왜냐하면 그것은 명칭상 상궁접과 유사할 뿐더러 음악어법상으로도 결코 무관하지 않을 것으로 보이기 때문이다. 요컨대 상궁접의 창시자인 김정근이 무계 출신34이므로 어떤 형태로든 무가의 삼공잽이 장단과 판소리의 상궁접이 깊이 관련되어 있으리라는 것이다. 이런 점에 주목하면 상궁접은 김정근이 삼공잽이 장단을 판소리에 끌어들여 판소리 창법으로

32 정노식, 『조선창극사』, 조선일보사출판부, 1940, 95쪽.

33 삼공잽이 장단은 군웅굿의 노정기를 부를 때나 뒷전에서 많이 사용되는 장단으로 긴 사설을 주워섬기거나 연창할 때 쓰인다. 김헌선, 『풍물굿에서 사물놀이까지』, 귀인사, 1991, 84-85쪽.

34 송만갑의 제적등본 윗면에 '巫'라는 표시가 되어 있고, 「정해소지」(「팔도재인등장」, 1827)에 송흥록이 올라 있는 사실로 볼 때 송흥록 가계가 무계임이 확실하다. 무계의 통혼권이 매우 폐쇄적이었다는 사실로 보아 김정근의 부친 김성옥이 무계의 송흥록과 처남 매부 관계이므로 김성옥의 가계 역시 무계임을 짐작하기 어렵지 않다. 김기형, 「송만갑 제적등본 해제」, 『판소리연구』 9, 판소리학회, 1998, 383-384쪽.

새롭게 개발한 것이라고 할 수 있다. 그리고 상궁접이 가곡풍이라는 성우향의 말35과 김정근이 시조와 음률에 능통했다는 사실을 아울러 고려하면, 상궁접을 충청도의 시조 창법인 내포제36와 삼공잽이 장단이 교묘하게 결합된 독특한 판소리 창법으로 이해할 수 있다.

다음의 중 내려오는 대목에 쓰인 우주도 〈허흥식본〉의 음악적 특징의 하나이다.

> 【우쥬】녕보ᄉᆞᆫ 몽은암의 셩불화싱 닌도ᄃᆡᄉᆞ 금광문 진을 녈어 심핑규 구ᄒᆞ시랴 우ᄒᆞ장임 ᄒᆞ단 말가 ᄇᆡᆨ포ᄌᆞᆼ삼의 쳥숑낙 ᄇᆡ운가ᄉᆞ 두러 메고 셔냥 운무 즁의 비 마진 졔비갓치 ᄌᆞᆼᄉᆞᆷ 쇼ᄆᆡ 쩔쩔리며 노장 ᄉᆞᆫ유화로 나무아미타불 이리로 쩔쩔 져리로 쩔쩔 흔들흔들 희희 흔들흔들 거려 나려오다(〈허흥식본〉, 19앞-19뒤)

이 대목은 지금의 창본에는 모두 엇모리이다. 우주의 정확한 특징을 알 수는 없지만 분명 엇모리 장단과는 다른 것으로 독특한 창법으로 짐작된다. 〈강상련〉의 뒷풀이도 우조인데,37 지금의 창본에는 엇중모리(〈정광수 창본〉, 〈김연수 창본〉, 〈박동진 창본〉, 〈정권진 창본〉, 〈성창순 창본〉)나 엇모리(〈이선유 창본〉, 〈성우향 창본〉)이다. 심봉사가 딸을 잃고 탄식하는 대목의 후탄도 창법의 하나인데, 구체적인 것은 알 수 없다.

---

35 노재명, 『판소리 명창 김창룡·그 손녀 김차돈』(LG미디어 음반해설), 1995, 5쪽.

36 〈게우사〉에 '최셕황의 내포쎄'가 나온다. 김종철, 「〈게우사〉」, 『한국학보』 65, 일지사, 1991, 231쪽. 이른 시기의 충청도 지역의 판소리와 시조의 내포제가 어떤 형태로든 깊이 관련되어 있었던 것은 분명하다.

37 "(우조) 심부원군이 션영과 곽씨부인 산소에 영분을 ᄒᆞᆫ 연후에 즁로에셔 맛난 안씨밍인게 칠십에 ᄉᆡᆼ남ᄒᆞ고 심황후 어진 셩덕 텬하에 가득ᄒᆞ니 억죠창ᄉᆡᆼ들은 만셰를 부르고 심황후의 본을 밧아 효ᄌᆞ 렬녀 가가ᄌᆡ라", 김진영 외, 『심청전 전집』 [2], 박이정, 1997, 65쪽.

4. 〈송동본 심청전〉과의 친연성

〈허흥식본〉의 해몽 대목부터 뒷풀이 곧 “낙엽이 귀근ᄒᆞ이 ᄌᆞ여을 가봉이라 … 공셰 신역을 [업시ᄒᆞ니] 쳔만고의 웃듬이라”까지는 〈송동본〉과 거의 같다. 〈허흥식본〉의 뒷부분의 낙장된 부분을 〈송동본〉과 같은 계통의 이본을 바탕으로 필사하여 첨부한 것이다. 〈송동본〉은 19세기 후기에 강산제가 완성되기 전에 호남지역에서 부르던 심청가로 추정되는 이본이다.38

다음은 〈허흥식본 심청가〉와 〈송동본 심청전〉을 비교한 것이다.

〈허흥식본 심청가〉	〈송동본 심청전〉
낙엽이 귀근ᄒᆞ이 ᄌᆞ여을 가봉이라 ᄭᅮᆷ이 ᄆᆡ오 ᄯᅩᆺ사온이 거 안이 ᄃᆡ몽이오 심봉ᄉᆡ 싱긋 웃고 가로ᄃᆡ 거계 쳔부당만부당할 말리로고 -훼손- ᄃᆞ -훼손- 지금은 ᄆᆡᆺ지 안이ᄒᆞ나 ᄂᆡ두사을 두고 보오 심봉사가 아침밥 급피 먹고 궐ᄂᆡ로 향ᄒᆞ여 궐문 밧계 당두ᄒᆞᆫ이 궐ᄂᆡ의 쇼경 쳔지가 되엿들라 심황후 부친 동젹을 알고져 ᄒᆞ여 ᄆᆡᆼ인잔치을 ᄇᆡ셜ᄒᆞ엿서되 승명ᄌᆞᆼ의 심씨 ᄆᆡᆼ인이 읍시이 ᄎᆞ탄ᄒᆞ여 이른 말이 부친이 기간 눈을 써셔 ᄆᆡᆼ인 축의 안이든가 ᄂᆡ가 인당슈의 죽은 쥴 알고 ᄋᆡ통ᄒᆞ여 죽어신가 잔치 오날 망동인듸 엇지 안이 오시는고 ᄒᆞ고 쇼경칙을 다시 보이 황쥬 도화동 심핑규라 이거날 동명과 심씨는 올어이 자긔 부친인가 하고 시여로 ᄒᆞ여금 심ᄆᆡᆼ인을 부르신이 심봉사 ᄭᅮᆷ을 생각ᄒᆞ고 은휘코자 ᄒᆞ다가 ᄆᆡᆼ봉ᄉᆞ의 ᄒᆡ몽을 ᄉᆡᆼ각ᄒᆞ고 ᄂᆡ가 심봉ᄉᆞ요 심봉ᄉᆞ을 인도ᄒᆞ여 별젼으로 들러가이 심황후 어진 마음 심봉ᄉᆞ을 살펴보이 부친의 용모와 방불ᄒᆞ나	낙엽이 귀근ᄒᆞ니 ᄌᆞ녀를 가봉이라 ᄃᆡ몽이오니 ᄆᆡ우 좃ᄉᆞ이다 심봉ᄉᆞ 웃고 갈오ᄃᆡ 쳔부당만부당ᄒᆞᆫ 말이로고 지금은 ᄆᆡᆺ지 안ᄂᆞ ᄂᆡ중을 두고 보소셔 아침 후의 심봉ᄉᆞ 궐문 밧긔 당두ᄒᆞ니 궐ᄂᆡ의 소경 빗칠너라 황후 부친 종젹을 알고져 ᄒᆞ여 ᄆᆡᆼ인잔ᄎᆡ를 ᄇᆡ셜ᄒᆞ엿더니 셩명ᄎᆡᆨ의 심씨 ᄆᆡᆼ인이 업스니 ᄎᆞ탄ᄒᆞ여 이른 말이 부친이 긔간 눈 써셔 ᄆᆡᆼ인 축의 아니 든가 ᄂᆡ가 인당슈의 죽은 쥴 알고 ᄋᆡ통ᄒᆞ여 죽으신가 잔치 오날 망종인데 엇지 아니 오시ᄂᆞᆫ고 ᄆᆡᆼ인ᄎᆡᆨ을 다시 보니 황쥬 도화동 심학규라 잇거놀 동명과 심씨ᄂᆞᆫ 올흐나 부친 일홈을 몰ᄂᆞ 시녀로 심학규를 부르라 심봉ᄉᆞ ᄭᅮᆷ을 ᄉᆡᆼ각ᄒᆞ고 은휘코져 ᄒᆞ다가 안씨의 ᄒᆡ몽을 ᄉᆡᆼ각ᄒᆞ고 ᄂᆡ가 심봉ᄉᆞ요 심봉ᄉᆞ를 인도ᄒᆞ여 별젼으로 드러가니 부친의 용모와 방불ᄒᆞ나 자셔이 알 길 업셔 무르시되 쳐ᄌᆞ 잇ᄂᆞᆫ냐 심봉ᄉᆞ 복쥬왈 즁년의 상쳐ᄒᆞ고 말년의 ᄯᆞᆯ ᄒᆞᄂᆞ 두엇더니 요미ᄒᆞᆫ 즁의 말을 듯고 아비 눈 쓰기

38 강산제 심청가는 박유전이 〈송동본〉을 바탕으로 새로운 지평을 첨가하여 완성한 것이다. 유영대, 『심청전 연구』, 문학아카데미, 1989, 95쪽.

ᄌᆞ셔이 알 길 읍셔 ᄋᆡ건이 물어시되 쳐ᄌᆞ가 잇나야 심봉ᄉᆞ 복지주왈 즁연의 상쳐ᄒᆞ고 말연의 ᄯᆞᆯ ᄒᆞ나 두어든이 요미ᄒᆞᆫ 중의 말을 듯고 아비 눈 쓰기을 위ᄒᆞ여 ᄉᆞᆷᄇᆡᆨ 셕의 몸 팔여 인당슈의 쥭녀삽고 눈두 못 쓰고 ᄌᆞ식만 일어삽나이다 셰셰이 알외이 왕후 거 말을 드르이 ᄌᆞ긔 부친이 완연ᄒᆞ다 보션발노 쑤여 내려 부친의 목을 안고 아바지 살어 왓소 ᄂᆡ가 과연 물의 싸진 심쳥이요 심쳥이 살엇신니 어셔 급피 눈을 쓰시고 ᄯᆞᆯ의 얼골 보옵쇼셔 심봉ᄉᆞ 이 말 듯고 업다 이계 웬 말이야 ᄃᆡ경ᄒᆞ여 ᄒᆞ는 중의 두 눈를 ᄇᆞᆫ긔갓치 번쩍 쓴이 일월 조요ᄒᆞ고 쳔지가 명낭ᄒᆞ다 ᄯᆞᆯ의 얼골 다시 본이 갑ᄌᆞ ᄉᆞ월 초팔일 야의 보든 션여로다 ᄯᆞᆯ의 목을 안고 일희일비ᄒᆞ녀 ᄒᆞ는 말이 불상ᄒᆞ다 너의 모친 황쳔으로 돌라가셔 ᄂᆡ가 너을 일코 수삼 연 고ᄉᆡᆼ으로 지거ᄂᆡ다가 황셩의셔 너을 만나 이갓치 조와ᄒᆞ는 양을 알가보야 춤추며 노ᄅᆡᄒᆞ되 죽은 ᄯᆞᆯ 다시 보니 인도환ᄉᆡᆼᄒᆞ요온가 두 눈을 ᄇᆞᆫ쩍 쓴이 ᄃᆡ명쳔지 ᄉᆡ로온 듯 부즁ᄉᆡᆼ남즁ᄉᆡᆼ녀는 날로 두구 일르미라 지아ᄌᆞᄌᆞ 됴헐시고 이르텃 조와ᄒᆞᆯ 졔 무쓔한 소경들은 춤추고 노ᄅᆡᄒᆞ며 산호산호 만셰만셰 부르더라 심봉ᄉᆞ를 조복 입펴 황졔계 ᄉᆞ은슉ᄇᆡᄒᆞ고 ᄂᆡ젼의 입시ᄒᆞ여 젹연 회포 드르시고 별궁을 뎡ᄒᆞ시이 황 -훼손- 고 안시을 취실ᄒᆞ여 -훼손- 은 공셰 신역을 [업시ᄒᆞ니] 쳔만고의 웃듬이라(53앞-55뒤)

를 원ᄒᆞ여 ᄉᆞᆷᄇᆡᆨ 셕의 몸을 팔녀 인당슈의 쥭ᄉᆞᆸ고 눈도 못 쓰고 ᄌᆞ식만 일어ᄉᆞᆸᄂᆞ이다 셰셰 아뢰니 황후 말을 드르니 ᄌᆞ긔 부친 완년ᄒᆞ다 보션발노 쑤여ᄂᆡ려 부친의 목을 안고 아바지 ᄉᆞ러 왓소 ᄂᆡ가 과연 물의 ᄲᆞ진 심쳥이요 심쳥이 살엇스니 어셔 급히 눈을 쓰시고 ᄯᆞᆯ의 얼골 보옵소셔 심봉ᄉᆞ 이 말 듯고 업다 이게 웬 말이니 ᄃᆡ경ᄒᆞᄂᆞᆫ 즁의 두 눈을 번쩍 쓰니 일월이 조요ᄒᆞ고 쳔지 명낭ᄒᆞ다 ᄯᆞᆯ의 얼골 다시 보니 갑ᄌᆞ ᄉᆞ월 초십일 야의 보든 션녀로다 ᄯᆞᆯ의 목을 안고 일희일비ᄒᆞ여 ᄒᆞᄂᆞᆫ 말이 불상ᄒᆞ다 너의 모친 황쳔으로 도라가셔 ᄂᆡ가 너를 일코 슈ᄉᆞᆷ 년 고ᄉᆡᆼ으로 지ᄂᆞ다가 황셩의셔 너를 맛ᄂᆞ 이갓치 조와ᄒᆞ는 양을 알가보냐 츔츄며 노ᄅᆡᄒᆞ되 쥭은 ᄯᆞᆯ ᄃᆞ시 보니 인도회ᄉᆡᆼᄒᆞ여온가 어두운 눈을 쓰니 ᄃᆡ명쳔지 ᄉᆡ로웨라 부즁ᄉᆡᆼ남즁ᄉᆡᆼ녀ᄂᆞᆫ ᄂᆞ를 두고 이르미라 지야ᄌᆞ 조흘시고 이렷텃 조와할 졔 무슈ᄒᆞᆫ 소경이 츔츄고 노ᄅᆡᄒᆞ며 산호산호 만셰만셰를 부르더라 심봉ᄉᆞ를 조복 입혀 황졔게 ᄉᆞ은슉ᄇᆡᄒᆞ고 ᄂᆡ젼의 입시ᄒᆞ여 젹년 회포를 드르시고 별궁을 졍ᄒᆞ시니 황졔 심학규로 부원군을 봉ᄒᆞ시고 안씨ᄆᆡᆼ인으로 부부인을 봉ᄒᆞ시고 도화동 거민은 공셰 신역을 업시ᄒᆞ니 심황후 갓탄 효ᄒᆡᆼ은 억만고의 웃듬이라(『심청전 전집』 [3], 176-177쪽)

〈허흥식본〉과 〈송동본〉을 비교하면 '심핑규-심학규', 'ᄆᆡᆼ봉사-안씨맹인'에서 의미 있는 차이가 있을 뿐 나머지는 사소한 차이만 드러난다. 그런데 〈허흥식본〉은 해몽 대목에 등장하지 않는 '안씨'를 아내로 삼는 것으로 마무리되어 있어 특이하다.

5. 맺음말

허흥식 소장본 심청가는 일부 낙장되고 훼손된 부분이 있는 결본이어서 아쉽지만, 그동안 추정 단계에 머물러 있던 심청가 역사의 한 부분을 분명하게 밝힐 수 있는 길을 열어주고 있다는 점에서 크게 주목받아 마땅한 이본이다. 장단 표시가 있을 뿐더러 사설도 완연한 판소리체여서 실제로 불렸던 창본이 확실하고, 19세기 중기 이전부터 충청도 지역을 중심으로 불렸던 고제 심청가란 사실도 분명하다. 이러한 사실에 주목하고 〈허흥식본〉의 사설 구성, 장단과 창법의 특징을 살펴보았으며, 아울러 〈송동본 심청전〉과의 친연성도 살펴보았다.

첫째, 〈허흥식본〉의 사설 구성상의 특징은 다음과 같다. ① 역대 심청가 명창들이 창조한 것으로 알려진 더늠이 보이지 않고, ② 문학적인 측면에서 볼 때 매우 단순하고 소박하다. ③ 심청의 출생 과정이 매우 구체적이고 사실적으로 묘사되어 있고, ④ 곽씨부인의 장례 대목이 크게 부연되어 있으며, ⑤ 심청이 밥 동냥 나갔다가 동네 여인에게 심하게 구박당한다. 그리고 ⑥ 심청이 세상으로 돌아오는 도중에 이비의 혼령과 만나고, ⑦ 천상계의 개입이 뚜렷하며, ⑧ 국혼 대목이 세밀하고 구체적으로 묘사되어 있다. ⑨ 곽씨부인이 심봉사에게 현몽하여 앞날을 알려주며, 심황후에게 현몽하여 맹인잔치를 열고, ⑩ 심봉사가 관장에게 도둑맞은 옷을 찾아내라는 골계적인 대목이 부연되어 있다. 이외에 맹봉사가 해몽하는 것도 특징이다. 이러한 사설 구성상의 특징은 초기 심청가로 지목된 이본을 비롯한 여러 이본에 두루 보이므로 〈허흥식본〉이 고제 내지 중고제 심청가라는 사실을 분명하게 알려주고 있다. 그것은 또한 당시의 판소리가 예술적 표현보다는 사설 전달을 위주로 하였다는 사실을 알려주고 있다.

둘째, 〈허흥식본〉의 장단과 창법의 특징은 다음과 같다. ① 아니리와 창의 교체가 지나칠 정도로 잦고, ② 한 장단으로 부르는 소리대목이 매우 짧다. 그리고 ③ 평장단, 진장단 등 지금의 판소리에 쓰이지 않는 특이한 장단이 쓰였고, ④ 중중모리, 자진모리, 휘모리 장단이 전혀 보이지 않으며, ⑤ 중모리와 엇모리 장단의 쓰임새가 지금의 판소리와 다른 경우가 많다. ⑥ 상궁접과 우주 등의 창법이 쓰였다. 이러한 특징 역시 〈허흥식본〉이 음악적인 측면에서 매우 소박한 수준의 고졸한 고제 심청가임을 보여주고 있고, 또한 당시의 판소리가 장단 변화에 의한 장면의 극적 전환 등을 통해 정서적 미감에 호소하는 것이 아니라, 평이한 진행으로 사설을 담담하게 전달하고 있다는 사실을 알려준다.

셋째, 뒷부분의 낙장된 부분은 〈송동본 심청전〉과 같은 계통의 이본을 바탕으로 필사하여 첨부한 것이다.

02

〈허흥식본 심청가〉의 판소리사적 위상

1. 머리말

20세기 전반기까지 불리던 중고제 판소리는 거의 소멸하여 구체적인 실상을 알기 어렵다. 다만 일제강점기의 고음반에서 그 흔적의 일부를 찾아볼 수 있는 정도이다. 중고제 판소리도 19세기 말까지 판소리의 성장과 발전에 주도적인 역할을 담당했던 유파 가운데 하나였다. 그러나 판소리사에서 가지는 중고제의 비중에도 불구하고 그동안 판소리 연구에서 중고제는 논의의 중심에서 비켜나 있었다.[1] 판소리를 제대로 이해하기 위해서는 판소리사의 흐름에 대한 올바른 이해가 선행되어야 할 것이고, 이런 점에서 판소리사의 중요한 한 축이었던 중고제에 대한 체계적인 연구가 필요하다고 하겠다.

허흥식 소장본 심청가는 고제 심청가 내지 이른 시기의 중고제 심청가의 모습을 지니고 있다. 따라서 이 이본은 고제 또는 중고제 심청가의 실상을 이해하는 데 결정적인 자료로서의 가치를 지니고 있으므로 주목해 마땅하다. 우리는 이 자료를 통해서 그간 베일에 가려져 있던 고제 또는 이른 시기의 중고제 심청가의 구체적인 모습을 파악할 수 있을 것이다.

필자는 선행연구에서 〈허흥식본〉의 성격과 가치에 관해 구체적으로 살펴

---

1 1990년대에 이루어진 중고제에 관한 본격적인 연구는 다음과 같다. 서종문·김석배, 「중고제의 역사적 이해」, 『국어교육연구』 24, 경북대 사대 국어교육연구회, 1992. 배연형, 「판소리 중고제 론」, 『판소리연구』 5, 판소리학회, 1994. 정출헌, 「판소리 담당층의 변화에 따른 19세기 판소리사와 중고제의 소멸」, 『민족문화연구』 31, 고려대 민족문화연구원, 1998.

이 이본이 19세기 중기 무렵부터 경기·충청지역에서 널리 부르던 고제 내지 중고제 심청가임을 밝힌 바 있다.[2] 여기서는 〈허흥식본〉이 심청가의 역사에서 가지는 위상을 검토해 보고자 한다. 이를 위해서 중고제 판소리의 역사적 흐름을 살펴보고, 다음으로 〈허흥식본〉과 중고제 심청가의 친연성을 검토하기로 한다.

2. 중고제 판소리의 역사적 전개

〈허흥식본〉은 부분적이지만 중고제 심청가와 강한 친연성을 보이고 있다. 〈허흥식본〉의 판소리사적 위상을 점검하기 위해서는 먼저 중고제 판소리의 역사적 흐름에 대한 이해가 필요하다. 여기서는 〈허흥식본〉과 친연성이 큰 김성옥·방만춘·심정순·백점택의 가문 소리를 중심으로 중고제 판소리의 역사적 전개 양상을 간략하게 살펴보기로 한다.

중고제 판소리는 경기·충청지역의 고제 판소리가 송흥록이라는 걸출한 명창이 등장하여 동편제라는 새로운 유파를 형성한 후에도 그 법식을 이어간 소리이다.[3] 즉, 송흥록의 등장으로 고제 판소리가 분화되는 과정에서 새로운 모습을 갖춘 동편제와는 달리 고제 소리를 그대로 계승한 것이 중고제이다. 중고제 판소리가 경기·충청지역을 예술적 기반으로 하고 있다는 것은 잘 알려진 사실이다. 그중에서도 당진·면천·서산·태안·해미·결성·덕산·홍주·신창·예산을 아우르는 내포지역과 금강을 젖줄로 하는 강경과 장항 등의 금강권은 토지가 비옥하여 농산물이 풍부하며, 서해안을 끼고 있어 해산물이 풍부하고, 魚鹽이 발달하여 일찍부터 소비문화가 형성됨으로써 음악문화가 발달할 수 있는 여건을 갖추고 있었다. 그리고 이 지역에는 고을마다 당골(또는

2 김석배, 「허흥식 소장본 심청가의 성격과 가치」, 『구비문학연구』 8, 한국구비문학회, 1999.

3 배연형, 「판소리 중고제 론」, 『판소리연구』 5, 판소리학회, 1994, 165쪽.

재인청)이 있고, 도처에 있는 鄕所部曲에 천민 재인 등이 있어서 음악을 제공할 수 있는 인적 자원도 풍부하였다.[4] 요컨대, 이 지역에는 이와 같은 사회, 문화적 배경 아래 지역적 특색을 지닌 음악문화 예컨대 내포제 시조, 중고제 판소리, 석화제 등이 형성될 수 있었다. 판소리는 흥행예술이므로 소리꾼들은 사람들이 들끓고 財貨가 풍부한 도회지에 모여들기 마련이고, 따라서 그곳은 자연스럽게 판소리의 중심지가 되었다. 중고제 판소리 중에서 가장 내력 있는 김성옥 가문이 강경과 장항 일대에 터를 잡고 있었던 것도 다 이러한 이유 때문일 것이다. 여러 중고제 명창을 배출한 경기지역 역시 이 지역과 다르지 않을 것이다.

먼저 『조선창극사』를 중심으로 경기·충청지역에서 배출한 판소리 명창을 간략하게 정리해 보기로 한다.

- 河漢譚(英祖) : 충남 목천. 판소리 비조, 하은담과 동일 인물 가능성[5]
- 崔先達(英祖) : 충남 결성. 판소리 비조, 본명 최예운[6]

---

4 내포지역의 음악문화에 대해서는 노동은, 「한국음악가론 1-내포의 음악가들-」(음악학연구회 편, 『음악학이란?-音·樂·學-』 4, 세종출판사, 1997)에서 자세하게 다루었다.

5 "광대의 嚆矢는 河漢譚과 結城의 崔先達이다. 이것은 文獻에 出現한 것이 아니다. 現存老광대 全道成의 口述에 의하면 '全이 自己 年少時代에 名唱 朴萬順, 李捺政 等의 소리풀이(광대가 唱劇調를 마치고 最終에 過去 歷代 名唱을 順序로 一一히 呼名하여 놓고 그後에 다시 自己의 獨特한 歌調로 한바탕 하는 式) 式場에 參席하여 드른 것인데 歷代名唱을 順序로 呼名할 때에 第一 먼저 河崔 兩氏를 드는 것을 屢次 드른 記憶이 있으니 兩氏가 광대의 嚆矢인 줄로 인정할 수밖에 없다고 한다' 이것으로 미루어 보면 河崔兩氏가 李朝 肅宗 以後 英宗 以前 그 中間 時代 人物이므로 보는 것이 妥當하다. 그러면 唱劇調 광대는 肅宗 時代를 前後하여 距今 二百年 內外에서 發生한 것으로 잡는 것이 近理하다.", 정노식, 『조선창극사』, 조선일보사출판부, 1940, 17-18쪽. 이에 관해서는 다음의 논저를 참고할 수 있다. 김동욱, 『한국가요의 연구』, 을유문화사, 1961. 김동욱, 『한국가요의 연구·續』, 선명문화사, 1975. 성기련, 「18세기 판소리 음악문화 연구」, 『한국음악연구』 34, 한국국악학회, 2003, 173-175쪽. 사재동, 『백제권 충남지방의 민속과 문학』, 중앙인문사, 2006, 459쪽.

6 정노식, 『조선창극사』, 조선일보사출판부, 1940, 17쪽. 최선달은 결성의 해주최씨 좌랑공파 25세손 崔禮雲(1729~1805)이라고 한다. 홍성군 결성농요보존회, 『증보 결성농요』, 2000. 최혜진, 「판소리 명창의 비조 최선달 연구」, 『판소리연구』 45, 판소리학회, 2018.

- 黃海天(正純) : 충남 공주.[7] 자웅성, 농부가[8]
- 禹春大(純憲) : 화초타령, 적벽가, 심청가, 처사가, 옥설가, 방물타령, 박타령[9]
- 廉季達(純憲哲) : 경기 여주(또는 충남 덕산). 경드름·추천목, 장끼타령, 남원골 한량, 권삼득의 창법 모방[10]
- 牟興甲(純憲哲) : 경기 진위(또는 경기 죽산, 전북 전주). 강산제 덜미소리, 적벽가, 이별가
- 方萬春(純祖) : 충남 해미. 아귀상성·살세성, 심청가·적벽가, 적벽화전
- 高壽寬(純憲哲) : 충남 해미. 공주에서 居生. 성음 미려, 딴청 일수, 자진사랑가, 염계달 창법 모방
- 金成玉(純祖) : 충남 강경. 전북 여산 移居. 진양조 발견
- 金齊哲(純憲哲) : 충북 청주. 중년 이후 경남 함양 거주. 석화제,[11] 심청가, 심청 탄생
- 李錫順(純憲哲) : 경기 안산. 춘향가, 춘향방 사벽도
- 崔郎廳(憲宗) : 충북 청안. 임기응변과 재기
- 宋壽喆(純憲哲) : 충남 청양. 호걸제
- 林蒼鶴(憲哲) : 충남 한산. 춘향가, 어사출도[12]

---

7 박동진 담. 노재명, 『꽃피는 중고제 판소리』, 채륜, 2016, 30쪽.

8 安鼒의 〈탄세단가〉. "忠淸道 광ᄃᆡ 黃海天이가 農夫歌 한 마듸를 하고 드러오난듸 堯舜 갓튼 우리 셩군 仁政이 저젓스니 耕田食鑿井飮 帝力이 何有哉아 여여 여여루 상사뒤요 사 마직이 논밤이 만달망금 나머스니 ᄉᆡ펼이 쓱지의 계화를 쏫고 마구락이 춤이나 추어 보자 여여 여여루 상사뒤요 얼시구 저리시구 지아자자 조흘시구 여여루 상사뒤요". 최동현 주해, 「〈탄세단가〉」, 『민족음악학보』 3, 한국민족음악학회, 1988 가을, 144-145쪽.

9 우춘대는 金祖淳(1765~1831)의 「池亭聽禹伶俳曲戱賦」(『楓皐集』 권2), 宋晩載(1788~1851)의 「觀優戱」(1843년) 제49수, 趙彦林(1784~1856)의 『二四齋記聞錄』, 李參鉉(1807~1872년 생존)의 『二官雜誌』, 〈경판 23장본 춘향전〉 등에 보인다.

10 흔히 염계달과 염계량을 동일 인물로 보고 있는데, 「丁亥所志」에 廉啓達과 廉季良의 이름이 함께 등재되어 있으므로 다른 인물이 분명하다. 박헌봉, 『창악대강』, 국악예술학교출판부, 1966, 54-55쪽.

11 박동진은 1971년 4월 6일 국립극장에서 6시간에 걸쳐 적벽가를 완창할 때 석화제를 가야금병창이라고 했다. "적벽가 새타령을 요새 가만히 보믄, 그냥 그 가야금 독주를, 병창으로도 하고, 판소리로도 하고, 어떤 분은 거문고로도 하고 이럽니다. 원래 이 적벽가 새타령이란 것은, 이것이 저 그 조조 군사들이 넋을 위하기 위해서 적벽가 새타령을 새로 지여 넣는디, 원래는 가야금병창이라고 하는 석화제, 석화제라는 겁니다. 이 석화제라고 해서 가야금병창을 해놨는디.", 김기형, 『박동진 명창, 판소리완창 사설집, 흥보가·수궁가·적벽가』, 문화관광부·충청남도 공주시, 2007, 180쪽.

- 鄭春風(憲哲高) : 충남 공주.[13] 만년 전북 여산 移居. 판소리 이론의 대가, 비가비, 적벽가, 소상팔경가, 동편제
- 韓松鶴(憲哲高) : 경기 수원. 새타령·흥보가·장끼타령, 까토리 해몽, 중고제
- 金定根(哲高) : 충남 강경.[14] 무숙이타령, 상궁접 창시, 시조와 음률에 嫺熟, 중고제, 김성옥의 아들
- 尹永錫(高宗) : 충남 면천. 토별가, 성음 거대·세세상성, 중고제
- 鄭興順(哲高) : 충남 한산(또는 강경). 흥보가
- 崔相俊(哲高) : 충남 한산. 흥보가, 흥보가 놀보에게 매맞는 대목, 동편제
- 白占澤(哲高) : 충남 연기. 춘향가, 박석티, 중고제
- 李昌雲(哲高) : 충북 문의. 적벽가, 원조타령, 중고제
- 黃浩通(高宗) : 충남 공주. 춘향가·심청가, 만복사 불공, 중고제, 김정근의 제자
- 朴尙道(高宗) : 충남 공주. 적벽가, 중고제
- 金忠鉉(高宗) : 경기. 춘향가, 중고제
- 金奉鶴(高宗) : 충북 진천. 흥보가, 호걸제, 이석순의 제자
- 金碩昌(高純) : 충남 공주. 춘향가, 아니리와 부침새 능함, 중고제
- 李東伯(1866~1949) : 충남 비인. 심청가·적벽가, 새타령, 중고제, 김정근의 제자
- 金昌龍(1872~1943) : 충남 서천(또는 전라도).[15] 한동안 결성에서 활동. 적벽가·심청가, 삼고초려·화초타령, 중고제, 김정근의 아들
- 金昌鎭(1875~?) : 김창룡 동생. 가문의 법제를 어겨 쫓겨남. 심청가[16]

---

12 「갑신완문」과 「정해소지」에 나오는 林春鶴과 동일 인물일 가능성이 있다.

13 박동진 명창은 정춘풍이 충남 공주 출신이라고 했다고 한다. 노재명, 『꽃피는 중고제 판소리』, 채륜, 2016, 99쪽.

14 호적에는 金正根, 1895년 3월 18일 결성면 용호리 624번지에서 사망한 것으로 되어 있다. 최혜진, 「홍성지역의 명인 명창과 중고제 판소리의 변모」, 『동아시아고대학』 57, 동아시아고대학회, 2020, 154쪽.

15 "고향은 원래 전라도이나 자라나기는 충청도 서천에서 했고…", 「그들의 회고담 (2)」, 『매일신보』, 1937. 5. 4. 김창룡은 본적을 홍성군 결성면 용호리에 두고 그곳에서 오래 살았다고 한다. 호적에는 金昌用, 1870년(명치 3) 11월 7일 김정근과 장정희의 2남으로 출생한 것으로 되어 있다. 최혜진, 「홍성 지역의 명인 명창과 중고제 판소리의 변모」, 『동아시아고대학』 57, 동아시아고대학회, 2020, 152-159쪽. 조선성악연구회의 익선정 159번지 토지대장(1937년, 소화 12년 3월 2일)에도 소유자가 李鍾琦, 金昌用, 鄭明燮, 韓文必로 되어 있다. 이종기는 이동백, 정명섭은 정정렬, 한문필은 한성준의 본명이다.

- 金奉文(1876~1930) : 충남 서산. 흥보가, 흥보가의 박물가, 박기홍 제자, 동편제
- 劉公烈(1859~1934년 생존) : 충남 홍성. 정춘풍 제자.[17] 또는 전북 익산. 박만순 제자, 동편제[18]
- 沈正淳(1873~1937) : 충남 서산. 중고제
- 沈相健(1889~1965) : 충남 서산. 가야금병창, 심정순의 조카
- 韓成俊(1874~1941) : 충남 홍성. 본명 韓文必. 명고수
- 姜載萬(高宗) : 충남 금산. 춘향가, 춘향 편지[19]

무숙이타령의 이본인 〈게우사〉에서도 경기·충청지역에서 활동했던 명창들을 확인할 수 있다.

> 명ᄎᆞᆼ 광ᄃᆡ 각기 소ᄌᆞᆼ 나는 북 드려노코 일등 고슈 ᄉᆞᆷᄉᆞ 인을 팔 가려 쳐 나갈 졔 우춘ᄃᆡ 화초타령 셔덕염 풍월셩과 최셕황의 ᄂᆡ포쎄 권오셩의 원담소리 ᄒᆞ언담의 옥당소리 손등명니 짓거리며 방덕희 우레목통 김ᄒᆞᆫ득의 너울가지 김셩옥의 진양조며 고슈관의 안니리며 됴관국의 ᄒᆞᆫ거셩과 됴포옥의 고동세목 권ᄉᆞᆷ득의 즁모리며 황ᄒᆡ쳥의 ᄌᆞ웅셩과 임만업니 ᄉᆡ소리며 모흥갑니 아귀셩 김졔철이 ᄀᆡ화요초 신만엽의 목ᄌᆡ조며 듀덕ᄀᆡ 가진 소리 송항녹니 즁항셩과 송게학니 옥규성을 ᄎᆞ례로 시염할 졔 송흥녹의 그동 보소 소연 힝낙 몹쓸 고ᄉᆡᆼ ᄇᆡᆨ슈는 난발ᄒᆞ고 ᄒᆡ소은 극셩ᄒᆞᆫᄃᆡ ᄀᆡ질은 참약ᄒᆞ야 ᄀᆡ운은 읍실망경 노ᄌᆞᆼ곡귀셩의 단ᄌᆞᆼ셩 노푼 소리 쳥쳔ᄇᆡᆨ일이 진동ᄒᆞᆫ다 명ᄎᆞᆼ 소리 모도 듯고 십여 일 강ᄉᆞᆼ의셔 슬뮈증니 나게 놀고 각기 쳐하올 젹의[20]

---

16 박황, 『판소리소사』, 신구문화사, 1974, 85-86쪽.

17 『매일신보』, 1928. 2. 13.

18 정노식, 『조선창극사』, 조선일보사출판부, 1940, 175-176쪽. 이곳에는 '柳公烈'로 잘못되어 있다.

19 『조선창극사』에 강재만은 전라북도 금산인으로 춘향가에 뛰어났으며, 춘향 편지가 그의 더늠으로 되어 있다. 금산은 1963년 1월 1일 서울특별시, 도, 군, 구의 관할구역 변경에 관한 법률(법률 제1172호)에 의한 행정구역 개편에 따라 전라북도에서 충청남도로 편입되어 현재에 이르고 있다. 따라서 현시점에서 본다면 강재만도 충청도 출신이 된다.

20 노재명 편저, 『잊혀진 판소리 무숙이타령을 찾아서』, 한국문화재단, 2020, 영인 29-30쪽. 한국음반박물관 소장 〈게우사〉(戒友詞)는 경인년(1890) 정월 초일일에 필사되었고, 박순호 소장본 〈게우사〉(박순호 편, 『한글필사본고소설자료총서』 1, 오성사,

앞의 인용문에 등장하는 명창들을 「완문등장팔도재인」(1824년 5월, 「갑신완문」) 및 「팔도재인등장」(1827년 11월, 「정해소지」)[21]의 재인들과 비교해 보면 하언담-河殷潭, 송항록/송흥록-宋興祿, 김계철-金啓喆 등이 일치한다. 이외에도 손등명-孫喧出, 김한득-金難得(金蘭得), 조관국-曺鳳國, 조포옥-趙宜達(또는 趙判吉, 趙德黃, 曺德順) 등에서 일부 동일 인물이 있을 가능성이 크다.

중고제 명창들이 장기로 삼았던 것은 장끼타령과 무숙이타령 등 19세기 후기에 도태되어 버린 소리와 새타령·만복사 불공·화초타령 등 이른 시기부터 불리던 고제 소리의 흔적들이 많이 발견되고, 계면조 더늠은 거의 보이지 않는다. 그리고 사승 관계를 밝힐 수 있는 것도 호걸제의 '이석순—김봉학'과 중고제의 '김성옥—김정근—김창룡·이동백·황호통' 정도다.[22] 전승계보가 확인되는 경우가 드문 것은 20세기에 들면서 일어난 중고제의 급격한 쇠퇴 때문으로 짐작된다. 중고제는 동편제와 마찬가지로 전통 창법을 고수하여 소리 공력에 의존하면서도 독서성처럼 밋밋한 소리여서 동편제적 장중한 맛도 없고, 더군다나 계면조의 적극적인 수용과 적절한 발림 구사를 통해 극적 표현력을 극대화했던 서편제의 아기자기한 맛도 보여줄 수 없었기 때문

1986, 466-470쪽)는 경인년 윤이월에 필사되었다.

21 等狀은 여러 사람이 이름을 잇대어 써서 관청에 올려 하소연하는 것이고, 完文은 어떤 사실이나 권리, 특전 등을 인정해 준다는 의미로 해당 관아에서 발급하던 증명 또는 허가 문서이다. 「完文等狀八道才人」(「甲申完文」)은 甲申年(1824)에 쓴 문서로 병자호란 이후 중국 사신이 올 때, 山臺劇을 거행하기 위하여 설치되었던 各道의 才人都廳을 통합할 목적으로, 各道 所任들이 서울에 모여 行房會를 열고, 전국적인 규모로 기구를 재조직한다는 것이 주요 내용이다. 「八道才人等狀」(「丁亥所志」)은 丁亥年(1827)에 재인들이 칙사 영접 때 사용하는 인장과 관련하여, 갑신년에 호조에서 만든 시행세칙이 지켜지지 않았던 것을 문제 삼아 소장을 제기한 것이다. 이곳에는 소장을 올린 팔도재인으로 趙宜達, 崔啓光, 趙判吉, 高小得, 廉啓達, 宋興祿, 金啓喆, 成大郁, 高元得, 李成祿, 韓宗郁, 林○○, 金蘭得, 孫者斤春, 鄭師壁, 河福得, 林春鶴, 曺鳳國, 高秀寬, 方七龍, 洪元得, 孔聖周, 方漢宗, 方應國, 鄭允大, 李玄伊, 李興祿, 朴舜燁, 柳寬得, 崔英淡, 黃萬彬, 河宗文, 金判宗, 廉季良, 允大, 全致達, 朴得寬, 文臣元, 曺德順, 趙德黃의 이름이 적혀 있다. 이혜구, 『補訂 韓國音樂研究』, 민속원, 1996, 357쪽. 박헌봉, 『창악대강』, 국악예술학교출판부, 1966, 53-55쪽.

22 배연형, 「판소리 중고제 론」, 『판소리연구』 5, 판소리학회, 1994, 169-170쪽.

에 경쟁에서 밀려나지 않을 수 없었다. 즉, 중고제는 청중의 다양한 기호와 요구에 적극적으로 대응하지 못했기 때문에 판소리의 역사 뒤편으로 사라져 갔던 것이다.[23] 중고제가 몰락함에 따라 자연 중고제의 전승계보 역시 잊히게 된 것이다.

중고제 판소리는 20세기에 들면서 동편제와 서편제의 틈바구니에 끼여 설 수 있는 자리를 거의 잃어버렸지만, 방만춘·김성옥·심정순·백점택 가문의 노력으로 20세기 전반기까지는 그나마 명맥이 유지될 수 있었다. 김창룡과 심정순 등은 판소리 불모지인 북한지역[24]으로 순회공연을 나서게 된다.[25] 순회공연의 일차적인 목적은 물론 흥행에 있었을 것이고, 의외의 성공을 거두기도 했다. 그러나 이들이 흥행 실패라는 위험 부담을 감수하면서까지 모험에 가까운 순회공연을 감행한 것은 중고제의 새로운 활로를 개척하고, 동시에 가문의 소리를 지키기 위한 노력의 일환이었다.

중고제 소리꾼들은 자신들이 살고 있는 지역의 기층음악을 기반으로 판소리를 만들었을 것이다. 자신들의 소리를 내버려 두고 구태여 다른 지역의 음악 어법을 기반으로 판소리를 만들 이유가 없다.[26] 따라서 같은 중고제라도 전라도와 인접한 서천의 김창룡·이동백 명창의 소리와 서산의 심정순 명창의

23 서종문·김석배, 「중고제의 역사적 이해」, 『국어교육연구』 24, 경북대 사대 국어교육연구회, 1992, 55-56쪽.

24 북한지역이 판소리의 불모지라는 사실은 박록주의 다음과 같은 말이 잘 알려준다. "내 나름대로 판소리를 이해하는 道別 점수를 따져 보면 전라도가 우등, 경상도는 보통이고 경기도와 함경도는 약간 이해하는 편이다. 나머지 평안도 황해도 강원도는 거의 백지상태라고 해도 과언이 아니다."(박록주, 「나의 이력서 (14)」, 『한국일보』, 1974. 1. 25.). 순회공연이 대성공을 거둘 수 있었던 것은 이 지역인들이 판소리의 맛을 이해했기 때문이 아니라 판소리라는 새로운 공연예술에 대한 호기심 때문이었을 것이다.

25 당시 신문에는 이들의 북한지역 순회공연과 관련된 기사가 종종 등장한다. 심정순-『매일신보』(1913년 5월 3일, 1914년 4월 11일, 1914년 4월 16일), 김창룡-『조선일보』(1931년 5월 1일). 김창룡의 소리는 전라도에서는 환영을 받지 못했지만, 경서도 특히 평양에서는 가장 환영을 받았다고 한다. 이보형, 「판소리 '제(派)'에 관한 연구」, 『한국음악학논문집』, 한국정신문화연구원, 1982, 77쪽.

26 정병헌, 「중고제 판소리의 대중화 방안」, 『공연문화연구』 36, 한국공연문화학회, 2018, 37쪽.

소리가 다소 다른 것은 자연스러운 현상이라고 할 수 있다.

또한 소리꾼들은 자신의 가문 소리를 계승하고 전승하였을 것은 불문가지다.[27] 예전에 판소리 창단에는 '명창 뒷은 없다'라는 말이 있었다. 한 집안에서 명창이 나오면 그 명창의 대를 잇지 못한다는 말이다.[28] '한 집안에 3대 정승 나기보다 3대 명창 나기가 더 어렵다'는 말도 같은 의미이다. 하지만 판소리사를 살펴보면 대를 이어 명창을 배출한 명문가가 여럿 존재한다. 전북 운봉의 송씨 가문, 충남 강경·서천의 김씨 가문과 서산의 심씨 가문, 전남 나주의 김씨 가문, 전남 곡성의 장씨 가문, 전남 담양의 주씨 가문, 전남 보성의 정씨 가문 등이 잘 알려진 판소리 명가문들이다.

전통예인 집안 출신들은 자기들끼리 '동가비' 또는 '동갑', '동관', '동간네', '개비'라 하고, 출신이 다른 이들을 '비가비' 또는 '비갑', '비개비'라고 한다. 동갑은 同甲, 비갑은 非甲인데, 이때 갑은 차례나 등급을 매길 때 첫째를 이르는 말이다. 그리고 그들은 개비이면서 비개비 행세를 하는 소리꾼도 못마땅하게 여긴다. '개비'란 말에는 자신들의 예술에 대한 커다란 자부심이 진하게 깔려 있고, '비가비'란 말의 밑바닥에는 '멋을 모른다', '제대로 할 줄 모른다'는 정도의 얕잡아 보는 뜻이 묻어 있다. 권삼득과 정춘풍, 서성관, 김도선, 안익화 등과 같이 비가비로서 명창이 된 경우도 더러 있지만, 그렇게 되기는 결코 쉽지 않다.[29]

먼저, 중고제 판소리의 대표적인 가문이라고 할 수 있는 김성옥 가문에 대해서 살펴보기로 한다. 김성옥 가문 역시 대부분의 판소리 가문이 그러하듯이 巫系이다. 충청도 강경의 김성옥 가문과 전라도 운봉의 송흥록 가문이 혈연관계(김성옥과 송흥록은 처남 매부 사이)를 맺고 있기 때문이다. 두 가문의 혼인은 김성옥과 송흥록이 판소리 명창으로서 가진 교분 때문이기도 하겠지

27 물론 더러는 김창진이나 송만갑처럼 시대의 흐름에 따라 가문의 법제에서 벗어난 소리를 지향한 경우도 없지 않았다.

28 박황, 『민속예술론』, 한일문화보급회, 1980, 107쪽.

29 김기형, 「비가비 광대의 존재 양상과 판소리사적 의의」, 『한국민속학』 33, 한국민속학회, 2001.

만, 근본적으로는 출신 성분이 같았기 때문에 이루어졌을 것이다. 송흥록 가문은, 송만갑의 제적등본 윗면에 '巫'라는 표시가 되어 있고, 「정해소지」에 송흥록의 이름이 올라 있으므로 무속 집안이 분명하다.30 무계의 통혼권이 매우 폐쇄적이었다는 사실을 함께 고려해 보면 김성옥 가문 역시 무계라는 사실을 짐작하기 어렵지 않다. 그리고 김성옥의 아들인 김정근이 무가의 삼공잽이 장단을 판소리에 수용하여 상궁접을 창시하였다는 사실도 이러한 추정을 뒷받침하고 있다.

김성옥 가문 소리는 '김성옥—김정근—김창룡'으로 이어지는 뚜렷한 계보를 지니고 있는 내력 있는 소리이다. 김성옥 가문에서 김성옥 이전에 배출된 판소리꾼에 대해서는 알려진 것이 없지만, 김성옥의 선대도 판소리와 결코 무관하지 않았을 것으로 짐작된다. 왜냐하면 김성옥이 30여 세에 일찍 사망하였지만 진양조를 발견할 정도의 명창이 될 수 있었던 것은 집안의 판소리 내력과 그의 천부적인 예술적 자질의 결합으로 가능했던 것으로 보이기 때문이다. 이것은 또한 19세기 전반기에 획기적인 발전을 이룩한 판소리사의 흐름과도 일치한다. 요컨대 김성옥 가문은 김성옥 이전부터 판소리와 일정한 관련을 맺고 있었는데, 김성옥이라는 뛰어난 명창이 등장하여 향토 토리의 수용과 진양조 발견 등을 통해 가문의 판소리 법제를 정립함으로써 중고제 판소리의 명문으로 이름을 떨칠 수 있는 기틀을 마련하였다는 것이다.

김성옥에 와서 자리 잡은 김문의 판소리는 그의 아들 김정근을 거쳐 손자 김창룡 대에 와서 꽃을 활짝 피웠다. 김정근은 무숙이타령으로 명성이 높았으며, 상궁접을 창시하였고, 시조와 음률에도 뛰어났다. 김창룡은 부친 김정근에게 가문 소리를 익힌 후 서편제 명창 이날치에게 1년간 사사하여 소리가 자리 잡혔다고 한다. 적벽가와 심청가에 뛰어났으며, 화초타령과 삼고초려를 더늠으로 남겼다. 그의 소리는 이날치에게 배운 관계로 서편제의 영향이 다소 덧입혀져 있을 것이지만, "自家 전래의 법제를 계승한 만큼 古曲味가

30 김기형, 「송만갑 제적등본 해제」, 『판소리연구』 9, 판소리학회, 1998, 383-384쪽.

다소 있다"[31]라고 한 것으로 보아 중고제의 가문 소리를 비교적 충실하게 계승한 것으로 보아도 무방할 것이다. 아들 김세준과 손녀 김채돈이 그의 소리를 이었다. 김창룡의 소리는 선율도 단순하고 밋밋하여 옛날 독서성과 비슷하다. 김정근의 소리는 황호통, '이동백—강장원'으로도 이어졌다. 그러나 지금은 모두 소멸하였고, 고음반에서 그 모습의 일부만 확인할 수 있다.

한편, 김창룡의 동생인 김창진은 부친 김정근의 가르침을 받았지만, 판소리의 방향을 알게 되면서부터 가문의 법제를 어기고 唱調와 제작을 자기 조로 바꾸어 집에서 쫓겨나다시피 했다고 한다. 그러니 그가 부른 심청가의 歌風은 김창룡과 사뭇 다를 수밖에 없었을 것이다.[32] 그의 소리가 가문의 법제와 달라진 것은 당시에 聲價를 얻고 있던 서편제 심청가를 대폭 수용했기 때문으로 보인다. 그리고 같은 지역에서 부르고 있던 방만춘 가문과 심정순 가문의 심청가의 영향을 일정하게 받았을 가능성도 배제할 수 없다.

다음으로, 방만춘 가문의 소리 내력을 살펴보기로 한다. 순조 때의 명창인 방만춘은 충남 해미 출신으로 22세 때에 상경하여 적벽가로 이름을 떨쳤고, 그 후 황해도 봉산에 있는 절에서 4년간 苦心琢磨하여 대명창이 되었다. 그는 득음하는 과정에서 절이 무너지는 듯한 소리를 질러대서 산에서 나무하던 절의 목공을 놀라게 했다는 일화를 남겼을 정도로 웅장한 성량의 소유자로 아귀상성과 살세성은 당세독보였다고 한다. 방만춘의 성량이 웅장하다는 점에서 그는 〈게우사〉에서 '우레목통'이라고 한 방덕회와 동일 인물로 볼 수 있을 것이다. 또한 방만춘은 시문에 소양이 있는 황해도 봉산읍의 음률가와 함께 적벽가와 심청가를 윤색, 개작하였다. 적벽가에 뛰어났으며, 특히 더늠인 적벽강 화전 대목을 부르면 좌석이 온통 바닷물과 불빛 천지로 화하였다고 한다.[33] 한편, 「정해소지」에 方七龍, 方漢宗, 方應國이 등장하고 있는 사실[34]로

---

31 정노식, 『조선창극사』, 조선일보사출판부, 1940, 211쪽.
32 박황, 『판소리소사』, 신구문화사, 1974, 85-86쪽.
33 정노식, 『조선창극사』, 조선일보사출판부, 1940, 30-31쪽.
34 박헌봉, 『창악대강』, 국악예술학교출판부, 1966, 54-55쪽.

미루어 방만춘 가문 역시 무속 집안일 것으로 짐작된다.

방만춘의 소리는 20세기 전반기에 판소리꾼으로 활동한 후손 方進寬으로 이어졌다. 방만춘과 방진관 사이의 전승계보에 대해서는 알려진 것이 없지만, 다른 판소리 가문의 예로 보아서 이 역시 혈연을 중심으로 전승되었을 것으로 짐작된다. 방진관에 대해서는 몇 장의 판소리 음반을 남긴 명창이라는 정도 외에는 알려진 것이 없다. 그렇지만 방만춘의 후손이므로 방만춘의 소리제를 이어받았을 것이고,[35] 고음반에 남긴 소리로 보아서 심청가와 적벽가에 능했던 명창임을 알 수 있다.[36] 방진관의 소리는 민요풍의 분위기가 짙으며, 맺고 끊지 않고 길게 끌며 밋밋하게 짜면서 장단에다 악센트를 주지 않는 창법으로 김창룡의 창법과 흡사하고, 가곡 성음을 쓰고 있어 매우 진중하고 점잖다고 한다.[37] 그러나 방씨 가문의 소리 역시 소멸하였다. 방만춘의 창본은 근대극운동의 선구자였던 玄哲(1891~1965)이 소장하고 있었다고 하는데[38] 지금은 그 행방을 알 수 없다.

다음으로 심정순 가문의 중고제 판소리에 대해서 살펴보기로 한다.[39] 충남 서산의 심정순 가문도 심정순을 비롯하여 심창래, 심상건, 심재덕, 심매향, 심화영 등 판소리 명창과 가야금병창, 가야금산조의 명인을 여럿 배출했다. 심씨 가문의 가야금병창은 충청도 출신인 김제철의 석화제와 밀접한 관련이

---

35 이보형, 「판소리 제(派)에 대한 연구」, 『한국음악학논문집』, 한국정신문화연구원, 1982, 78쪽.

36 방진관이 남긴 음반으로는 「Victor KJ-1064-A, 심청가, 낭자 출궁(상), 방진관」, 「Victor KJ-1064-B, 심청가, 낭자 출궁(하), 방진관」, 「Victor KJ-1089-A, 적벽가, 삼고초려(상), 방진관」, 「Victor KJ-1089-B(하), 적벽가, 삼고초려, 방진관」, 「Victor KJ-1093-A, 녹음방초, 방진관」, 「Victor KJ-1093-B, 적벽가, 군사서름, 방진관」 등이 있다.

37 배연형, 「판소리 중고제 론」, 『판소리연구』 5, 판소리학회, 1994, 191쪽.

38 강한영, 『판소리』, 세종대왕기념사업회, 2000, 152쪽.

39 심정순 가문에 관해서는 다음 글에 정리되어 있다. 송혜진, 「가야금병창 명인 심정순」, 『음악동아』, 1988년 5월호. 송혜진, 「심정순 창 심청가의 장단 구성 특징」, 『정신문화연구』 통권 제34호, 한국정신문화연구원, 1988. 배연형, 「판소리 중고제 론」, 『판소리연구』 5, 판소리학회, 1994. 노재명, 『가야금산조와 병창 심상건』(LG미디어 음반 해설), 1995. 이보형, 「심정순의 생애와 예술」, 『한국음악사학보』 18, 한국음악사학회, 1997.

있을 것으로 보인다.

심정순은 1910-1920년대에 활약한 판소리 명창이자 가야금병창의 명인으로 고음반에 다수의 녹음을 남겼다. 심정순의 스승에 대해서는 알려진 것이 없지만, 그의 조부 심팔록이 피리와 퉁소 명인이므로 심씨 가문 역시 어떤 형태로든 판소리와 관련되어 있었던 것으로 볼 수 있다. 그렇다면 그의 소리도 돌출적인 것이 아니라 가문 소리를 이은 것으로 보는 것이 자연스럽다. 이해조가 심정순의 소리를 산정하여 〈강상련〉, 〈연의각〉, 〈토의간〉을 『매일신보』에 연재한 것으로 봐서,[40] 심정순이 심청가, 흥보가, 수궁가에 뛰어났던 명창임을 알 수 있다. 그의 소리는 경기소리 발성에 가까운 발성으로 경쾌한 분위기를 내도록 짜 나가고, 부분적으로 동편제의 선법에 가깝지만 발성 기교는 김창룡과 유사한 점이 많다고 한다.[41] 심정순의 판소리와 가야금병창은 조카 심상건과 아들 심재덕, 딸 심매향·심화영에게 전해졌다.

한편 심상건은 심창래의 아들로 삼촌인 심정순에게 가야금병창을 배워 일가를 이루었는데, 다수의 가야금산조와 가야금병창을 고음반에 남겼다. 심상건이 남긴 가야금병창은 주로 단가와 춘향가, 심청가이므로 그는 춘향가와 심청가에 뛰어났음을 알 수 있다. 그의 창법은 심정순과 동일하다.

이외에 철고종대에 활동한 충남 연기 출신의 백점택 가문도 중고제 판소리 전승에 일익을 담당했다. 백점택의 소리는 같은 집안의 백점봉으로 이어졌을 것이다. 이동백에게 배우기도 한[42] 백점봉은 1920년대에 광무대에서 활동하였고,[43] 1930년대 초에는 조선음률협회에 참여하였으며,[44] 해방 후에는 창극

40 김동인은 「춘원 연구」에서 〈일설 춘향전〉을 설명하는 가운데 "이전에 『매일신보』에 연재되고 그 뒤에 단행본으로 출판되어 지금까지도 연년 수만 부씩 인쇄하는 〈옥중화〉는 본시 이해조가 광대(창극배우)들을 불러다가 구술케 하고 그것을 필기한 것이다."라고 한 바 있다. 김동인, 『동인전집』 8, 홍자출판사, 1968, 518쪽.

41 배연형, 「판소리 중고제 론」, 『판소리연구』 5, 판소리학회, 1994, 189쪽.

42 성경린, 『노을에 띄운 가락』, 휘문출판사, 1984, 147쪽.

43 「국창 이동백 옹」, 『삼천리』, 1929년 12월호, 5쪽.

44 「조선음률협회 제3회 공연」(장곡천정공회당, 1932. 6. 22.)에서 단가 '이 몸이'와 춘향가의 '이별가'를 불렀다. 『매일신보』, 1932. 6. 21.

단체인 국극사에 참여하여 〈선화공주〉(1948년, 使臣 役)와 〈만리장성〉(1950년, 將白 役) 등에 출연하였다. 폴리돌음반에 취입한 것이 있으며, 그의 비단타령은 박록주에게 이어졌다고 한다.45 그러나 백점봉의 심청가에 대해 알려진 것은 없다.

이상에서 살펴본 바를 바탕으로 네 가문의 중고제 판소리 및 가야금병창의 전승계보를 그려보면 다음과 같다.

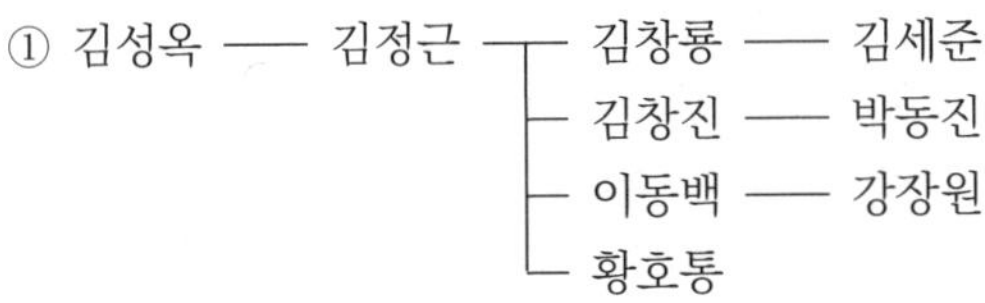

② 방만춘 —— (?) —— 방진관

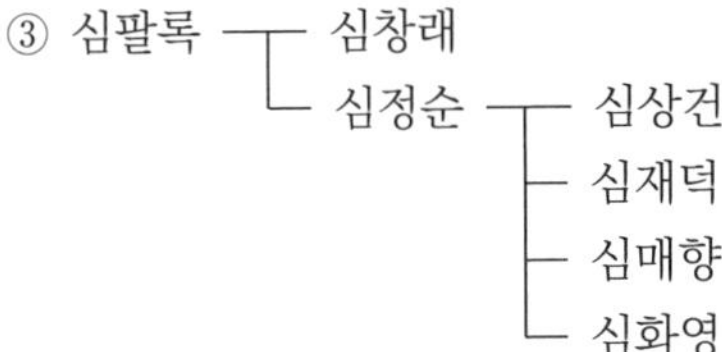

④ 백점택 —— 백점봉

3. 〈허흥식본 심청가〉와 중고제 심청가의 친연성

1) 〈김창진 심청가〉와의 친연성

김창진의 심청가는 일부에 불과하지만 〈허흥식본〉과 강한 친연성을 지니

45 이보형, 「심정순의 생애와 예술」, 『한국음악사학보』 18, 한국음악사학회, 1997, 78쪽. 이보형, 「백점봉 소리제 소고」, 『한국음반학』 12, 한국고음반연구회, 2002. 고음반으로 「Polydor 19042-A, 단가 몽유가, 백점봉 고 김창선」, 「Polydor 19042-B, 춘향전 이별가, 백점봉 고 김창선」 등이 있다.

고 있다. 박황은 『판소리소사』에서 김창진을 다음과 같이 소개하고 있다.

> 김창진은 1875년 충남 서천 출신인데, 김정근의 둘째 아들이며 김창룡의 동생이다.
>
> 어려서부터 부친의 교도 아래 소리 공부를 시작하여 수년을 전공하였는데, 그가 판소리의 방향을 알게 되면서부터 그의 창조와 제작이 제 나름대로 달라지기 시작하여 가문의 전통법제를 어기게 되었다. 이 때문에 집에서 쫓겨나다시피 하였지만, 그 후로는 각처를 돌아다니며, 독공하여 일가를 이루었던 것이다.
>
> 고종 시대에 〈심청가〉를 출중하게 잘 불렀던 명창인데, 그의 소리를 들은 사람은, "歌風이 그 형인 김창룡과는 사뭇 다르다"고 하였으니, 그 또한 송만갑처럼 시대의 요구에 적응한 창법이었으리라. 그러나 그는 주로 고향에 묻혀 살았기 때문에 그 이름이 널리 알려지지 않았으나 그를 아는 사람은 누구에게 못지않는 명창임을 인정하고 있는 것이다.[46]

김창진의 심청가가 남아 있지 않으므로 그것을 계승한 〈박동진 심청가〉를 비교의 대상으로 한다. 다음은 심청이 동냥을 나갔다가 동네 여인에게 구박당하는 장면이다.

〈허흥식본 심청가〉	〈박동진 심청가〉
【평ᄌᆞᆼ단】 엄동셜한 뵈 쇽씻셰 짓만 나문 헌 져구리 다 써러진 힝ᄌᆞ치마 알발의 집신 신ᄭᅩ 박쪽 ᄒᆞ나 녑희 찌고 동지ᄂᆞᆸ령 쇼ᄃᆡ한의 몹쓸 악풍 들니불고 ᄇᆡᆨ셜니 펄펄 헌날일 졔 양지을 으지ᄒᆞ녀 남북쵼 동셔리을 거쥬 읍시 ᄎᆞ져갈 졔 마음니 쳥간되고 념체가 ᄌᆞ심하녀 이 문의 가 졉붓졉붓 져 문의 가 디웃디웃 시문의 누은 ᄀᆡ난 컹컹 짓고 ᄂᆡ다르니 심쳥니 어린 마옴 긔ᄉᆡᆨᄒᆞ녀 벌벌 쩔며 안목으로 ᄀᆡ을 쏫고 간신니 드러가셔 아쥬 알뜰 어린 말노 밥 한 슐 죤 닐 ᄒᆞ오 쇼경 부친 혼져 두고 밥	(아니리) … 아가 네가 나이도 어린 것이 이 추운 날 밥 얻으러 가면은 남의 집의 개가 달려들어 물 것이고 구박인들 오죽하며 근 십 년을 밥을 얻어다 먹으니 염치도 없고 그러하니 네가 가서 밥을 주것냐 그러니 너를 못 가게 하느라고 그랬는데 -(중략)- (중모리) 심청이가 그 날부터 밥을 빌어 나가는데 먼 산에 해 비치고 앞마을에 연기 난다 가련하다 심청이가 헌베 중의 웃단님 메고 깃만 남은 헌 저고리 자락 없는 청목휘양 볼수 없이 숙여 쓰고 뒤축

46 박황, 『판소리소사』, 신구문화사, 1974, 85-86쪽.

을 빌너 왓ᄉᆞ오니 각씨 한 슐 덜 좁숩고 십시일반 글념ᄒᆞ오면 부친 공경ᄒᆞ겟네다 이럿텃 ᄋᆡ걸할 졔 동네 즁의 괴한 계집 독솔시럽고 인졍 읍셔 사람을 몰너보고 함박 죳싹 드지며 너의 아버니 심ᄆᆡᆼ인도 사을 걸너 단니면셔 오면 먹고 바더 가더이 너야 몬너니 ᄃᆡ치 나 무순 신셰 지녀노라 일싱 밥을 달나너야 구박 츌숑 죳쳐 ᄂᆡ니(17앞-18앞)	없는 헌 집신이 버선 없이 발을 벗고 헌 바가지 손에 들고 건너 마을 바라보니 청산비조는 끊어지고 만종인적이 전혀 없네 북풍에 모진 바람 살 쏘듯이 불어오고 황혼에 가는 거동 눈 뿌리는 수풀 속에서 달달달 떨면서 손을 불고 옹송거려 건너가서 무정한 게 개로구나 개가 느닷없이 골목에서 쑥 나오며 응쾅쾅 심청이 기가 막혀 아이고 이 개야 내가 무슨 죄가 있다고 그러느냐47

보다시피 둘 사이에 상당한 친연성을 확인할 수 있다.

다음은 장사를 마치고 돌아오던 상고 선인들이 해상에 떠 있는 꽃을 발견하고 그것에 대해 의견이 분분할 때 청의선관이 나타나 천자에게 진상하라고 일러주는 대목이다.

〈허흥식본 심청가〉	〈박동진 심청가〉
【평ᄌᆞᆼ단】… 그 ᄭᅩᆺ 안니로다 공논니 미결할졔 【진냥죠】 표풍셰우 ᄃᆡ무 즁의 호록한 쳥의션관 크게 불 불너 이론 말니 ᄒᆡᆼᄉᆞᆼ의 쎤넌 져 ᄇᆡ ᄭᅩᆺ슬 보고 헌아 말나 요지년의 ᄌᆞᆼ싱화니 타인 통셜 부ᄃᆡ 말고 각별 죠심 고니 모셔 쳔ᄌᆞ 압희 진ᄉᆞᆼ하라 약ᄎᆞ 불연직 쳔도신명 뇌공신의 불벼락을 당ᄒᆞ리라 【안니리】 엄슉키 닐우거날 ᄉᆞᆼ고션인 겁을 ᄂᆡ여 져의 셔로 당부ᄒᆞ며 ᄭᅩᆺ슬 고이 건져 ᄂᆡ여 허리싼의 모신 후의 【엇모리】청포ᄌᆞᆼ을 둘너 치이 ᄂᆡ외 쳬통	(중중모리) … 저 꽃을 건저 가자 공론이 분부할 제 청의선관이 학을 타고 공중에 높이 떠 행상에 뜬 선인들아 꽃을 보고 헌화마라 그 꽃은 천상에 월계화니 타인 동섭을 부듸 말고 각별 조심 곱게 모셔 천자 전에 진상하라 천자 전에 진상하라 만일 너의들이 꽃을 보고 희롱하면 천지신명 조신하여 산벼락을 때리리라 역역히 외이거늘 여러 선인 벌벌 떨고 그 꽃을 고이 뫼셔 청포장 둘러치니 내외 체통이 분명쿠나 삼승 돛을 추켜 달으니 순풍이 절로 나서 남경을 순식간이라 선두에 다 배를 매 안과산천이 반가워라48

47. 바로 앞 부분에 "(아니리) … 아가 네가 나이도 어린 것이 이 추운 날 밥 얻으러 가면은 남의 집의 개가 달려들어 물 것이고 구박인들 오즉하며 근 십년을 밥을 얻어다 먹으니 염치도 없고 그러하니 네가 가서 밥을 주것냐 그러니 너를 못 가게 하느라고 그랬는데"가 있다. 김진영 외, 『심청전 전집』 [1], 박이정, 1997, 208-209쪽.

엄숙ᄒᆞ다 닷 들고 돗츨 달아 슌풍의 ᄇᆡ을 노니 ᄊᆞᆼ용이 협쥬한 듯 남경이 슌식이라 안관ᄉᆞᆫ쳔 반갑도다(39앞-39뒤)	

장단 구성은 다르지만 사설은 표현의 차이가 다소 있어도 거의 동일하므로 둘 사이에 밀접한 관련이 있는 것이 틀림없다.

봉래선관이 천자의 꿈에 나타나 심청을 황후로 맞이하라고 계시하는 대목도 마찬가지이다.

〈허흥식본 심청가〉	〈박동진 심청가〉
【진냥죠】… 날니 가고 밤이 되어 경졈 소ᄅᆡ쁜니로다 취심ᄒᆞ여 ᄇᆡᆨ씨시이 비몽인 덧 ᄉᆞ몽인 덧 ᄉᆞ취가 진동ᄒᆞ며 봉ᄂᆡ션관 ᄂᆡ려와셔 거슈ᄉᆞ읍 왈 복원 폐ᄒᆞ넌 이계 천입국ᄒᆞ셔 보쳔솔토의 셩교가 구긔ᄒᆞ되 ᄒᆞ되 관져 갈담의 금젼니 공ᄒᆞ시다 ᄉᆞ제 명 왈 션아을 ᄒᆞ강ᄒᆞ셔 황후을 봉ᄒᆞ시니 ᄌᆞᆼ싱화을 ᄉᆞᆯ피시면 ᄉᆞ셔될 쥴 아오리다 말니 맛지 못ᄒᆞ여 ᄑᆡ옥 명난 학의 쇼ᄅᆡ ᄶᆡ다루이 쉼니로다(40앞-40뒤)	(중모리) 날이 가고 밤이 오면 경점소리 뿐이로다 천자 취침하시는데 봉래선관이 학을 타고 하날에서 나려와서 재배하고 하는 말이 복원폐하는 황후 상사 당하심을 상천이 아시옵고 연인을 보내셨사오니 어서 별궁에 뫼신 옥쟁반 꽃송이를 살피소서 홀연히 간곳없다 천자께서 깜짝 놀래 잠을 깨니 남가일몽이 되었구나[49]

심청이 황후로 등극하는 대목에서도 상당한 친연성이 있으며, 심정순의 심청가인 〈강상련〉도 마찬가지이다. 그러나 같은 김성옥 가문의 심청가임에도 불구하고 김창룡이 고음반에 남긴 심청가와 〈허흥식본〉 사이에는 유사성이 거의 발견되지 않는다.

2) 〈방진관 심청가〉와의 친연성

방진관은 심청이 용궁에서 세상으로 나오는 대목을 빅터음반에 남겼는데,

48 김진영 외, 『심청전 전집』 [1], 박이정, 1997, 249쪽.
49 김진영 외, 『심청전 전집』 [1], 박이정, 1997, 236쪽.

〈허흥식본〉과 놀라울 정도의 친연성을 보여 주목된다.

〈허흥식본 심청가〉	〈방진관 심청가〉
【평ᄌᆞᆼ단】… 츌쳔지효 심낭ᄌᆞ을 셰ᄉᆞᆼ으로 인도할 졔 요지복식 단ᄌᆞᆼ시겨 ᄃᆡ홍션의 머무루고 팔 선녀 유의한 뜻 션과 쥭실 각봉ᄒᆞ여 심낭 쥬며 일론 말니 가넌 질이 ᄎᆞᆼ망ᄒᆞ니 ᄂᆡ 실과을 진녀짜가 ᄇᆡ고푼 ᄊᆡ ᄉᆞᄌᆞᄒᆞ면 연일불식 쥬린 ᄎᆞᆼᄌᆞ 화긔단단 ᄒᆞ오리다 잇지 말나 당부ᄒᆞ고 ᄒᆞ강한 션 여덜니 심낭ᄌᆞ을 ᄌᆞᆨ별ᄒᆞ며 졔련ᄒᆞ여 이론 말니 우리난 ᄉᆞᆼ쳔ᄒᆞ여 월궁으로 가건이와 그ᄃᆡ난 효심으로 만슈번음 죠은 세ᄉᆞᆼ 고향으로 나가오니 영화부긔 ᄉᆡᆼ젼ᄒᆞ고 만죵녹을 누리다가 졔향으로 보ᄉᆞ니다 이럿텃 ᄌᆞᆨ별ᄒᆞ고 【안니리】 츌쳔지효 심낭ᄌᆞ을 장ᄉᆡᆼ화 ᄭᅩᆺ봉 쇽의 인젹 읍시 ᄌᆞᆼ신ᄒᆞ고(35뒤-36앞)	(진양) 출천지효 심낭자를 세상으로 인도할 제 요지복색 단장시겨 대홍선의 머무르고 여덟 선녀 유의한 뜻 선과죽실 각봉하야 심낭 주며 이론 말이 가난 길이 창망하니 이 실과를 지녔다가 연일 불식 주린 창자 단단 화기가 되오리라 잊지 말라 당부허고 여덟 선녀 작별할 적으 우리난 상천하야 월궁으로 가거니와 그대난 효심으로 고향의 돌아가 만종록을 누리다가 제향으로 오라고 여덟 선녀를 작별 후에 출천지효 심낭자를 장생화 꽃봉 속의 인적 없이 장신하였다[50]

밑줄 그은 곳이 동일한 부분이다. 동일 계통의 소리가 아니라면 이 정도의 일치는 불가능할 것이다. 다음에 인용한 대목도 마찬가지이다.

〈허흥식본 심청가〉	〈방진관 심청가〉
【평ᄌᆞᆼ단】… 그 ᄇᆡ 워인 ᄇᆡᆫ고 ᄌᆞᆼ안니 강동 거ᄒᆞ니 졍슈츄풍 ᄯᆡ을 만나 져어 가난 일녑션과 오회월녀 ᄎᆡ련가로 칠니포 ᄂᆡ려 갈 졔 저어 가난 요고션인가 진시황 ᄌᆞᆼᄉᆡᆼ 쇼원 봉ᄂᆡ 방ᄌᆞᆼ 영쥬 숨ᄉᆞᆫ ᄎᆡ약 ᄏᆡ던 시션인가 긔경ᄐᆡᄇᆡᆨ 쇼식 듯고 풍월 실너 가난 ᄇᆡᆫ가 츄칠월 긔망야의 범쥬유어 노던 그 ᄇᆡ 청풍셩유 녀긔 온가 원포귀범 가난	(중모리) 저 배가 어인 배냐 장안의 강동거의 정시추풍 때를 만나 저어가난 일엽선이냐 오회월녀 가련실야 실솔이 나려 갈 제 적의 채요는 요고선이야 봉래 방장 영주 삼산 채약하던 범려선 기경태백 소식 듣고 풍월 실러 가는 배냐 추칠월 기망야의 범중유의 노던 저 배 추풍엉유 저기 온가 원포귀범의 가던 저 배에 내 소

50 「Victor KJ-1064-A, 심청가 낭자 출궁 (상), 방진관」, 『빅터 유성기 원반 시리즈 13, 30년대 판소리걸작집』(서울음반, 1994)에 「심청가 낭자 출궁 (하), 방진관」과 함께 복각되어 있다.

<table>
<tr>
<td>ᄇᆡ예 ᄂᆡ 쇼식을 젼ᄒᆞ고져 그 ᄇᆡ 졈졈 갓가이 와
【안니리】 닷 쥬고 돗슬 녹코 셕 ᄌᆞ버 션연후의 묵길셤 용신당의 금ᄇᆡᆨ으로 헌숑후의 졔물 한 ᄉᆞᆼ 졍이 ᄎᆞ려 덕반 우의 고니 녹코 ᄉᆞ공니 츅원ᄒᆞ되
【엇모리】 츌쳔지효 심낭ᄌᆞ 위친으로 투강하셔 홍노졈셜 실어지덧 -(중략)- 우리 ᄇᆡ 녈두 동ᄉᆞ 물 우의 용ᄌᆞ리 보와 슌식 회환 식여 쥬옵쇼셔
【안니리】 헌식하고 용밥 쥴 졔 보지 못한 ᄭᅩᆺ 한 숑니 ᄃᆡ하 즁의 ᄯᅥ잇거날 져 ᄭᅩᆺ시 무신 ᄭᅩᆺ가
【평ᄌᆞᆼ단】 셰우동풍 홍난만ᄒᆞ이 화즁복의 몰란화야 그 ᄭᅩᆺ션 안니로다 쳥ᄉᆞᆫ벽도 츙널ᄌᆞ의 월즁단겨 졔화련가 안니 그 ᄭᅩᆺ 안니로다 우후쳥강 츈흥단ᄒᆞ니 ᄇᆡᆨ도쥭연 여긔환야 안니 그 ᄭᅩᆺ 안니로다 ᄉᆞᆫ쳔 독ᄀᆡ 별양츈ᄒᆞ니 쇼ᄉᆞᆼ강ᄉᆞᆫ 쥭단화야 안니 그 ᄭᅩᆺ 안니로다(37뒤-39앞)</td>
<td>식 전하고자 그 배 점점 가까이 와 닻 놓고 돛을 놓아 석 자 잡어서 선 연후에 묵길섬에 인당수의 금백으로 헌상 후에
(중중모리) 저 꽃이 어인 꽃이냐 세우동풍 홍난만하니 화중복의 모란화 아니 그 꽃이 아닐다 청산벽도 증결자의 월중 단계화러냐 아니 그 꽃이 아닐다 요지천년에 □□□ 요지왕모에 반도화 아니 그 꽃이 아니다 우후청강 춘흥단하니 백로죽경의 여뀌화냐 아니 그 꽃이 아닐다 산천독개 별양춘 하니 소상강산 죽단화냐[51]</td>
</tr>
</table>

장단의 차이를 무시하면 방진관의 심청가에 〈허흥식본〉의 고사 지내는 대목(중략 부분)이 없는 것 외에는 차이가 거의 없다. 〈방진관 심청가〉는 “묵길섬에 인당수의 금백으로 헌상 후에”에서 “저 꽃이 어인 꽃이냐 세우동풍 홍난만하니”로 넘어가는 부분이 어색한데, 그것은 녹음 과정에서 고음반에 담을 수 있는 길이를 고려하여 그 부분을 의도적으로 뺐기 때문으로 짐작된다. 고음반의 한 면에는 3분 30초 이상 담기 어렵다.

이상에서 〈허흥식본〉은 방만춘 가문의 심청가와 밀접한 관련을 맺고 있는 것이 분명해졌다. 또한 이 부분이 지금 구체적인 사설을 확인할 수 있는 여타의 중고제 심청가와 다르다는 점도 그럴 가능성을 한층 높여주고 있다. 앞으로 방진관이 남긴 더 많은 양의 판소리 자료를 발굴하여 보다 포괄적인 검토가

51 「Victor KJ-1064-B, 심청가 낭자 출궁 (하), 방진관」.

이루어져야 하겠지만, 이 부분만 두고 보면 〈허흥식본〉은 방만춘 가문에서 부르던 심청가거나 그것의 원형일 가능성이 매우 큰 것이라고 할 수 있다.

3) 〈강상련〉과의 친연성

심정순의 심청가인 〈강상련〉도 〈허흥식본〉과 적지 않은 친연성이 있다. 심청이 황후가 되는 국혼 대목에서 강한 친연성이 있는데, 다음은 그 가운데 일부이다.

〈허흥식본 심청가〉	〈강상련〉
【평ᄌᆞᆼ단】 심낭ᄌᆞ을 츄죤ᄒᆞ녀 황ᄐᆡ후을 봉하시고 요지복ᄉᆡᆨ 칠보화관 진나ᄉᆞᆷ을 바치시고 십ᄌᆞᆼ싱 곤의슈싱 ᄉᆞᆷ광으로 슈을 녹코 슈보다남 진쥬옥ᄑᆡ ᄉᆞᆷ쳔쥬가 황홀할ᄉᆞ 도금 쌍학 봉미션의 함교ᄒᆞ고 함ᄐᆡᄒᆞ니 월궁힝아 ᄒᆞ강한 덧 니화졍 구롬 쇽의 슉낭ᄌᆞ가 ᄂᆡ려온 닷 젼후좌우 ᄉᆞᆼ공 신녀 녹의홍ᄉᆞᆼ 빗난 ᄎᆡ의 낭ᄌᆞ 화관쪽도리며 봉ᄎᆡ쥭졀 가진 봉ᄌᆞᆷ 밀화불슈 ᄉᆞᆫ호 싸지 명월ᄑᆡ 울금향 쳔도ᄌᆞᆷ 활의원ᄉᆞᆷ 품직으로 단ᄌᆞᆼᄒᆞ고 심황후을 시위ᄒᆞ여 층층니 셧난 거동 광한젼의 시위한 듯 홍ᄇᆡᆨ슈 빗난 ᄎᆞ일 구롬갓치 덥퍼 치고 금슈보진 용문셕의 ᄒᆞ도문ᄎᆡ 벌어시며 우슈보ᄌᆞᆼ 금병풍의 ᄇᆡᆨᄌᆞ쳔숀 근감ᄒᆞ다 목제쌍화문보의 쇄금쵸ᄊᆡ 홍쵸 쏫고 유리만호금은 옥병 ᄌᆞᆼ싱쵸을 느러 쏫고 금노진 향불을 달녀 귀비귀비 진취로다 난봉공ᄌᆞᆨ 그린 ᄉᆞ겨 청학 ᄇᆡᆨ학 쌍을 지녀 편편이 버런난ᄃᆡ 잉모 갓턴 미ᄉᆡᆨ덜은 긔럴 ᄌᆞᆸ고 버려셔고 ᄉᆞᆷᄐᆡ육경 만죠ᄇᆡᆨ관 동셔반의 갈너 셔셔 읍양진퇴ᄒᆞ난 거동 군신유의 즁할시고 【안니리】 예보ᄉᆞᆼ셔 함을 지고 봉ᄎᆡ 납폐 들인 후의 쳔ᄌᆞ 우념 볼쏙시면	(즁즁모리) 텬ᄌᆞ 극히 올케 넉여 일관 식여 ᄐᆡᆨ일ᄒᆞᆯ시 음양부쟝 ᄉᆡᆼ긔복덕 삼합덕일 가려ᄂᆡ여 심랑ᄌᆞ로 황후를 봉ᄒᆞ시니 요지복ᄉᆡᆨ 칠보화관 십쟝ᄉᆡᆼ 슈복 노아 진쥬옥ᄑᆡ 슌금쌍학 봉미션에 월궁항아 하강ᄒᆞᆫ 듯 젼후좌우 샹궁 시녀 록의홍샹 빗이 나네 랑ᄌᆞㅣ 화관쪽도리며 봉ᄎᆡ쥭졀 밀화불슈 산호가지 명월ᄑᆡ 울금향 당의원삼 호품으로 단쟝ᄒᆞ고 황후 위의 쟝ᄒᆞ도다 층층히 뫼신 션녀 관환뎐 시위ᄒᆞᆫ 듯 쳥홍ᄇᆡᆨ슈 비단ᄎᆞ일 하날 닷케 놉히 치고 금슈복 룡문셕 공단휘쟝 금평풍에 ᄇᆡᆨᄌᆞ 쳔손 근감ᄒᆞ다 금초ᄉᆞᄃᆡ 홍초 쏫고 류리만호 됴흔 옥병 구뷔구뷔 진쥬로다 란봉공작 짓ᄂᆞᆫ ᄉᆞ자 쳥학 ᄇᆡᆨ학 쌍쌍이오 ᄋᆡᆼ무갓흔 궁녀들은 긔를 잡고 느러셧고 삼ᄐᆡ륙경 만죠ᄇᆡᆨ관 동셔편에 갈나셔셔 읍양진퇴ᄒᆞᄂᆞᆫ 거동 리부샹셔 함을 지고 납ᄎᆡ를 드린 후에 텬ᄌᆞ 위의 불작시면 륭쥰룡안 미슈염에 미ᄃᆡ강산졍긔(眉帶江山精氣)ᄒᆞ고 복은텬디됴화(腹隱天地造化)ᄒᆞ니 황ᄒᆡ슈 다시 말거 셩인이 나셧도다 면류관 곤룡포에 량 억ᄀᆡ 일월 붓쳐 응텬샹지삼월(應天上之三光)이오 비인간지오복(備人間之五福)이라 대례를 맛친 후에 랑ᄌᆞ를

【ᄉᆞᆷ궁제】 융쥰용안 미슈념의 미ᄃᆡ강ᄉᆞᆫ 졍긔ᄒᆞ고 복은죠화ᄒᆞ니 황ᄒᆡ슈 다시 말거 셩현니 나시도다 멸뉴관 보불룡포 양억ᄀᆡ예 일월 붓쳐 응쳔상지ᄉᆞᆷ광이요 십니ᄌᆞᆼ 만젼홍포 비인간지오복니라 요슌 갓턴 우리 황상 임ᄉᆞ 갓턴 황후젼의 길예가 되옵시이 ᄐᆡ평셩ᄃᆡ 이 안인가 육예을 갓츈 후의 금덩의 황후 모셔 ᄌᆞᆼ낙젼 젼의 드읍실 제 졔쥬ᄉᆞᆼ궁 보모ᄉᆞᆼ궁 ᄌᆞ비ᄉᆞᆼ궁 봉위ᄒᆞ니 ᄉᆞᆷ쳔 궁여 시위ᄒᆞ녀 여밀낙 ᄃᆡ 풍뉴난 쳘셩으로 질게 느러 궁중의 ᄌᆞ욱ᄒᆞ고 시위셩 놉픈 쇼ᄅᆡ 황극젼의 진동ᄒᆞ며 ᄂᆡ젼의 직위ᄒᆞ셔 ᄃᆡ례을 맛츤 후의 황후 셩덕 어진 됴ᄒᆞ 쳔ᄒᆞ의 가득ᄒᆞ니 ᄉᆞᆷᄐᆡ 육경 만죠ᄇᆡᆨ관 각도ᄌᆞᄉᆞ 열읍 ᄐᆡ슈 억죠ᄎᆞᆼ싱 만민더리 복지ᄒᆞ여 츅원ᄒᆞ되 쥬ᄉᆞᆼ젼ᄒᆞ ᄎᆞᄉᆞᆫ슈갓치 ᄉᆞᆫ봉슈갈토로 셩슈무강ᄒᆞ옵쇼셔 ᄉᆞᆫ호만세 불으오니 일언 경ᄉᆞ ᄯᅩ 잇난가(42뒤-44앞)	금덩에 고이 모셔 황극뎐에 드ᄋᆞᆸ실 ᄯᆡ 위의 례졀이 거록ᄒᆞ고 쟝ᄒᆞ도다 심황후의 어진 셩덕 텬하에 가득ᄒᆞ니 죠졍의 문무ᄇᆡᆨ관 각싱 자ᄉᆞ 렬읍 ᄐᆡ슈 억됴창싱 인민들이 복디ᄒᆞ야 츅원ᄒᆞ되 우리 황후 어진 셩덕 만슈무강ᄒᆞ옵소셔[52]

대례식의 위용을 매우 사실적으로 묘사하고 있는 부분인데, 밑줄 그은 곳이 일치하는 부분이다. 〈강상련〉이 〈허흥식본〉에 비해 다소 축약되어 있지만 전체적으로 보면 거의 같다. 동일한 뿌리에서 나오지 않았다면 이 정도의 친연성을 가지는 것은 불가능하다.

심청의 환세 대목도 다음과 같이 〈허흥식본〉과 거의 같다.

ᄒᆡ샹을 바라보니 난ᄃᆡ업ᄂᆞᆫ ᄭᅩᆺ 한 송이 물 우에 둥실 ᄯᅥ오거ᄂᆞᆯ 션인들이 ᄂᆡ다르며 이 ᄋᆡ야 뎌 ᄭᅩᆺ이 웬 ᄭᅩᆺ이냐 텬상에 월계화냐 요지에 벽도화냐 텬샹 ᄭᅩᆺ도 안이오 셰샹 ᄭᅩᆺ도 안이여ᄂᆞᆯ ᄒᆡ샹에 ᄯᅥᆺ슬 ᄯᆡᄂᆞᆫ 아마도 심랑ᄌᆞ의 넉인 게다 공론이 분분ᄒᆞᆯ ᄯᆡ ᄇᆡᆨ운이 몽롱ᄒᆞᆫ 즁 션연ᄒᆞᆫ 쳥의션관 공즁에 학을 타고 크게 웨여 일은 말이 ᄒᆡ샹 ᄯᅥᆺᄂᆞᆫ 션인들아 ᄭᅩᆺ 보고 헛말 말아 그 ᄭᅩᆺ이 텬샹화니 타인통셜 부ᄃᆡ 말고 각별 죠심 곱게 뫼셔 텬ᄌᆞ 젼의 진샹ᄒᆞ라 만일에 불연ᄒᆞ면 뢰샹보화 텬존 식여 산벼락을 ᄂᆡ리리라 션인들 이 말 듯고 황겁ᄒᆞ야 벌벌 ᄯᅥᆯ며

52 김진영 외, 『심청전 전집』 [2], 박이정, 1997, 51-52쪽.

그 ᄭᅩᆺ을 고히 건져 허리간에 뫼신 후에 쳥포장 둘너치니 ᄂᆡ외 톄통 분명ᄒᆞ다 닷을 감고 돗을 다니 슌풍이 졀노 이러 남경이 슌식간이라 ᄒᆡ안에 ᄇᆡ를 ᄆᆡ고 고ᄉᆞ를 ᄒᆞ랴 ᄒᆞᆯ 졔[53]

심청이 젖동냥 다니는 대목, 심봉사가 도둑맞은 물건을 찾아내라고 관장에게 억지 부리는 대목도 둘 사이에 친연성이 크다. 그리고 이 밖에도 매우 부분적이기는 하나 친연성이 있는 곳이 적지 않다.

참고로, 중고제 심청가의 이해에 도움이 되는 〈강상련〉과 〈박동진 심청가〉의 친연성을 살펴보기로 한다. 다음은 수정궁에서 심청과 옥진부인이 상봉하는 대목이다.

〈강상련〉	〈박동진 심청가〉
(안이리) … 하로 하놀에 옥진부인이 오신다 ᄒᆞ니 심쇼져ᄂᆞᆫ 누군 줄 모로고 이러셔 ᄇᆞ라보니 (엇모리) 옥ᄉᆡᆨ ᄎᆡ운이 벽공에 어렷ᄂᆞᆫᄃᆡ 요량ᄒᆞᆫ 풍악이 궁즁에 랑자ᄒᆞ며 우편에ᄂᆞᆫ 단계화 좌편에ᄂᆞᆫ 벽도화 쳥학 ᄇᆡᆨ학 옹위ᄒᆞ고 공쟉은 츔을 츄고 안비로 젼인ᄒᆞ야 텬샹션녀 압흘 셔고 룡궁신녀ᄂᆞᆫ 뒤를 셔 엄슉ᄒᆞ게 ᄂᆞ려오니 보던 ᄇᆡ 쳐음이라 (안이리) 이윽고 ᄂᆞ려와 교ᄌᆞ로 좃차 옥	(중모리) 하로는 천상에서 옥진부인이 오신다고 하니 심청이는 누군지를 모르고서 일어서 바라보니 오색 채운이 벽공에 어렸는데 낭자한 풍악소리 수궁이 진동하고 좌편은 월계화요 우편은 벽도화라 청학 백학은 난무하고 공작이도 춤을 출제 안비로 전인하고 천상선녀가 앞으로 스고 용궁선녀가 뒤를 따라 엄숙하게 들어오니 보든 바 처음이라 이윽고 부인이 교자에서 내리시여 들어오며 심청아 너

53 김진영 외, 『심청전 전집』 [2], 박이정, 1997, 49-50쪽. 〈허흥식본〉은 다음과 같다. “【안니리】 헌식하고 용밥 쥴 졔 보지 못한 ᄭᅩᆺ 한 송니 ᄃᆡ하 즁의 ᄡᅥ잇거날 져 ᄭᅩᆺ시 무신 ᄭᅩᆺ가 【평즁단】 셰우동풍 홍난만ᄒᆞ이 화즁복의 몰란화야 그 ᄭᅩᆺ션 안니로다 청ᄉᆞᆫ벽도 춍널ᄌᆞ의 월즁단겨 졔화런가 안니 그 ᄭᅩᆺ 안니로다 우후청강 츈흥단ᄒᆞ니 ᄇᆡᆨ도쥭연 여ᄀᆡ환야 안니 그 ᄭᅩᆺ 안니로다 ᄉᆞᆫ쳔 독ᄀᆡ 별양츈ᄒᆞ니 쇼ᄉᆞᆼ강ᄉᆞᆫ 쥭단화야 안니 그 ᄭᅩᆺ 안니로다 공논니 미결할졔 【진냥죠】 표풍셰우 ᄃᆡ무 즁의 호록한 청의션관 크게 불 불너 이론 말니 ᄒᆡᄉᆞᆼ의 ᄶᅥᆫ넌 져 ᄇᆡ ᄭᅩᆺ슬 보고 헌아 말나 요지년의 ᄌᆞᆼ싱화니 타인 통셜부ᄃᆡ 말고 각별 죠심 고니 모셔 쳔ᄌᆞ 압희 진ᄉᆞᆼ하라 약ᄎᆞ불연직 쳔도신명 뇌공신의 불벼락을 당ᄒᆞ리라 【안니리】 엄슉키 닐우거날 ᄉᆞᆼ고션인 겁을 ᄂᆡ여 져의 셔로 당부ᄒᆞ며 ᄭᅩᆺ슬 고이 건져 ᄂᆡ여 허리싼의 모신 후의 【엇모리】청포ᄌᆞᆼ을 둘너 치이 ᄂᆡ외 쳬통 엄슉ᄒᆞ다 닷 들고 돗츨 달아 슌풍의 ᄇᆡ을 노니 ᄊᆞᆼ용이 협쥬한 듯 남경이 슌식이라 안관ᄉᆞᆫ쳔 반갑도다”(〈허흥식본〉, 37뒤-39뒤).

진부인이 드러오며 심쳥아 너의 모 내가 왓다 심쇼져 드러보니 모친이 오셧거놀 (즁즁모리) 심쳥이 반겨라고 펄젹 ᄡᅱ여ᄂᆡ려가 ᄋᆡ고 어메니오 우루루 달녀드러 모친 목을 덜컥 안ㅅ고 일희일비ᄒᆞᄂᆞᆫ 말이 어머니 나를 낫코 칠 일 만에 상셔 나셔 근근ᄒᆞᆫ 쇼녀 몸이 부친 덕에 안이 죽고 십오 셰 당ᄒᆞ도록 모녀간 텬디 즁ᄒᆞᆫ 얼골을 모로기로 평싱에 ᄒᆞᆫ이 ᄆᆡᆺ쳐 이즐 날이 업ᄉᆞᆸ더니 오놀날 뫼시오니 나ᄂᆞᆫ ᄒᆞᆫ이 업ᄉᆞ오나 외로오신 아부지ᄂᆞᆫ 누를 보고 반기실ᄶᅡ ᄉᆡ로옵고 반가온 졍과 감격ᄒᆞ고 급ᄒᆞᆫ ᄆᆞ옴 엇지ᄒᆞᆯ 줄 모로다가 뫼시고 루에 올나가 모친픔에 싸여 안겨 얼골도 ᄃᆡ여보고 슈죡도 만지면셔 졋도 인졔 먹어보셰 반갑고도 즐거워라 즐겨ᄒᆞ며 우름우니 부인도 슯허ᄒᆞ야 등을 ᄯᅮᆨᄯᅮᆨ ᄯᅮ다리며 울지 마라 내 ᄯᆞᆯ이야 내가 너를 난 연후로 샹뎨 분부 급급ᄒᆞ야 셰샹을 이젓스나 눈 어둔 너의 부친 고싱ᄒᆞ고 살으신 일 싱각ᄉᆞ록 긔막힌 즁 버셧 ᄀᆞᆺ고 이슬 ᄀᆞᆺ타 십분구ᄉᆞ 네 목슘을 더욱 엇지 밋엇스랴 황텬이 도와주샤 네 이졔 살앗구나 안어 볼ᄭᅡ 업어 벌ᄭᅡ 귀ᄒᆞ여라 내 ᄯᆞᆯ이야 얼골 젼형 웃ᄂᆞᆫ 모양 너의 부친 흡ᄉᆞᄒᆞ고 손길 발길 고은 것이 엇지 그리 나 ᄀᆞᆺ흐냐 어려셔 크던 일을 네가 엇지 알냐마는 이 집 뎌 집 몃 사ᄅᆞᆷ의 동량졋을 먹고 크니 뎌 기간의 너의 부친 그 고싱을 알니로다 너의 부친 고싱ᄒᆞ야 응당 만히 늙으셧지 뒤ㅅ동리 귀덕어미 네게 ᄆᆡ오 극진터냐 지금ᄭᆞ지 살앗ᄂᆞ냐 심쳥이 엿ᄌᆞ오되 아부지ᄭᅦ 듯ᄉᆞ와도 고싱ᄒᆞ고 지ᄂᆡᆫ 일을 엇지 감히 이즈릿가 부친 고싱ᄒᆞ던 말과 닐곱 살에 졔가 나셔 밥 빌어 봉친턴 일 바느질로 사든 말과 승샹부인 져를 불너 모녀 의로 ᄆᆡ진 후에 은혜 태산 깁흔 일과 션인 ᄯᅡ라오랴 ᄒᆞᆯ ᄯᅢ 화샹 족

의 에미 내가 왔다 심청이는 들어보니 어머니가 오셨고나 반기옵고 좋와라고 우루루루 뛰여나가 어머니 목을 덜컥 안고 일희일비 우는 말이 어머니 나를 낳시고 칠 일 안에 세상을 떠나 근근한 소녀 몸이 아버지 덕에 아니 죽고 십오 세가 다 되도록 어머니에 지중한 얼굴을 모르는 일 한이 되여 철천지원일러니 오늘날 수궁에서 어머니를 대하오니 나는 한이 없지마는 불쌍하신 아버지는 뉘를 보고 반기실까 감격하고 급급한 마음 모친 무릎에 올라앉자 이제 젖도 먹어보자 얼골 대여보고 수족도 만지면서 이렇듯 울음을 우니 부인이 심청의 등을 어루만지며 우지 마라 우지 마라 내 딸이야 내가 너를 낳은 연후의 상제 분부 급급하사 세상을 잊었으나 너의 부친 고생하고 사는 중에 벗었고 이슬 같은 십상구사 네 목숨을 내가 어찌 더욱 잊었으랴 상천이 도우시사 네가 이제 살었구나 구여워라 내 딸이야 얼골 형용 웃는 것은 너의 부친 흡사하고 손발 길고 고은 것은 어찌 그리도 나 같으냐 어려서 크든 일을 네가 어찌 알랴마는 너의 부친 너를 안고 이 집 저 집 다니면서 동냥젖 얻어먹여 저만치나 키워놓니 너의 부친 그 고생이 기가 맥히는구나 너의 부친 고생하고 응당 많이 늙으셨지야 뒷동리 귀덕어미 네게 매우 착실터니 이제까지 살았느냐 심청이가 엿자오되 아버지께 듣자오니 고생하고 살은 것을 어찌 다 잊으리까 여섯 살에 밥을 빌어 봉친하든 그 말씀과 품팔이로 사든 말과 승상부인 저를 불러 모녀간 의를 맺고 은혜 태산 같은 말과 몸을 팔려 나올 적에 화상족자 하든 말과 귀덕어미 은혜 말을 낱낱이 말을 하니 부인 또한 승상부인을 칭찬하며 그렁저렁 여러 날이 되였구나 하로는 부인이 일어스며 심청아 청아 모

<table>
<tr><td>ᄌᆞ ᄒᆞ던 말과 귀덕어미 은혜 말을 낫낫치 다 고ᄒᆞ니 부인이 그 말 듯고 승샹부인 치하ᄒᆞ며 그렁뎌렁 여러 날을 슈졍궁에 머물을 졔 하로ᄂᆞᆫ 옥진부인이 심쳥다려 ᄒᆞᄂᆞᆫ 말이 모녀간의 리별ᄒᆞᆯ 맘 한량이 업것마는 옥황샹뎨 쳐분으로 맛흔 직분 허다ᄒᆞ야 오ᄅᆡ 지톄 못 ᄒᆞ겟다 <u>오ᄂᆞᆯ날을 리별ᄒᆞ고 너의 부친 맛날 줄을 네야 엇지 알냐마는 후일에 셔로 반길 째가 잇스리라</u> 작별ᄒᆞ고 ᄂᆡ려나니 심쳥이가 긔가 막혀 아이고 어머니 쇼녀ᄂᆞᆫ ᄆᆞᄋᆞᆷ 먹기를 오ᄅᆡ오ᄅᆡ 뫼실 줄로만 알앗더니 리별 말이 웬 말이오 아모리 ᄋᆡ걸ᄒᆞᆫ들 임의로 못 ᄒᆞᆯ지라 <u>옥진부인이 ᄂᆡ려셔셔 손을 잡고 작별터니 공즁으로 향ᄒᆞ야</u> 인홀불견 올나가니 심쳥이 ᄒᆞᆯ일업시 눈물로 하직ᄒᆞ고 슈졍궁에 머물을시[54]</td>
<td>녀간 귀중한 정은 한량이 없다마는 상제 분부 여차하여 맡은 분부가 허다하다 나는 이제 간다마는 <u>너는 세상을 나가거든 너의 부친 뵈옵는 날 날 본 말을 다하여라</u> 작별하고 일어나니 심청이 기가 막혀 어머니의 목을 안고 아이고 어머니 허-소녀는 어머니를 오래오래 뫼실 줄로 알았드니 이별 말이 웬 말이요 아무리 통곡해도 인력으로 어찌하리 한두 마디 말할 적에 인홀불견 간곳없네
(아니리) 할 일 없이 심청이는 수정궁에 머무르고 눈물로 하즉하고 수정궁에 머무를 제[55]</td></tr>
</table>

밑줄 그은 부분에서 약간의 차이가 있을 뿐 거의 동일하다. 다음의 국혼 대목도 밑줄 그은 부분에서 다소 차이가 나지만 그 외는 거의 같다.

<table>
<tr><th>〈강상련〉</th><th>〈박동진 심청가〉</th></tr>
<tr><td>(엇즁모리) … 이 ᄯᅳᆺ으로 긔록ᄒᆞ야 묘당에 ᄂᆡ리시니 ᄉᆞᆷᄐᆡ륙경 만죠ᄇᆡᆨ관 문무졔신이 일시에 드러와 복디ᄒᆞ니 텬ᄌᆞᄭᅴ셔 하교ᄒᆞ사ᄃᆡ 짐이 거야에 득몽ᄒᆞ니 하도 심히 긔이키로 작일 션인 진샹ᄒᆞ던 ᄭᅩᆺ송이를 ᄉᆞᆲ혀보니 그 ᄭᅩᆺ은 간 곳 업고 한 랑ᄌᆞ가 안졋ᄂᆞᆫᄃᆡ 황후의 기상이라 경등 ᄯᅳᆺ은 엇더ᄒᆞᆫ고 문무졔신이 일시에 알외오ᄃᆡ 황후 승하ᄒᆞ옵심을 상텬이 아ᄋᆞᆸ시고 인연을 보ᄂᆡ시니 황후를 봉ᄒᆞ소셔 (즁즁모리) 텬ᄌᆞ 극히 올케 넉여 <u>일관 식여 ᄐᆡᆨ</u></td>
<td>(중중모리) … 이 뜻으로 글을 써서 뫼당에 내리시니 삼대육경 만조백관 일시에 들어와 복지한다 천자께서 하교하사 짐이 거야 득몽을 하니 하도 기이하여 작일 선인들 진상한 꽃송이를 살펴보니 보든 꽃 어듸 가고 한 랑자 앉었으니 황휘의 기상이라 경들의 뜻은 어떠한가 여러 신하가 여짜오되 황후 승하하시옴을 천상이 아시옵고 인연을 보내셨사오니 국조가 무궁하여 상천이 도우심이라 어서 대례를 하사이다 어서 성례를 하사이다 그</td></tr>
</table>

54 김진영 외, 『심청전 전집』 [2], 박이정, 1997, 46-48쪽.

55 김진영 외, 『심청전 전집』 [1], 박이정, 1997, 231-232쪽.

일ᄒᆞᆯ시 음양부쟝 ᄉᆡᆼ긔복덕 삼합덕일 가려ᄂᆡ여 심랑ᄌᆞ로 황후를 봉ᄒᆞ시니 요지복ᄉᆡᆨ 칠보화관 심쟝ᄉᆡᆼ 슈복 노아 진쥬옥ᄑᆡ 슌금쌍학 봉미션에 월궁항아 하강ᄒᆞᆫ 듯 젼후좌우 샹궁 시녀 록의홍샹 빗이 나네 랑ᄌᆞ 화관죡도리며 봉ᄎᆡ쥭졀 밀화불슈 산호가지 명월ᄑᆡ 울금향 당의원삼 호품으로 단쟝ᄒᆞ고 황후 위의 쟝ᄒᆞ도다 층층히 뫼신 션녀 광한뎐 시위ᄒᆞᆫ 듯 쳥홍ᄇᆡᆨ슈 비단ᄎᆞ일 하날 닷케 놉히 치고 금수복룡문셕 공단휘쟝 금평풍에 ᄇᆡᆨᄌᆞ쳔손 근감ᄒᆞ다 금초ᄉᆞᄃᆡ 홍초 꼿고 류리만호 됴ᄒᆞᆫ 옥병 구뷔구뷔 진쥬로다 란봉공작 짓ᄂᆞᆫ ᄉᆞ자 쳥학 ᄇᆡᆨ학 쌍쌍이오 잉모 갓ᄒᆞᆫ 궁녀들은 긔를 잡고 느러셧고 삼ᄐᆡ륙경 만조ᄇᆡᆨ관 동셔편에 갈나셔셔 음양진퇴ᄒᆞᄂᆞᆫ 거동 리부샹셔 함을 지고 납ᄎᆡ를 드린 후에 텬ᄌᆞ 위의 볼작시면 룡쥰 룡안 미슈염에 미ᄃᆡ강산졍긔ᄒᆞ고 복은 텬디 됴화ᄒᆞ니 황ᄒᆡ슈 다시 말거 셩인이 나셧도다 면류관 곤룡포에 량억ᄀᆡ 일월붓쳐 응텬샹지삼월이오 비인간지오복이라 대례를 맛친 후에 랑ᄌᆞ를 금뎡에 고이 모셔 황극뎐에 드ᄋᆞᆸ실 ᄊᆡ 위의 례졀이 거록ᄒᆞ고 쟝ᄒᆞ도다 심황후의 어진 셩덕 텬하에 가득ᄒᆞ니 죠졍의 문무ᄇᆡᆨ관 각ᄉᆡᆼ 자ᄉᆞ 렬읍 ᄐᆡ슈 억됴충ᄉᆡᆼ 인민들이 복디ᄒᆞ야 축원ᄒᆞ되 우리 황후 어진 셩덕 만슈무강ᄒᆞ옵쇼셔56

말을 옳다고 그 말이 좋다 하고 요지복색 칠보화관 낭자화관 쪽도리며 봉채죽점 밀화불수 명월팽월로 단장한 황후님은 아름답고 어여뻐네 칭칭이 섰는 것은 광한전에 시위한 듯 쇠금촛대 홍초 꽂고 유리만호 좋은 옥병 구비구비 진주로다 난봉공작 짓는 사자 청학 백학 쌍학이요 앵무 같은 궁녀들은 갈라서서 읍양진퇴 하는 거동 군신유의가 장할시고 천자위염을 볼작시면 용종 용안 기이하고 황하수 다시 맑아 성현이 나셨구나 면류관 곤룡포에 양 어깨 일월 붙여 응천상지삼광이 비인간지오복이라 대례를 마친 후에 대례를 마친 후에 심황후를 고이 모셔 별궁에다 뫼실 적에 억조창생 만민이며 십이제국 사신들과 삼태육경 만조백관이 춤을 추며 노는구나 우리 황후 어진 성덕 만수무강을 하옵소서 대활영으로 설설이 나리소서 에라 만수 에라 대신이야 에라 대신이야 만수무강하사이다"57

다음은 심봉사 눈 뜨는 대목으로, 수궁에서 가져온 개안초를 발라 심봉사의 눈을 뜨게 한다.

56 김진영 외, 『심청전 전집』 [2], 박이정, 1997, 51-52쪽.

57 김진영 외, 『심청전 전집』 [1], 박이정, 1997, 236-237쪽.

〈강상련〉	〈박동진 심청가〉
(자진모리) ᄋᆡ고 아부지 눈을 ᄯᅥ셔 나를 보ᄋᆞᆸ소셔 림당슈 창랑 즁에 삼ᄇᆡᆨ 셕에 몸이 팔녀 슈궁 갓던 아부지 ᄯᆞᆯ 심쳥이오 눈을 ᄯᅥ셔 나를 보ᄋᆞᆸ소서 심봉ᄉᆞ 이 말 듯고 ᄋᆡ고 이게 웬 말이냐 ᄂᆡ ᄯᆞᆯ 심쳥이가 살단 말이 될 말이냐 ᄂᆡ ᄯᆞᆯ이면 엇의 보자 ᄒᆞ더니 ᄇᆡᆨ운이 자욱ᄒᆞ며 쳥학 ᄇᆡᆨ학 란봉 공작 운무 즁에 왕ᄅᆡᄒᆞ며 심봉ᄉᆞ의 머리 우에 안ᄀᆡ가 자욱ᄒᆞ더니 심봉ᄉᆞ의 두 눈이 활젹 ᄯᅳ니 텬디 일월 밝엇고나[58]	(자진모리) … 그 말 마오 아버지 눈 띄우려 남경장사께 몸이 팔려 임당수에 죽었더니만은 용왕에 덕을 입어 생환 인간하여 황성에서 황후되여 아버지 보이려고 석 달 열흘 맹인잔치 오늘이 망종이라 어서 눈을 떠서 나를 보옵소서 심봉사 그 말 듣고 아이고 이게 웬 말이냐 아이고 눈이 있어야 내 딸을 보지 심황후 그 말 듣고 심황후 그 말 듣고 수궁에서 가지고 나온 개안초라는 약을 갖다 부친에 눈에다 스르르 발라놓니 심봉사 아이고 눈갓이 근질근질하냐 심봉사 머리 우에 안개가 자욱하고 청학 백학 난무하여 내 딸이면 어듸 보자 두 눈을 딱 떴지[59]

이른 시기의 심청가에는 〈정명기 낙장 38장본〉과 〈박순호 낙장 57장본〉처럼 심봉사가 개안주를 마시고 눈을 뜨는 것으로 되어 있고, 〈박동진 심청가〉와 〈정광수 심청가〉, 〈김연수 심청가〉에는 개안초를 바르거나 뿌리는 것으로 되어 있다. 〈한애순 심청가〉에는 개안초를 발랐다는 내용은 보이지 않지만, 뒷부분에 "황극전으 두르던 청학, 백학, 난봉, 궁중 운무 간에 왕래하며, 심봉사 감은 눈을 휘번쩍"[60]이 있는 것으로 보아 원래는 개안초를 바른다는 내용이 있었던 것으로 짐작된다.

4) 〈심상건 심청가〉와의 친연성

심상건이 가야금병창으로 부른 심청가도 〈허흥식본〉과 강한 친연성이 있다. 다음은 심봉사가 젖동냥을 다니는 대목이다.

58 김진영 외, 『심청전 전집』[2], 박이정, 1997, 64쪽.
59 김진영 외, 『심청전 전집』[1], 박이정, 1997, 256쪽.
60 김진영 외, 『심청전 전집』[2], 박이정, 1997, 225쪽.

〈허흥식본 심청가〉	〈심상건 심청가〉
【안니리】 ᄌᆞ른 밤 질게 ᄉᆞ여 그 니튼날 편명시예 강보 녀식 품의 안고 동ᄂᆡ 아기 나은 부인 젼의 ᄎᆞ져가셔 ᄋᆡ걸ᄒᆞ녀 비난 말니 【평ᄌᆞᆼ단】 비난니다 비난니다 부닌 젼의 강보의 니 어린 것 셰ᄉᆞᆼ니라 ᄉᆡᆼ겨나셔 진ᄌᆞ리의 어미 쥭고 ᄇᆡ고퍼 우난 쇼ᄅᆡ ᄎᆞᄆᆞ 듯기 치근ᄒᆞ와 황숑ᄒᆞ온 이 말슴을 부인 젼의 녓ᄌᆞ오이 웃지 아지 마옵시고 ᄃᆡᆨ 아기 머기난 졋슬 덜 머기고 니거슬 먹녀쥬오면 화린젹덕니 안니요 제발 덕분 젹션ᄒᆞ오 【안니리】 니럿텃 ᄋᆡ걸ᄒᆞ니 뉘 안니 낙누ᄒᆞ며 안니 울 니 뉘 잇시랴 그 아의 달ᄂᆞ여셔 나넌 졋슬 실컷 먹녀 심봉ᄉᆞ ᄂᆡ녀쥬며 감격함을 ᄉᆡᆼ각 말고 죵죵 와셔 먹녀가오 심봉ᄉᆞ 감츅ᄒᆞ녀 난망지은 치ᄉᆞ로다 녀러 집을 졍ᄒᆞ녀 두고 ᄎᆞ려로 졋슬 어더먹일 젹의 【진ᄌᆞᆼ단】 집으로 가 못 먹니면 우물 길노 ᄎᆞ져 가고 거긔 가 못 먹니면 들밧트로 ᄎᆞ져가고 거긔 가 못 먹니면 방아ᄊᆞᆫ으로 ᄎᆞ져가고 【안니리】 불피풍우 밤낫읍시 ᄆᆡ일 졋실 흔니 비러 ᄇᆡ 부르게 먹녀노니 ᄉᆞᆯ 올으고 슈니 약어 녁신초녁 고니ᄒᆞ고 난쵸갓치 슌니 ᄌᆞ라 년화갓치 부셩ᄒᆞ니(15앞-16앞)	(중모리) 그때여 심봉사는 강보 여식 품으 안고 지팡막대 걷어 집고 더듬더듬 찾어간다 이리저리 저리이리 저리 동네로 찾아가서 애기 낳은 집을 물어 간신히 들어가서 애걸복걸허는 말이 비나니다 비나니다 부인 전으 비나니다 현철한 곽씨부인 인심으로 생각허나 눈 어둔 나를 보나 칠 일 만에 에미 잃고 젖 못 먹어 죽게 되니 댁의 귀한 아기 먹고 남은 젖 있거던 이것 조금만 멕여주면 활인적덕 아니리까 이렇듯 애걸하니 듣고 보는 부인들이 눈물 아니 낼 리 없네 그 아희를 달래어 나는 젖을 많이 멕여 심봉사를 내어주며 감축함을 생각 말고 종종 와서 멕여가오 심봉사 감축허여 난망지은 치사를 허고 집으로 돌아와서 (아니리) 밤낮없이 궁리허되 동네 애기 난 집을 번하번허여 차례 젖을 얻어 멕이는디 꼭 이리 얻어먹이것다. (중중모리) 심봉사 거동 봐 심봉사 거동 봐 지팡막대 걷어 집고 더듬더듬 나간다 강보 여식을 품에다 안고 이리저리 다닐 제 집에 가 못 얻어멕이면 방앗간으로 찾어가고 방앗간에 가 못 얻어멕이면 우물가로 찾아가고 우물가으 가 못 얻어멕이면 빨래터로 찾어가고 거리거리 다니며 불피풍우 밤낮없이 세월을 보낸다[61]

역시 강한 친연성이 있음을 쉽게 확인할 수 있다. 〈허흥식본〉과 〈심상건 심청가〉가 이 정도로 일치한다는 것은 두 이본이 동일 계통의 소리라는 사실을 알려주는 것으로 보아도 무방할 것이다.

61 「Columbia 40126-B, 가야금병창, 심봉사 젓 비는데 (하), 심상건」.

4. 맺음말

이 글은 〈허흥식본 심청가〉가 심청가 역사에서 가지는 위상을 점검하기 위해 작성되었다. 그러기 위해 중고제 판소리의 역사를 개략적으로 살펴보았고, 〈허흥식본 심청가〉와 중고제 심청가 사이의 강한 친연성을 검토하였다.

이제까지의 논의를 요약 정리하면 다음과 같다.

첫째, 중고제 판소리는 충청지역을 예술적 기반으로 하고 있으며, 주로 무계의 김성옥 가문과 방만춘 가문, 심정순 가문, 백점택 가문을 중심으로 가문 소리로 이어져 왔다. 이들 소리는 독서성에 가까운 발성법으로 예술적 표현보다는 사설 전달을 위주로 하는 매우 밋밋한 소리였다.

둘째, 〈허흥식본 심청가〉와 중고제 심청가 사이에는 매우 강한 친연성이 있다. 김창진의 심청가와는 심청 환세 대목과 천자의 꿈에 봉래선관이 현몽하는 대목 등에서 강한 친연성을 보이고, 방진관의 심청가와도 심청의 환세 대목에서 놀랄 정도의 친연성이 있다. 그리고 심정순의 심청가와는 국혼 대목 등에서, 심상건의 가야금병창 심청가와는 심봉사 젖 비는 대목 등에서 강한 친연성을 보였다.

제2부

심청가의 역사와 내포지역의 판소리

01

심청가와 심청가 명창

1. 머리말

17세기에 민중들의 놀이판에 모습을 드러낸 판소리는 그 후 뛰어난 판소리꾼들이 속속 등장하여 각기 소장의 더늠을 지속적으로 개발함으로써 예술성을 확보하였고, 그러한 과정에서 양반층의 깊은 관심과 애정을 점차 획득하게 되었다. 판소리와 양반층의 만남은 18세기 무렵의 일인데, 그것은 판소리의 예술적 성장과 발전의 결정적인 계기가 되었다. 즉 판소리 소비의 주도권이 평민층에서 양반층으로 옮겨짐에 따라 자연스럽게 양반층의 가치관이나 기호에 부합하는 방향으로 지평의 전환이 이루어질 수밖에 없게 되어 판소리는 큰 폭의 예술적 변모를 겪게 되었던 것이다.[1] 판소리는 이러한 거듭된 지평전환을 통해 획기적인 예술적 성장을 이룩할 수 있었다.

지평의 전환은 특히 판소리사 발전의 중심축인 더늠을 중심으로 활발하게 이루어졌다.[2] 더늠이란 '겨루다' 또는 '내기하다'란 뜻으로 쓰이던 중세국어의 '더느다, 더ᄂᆞ다'[3]에서 유래했는데, 그 후 판소리 창자가 소리판에서 소리

---

1 김흥규, 「판소리의 사회적 성격과 그 변모」, 한국사회과학연구소 편, 『예술과 사회』, 민음사, 1979. 김종철, 『판소리사 연구』, 역사비평사, 1996.

2 춘향이 옥중에서 이도령을 그리워하는 옥중가가 옥방형상, 천지 삼겨, 동풍가, 쑥대머리 등 지평전환의 다양한 모습을 잘 보여주고 있다. 김석배, 「춘향가의 더늠과 기대지평의 전환」, 『동리연구』 2, 동리연구회, 1994.

3 "상륙 쟝긔 둬 ᄂᆞ믜 것 던기 즐기며(『여씨향약언해』 6)", "우리 ᄒᆞᆫ 판 두어 지며 이긔믈 더느미 엇더ᄒᆞ뇨"(『박통사언해』 상 22), "博으로 더느기를 ᄇᆡ호디 말며"(『경민편언해』 20), "형이 엇딘 見得으로 돈 더놈이 됴티 아니타 ᄒᆞᄂᆞ니잇고"(『오륜전비언해』 1-6),

기량을 드러내기 위해 자신 있게 내놓을 수 있는 대목을 지칭하는 용어로 굳어졌다. 이러한 사실은 송만재의 「관우희」(1843)에서 짐작할 수 있다.

劇技湖南産最多　광대는 호남에서 가장 많이 나는데
自云吾輩亦觀科　우리도 과거 보러 왔다고 하네
前科司馬後龍虎　司馬試 다음에 大科를 치르는데
大比到頭休錯過　대과가 다가오니 놓치지 말아야지[4]

金榜少年選絶技　급제한 소년이 뛰어난 광대 뽑는다니
呈才競似聞齋僧　재주를 다투는 게 齋 소식들은 중 같네
分曹逐隊登場地　무리로 나누어 연이어 무대에 나서서
別別調爭試一能　별별 조로 한 가지 재주를 겨루네[5]

더늠은 판소리 명창이 사설과 음악 그리고 발림 등 판소리의 전 영역에 걸쳐 새로 창조하여 뛰어나게 잘 불렀거나, 스승이나 선배의 더늠을 전수하여 뛰어나게 잘 불러서 판소리 감상층으로부터 장기로 인정받은 대목을 말한다. 더늠은 일반적으로 선배 명창들이 가졌던 지평을 부정하고 새 지평을 창조한 것이거나 그들이 미처 확보하지 못한 지평을 새롭게 창조한 것이 대부분이다.

"혹 돈 더ᄂᆞ기ᄒᆞ며 쌍블 잡기ᄒᆞ고"(『박통사언해』 상 17), "우리 무서슬 더ᄂᆞ료"(『박통사언해』 상 21-22), "돈을 두고 더ᄂᆞ디 아니면 되ᄂᆞ니"(『오륜전비언해』 1-6), "박(바독쟝긔라)으로 더누기를 경계티 아니며"(『경민편언해』 신역 38). 劉昌惇, 『李朝語辭典』, 연세대출판부, 1971. 南廣祐, 『補訂 古語辭典』, 일조각, 1975. 한글학회, 『우리말 글큰 사전 4, 옛말과 이두』, 어문각, 1992. 『伍倫全備諺解』, 『국어국문학총림』 22, 대제각, 1986, 110쪽.

4 司馬試는 생원과 진사를 뽑던 과거로, 初試와 覆試가 있으며 小科라고도 한다. 龍虎는 당나라 때 陸贄가 進士試의 시관이 되어 韓愈 등 많은 명사를 뽑자, 당시 사람들이 이를 龍虎榜이라고 치하한 데서 유래한 말이다. 우리나라에서는 이 고사를 따다가 문과를 용방이라고 하고 무과를 호방이라고 하였다. 大比는 大比科 곧 式年科로, 子·卯·午·酉가 드는 해를 式年으로 하여 3년마다 시행하였다. 대비란 본디 주나라 때에 3년마다 향리들을 평가하여 賢者와 能者를 가리는 일을 말한다. 『周禮』 「地官 鄕大夫」에 "3년이 되면 대비를 하는데, 그들의 덕행과 道藝를 상고하여 賢者와 能者를 등용한다.(三年則大比, 考其德行道藝, 而興賢者能者.)"가 있다.

5 송만재, 「관우희」, 김석배 외, 『조선 후기 연희의 실상』, 보고사, 2019, 137-138쪽.

그러나 김찬업의 토끼화상과 김창룡의 화초타령과 같이 스승 또는 선배 명창의 지평을 계승하여 더늠으로 삼은 경우도 적지 않았을 것이다.[6]

심청가의 더늠 중에는 후대에 이루어진 지평전환의 양상이 비교적 뚜렷한 것도 있고, 그렇지 않은 것도 있다. 전승 계보가 뚜렷한 것은 지평전환의 양상을 분명하게 밝힐 수 있지만, 전승 계보가 불분명한 것은 지평전환의 양상을 구체적으로 밝히기는 어렵다. 그리고 지평전환은 판소리 연행의 세 층위인 문학적·음악적·연극적 층위에서 두루 이루어졌기 때문에 세 층위에서 이루어진 지평전환의 양상을 균형 있게 다루는 것이 이상적이겠지만 현실적으로 매우 어렵다. 이른 시기에 연행되던 심청가의 전모를 파악할 수 있는 자료가 드물고, 또한 판소리 연행의 구체적인 모습이 남아 있지 않아 음악적 층위와 연극적 층위에서 이루어진 지평전환의 양상을 검토하는 것은 거의 불가능하기 때문이다.

여기서는 판소리의 역사를 심청가 명창과 그들의 더늠을 중심으로 살펴보기로 한다. 이를 위해 문헌조사와 면담조사를 병행하였다. 문헌조사로는 안민영의 『금옥총부』 등의 고문헌, 『황성신문』과 『매일신보』 등의 신문, 『조광』과 『춘추』 등의 잡지 그리고 일제강점기에 취입된 유성기음반(복각판) 등 해묵은 자료는 말할 것도 없고, 『조선창극사』[7]를 비롯하여 『내 북에 앵길 소리가 없어요』 등 근래에 이루어진 판소리 조사보고서 성격의 문헌[8]을 광범위하게

6 김석배·서종문·장석규, 「판소리 더늠의 역사적 이해」, 『국어교육연구』 28, 경북대 사대 국어교육연구회, 1996. 김석배, 「심청가의 성격과 더늠」, 서종문·정병헌 편, 『신재효 연구』, 태학사, 1998.

7 정노식, 『조선창극사』, 조선일보사출판부, 1940.

8 다음 글을 두루 참고하였다. 박황, 『판소리소사』, 신구문화사, 1974. 윤구병, 『숨어사는 외톨박이』, 뿌리깊은나무, 1977. 박황, 『판소리 이백년사』, 사사연, 1987. 김명곤, 『광대열전』, 예문, 1988. 이국자, 『판소리예술미학』, 나남, 1989. 김명환 구술, 『내 북에 앵길 소리가 없어요』, 뿌리깊은나무, 1991. 함동정월 구술, 『물은 건너 봐야 알고, 사람은 겪어 봐야 알거든』, 뿌리깊은나무, 1991. 문화재연구소, 「판소리유파」, 문화재관리국, 1992. 박경수, 『소리꾼들, 그 삶을 찾아서』, 일월서각, 1993. 오중석, 『동편제에서 서편제까지』, 삼진기획, 1994. 이규섭, 『판소리 답사기행』, 민예원, 1995. 이태호, 『서편제 바로 보기』, 한미디어, 1995. 판소리학회, 「판소리 인간문화재 증언」, 『판소

조사하여 심청가 더늠을 알려주는 단서와 심청가의 역사를 밝힐 수 있는 작은 단서도 놓치지 않고 찾으려고 노력하였다. 그리고 판소리 관련 문헌에서 찾은 내용의 사실 여부를 확인하기 위해 판소리의 역사에 밝은 정광수, 김소희, 강도근, 박동진, 한승호 명창과 판소리 연구가 및 애호가를 만나 면담조사를 하였다.[9]

2. 판소리의 역사와 심청가 명창

1) 팔명창 이전 시대

팔명창 이전 시대는 이른바 전기 팔명창인 권삼득, 고수관, 송흥록 등이 등장하기 이전 시기이다.[10] 이 시대는 판소리가 형성되어 독자적인 예술적 틀을 구축하기 시작하여 다른 민속예술 장르와 경쟁력을 갖추어가고 있었다. 대체로 17세기 말에서 18세기가 팔명창 이전 시대이다.

> 명창 광ᄃᆡ 각기 소장 나는 북 드려노코 일등 고슈 숨ᄉᆞ 인을 팔 가려 쳐 나갈 제 우춘ᄃᆡ 화초타령 셔덕염 풍월셩과 최셕황의 ᄂᆡ포쎄 권오셩의 원담소리 ᄒᆞ언담의 옥당소리 손등명니 짓거리며 방덕희 우레목통 김ᄒᆞᆫ득의 너울가지 김셩옥의 진양조며 고슈관의 안니리며 됴관국의 ᄒᆞᆫ거셩과 됴포옥의 고동셰목 권숨득의 즁모리며 황ᄒᆡ쳥의 ᄌᆞ웅셩과 임만업니 ᄉᆡ소리며 모흥갑니 아귀셩 김졔쳘이 ᄀᆡ화요초 신만엽의 목ᄌᆡ조며 듀덕긔 가진 소리 송항녹니 즁항

리연구』 2, 판소리학회, 1991. 판소리학회, 「판소리 인간문화재 증언」, 『판소리연구』 5, 판소리학회, 1994.

9 1997년 12월 26-29일과 1998년 7월 22-25일 두 차례 집중적으로 조사하였으며, 기회 있을 때마다 조사하였다. 판소리 창자로는 정광수, 김소희, 강도근, 박동진, 한승호, 장월중선, 박귀희, 오정숙, 한애순, 박송희, 조상현, 송순섭, 조통달, 이일주, 안숙선, 전인삼 명창 등을 면담조사하였고, 이외에도 판소리사에 밝은 강한영, 이보형, 채찬복, 이기화, 김창순 씨 등을 면담조사하였다.

10 최근에 판소리의 역사를 폭넓고 깊이 있게 살핀 역저 『판소리의 역사』가 나와 판소리의 과거와 현재에 대한 이해는 물론이고 판소리의 미래를 전망하는 데 좋은 길잡이가 되고 있다. 정병헌, 『판소리의 역사』, 태학사, 2023.

셩과 송게학니 옥규성을 ᄎᆞ례로 시염할 졔 송흥녹의 그동 보소 소연 힝낙 몹쓸 고싱 ᄇᆡᆨ슈는 난발ᄒᆞ고 ᄒᆡ소은 극셩ᄒᆞᆫᄃᆡ 긔질은 참약ᄒᆞ야 긔운은 읍실망졍 노ᄌᆞᆼ곡귀셩의 단ᄌᆞᆼ셩 노픈 소리 쳥쳔ᄇᆡᆨ일이 진동ᄒᆞᆫ다 명ᄎᆞᆼ 소리 모도 듯고 십여 일 강ᄉᆞᆼ의셔 슬뮈증니 나게 놀고 각기 쳐하올 젹의[11]

이 시대에 활동했던 소리꾼은 〈게우사〉의 "우춘ᄃᆡ 화초타령 셔덕염 풍월셩과 최셕황의 ᄂᆡ포쎄 권오셩의 원담소리 ᄒᆞ언담의 옥당소리 손등명니 짓거리며"에서 알 수 있는 우춘대와 서덕염, 최석황, 권오성, 하언담, 손등명 등이다. 이들은 각기 화초타령, 풍월성, 내포제, 원담소리, 옥당소리 등 향토 토리를 바탕으로 한 다양한 소리 및 창법을 개발하였다. 판소리는 遊街와 같은 양반들의 유흥공간에 중요한 연행 종목으로 자리 잡았고, 그 후 그것을 계기로 점차 판소리 명창들이 독자적인 소리판을 벌이게 되었다. 이 시대에는 소박한 형태나마 화초타령과 같이 어느 정도 예술적 완성도를 이룩한 더늠이 창조되어 판소리가 다른 장르와 변별되기 시작하였고, 이로부터 점차 더늠을 중심으로 판소리 연행이 이루어지게 되었던 것으로 추정된다.

그러나 이 시대의 판소리는 예술적 수준이 그리 높았던 것은 아니다. 권삼득(1771~1841)과 모흥갑, 송흥록 등이 '아이 명창'으로 이름을 떨칠 수 있을 정도[12]로 소박한 수준에 머물러 있었던 것으로 짐작된다. 10대에 명창으로 이름을 날린 광대를 '아이 명창'으로 불렀을 터인데, 음악적 천재성을 타고났다고 하더라도 이 시기의 판소리가 고도의 예술적 수준을 지녔다고 한다면, 기악이 아닌 성악인 판소리의 경우 소년이 명창으로 이름을 떨치는 일은 거의 불가능했을 것이다. 따라서 송흥록 등이 아이 명창으로 이름을 날렸던 19세기 초 이전의 판소리는 수련기의 소년이 명창으로 칭송받을 수 있을

11 노재명 편저, 『잊혀진 판소리 무숙이타령을 찾아서』, 한국문화재단, 2020, 영인 29-30쪽. 한국음반박물관 소장 〈게우사〉(戒友詞)는 경인년(1890) 정월 초일일에 필사되었다.

12 「관우희」의 "權三牟甲少年名"과 〈남창 춘향가〉의 "아희 명창 유명ᄒᆞ든 운봉 비젼 송슈ᄌᆡ제", 강한영 교주, 『신재효 판소리 사설집(全)』, 민중서관, 1974, 66쪽.

정도의 소박한 수준이었다고 보는 것이 자연스럽다.

이 시대에는 우춘대의 명성이 자자하였다. 그에 관한 문헌 기록이 다수 전하는데, 이를 통해 그가 당대의 독보적인 명창이었음을 알 수 있다.

• 金祖淳(1765~1831), 「池亭聽禹伶排曲戲賦」

禹家唱曲今第一	우춘대의 창곡은 금세에 으뜸인데
謔浪排調供科白	농지거리를 늘어놓으며 말과 동작을 꾸미네.
細語娓娓閨婦嗔	자잘한 말로 조곤조곤 아낙의 화를 돋구더니
抗聲直上凌空碧	내지르는 소리는 곧바로 푸른 허공을 나르네.
麗如落花流春風	아름답기는 춘풍에 흩날리는 꽃잎과 같고
急似將軍冒矢石	급하기는 화살과 돌을 무릅쓰는 장군과 같네.
舌根有喉喉有神	혀뿌리 목에서 나오는 신들린 듯한 소리
翻腔度曲妙無敵	곡조를 바꾸어 부르는 노래는 묘하여 당할 자 없네.
池閣不知林日昏	듣노라니 연못가 정자에 날 저무는 줄 모르고
煩襟滌與乘軒客	헌에 오른 객들의 세속에 찌든 마음 말끔히 씻네.
雨點腰鼓寂然收	빗방울은 점점이 떨어지고 장구를 쓸쓸히 거두는데
孤雲冉冉青山隔	외로운 구름은 아득히 푸른 산에 격해 있네.
下階扶醉重回首	술 취해 부축받고 계단 내려오며 거듭 돌아보니
尙疑餘音繞四壁	아직도 여음은 사벽을 감싸고 있는 듯하네.[13]

• 趙彦林(1781~1856), 『二四齋記聞錄』

우리나라 倡優는 賤流 가운데서도 매우 심한 부류이다. 그러나 그들의 골계 가운데는 유식하여 귀하게 여길 만한 것도 있다. 조금 옛날 禹春大란 자가 노래를 잘 불러 서울에서 독보적인 위치에 있었는데, 王公大夫 가운데 우롱을 당하지 않은 자가 없었다. 한 宰相은 喪中에 우롱을 당해 매우 노해 그를 엄히 다스리고자 하였다. 잡아 집으로 끌고 오니 들창문을 열고 노비 後種을 부르는데 그 소리가 무척 엄하였다. 그러나 우춘대는 전혀 놀라는 기색이 없이 계면조로 "商國女는 亡國의 恨을 알지 못하고, 강 건너에서 後庭花를 부르네"라는 구절을 바꾸어 노래로 불렀으니, "喪主는 罔極한 恨을 알지 못하고, 창밖 後庭兒를 부르네"라 했던 것이다. 재상이 듣고서는 기특하게 여겨 술을 내려

13 정출헌, 「판소리 담당층의 변화에 따른 19세기 판소리사와 중고제의 소멸」, 『민족문화연구』 13, 고려대 민족문화연구원, 1998, 276쪽.

주며, “너는 진실로 재주 있는 자이니, 벌로 다스리는 것은 옳지 않다” 하고서는 방송하였다.[14]

• 宋晩載(1788~1851), 「觀優戲」 제49수(1843)

長安盛說禹春大　장안에선 우춘대가 이름났는데
當世誰能善繼聲　지금에는 어느 누가 그 소리를 잘 이었나
一曲樽前千段錦　한바탕 소리하면 술잔 앞에 비단이 천 필인데
權三牟甲少年名　권삼득 모흥갑은 아이 적부터 이름났지[15]

• 李參鉉(1807~1872년 생존), 『二官雜志』

명창으로 이름을 날리는 자는 권삼득 모흥갑 송흥록으로 오늘날 최고로 친다. 이들 바로 앞의 명창으로는 우춘대의 이름이 아직도 전해지고 있다.[16]

• 〈경판 23장본 춘향전〉

거문고 남챵이요 ᄒᆡ져의 녀쳥이요 길구락 국거리 영샹회샹 염부타령 우비죠며 거샹거지 ᄲᅵ릴 젹에 당시 명챵 누구런고 젹벽가 심쳥가며 쳐ᄉᆞ가 옥셜가며 방물타령 박타령은 노츈ᄃᆡ가 ᄂᆞ려왓ᄂᆞ 흔챵 이리 노일 젹에(20장 앞)

위의 자료에서 알 수 있듯이 우춘대는 18세기 전반기에 적벽가와 심청가,

---

14 “我國倡優, 賤流之甚者也. 而其俳諧之中, 有識可貴. 近古名唱禹春大者, 獨步於長安, 王公大夫無不見弄. 一宰相喪中受其侮弄, 甚怒欲治之, 捉來人戶外, 推窓呼其奴後種者, 而聲甚猛厲. 春大不慌不㤼, 而以界面調依‘商女不知亡國恨, 隔江猶唱後庭花’之句, 變而唱之曰, 喪制(主?)不知罔極恨, 隔窓猶唱後庭兒. 主人聞而奇之, 回怒爲笑, 賜之酒, 謂之曰, 汝眞人才也 治之不祥. 遂送之.”, 趙彦林, 『二四齋記聞錄』. 정출헌, 「판소리 담당층의 변화에 따른 19세기 판소리사와 중고제의 소멸」, 『민족문화연구』 13, 고려대 민족문화연구원, 1998, 274-275쪽.

15 “二十八歲 때인가 봅니다. 平壤을 갔는데 名妓를 찾어가니 南道 사람이 왔다고 얼마나 반가워하는지 몰랐읍니다. 그것은 관찰사 생신인데, 그때 名妓는 예년, 高月仙, 明花이 이분들이였읍니다. 그때 기생은 지금과 달러서 세도하는 名妓였읍니다. 밖앗에서 왔다는 말을 전하니 ‘얼마나 올려기 수고하였느냐’고 하면서 반가히 맞어드리고 얼마 있다가 ‘浮碧樓노름’을 하였는데 名妓들이 모이고 감사를 請하야 크게 잔체를 베푸렀읍니다. 그러자 부벽루 아레는 비단상사가 많이 왔는데 춤출 때마다 때 그 비단을 階下로 쏘아내어 주어서 그때에 한 七十匹 가량 배에 실고 왔읍니다.”, 한성준, 「鼓手 五十年」, 『조광』, 1937년 4월호, 131쪽.

16 “以名唱擅名者, 權三得, 牟(毛)興甲, 宋興祿, 卽今日之最, 而稍前則虞春大尙傳名字也.”, 김동욱, 『증보 춘향전 연구』, 연세대출판부, 1976, 37쪽.

박타령 등에 뛰어났던 명창임을 알 수 있다.

이 시대의 심청가는 소박한 수준에 머물러 있었다. 그리고 우춘대가 화초타령을 장기로 삼아 심청가 명창으로 성가를 높이고 있었다는 사실로 미루어 볼 때, 〈게우사〉에 등장하는 풍월성, 옥당소리 등 다양한 창법을 소유한 명창 중에 심청가에 뛰어났던 명창이 분명 존재했을 것이다.

2) 전기 팔명창 시대

고수관, 송흥록, 염계달, 모흥갑을 위시한 여러 명창이 활동하던 19세기 전반기가 전기 팔명창 시대이다. 이 시대에는 판소리의 열두 마당이 완성되었으며, 뛰어난 명창들이 속속 등장하여 판소리는 비약적으로 발전한다. 이 시대에 일어난 새로운 국면은 주로 판소리의 사회적 기반의 변모에 기인한 것으로, 소리꾼들이 중인층과 양반층을 사회적 기반으로 단단히 확보하면서 판소리의 성장과 발전이 급속히 이루어졌다.

이 시대는 송흥록이 판소리사 중심에 서서 판소리 발전을 주도했다. 그는 당시의 판소리 창법을 집대성하여 동편제를 창시하였고, 진양조라는 새로운 장단을 완성함으로써 판소리의 예술적 표현 영역을 한층 넓혔다. 「갑신완문」(1824)과 「정해소지」(1827),[17] 신위의 「觀劇絶句十二首」(1826)와 이유원의 「觀劇詩」(1843년경), 송만재의 「관우희」(1843), 안민영의 『금옥총부』, 신재효의 〈광대가〉 등을 통해 이 시대의 명창들을 확인할 수 있다. 대체로 권삼득, 송흥록, 염계달, 모흥갑, 고수관, 신만엽, 김제철, 황해천, 주덕기, 송광록 중에서 여덟 명을 골라 전기 팔명창으로 꼽는다.[18] 이들은 앞 시대의 창자들과

17 박헌봉, 『창악대강』, 국악예술학교출판부, 1966, 53-55쪽.

18 신재효는 〈광대가〉에서 송흥록·모흥갑·권삼득·신만엽·황해천·고수관·김제철·송광록·주덕기 등 9명을 들고 있고, 박헌봉은 『창악대강』에서 권삼득·송흥록·황해천·염계달·모흥갑·고수관·김제철·신만엽을, 김연수 명창은 『창본 춘향가』에서 권삼득·송흥록·염계달·모흥갑·고수관·김제철·신만엽·주덕기를, 명고수 김명환은 권삼득·송흥록·모흥갑·염계달·주덕기·고수관·신만엽·김제철을 꼽았다. 박헌봉, 『창악대강』, 국악예술학교출판부, 1966. 김연수, 『창본 춘향가』, 국악예술학교출판부, 1967. 김명환

마찬가지로 향토 선율 등을 판소리에 수용하여 개성적인 창법을 개발하였다. 권삼득은 권마성을 도입하여 덜렁제를 창조하였고, 송흥록은 진양조를 완성하였으며, 염계달은 서울지방의 민요를 바탕으로 경드름과 추천제를 창조하였다. 모흥갑은 서울의 민요토리를 바탕으로 강산제를 창조하였고, 황해천은 자웅성을 창조하였다. 송만재는 「관우희」(제15수)에서 심청가에 대해 다음과 같이 읊었다.

娥孝爺貧愿捨身　효녀가 가난한 부친 위해 몸을 팔아서
去隨商舶妻波神　상선 따라가서 물귀신 아내 되려 하니
花房天護椒房貴　연꽃으로 하늘이 보호하여 왕비가 되어
宴罷明眸始認親　잔치 끝에 밝은 눈동자로 부친을 알아보네

한편 이 시기에 심청전은, 조수삼(1762~1849)의 『추재집』에서 알 수 있듯이, 전기수의 중요한 연행 종목의 하나일 정도로 크게 인기 있었다.

> 전기수는 동문 밖에 살고 있다. 언문 소설책을 잘 읽는데, 숙향전 소대성전 심청전 설인귀전 등의 傳奇이다. 매달 초하루는 제일교 아래, 초이틀은 제이교 아래, 초사흘은 배오개에, 초나흘은 교동 입구에, 초닷새는 大寺洞 입구에, 초엿새는 종각 앞에 앉는다. 이렇게 올라갔다가 초이레부터는 도로 내려온다. 이처럼 아래에서 위로, 위에서 다시 아래로 옮겨 한 달을 마친다. 다음 달에도 또 그렇게 하였다. 책을 잘 읽기 때문에 구경하는 이들이 겹겹이 둘러싼다. 읽다가 가장 간절하여 매우 들을 만한 대목에 이르면 문득 조용히 소리를 내지 않는다. 사람들은 下回를 듣고자 해 다투어 돈을 던진다. 이것을 일컬어 요전법이라 한다.[19]

구술, 『내 북에 앵길 소리가 없어요』, 뿌리깊은나무, 1991, 73쪽.

19 "叟居東門外. 口誦諺課稗說, 如淑香蘇大成沈淸薛仁貴等傳奇也. 月初一日坐第一橋下, 二日坐二橋下, 三日坐梨峴, 四日坐校洞口, 五日坐大寺洞口, 六日坐鐘樓前. 溯上旣 自七日沿而下, 下而上, 上而又下, 終其月也. 改月亦如之, 而以善讀. 故傍觀匝圍, 讀至最喫緊甚可聽之句節, 忽默而無聲, 人欲聽其下回, 爭以錢投之, 曰此乃邀錢法云.", 趙秀三, 『秋齋集』 7, 「紀異」.

이 시대의 심청가 명창과 그들이 남긴 더늠을 정리하면 다음과 같다.

송흥록(순헌철종대)은 남원 운봉 비전리(혹은 함열 熊浦) 출신으로 계면조와 우조를 예술적으로 세련시켰으며, 산유화조와 진양조를 완성하는 등 19세기 전기의 판소리 발전에 결정적으로 공헌하였다. 우조를 위주로 하는 그의 창법은 '廬山瀑布 呼風喚雨 宋興祿'이라는 말이 있을 정도로 호방하고 웅장하였다. 신재효는 〈광대가〉[20]에서 당대의 아홉 명창의 소리 세계를 당송팔대가와 중국의 역대 시인에 비유하였는데, 송흥록을 "숑션달 흥녹이ᄂᆞᆫ 타셩쥬옥 박약무인 화란츈셩 만화방창 시즁쳔ᄌᆞ 니ᄐᆡ빅"으로 詩仙 李白에 비유하였다. 그는 판소리의 모든 면에서 자유자재였지만 悲曲에 더욱 뛰어났고, 옥중가의 귀곡성에는 탈조화하여 그것을 부르면 음풍이 슬 돌면서 수십 대의 촛불이 일시에 꺼지고 반공에서 귀곡성이 은은히 나는 듯하였다고 한다. 변강쇠가와 적벽가에 특장하였으며, 춘향가의 옥중가와 단가 천봉만학가를 더늠으로 남겼다.[21] 그는 판소리를 체계화할 수 있을 정도로 판소리의 전 바탕에 능했다.

방만춘(순조대)은 충남 해미 출신으로 봉산의 음률가와 함께 적벽가와 심청가를 윤색했고, 아귀상성과 살세성으로 이름을 크게 떨친 명창이다. 적벽가에 장하였고 더늠인 적벽가의 적벽강 화전을 부르면 좌석이 온통 바닷물과 불빛 천지로 화하였다고 한다. 그가 우조의 적벽가에 뛰어났으니 〈게우사〉에 보이는 우레목통의 방덕회와 동일 인물이 아닌가 한다. 그러나 그가 심청가의 명창인 것은 분명하지만 어느 대목에 뛰어났는지는 확인되지 않는다.

---

20 강한영 교주, 『신재효 판소리 사설집(전)』, 민중서관, 1974, 669-670쪽.

21 옥중망부사(동풍가)가 송흥록의 더늠이라는 사실은 "송흥록 씨 송선달 귀곡성이었다."(「Columbia 40279-B, 명창제 이별가(박유전제) 명창제 귀곡성(송흥록제) 김창룡」), "당시 명충 누구런고 모흥갑이 젹벽가며 송흥녹의 귀곡성과 주덕긔 심쳥가를 이리 ᄒᆞᆫ층 논일 젹긔"(〈안성판 춘향전〉), "그때에 춘향이는 적적한 옥방에서 홀로 지내는데 호풍환우하고 천변만화허니 독보건곤 송선달 님 흥록 씨가 노장 산유조로 동풍가를 허셨것다."(〈박봉술 춘향가〉) 등에서도 확인된다. 그리고 단가 천봉만학가가 송흥록의 더늠인 것은 〈탄세단가〉의 "歌仙의 송흥록이가 狂風歌를 부르고 드러오난듸 치아다보니 萬壑千峯 ᄂᆡ려 구버보니 白沙之場이라 허리 굽고 늘근 長松 狂風을 못 이기여 우질우질 춤을 춘다"에서도 확인된다.

김용운(순조대)은 〈荊釵記〉를 잘 부른 명창이다. 신위(1769~1845)는 김용운이 〈형채기〉를 우렁차고 강개하게 잘 불렀다고 하였으며, 이유원(1841~1888)은 김용운이 歌詞에 가까운 창법으로 부른다고 했다.

- 신위, 「관극시」
  고송염모는 호남의 이름난 광대
  미칠 듯한 기쁨이 나를 詩囚에서 풀어내네
  우렁차고 강개하기는 김용운이지
  형채기 한 마당은 천하의 절창이네[22]

- 신위, 「동호 6수」(5)
  갑판에서 연극을 시작하노라니
  놀잇배들 모여들어 삿대질을 아니 하네
  달빛과 등불이 흥을 일으켜
  술 향내 풍기는 사람들은 추임새하고
  구름 널려 있지 않으니 옷 무늬 또렷하여
  부채 놀림을 사방에서 경탄하네
  봉산가 한가락을 부름에 이르러서는
  날으는 기러기 앙상한 나무처럼 문득 애처로워지네
  (이날 뱃놀이에서 광대 김용운이 봉산의 장님 형채기를 공연했는데, 또한 한때의 빼어난 기예였다.)[23]

- 이유원, 「관극시」
  내가 고수관 송흥록 모흥갑 김용운 네 명창의 창을 들어보니 고수관은 여든인데도 창을 했으며, 김용운은 그 調가 歌詞에 가깝다. 그래서 노년의 자하가 그럴듯하다고 칭찬했던 것이다. 염계량의 창은 제일 마지막으로 들었는데 다른 네 명에게 손색이 없었다. 대개 이 다섯 명은 모두 한때 이름을 날리던 명창들인데 민간에서는 모흥갑의 창을 제일로 친다.[24]

---

22 "高(素寬)宋(興祿)廉(季良)牟(興甲)噪海陬, 狂歡引我脫詩囚. 淋漓慷慨金龍雲, 演到荊釵一鴈秋.", 「觀劇詩」, 신위, 『신위전집』 2, 태학사, 1983, 852쪽.

23 "柁樓演劇當登臺, 叢集遊船撥不開. 月彩燈光動高興, 酒香人氣助全才. 孤雲不散衣紋護, 四座時驚扇影迴. 唱到鳳山歌一齣, 飛鴻落木頓悲哀.(是日舟中, 伶人龍雲演鳳山瞎子荊釵記, 亦一時之絶藝也.)", 「東湖 六首」(其五), 신위, 『신위전집』 2, 태학사, 1983, 764쪽.

• 이유원, 「관극팔령」(花中兒, 第七令)
와락 모인 상선들 수신에 굿하려고
타고난 효녀 심청 몸 팔기를 원해
재화가 되어서 조화에 참여하여
죽은 사람 살아나서 소경 눈 띄었나[25]

〈형채기〉는 「동호 6수」의 '鳳山歌'와 '鳳山瞎子荊釵記'에서 심청가임을 알 수 있다.[26] 이규경은 『오주연문장전산고』에서 "우리나라의 맹인은 해서의 봉산·황주 사이에 많이 난다. 세상에 전하기를 해서에는 땅이 꺼지는 재변이 있기 때문에 맹인이 많다고 하는데, 그 말이 사실이다."[27]라고 한 바 있다. 중국의 傳奇인 〈형채기〉는 심청가와 다르다.[28]

송광록(순조대)은 송흥록의 친동생으로 처음에는 형의 수행 고수로 출발하였

24 "余聽高宋牟金四唱, 而高八十能唱, 金則調近歌詞. 故老霞似稱之. 而廉唱最後聽之, 不讓四人也. 蓋此五人者, 俱有名於一時, 而俗以牟唱爲優云.", 「觀劇詩」, 李裕元, 『林下筆記』, 성균관대 대동문화연구소, 1961, 734쪽.

25 "商船蝟集賽江神, 天孝兒娘願賣身. 貲貨能令參造化, 死人活後開盲人.", 李裕元, 「觀劇八令, 花中兒 第七令」, 『嘉梧藁略』. 윤광봉, 『개정 한국 연희시 연구, 송만재의 「관우희」를 중심으로』, 박이정, 1997, 100-101쪽.

26 '鳳山瞎子'는 황해도 봉산의 장님을 뜻하고, '荊釵'는 가난을 뜻한다. 김종철, 『판소리의 정서와 미학』, 역사비평사, 1996, 240-241쪽. 형채는 가시나무로 만든 비녀로, 한나라 때 隱士 梁鴻의 아내 孟光이 가시나무 비녀에 베치마[布裙]만 입은 데서 유래하였는데, 전하여 부인의 검소한 복장을 의미한다. 한편 김흥규는 "김용운이 장기로 한 〈荊釵記〉란 판소리 열두 마당 외의 작품으로서, 중국 측의 曲牌 혹은 雜劇類 작품에서 재료를 취하여 만든 일종의 '新作 판소리'가 아닐까 한다."라고 하였다. 김흥규, 「19세기 前期 판소리의 연행환경과 사회적 기반」, 『어문논집』 30, 고려대학교 국어국문학연구회, 1991, 주) 56, 29쪽.

27 "我東盲人我東盲人, 多出於海西, 鳳山·黃州之間. 世傳海西有地陷之災, 故人多眼眚, 其說不誣.", 李圭景, 『五洲衍文長箋散稿』, 「明通寺辨證說」. 이 점에 대해서는 유영대, 『심청전 연구』(문학아카데미, 1989, 33쪽.)에서 거론한 바 있다.

28 명나라의 傳奇인 〈형채기〉의 줄거리는 다음과 같다. 王十朋은 집이 가난하여 錢玉蓮을 아내로 맞이할 때 홀어머니의 형채를 예물로 하여 혼례를 치렀다. 후에 왕십붕은 서울로 가서 장원급제하고, 이 소식을 편지로 전한다. 하지만 전옥련의 미모에 반한 孫汝權이 편지 내용을 고쳐 옥련을 빼앗으려 한다. 옥련은 반항하다가 강물에 투신하나 마침 그곳을 지나가던 錢按撫에 의해 구출된다. 그 뒤 온갖 고난을 겪다가 십붕과 옥련이 다시 만난다. 「네이버지식백과」(https://terms.naver.com).

다. 그러나 고수에 대한 푸대접에 불만을 품고 제주도에서 4, 5년간 소리 공부에 전념한 끝에 마침내 송흥록의 창법을 거리낌 없이 비판할 수 있을 정도의 대명창이 되었다. 신재효는 그의 소리세계를 "숑낭쳥 광녹이ᄂᆞᆫ 망망ᄒᆞᆫ 장쳔벽히 걸일 씌가 업셧스니 말니풍범 왕마힐"이라고 하여 왕마힐에 비유하였다. 춘향가에 장하여 진양 우조의 긴사랑가를 더늠으로 남기고, 심청가의 범피중류를 더늠으로 남겼으니 심청가에도 뛰어났던 것이 분명하다.[29]

주덕기(순헌철종대)는 전남 창평(또는 전주) 출신으로 송흥록과 모흥갑의 고수였다가 모진 수련 끝에 마침내 명창으로 대성하였다. 소리를 수련하는 과정에서 수천 그루의 나무를 벌채하였다고 해서 '伐木丁丁 흥망이 자최 없다 주덕기'라는 별호를 얻었고, 적벽가에 장하여 조자룡의 활 쏘는 대목을 더늠으로 남겼다. 〈안성판 춘향전〉의 "주덕긔 심쳥가"와 그의 아들 주상환이 심청가 명창이라는 사실로 보아 그 역시 심청가에 뛰어났음을 짐작할 수 있다. 신재효는 그의 소리세계를 "쥬낭쳥 덕기난 둔갑ᄌᆞ신 무슈변화 녹낙ᄒᆞ는 그 슈단니 신츌귀몰 쇼동파"라고 했다. 심청가의 어느 대목이 그의 더늠인지 알 수 없지만, 그의 소리를 이어받은 아들 주상환의 더늠이 젖동냥 대목이므로 그 역시 이 대목에 특히 뛰어났을 것이다.[30]

김제철(순헌철종대)은 충청도 출신으로 석화제를 잘 구사한 명창이다. 〈게우사〉의 "김졔철니 긔화요초"와 "가중 채색에 김계철"[31]이라는 말이 전하는 것으로 보아 기교에 능하고, 소리는 명랑하고 화평한 특징을 지녔음을 알 수 있다. 신재효는 그의 소리세계를 "김션달 계쳘리난 담탕한 ᄉᆞᆫ현영기 명낭한 ᄉᆞᆫ하영ᄌᆞ 쳔운영월 구양슈"라고 하였다. 심청가에 뛰어났으며, 심청 탄생 대목을 더늠으로 남겼다.[32]

---

29 「노래 뒤에 숨은 설움, 국창가수의 고금록 (3) 김창룡」, 『매일신보』, 1930. 11. 26. 김창룡이 부른 송광록제 범피중류는 「Columbia 40279-A, 명창제 범피중류(송광록제) 김창룡」에 녹음되어 있다.

30 정노식, 『조선창극사』, 조선일보사출판부, 1940, 36-39쪽. 김석배, 『명창 주덕기 가문의 소리꾼들』, ㈜박이정, 2022, 19-48쪽.

31 윤구병, 『숨어 사는 외톨박이』, 뿌리깊은나무, 1977, 110쪽.

3) 후기 팔명창 시대

후기 팔명창 시대는 박유전, 박만순, 송우룡, 김세종, 김창록, 정춘풍, 장재백, 김찬업, 이날치, 정창업, 이창윤 등이 활동하던 19세기 후반기이다.[33] 이 시대에 판소리는 박유전에 의해 이전의 동편제나 중고제와는 예술적 표현 방법론에서 상당히 다른 '서편제'라는 새로운 법제가 등장하여 본격적인 경쟁을 벌이면서 또 한 번 비약적 발전의 전기를 마련한다. 특히 서편제가 등장하여 동편제와 힘겨루기를 하게 되면서 중고제는 쇠퇴하기 시작하였다. 개성이 강한 동편제와 서편제의 틈바구니에서 동편제와 유사한 중고제의 존재 가치가 희미해지게 된 것이다.[34] 그리고 이 시대에는 신재효를 비롯하여 정춘풍, 김세종, 정현석(1817~1899), 전도성(1864~1940), 유성준(1874~1949) 등 판소리 이론에 밝은 소리꾼과 애호가들이 등장하여 판소리의 속살을 더욱 단단하게 다졌다.

이 시대는 판소리에 대한 양반층의 애호가 더욱 증대되었으며, 판소리가 마침내 왕실까지 예술적 기반으로 확보하게 되었다. 헌종 앞에서는 염계달과 모흥갑 등이 소리하였고, 철종 앞에서는 송흥록·최낭청·송수철 등이, 고종 앞에서는 김창환·송만갑·이동백·박창섭·장판개·강소춘 등이, 순종 앞에서는 김창환과 이동백 등이 소리하는 영광을 누렸다. 그리고 판소리의 막강한

---

32 정노식, 『조선창극사』, 조선일보사출판부, 1940, 40-42쪽.

33 장재백은 『조선창극사』의 張子伯과 동일 인물이다. 「宴需錢下記」에는 張在白으로, 그의 아들 張大一 호적의 前戶主에는 張在伯으로 되어 있다. 「연수전하기」는 1885년(고종 22) 9월 전라감영에서 당시 전라감사 윤영신의 아들 윤헌이 增廣試 丙科에 급제한 것을 축하하는 잔치를 벌이고 지출한 금전출납부로, 그 가운데 소리꾼에 관련된 기록은 "唱夫李捏致五十兩, 賜樂樂工馬貰一百四十四兩, 京來京唱童二名二百兩, 張在白五十兩, 鄕唱夫四名二百兩, 金世宗一百兩, 工人六名一百二十兩."이다. 한편 장재백이 받은 무과급제 교지(1887년)와 가선대부 교지(1889년)에는 張基成으로 되어 있고, 『興城張氏世譜』(1957년 3월)에는 張鶴淳(오위장)으로 되어 있다. 최동현, 「장재백과 그 일가의 판소리 인맥에 관한 연구」, 『판소리연구』 16, 판소리학회, 2003. 최동현, 『순창의 판소리 명창』, 순창문화원, 2023, 123-124쪽.

34 서종문·김석배, 「중고제의 역사적 이해」, 『국어교육연구』 24, 경북대 사대 국어교육연구회, 1992. 배연형, 「판소리 중고제 론」, 『판소리연구』 5, 판소리학회, 1994.

후원자였던 흥선대원군 앞에서는 박유전·정춘풍·박만순·김찬업·박기홍 등이 소리하였다. 이른바 어전광대 또는 국창이 등장한 것이다.

> 임금은 親政한 이래 날마다 유흥을 일삼아 매일 밤 연회를 열고 질탕하게 놀아, 광대·무당과 악공들이 어울려 노래하고 연주하느라 궁정 뜰에 등촉이 대낮과 같았다. 새벽에 이르도록 쉬지 않고 놀다가 인시나 묘시, 진시가 되어서야 비로소 휘장을 쳐서 창을 가려 어둡게 하고 잠자리에 들어 곯아떨어졌다. 해가 기울어서야 일어나니 이런 일이 일상사가 되어 세자는 어릴 때부터 익숙히 보아 일상으로 생각했다. 매일 아침 햇살이 창가를 비추면 兩殿의 옷을 잡아당기면서, "마마, 주무시러 가십시오." 하였다. 이로 말미암아 주무를 맡은 자들이 해이해졌다.35
>
> 【李】 광대나 鼓手 할 것 없이 제일 호화스러웠을 때가 언제라고 할고.
>
> 【韓】 그야 圓覺社(皇室劇場) 時節이겠지요.
>
> 【李】 나도 그래. 그때는 정말 비록 상놈 대접은 받었으나 노래 부르고 춤출 만했었지. '純宗'을 한 대청에 모시고 놀기까지 했었으니까.
>
> 【韓】 그때 김인호가 두껍이 재조넘다가 바로 '순종' 무릎에 가 떨어지자 기쁘게 웃으시겠지. 그 光景이 지금도 눈에 선하니 생각됩니다그려. 그 당시 형님은 '순종'의 귀염을 상당히 받었을걸요. 원각사에서 형님이 소리할 때면 '순종'께서 전화통을 귀에 대시고 듣기까지 하셨으니까.
>
> 【李】 그때 唱劇調로 春香傳을 했지만 그 規模가 지금보다도 훨씬 컸고 또 소리를 들을 줄 아는 사람이 많잖었오? 그러니 舞臺에 오르는 사람도 저절로 興이 났지.36

앞의 인용문은 황현의 『매천야록』에 있는 것이고,37 뒤의 인용문은 이동백

---

35 황현 지음, 임형택 외 옮김, 『매천야록·상』, 문학과지성사, 2005, 123-124쪽. "上親政以來, 日事流連, 每夜曲宴淫戲, 倡優·巫祝·工瞽, 歌吹媟嫚, 殿庭燈燭如晝, 達曙不休. 及寅卯辰時, 始掩黑牕, 施幃帳, 就御酣寢, 晡時乃興, 日以爲常. 世子幼年, 習觀以爲常節, 每朝陽射牖, 輒引兩殿衣曰: "願和媽媽睡." 由是, 百司懈玩, 衆務隳弛.", 황현 지음, 임형택 외 교주, 『역주 매천야록·원문 교주본』, 문학과지성사, 2005, 45쪽.

36 「歌舞의 諸問題」, 『춘추』, 1941년 3월호, 151쪽.

37 이외에도 황현은 『매천야록』에 고종과 명성황후가 광대들을 궁중에 불러들여 즐긴 사실을 다음과 같이 기록하고 있다. "李承旨最承月沙之後也. 久李假注書直闕中, 爲余言,

과 한성준이 1941년 1월 24일 天香園에서 대담한 자료이다. 고종은 궁중에 광대를 불러서 밤새도록 즐겼으며, 순종도 소리꾼을 불러 판소리를 즐겨 들었다는 사실을 알려주고 있다.

김창환 명창은 고종 앞에서 소리하여 마패와 관을 하사받는 광영을 누리기도 했다.

> 나는 본시 전라남도 라주 출생으로 열한 살 쌔부터 구례 명창 박만순 선생과 진주 명창 정춘풍 선생에게서 소리를 배호기 시작하야 대원군쎄서 생존해 게실 쌔에는 비상한 총애를 입사와 마패의 하사까지 바덧습니다 그래서 당시의 捕校들도 이 마패 쌔문에 나는 함부로 못 잡어 갓습니다 그리고 돌아가신 고종 전하와 순종쎄서도 각금 우리를 궁중으로 불러들이사 御前에서 연주를 한 적이 만허서 관을 세 개나 하사 바든 일이 잇습니다 그래서 만대의 영광이라고 전 가족이 感泣한 일도 잇습니다마는 모든 것이 옛쑴이 되고 말엇습니다 나의 감상이요? 무엇 별것이 잇겟습니까?[38]

송만갑 명창도 강소춘과 함께 고종 앞에서 소리하여 많은 상급을 받은 바 있다.

> 「朝鮮 寶珮 宋萬甲 名唱 夜話」
>
> 記者 : 평생썻 못 니치는 영화는 무엇으로 생각하십니가?
>
> 宋氏 : 그야 물론 「어전 출연」이지요. 마츰 당시의 영친왕=지금의 리왕젼하=께압서 마마를 순히 하시고 자리에서 이러나시엇다 하야 엄비의 깃버하심은 물론 고종뎨쎄서도 무한 깃부게 역이사 수일 동안 잔치를 하신 일이 잇습니다. 그쌔에 저도 황송한 처분으로 당시의 상감님이신 고종뎨 압헤서 소리를 하는 영광을 엇덧든 것이올시다. 그쌔에 녀류명창 강소춘이도 옷갓치 차리고 저와 함께 어전 출연을 하야 만흔 상급을 탄 일이 잇습니다.[39]

嘗夜闌聞有歌管, 隨掖隷尋聲而往, 至一處殿閣, 晃朗呂晝, 見兩殿便服散坐, 階下帕首袒臂, 歌而鼓者數十輩, 有唱雜調者曰, 來路去路逢情歡, 死則死兮難舍旃, 淫褻猥鄙聞者掩面, 而明成后搏髀稱善曰, '然哉然哉'.", 황현 지음, 임형택 외 교주, 『역주 매천야록·원문 교주본』, 문학과지성사, 2005, 292쪽.

38 「寒燈夜話, 노래 뒤에 숨은 설음 (二), 國唱歌手의 古今錄」, 『매일신보』, 1930. 11. 24.

영친왕이 천연두를 무난히 넘긴 것을 경축하는 잔치에 출연하여 상급을 받았음을 알 수 있다.[40]

어전이나 대신들 앞에서 소리한 명창들은 비록 명예직이지만 벼슬을 받았다.

> 近日 巷說을 聞흔則 日前 軍部大臣家에셔 宴會를 設ᄒᆞ고 舞妓 歌客을 請邀ᄒᆞ야 歌舞를 廳覽홀ᄉᆡ 協律社 中 第一 有名흔 광ᄃᆡ 金昌煥이 亦參 其宴會흔지라 軍相이 問曰 汝曾經何官에 頭着宕巾고 答曰 趙參判東完氏宅에 多年親近ᄒᆞ와 來往ᄒᆞᄋᆞᆸ다가 中樞院議官을 借銜ᄒᆞ얏슴ᄂᆡᄃᆡ 軍相曰 汝之歌曲이 今世獨步니 不可無賞이라 何以賞之則適當所願고 ᄒᆞ니 金昌煥이 曰 小人이 平生 所願이 耳後 雙貫子를 一懸ᄒᆞ얏스면 死無餘恨이라 ᄒᆞ니 軍相이 參酌情愿에 似以爲然ᄒᆞ야 正三品 加資을 得給흔 故로 該金이 軍相의 施惠홈을 到處說道흔다더라[41]

김창환은 정삼품 중추원 의관 가자를 받았다. 이와 같이 명창들은 선달(송흥록, 신만엽, 김계철, 박유전), 동지(모흥갑, 황해천, 고수관), 낭청(송광록, 주덕기), 참봉(박기홍, 장판개, 한성준), 감찰(송만갑), 통정대부(이동백, 박창섭) 등을 제수받아 상징적으로나마 신분 상승이 이루어졌다. 그리고 박유전을 비롯하여 정춘풍, 박만순, 김찬업, 박기홍, 김창환 등은 대원군의 총애를 입어 오수경, 지팡이, 말, 토시 등을 하사받았다.[42] 판소리와 왕실의 만남은 판소리사에서 일어난 지각 변동

39 『日東타임쓰』, 제2권 제5호, 1927년 6월, 배연형, 「판소리 중고제 자료의 재검토」, 『판소리연구』 49, 판소리학회, 2020, 18쪽, 주) 13.

40 영친왕 李垠(1897~1970)이 천연두 증세를 보인 것은 1903년 4월 초순이며(『고종실록』, 고종 40년(1903) 4월 10일, "禮式停退. 英親王 殿下씌ᄋᆞᆸ셔 痘疹의 患候가 方有ᄒᆞ신 故로 稱慶禮式은 秋間으로 退定ᄒᆞ야 擇日 擧行하라 ᄒᆞᄋᆞᆸ신 詔勅이 下ᄒᆞ옵신지라", 『황성신문』, 1903. 4. 13.), 1903년 4월 24일 영친왕이 천연두를 무사히 치른 것을 진하(陳賀)하였다.(『고종실록』, 고종 40년(1903) 4월 24일. "陳賀盛儀. 今日은 英親王 殿下씌ᄋᆞᆸ셔 痘候 順經하오신 陳賀 吉日이라 勅奏任官員이 闕內에 齊進ᄒᆞ야 賀儀를 擧行ᄒᆞ얏더라", 『황성신문』, 1903. 4. 24.).

41 「名唱加資」, 『황성신문』, 1906. 7. 10. "協律社 第一名唱 金昌煥은 趙參判 東完氏 家에 발바투 來往ᄒᆞ다가 中樞院 議官 借銜도 ᄒᆞ고 軍部大臣 李根澤氏 家에 가셔 소리 흔 마당을 잘ᄒᆞ고 正三品 加資를 ᄒᆞ얏다 ᄒᆞ니 協律社 광ᄃᆡ는 관ᄌᆞ 맛으로 놀깃지", 『만세보』, 1906. 7. 11.

42 정노식, 『조선창극사』, 조선일보사출판부, 1940. 박황, 『판소리 二百年史』, 사사연, 1987. "김창환의 소리를 하지 않은 둘째 아들(김삼룡)의 셋째 딸(김혜리)은 지금도 가

중에서 가장 획기적인 사건이었다. 그것은 판소리의 예술적 가치가 국가 차원의 공인을 획득했다는 상징적 지표였으며,[43] 소리꾼들에게 대단한 긍지와 자부심을 가지게 했다. 그들은 정신적으로는 더 이상 천민이 아니었다.

이제 판소리 창자들은 대우가 좋은 양반과 왕실 감상층의 기호 및 요구에 귀 기울이며, 그들이 요구하는 레퍼토리를 중심으로 더늠을 개발하게 되었다. 그 결과 춘향가와 적벽가 등 양반층의 미의식에 맞는 소리는 더욱 세련되어지면서 전승되고, 민중문화적 성격이 강한 배비장타령과 변강쇠타령 등은 점차 소리판에서 자취를 감추게 되었다.

이 시대의 심청가 명창들은 앞 시대의 심청가 명창들의 소리를 이어받는 한편 뛰어난 더늠을 창조하여 심청가의 세계를 더욱 다채롭고 풍성하게 하였다.

박유전(헌철고종대)은 전북 순창 출신으로 타고난 고운 목청에 바탕을 둔 섬세한 창법의 새로운 소리 세계인 서편제를 창시하여 당대의 판소리 발전에 획기적으로 이바지했다. 만년에 전남 보성에 머물면서 서편제에 동편제의 장점을 접목하여 강산제를 완성하였다. 적벽가에 뛰어났으며, 더늠으로 춘향가의 이별가[44]와 사랑가,[45] 심청가의 장승상부인 대목[46] 및 새타령 등을 남겼다.[47] 그의 서편제 심청가는 '박유전 → 이날치 → 김채만 → 박동실 → 한애

끔 나와 소식을 나누는 사이다. 그녀는 여성국극에서 같이 활동했다. 1950년 6·25전쟁 중 피난지 마산에서 어머니(임임신)가 '너희 할아버지'라며 사진 한 장을 보여주었다. 할아버지는 오래전 대단한 국창이었고, 대궐 임금님 앞에서 소리를 불렀으며, 임금님이 일어나라고 잡아주었던 손목에 토시를 끼고 있는 사진이었다. 손목의 토시에는 금붙이가 붙어 있었다고 했으며, 앞으로 할아버지의 일은 아무에게도 말하지 말라고 당부했단다. 사진은 어머니가 보관했으나 행방은 모른다고 했다.", 조영숙, 『(동지사시대에 관한 증언) 여성국극의 뒤안길』, 민속원, 2022, 18쪽.

43 김종철, 『판소리의 정서와 미학』, 역사비평사, 1996, 36쪽.

44 "강산 박유전씨 박선생제였다", 「Columbia 40279-B 명창제 이별가(박유전제) 명창제 귀곡성(송흥록제) 김창룡」, "강산의 裵圭禎이가 離別歌를 부르고 드러오난듸"(〈탄세단가〉).

45 "하루난 안고 누워 둥굴면서 사랑가를 지어 부르는디 이 대목은 어느 대목인고 허니 옛 명창 강산 박유전 선생님께 당시에 절찬을 받던 대목인데 구쪼사랑가라", 〈성우향 춘향가〉, 한국구비문학회 편, 『한국구비문학선집』, 일조각, 1997, 267쪽.

46 유영대, 「'장승상부인' 대목의 첨가에 대하여」, 『판소리연구』 5, 판소리학회, 1994.

순'으로 이어졌고, 강산제 심청가는 '박유전 → 정재근 → 정응민 → 정권진'으로 이어졌다.

김세종(헌철고종대)은 전북 순창 출신으로 당대 동편제의 대표적인 명창이다. 신재효의 문하에서 여러 해 동안 이론적 지도를 받았기 때문에 당시에는 판소리 이론과 비평에서 그를 당할 자가 없었다고 한다. 특히 사설의 내용을 청중에게 제대로 전달하기 위해서는 표현 내용과 발림 및 음악이 서로 긴밀하게 호응하여야 한다는 그의 이론은 판소리 발전에 크게 이바지하였다. 춘향가에 뛰어났으며, 천자뒤풀이를 더늠으로 남겼고, 심청 환세 대목에도 뛰어났다.[48]

이날치(헌철고종대)는 박유전의 법제를 이어받은 전남 담양 출신의 서편제 명창으로 서민들에게 대단한 인기가 있었다. 수리성인 성량이 거대하였는데, 나팔소리나 인경소리는 실물 소리와 방불하였고, 특히 뻐꾹새나 쑥국새 소리를 내면 실제로 새가 날아들기까지 한 일화가 있을 정도로 새타령에 탁월하였다. 춘향가와 심청가에 뛰어났으며 새타령과 춘향가의 옥중가(동풍가)를 더늠으로 남겼고,[49] 심청가의 부녀 영결도 잘하였다.[50]

정춘풍(헌철고종대)은 충청도 출신의 비가비광대로 스승을 두지 않고 고금을 종합하여 독공으로 일가를 이룬 동편제 명창이다. 소리도 뛰어났지만 '남에 신재효, 북에 정춘풍'이라는 평을 들을 정도로 판소리 이론에도 일가를 이루었다. 동편제 법통을 끝까지 고수하였으며, 적벽가와 심청가에 뛰어났고, 심청가의 범피중류와 화초타령 그리고 단가 소상팔경을 더늠으로 남겼다.[51]

정창업(철고종대)은 전남 함평 출신의 서편제 명창이다. 전주대사습에서 낭패하여 일시 불운을 겪기도 했지만 신재효의 지도를 받아 이론에 밝았고,

---

47 정노식, 『조선창극사』, 조선일보사출판부, 1940, 43-45쪽.

48 정노식, 『조선창극사』, 조선일보사출판부, 1940, 63-69쪽.

49 "伐木丁丁 李辣致가 싀타령을 부르고 드러온다"(〈탄세단가〉).

50 정노식, 『조선창극사』, 조선일보사출판부, 1940, 69-74쪽.

51 정노식, 『조선창극사』, 조선일보사출판부, 1940, 74-76쪽.

천구성을 바탕으로 한 소리도 神接의 경지에 이르렀다. 심청가와 흥보가가 장기였고, 흥보가의 중타령과 심청가의 심봉사가 사립문 붙들고 탄식하는 대목이 더늠으로 전한다.[52] 그의 심청가는 '정창업 → 김창환 → 김봉학 → 정광수'로 이어졌다.

김창록(철고종대)은 전북 무장 출신으로 박만순·김세종과 고하를 다툴 정도의 동편제 명창이다. 심청가에 뛰어났는데, 심청가를 부르면 청중이 지나치게 슬퍼하고 자신도 상심이 되는 때가 많아서 50세 이후로는 부르지 않았다고 한다. 더늠으로 춘향가의 팔도담배가와 심청가의 부녀 영결 대목, 적벽가의 조조 시 짓는 대목을 남겼다.[53]

이창윤(고종대)은 전남 영암 출신의 서편제 명창으로 이날치의 門徒이다. 심청가에 출중하였으며 부녀 영결 대목을 더늠으로 남겼다.[54]

후기 팔명창으로 꼽히지는 못했지만 다음과 같은 명창들도 제각기 심청가로 이 시대의 소리판을 주름잡았다. 주덕기 명창의 아들로 부친의 법제를 계승한 주상환(헌철고종대)은 심청가에 장하여 젖동냥 대목을 더늠으로 남겼으며,[55] 수년간 신재효의 지침을 받아 대성한 전북 부안 출신의 전해종(헌철고종대)은 숙영낭자전과 심청가에 장하였고 심청 환세 대목을 더늠으로 남겼다.[56] 최승학(철고종대)은 전북 나시포 출신의 서편제 명창으로 서편제의 본색을 발휘하며 일세를 풍미하였으며, 심청가에 출중하여 심청의 부친 봉양(동냥 자청) 대목을 더늠으로 남겼다.[57] 안익화(철고종대)는 전북 김제 출신의 동편제 명창으로 심청가를 잘 불렀고,[58] 백근룡(고종대)은 전북 태인 출신의 서편제 명창으로 심청가에 장하여 곽씨부인 장례 대목을 더늠으로 남겼다.[59] 그리고 배희근

52 정노식, 『조선창극사』, 조선일보사출판부, 1940, 93-94쪽.
53 정노식, 『조선창극사』, 조선일보사출판부, 1940, 99-102쪽.
54 정노식, 『조선창극사』, 조선일보사출판부, 1940, 121-123쪽.
55 정노식, 『조선창극사』, 조선일보사출판부, 1940, 51-54쪽.
56 정노식, 『조선창극사』, 조선일보사출판부, 1940, 77-78쪽.
57 정노식, 『조선창극사』, 조선일보사출판부, 1940, 95-98쪽.
58 정노식, 『조선창극사』, 조선일보사출판부, 1940, 103쪽.

(고종대)은 전남 영암 출신의 서편제 명창으로 호기가 있고 성량이 거대하며, 청중을 잘 웃겼다. 심청가에 뛰어났으며 특히 범피중류에 출중하였는데,[60] 寧齋 李建昌(1852~1898)은 그의 심청가를 듣고 「賦沈清歌 二首」를 지었다.

裵伶一齣沈娘歌　배 광대가 한 자락 심청가 부르면
四座無端喚奈何　온 좌석이 무단히 어찌 할꼬 탄식하네
楚岸帆回秋色遠　초나라 강가에 돛배 돌아오니 가을빛이 멀고
漢宮簾捲月明多　한나라 궁전에 주렴 걷으니 달빛이 밝다네
鼓聲驟急全疑雨　북소리 갑자기 급해지면 온통 비 오나 의심되고
扇影低垂半欲波　부채 그림자 낮게 드리우면 물결 반쯤 이는 듯
休道笑啼皆幻境　웃고 우는 것이 모두 꿈이라고 말하지 말라
百年幾向此中過　백 년 인생 몇 번이나 이 가운데 지나가리오

我且停杯爾且歌　나는 술잔 멈추고 그대는 소리하니
良宵如此可如何　좋은 밤 이 같으니 어떠한가
用心休恨知心少　마음 쓰는데 알아주는 이 적다 한하지 말게
得意偏從失意多　득의는 유독 실의함이 많음에서 비롯한다네
冉冉孤雲開翠幄　뭉게뭉게 높은 구름은 푸른 장막처럼 열리고
停停華月漾金波　깨끗하게 밝은 달빛은 금빛 물결에 일렁이는데
酒闌忽憶人間世　술 거나해 갑자기 인간 세상 생각하니
辛苦千山萬水過　고생하며 천산 만수를 지나왔도다[61]

4) 근대 오명창 시대

박기홍을 비롯하여 김창환, 송만갑, 이동백, 유공열, 전도성, 김창룡, 유성준, 김채만, 정정렬 등이 활동하던 1900년대부터 1940년대가 근대 오명창

---

59 정노식, 『조선창극사』, 조선일보사출판부, 1940, 143-147쪽.

60 정노식, 『조선창극사』, 조선일보사출판부, 1940, 130-131쪽. 배희근은 박동실의 외조부고, 박동실은 〈이름 모를 소녀〉와 〈하얀 나비〉 등을 부른 대중가수 김정호의 외조부다.

61 이건창, 『이건창 전집 (상)』, 아세아문화사, 1978, 177-178쪽. 이 시에 "영광의 배희근은 광대인데, 심청가를 지어 부르면 비장하고 감개함이 근세에 보기 드문 바다.(靈光裵希根伶人也. 作沈淸歌, 悲壯感慨近所罕有.)"라는 부기가 있다.

시대이다. 이 시대에는 연행공간으로 실내극장의 등장과 판소리의 창극화, 유성기음반 취입, 기생조합과 권번을 통한 여성 판소리 창자의 등장, 마이크와 스피크 사용, 일제의 판소리 공연 억압 등으로 인해 정통 판소리가 위축되기 시작했다. 더욱이 1934년에 조선성악연구회의 결성을 계기로 지방의 명창들이 대거 중앙무대로 진출하여 교섭이 활발하게 되면서 유파의 순수혈통을 지키는 것이 거의 불가능하게 되었다.

이 시대의 심청가 명창과 그들이 남긴 더늠을 정리하면 다음과 같다.

김창환(1855~1937)은 전남 나주 출신으로 정창업의 문하에서 공부하였고, 한때 신재효의 지도를 받은 당대의 대표적인 서편제 명창이다. 발림에 뛰어났으며, 원각사 주석을 지냈고, 협률사를 조직하여 지방순회공연을 하는 등 판소리의 전승에 크게 이바지하였다. 흥보가에 뛰어나 제비노정기를 더늠으로 남겼고, 심청가에도 뛰어났으며 그의 심청가는 아들 김봉학을 거쳐 정광수에게 이어졌다.[62]

송만갑(1865~1939)은 전남 구례 출신의 동편제 명창이다. 송우룡의 아들이요 송흥록의 從孫으로 정통 동편제 가문 출신이지만, 가문의 법제를 버리고 시대의 요구에 순응하는 것이 바람직하다고 주장하여 부친으로부터 패려자식이라는 혹독한 비난을 받았음에도 불구하고 판소리의 통속화에 매진하였다. 춘향가와 심청가 적벽가에 뛰어났으며, 더늠으로 농부가, 박타령, 심봉사 자탄,[63] 화용도 등을 남겼다.[64] 그의 심청가는 김정문을 거쳐 강도근에게 이어졌으나 지금은 전승이 거의 끊어진 상태이다. 유성기음반에 다음과 같이 심청가가 다수 남아 있다.[65]

---

62 정노식, 『조선창극사』, 조선일보사출판부, 1940, 147-151쪽. 김석배, 『판소리 명창의 삶과 예술세계』, 박문사, 2023, 207-252쪽.

63 『조선일보』, 1939. 1. 8.

64 정노식, 『조선창극사』, 조선일보사출판부, 1940, 183-192쪽.

65 배연형, 「유성기음반 판소리 사설 (2) (송만갑 편)」, 『판소리연구』 6, 판소리학회, 1995, 405-408쪽.

「닙보노홍 K176-A(6126) 심봉사 공방 자탄가 송만갑」
「닙보노홍 K176-B(6127) 심봉사 사랑하는데 송만갑」

「SYMPHONY RECORD 6213 KOREAN SONG 雜曲 僧求沈逢歌 宋萬甲 長鼓 朴春載」

「NIPPONOPHONE 6266 沈逢使 眼明歌 송만갑」
「NIPPONOPHONE 6267 沈逢使 眼明好舞歌 송만갑」

「졔비朝鮮레코-드 B136-B 심청전(즁 나려오는데) 송만갑 장고 한성준」

이동백(1866~1949)은 충남 비인 도만리 출신으로 김정근의 문하에서 공부한 후 김세종의 문하에 들어가 대성한 중고제 명창이다. 심청가와 적벽가가 장기였고, 새타령은 이날치 이후의 절창으로 당대 독보였다.66 그의 심청가도 전승이 끊어져 전모를 파악할 수 없지만, 『포리돌 심청전 전집』(23매)에 취입하였고, 그 외에 다음과 같이 심청가의 여러 대목을 유성기음반에 남겨놓았다.67

「VICTOR 42986-A Korean 츙쳥도·죠션어 심쳥가 상편 가직 리동빅 북 남즈」
「VICTOR 42986-B Korean 츙쳥도·죠션어 심쳥가 하편 가직 리동빅 북 남즈」

「Columbia 40026-A 심청전 맹인연에서 심봉사 애소(맹인연에서 애소하는데) 이동백 장고 이흥원」
「Columbia 40026-B 심청전 심봉사와 심황후 상봉(심봉사 눈 쓰는데) 이동백 장고 이흥원」

「Regal 49001-A 심청전 심봉사가 맹인연에(상) 이동백」
「Regal 49001-B 심청전 심봉사가 맹인연에(하) 이동백」

「Victor 49001-A 심청전 심봉사 고아 심청 걸유가(상) 심봉사 심청이 젓 비는가 독창 이동백 장고 지동근」

---

66 정노식, 『조선창극사』, 조선일보사출판부, 1940, 205-210쪽.
67 배연형, 「판소리 중고제 론」, 『판소리연구』 5, 판소리학회, 1994, 173-176쪽.

「Victor 49001-B 심청전 심봉사 고아 심청 걸유가(하) 심봉사 심청이 젓 비는가 독창 이동백 장고 지동근」

「Victor 49025-A 심청전 심청 부친 리별가(상) 독창 이동백 장고 지동근」
「Victor 49025-B 심청전 심청 부친 리별가(하) 독창 이동백 장고 지동근」

김창룡(1872~1943)은 충남 서천 횡산리 출신으로 부친 김정근에게 소리를 배웠고, 뒤에 이날치의 지침을 받아 대성한 중고제 명창이다. 적벽가에 뛰어났으며, 더늠으로 화초타령과 삼고초려를 남겼다.[68] 김창룡이 부른 심청가는 현재 전승이 끊어졌지만, 그의 심청가 일부가 유성기음반에 남아 있다.[69]

「닙보노홍 K502-A 郭氏夫人雇傭歌 곽씨부인 품 타령 김창룡 한성준」
「닙보노홍 K502-B 郭氏夫人別世時遺言歌 곽씨부인 죽을 쎄 유언하는데(上) 김창룡 한성준」

「닙보노홍 K503-A 郭氏夫人別世時遺言歌 곽씨부인 죽을 쎄 유언하는데(中) 김창룡 한성준」
「닙보노홍 K503-B 郭氏夫人別世時遺言歌 곽씨부인 죽을 쎄 유언하는데(下) 김창룡 한성준」

「닙보노홍 K516-A 심청전 심봉사 탄식 김창룡 장고 한성준」
「닙보노홍 K516-B 沈淸傳 沈淸工祝歌(一) 심청 비난데 김창룡 장고 한성준」

「닙보노홍 K517-A 沈淸傳 沈淸工祝歌(二) 심청 비난데 김창룡 장고 한성준」
「닙보노홍 K517-B 沈淸傳 沈淸賣身歌 심청이 몸 팔여가는데 김창룡 장고 한성준」

「닙보노홍 K538-A 沈淸傳 沈淸海中歌 심쳥이 임당수가 김창룡 장고 한성준
「닙보노홍 K538-B 沈淸傳 沈淸瀟湘八景歌 심쳥이 쇼상팔경가 김창룡 장고 한성준」

---

68 정노식, 『조선창극사』, 조선일보사출판부, 1940, 210-213쪽. 배우 김인태가 그의 손자다.
69 배연형, 「유성기음반 판소리 사설 (1) (김창룡 편)」, 『판소리연구』 5, 판소리학회, 1994.

「일축죠션소리반 K553-A 심청전 심청이 부친께 하직하는데 沈淸告別歌(一) 김창룡 장고 한성준」
「일축죠션소리반 K553-B 심청전 심청이 부친께 하직하는데 沈淸告別歌(二) 김창룡 장고 한성준」

「Columbia 40149-B 심청전 수정궁 들어가는데 김창룡」

「Columbia 40249-B 명창제 화초가 김창룡」

「Columbia 40279-A 명창제 범피중류(송광록제) 김창룡」

오명창의 반열에 들지는 못했지만 다음과 같은 명창들도 심청가로 이름을 얻었다.

신학조는 전라도 출신의 동편제 명창으로 방만춘 이후 세살성으로 유명하였으며, 창법은 단가와 판소리를 津津한 좌담 비슷하게 하되 꼭 장단에 맞아서 음률적으로 하다가 어느 지경에 이르러서 특조를 발하여 경탄케 하였고, 장단을 뒤바꾸어서 창작적 색채를 표현하는 것이 특색이었다. 각종 고전에 정통하였고, 특히 춘향가와 심청가에 뛰어났다.70

유공렬은 충남 홍성 출신으로 정춘풍의 소리제를 이어 받은 동편제 명창으로 정춘풍에게 배운대로 소리하기 때문에 당대의 통속화된 판소리와 달리 독특하였다. 춘향가와 심청가에 뛰어났으며, 더늠으로 이별가와 몽중가, 춘당시과, 어사남행을 남겼다.71

전도성(1864~1942)은 전북 임실 출신의 동편제 명창으로 송우룡 문하에서 소리 공부를 하였고, 동편제 법통을 고수하였을 뿐만 아니라 이론에도 일가를 이루었다. 더늠으로 심청가의 범피중류를 후세에 남겼다.72

김채만(1865~1911)은 전남 능주 출신의 서편제 명창으로 목청이 매우 고왔

70 정노식, 『조선창극사』, 조선일보사출판부, 1940, 152쪽.
71 정노식, 『조선창극사』, 조선일보사출판부, 1940, 175-183쪽. 『조선일보』, 1928. 2. 15., 3. 9.
72 정노식, 『조선창극사』, 조선일보사출판부, 1940, 194-197쪽.

고, 이날치의 심청가를 이어받아 심청가에 출중하였으며, 심청가의 초입 대목을 더늠으로 남겼다. 그의 심청가는 박동실을 거쳐 한애순과 장월중선에게 이어졌다.[73] 그리고 전북 전주 출신의 동편제 명창인 송업봉[74]과 전북 고창 출신의 진채선도 심청가에 뛰어났다.[75]

3. 『조선창극사』 소재 심청가 더늠의 실상

『조선창극사』는 판소리사를 수놓은 명창들과 그들의 더늠을 소개하고 있어 그동안 판소리 연구의 보고 역할을 해왔다. 그러나 그 가운데 특히 사설을 구체적으로 소개하고 있는 더늠은 연구 자료로 삼을 수 없을 정도로 심각한 문제점을 안고 있다. 심청가 더늠도 사정이 다르지 않은데, 이에 대해서는 선행논문[76]에서 집중적인 논의를 한 바 있지만, 중요한 문제이므로 간략하게 정리하기로 한다.

정노식은 『조선창극사』에서 20여 명의 심청가 명창을 소개하면서 김제철의 심청 탄생 대목 등 10개의 더늠을 구체적인 사설과 함께 소개하고 있다. 그 가운데는 전도성의 소리를 소개한 것도 있지만, 대부분은 구활자본 심청전을 그대로 인용한 것이어서 문제가 아닐 수 없다.

먼저, 구활자본 심청전을 텍스트로 소개한 것부터 살펴보기로 한다. 다음은 김채만의 더늠으로 소개하고 있는 것으로, 심봉사 부부를 소개하고 곽씨부인이 품을 팔아 심봉사를 봉양하는 초입 대목이다.

---

73 정노식, 『조선창극사』, 조선일보사출판부, 1940, 214-215쪽.
74 정노식, 『조선창극사』, 조선일보사출판부, 1940, 229-233쪽.
75 정노식, 『조선창극사』, 조선일보사출판부, 1940, 234-239쪽.
76 김석배, 「『조선창극사』 소재 심청가 더늠의 문제점」, 『문학과 언어』 18, 문학과언어연구회, 1997.

① 『조선창극사』

㉮ 이때 黃州 桃花洞에 한 隱士 있으니 姓은 沈이오 名은 學奎라 代代 簪纓之族으로 聲名이 藉藉터니 【家運이 零滯하여 早年에 眼盲하니 洛水靑雲에 발자최 끊어지고 錦帳紫樹에 功名이 비였으니 鄕曲에 困한 身勢 强近한 親戚 없고】兼하여 眼盲하니 뉘라서 待遇할가마는 兩班의 後裔로써 行實이 淸廉하고 志槪가 高尙하여 一動一靜을 輕率히 아니하니 그 동내 눈 뜬 사람은 모다다 稱讚하는 터이라 그 안해 郭氏夫人 또한 賢哲하여 任姒의 德과 莊姜의 色과 木蘭의 節行이라 禮記 家禮 內則篇과 周南 召南 關雎의 詩를 몰을 것이 바이 없고 奉祭祀 接賓客과 隣里에 和親하고 家長恭敬 治産凡節 百執事可堪이라 그러나 箕裘之業이 없어 家勢가 貧寒하니 一間斗屋 單瓢子로 飯蔬飮水를 하는 터에 郭外에 片土 없고 廊下에 奴婢 없어 可憐한 郭氏夫人 몸을 바려 품을 팔제

㉯ 삯바누질 삯빨내질 삯질삼 삯마전 염색하기 婚喪大事 飮食設備 술빚기 떡찌기 一年 三百六十日을 잠시라도 놀지 않고 품을 팔아 모으는대 푼을 모아 돈이 되면 돈을 모아 량을 만들고 兩을 모아 貫이 되면 隣近洞 사람 중에 착실한 데 빗을 주어 실수 없이 받아드려 春秋時享 奉祭祀와 앞 못 보는 家長 供養 始終이 如一하니 艱難과 病身은 조금도 허물될 것 없고 上下村 사람들이 불어하고 稱讚하는 소리에 자미있게 세월을 보내더라[77]

② 〈한애순 심청가〉

㉮ (아니리) 송 태조 입국지초에 황주 도화동 심학규라는 사람이 있겄다. 세대잠영지족으로 성명이 자자터니 가운이 불행하여 이십에 안맹허니 향곡간에 곤한 신세 강근 친척 바이 없다. 그 아내 곽씨부인 또한 현철하되 가장 공경 치산범절 구길 바가 없었으나 가세가 빈곤하여 몸을 버려 품을 팔겠다.

㉯ (중중몰이) 삯바느질 관대 도포 향의 창의 직령이며 섭수 쾌자 중초막과 남녀 의복의 잔누비질 외올뜨기 고두누비 서답 빨래 하절의복 한삼고의 망건 꿰매기 배자 단초 토시 보선 행전 줍치 허리띠 약랑 볼치 휘양이며 복건 풍채 처늬 주의 갖은 금침에 수 놓기와 각배 흉배 학 기러기 일 년 삼백육십 일 잠시도 노지 않고 돈을 모아 양 짓고 양을 모아서 관 지여 이웃 사람께 빚주어다 받아들여 춘추시향의 봉제사 앞 못 보는 가장 공대 사절 의복으 조석 찬수 입에 맞는 갖은 음식 정성대로 공경허니 상하 인변 노석 없이

77 정노식, 『조선창극사』, 조선일보사출판부, 1940, 214-215쪽.

뉘 아니 칭찬허리[78]

위의 예문 ①은 『조선창극사』에서, ②는 〈한애순 심청가〉에서 인용한 것이다. 심봉사 부부 소개 단락 ㉮는 아니리로, 곽씨부인 품팔이 단락 ㉯는 창으로 한다. 그런데 ①과 ②가 현저하게 다르다면 둘 중의 하나는 사실로 볼 수 없으며, ①이 사실과 다르다. 정노식이 김채만의 더늠을 구활자본 심청전의 것을 소개하면서 빚어진 결과이다.

『조선창극사』 이전에 발행된 구활자본 심청전으로는 여러 이본이 있다.[79] 이해조는 심정순의 심청가를 산정하여 '강상련'이라는 제명으로 『매일신보』에 연재(1912. 3. 17.~1912. 4. 26.)하였고,[80] 광동서국에서 그것을 묶어 『강상련』 초판을 1912년 11월 25일 발행하였다. 그 후 1915년 3월 15일에 광동서국·박문서관·한성서관 명의로 『강상련』을 저본으로 한 『심쳥젼』(초판)이 발행된 이래 약간의 변개를 거듭하면서 1922년 9월 8일에 『增像演訂 沈淸傳』(10판)이 발행되었다. 『조선창극사』의 김채만 더늠을 『증상연정 심청전』(10판)과 비교해 보면 밑줄 그은 "이때 황주 도화동에 한 은사 있으니"-『강상련』과 같다-만 다를 뿐 나머지는 완전히 같다. 이것은 『조선창극사』의 심청가 더늠이 『증상연정 심청전』(10판)을 텍스트로 하였다는 사실을 분명하게 알려준다.[81] 이와

---

78 한국브리태니커회사, 『판소리 다섯 마당』, 1982, 87쪽.

79 최운식, 『심청전 연구』, 집문당, 1985, 67-92쪽.

80 "獄中花ᄂᆞᆫ 四方 愛讀者의 喝采 聲裡에 昨日로 其 講演을 畢了ᄒᆞ얏슴으로 今日부터ᄂᆞᆫ 更히 名唱 沈正淳의 口演ᄒᆞᆫ바 沈淸歌를 解觀子의 高妙ᄒᆞᆫ 刪正으로 連日 揭載ᄒᆞ야 沈淸의 孝行으로 ᄒᆞ야곰 今日 世道 人心에 模範되게 ᄒᆞ되 人情의 機微를 紙上에 活躍케 ᄒᆞ오니 僉君子ᄂᆞᆫ 其 第一號브터 繼續 愛讀ᄒᆞ야 家庭의 一助를 ᄉᆞᆷ으시면 幸甚 每日申報社 編輯局", 『매일신보』, 1912. 3. 17.

81 한편 〈강상련〉은 곽씨부인 품팔이가 "삭바느질 관ᄃᆡ도복 상침질 박음질과 외올뜨기 ᄊᆡᆺ담누비 고두누비 솔올기며 셰답 쌜ᄂᆡ 푸ᄉᆡ마젼 하졀의복 젹삼 고의 망건 ᄭᅮᆷ여 갓쓴 졉기 ᄇᆡᄌᆞ 토슈 보션 짓기 힝젼 ᄃᆡ님 허리ᄯᅴ와 쥼치 약낭 쌈지 필낭 휘양 풍차 복건ᄒᆞ기 가진 금침 벼ᄀᆡᆺ모에 쌍원앙 슈놋키며 문무ᄇᆡᆨ관 관ᄃᆡ 흉ᄇᆡ 외학 쌍학 범거리기 길쌈도 궁초 공단 토쥬 갑주 분쥬 져쥬 싱반져 ᄇᆡᆨ마포 츈포 무명 극샹세목 삭밧고 맛허 ᄊᆞ고 청황 젹ᄇᆡᆨ 침향 오ᄉᆡᆨ 각ᄉᆡᆨ으로 염ᄉᆡᆨᄒᆞ기 초상ᄂᆞᆫ 집 원ᄉᆞᆷ 제복 혼상ᄃᆡ사 음식 셜비 가진 편 즁계 약과 ᄇᆡᆨ산과줄 다식 졍과 랭면 화ᄎᆡ 신션로 가진 찬슈

같이 『증상연정 심청전』(10판)을 텍스트로 하여 소개한 더늠은 김채만의 초입, 김제철의 심청 탄생, 백근룡의 곽씨부인 장례, 주상환의 동냥젖, 최승학의 부친 봉양, 김창록과 이창윤의 부녀 영결 대목이다.

다음으로 전도성의 소리를 소개한 것을 살펴보기로 한다. 정노식은 자신과 친분이 깊었던 동편제 명창 전도성의 소리를 소개하였다.

> 중 하나 나려온다. 중 한 여석이 나려온다. 충충거러 나려온다. 얼고도 검은 중 검고도 얼근 중 주리주리 매친 중 양귀가 축 처저 垂手過膝하였는데 저 중의 거동 보소. 실굴갓 총감투 뒤를 눌너 흠벅 쓰고 堂上 金貫子 귀 우에다 떡 붙어 白苧布 큰 장삼 眞紅 띠 눌너 띠고 구리 백통 半銀粧刀 고롬에 느짓 차고 念珠 목에 걸고 短珠 팔에 걸고 瀟湘班竹 열두 마디 쇠고리 길게 달어 高峯青石 독의다 처절철 철철툭툭 내어 집고 흔을거려 나려올 제 青山은 暗暗한데 石逕 비긴 길로 흔들흔들 흔을거리고 나려온다. 이 중은 어떤 중인고 육관대사 명을 받아 용궁에 문안 가다가 관藥酒 취케 먹고 春風 石橋上 팔 선녀 희롱하든 性眞이도 아니오, 削髮은 逃塵世오 存髥은 表丈夫라든 泗溟堂도 아니요, 夢雲寺 化主僧이든가 부더라. 중의 道禮가 아니라고 저 중이 염불한다. "南無阿彌陀佛 觀世音菩薩". 云云 송만갑 전도성 김창환 倣唱[82]

송만갑, 전도성, 김창환이 방창한 것으로 소개한 정창업의 중타령이다. 정창업은 서편제 명창으로 그의 소리는 김창환을 거쳐 손자 정광수에게 계승되었다. 판소리의 전승 과정으로 보아 위의 중타령이 정창업이 부른 실제 소리라면 〈정광수 심청가〉와 일치해야 한다. 그러나 〈정광수 심청가〉와 다른 것은 물론이고, 송만갑이 남긴 고음반인 「SYMPHONY RECORD 6213 KOREAN SONG, 雜曲 僧求沈逢歌 宋萬甲 長鼓朴春載」 및 「제비標朝鮮레코-드 B136-B 沈淸傳 즁 나려오는데 宋萬甲 鼓韓成俊」[83]과도 다르다. 그렇다면

약쥬 빗기 슈팔연 봉오림 상비 보와 괴임질"(『강상련』, 3쪽)로 다르고, 『광동본 9판』(1920)의 "가운이 영체ᄒᆞ야 쇼년의 안밍ᄒᆞ니 향곡간에 곤ᄒᆞᆫ 신세로도 강근지족이 업고"(1쪽)가 인용문 ①의 【　】한 부분과 다른 점에서 그것이 텍스트가 아니라는 사실을 알 수 있다.

82 정노식, 『조선창극사』, 조선일보사출판부, 1940, 94쪽.

위의 중타령은 전도성이 부른 것으로 보는 것이 자연스럽다. 특히 범피중류는 "全篇 진양조 羽調 己卯 六月 十八日 全北 井邑 淸興館 唱"84이 附記되어 있어 전도성의 소리를 소개했다는 사실을 보다 분명하게 확인할 수 있다. 독특한 지평을 보이는 전해종의 심청 환세 대목도 전도성의 소리를 소개한 것으로 짐작된다. 전도성은 전북 정읍에 묻혀 지내며 송만갑이 시도한 판소리의 통속화를 강하게 비판하며 동편제의 법통을 끝까지 고수한 인물이므로 『조선창극사』에 소개된 그의 소리는 송만갑에 의해 통속화되기 이전의 동편제의 고제 소리를 온전하게 보여주고 있는 것으로 볼 수 있다.

이와 같이 전도성의 소리를 소개한 것은 정창업의 중타령, 전도성의 범피중류, 전해종의 심청 환세 가운데 중머리 부분이다. 한편 전해종의 심청 환세의 앞부분은 〈신재효 심청가〉를 텍스트로 한 것이다.

4. 맺음말

이제까지 판소리의 역사를 심청가의 명창과 그들의 더늠을 중심으로 살펴보고, 『조선창극사』에 소개된 심청가 더늠의 실상을 간략하게 정리하였다. 이를 위해 고문헌과 당대의 신문과 잡지, 유성기음반(복각반) 등의 오래된 자료를 두루 검토하는 한편 판소리 조사보고서 성격의 문헌을 살피고 판소리의 역사에 밝은 명창과 판소리 연구자도 면담조사하였다.

---

83 "중 하나 나려온다. 중 나려온다. 중 하나 나려온다. 중 하나 나려온다. 저 중의 거로 보아라. 저 중의 치레 보아라.…", "중 하나 내려온다. 중 하나 내려온다. 저 중에 모양 보아라. 저 중의 맵시 볼려무나.…", 둘 사이에 약간의 사설 차이가 있다. 배연형, 「유성기음반 판소리 사설 (2) (송만갑 편)」, 『판소리연구』 6, 판소리학회, 1995, 377-378쪽 및 385-386쪽. 송만갑이 부른 것 사이에도 사설 차이가 있지만, 중이 등장하는 상황을 『조선창극사』와 같이 古形인 '중 하나 나려온다'로 설정되어 있다는 사실이 주목된다. 심청가에서는 해가 저물 때이므로 화주승이 절로 올라가는 것이 이면에 맞으며, 흥보가에서는 중이 내려오는 것이 이면에 맞다.

84 정노식, 『조선창극사』, 조선일보사출판부, 1940, 197쪽.

이상에서 살펴본 바를 간략하게 정리하면 다음과 같다.

첫째, 판소리의 역사를 심청가의 명창과 그들의 더늠을 중심으로 팔명창 이전 시대, 전기 팔명창 시대, 후기 팔명창 시대, 근대 오명창 시대로 나누어 살펴보았다.

팔명창 이전 시대는 판소리가 형성되어 독자적인 예술적 틀을 구축하기 시작한 17세기 말에서 18세기이다. 우춘대를 비롯한 최석황과 하언담 등이 향토 토리를 바탕으로 다양한 소리 및 창법을 개발함으로써 판소리는 양반들의 유흥공간에 연행 종목의 하나로 자리 잡기 시작하며 소박한 형태나마 어느 정도 예술적 완성도를 이룩한 더늠이 창조되기 시작하였다. 그리고 심청가는 아직 소박한 수준이고, 우춘대가 화초타령으로 명성이 자자하였다.

전기 팔명창 시대는 고수관과 송흥록, 염계달, 모흥갑 등이 활동하던 19세기 전반기이다. 판소리의 열두 마당이 완성되었으며, 명창들이 속속 등장하여 판소리가 비약적으로 발전하였다. 판소리는 중인층과 양반층을 사회적 기반으로 확보하면서 성장과 발전이 급속히 이루어졌는데, 송흥록이 판소리 발전을 주도하며 동편제를 창시하고, 진양조를 완성하여 판소리의 예술적 표현영역을 한층 넓혔다. 권삼득은 덜렁제를 창조하였고, 염계달은 경드름과 추천제를, 모흥갑은 강산제를, 황해천은 자웅성을 창조하였다. 그리고 심청전은 전기수의 중요한 연행 종목의 하나일 정도로 크게 인기 있었다.

이 시대의 심청가 명창과 그들이 남긴 심청가 더늠은 다음과 같다. 송흥록은 계면조와 우조를 예술적으로 세련시켰으며, 산유화조와 진양조를 완성하는 등 19세기 전기의 판소리 발전에 결정적으로 공헌하였다. 방만춘은 심청가를 윤색하였고 아귀상성과 살세성으로 이름을 크게 떨쳤으며, 김용운은 歌詞에 가까운 창법으로 이름이 났다. 송광록은 제주도에서 4, 5년간 노력하여 대명창이 되어 범피중류를 더늠으로 남겼고, 주덕기는 원래 고수였다가 수련 끝에 마침내 명창으로 대성하였으며, 김제철은 석화제 명창으로 기교에 능하였고 심청 탄생 대목을 더늠으로 남겼다.

후기 팔명창 시대는 박유전, 박만순, 김세종, 정춘풍, 이날치 등이 활동한 19세기 후반기이다. 박유전이 서편제를 개발함으로써 판소리가 비약적으로 발전하고, 중고제는 쇠퇴하기 시작하였다. 그리고 판소리 이론에 밝은 명창과 애호가들이 등장하여 판소리의 속살을 단단하게 다졌다. 판소리에 대한 양반층의 애호가 더욱 증대되었으며, 판소리가 왕실까지 예술적 기반으로 확보하여 이른바 어전광대 또는 국창이 등장하였다. 판소리와 왕실의 만남은 판소리사에서 가장 획기적인 사건으로, 명창들은 명예직이나마 벼슬과 상급을 받는 등 판소리의 예술적 가치가 국가 차원의 공인을 획득함으로써 대단한 긍지와 자부심을 가지게 되었다. 이제 판소리 창자들은 대우가 좋은 양반과 왕실 감상층의 기호 또는 요구에 귀 기울이며, 그들이 요구하는 레퍼토리를 중심으로 더늠을 개발하게 되었고, 그 결과 춘향가와 적벽가 등 양반층의 미의식에 맞는 소리를 중심으로 전승되고, 배비장타령과 변강쇠타령 등 민중문화적 성격이 강한 소리는 점차 자취를 감추게 되었다.

이 시대의 심청가 명창들은 앞 시대 명창들의 소리를 이어받는 한편 뛰어난 더늠을 창조하여 심청가의 세계를 더욱 다채롭고 풍성하게 하였다. 박유전은 서편제를 창시하여 당대의 판소리 발전에 획기적으로 이바지하였고, 만년에는 강산제를 완성했으며, 장승상부인 대목을 더늠으로 남겼다. 김세종은 판소리 이론과 비평에 뛰어났고 심청 환세 대목에 특장하였으며, 이날치는 서민들에게 대단한 인기가 있었고 부녀 영결 대목을 잘하였다. 비가비광대 정춘풍은 판소리 이론에 일가견이 있고 범피중류에 뛰어났으며, 정창업은 판소리 이론에 밝았고, 심봉사가 사립문 붙들고 탄식하는 대목을 더늠으로 남겼다. 김창록과 이창윤은 부녀 영결 대목을 더늠으로 남겼으며, 주상환은 젖동냥 대목을, 전해종은 심청 환세 대목을, 최승학은 심청의 부친 봉양 대목을, 백근룡은 곽씨부인 장례 대목을 더늠으로 남겼다. 그리고 안익화와 배희근도 심청가에 출중하였다.

근대 오명창 시대는 박기홍을 비롯하여 김창환, 송만갑, 이동백, 김창룡,

정정렬 등이 활동하던 1900년대부터 1940년대이다. 실내극장의 등장과 판소리의 창극화, 기생조합과 권번을 통한 여성 판소리 창자의 등장, 마이크와 스피커 사용, 유성기음반 취입, 일제의 판소리 공연 억압 등으로 인해 정통 판소리가 위축되기 시작하였으며, 지방에서 활동하던 명창들이 대거 상경하여 교섭함으로써 유파의 특성을 온전히 지키는 것이 어렵게 되었다.

이 시대의 심청가 명창과 그들이 남긴 더늠은 다음과 같다. 김창환은 발림에 뛰어났으며, 원각사 주석을 지냈고, 협률사를 조직하여 지방순회공연을 하는 등 판소리의 전승에 크게 이바지하였다. 송만갑은 시대의 요구에 순응하는 것이 바람직하다고 주장하며 판소리의 통속화에 매진하였으며, 심봉사 자탄 대목을 더늠으로 남겼다. 이동백, 김창룡, 신학조, 유공렬, 전도성, 김채만, 송업봉, 진채선 등도 심청가에 뛰어났다.

둘째, 『조선창극사』 소재 심청가 더늠의 실상에 대해 살펴보았다. 이 책에는 김제철의 심청 탄생 대목 등 10개의 더늠을 구체적인 사설과 함께 소개하고 있는데, 그 가운데 일부는 연구 자료로 삼을 수 없을 정도로 심각한 문제점을 안고 있다. 김채만의 초입, 김제철의 심청 탄생, 백근룡의 곽씨부인 장례, 주상환의 동냥젖, 최승학의 부친 봉양, 김창록과 이창윤의 부녀 영결 대목 등은 1922년 광동서국에서 발행한 『증상연정 심청전』(10판)을 텍스트로 소개한 것이다. 그리고 정창업의 중타령과 전도성의 범피중류, 전해종의 심청 환세(중머리 부분)는 전도성의 소리를 소개한 것이며, 전해종의 심청 환세의 앞부분은 〈신재효 심청가〉를 텍스트로 소개한 것이다.

02
내포지역의 판소리 문화지형도

1. 머리말

판소리는 17세기 말에서 18세기 초 무렵에 발생하였으며, 19세기 전반기에 송흥록이 새로운 유파인 동편제를 정립하였다. 이때부터 고제 판소리의 맥을 잇고 있는 경기·충청지역의 판소리는 중고제로 인식되기 시작하였다.

중고제 판소리는 경기·충청지역을 예술적 기반으로 하고 있다. 가야산 아래의 서산·태안·해미·결성·홍주 등 내포지역은 아산만에서 천수만에 이르는 해안에 접하고 있으며 동남부는 차령산지로 금강유역과 차단되어 고립되어 있어 독자적인 문화권을 형성하고 있다. 한편으로는 해안을 통한 다른 지역과 문화 교류가 활발하게 이루어졌고, 한양이나 경기도와의 연결성이 높아 혼합지대적 성격이 강하고, 近畿圈으로서의 문화적 특성이 있다.[1]

내포지역은 토지가 비옥하여 농산물이 풍부하며, 서해안을 끼고 있어 해산물이 풍부하고 魚鹽이 발달하여 일찍부터 소비문화가 형성됨으로써 음악문화가 발달할 수 있는 여건을 갖추고 있었다. 중고제 소리꾼의 한 줄기는 이러한 살기 좋은 내포 땅에 삶의 터전을 마련하여 뿌리내리고 대를 이어 살면서 자신들의 판소리 세계를 펼쳤다.

최근에 중고제 판소리에 관한 연구가 본궤도에 오르면서 괄목할 만한 성과들이 축적되고 있다.[2] 이 글도 중고제 판소리 연구의 일환으로, 중고제 판소리

1 임병조, 「내포지역의 구성과 아이덴터티에 관한 연구」, 한국교원대학교 박사학위논문, 2008, 132-133쪽.

의 중요한 지역적 기반이었던 내포지역의 판소리문화 전반에 대해 두루 살펴보고자 한다. 먼저 중고제 판소리의 터전으로서의 내포지역의 문화·예술적 성격에 대해 살펴보고, 다음으로 이 지역 출신이거나 이 지역에서 활동한 판소리 명창 등을 살펴본다.

2. 非山非野의 內浦, 중고제 판소리의 터전

내포지역은 경기·충청도를 기반으로 성장한 중고제 판소리 가운데 '내포제 판소리'라고 일컬을 수 있을 만한 개성적인 유파를 형성하며 전승되던 곳이다. 중고제 판소리의 터전이었던 내포지역의 문화·예술의 지형에 대해 간략하게 살펴보기로 한다.

18세기 전반기를 살다 간 실학자 清潭 李重煥(1690~1756)은 『擇里志』「八道總論」에서 충청도의 특징을 다음과 같이 말하고 있다.

> 충청도는 경기도와 전라도 사이에 있다. 서쪽은 바다와 접해 있고 동쪽은 경상도와 접해 있다. 동북쪽 모서리의 경우 충주 등의 고을이 강원도 남부로 불쑥 들어가 있다. 충청도 남쪽의 절반은 차령 남쪽에 있어 전라도와 가깝고, 북쪽의 절반은 차령 북쪽에 있어 경기도와 인접해 있다. 물산의 풍부함은 경상도와 전라도에 미치지 못하지만, 산천이 평탄하고 아기자기하며 서울에 가깝고 남쪽에 위치하여 자연스레 벼슬아치들이 모여 사는 본거지가 되었다. 서

2 중고제 판소리 관련 저서는 다음과 같다. 경기도국악당, 『경기판소리』, 2005. 국립민속국악원, 『유성기음반으로 보는 경기 충청의 소리』, 2006. 신은주, 『판소리 중고제 심정순家의 소리』, 민속원, 2009. 노재명, 『중고제 판소리 흔적을 찾아서』, 채륜, 2012. 신은주, 『중고제 심정순家의 예인들』, 민속원, 2015. 심화영중고제판소리보존회, 『심화영 소리이야기』, 미디어서산(주), 2015. 노재명, 『꽃피는 중고제 판소리』, 채륜, 2016. 판소리학회, 『서천의 판소리와 중고제』, 서천문화원, 2016. 공주시, 『중고제 판소리 명창』, 2019. 최혜진, 『충청의 판소리 중고제』, 충남대학교출판문화원, 2020. 중고제판소리문화진흥회 편, 『중고제의 미학과 전승 가치』, 민속원, 2021. 박성환 엮음, 『충청의 옛 소리를 찾아가는 중고제 판소리 유적 답사기』, (사)한국중고제판소리진흥원, 2022. 최혜진, 『결성아카데미 판소리의 탄생과 중고제』, 문화in, 2022.

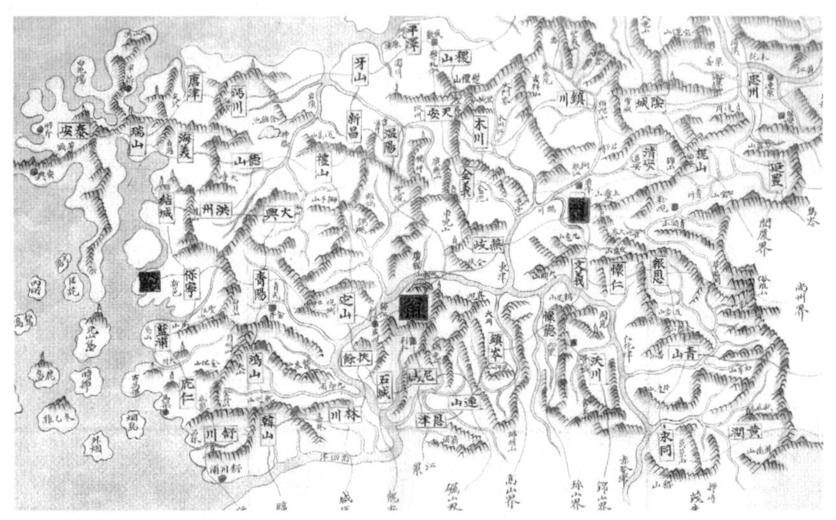

『輿地圖』(18세기, 서울대학교 규장각 한국학연구원 소장)

> 울의 명문가들은 너 나 할 것 없이 도내에 전답과 살 집을 마련하여 근본을 이루는 터전으로 삼고 있다. 게다가 서울과 가까워서 풍속이 크게 다르지 않으니 선택하여 거주할 만한 최적지이다.3

충청도는 한반도의 중부지역으로 차령산맥을 경계로 북부는 기호지방에, 남부는 호남지방에 속한다. 충청도는 전라도와 경기도 사이에 있으며, 물산은 영남과 호남에 미치지 못하나 산천이 평탄하고 아름다워서 살기 좋은 곳으로 인식되었다. 따라서 서울 사대부들은 이곳에 전답과 집을 마련하여 생활의 터전으로 삼았던 것이다.

이제 범위를 좁혀 내포지역의 특징에 대해 살펴보기로 한다. '內浦'의 사전적 의미는 '바다나 호수가 육지 안으로 휘어 들어간 부분'을 뜻한다. 바닷가에

---

3 "忠淸道在京畿全羅京畿之間. 西與海接, 東與慶尙接. 東北角忠州等邑, 斗入江原之南. 南一半車嶺之南, 北近全羅一半, 在車嶺之北隣京畿. 物産之多不及二南, 然, 山川平嫩, 居國之近南, 玆爲衣冠之淵藪. 京城世家, 無不置田宅於道內, 以爲根本之地. 且其風俗近京, 與京城無甚異, 故最可擇而居之.", 이중환 지음, 안대회·이승용 옮김, 『완역 정본 택리지』, 휴머니스트, 2018, 150쪽, 432쪽.

육지 쪽으로 활처럼 휘어 들어간 곳을 灣이라고 하고, 강가나 바닷가 등 물 가장자리에 휘어서 굽어진 곳은 浦라고 한다. 여기서 '내'는 안쪽을 의미하고, '포'는 '개'를 뜻하여 고유어로는 '안-개'라고 한다. 내포라는 용어는 『고려사』에서 알 수 있듯이 고려 공민왕대에는 이미 널리 사용되고 있었다.[4]

내포라 하면 일반적으로 가야산 아래의 당진, 면천, 서산, 태안, 해미, 결성, 덕산, 홍주, 신창, 예산 등 10개 고을을 일컫는다.[5] 이곳은 홍주를 중심으로 한 충청남도 서북부 지역이다.[6]

이중환은 『택리지』 「팔도총론」에서 내포지역에 대해 다음과 같이 기술하였다.

> 충청도는 내포가 가장 좋다. 공주에서 서북쪽으로 200리쯤 되는 곳에 가야산이 있다. 가야산 서쪽은 큰 바다이고, 북쪽은 대진을 사이에 두고 경기도 바닷가 고을과 인접해 있는데 여기는 서해가 내륙으로 깊숙이 들어온 곳이다. 가야산 동쪽은 큰 들이 펼쳐져 있고 들판 가운데 큰 포구가 있어 이름을 유궁진이라 한다. 유궁진은 밀물이 가득 차올라야만 배를 운항할 수 있다.
>
> 가야산 남쪽 산자락에는 오서산이 있다. 가야산에서 뻗은 산자락으로 이 산 동남쪽을 거쳐야만 공주와 통한다.
>
> 가야산 앞뒤로 열 개의 고을이 있어 다 함께 내포라 부른다. 한 모퉁이에 외따로 떨어져 큰길에 접해 있지 않은 지형이라 임진년과 병자년에 남쪽과 북쪽에서 두 부류의 외적이 침략하였으나 아무도 여기에 이르지 않았다. 토지는 비옥하고 물가나 평지나 평탄하고 드넓다. 물고기와 소금이 흔해 부자가 많고 세거하는 사대부가 많다. 다만 바다에 가까운 지역 주민들은 학질과 종기를 많이 앓는다. 산천은 평탄하여 좋고, 드넓어 활짝 트였으나 멋지고 빼어난 느

---

4 임선빈, 「내포지역의 지리적 특징과 역사·문화적 성격」, 『문화역사지리』 제15권 제2호, 한국역사문화지리학회, 2003, 23쪽.

5 현재의 행정구역으로 면천은 당진시 면천면, 해미는 서산시 해미면, 결성은 홍성군 결성면, 덕산은 예산군 덕산면, 신창은 아산시 신창면이다.

6 내포지역의 지리적 개념은 시기에 따라 다소 차이가 있었다. 15세기의 『세종실록』에는 내포지역을 홍주·결성·해미·태안·서산·면천·당진·덕산·예산·신창 등 10여 官이라고 하였고, 18세기의 『영조실록』과 『여지도서』에는 서천·면천·서산·태안·온양·평택·홍산·덕산·청양·남포·비인·결성·보령·아산·신창·예산·해미·당진 등 홍주목사 관할 내에 있는 18읍으로 크게 확대되어 있다.

낌이 적다. 구릉과 습지대는 작고 아기자기하고 부드럽고 선이 가늘지만, 기이하고 빼어난 산천 풍경이 부족하다. 그중에서 보령은 산수가 가장 빼어나다. 보령현 서쪽에는 수군절도사의 수영이 있고, 수영에 영보정이 있다. 호수와 산의 경치가 아기자기하고 호탕하며, 너르고 트여 있어 빼어난 명승이라 불린다.

보령 북쪽에 결성·해미가 있고, 서쪽으로 큰 갯벌을 사이에 두고 안면도가 있다. 이 세 개의 고을은 가야산 서쪽에 위치한다. 또 북쪽으로는 태안과 서산이 있어 작은 바다를 사이에 두고 강화도와 남북에서 마주 보고 있다. 서산 동쪽에는 면천과 당진이 있다. 동쪽으로 큰 갯벌을 건너면 아산이 나온다. 북쪽으로 비껴서 경기도 남양의 화량과 작은 바다를 사이에 두고 마주보고 있다. 이 네 개의 읍은 가야산 북쪽에 있다.

가야산 동쪽 지역은 홍주, 덕산으로 나란히 유궁진 서쪽에 있어 내포 동쪽에 위치한 예산, 신창과 더불어 배를 타고 서울에 대단히 빠르게 오갈 수 있는 곳이다. 홍주 동남쪽에는 대흥과 청양이 있으며 대흥은 옛 백제의 임존성이 있던 곳이다. 이 열한 개 고을은 나란히 오서산 북쪽에 자리 잡고 있다.[7]

六堂 崔南善(1890~1957)은 『朝鮮常識·地理篇』에서 살 만한 곳으로 내포지역, 公州의 維鳩와 麻谷을 최고로 꼽았다.

迷信 本位 말고 생활 조건상으로 '可居處'를 선택하는 경우에 昔日에 諸家가 일치하야 艶說하는 곳은 충청도의 내포지방과 및 공주의 維鳩·麻谷이얏다. 그 이유로 하는 바는 田野가 열리고 土理가 조하서 먹음새에 구길 것 업스며 山海의 利를 겸하야서 魚鹽 柴水가 흔하며 산수의 勢가 平嫩하야 험악한 기상이

7 "忠淸則內浦爲上, 自公州西北可二百里有伽倻山, 西則大海, 北則與京畿海邑隔一大津, 卽西海之斗入處. 東則爲大野, 野中又有一大浦, 名由宮津. 非候潮滿則不可用船. 南則隔烏棲山, 乃伽倻之所從來也, 只從烏棲東南通公州. 伽倻前後有十縣, 俱號爲內浦. 地勢斗絶一隅, 且不當孔道, 故壬辰丙子南北二亂俱不到. 土地饒沃, 墳衍平曠, 魚鹽至賤, 多富人, 又多士大夫世居. 然近海多瘧腫. 山川雖平善迤闊, 少秀拔之意. 丘陵原隰雖嫩軟細少, 而乏泉石奇勝之景. 其中惟保寧山水最勝, 縣西治水軍節度營, 營有永保亭, 湖山景致婉宕平闊, 號稱勝地. 北則結城·海美, 西隔一大浦爲安眠島, 三邑在伽倻西. 又北則泰安·瑞山, 與江華南北相對而隔一小海. 瑞山東則沔川·唐津, 東隔大浦爲牙山. 北斜與京畿南陽花梁, 隔小海相對. 此四邑在伽倻北. 伽倻之東爲洪州·德山, 幷在由宮之西, 與浦東禮山·新昌, 船舶通漢陽甚捷. 洪州東南爲大興·靑陽, 大興卽百濟任存城, 玆十一邑幷在烏棲以北.", 이중환 지음, 안대회·이승용 옮김, 『완역 정본 택리지』, 휴머니스트, 2018, 151-152쪽, 432-433쪽.

업스며 京都가 과히 隔遠하지 아니하야 進取退守에 다 편리하며 위치가 일국의 孔道(간선도로)에 버스러져서 大亂의 경과지 될 염려가 업고 사실상으로 말하야도 壬辰·丙子의 兩大兵火가 여긔는 파급하지 안핫섯다 함에 잇다. 택리지에 "忠淸則 內浦爲上"이라 하고 五洲衍文長箋散稿에 "世人每以湖西內浦, 爲士族必居之地. 便同茶飯然, 蓋因穀腹終身而言也."라 하야 개설한 바가 요약하건대 대강 상거한 조건에 버서나지 안는다. 내포라 함은 충청도 西南隅의 伽倻山脈을 環繞하야 잇는 여러 골을 시방 삽교천의 상류, 由宮津의 안녁헤 잇다 해서 니르는 말인데 保寧의 青蘿洞은 泉石의 勝景까지를 가초아서 가장 樂土로 니르고 녯날에 士族 富戶 만히 살기로 유명하엿다.[8]

그리고 최완수는 내포지역의 지리적 특징을 다음과 같이 정리하였다.

금북정맥이 오서산으로부터 북진하면서, 서쪽으로 부채살처럼 펼쳐지는 많은 지맥들을 만들어 복잡한 대소 반도를 형성하였고, 그 산맥 사이로 크고 작은 하천이 흐른다. 이 지형은 전체적으로 완만한 데다 조석 간만의 차가 8-9m에 이를 정도로, 큰 격차를 보이므로 하천마다 거의 바닷물이 역류한다. 이처럼 이들 하천 중 하류는 바다와 직결되므로 수십 리 혹은 백여 리 물길을 내륙 깊숙이 끌어들이기 때문에 안개[內浦]가 생길 수밖에 없어 이 지역 전체를 안개, 즉 '내포'라 부르게 되었다.[9]

이상과 같이 내포지역은 천혜의 자연조건으로 물산이 풍부하고 살기 좋은 땅이다. 기후가 좋으며, 산도 아니고 들도 아닌 야트막한 평지와 낮은 언덕으로 이루어진 비산비야의 넓은 평야와 평야를 비옥하게 하는 하천의 발달, 서해로 열린 포구로 인한 해로의 발달, 넓은 서해와 갯벌에서 생산되는 풍부한 해산물은 삶을 풍족하게 하였다.

판소리는 숙종 말~영조 초 경기·충청지역에서 발생하여 그곳을 기반으로 성장하였다. 그 후 호남지역으로 南進하면서 호남의 무속집단 음악과 만나 예술적으로 크게 발전하게 된다. 특히 송흥록 가문을 중심으로 비약적인

---

8 최남선, 『조선상식·지리편』, 동명사, 1948, 125쪽.

9 최완수, 「내포지역의 불교」, 『내포문화정보』 창간호, 내포문화연구원, 1997, 57쪽.

발전이 이루어졌으며, 그 결과 송흥록은 가왕, 판소리의 중시조로 추앙받게 되었다. 이로부터 동편제라는 새로운 스타일의 판소리가 등장하여 옛날부터 경기·충청지역에서 부르던 판소리는 자연스레 고제 또는 중고제로 인식되게 된 것이다. 판소리는 더 남진하여 박유전이라는 뛰어난 소리꾼을 중심으로 호남음악의 영향을 더욱 크게 받아 동편제와 다른 새로운 스타일의 서편제가 등장하게 되었다.[10]

내포지역에 중고제 판소리가 자리잡고 성장·발전할 수 있었던 예술적 기반을 간략하게 살펴보면 다음과 같다. 茶山 丁若鏞(1762~1836)은 지방에서 연행되는 민속예능에 대해 『목민심서』에서 다음과 같이 비판한 바 있다.

> 배우의 유희와 괴뢰의 재주, 그리고 儺樂으로 시주를 청하며 요사한 말로 행술하는 자는 모두 금해야 한다.
>
> 남쪽 지방의 이속과 장교들은 그 사치한 것이 풍속이 되어 봄·여름철 기후가 화창할 때만 되면 곧 배우의 익살부리는 연기(방언으로는 덕담이라 한다)와 꼭두각시의 장대 희롱으로(방언으로 초라니[焦蘭伊]라 하고 또 산대[山臺]라고도 한다) 해가 지도록 밤이 새도록 놀면서 즐기는데, 목민관이 금하지 않을 뿐만 아니라 때로는 법정에 끌어들이며, 심지어 내아의 권속들까지 발을 드리우고 그 음탕하고 외설한 것을 구경하니 크게 무례한 일이다. 이런 것으로 백성에게 보여주니 백성이 거기에 빠지지 않을 수 없고, 남녀들은 물결처럼 몰려다니면서 난잡하게 황음한 짓을 자행한다. 창고의 곡식이 축나고 세납을 도둑맞는 것이 대개 이런 일로 하여 생기는 것이니, 목민관은 마땅히 방을 붙여 백성에게 효유하여 이런 잡것들이 지경 안에 들어오는 일이 없게 하여야만 민간 풍속이 조용해질 것이다.[11]

---

10 물론 당시에는 '동편제, 서편제, 중고제'라고 하는 판소리의 유파를 의미하는 용어가 없었으며, 이러한 구분은 1930년대에 등장한 것으로, 정노식의 『조선창극사』 이후 정착되었다.

11 "俳優之戲, 傀儡之技, 儺樂募緣, 妖言賣術者, 竝禁之. 南方吏校, 奢濫成風, 每春夏駘宕, 卽俳優滑詼之演, 方言云德談, 窟櫑棚竿之戲, 方言焦蘭伊, 亦名山臺, 窮晝達夜, 以爲般樂, 牧不唯不禁, 時亦引入於法庭, 甚至衙眷, 垂簾聽其淫褻, 大非禮也. 以玆示民, 民罔不溺, 士女奔波, 荒淫無度. 倉逋稅竊, 多由此種, 牧宜榜諭下民, 使此雜類, 毋納四境之內, 庶乎民風甚靜矣.", 정약용, 『목민심서』 「刑典 6조, 제5조 禁暴」. 「한국고전종합DB」(https://db. itkc.or.kr).

다음은 백성환 명창의 고조부가 전주감영의 이방으로 있을 때의 일이다.

훗날의 국창 김창환(1854~1927)의 문도였던 백성환(1893~1970)은 한량 명창으로 전주 아전의 후예인데 그의 전하는 바에 의하면,

백성환 명창의 고조는 전주감영의 이방이었을 때, 전북 김제군 백산면 야산에 대를 마련하여 차일을 치고 권삼득이 소리하는데 날마다 모여드는 사람이 인산인해를 이루고 있다는 소문을 듣고 백이방은 동료와 사령 몇 사람을 데리고 가본즉, 과연 수천 군중이 모여 있으며 권삼득이 소리를 하는데 과연 희대의 명창이었다.

백이방은 전라감사의 분부라 하고 권삼득을 가마에 태워 감영으로 돌아왔다. 감사는 크게 기뻐하여 권삼득을 맞아들였고, 권삼득은 선화당에서 춘향가를 불렀는데 첫소리 한바탕에 청중을 감동시켜 명창으로서의 그 이름을 떨쳤다. 그 후 권삼득은 전주에 근거하고 전라감사의 비호를 받았고, 가끔 전라도 각 고을 수령의 부름을 받아 동헌에서 소리를 하였으며, 인근의 농촌 사람이 많이 모이는 장날이면 전주 다가정에서 수천 군중을 모아놓고 소리를 하였으므로 그의 명성과 인기는 충천하였다고 한다.[12]

권삼득 명창은 선화당이나 동헌에서 감사와 각 고을 수령 앞에서 소리했으며, 장날이면 전주 다가정에서 수천 군중 앞에서 소리했다는 것이다. 주덕기와 모흥갑도 다가정에서 소리하였다.[13]

다음은 서울대학교 박물관에 소장되어 있는 10폭 병풍 「평양도」(일명 「평안감사 환영연도」)로 모흥갑 명창이 대동강 능라도에서 소리하고 있는 장면이다.

---

12 박황, 『판소리 이백년사』, 사사연, 1987, 54-55쪽. 김창환의 생몰 연도는 1855~1937년이다.

13 정노식, 『조선창극사』, 조선일보사출판부, 1940, 29쪽. 多佳亭은 다가산 북쪽 기슭 활터에 있는 정자로, 1712년(숙종 38) 고을의 유지들이 4칸 정자를 짓고 천양정이라 하고 과녁을 그 북서방 黃鶴臺 아래에 세웠다. 그러나 9년 뒤에 홍수를 만나 정자가 유실되었으므로 1722년(경종 2) 金三敏 등이 중심되어 자기 소유의 땅에 정자를 재건하고 산 이름을 따라 다가정이라고 부르게 되었다. 1830년(순조 30)에 다가정 바로 서쪽에 穿楊亭을 재건하자 북풍을 거슬러 쏘는 다가정은 젊은이들의 전용이 되었다. 한국학중앙연구원, 『한국민족문화대백과』(http://encykorea.aks.ac.kr).

「평양도」 (서울대학교 박물관 소장)

다음에서 알 수 있듯이 지방 관아의 수령들이 명창을 불러 판소리를 즐기던 것은 당시의 풍속이었다.

- 권삼득 : 전라도 각 고을 수령의 부름을 받아 동헌에서 소리하였다.14
- 고수관 : 경상감사 도임 초 연석에 불려가서 소리하는데 춘향가 중 기생점고 대목을 고전에 있는 기명으로 호칭하지 않고 그곳에 참석한 기생들 이름을 시적으로 만들어 불러서 좌석을 경탄케 하여 일시에 회자되었다.15
- 김성옥 : 춘향가에 특장했는데 전라감사의 부름을 받고 전주 관아 선화당에서 첫소리 한바탕으로 명성을 떨쳤다. 그리고 여산군수의 생일연에 불려가 소리하였다.16
- 송흥록 : 처음 공부를 마치고 세간에 나와서 명성이 원근에 퍼지자 경상감영에 불려가서 선화당에서 소리하였다.17

---

14 박황, 『판소리 이백년사』, 사사연, 1987, 54-55쪽.
15 정노식, 『조선창극사』, 조선일보사출판부, 1940, 32쪽.
16 박황, 『판소리 이백년사』, 사사연, 1987, 59쪽.

- 염계달 : 충주감영에서 장끼전을 연행하여 명성을 떨쳤다.[18]
- 모흥갑 : 평양 연광정에서 평안감사 김병기 앞에서 소리할 때 덜미소리를 질러내어 십 리 밖까지 들리게 하였다.[19] 서울대학교 박물관의 「평양도」에 대동강 능라도에서 소리하는 장면이 있다.
- 박만순 : 오랫동안의 수련을 마치고 출세간 제일착으로 전주 선화당에서 제일성을 발하였다.[20]
- 황호통 : 공주감영의 선화당에서 소리하면 30리 밖까지 들렸다.[21]
- 성명 미상 : 호암미술관 소장 민화 「철산읍지도」(8폭 병풍)의 제7폭에 평안도 관찰사 조성하가 철산을 방문하여 부사 정우식과 함께 신선봉 아래에서 판소리를 즐기는 장면이 있다. 1874년에서 1876년의 일로 추정된다.[22]

그리고 과거 급제자가 광대를 데리고 풍악을 울리면서 놀던 것이 나라의 풍속이었다. 과거 급제자와 관련된 행사로는 다음과 같은 것이 있었다. 과거에 급제한 사람의 영예를 축복하여 임금이 내리던 연회로 의정부에서 베푸는 恩榮宴, 과거 급제자가 광대를 데리고 풍악을 울리면서 시가행진을 벌이고 시험관·선배 급제자·친척 등을 찾아보던 일로 보통 사흘에 걸쳐 행한 遊街, 과거에 급제한 사람의 부모를 위해 마련한 잔치인 榮親儀, 과거에 급제한 사람의 홍패와 백패를 놓고 부귀를 누리라는 덕담으로 지내던 고사인 紅牌·白牌告祀,[23] 경사로운 일이 있을 때 조상의 산소를 찾아가 돌보고 제사를 지내는 掃墳, 과거에 급제한 사람이 집에 돌아와서 친구와 친지들을 초청하여 베푸는 자축연인 聞喜宴(到門宴이라고도 함) 등이다.[24] 星湖 李瀷(1681~1763)의 『星湖僿說』

17 정노식, 『조선창극사』, 조선일보사출판부, 1940, 21쪽.

18 박황, 『판소리 이백년사』, 사사연, 1987, 80쪽.

19 박황, 『판소리 이백년사』, 사사연, 1987, 74쪽. 정노식, 『조선창극사』, 조선일보사출판부, 1940, 28쪽.

20 정노식, 『조선창극사』, 조선일보사출판부, 1940, 57쪽.

21 노재명, 『중고제 판소리 흔적을 찾아서』, 채륜, 2012, 314쪽.

22 김종철, 「판소리 연행도 해제」, 『판소리연구』 9, 판소리학회, 1998, 389-393쪽.

23 大科인 문무과 급제자는 홍패고사, 小科인 생원·진사과 급제자는 白牌告祀를 지낸다.

24 손태도, 『광대의 가창문화』, 집문당, 2003, 354-407쪽. 1885년(고종 22) 9월 전라감영에서 당시 전라감사 윤영신의 아들 윤헌이 增廣試 丙科에 급제한 것을 축하하는 문희

과 石北 申光洙(1712~1775)의 「題遠昌扇」, 泠齋 柳得恭(1748~1807)의 『京都雜志』, 澗松居士 柳晩恭(1793~1869)의 『歲時風謠』 등은 이러한 사실을 잘 보여주고 있다.

• 李瀷, 『星湖僿說』(1740년경)

지금 과거에 합격한 자들이 반드시 광대로써 풍악을 잡히는데, 광대가 있으면 반드시 儒戲가 있기 마련이어서 그 떨어진 옷과 해진 갓에 큰 소리를 외치고 억지 웃음을 짓는 갖가지 추태로써 축하 잔치에 이바지하니, 오늘날 의관[冠紳]의 무리들이 그 누가 儒의 이름을 자처하지 않기에 미천한 것들로 하여금 이렇게 욕되게 하는가? 저 광대를 꾸짖을 것이 아니라, 오늘날 소위 士夫들이 조금도 부끄러워할 줄 모르는 그것이 이상스럽기만 하다.[25]

• 申光洙, 「題遠昌扇」(1750년)

桃紅扇打汗衫飛　붉은 부채 펼치니 한삼 소매 너울
羽調靈山當世稀　우조의 영산은 당세의 독보라네
臨別春眠更一曲　헤어지는 마당에 춘면곡 또 부르고
落花時節渡江歸　꽃 지는 이 시절에 강 건너 돌아가네[26]

연을 연 후 김세종 등 창부에게 금전을 지출한 내역을 기록한 문서인 「연수전하기」가 전한다. "唱夫李捏致五十兩, 賜樂樂工馬貫一百四十四兩, 京來京唱童二名二百兩, 張在白五十兩, 鄕唱夫四名二百兩, 金世宗一百兩, 工人六名一百二十兩.", 「宴需錢下記」, 서울대학교 규장각 한국학연구소 소장. 최동현, 「장재백과 그 일가의 판소리 인맥에 관한 연구」, 『판소리연구』 16, 판소리학회, 2003. 최동현, 『순창의 판소리 명창』, 순창문화원, 2023, 123-124쪽.

25 "今時登科者, 必以倡優爲樂, 有倡優則必有儒戲, 其破衣弊冠, 胡說強笑, 醜態百陳以資歡宴. 夫今日冠紳之徒, 孰不以儒爲名, 而忍令下賤戮辱至此. 彼倡優不足責, 獨恠夫今日士夫之恬然不知愧耳.", 이익, 『성호사설』 권12, 「人事門, 以儒爲戲」, 『성호전서(5)』, 여강출판사, 1984, 436-437쪽.

26 신광수, 『석북문집』 권4, 『숭문연방집』, 아세아문화사, 1985, 82-83쪽. 신광수가 1750년 진사에 급제하여 유가할 때 거느렸던 광대 원창에게 준 시다. 『智水拈筆』에 의하면, 신광수가 노년에 비로소 진사에 합격하여 유가 때 거느렸던 명창이 돌아갈 때 집이 가난하여 보수를 줄 수 없어서 붉은 부채에 시 일절을 써 주었더니, 그 창우가 그것을 지극한 보배로 여겼다. "且老年始進士, 遊街時率一名倡, 及其放還, 貧不能資給, 只得一紅摺疊, 書一絶以贈曰, '桃紅扇打汗衫飛, 羽調名聲天下稀. 四十九年申進士, 落花時節渡江歸.' 其倡認若重寶以去.", 洪翰周, 『智水拈筆』, 아세아문화사, 1984, 168쪽. 四十九는 三十九의 잘못이며, 이 구는 유가 때 말 위에서 지은 「馬上戲述行者言」의 제3구다.

• 柳得恭, 『京都雜志』 권1 「遊街」(1793년 이후)

선비가 급제했다는 방이 걸리면 유가를 하는데, 세악수 광대 재인을 대동한다. 광대란 창우를 말한다. 비단옷에 초립을 쓰고 채화를 꽂고 공작선을 들고 어지러이 춤추며 익살을 부린다. 재인은 줄을 타고 재주를 넘는 등 온갖 유희를 벌인다.27

• 柳晩恭, 『歲時風謠』(1843년)

纔過春榜萃優倡　春榜이 나자마자 광대를 가려 뽑아
名唱携來卜夜良　명창을 데려다가 좋은 밤을 고른다네
歌罷靈山呈演戱　영산이 끝나고 연희가 벌어지니
一場奇絶現春香　기이하고 빼어난 춘향가 한 마당
(善歌曰名唱 소리 잘하는 이를 명창이라고 한다.)28

翠松 宋晩載(1788~1851)의 「관우희」(1843)에서 과거급제자가 창자를 불러 한바탕 즐기는 일은 당시의 풍속으로, 가난하여 문희연을 벌이지 못하면 시를 지어서라도 대신해야 할 만큼 중요하게 인식되고 있었음을 알 수 있다.

나라 풍속에 과거에 급제하면 반드시 광대놀음을 베풀어 소리와 재주를 펼치게 한다. 내 아이가 올봄 기쁜 소식(급제)을 들었으나 돌아보건대 매우 가난하여 한바탕 놀이를 갖출 수 없었다. 그러다가 도성 거리에서 북과 피리를 즐기는 풍속에 대해 들었는데 이에 또한 흥이 얕지 않았다. 그래서 그 소리와 모양을 본떠 몇 개 운(韻)을 불러 마을[同社]의 벗들에게 화답하게 하니 어느 정도 분량이 되었다. 매번 등불 앞이나 달 아래에서 스스로 거문고를 튕기고 스스로 읊조리며 마음을 풀어내니, 사람들이 혹 경륜(景綸)의 동자라 이르기도 하며 노래와 시가 품탄(品彈)보다 낫다고 했으나 나로서는 중용(仲容)이 긴 장대에 잠방이를 내건 것처럼 풍속을 피할 수 없었던 것이다. 그래서 운(韻)을 서술하여 『악원(樂苑)』에 빠진 운(韻)을 보태려 한다.29

---

27 "進士及第, 放榜遊街, 帶細樂手廣大才人. 廣大者倡優也. 錦衣, 黃草笠, 插綵花, 孔雀羽, 亂舞詼調. 才人, 作踏索, 筋斗諸戱.", 柳得恭, 『京都雜志』 권1, 「遊街」.

28 임형택 편, 『이조 후기 여항문학 총서 (10)』, 여강출판사 1991, 224쪽. 유만공은 유득공의 사촌동생이다.

29 김석배 외, 『조선 후기 연희의 실상』, 보고사, 2019, 152-153쪽. "國俗登科, 必畜倡, 一聲一技, 家兒今春, 聞喜顧甚貧不能具一場之戱, 而聞九街鼓笛之風, 於此興復不淺, 倣其聲態, 聊倡數韻, 屬同社友和之, 凡若干章. 每燈前月下, 自彈自詠, 以抒其思, 人或謂景綸之

다음은 신재효의 〈남창 춘향가〉와 황현의 『매천야록』, 정정렬 명창의 회고담, 〈창부타령〉에서 인용한 것이다.

〈남창 춘향가〉

천안의 유의ᄒᆞ샤 장원급졔 직부한림 홍ᄑᆡ교지 타 가지고 돈화문 밧 셕 나셔니 이분 거슨 쳥삼이요 ᄭᅩ진 거슨 ᄉᆞ화로다 은안쥰마 화동 옥젹 쳥ᄀᆡ 홍ᄀᆡ 별ᄇᆡ 츄죵 장악원 풍류 쇽의 호긔 잇게 도문ᄒᆞ야 영친 알묘 쇼분 유ᄀᆞ 쳔은을 감축써니30

『매천야록』

시골 사람이 과거에 급제를 하면 문과와 무과, 대과와 소과의 어떤 경우를 막론하고 자기 집에 돌아온 날 잔치를 베푸는데 이를 '도문(到門)'이라고 하며, 선영의 묘소를 알현하는 것을 '소분(掃墳)'이라 하고, 친지들을 두루 방문하며 마을을 다니는 것을 '유가(遊街)'라고 한다. 유가할 때에 광대들이 피리 등 악기를 불며 앞에서 인도하는데 이를 '솔창(率倡)'이라 한다. 가난한 사람의 경우 친지들이 돈을 갹출하여 경비를 대는데 이를 '과부(科扶)'라 한다. 마을 어귀나 선영에 화표(華表)를 세우는 것을 '효죽(孝竹)'이라고 하는데 효죽은 영남과 호남에서는 성행하지만 서북지방에서는 행해지지 않았다. 서울의 유가는 사흘을 넘기지 않는다.31

「정정렬 회고담」

노래하는 이들이 세월이 조튼 째는 甲午 이전입니다. 갑오년의 과거까지

童子, 歌詩勝於品彈, 而我則以爲仲容之長竿掛褌, 未能免俗也. 因序其韻, 以補樂苑之遺韻云.", 「觀優戲跋」.

30 강한영 교주, 『신재효 판소리 사설집(전)』, 민중서관, 1974, 54쪽.

31 황현 지음, 임형택 외 옮김, 『매천야록·상』, 문학과지성사, 2005, 123-124쪽. "鄕人登科, 不揀文武大小, 以抵家日, 設宴曰到門, 謁先墓曰掃墳, 歷訪知舊行閭里曰遊街. 遊街時, 優倡簫笛以導前曰率倡, 貧者, 知舊醵錢自給曰科扶, 建華表門閭及先墓曰孝竹. 孝竹, 兩南人盛行之, 西北則無. 京中遊街, 不過三日.", 황현 지음, 임형택 외 교주, 『역주 매천야록·원문 교주본』, 문학과지성사, 2005, 48쪽. 김세종 명창이 대원군의 사랑을 받아 참봉 벼슬을 받고 고향 순창 복실리에 내려와 선산(또는 집 앞)에 소죽을 세웠다. 마을 사람들이 창우 신분에 벼슬을 했다 하여 소죽을 세우는 것이 불손한 짓이라 하여 부숴버렸는데, 김세종이 억울하여 순창 원님에게 소장을 올려 다시 세웠다고 한다. 이보형, 「초창기 명창들」, 최동현·유영대 편, 『판소리 동편제 연구』, 태학사, 1998, 299쪽, 302쪽. '소죽'은 '효죽'의 방언이다.

과거가 계속햇고 그 후에는 과거가 업서젓스나 우리는 그때가 제일 조앗습니다.

과거에 급제를 하면 압헤다 錦衣花童을 세우고 긴 행렬을 지어 還鄕하는 법이엿섯는데 唱夫들이 금의화동 노릇을 하엿습니다. 집에 도라가서는 도문잔채를 베풀고 몃칠식 잔채를 계속하엿슴으로 으레히 잔채가 계속하는 날까지 노래를 불넛습니다. 그리고 창부가 먼저 사당 門을 열고 사당 잔채부터 시작하엿는데 그 까닭에 창부의 대접도 상당하엿고 잔채가 씃난 뒤에는 사례도 썩 후하엿습니다.[32]

〈창부타령〉
팔도 광대가 올라온다
젼라도 남원광대 아히광대 어룬광대
아히광대는 옥져 불고 어룬광대는 단소 불고
로광대는 호젹 불고 한양셩닉 올나올 때
-(중략)-
한양성내를 들어와서
엇썬 선달을 만낫든야
김선달을 만낫든야 리선달을 만낫든야
박선달을 만낫든야
김선달 박선달 다 바리고 리선달님을 만낫고나
알성장원의 경상감사 도장원을 다하야고나
삼일유과를 돌으신 후에
선산에 소분하고 구산에 소분하고
본턱으로 돌아가서 부모께 현알하고 도문잔치
나라에 충신 되고 부모께 효자 되고
동생에 우익 잇고 일가에 빗나고
빗난 일홈을 쳔추에 유전하고
백대쳔손 만대유련[33]

이러한 행사들은 1894년 갑오년 때 치러진 마지막 과거 때까지 벌어졌다. 지방에서도 문희연을 통해 판소리를 향유하는 것이 일상화되어 있었으니

32 「그들의 회고담 ③, 조선성악회 정정렬」, 『매일신보』, 1937. 5. 5.
33 赤松智城·秋葉隆 공편, 심우성 옮김, 『조선무속의 연구 (상)』, 동문선, 1991, 79-80쪽.

내포지역도 마찬가지였을 것이다. 이러한 사실은 명고수 한성준(1874~1941)의 다음 증언에서 확인된다.

> 8, 9세 때붙어는 과거가 있어서 홍패사령 백패사령이 나서 고사당 차례와 묘소 소분에는 四面玉調와 소래 춤이 있고, 산소에서 줄 치고 재주도 넘었는데 그런 데 춤추러 가는 일이 많있습니다.
>
> -(중략)-
>
> 21세에 홍성진영 영장도사가 불너서 가고 선달, 진사 과거에 서산 태안지방으로 많이 단였읍니다. 그리고 갑오년 4월 16일-그것이 조선의 마즈막 과거 때임이다. 그전에도 종종 서울에 왕래하였는데 그때는 金學根 氏 孫, 金聖奎 氏가 14세에 진사 급제로 내려올 때입니다. 권세 있고 돈 있든 집안이니 그러케 어려서 되였든 것인데 인물도 퍽 영리하여서 어린 몸이나 마음 쓰는 것은 어른과 다름이 없었읍니다. 우리들이 禮山까지 마중 나갔는데 연건 애삼을 닙고 영대를 띠고 갔드니 나 어린 그는 행장 속에서 다시 차림옷과 갓벙거지 보손까지 준비하였다가 내어주며 그 말슴하는 것이나 행동이 위엄이 있고 숙성하였습니다. 그때 의복 준 것은 순임전복 남전대에 오색주머니 허리듸 오색수건, 花扇과, 갓벙거지에는 운얼 귀돈을 쓰고 굴짓타향(孔雀지치)에 오색실을 드린 것이였읍니다. 그러케 복색한 사람이 셋인데 소리하는 사람 춤추는 사람 그리고 홍패사령이라는 小童하고 있었읍니다. 그리고 사면 잡히고 갓읍니다.[34]

다음 도표는 1830년대 내포지역에 편제된 음악인의 현황이다.[35]

지 역	인원	군액(장악원)				수군
		악생	악생보	악공	악공보	충청수영
홍주목	136	·	26	42	68	·관직(222명) 세악 6, 취수라장 126, 쟁수 4, 취수라장보군 76, 세악쟁수보군 10
태안군	14	1	·	13	·	
서산군	9	·	·	·	9	
해미현	6	·	·	6	·	

34 한성준, 「鼓手 五十年」, 『조광』, 1937년 4월호, 129-130쪽.

35 도표는 노동은, 「한국음악가론 1-내포의 음악가들-」, 『한국음악론』(한국학술정보(주), 2003, 355쪽)을 바탕으로 재정리한 것이다.

결성현	0	·	·	·	·	·군병(180명) 취수 110, 라수 1, 쟁수 31, 고수 35, 세악 3
당진현	14	·	·	·	14	
신창현	7	1	·	·	6	
면천현	21	·	·	3	18	
덕산현	27	1	8	·	18	
예산현	23	·	3	·	20	
계	257명	3	37	64	153	계 402명

〈홍주진관 내의 음악인들 편제(1830년대)〉

또한 내포지역은 여러 곳의 향소부곡에 천민 재인 등이 많이 있어서 음악을 제공할 수 있는 인적 자원도 풍부하였다.[36]

구 분		향소부곡
홍주목 (14곳)	4 6 4	·雲川鄕, 政聲鄕, 用和鄕, 興古鄕 ·玉賜金所, 上田所, 高伊山所, 明海所, 烏史所, 馬餘所 ·龍泉部曲, 大山部曲, 躬耕部曲, 化城部曲
서산군 8곳	1 3 4	·廣地鄕 ·安眠所, 禾邊所, 葦浦所 ·仁政部曲, 井所部曲, 聖淵部曲, 助立部曲
태안군 (3곳)	1 2	·福平鄕 ·吳山所, 梁骨所
면천군 (6곳)	1 5	·桃村所 ·溫月部曲, 加里渚部曲, 開興部曲, 上谷部曲, 木村部曲
덕산현 2곳	2	·乃朴所, 新谷所
결성현 (1곳)	1	·安興部曲
신창현	·	없음
예산현 (1곳)	1	·立石所

36 도표는 노동은, 「한국음악가론 1-내포의 음악가들-」, 『한국음악론』(한국학술정보(주), 2003, 361쪽)을 바탕으로 재정리한 것이다.

해미현 (5곳)	1 1 3	·夢熊鄕 ·寺谷所 ·廉率部曲, 炤堂部曲, 鹽貞部曲
당진현	·	없음
계	40곳	향(7)·소(16)·부곡(17)

〈홍주목 중 내포지역의 향소부곡(1486년)〉

다음으로 사회·경제·문화적으로 중요한 공간인 場市를 살펴보기로 한다. 조선 전기에 보름장으로 개설되던 장시가 18세기에 지방의 장시는 5일장으로 발달하여 지역마다 시장권이 형성되면서 농촌의 사회·경제생활에 많은 영향을 주었다.[37]

장시는 사람들이 모여들어 물화를 유통하고 재화를 생산하는 장소였다. 5일마다 수많은 사람이 모여드는 장시는 전통연희가 소비되는 장으로서의 역할을 톡톡히 하였다. 권삼득은 장날이면 전주 다가정에서 수천 군중을 모아놓고 소리를 하여 명성과 인기가 충천했으며,[38] 김창룡이 결성의 용호리 장터[39]를 무대로 활동했던 것처럼 장시는 판소리 창자들에게 연행공간으로 더없이 좋은 장소였다.

다음은 조선 후기 실학자 徐有榘(1764~1845)가 저술한 박물학서인 『林園經濟志』에 나타난 내포지역 장시 개설 현황이다. ( ) 안은 5일장의 개시일과 소재지이다.[40]

37 김대길, 「조선 후기 장시 발달과 사회·문화 생활 변화」, 『정신문화연구』, 2012년 겨울호(통권 129호), 한국학중앙연구원, 2012.

38 박황, 『판소리 이백년사』, 사사연, 1987, 55쪽.

39 결성농요보존회, 『증보 결성농요』, 홍성군, 1995, 123-124쪽. 최혜진, 「충청지역 판소리문화유적 현황 연구」, 『구비문학연구』 48, 한국구비문학회, 2018, 344쪽. 龍湖里는 홍성군 결성면 중심에 위치하며 와룡천이 흐르는 농촌 마을로, 와룡천이 용의 허리처럼 되었다 하여 용허리 또는 용호리라 한 데서 용호라는 명칭이 생겼다. 「네이버지식백과」(https://terms.naver.com).

40 도표는 김대길, 「내포지역의 장시 발달과 상품 유통」, 『내포의 민속 문화』(충청남도역사문화연구원, 2016, 187쪽)를 바탕으로 재정리한 것이다.

구 분	장시(36곳)
결성(5)	城內場(2·7), 城外場(5·10), 廣川場(4·9, 광천면), 垈里場(4·9, 대리면), 德陽里場(3·8, 龍川面)
당진(2)	邑內場(2·7, 4·9), 三巨里場(5·10, 下大面)
덕산(4)	邑內場(2·7), 逢從場(4·9, 顯內面), 揷橋場(1·6, 大鳥面), 大川場(3·8, 吉顯內面)
면천(3)	邑內場(2·7, 5·10), 泛斤川場(1·6, 泛川面), 機池場(1·6, 3·8, 升仙面)
서산(5)	城內場(2·7), 城外場(4·9), 坪村場(3·8, 聖淵面), 翠浦場(1·6, 馬山面), 方吉里場(1·6, 文峴面)
신창(2)	邑內場(2·7), 仙掌場(4·9, 大西面)
예산(3)	邑內場(5·10), 新禮院場(3·8, 今坪面), 立石里場(2·7, 立巖面)
태안(1)	邑內場(3·8)
해미(5)	南門內場(5, 남문내), 西門內場(10, 서문내), 大橋場(3·8, 東面), 予美場(1, 二道面), 予美場(6, 一道面)
홍주(6)	邑內場(1·6), 大橋場(3·8, 坪里面), 白野場(2·7, 高南面), 甘場(1·6, 化城面), 巨山場(2·7, 新南面), 芮田場(4·9, 顯內面)

〈『임원경제지』의 내포지역 장시〉

내포지역에는 이와 같은 사회·문화적 배경 아래 지역적 특색을 지닌 음악문화 예컨대 내포제 시조, 중고제 판소리, 석화제 등이 형성될 수 있었다. 판소리는 흥행예술이므로 소리꾼들은 사람들이 들끓고 財貨가 풍부한 도회지에 모여들기 마련이고, 따라서 장시가 열리는 곳은 자연스럽게 판소리의 중심지가 되었던 것이다.

3. 내포지역의 판소리 명창들

정노식의 『조선창극사』를 비롯한 여러 자료를 바탕으로 내포지역 출신이거나 내포지역에서 활동한 소리꾼을 정리하면 다음과 같다.

• 최선달(1729~1805) : 충남 결성. 판소리 비조, 본명 崔禮雲[41]
• 염계달(순헌철) : 경기 여주(또는 충남 덕산). 경드름·추천목, 장끼타령, 남원골 한량, 권삼득의 창법 모방[42]
• 방만춘(순조) : 충남 해미. 아귀상성·살세성, 심청가·적벽가, 적벽화전
• 고수관(1764~1843년 생존) : 충남 해미. 공주에서 거주. 성음 미려, 딴청일수, 자진사랑가, 염계달 창법 모방
• 김창진(1875~?): 김창룡의 동생. 가문의 법제를 어겨 쫓겨남. 심청가[43]
• 윤영석(고종) : 충남 면천. 토별가, 성음 거대·세세상성, 중고제
• 김창룡(1872~1943) : 충남 서천(또는 전라도).[44] 한동안 결성에서 활동. 적벽가·심청가, 삼고초려·화초타령, 중고제, 김정근의 아들
• 김봉문(1876~1930) : 충남 서산. 흥보가, 흥보가의 박물가, 박기홍 제자, 동편제
• 유공렬(1859~1934년 생존) : 충남 홍성. 정춘풍 제자.[45] 또는 전북 익산. 박만순 제자, 동편제[46]
• 심정순(1873~1937) : 충남 서산. 중고제
• 심상건(1889~1965) : 충남 서산. 가야금병창, 심정순의 조카
• 방진관(?~?) : 방만춘의 손자, 심청가와 적벽가. 일명 방응교
• 한성준(1874~1941) : 충남 홍성. 본명 韓文必. 명고수

---

41 정노식, 『조선창극사』, 조선일보사출판부, 1940, 17쪽. 최혜진, 「판소리 명창의 비조 최선달 연구」, 『판소리연구』 45, 판소리학회, 2018, 383쪽.

42 흔히 염계달과 염계량을 동일 인물로 보고 있는데, 「丁亥所志」에 廉啓達과 廉季良의 이름이 함께 등재되어 있으므로 다른 인물이 분명하다. 박헌봉, 『창악대강』, 국악예술학교출판부, 1966, 54-55쪽.

43 박황, 『판소리소사』, 신구문화사, 1974, 85-86쪽.

44 "고향은 원래 전라도이나 자라나기는 충청도 서천에서 했고…", 「그들의 회고담 ②, 조선성악회 김창룡」, 『매일신보』, 1937. 5. 4. 김창룡은 본적을 홍성군 결성면 용호리에 두고 그곳에서 오래 살았다고 한다. 황성창, 「홍성의 중고제 명창 김창용 가문에 대한 소개」, 『충남 역사·문화의 자료와 현장』, 국사편찬위원회 사료조사위원 충남·대전지회, 2012, 381-401쪽. 최혜진, 「홍성 지역의 명인 명창과 중고제 판소리의 변모」, 『동아시아고대학』 57, 동아시아고대학회, 2020, 152-159쪽. 조선성악연구회의 익선정 159번지 토지대장(1937년, 소화 12년 3월 2일)에도 소유자가 '李鍾琦 金昌用 鄭明燮 韓文必'로 되어 있다. 이종기는 이동백, 정명섭은 정정렬, 한문필은 한성준의 본명이다.

45 「三十餘年 숨어 잇든 名唱 劉公烈 氏 入城」, 『매일신보』, 1928. 2. 13.

46 정노식, 『조선창극사』, 조선일보사출판부, 1940, 175-176쪽. 이곳에는 '柳公烈'로 잘못되어 있다.

중고제 명창들이 장기로 삼았던 것은 장끼타령과 무숙이타령처럼 19세기 후기에 도태되어 버린 소리나, 새타령·만복사 불공·화초타령 등 이른 시기부터 불리던 고제 소리의 흔적들이 많이 발견되고, 계면조 더늠은 거의 보이지 않는다. 중고제는 동편제와 마찬가지로 전통 창법을 고수하여 소리 공력에 의존하면서도 독서성처럼 밋밋하고 담백한 소리여서 동편제의 장중한 맛도 부족하고, 계면조의 적극적인 수용과 적절한 발림 구사를 통해 극적 표현력을 극대화했던 서편제의 연미부화하고 진진한 맛도 보여줄 수 없었기 때문에 경쟁에서 밀려나게 되었다. 즉 중고제는 청중의 다양한 기호와 새로운 미적 요구에 적극적으로 대응하지 못했기 때문에 판소리의 역사 뒤편으로 점차 사라져 간 것이다.[47]

심화영은 충청도 소리는 조금 무겁고 깊고 든든한 맛이 있고, 전라도 소리는 조금 얕고 변덕스럽고 야하다고 하였다.[48] 충청도 소리가 평조 위주의 담담한 소리인데 비해 전라도 소리는 계면조 위주의 화려한 소리라는 의미가 아닌가 한다. 이런 점에서 중고제 판소리는 서산 마애불의 온화한 미소를 닮은 소리라고 할 수 있을 것이다.

중고제 판소리는 20세기에 들면서 동편제와 서편제의 틈바구니에 끼여 설 수 있는 자리를 거의 잃어버렸지만, 황해천·방만춘·김성옥·심정순·백점택 가문의 노력으로 20세기 전반기까지는 어느 정도 명맥을 유지했다. 심정순, 이동백, 김창룡 등은 판소리 불모지인 평양, 개성, 원산, 의주 등 북한지

---

47 서종문·김석배, 「판소리 중고제의 역사적 이해」, 『국어교육연구』 24, 경북대 사대 국어교육연구회, 1992, 55-56쪽.

48 "전라도 소리는 지금 많이 변했어. 그전하고, 많이 변했지. 근데 그 무슨 이상한 다리가 나오는 게 있었어. 그 잡어 흉내들 내더만그려. 우리 꺼는 무겁고 조금 깊으다고 그럴까. 깊고 어딘가 모르게 좀 든든헌 맛이 있지. 그기는 좀 얕어. 전라도 소리는 좀 얕은 거 알어? 변덕스런다고 해야 할까. 말도 그렇잖아. 말도 틀리잖어. 그 천성하고 그거허고 틀려. 가야금 같은 거는 완전 틀리구. 가야금도 무거워 우리 꺼는. 깊고, 의미가 깊어. 바다처럼 든든허게 나가는 건데. 거기는 조금 얕다고 할까 조금 무슨 소리라고 할까. 그게 좀 틀리지. 그 말소리도 틀리잖어. 든든한 맛이 없고 조금 야할까? 내가 소리 해보고 해보면 알어.", 신은주, 『중고제 심정순家의 예인들』, 민속원, 2015, 276쪽.

역[49]으로 순회공연을 나서 성공을 거두기도 했다.[50]

다음은 충남지역의 판소리 명창 지형도이다.

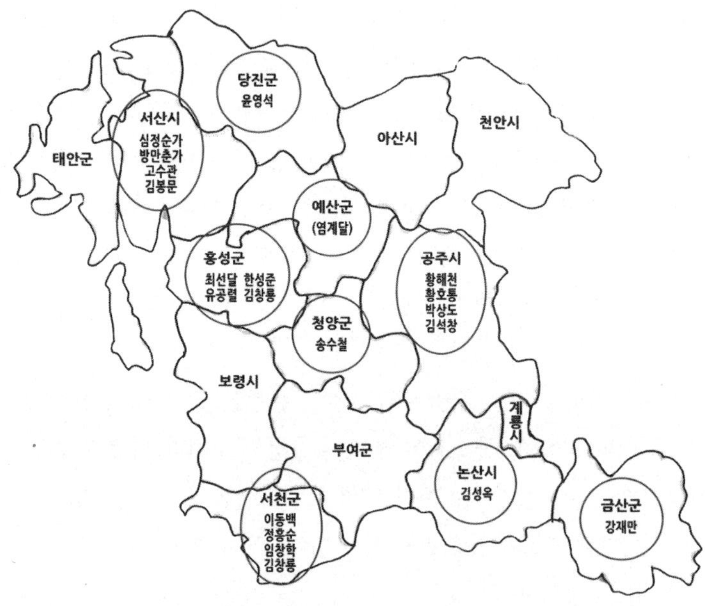

충남지역의 판소리 명창 지형도

49 박록주, 「나의 이력서 (14)」, 『한국일보』, 1974. 1. 25.

50 당시의 신문에 이들의 북한지역 순회공연과 관련된 기사가 종종 등장한다. "▲平壤箕興社 평양부 륭흥면 당동 기흥사(糖洞箕興社)에셔 거힝ᄒᆞᄂᆞᆫ 구파연극 쟝안샤 디방슌회단(舊派演劇長安社地方巡廻團)의 명챵 심졍슌(名唱 沈正淳)은 본ᄅᆡ 경셩 북부 교동 ᄂᆡ셕졍동 십ᄉᆞ통 일호에 사ᄂᆞᆫᄃᆡ 구시ᄃᆡ 가곡에 가장 명예가 잇셔 도쳐에 환영을 밧ᄂᆞᆫ바 본년 음력 졍월브터 경셩에셔 발졍ᄒᆞ야 인쳔 황ᄒᆡ도 각군에 슌회ᄒᆞ야 본월 이십륙칠일경에 당디에 도착ᄒᆞ얏ᄂᆞᆫᄃᆡ 특별히 단원(團員)과 가곡에 ᄃᆡᄒᆞ야 고ᄅᆡ의 습관을 ᄀᆡ혁ᄒᆞ기로 심졍슌 일ᄒᆡᆼ 삼십 명 즁에 단발치 안이ᄒᆞᆫ 쟈를 극진히 권유ᄒᆞ야 일졔히 다 ᄭᅡᆨ게 ᄒᆞ고 연뎨(演題)ᄂᆞᆫ 춘향가 심쳥가 박타령 등의 녯날 부ᄑᆡᄒᆞᆫ 뜻을 곳쳐 ᄉᆡ롭게 ᄒᆞᆫ 것이며 기타 신쇼셜로ᄂᆞᆫ 령남루 효ᄌᆞ 셜삼싱긔연 등의 가관ᄒᆞᆯ 쟈이라 ᄒᆞ며 몃칠 후에ᄂᆞᆫ 진남포와 의쥬 방면ᄭᆞ지 슌회ᄒᆞᆫ다더라(平南支局)", 「演藝界」, 『매일신보』, 1913. 5. 3. 이외에도 '심정순-『매일신보』, 1914. 4. 11, 12, 16. 1916. 3. 21. 이동백-『동아일보』, 1928. 2. 10. 1928. 6. 8. 1935. 11. 17. 1937. 6. 29. 김창룡-『조선일보』, 1931. 5. 1.' 등에도 확인된다. 김창룡의 소리는 전라도에서는 환영을 받지 못했지만 경서도 특히 평양에서는 가장 환영을 받았다고 한다. 이보형, 「판소리 '제(派)'에 관한 연구」, 『한국음악학논문집』, 한국정신문화연구원, 1982, 77쪽.

이제 내포지역의 판소리 명창들을 구체적으로 살펴보기로 한다.

1) 홍성

홍성지역 출신 및 이곳에서 활동한 명창으로, 판소리의 비조로 알려진 최선달을 비롯하여 유공렬과 김창룡, 명고수 한성준 등이 있다.

가. 최선달

崔先達은 결성 출신으로 『조선창극사』에서 하한담과 함께 판소리의 효시로 꼽은 명창이다.[51] 최근의 연구에 의하면, 본명은 崔禮雲(1729~1805)이고, 결성면 성남리를 중심으로 세거한 해주최씨 좌랑공파 25세손으로 권삼득(1771~1841)보다 한 세대 이상 앞선 인물이다. 최선달은 결성의 농요에도 큰 영향을 끼쳤는데, 특히 만물소리는 직접 창작한 것이라고 한다.[52] 〈게우사〉에 나오는 '최셕황의 ᄂᆡ포쎄'의 최석황이 최선달이거나 그 집안의 사람일 가능성이 있다.

2014년 결성농요보존회에서 최선달 명창을 선양하기 위해 세운 기념비에 다음과 같이 기록하고 있다.

> 公께서는 어려서부터 공부도 잘하고 총명하였으며 영리하여 안산칠성단(安山七星壇)에 每日같이 기도하는 등 石堂山과 풍거섬에서 得音하시었으며 樂書를 土台로 音樂을 익히여 판소리의 創始者로 八十平生 최선달(崔先達)로 알려졌다 公께서는 판소리에 專念하시여 하한담보다 앞선 國唱이시었으며 嘉善大夫의 벼슬을 하시였다

51 정노식, 『조선창극사』, 조선일보사출판부, 1940, 17쪽.
52 최혜진, 「판소리 명창의 비조 최선달 연구」, 『판소리연구』 45, 판소리학회, 2018.

최선달 명창 기념비

나. 유공렬

劉公烈(1859~1934년 생존)[53]은 충남 홍성군 고도면 가곡리[54] 출신으로 鄭春風

53 유공렬은 적어도 1931년 11월에는 생존했던 것으로 보인다. 그는 경성방송국 국악방송에 1928년 2월 19일, 2월 26일, 3월 14일, 3월 31일 그리고 1930년 3월 14일 출연한 바 있으며, 1931년 11월 30일 발행된 『정선조선가요집』에 생존한 것으로 되어 있다. 듸-·제-핸드포드 편저, 『精選朝鮮歌謠集』(조선가요연구사, 1931년 11월 30일 발행)에는 명인과 명창들의 사진이 다수 수록되어 있는데, 작고한 이에게는 '故金綠珠, 故文泳洙, 故吉眞紅'과 같이 '故' 자를 붙이고 있지만 유공렬의 경우는 '故' 자를 붙이지 않았다. 한편 박동진 명창은 변강쇠가 공연(1983. 9. 13., 예술극장 판)에 앞서 "1930년대 조선성악회 시절에 명창 유공렬이 변강쇠가를 부르는 것을 들었는데, 마침 옆에 있던 이동백이 '거 미안해서 못 듣겠구먼' 하더라는 것이다."라고 한 적이 있다. 전경욱, 「탈춤과 판소리의 연행문학적 성격 비교 연구」, 정신문화연구원 부속대학원 석사학위논문, 1983, 63쪽.) 그렇다면 유공렬은 1934년 5월 이후에도 생존하고 있었을 것이다.

54 지금의 홍성군 갈산면 가곡리. "조선 말기 홍성군 고남 하도면의 지역으로서 1914년 행정구역 개혁 때 동막리, 삼준리, 노상리 일부와 덕산군 라박소면의 복당리, 평리,

三十餘年숨어잇든
名唱劉公烈氏入城
록수청산과부엇하야사든
명창유공렬씨가올나왓다

노래부르는 사람이 사람대접을못밧는세상에 머물너잇는것은 노래군의 恥辱이라고하야 이제로부터三十年前에 표연히 京城의樂壇을떠나 故鄕이되는 忠南洪城郡古道面加谷里에은거하야 홀노綠水靑山과 노래부엇을삼든名唱劉公烈氏는 칠순을맛는今年에 三十年떠나사든 京城에나타낫다 氏는누구나아는바와갓치 일즉이홍음는名唱鄭春風의수제자로 大院君이며高宗皇帝의총애도깁헛섯다고한다

그가부르는歌詞는모도가原文에 充實하야 들는이로하야곰 恍惚케하며그의목청은特異한듯김이잇서 듯는이의興을도으니 京城에名唱이만타하나 이만큼 高潔한기개와 류창한歌詞와 貞烈과애수에잠겨노는 名唱은 업슬것이다

氏가이번上京을한것은 世上도 새로워지고 朝鮮音樂에對한 理解와 待遇도 달나젓다는말을듯고 名鼓手韓成俊君의친유에얼녀京城에이르러목하鍾路二丁目朝鮮音樂協會에두류中인데同好者間에시령회計劃도만타더라 ‖(사진은劉公烈氏)‖

『매일신보』(1928. 2. 13.)

의 수제자이다. 8, 9세에 이미 소리를 잘 불러 사람들을 놀라게 하였고, 14, 15세 무렵에 朴萬順의 문하에서 여러 해 동안 배워 판소리에 대한 방향을 알았으며 4, 5년 동안 남원과 운봉의 명산대찰을 찾아다니며 독공하여 소리를 터득했다. 30세 무렵 전주대사습놀이에서 기량을 발휘하여 명성을 얻었으며, 40세 전후하여 원각사와 광무대에서 김창환, 송만갑과 어깨를 나란히 할 정도로 명성이 자자했다. 고종과 대원군의 총애가 깊었으며, 춘향가와 심청가, 적벽가에 뛰어났고, 춘향가의 이별가를 더늠으로 남겼다.[55]

유공렬은 노래 부르는 사람이 사람대접을 못 받는 세상에 머물러 있는 것을 치욕으로 여기고 표연히 서울을 떠나 고향인 홍성군 고도면 가곡리에 은거하며 홀로 녹수청산과 더불어 지낸 고절한 기개의 소유자였다. 1928년 한성준의 권유로 30여 년 만에 상경하여 독창회를 하고 다시 활동했다. 그가 부르는 歌詞는 모두 원문에 충실하여 듣는 이로 하여금 황홀케 하며 그의

내라리의 각 일부와 라박소면의 복당리가 아름답다 하여 가곡리라 해서 고도면에 편입되었다가 1942년 10월 1일 명칭 개칭에 따라 갈산면 가곡리라 부른다."(「홍성군홈페이지」, http://www.hongseong.go.kr). 『조선창극사』에는 전라북도 익산 출신으로 되어 있다.

55 정노식, 『조선창극사』, 조선일보사출판부, 1940, 175-176쪽.

목청은 독특한 느낌이 있어 듣는 이의 흥을 도왔다고 한다.56 원문에 충실하다고 하는 것은 고제 소리에 충실하다는 뜻으로 짐작된다.

다. 김창룡

金昌龍(1872~1943)은 충남 서천군 횡산리 출신으로 1930년대의 중고제를 대표하는 명창이다. 결성면 용호리로 이사 와서 1913~1921년 사이 8년 동안 활동하여57 홍성 출신으로 알려지기도 했다.58 조부는 진양조 창시자인 김성

---

56 「숨엇든 명창 유공렬 樂壇에 再現」, 『동아일보』, 1928. 2. 12. 「명창 유공렬 老人 서울에 왓다」, 『조선일보』, 1928. 2. 15. "지금 사라 잇는 가수로 유공렬 군 하나가 소리의 바탈을 온전히 가지고 잇스나 군자는 위방불입이라는 듯이 지금은 붓채를 놋코 향리에 드러안저 화류와 단풍으로 벗을 삼고 나스지 안이하고 가단은 왼갖 추악한 망량이패가 차지하야 가지고 날탕패갓치 패패쯤 도라다니며 온갓 천대를 바드며 겨오 생명을 부지하야 간다.", 이덕창, 「名唱論 (下)」, 『日東타임쓰』 제1권 3호, 日東타임쓰社, 1926. 6. 배연형, 「판소리 중고제 자료의 재검토」, 『판소리연구』 49, 판소리학회, 2020, 12쪽.

57 결성농요보존회, 『증보 결성농요』, 홍성군, 1995, 123-124쪽. 최혜진, 「충청지역 판소리문화유적 현황 연구」, 『구비문학연구』 48, 한국구비문학회, 2018, 344쪽.

58 호적에는 金昌用, 1870년(명치 3) 11월 7일 김정근과 장정희의 2남으로 출생한 것으로 되어 있고, 『한국민족문화대백과사전』 등에는 생몰 연도가 1872~1935년으로 되어 있는데 사실과 다르다. 황성창, 「홍성의 중고제 명창 김창용 가문에 대한 소개」, 『충남 역사·문화의 자료와 현장』, 국사편찬위원회 사료조사위원 충남·대전지회, 2012, 381-401쪽. 최혜진, 「홍성 지역의 명인 명창과 중고제 판소리의 변모」, 『동아시아고대학』 57, 동아시아고대학회, 2020, 152-159쪽. 그러나 다음과 자료에서 김창룡은 1872년에 태어나 1943년에 세상을 떠났음을 알 수 있다. 출생 연도는 『조선창극사』의 "距今 六十八年 前에 忠淸道 舒川郡 橫山里에서 出生하였다."(210쪽)와 『조선일보』 1937년 1월 3일 자 「名唱에게 듯는 往事」의 "송이 일흔셋, 이가 일흔둘, 김이 예순여섯, 정이 예순둘"(송은 송만갑, 이는 이동백, 김은 김창룡, 정은 정정렬을 가리킨다), 이영민의 『벽소시고』 중 「近代國樂界人物」의 "三. 金昌龍 唱劇調 壬申生 舒川郡 橫山面 金定根 三男 學于其父"(52쪽) 등에서 확인할 수 있다. 그리고 사망 연도는 『매일신보』 1943년 2월 25일 자의 "唱劇界 元老, 金昌龍 氏 別世 조선 창극계의 원로 김창룡(金昌龍) 씨는 二十四日 오전 一시 二十五분 부내 봉익정(鳳翼町) 十四번지의 자택에서 뇌일혈로 七十二를 일기로 별세하엿다 김 씨는 리동백(李東伯) 씨와 함께 조선 창극게의 쌍벽으로서 시칭되어 온 명창인데 충남 홍성(洪城)의 출신으로 十四세 때에 이 길에 뜻을 두고 상경한 후 정진을 게속하야 마츰내 통정(通政)의 가자를 밧고 일대의 명창으로서 일홈을 날렷고 또 일즉이 구한국시대에 원각사(圓覺寺) 초창기의 한 사람으로서 五十여 년 동안 조선창극사에 남긴 족적과 공로는 큰 바 잇서 그의 별세는 창극게는 물론 일반으로부터 크게 애석되고 잇다 발인은 二十六日 오전 十시로 되여잇다"에서

옥이고, 부친은 상궁접을 창시한 김정근이다. 판소리 명문의 후예로 부친에게 소리를 배웠으며, 이날치의 지침을 받은 후 김창환과 박기홍 등의 선배 명창들을 종유하면서 이름을 떨쳤다. 연흥사 창립에 공헌하였고, 1930년에 창립된 조선음률협회에 참여했으며, 1934년에 창립된 조선성악연구회에 참여하여 판소리와 창극 발전에 크게 이바지했다.

김창룡 명창

김창룡은 적벽가와 심청가, 흥보가에 뛰어났으며, 특장은 적벽가의 적벽강 불지르는 대목과 흥보가의 중타령, 심청가의 화초타령이다.[59] 당시에 그의 소리는 "장작을 패는 듯한 소리와 돌을 깨치는 듯한 창법으로 별 목을 다 쓰면서 소리를 몰아가는 것이 가이 파란만장이라"[60]는 평을 들었다.

김창룡은 1930년대에 많은 활동을 했는데,[61] 조선성악연구회의 창극과 경성방송국 국악방송에 출연하고 고음반에 많은 소리를 남겼다.[62] 경성방송국에는 1926년 11월 11일에 적벽가를 처음 연창한 이래 총 51회 출연하여, 춘향가 20회, 적벽가 15회, 심청가 13회, 흥보가 3회를 연창했고, 단가는 대장부, 만고영웅, 소상팔경, 죽장망혜 등을 연창했다.

김창룡은 콜롬비아의 『창극 춘향전 전집』, 폴리돌의 『창극 심청전 전집』과 『창극 화용도 전집』 그리고 일축죠션소리반, 제비표조선레코드 등에 많은

확인할 수 있다. 이와 같이 김창룡은 1872년에 태어나 1943년 2월 24일 세상을 떠났다. 김석배, 「판소리 명창의 생몰 연대 검토」, 『선주논총』 5, 금오공과대학교 선주문화연구소, 2002, 13-16쪽.

59 정노식, 『조선창극사』, 조선일보사출판부, 1940, 210-211쪽.

60 「민속예술의 정화 피로 쓴 중흥사, 조선소리, 당대 명창은 누구? 누구?」, 『조선일보』, 1939. 5. 27.

61 송방송, 「김창룡 명창의 음악활동에 대한 문헌적 점검」, 『한국근대음악사연구』, 민속원, 2003, 590-622쪽.

62 김창룡 음반의 자세한 서지사항은 한국음반아카이브연구단 엮음, 『한국유성기음반 1907~1945 (1-4권)』(한걸음·더, 2011)에 수록되어 있다.

소리를 남겼다. 특히 고제 소리에 능하여 고음반에 권삼득, 송흥록, 염계달, 박만순, 박유전 등 옛 명창의 더늠을 다수 남겼다.[63]

김창룡이 일제강점기에 고음반에 남긴 소리는 다음과 같다.

〈Polydor 음반〉

唱劇 沈淸傳全集 李東伯 丁貞烈 金昌龍 曹學珍 文蓮香 林素香 鼓韓成俊

唱劇 華容道全集 李東伯 丁貞烈 金昌龍 曺學珍 文蓮香 林素香 鼓韓成俊 長板橋戰篇

〈일츅죠션소리반〉

K501-A 短歌 大丈夫歌(上) 金昌龍 韓成俊
K501-B 短歌 大丈夫歌(下) 金昌龍 韓成俊

K502-A 郭氏夫人 雇용歌 金昌龍 韓成俊
K502-B 郭氏夫人 別世時 遺言歌(上) 金昌龍 韓成俊

K503-A 郭氏夫人 別世時 遺言歌(中) 金昌龍 韓成俊
K503-B 郭氏夫人 別世時 遺言歌(下) 金昌龍 韓成俊

K516-A 沈淸傳 심봉사 탄식가 金昌龍 長鼓韓成俊
K516-B 沈淸傳 沈淸 工祝歌(一) 金昌龍 長鼓韓成俊

K517-A 沈淸傳 沈淸 工祝歌(二) 金昌龍 長鼓韓成俊
K517-B 沈淸傳 沈淸 賣身歌 金昌龍 長鼓韓成俊

K537-A 短歌 沈淸 乞食(一) 獨唱 金昌龍
K537-B 短歌 沈淸 乞食(二) 獨唱 金昌龍

K538-A 沈淸傳 沈淸 海中歌 金昌龍 長鼓韓成俊

---

63 김창룡이 고음반에 남긴 옛 명창들의 더늠은 권삼득의 제비가, 모흥갑의 이별가, 염계달의 돈타령과 백구타령, 고수관의 사랑가, 신만엽의 소지노화, 박만순의 토끼화상, 정춘풍의 수궁풍류, 송광록의 범피중류, 박유전의 이별가, 송흥록의 귀곡성 등이다. 이보형, 「고음반에 제시된 판소리 명창제 더늠」, 『한국음반학』 창간호, 한국고음반연구회, 1991. 이보형, 「고음반에 제시된 판소리 명창제 더늠 (2)」, 『한국음반학』 4, 한국고음반연구회, 1994.

K538-B 沈淸傳 沈淸 瀟湘八景歌 金昌龍 長鼓韓成俊

K552-A 短歌 沈봉사 沈淸 차자가는데 獨唱 金昌龍
K552-B 短歌 沈봉사 僧相逢歌 獨唱 金昌龍

K553-A 短歌 沈淸 告別歌(一) 獨唱 金昌龍
K553-B 短歌 沈淸 告別歌(二) 獨唱 金昌龍

K554-A 短歌 沈봉사 自嘆歌 獨唱 金昌龍
K554-B 短歌 沈淸 嘆息歌 獨唱 金昌龍

K561-A 短歌 沈淸傳 瀟湘八景(二) 獨唱金昌龍 長鼓韓成俊
K561-B 短歌 沈淸傳 瀟湘八景(三) 獨唱金昌龍 長鼓韓成俊

K578-A 短歌 沈淸傳 瀟湘八景(四) 獨唱金昌龍 長鼓韓成俊
K578-B 短歌 沈淸傳 瀟湘八景(五) 獨唱金昌龍 長鼓韓成俊

K614-A 판소리 赤壁歌(華容道)(上) 獨唱 金昌龍
K614-B 판소리 赤壁歌(華容道)(下) 獨唱 金昌龍

K627-A 短歌 大丈夫恨(上) 獨唱金昌龍 長鼓沈正淳
K627-B 短歌 大丈夫恨(下) 唱金昌龍 長鼓沈正淳

K637-A 판소리 興甫歌(上) 놀보 제비가 獨唱金昌龍 鼓沈正淳
K637-B 판소리 興甫歌(下) 놀보 제비가 獨唱金昌龍 鼓沈正淳

K652-A 판소리 박타령(上) 獨唱金昌龍 鼓沈正淳
K652-B 판소리 박타령(下) 獨唱金昌龍 鼓沈正淳

〈제비표朝鮮레코드〉
B71-A 春香傳 리도령 광한루 나가는데 金昌龍 長鼓韓成俊
B71-B 春香傳 방자 거동 보아라 金昌龍 長鼓韓成俊

B93-A 赤壁歌(三)(자룡이 맛나는데) 金昌龍
B93-B 赤壁歌(四)(새타령) 金昌龍

B114-A 春香傳 기생점고(上) 金昌龍 長鼓韓成俊

B114-B　春香傳 기생점고(下) 金昌龍 長鼓韓成俊

B115　톡기타령, 놀보 제비가 金昌龍

〈Columbia 음반〉
40149-A(21070)　名唱調 사랑가 돈타령 金昌龍
40149-B(21071)　沈淸傳 水晶宮 들어가는데 金昌龍

40249-A(21040)　名唱制 제비가 톡기화상 金昌龍
40249-B(21042)　名唱制 花草歌 金昌龍

40540-40557(22055-22091)　唱劇 春香傳(1-36) 李花中仙 金昌龍 吳翡翠 權錦珠 鼓韓成俊

〈Regal 음반〉
C114-A(21072)　春香傳 春香房 그림가(上) 金昌龍 鼓韓成俊
C114-B(21073)　春香傳 春香房 그림가(下) 金昌龍 鼓韓成俊

C154-A(21042)　名唱制 花草歌 金昌龍
C154-B(21071)　沈淸傳 水晶宮 들어가는데 金昌龍

C155-A(21070)　名唱制 사랑가 돈타령 金昌龍

C178-B 名唱制　제비가(權三得制) 名唱制 톡기화상(朴萬順制) 金昌龍

라. 한성준

韓成俊(1874~1941)[64]은 홍성군 갈산면 출신으로 명고수이자 名舞다. 본명은

64 한성준의 호적에는 1875년 2월 2일 태어나서 1942년 9월 3일 세상을 떠난 것으로 되어 있는데, 사실과 다르다. "忠南 洪州郡 前에는 洪城골 高道面 高南下道里 갈미洞里에서 貧寒한 農家에서 태여나고 나기는 甲戌年 여름 六月 十二日입니다. 맛아들로 同生 五男妹가 있었읍니다."(한성준, 「鼓手 五十年」, 『조광』, 1937년 4월호, 127쪽)와 "지난번 「모던일본사」로부터 조선예술상까지 바든 조선 승무(僧舞)계의 국보적 존재인 부내 경운정(慶雲町) 四十七번지 一호 한성준(韓成俊) 씨는 약 三개월 전부터 신병으로 료양중이든바 드듸어 금 三일 오전 다섯 시 고향인 충남 홍성군 고도면 상촌리(洪城郡 高道面 上村里)에서 六十七세를 一긔로 세상을 써낫다"(『매일신보』, 1941. 9. 4.)에서 1874년 6월 12일 태어나 1941년 9월 3일 세상을 떠났음을 알 수 있다.

한성준 명인

한성준 춤비

韓文必이다. 세습예인 집안 출신으로, 모친이 무업에 종사했으며, 임방울 집안과 사돈지간이다.

7세(1881) 무렵 외조부 백운채에게 춤과 북을 배우기 시작했으며, 14세부터 4년 동안 홍성의 서학조에게 줄타기와 땅재주를 익혔고, 수덕산의 박순조 문하에서 20세가 넘을 때까지 춤과 장단을 학습했다. 서울에서 활동할 당시, 명고수이자 춤과 줄타기의 명인으로 유명했던 강경수로부터 북을 전수받았다.

한성준은 충남 홍성을 비롯해 서산, 태안 일대에서 벌어지는 각종 연회와 굿판에 참여했다. 상경 후 김창환과 송만갑 등 당대 국창들의 고수로 활동했으며, 조선성악연구회의 임원을 역임하였다. 정노식은 "고수로서의 천재를 발휘하여 창극계의 일대 조역의 지위를 점령"한 인물로 평가하였다.[65]

한편 한성준은 근대 전통춤 교육의 산실이라 할 수 있는 조선음악무용연구소를 설립해 김천흥, 한영숙, 강선영 등을 지도함으로써 전통춤 발전에 크게 이바지하였다.

2) 서산

서산지역 출신 명창으로는 방만춘을 비롯하여 고수관, 심정순, 방진관,

65 정노식, 『조선창극사』, 조선일보사출판부, 1940, 254쪽.

심상건, 김봉문 등이 있다.

가. 방만춘 가문

方萬春(순조대)은 해미 출신으로 22세 때 상경하여 적벽가로 이름이 났다. 그 후 황해도 봉산의 절에서 4년 동안 노력하여 대성하였다. 웅장한 성량의 소유자로 아귀상성과 살세성은 당세독보였다고 하는데, 〈게우사〉에 나오는 '우레목통'의 방덕회와 동일 인물로 짐작된다. 시문에 소양이 있는 황해도 봉산읍의 음률가와 함께 적벽가와 심청가를 윤색·개작하였다.[66] 적벽가에 뛰어났으며, 더늠인 적벽강 화전 대목을 부르면 좌석이 온통 바닷물과 불빛 천지로 변했다고 한다.[67]

방만춘은 「정해소지」에 등장하는 方七龍, 方漢宗, 方應國 등[68]과 같은 가문 사람으로 짐작된다. 그리고 해미의 판소리 명창 방봉관(1890년대 출생)과 해미 읍내리의 줄타기·해금·판소리 춤 등에 능했던 방만득(1900년경 출생), 심화영에게 춤을 가르쳐 준 방영래 등도 같은 가문이 아닌가 한다.[69]

방진관(일명 방응규, 방응교)은 방만춘의 손자로 가문 소리를 이었다. 이동백 명창은 고제 또는 충청도제인 그의 소리를 시대에 맞지 않는 것이라고 비방했다고 한다.[70] 한승호에 의하면, 방응규는 충청도 판소리를 한 명창으로 담백하

66 『조선창극사』에는 "적벽가의 草稿는 여러 사람의 多年 傳讀하는 동안에 破裂되어 겨우 數章 紙片이 餘存하여 있고 심청가는 그 嗣孫이 보존하여 있다 한다"(31쪽)라고 했으며, 『창악대강』에는 방만춘의 심청가와 적벽가 창본은 근대극 운동의 선구자인 玄哲(1891~1965, 본명 僖運)이 소장하고 있었다(박헌봉, 『창악대강』, 국악예술학교출판부, 1966, 「범례」의 〈참고문헌〉)라고 했는데, 지금은 그 행방을 알 수 없다.

67 정노식, 『조선창극사』, 조선일보사출판부, 1940, 30-31쪽. 방만춘은 소리를 가장 실감나게 하였는데, 그의 노래가 하도 실감이 나서 듣는 사람들이 모두 무서워서 벌벌 떨 정도였다. 한번은 방만춘이 큰 절에서 수백 명의 관중을 모아 놓고 그의 장기 중의 장기인 적벽가의 화전 장면을 불렀는데, 소리가 절정에 이르자 때는 서늘한 가을이었는데도 거의 모든 관중이 '덥다'고 하면서 옷을 벗어버렸다고 한다. 박헌봉, 「남기고 싶은 이야기들 (251), 명창 주변 ②」, 『중앙일보』, 1971. 9. 8.

68 박헌봉, 『창악대강』, 국악예술학교출판부, 1966, 54-55쪽.

69 노재명, 『중고제 판소리 흔적을 찾아서』, 채륜, 2012, 245-246쪽.

70 "이보형 : 방응교 씨에 대해서 전해오는 얘기가 없습니까? 박동진 : 방응교 씨에 대해서

게 불렀고 소리를 맺고 끊지 않고 매조지 없이 사설을 계속 달고 나가는 식이라 추임새를 할 데가 없었으며, 범피중류는 심청이 세상으로 나올 때 했다고 한다.[71] 한편 그의 소리를 애호하던 향유자들이 따로 있었다. "1930년대 당시 방응교의 소리를 좋아하는 향유자들이 따로 있어서 이들이 방응교를 초청하여 소리를 듣곤 하였는데, 고종의 아들인 이강공, 지참사라고 불리는 북도 치던 경상도 출신의 인물 등이 있었다고 한다. 이들의 소리 취향은 당시 일반 대중의 소리 취향과 달랐으며, 조선왕조 시기의 양반사대부 계층과 같이 고아한 소릿조를 선호했던 것으로 보인다."[72]

방진관은 중고제인 집안 소리를 이어받았으며,[73] 고음반에 남긴 소리로 미루어 보아 심청가와 적벽가에 능했던 명창임을 알 수 있다. 방진관이 Victor 음반에 남긴 소리는 다음과 같다.

KJ-1064-A 심청가, 낭자 출궁(상), 방진관
KJ-1064-B 심청가, 낭자 출궁(하), 방진관

KJ-1089-A 삼국지, 삼고초려(상), 방진관
KJ-1089-B 삼국지, 삼고초려(하), 방진관

KJ-1093-A 단가 녹음방초, 방진관 반주 빅타-조선악단
KJ-1093-B 삼국지 조군 자탄, 방진관 반주 빅타-조선악단

방진관의 소리는 민요풍의 분위기가 짙으며, 맺고 끊지 않고 길게 끌며

는 내가 어떻게 아느냐 하면, 내가 어려서요, 그 양반이 소리를 하는 것을 들었어요. 들었는디, 고조라고, 모두 명창들이 그때 비방을 하고 그랬어요. 이통정이 비방을 하고 그랬지요.", 성기련, 『1930년대 판소리 음악문화』, 민속원, 2021, 181쪽. 노재명, 『꽃피는 중고제 판소리』, 채륜, 2016, 44-45쪽.

71 한승호는 방진관에 대해서는 잘 모른다고 했다. 노재명, 『꽃피는 중고제 판소리』, 채륜, 2016, 45쪽.

72 성기련, 『1930년대 판소리 음악문화』, 민속원, 2021, 주) 18, 180쪽.

73 이보형, 「판소리 제(派)에 대한 연구」, 『한국음악학논문집』, 한국정신문화연구원, 1982, 78쪽.

밋밋하게 짜면서 장단에다 악센트를 주지 않는 창법으로 김창룡의 창법과 흡사하고, 가곡 성음을 쓰고 있어 매우 진중하고 점잖은 느낌을 준다.[74]

나. 고수관

高壽寬(1764~1843년 생존)은 해미[75] 출신으로 전기 팔명창에 속하는 소리꾼이다. 춘향가에 능했으며, 염계달의 소리를 많이 계승했다. 성음이 매우 미려하여 딴 목청을 자유자재로 발휘하여 '딴천 일수'라는 별호를 얻었다.[76] 그리고 文識이 있고 원래의 사설과 관련된 말을 덧붙이는 재주가 있어 소리판의 상황에 따라 즉흥적으로 사설과 곡조를 지어 불러 청중을 경탄케 하는 일이 예사였다. 경상감사의 도임연에서 춘향가의 기생점고 대목을 그 자리에 참석한 기생의 이름으로 바꾸어 부른 일화가 전한다. 〈게우사〉의 "고슈관의 안일니며"에서 알 수 있듯이 아니리에 뛰어났다. 더늠으로 춘향가의 자진사랑가를 남겼는데, 만년에 鼻音으로 방창하여 후세에 전하였다.[77]

---

74 배연형, 「판소리 중고제 론」, 『판소리연구』 5, 판소리학회, 1994, 191쪽.

75 지금의 서산시 고북면 초록리. 최혜진, 「충청지역 판소리 문화유적 현황 연구」, 『구비문학연구』 48, 한국구비문학회, 2018, 350쪽.

76 정노식, 『조선창극사』, 조선일보사출판부, 1940, 32쪽. 속담에 '고수관의 딴전 부리듯', '고수관의 딴전이라', '고수관의 변조라' 등이 있는데, 자기가 앞에서 한 말을 뒤집고도 아닌 체 시치미를 떼고 태연히 행동하는 말을 빗대는 말이다. 김주영의 『객주』에 "이놈 호조 담이라도 능히 뚫을 놈이로구나. 사람 세워두고 눈 빼먹을 작정이냐? 네놈이 이참에 와서 고수관의 딴전 부리듯 한다마는 그놈들과 귀엣말을 나눈 게 어디 한두 번이었더냐?"가 있다. 또 다른 속담으로 '고수관이 하문 속 알 듯한다'도 있다. 정종진, 『한국의 속담 대사전』, 태학사, 2006, 165쪽. 對外經濟貿易大學 朝鮮語教研室에서 편찬한 『朝漢成語諺語詞典』(北京 商務印書館, 1986, 33쪽)에도 나온다고 한다. 유영대, 「명창 고수관과 내포제 문화의 콘텐츠화 가능성」, 『한국학연구』 35, 고려대학교 한국학연구소, 2010, 166쪽.

77 정노식, 『조선창극사』, 조선일보사출판부, 1940, 32-33쪽. 고수관은 〈도남문고본 춘향전〉에도 "젼나도 암힝어사를 특ᄎᆞᄒᆞ시니 평싱의 소원이라 엇지 아니 감츅ᄒᆞ리 즉일 발힝ᄒᆞ올 적의 어젼의 하직ᄒᆞ고 금의를 다 썰치고 젼쳑 슈의 삼마패를 고도리쌔의 단단이 ᄎᆞ고 군관 비쟝 셔리 반당 녕니 가군 틱출홀 제 됴션 일슈 명챵으로 다 뎡ᄒᆞ니 고슈관으로 군관 삼고 송흥녹으로 셔리 삼고 모흥갑 신만엽 박홍길노 가군 삼아 변목ᄒᆞ야 셔송ᄒᆞ고 삼방 하인 귀속ᄒᆞ야"와 같이 나온다.

고수관 명창 기념비

紫霞 申緯(1769~1845)는 고수관에 대해 “고송염모는 호남의 이름난 광대, 미친 기쁨이 나를 휩싸 詩囚에서 풀어내네. 우렁차고 강개하기는 김용운이지, 형채기 한 마당은 천하의 절창일세.”,78 “늙었어라 고수관 그래도 아직 살아, 늠름히 소리함이 예와 다름 없고녀. 사공의 사죽 솜씨는 중년 뒤에 빼어났고, 백전의 비파는 귀양 가서의 일이라네. 지난날의 숱한 소리판으로 옛 꿈을 더듬으며, 서로 만나 한번 웃고 시름을 털어내네. 화창한 봄빛은 이제 바로 삼짇날인데, 제비 새끼 재재거리는 봄날이 길구나.”,79 “팔순에 서로 대하니 귀밑머리 세었고, 세월은 소리판에서 거품처럼 사라졌네. 산색은 갈대에 비치는데 배에서 소리하니, 달빛 아래 물결 소리에 옛 선방. 봄날 꿈속의 장삼영이

---

78 「觀劇絶句十二首」(1826년) 제5수. “高[壽寬]宋[興綠]廉[季達]牟[興甲]噪海陬, 狂歎引我脫詩囚. 淋漓慷慨金龍運, 演到荊釵一雁秋.”, 김흥규, 「19세기 前期 판소리의 연행환경과 사회적 기반」, 『어문논집』 30, 고려대학교 국어국문학연구회, 1991, 28쪽.

79 “老矣高伶能不死, 掀鬚演劇尙風姿. 謝公絲竹中年後, 白傳琵琶遠謫時.(平薪謫所來訪) 往事千場尋舊夢, 相逢一笑掃今悲. 春光正値三三節, 燕子簾旌白日遲.”, 「三月三日, 老伶高壽寬來自洪鄕, 故置酒劇, 回憶乙酉春, 同李杞園捴使拉高伶, 作一月之歡, 余有觀劇詩十絶句, 感舊題贈.」, 『警修堂全藁』 77. 김흥규, 「19세기 前期 판소리의 연행환경과 사회적 기반」, 『어문논집』 30, 고려대학교 국어국문학연구회, 1991, 27쪽.

고, 아지랑이 봄 경치에 넋이 나가니 탈십랑일세. 설령 후에 다시 만날 날 있어도, 지난날의 춘향가 다시 하기 어렵겠지."[80] 등으로 그의 예술세계를 상찬했다. 한편 신재효는 〈광대가〉에서 "고동지 슈관이난 동아부자 엽피남묘 은근문답 ᄒᆞ는 거동 근과농상 빅낙쳔"이라고 하여 백낙천에 비유하였다.[81]

다. 심정순 가문

심정순 가문도 판소리 명창과 가야금병창, 가야금산조의 명인을 여러 명 배출했다.[82] 심씨 가문의 가야금병창은 충청도 출신인 김제철의 석화제와 일정한 관련이 있을 것으로 짐작된다.

沈正淳(1873~1937)은 서산시 읍내동 학돌재 출신[83]으로 1910-1920년대에 주로 활동한 판소리 명창이자 가야금병창의 명인이다. 본명은 沈春喜이다. 그의 스승에 대해 알려진 것이 없지만, 조부 심팔록이 피리와 퉁소의 명인이므로 가문소리를 이은 것으로 짐작된다. 심정순의 소리는 경쾌한 분위기를 지니며, 부분적으로 동편제의 선법에 가깝지만 발성 기교는 김창룡과 유사한 점이 많다.[84] 그의 소리는 이해조가 산정하여 『매일신보』에 〈강상련〉, 〈연의

---

80 "八旬相對鬢毛蒼, 泡滅光陰演劇場. 山色碧蘆吟舫子, 濤聲海月古禪房. 鶯花夢幻張三影, 烟景魂銷脫十娘. 縱使後期能有日, 不堪重理舊春香.", 「高壽寬八十之年, 演劇猶能有昔時聲調, 臨別有詩.」, 『警修堂全藁』 84.

81 강한영 교주, 『신재효 판소리 사설집(전)』, 민중서관, 1974, 669-670쪽. 『시경』 「豳風七月」에 "7월에 大火心星이 서쪽으로 내려가거든 9월에 옷을 지어 주느니라. 一陽의 날에는 바람이 차고 二陽의 날에는 기온이 차가우니, 옷이 없고 갈옷이 없으면 어떻게 한 해를 마치리오. 三陽의 날에 가서 농기구를 수선하고 四陽의 날에 발꿈치를 들고 밭 갈러 가거든 우리 처자식과 함께 저 남쪽 들녘에 밥을 내가니, 권농관이 와서 기뻐하도다.(七月流火, 九月授衣. 一之日觱發, 二之日栗烈. 無衣無褐, 何以卒歲. 三之日于耜, 四之日擧趾. 同我婦子, 饁彼南畝. 田畯至喜.)"가 있다. 勸課農桑은 농사짓고 누에 치는 것을 권장함.

82 신은주, 『판소리 중고제 심정순家의 소리』, 민속원, 2009. 신은주, 「심정순 일가의 소리와 내포제 문화」, 『한국학연구』 35, 고려대학교 한국학연구소, 2010. 신은주, 『중고제 심정순家의 예인들』, 민속원, 2015.

83 제적등본에는 본적이 충청남도 아산군 송악면 외암리 77번지로 되어 있다.

84 배연형, 「판소리 중고제 론」, 『판소리연구』 5, 판소리학회, 1994, 189쪽.

심정순 명창 기념비

각〉, 〈토의간〉으로 연재하였다.85

1914년 3월 4일 자 『매일신보』의 「예단일백인 (29)」에 심정순을 다음과 같이 소개하고 있다.

> 심졍슌(沈正淳)
> 여러 광ᄃᆡ 즁에도 가장 품힝이 단졍ᄒᆞ고 슌실ᄒᆞ고 온공ᄒᆞᆫ 사ᄅᆞᆷ은 아마도 누구이던지 심졍슌의 위인을 쳣ᄌᆡ로 손ᄭᅩᆸ을지라. 고향은 츙청남도 셔산(瑞山)이오, 현쥬ᄂᆞᆫ 경셩 교동 ᄉᆞ십통 일호라. 시고을셔ᄂᆞᆫ 농업으로 지ᄂᆡ다가 우연ᄒᆞᆫ 긔회로 이십오 셰부터 단가와 률 공부를 시작ᄒᆞ야 지금은 죠션 디경에셔 구ᄇᆡ우 심졍슌이라 ᄒᆞ면 대ᄀᆡ 알게 되엿더라. 단가에ᄂᆞᆫ 토ᄭᅵ타령, 츈향가와 기타 잡가요, 음곡에ᄂᆞᆫ 가야금 양금 단쇼 쟝고 등이니, 집안에 드러가셔ᄂᆞᆫ 근검치산과 ᄌᆞ질교육에 열심 근면ᄒᆞ고, 밧그로 나와셔ᄂᆞᆫ 광ᄃᆡ의 직업으로 여러 사ᄅᆞᆷ의 환영을 사ᄂᆞᆫ 것이 심졍슌의 특별ᄒᆞᆫ 쟝기라 ᄒᆞ겟도다. 금년은 ᄉᆞ십이 셰라.

---

85 名唱 沈正淳 口述 解觀子 刪正, 〈江上蓮〉-『매일신보』, 1912. 3. 17.~1912. 4. 26. 名唱 沈正淳 口述 解觀子 刪正 〈燕의脚〉-『매일신보』, 1912. 4. 29.~1912. 6. 7. 講演 郭昌基, 名唱 沈正淳 口述 解觀子 刪正 〈兎의肝〉-『매일신보』, 1912. 6. 9.~1912. 7. 11.

이십 년 동안의 쟝々훈 셰월을 방탕ᄒᆞ기 쉬운 구렁에셔 지리ᄒᆞ게 지ᄂᆡ엿건만 은 품힝 샹에 ᄃᆡᄒᆞ야 훈 긔도 흠졀을 잡을 곳이 업ᄂᆞᆫ 것도 심졍슌의 가샹훈 곳이라. 지금은 쟝안샤(長安社) 연극쟝에셔 구연극을 셜시ᄒᆞ고 각항 ᄌᆞ미 잇고 흥취 나ᄂᆞᆫ 광ᄃᆡ의 소리로 관긱의 발을 쉬이게 ᄒᆞ고 ᄆᆞ음을 유쾌케 ᄒᆞ야 단아훈 풍류 즁에셔 셰월을 보ᄂᆡᄂᆞᆫ 것이 쏘훈 심졍슌의 일긔 취미라 ᄒᆞ겟도다.

심정순은 판소리, 잡가요, 가야금, 양금, 단소, 장고 등 전통예술에 두루 뛰어났으며, 매우 성실하고 자신에게 엄격한 삶을 살았음을 알 수 있다.

심정순은 장안사에서 공연한 것을 비롯하여 다양한 공연에 출연했으며, 경성방송국 국악방송에도 1차례 출연(1926. 8. 5.)하여 가야금병창을 하였다. 그리고 일축죠션소리반에 다음과 같이 다수의 소리를 남겼다.[86]

〈닛뽀노홍〉

K212-A 雜歌 三南 ᄉᆡ타령 伽倻琴倂唱 沈正淳

K222-A 판소리 春香 獄中歌 伽倻琴倂唱 沈正淳

K224-A 短歌 使令 春香 呼出歌 伽倻琴倂唱 沈正淳
K224-B 短歌 御使 發行歌 伽倻琴倂唱 沈正淳

K225-A 雜歌 톡기화상 伽倻琴倂唱沈正淳 長鼓朴春載 피리柳明甲
K225-B 雜歌 륙자빅이 伽倻琴倂唱沈正淳 長鼓朴春載 피리柳明甲

K226-A 南·短 南原 使令 주정 獨唱 沈正淳 朴春載 文永洙
K226-B 평안도 상ᄒᆞ창 영변가 沈正順 朴春載 文永洙

〈일축〉

K518-AB 短歌 군사 서름歌(一二) 獨唱沈正淳

K536-AB 短歌 許봉사 嘆息歌(一二) 獨唱 沈正淳

K543-A 가야금 배달가 가야금독주 심정순

86 한국음반아카이브연구단 엮음, 『한국유성기음반 1907~1945 (4권)』, 한걸음·더, 2011.

〈NIPPONOPHONE〉

6019 諸葛先生 東南風歌 唱 沈正順

6020 七星壇下 趙子龍 弓射歌 唱 沈正順

6021 矩歌 沈正順

6023 各色 鳥托領 沈正順

6050 停車場托領 沈正順 朴春載

6055 趙子龍 曹操 大戰 唱 沈正順

6068 春香 獄中歌 沈正順 朴春載

6071 瀟湘八景歌 沈正順 朴春載

6076 南原使令 呼春香歌 沈正順

6083 玉兎畵像 沈正順 朴春載

6084 朴鉅歌 沈正順 朴春載

6085 南原使令 酒醉歌 沈正順 朴春載

6093 平安道 上下唱 寧邊歌 沈正順 朴春載 文永洙

6097 平壤念佛歌 沈正順 朴春載 文永洙

6098 千字文歌 沈正順

6101 六字歌 沈正順 朴春載 柳明甲

심상건 명인

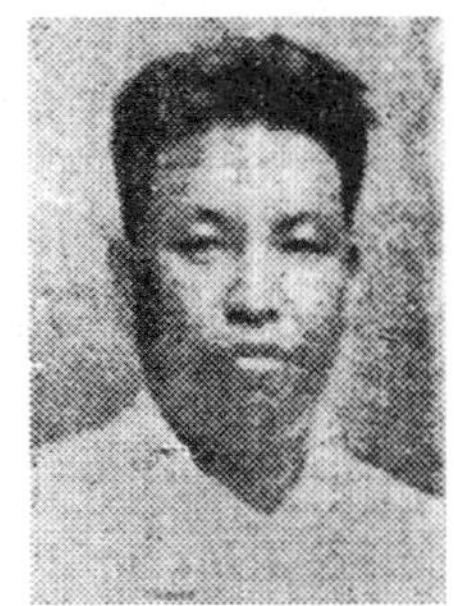
심재덕 명인

심화영 명인

沈相健(1889~1965)은 심창래의 아들로 삼촌인 심정순에게 가야금병창을 배워 일가를 이루었다. 조선음률협회 등에 참여하여 전통음악 발전에 이바지했으며, 경성방송국 국악방송에 163회 출연하여 가야금병창과 가야금산조 등을 연주하였고, 고음반에 다수의 가야금병창과 가야금산조를 남겼다. 심상건은 가야금병창으로 춘향가와 심청가에 뛰어났으며, 창법은 심정순과 동일하다.

심상건은 제비표조선레코드의 「B133-B 伽倻琴竝唱 春香傳 사랑가 沈相健 鼓韓成俊」, 빅타음반의 「Victor 49088-B 短歌 瀟湘八景소상팔경 伽倻琴併唱 沈相健 長鼓韓成俊」, 콜럼비아 음반의 「Columbia 40152-A 伽倻琴竝唱 蘆花月 沈相健」 등 고음반에 가야금병창과 가야금산조를 남겼다. 다음은 심상건이 고음반에 남긴 소리를 분야별로 정리한 것이다.87

분야	내 용	
병창	춘향가	사랑가(제비표B133-B, Columbia 40260) 춘향전 하(제비표B00-B) 황릉묘(Victor KJ 1054, 1057) 기생점고(Victor KJ 1103) 동풍가(Chieron 213-B)
	심청가	청송령(제비표B166-A) 심봉사 젓 비는데(Columbia 40126-B) 심청가(Columbia 44015-B) 심봉사 황성행(넙보노홍 K864-AB) 소상팔경(제비표166-B, Columbia 40124-A, Victor 49088-B) 곽씨부인 사별 후(Columbia 40126-A)
	단가	노화월(Columbia 40152-A, Victor 49088-A, Chieron 213-A) 대장부 허랑하야(B121-AB, Columbia 40008-A, Victor 49054) 명기명창(제비표B133-A) 단가(제비표B00-A) 청석령(Columbia 40152-B) 새타령(Columbia 40184-A) 백구타령(Columbia 40184-B) 초한가(Columbia 44015-A)
	잡가(민요)	골패타령(Columbia 40127-A) 투전풀이(Columbia 40127-B)
가야금	씻타령(Victor 49403-A) 적벽아유(Victor 49428-A) 돈타령(Victor 49428-B)	
산조	제비표조선레코드: 긴양됴·느진모리·당학 Columbia: 진양·느진즁머리·잔머리·엇즁머리·자진잔머리·당학·다스름·사설 Tahei: 언머리·중머리	
기악	굿거리(제비표B154-A) 도도리(제비표B154-B) 봉황곡(Victor KJ 1043-A) 醉袍舞(Victor KJ 1043-B) 한강수타령(Victor KJ 1066-A) 흥타령(Victor KJ 1066-B) 고당상(Victor KJ 1073) 심방곡 신아위(Victor 49064)	

87 신은주, 『판소리 중고제 심정순家의 소리』, 민속원, 2009, 49쪽. 심상건 음반의 자세한 사항은 한국음반아카이브연구단 엮음, 『한국유성기음반 1907~1945 (1-4권)』(한걸음·더, 2011)에 수록되어 있다.

◇日蓄會社에 吹入한 名妓들=장안의 명창기생을
모도와 여러가지 흥미잇는 소리를 유성긔판에 너흔 일본축음긔회사의
『레코드 컨사트』는 금십이일 밤 본사 리청각에서 열니게 되앗다 함은 긔
보한 바와 갓거니와 사진은 유성긔판에 소리를 너흔 기생들이니 향하
야 우로부터 『박화선』 『최섬홍』 『김해선』 『심미향』 『리초선』
이요 당건을 쓴 남자는 장고잡이 『한성준』군

심매향(왼쪽에서 두 번째, 『매일신보』, 1925. 9. 12.)

沈在德(1899~1967)은 심정순의 큰아들로 중학교를 마치고 23세부터 국악 공부를 하였다. 부친에게 춘향가와 심청가 등을 배웠고, 가야금도 부친의 영향을 받았다. 자득으로 해금과 단소에도 능하였다. 가야금산조와 병창은 심상건의 영향을 많이 받았지만 직접 배운 것은 아니다. 1932년에는 청진권번에서 소리 선생을 하였고, 그 뒤 진남포권번에서 소리 선생을 하였다. 심화영에게 소리와 기악을 가르쳤으며, 이화여대의 가야금 강사와 대한국악원 이사를 지냈다.88

沈梅香(1907~1927)은 심정순의 첫째 딸로, 12세 무렵부터 아버지에게 소리 및 가야금을 배웠다. 본명은 沈蕙英이다. 가야금병창과 잡가, 무용 등에 능하였고, 1924년 무렵부터 대정권번과 조선권번 등에서 활동하였다.

경성방송국 국악방송에 3회 출연하여 춘향가의 사랑가 등을 연창했으며, 일축죠션소리반에 「닙보노홍 K535-A 춘향전 頻頻愛歌자진사랑가 沈梅香 伽倻琴 金海仙 長鼓韓成俊」과 「일축죠션소리판 K551-A 퉈전푸리 沈梅香 伽

88 〈그때 그 사람〉과 〈사랑밖에 난 몰라〉 등을 부른 대중가수 심수봉(본명 심민경)이 심재덕의 딸이다.

倻琴 金海仙 長鼓韓成俊」 등을 남겼다. 심매향이 남긴 소리를 분야별로 정리하면 다음과 같다.[89]

분야	내용	
병창	춘향가	신관도임(닙보노홍 K520-B) 춘향사랑가(닙보노홍 K523-B) 자진사랑가(닙보노홍 K535-A)
	단가	백구타령(닙보노홍 K520-A)
	민요 잡가	달거리(닙보노홍 K540-A) 골패타령(닙보노홍 K535-B) 튀쳔푸리(일츅 K551-A) 창부타령(닙보노홍 K540-B) 화도푸리(일츅 K551-B) 흥타령(일츅 K560-A) 기고리타령(일츅 K560-B) 륙자빅이(일츅 K563-A, 일츅 626-A) 자진륙자빅이(일츅 K563-B, 일츅 626-B))
가사	가사	충효가(일츅 K573-A) 유람가(일츅 K573-B)
기악	가야금 반주	백구타령(닙보노홍 K5204-A) 춘하추동가(닙보노홍 K504-B) 牧丹은 화중왕이요(닙보노홍 K507-A) 한송명 솔을 베여(닙보노홍 K507-B) 신관도임2(닙보노홍 K523-A)

沈嬅英(1913~2009)은 심정순의 둘째 딸로 12세 무렵에 동네 어른에게 양금을 배우면서 예인의 길로 들어섰다. 18세부터 오빠 심재덕에게 춘향가와 심청가를 배웠으며, 방 씨와 심재덕에게 승무를 배웠다. 20세인 1932년에 심재덕과 함께 청진권번에 가서 33세까지 지냈으며, 서산으로 돌아와 결혼하면서 국악 활동을 그만두었다. 80세가 넘어 세상에 알려졌으며, 2000년 88세에 충청남도 무형문화재 제27호 승무 예능보유자가 되었다.

심정순 가문의 소리의 특징은 ① 평조를 주로 사용하고, ② 선율 진행이 매우 평탄하며, 고음을 질러 순차적으로 하행하는 선율 및 4도 하행하여 종지하는 형태를 갖고 있으며, ③ 즉흥적으로 소리를 구사하는 것 등이다.[90]

89 신은주, 『판소리 중고제 심정순家의 소리』, 민속원, 2009, 55쪽. 심매향 음반의 자세한 사항은 한국음반아카이브연구단 엮음, 『한국유성기음반 1907~1945 (4권)』(한걸음·더, 2011)에 수록되어 있다.

90 신은주, 「심정순 일가의 소리와 내포제 문화」, 『한국학연구』 35, 고려대학교 한국학연구소, 2010.

심정순 가문의 소리가 평조를 많이 사용하는 것은 다음 도표를 보면 쉽게 확인할 수 있다.91

구 분	심정순 일가	김창룡/이동백	동편제	서편제
소상팔경(인당수로)	심상건; 평조	김창룡; 평조 이동백; 우조+평조/계면조	김초향·이선유; 우조+평조/계면조	한애순; 우조+평조
토끼화상	심정순; 평조	김창룡; 평조	임방울; 계면조 이화중선; 계면조 박봉술; 계면조	
고고천변	심정순; 평조 심상건; 평조/우조	·	임방울; 계면조 이화중선; 평조	김창환; 우조
어사 남원행(어사 분발, 행장)	심정순; 평조	이동백; 우조/계면조		정정렬; 우조/계면조
긴 기생점고	심정순; 평조 심상건; 우조+평조	이동백; 계면조 김창룡; 계면조	이화중선 등; 계면조	정정렬; 평조
자진 기생점고	심정순; 평조 심상건; 우조/평조	이동백; 계면조	박록주; 계면조 권금주; 계면조	정정렬; 평우조

다. 김봉문

金奉文(1876~1929)은 서산 출신으로 동편제 명창이다. 그는 박기홍의 제자로 흥보가에 뛰어났으며, 특히 흥보가 중 博物歌를 잘 불렀다. 심정순과 함께 지방순회공연를 다니며 인기를 얻었다.

〈독쟈 구락부〉

▲죠션의 명챵으로 유명ᄒᆞ던 심졍슌(沈正淳) 김봉문(金奉文) 두 광ᄃᆡᄂᆞᆫ 각 디

91 신은주, 『판소리 중고제 심정순家의 소리』, 민속원, 2009, 196쪽.

방으로 도라단이며 됴쳐의 찬셩을 밧더니 경셩에 구연극이 말못된다는 말을 듯고 이셕히 역여 연극을 일층 기량하고 불향한 광대의 힝위를 단속하야 구연극을 유지하기로 공론하고 일젼에 경셩으로 올나와셔 어졔밤브터 쟝안샤에셔 츌연한다 한즉 목뎍은 대단히 됴타만은 말대로 시힝을 할는지 잘못하다가는 「번개눈이」92

●심졍슌 일힝의 쇼식

심졍슌 김봉문 일힝이 의쥬의 나려와 일반 관람쟈의 환영을 밧어 삼사백 원의 금젼을 수입하얏는대 지나간 이십사 일에 그 일힝은 평양으로 향하얏더라93

3) 면천

尹永錫은 지금의 당진시 면천면 출신으로 고종 시대에 토별가로 일세를 울린 명창이다. 韓松鶴과 동년배다. 성음이 거대하되 탁성과 중성은 없고 세세상상성으로 질러내어서 사람을 경탄케 하였는데, 처음에는 담담무미하다가 중간에 이르러서 갖은 목청과 다단한 기량을 발휘하였다고 한다.94

4) 덕산

염계달은 경기 여주 또는 충남 덕산 출신으로 충주에서 살았다고 하니, 내포지역 출신일 가능성이 있다. 염계달은 19세기 전반기에 활동한 이른바 전기 팔명창에 속하는 인물이다.95 그는 10년 작정하고 충청도 음성 벽절로 공부하러 가던 중 장끼전을 습득하고, 10년을 하루같이 매진하여 대성하였다. 밤에 졸음이 올 때면 상투에 끈을 달아 천장에 매달고 소리를 했다고 한다. 장끼타령과 흥보가에 뛰어났으며, 권삼득의 창법을 많이 모방하였다.96

---

92 「독쟈 구락부」, 『매일신보』, 1913. 10. 7.

93 「심졍슌 일힝의 쇼식」, 『매일신보』, 1914. 4. 26.

94 정노식, 『조선창극사』, 조선일보사출판부, 1940, 95쪽.

95 박헌봉, 『창악대강』, 국악예술학교출판부, 1966, 54-55쪽.

96 정노식, 『조선창극사』, 조선일보사출판부, 1940, 25-26쪽. 정노식은 "廉啓達 '문헌에는 廉季良으로 出'"이라고 하여 염계달과 염계량을 동일 인물로 보고 있는데, 「정해소

그리고 경드름과 추천목을 개발하여 판소리 발전에 이바지하였다. 춘향가의 남원골 한량과 돈타령, 이별가 그리고 수궁가의 토끼 욕하는 대목 등이 그의 대표적인 경드름·추천목 대목이다.97

4. 맺음말

최근에 중고제 판소리에 대한 연구가 본격적으로 이루어져 괄목할 만한 성과가 축적되고 있다. 이 글에서는 충청남도 서북부인 내포지역의 판소리 전반에 대해 두루 살펴 중고제 판소리 나아가 판소리 전반에 대한 이해의 폭과 깊이를 더하고자 하였다.

이제까지 살펴본 바를 간략하게 정리하면 다음과 같다.

첫째, 중고제 판소리는 경기·충청지역을 예술적 기반으로 하고 있었다는 사실은 잘 알려져 있다. 내포지역은 가야산 아래의 당진, 면천, 서산, 태안, 해미, 결성, 덕산, 홍주, 신창, 예산 등 10개 고을을 일컫는데, 중고제 판소리의 터전으로 판소리 발전에 크게 기여한 곳이다. 이 지역은 아산만과 천수만, 금강 등으로 차단되어 독자적인 문화권을 형성하는 한편 한양과 경기도와 인접하여 근기권으로서의 문화적 특성이 있다. 또한 농산물과 해산물이 풍부하여 중고제 소리꾼들이 뿌리내리며 예술세계를 펼쳤다. 그리고 홍주진관에 편제되어 있는 악생·악생보·악공·악공보 등이 많으며, 40곳의 향(7)·소(16)·부곡(17)에 천민 재인들이 많이 있어서 음악을 제공할 수 있는 인적 자원이 풍부했다. 한편 조선 후기에 발달한 이 지역의 장시 36곳[결성(5), 당진(2), 덕산(4), 면천(3), 서산(5), 신창(2), 예산(3), 태안(1), 해미(5), 홍주(6)]도 중요한 판소리 연행공간 역할을 함으로써 판소리 발전에 기여하였다.

둘째, 내포지역 출신이거나 이 지역에서 활동한 판소리 명창 등을 지역별로

지」에 廉啓達과 廉季良의 이름이 함께 등재되어 있으므로 다른 인물이 분명하다.

97 전경욱 편저, 『한국전통연희사전』, 보고사, 2014.

정리하면 다음과 같다. 먼저 홍성지역 출신이거나 이곳에서 활동한 명창·명인으로는 최선달, 유공렬, 김창룡, 한성준을 들 수 있다. 결성 출신의 최선달(본명 최예운)은 하한담과 함께 판소리의 비조로 꼽히고 있으며, 동편제 유공렬은 정춘풍의 수제자로 춘향가와 심청가, 적벽가에 뛰어났고 춘향가의 이별가를 더늠으로 남겼으며, 특히 고제 소리에 정통했다. 김창룡은 결성 용호리 장터에서 활동한 바 있는데, 적벽가와 심청가, 흥보가에 뛰어났으며, 적벽가의 적벽강 불 지르는 대목과 흥보가의 중타령을 더늠으로 남겼다. 그리고 한성준은 명고수이자 명무로 일세를 울리며 전통예술 발전에 이바지했다.

서산지역 출신으로는 방만춘과 방진관, 고수관, 심정순 가문의 심정순을 비롯한 심상건, 심재덕, 심매향 그리고 김봉문 등을 들 수 있다. 방만춘은 웅장한 성량의 소유자로 적벽가와 심청가를 개작·윤색했으며, 더늠인 적벽강 화전대목을 부르면 좌석이 온통 바닷물과 불빛 천지로 변했다고 한다. 방만춘의 손자 방진관은 집안소리를 이어받아 심청가와 적벽가에 뛰어났으며, 고음반에 소리 일부가 남아 있다. 해미 출신의 고수관은 전기 팔명창으로 아니리에 능했으며, 더늠으로 춘향가의 자진사랑가를 남겼다. 심정순 가문은 가야금병창과 산조로 한 시대를 풍미했다. 심정순은 판소리는 물론 가야금과 단소 등 전통예술에 두루 뛰어났으며, 고음반에 소리 일부가 남아 있다. 심상건은 심정순에 가야금병창과 산조를 배워 일가를 이루었는데, 경성방송국 국악방송에 160여 회 출연하였으며, 고음반에 가야금병창과 산조를 상당수 남겼다. 심재덕과 심매향도 전통음악 발전에 일조하였다.

이외에 서산 출신에 박기홍의 제자인 동편제 김봉문, 면천 출신에 토별가로 일세를 울린 윤영석이 있고, 전기 팔명창에 꼽히는 염계달은 덕산 출신일 가능성이 있다.

제3부

심청가와 지평의 전환

01
심청가 전반부의 지평전환과 그 의미

1. 머리말

판소리는 흥행예술이므로 생산 주체인 판소리 창자는 자신의 기대지평은 말할 것도 없고 소비 주체인 감상층의 기대지평을 만족시켜야 소리판에서 살아남을 수 있다. 기대지평(Erwartungshorizont)이란 판소리 담당층이 가지는 기대의 범주로, 거기에는 선험·경험·전통·관습·상식·교육 등으로 초래된 지식이 작용한다. 판소리 담당층은 이전부터 있던 지평 가운데서 자신의 기대지평과 일치하는 것은 수용하지만 그렇지 못한 지평과 만나면 갈등을 일으키게 되고, 그 갈등은 궁극적으로 과거지평을 자신의 기대지평 쪽으로 전환함으로써 해소된다. 지평의 전환은 심청가 담당층이 끊임없이 심청과 대화하는 동시에 심청가 애호가들과 대화하는 과정에서 일어난 결과이다. 이런 점에서 심청가의 더늠은 과거지평과 기대지평 사이에 일어난 지속적인 긴장과 갈등이 지평전환(Horizontwandel)이라는 통로를 통해 해소되는 과정에서 이루어진 것이라고 할 수 있다.[1]

소비자에게 외면당한 지평은 더 이상 소리판에서 불릴 수 없다. 이전부터 있었던 지평이든 새롭게 생성된 지평이든 사정은 다르지 않다. 춘향가의 몽중가와 옥중가를 개작하면서 감상층의 반응에 주목한 신재효의 "다른 가직 몽중가는 황능묘의 갓다는듸 이 사셜 짓는 이는 다른 듸를 갓다 ᄒᆞ니 좌상

1 차봉희 편, 『수용미학』, 문학과지성사, 1985. 박찬기 외, 『수용미학』, 고려원, 1992.

쳐분 엇덜넌디"와 "다른 가직 몽중가ᄂᆞᆫ 옥즁의셔 어ᄉᆞ 보고 산물을 ᄒᆞᆫ다ᄂᆞᆫ듸 이 ᄉᆞ셜 짓ᄂᆞᆫ 이ᄂᆞᆫ 신힝질을 ᄎᆞ려시니 좌상 쳐분 엇더ᄒᆞᆯ지"[2]라고 한 발언은 그러한 사실을 잘 보여주는 예이다. 과거지평에 대한 불만은 과거지평과 기대지평 사이의 심미적 차이(ästhetische Distanz) 때문에 생기는데, 소리를 제대로 아는 명창과 귀명창일수록 과거지평에 대한 불만이 빈번하게 일어나기 마련이다. 따라서 판소리 창자는 소리판에 지속적으로 서기 위해서 자신과 소비자의 불만을 해소하기 위해 최선의 노력을 기울일 수밖에 없었다. 이런 점에서 새로운 지평의 창조는, 개성이 강한 판소리 담당층이 지평전환에 적극적으로 참여한 변증법적 지평융합(Horizontverschmelzung)의 결과라고 할 수 있다. 더욱이 판소리가 평민·양반·왕실 등 세계관이 이질적인 여러 계층의 지지와 참여 속에 성장하였기 때문에 미학적 기반이 서로 다른 다양한 지평들이 공존과 경쟁 관계 속에서 지속적으로 지평전환을 거듭해 왔고, 그것은 판소리 연행의 세 층위인 문학적·음악적·연극적 층위에서 두루 이루어졌다.

지평의 전환은 특히 판소리의 성장과 발전에 핵심적 축이었던 더늠을 중심으로 활발하게 진행되었다. 더늠이란 판소리 창자가 소리판에서 자신 있게 내놓을 수 있는 대목으로, '겨루다' 또는 '내기하다'란 뜻의 중세국어 '더느다, 더ᄂᆞ다'에서 유래하였다. 일반적으로 선배 명창들이 가졌던 지평을 부정하고 새 지평을 창조한 것이나 그들이 미처 확보하지 못한 지평을 새로 창조한 것이 더늠이다. 그러나 김찬업의 토끼화상과 같이 기존의 지평을 긍정적으로 수용하여 자신의 더늠으로 삼은 경우도 적지 않다. 즉 어떤 판소리 명창이 사설과 음악 그리고 발림 등 판소리의 모든 영역에 걸쳐 독특하게 새로 창조하여 뛰어나게 잘 불렀거나 스승이나 선배의 더늠을 전수하여 뛰어나게 잘 불러서 판소리 감상층으로부터 장기로 인정받은 대목이 더늠이다.[3]

지평전환이 이루어지는 과정에서 선행지평 중 일부는 소리판에서 사라져

---

2 강한영 교주, 『신재효 판소리 사설집(전)』, 민중서관, 1974.

3 김석배·서종문·장석규, 「판소리 더늠의 역사적 이해」, 『국어교육연구』 28, 경북대 사대 국어교육연구회, 1996.

버렸고, 더러는 여러 번의 지평전환을 거듭한 끝에 지금과 같은 지평으로 불리게 되었다. 그렇다고 새로 생성된 지평이 선행지평보다 언제나 우위에 있었던 것은 아니다. 창자는 자신의 판소리관에 따라 새롭게 생성된 지평을 받아들이지 않고 과거지평을 그대로 부르는 경우도 적지 않다. 그리고 춘향가의 옥중가와 같이 과거지평과 새로 생성된 지평이 경쟁 관계를 유지하며 각기 제 몫을 하고 있거나, 또는 상보적인 관계에 있으면서 함께 불리고 있는 경우도 있다.[4]

심청가도 춘향가 등 다른 판소리와 마찬가지로 지평의 전환을 겪었다. 소설의 구성은 대체로 3단계인 '시작, 중간, 끝'이나 4단계인 '발단, 전개, 절정, 결말'로 구분한다. 더 세분하여 절정 앞에 위기를 첨가해 5단계로 보기도 한다. 그러나 심청가의 경우에는 주인공과 적대자 간에 뚜렷한 대립과 갈등이 존재하지 않으므로 심청가의 서사 전개를 '전반부, 중반부, 후반부'로 구분하기로 한다.[5] 전반부는 초입부터 심청이 동냥으로 부친을 봉양하는 대목까지이고, 중반부는 심청이 장승상부인을 찾아가는 대목부터 심청이 황후가 되는 국혼 대목까지, 후반부는 맹인잔치를 배설하는 대목부터 심봉사 눈 뜨는 대목까지다.

여기에서는 심청가의 전반부인 심봉사 부부를 소개하는 초입 대목을 비롯

---

4 춘향가/전의 지평전환에 관해서는 일찍이 김석배, 「춘향전의 지평전환과 후대적 변모-서술자 개입을 중심으로」(『문학과 언어』 10, 문학과언어연구회, 1989)와 김석배, 「춘향전 이본의 생성과 변모양상 연구」(경북대학교 박사학위논문, 1992)에서 두루 살폈다. 이후 송미경, 「춘향가 소리 대목 및 더늠의 전승 양상과 판소리사적 의미」(고려대학교 박사학위논문, 2015)에서 다시 자세하게 고찰하였다.

5 구활자본 『강상연 심청전』(박문서관, 1938)에는 "제1회 심청이 출생, 제2회 곽씨부인 喪事, 제3회 심봉사 심청을 길는다, 제4회 심봉사 몽운사에 시주ᄒᆞ다, 제5회 심청이 몸을 팔아 공양미를 밧들다, 제6회 심청이 임당수에 ᄲᅡ지다, 제7회 수정궁에 심청, 제8회 황극전에 심청, 제9회 황성에 맹인연, 제10회 심봉사 ᄲᅢᆼ덕어미 맹인연에 간다, 제11회 심청이 부자 상봉"으로 나누었다. 최운식은 〈완판 71장본〉의 내용 단락을 '심청의 출생(심봉사 부부 소개-심청 탄생), 심청의 성장과 효행(심봉사의 심청 양육-장승상부인 대목), 심청의 죽음과 재생(심청의 인당수 투신-심청 환세), 부녀 상봉과 開眼(국혼-심봉사 부녀의 부귀영화), 천상계로의 환원'으로 구분하였다. 최원식, 『심청전 연구』, 집문당, 1982, 99-101쪽.

하여 심청 탄생 대목, 곽씨부인 장례 대목, 심청의 부친 봉양 대목 등이 겪은 지평전환의 양상과 그 의미를 구체적으로 살펴보기로 한다.

2. 초입 대목의 지평전환

심봉사 부부를 소개하고 곽씨부인이 품을 팔아 심봉사를 봉양하는 내용으로 이루어진 초입 대목은 서편제 명창 김채만의 더늠이다. 이 대목은 김채만보다 시기적으로 앞서는 〈신재효본〉에 그대로 있으므로 19세기 중기에는 이미 완성되었던 것으로 판단된다. 따라서 김채만이 그전 시대부터 부르던 것을 계승하여 잘 불러 그의 더늠으로 인정받은 것이라 할 수 있다. 아니리로 하는 심봉사 부부 소개는 크게 부연된 것(〈강상련〉, 〈이선유 창본〉, 〈정광수 창본〉)도 있고, 간략한 것(〈한애순 창본〉, 〈정권진 창본〉)도 있다. 〈박동진 창본〉은 독특한 내용으로 부연되어 있다. 그리고 창으로 하는 곽씨부인 품팔이 대목은 창본에 따라 부연된 것과 간략한 것도 있어 양상이 다양하다.

다음은 초기 심청가의 모습을 지니고 있는 〈박순호 48장본〉에서 인용한 것이다. 초입 대목의 골격을 갖추고는 있지만 매우 간략하다.

> 옛 송시절의 유리국 도화면 오유촌의 ᄒᆞᆫ 사ᄅᆞᆷ이 잇씨되 성은 심이오 일홈은 핑구라 부모 일즉 상사나고 일가 친척이 업고 가산은 빈한ᄒᆞᄂᆞ 심사은 성헌구ᄌᆞ라 연이ᄂᆞ 사주 불길ᄒᆞ여 천지 문물 흑ᄇᆡᆨ 장단 쥬야을 분별 못 ᄒᆞ이 엇지 안이 갑갑ᄒᆞ리 심봉ᄉᆞ 어진 안ᄒᆡ 압 못 보는 ᄆᆡᆫ인 가장 공ᄃᆡᄒᆞᆯ 제 굼ᄭᅩ 벗기 안이ᄒᆞ기 품 팔기로 ᄒᆞᆫ다 싹바느질 ᄲᆞᆯᄂᆡ품과 용정 ᄇᆞᆼᄋᆡ품을 ᄂᆡ업시 버러서 심봉사 삼시 공양 사철 이복 구ᄎᆞᆫ ᄃᆡ 업시 시종이 여일ᄒᆞ이 이 안이 거록ᄒᆞᆫ가([7], 73쪽)6

6 김진영 외, 『심청전 전집』 [1]-[12](박이정, 1997-2004.)에는 심청가 창본을 비롯하여 판각본, 구활자본 심청전 등 많은 이본을 수록하고 있다. 인용할 때는 이 전집을 따르고 권수와 쪽수만 밝힌다. 앞으로도 이와 같다. 다만 〈허흥식본〉과 이 전집에 없는 〈완판 41장본〉은 원본의 장수와 면수를 밝힌다.

초기 심청가의 공간적 배경은 유리국의 도화동, 오류촌, 행화촌, 양류촌, 시상촌 등으로 일정하지 않고, 심봉사의 이름은 핑구, 심봉사 부인은 양씨이다. 그리고 "사주 불길ᄒᆞ여 천지ᄆᆞᆫ물 흑빅 장단 쥬야을 분별 못 ᄒᆞ이 엇지 안이 갑갑ᄒᆞ리"에서 볼 수 있는 바와 같이 심봉사의 딱한 처지를 동정하고, 부인이 삯바느질, 빨래품, 방아품으로 심봉사를 봉양한다는 사실을 간략하게 서술하고 있다.

이 대목은 19세기 중기 이후의 심청가에서는 크게 부연, 확대되어 독립된 더늠으로 자리 잡게 된다. 다음의 〈정광수 창본〉이 그러한 모습을 잘 보여주고 있다.

> (아니리) 송나라 원풍 말년에 황주 도화동 사는 소경 하나 있었으되 성은 심씨요 이름은 학구라 누대잠영지족으로 문명이 자자터니 가운이 영체하여 이십 후에 안맹하니 낙수청운에 발자취 끊어지고 금장자수에 공명이 비었으니 향곡의 곤한 신세 강근한 친척 없고 겸하여야 안맹하니 양반의 후예로서 저렇게 궁곤하나 행실이 청렴하고 지조가 경개하야 일동일정을 경솔히 아니하니 누가 아니 칭찬하리 그 아내 곽씨부인 또한 현철하야 임사의 덕과 장강의 고움과 목란의 효행 있어 본시 문장의 재질이 있기로 예기 가례 내편 주남 소남 관저시를 모를 것이 바이 없어 봉제사 접빈객과 인리에 화목하기 가장공경 치산 범절 백집사가감이나 이제의 청렴이요 원헌의 가난이라 청전구이 바이 없고 말만한 단 초가에 조불려석하는구나 가련한 곽씨부인 몸을 바쳐 품을 팔 제
>
> (자진모리) 삯바느질 관대 도복 행의 창의 직영이며 협수 쾌자 중치막과 남녀의복에 잔누비질 외올뜨기 솔 올리기 상침질 꺽음질 의복 빨래 푸새 마전 하절의복 한삼 고의 망건 꾸미개 갓끈 접기 배자 단추 토수 버선 허리띠 양낭 복건 풍채 볼지 휘양천의 주의 가진 금침 베개모에 쌍원앙 수도 놓고 문무백관 입는 조복의 학 쌍학 범 그리기 명모 악수 제복까지 못 할 것이 바이 없고 질삼에도 궁초 공단 수주 낙능 갑사 운문 토주 갑주 분주 표주 생초 통견 마포 문포 북포 조포 황저포 세목 중목 상목이며 청황흑적 침향오색 각색으로다 염색하기 혼인 대사 음식 숙정 갖은 제편 중계 약과 박산 과잘 다식 정과 냉면 화채 신설로 갖갖 찬수 약주빚기 수팔련 봉오림과 배상 보아 고임질 일 년 삼백육십 일을 잠시도 쉬지 않고 품을 팔아 모을 적에 푼을 모아서 돈 만들고

돈을 모아 양 만들고 양을 지어 관돈 되니 이웃집 사람들께 착실한 곳 빚을 주어 실수 없이 받아들여 춘추시향 봉제사며 앞 못 보는 가장 공경 시종이 여일하니 상하촌 사람들이 곽씨부인 어진 마음 뉘 아니 칭찬하리([2], 69-70쪽)

초기 심청가에 비해 장면을 구체화하면서 사설이 대폭 확대되었다. 그러면서 심봉사는 비록 가난한 맹인이지만 명문의 후예로서 청렴하고 지조 있는 인물이고, 곽씨부인은 婦德을 고루 갖춘 현철한 인물이란 점에 서술의 초점이 맞추어져 있다.[7] 그리고 곽씨부인의 품팔이 종류가 장황하게 열거되었다. 공간적 배경이 황해도 황주 도화동으로 굳어지고, 심봉사의 이름이 '핑구'에서 '학규'로, 심봉사 부인이 '양씨'에서 '곽씨'로 바뀐 것도 후대에 이루어진 변모 양상의 하나다. 유리국의 어느 고을이 황해도 황주 도화동으로 개작된 것은 방만춘에 의해 시도되었고,[8] 그것의 고착화는 신재효에 의해(또는 그 시대에) 이루어진 것으로 보인다. 심봉사의 성명은 대체로 '심핑구 → 심힝구 → 심학구 → 심학규'의 과정을 거쳤는데,[9] 심봉사가 청렴하고 지조 있는 인물로 형상화됨에 따라 이름도 그에 걸맞은 것으로 바뀐 것이다. 명문의 후예이자 덕성을 갖춘 인물의 이름으로 핑구(彭九), 힝구(行九), 학구(鶴九, 學九)보다 학규(鶴圭, 學圭)가 더 잘 어울린다.

한편 양씨부인이 곽씨부인으로 바뀌었고, 품팔이 대목이 초기 심청가에 비해 크게 확장되었다. 곽씨부인으로 바뀐 것은 현풍곽씨 일문이 烈婦를 많이 배출한 사실에 견인된 것으로 보인다. 대구광역시 달성군 현풍면 대동[率禮]에는 선조 31년(1598)부터 영조조까지 현풍곽씨 일문에서 배출한 忠臣 1명, 孝子 9명, 烈婦 6명 도합 16명의 정려각인 '一門三綱十二旌閭閣'이 있어 충절과 효열의 귀감이 되고 있다. 여섯 명의 열부 중에서 다섯 명은 곽씨 일문으로

---

7 여인이 갖추어야 할 德目인 婦德에 대해서는 李德懋의 『士小節』에 잘 정리되어 있다.

8 유영대, 『심청전 연구』, 문학아카데미, 1989, 33쪽.

9 성현경은 〈경판본〉을 바탕으로 판소리 심청가가 이루어진 것으로 보고, '심현 → 심운(또는 심윤) → x → 심핑구 → 심힝구 → 심학구 → 심학규'로 변모하였다고 했다. 성현경, 『한국옛소설론』, 새문사, 1995, 368-370쪽.

시집온 郭履常의 妻 居昌愼氏, 郭再堪의 妻 廣州李氏, 郭弘垣의 妻 密陽朴氏, 郭壽亨의 妻 安東權氏, 郭乃鎔의 妻 全義李氏이고, 현풍곽씨는 柳文虎의 妻 한 명에 불과하지만 이들은 자연스럽게 현풍곽씨를 '烈婦'로 떠올리게 한다. 이본 중에는 〈송동본〉의 "유리국 도화동 거ᄒᆞᄂᆞᆫ 현풍곽씨"처럼 현풍곽씨로 더 구체화되어 있는 경우도 있다.10 그리고 삯바느질, 삯질삼 등 여성이 할 수 있는 거의 모든 종류의 품팔이가 망라되어 있는데, 19세기 중기 이후에 점차 '현철한' 곽씨부인에게 어울리지 않는 품팔이 예컨대 방아품, 벼메기 등과 구걸 행위는 제거되고 그녀의 인품에 어울리는 방향으로 정제되었던 것으로 짐작된다.11 단정할 수는 없지만 이 대목은 여러 차례의 지평전환을 겪은 후 신재효에 의해 정제되었을 가능성이 크다. 신재효 이전의 심청가의 모습을 지니고 있는 이날치제 〈한애순 창본〉은 매우 간략하고, 후대의 창본이 〈신재효본〉과 동일하다는 점은 그럴 가능성을 어느 정도 뒷받침할 수 있다.

---

10 "심봉사가 우는디 우리 마누래 현풍곽씨 우리 마누래 나는 이까지 살어서 이런 좋은 일을 보건마는 우리 마누래 황천객이 되야서 어찌하야 잊어질꼬 아이고 마누래예", 「Columbia 40026-B, 심청전 심봉사와 심황후 상봉(심봉사 눈 뜨는데) 이동백 장고 이흥원」. "사방으로 구혼하여 현풍곽씨 무남독녀 관재일편 덕이 있어 소문이 낭자하여 중매의 혼을 급히 한 후 현부를 맞아 들여 영친하는 조율 있어 고사 당한 연후에 학사지 풍월 높고 열부지정이 깊어"(〈박동진 창본〉, [1], 195쪽) 등이다.

11 "부가의 용졍ᄒᆞ기 쵸산 집의 제복 짓기 근네 집의 베 ᄆᆡ기와 오 푼 밧고 보션 짓기 두 푼 밧고 흔옷 짓기 푼전 승곡 으더다가 봉ᄉᆞ 낭군 위로ᄒᆞ니 건곤쳔지 우듀 간의 요른 일이 또 잇난가"(〈박순호 19장본〉, [7], 347쪽). 특히 심봉사가 방아 찧는 아낙들의 소리를 듣고 "심봉사 그제야 안마옴의 혜아리되 올체 양반 되 종이 안이면 상놈의 좃집이로다"(〈완판 71장본〉, [3], 263쪽)라고 한 데서 알 수 있듯이 방아 찧기는 종이나 상것의 아낙이나 하는 일이므로 곽씨부인에게 어울리지 않는다. 더구나 빵아 찧기는 맷돌 갈기와 함께 남녀의 성 행위를 연상시키기 때문에 '현철한' 곽씨부인에게는 더더욱 어울릴 수 없다. "이 방ᄋᆡ가 뉘 방ᄋᆞᆫ가 각되 ᄒᆞᆫ임 가쥭방ᄋᆞᆫ가", "ᄒᆞᆫ 달리 놉피 밥고 오루락ᄂᆡ리락ᄒᆞ는 양과 실눅벌눅 쌧죽쌧죽 조ᄀᆡ로다"(〈완판 71장본〉, [3], 265쪽), "이ᄂᆡ 몸 방ᄋᆡ 되고 쥬ᄌᆞᆼ군니 고가 되여 각씨 님ᄂᆡ 보지확을 밤낫스로 씨여씨면 달은 물 안니 쳐도 보리방ᄋᆡ 졀노 익졔"(〈신재효본〉, [1], 45쪽), "이 방ᄋᆡ 져 방ᄋᆡ 다 바리고 월침침 야삼경의 우리 님 혼ᄌᆞ 와셔 가쥭방ᄋᆡ만 씻난다오"(〈신재효본〉, [1], 46쪽). 그리고 흥보가의 흥보 아내의 품팔이와 대조적이란 점도 참고할 만하다.

3. 심청 탄생 대목의 지평전환

심청의 출생과 관련된 심청 탄생 대목은 석화제 명창 김제철의 더늠이다. 김제철은 주덕기와 동배로 전기 팔명창의 한 사람이므로 이 대목은 19세기 중기 또는 그 이전에 더늠으로 개발되었던 것으로 볼 수 있다. 그러나 김제철의 심청가 전승계보가 분명하지 않으므로 구체적인 모습을 알 수 없다. 이 대목은 대체로 '무자탄식, 기자치성, 태몽, 태교, 출산'으로 구성되어 있는데, 무자탄식은 심봉사 부부가 자식 없음을 한탄하는 내용의 대화를 아니리로 하고, 곽씨부인이 품을 팔아 모은 재물로 불공을 올리고 온갖 시주를 하는 등 지극 정성으로 공을 드리는 기자치성은 중머리, 심봉사 부부가 심청 낳을 꿈을 꾸는 태몽은 중머리로 한다. 곽씨부인이 태기가 있자 太任[12]을 본받아 操身하는 태교와 심청을 낳고 성별을 구별하는 출산은 엇중모리(〈강상련〉), 중모리(〈이선유 창본〉), 중중모리(〈정광수 창본〉, 〈한애순 창본〉, 〈박동진 창본〉), 자진모리(〈정권진 창본〉)로 한다.

초기 심청가의 심청 탄생 대목은 다음의 〈박순호 19장본〉과 같이 비교적 짧고 소박한 형태였을 것이다.

---

12 "군자가 말했다. '태임은 태교를 잘했다. 옛날에는 부인이 아기를 잉태하면 모로 눕지 않았고, 모서리나 자리 끝에 앉지도 않았으며, 외다리로 서지 않았고 거친 음식을 먹지 않았다. 자른 것이 바르지 않으면 먹지 않았으며 자리가 바르지 않으면 앉지 않았다. 현란한 것을 보지 않았고, 음란한 음악을 듣지 않았다. 밤에는 눈먼 樂官에게 시를 읊게 했고, 올바른 이야기만 하게 했다. 이와 같이 하여 자식을 낳으면 모습이 반듯하고 재덕이 남보다 뛰어난 법이다. 그러므로 아이를 가졌을 때 반드시 감정을 신중히 해야 한다. 선하게 느끼면 아이도 선하게 되고 나쁘게 느끼면 아이도 악하게 된다. 사람이 태어나 부모를 닮는 것은 모두 그 어머니가 밖에서 느끼는 것이 태아에게 전해진 까닭이다. 그러므로 아이의 모습과 마음이 부모를 닮게 되는 것이다. 문왕의 어머니는 자식이 부모를 닮게 되는 이치를 알았다고 할 수 있다.(君子謂. 太任爲能胎教. 古者, 婦人姙子, 寢不側, 坐不邊, 立不蹕. 不食邪味. 割不正不食, 席不正不坐. 目不視于邪色, 耳不聽于淫聲. 夜則令瞽誦詩, 道正事. 如此則生子, 形容端正, 才德必過人矣. 故姙子之時, 必慎所感. 感于善則善, 感于惡則惡. 人生而肖父母者, 皆其母感于物. 故形意肖之. 文王母, 可謂知肖化矣.)". 『古列女傳』, 「周室三母」, 유향 지음·이숙인 옮김, 『열녀전』, 글항아리, 2013, 62쪽, 64쪽.

㉠ 심봉ᄉᆞ 안ᄒᆡ다려 탄식ᄒᆞ여 ᄒᆞ난 말리 ᄌᆞᄂᆡ ᄂᆡ말 들려보소 만고 읍고 부리 공밍을 -(불명)- 슬ᄒᆞ의 일졈혈륙이 읍셔씨니 -(불명)- ㉡ 양씨부인 이날붓틈 신공ᄒᆞ기 일ᄉᆞᆷ더니 명ᄉᆞᆫ대천 양 -(불명)- 곳의 석불미력 션난 고ᄃᆡ ᄉᆞᆫ제불공 일등 시쥬 일ᄉᆞᆷ던니 공든 탑이 문어지며 심든 남기 색거질가 쳔신이 감동ᄒᆞ사 ㉢ 갑ᄌᆞ연 오월 십오일의 심봉ᄉᆞ ᄂᆡ외 비몽 간의 오ᄉᆡᆨ ᄎᆡ운이 영농ᄒᆞ며 향ᄂᆡ 진동ᄒᆞ더니 션녀가 숀의 계화을 들고 심봉ᄉᆞ ᄂᆡ외 압페 안지며 ᄒᆞ난 마리 나ᄂᆞᆫ 천ᄉᆞᆼ ᄐᆡ을션관의 ᄯᆞᆯ리넌니 상제께 득죄ᄒᆞ고 ᄂᆡ간의 ᄂᆡ치시ᄆᆡ 갈 바을 모르기로 ᄯᆞᆯ 되자고 왓ᄉᆞ오니 어엿비 여기소셔 말을 마치고 문득 놀ᄂᆡ ᄭᆡ다르니 남가일몽이라 ㉣ 삼ᄉᆞ일 만의 양씨부인 포ᄐᆡᄒᆞ니 심봉ᄉᆞ ᄒᆡ락ᄒᆞ야 쥬야로 질거ᄒᆞᆯ 졔 열녀의 절힝을 ᄯᅩᆫ바다셔 입불필ᄒᆞ며 좌불변ᄒᆞ며 불식사미ᄒᆞ며 셕부졍부좌ᄒᆞ며 할부정불식ᄒᆞ며 목불시악ᄉᆡᆨᄒᆞ며 이불쳥음셩ᄒᆞ야 ㉤ 십ᄉᆞᆨ이 찬 연후의 순산으로 탄ᄉᆡᆼᄒᆞ니 아덜닌가 ᄯᆞᆯ닌가 만처 보니 ᄯᆞᆯ 아기가 분명하다([7], 347-348쪽)

위 인용문의 ㉠은 심봉사가 자식 없음을 탄식하는 대목이고, ㉡은 자식을 얻기 위한 양씨부인의 기자치성 대목, ㉢은 태을선관의 딸이 심봉사 내외의 꿈에 나타나는 태몽 대목, ㉣은 양씨부인의 태교 대목, ㉤은 심청이 태어나는 출산 대목이다. 비록 간략한 형태지만 후대 창본의 서사적 화소들이 모두 등장하고 있다. 후대로 내려오면서 ㉠, ㉡, ㉤은 확장되어 장면구체화가 이루어졌고, ㉢은 크게 확장되면서 내용도 일부 달라졌다. 다만 ㉣은 달라진 것이 거의 없는데, 그것은 태임의 태교 방법이 널리 알려져 있었기 때문이다.

심청의 탄생 대목이 겪은 지평전환의 구체적인 양상을 기자치성과 태몽 대목을 중심으로 살펴보면 다음과 같다. 대부분의 창본은 다음의 〈이선유 창본〉과 큰 차이가 없다.

(중모리) 품 파러 모은 재물 온갓 공을 다 드린다 명산대찰 영신당과 고묘총사 석왕사며 석불 미력 산신제 시왕불공 백일산제 칠성불공 제석불공 신중마지 가사시주 인등시주를 다 지내고 집의 드러 잇는 날 조왕 성주 지신제을 지극정성 공 드리니 공든 탑이 문어지며 심든 절 쓰러지랴 갑자 사월 초팔일에 한 쑴을 어드니 스긔 반공하고 오채가 영롱한대 일개 선녀 학을 타고 구름

속에 내려오니 몸의는 채의요 머리에 화관이라 월패를 느짓 차고 옥패 소래 쟁쟁한대 계화를 손에 쥐고 부인게 읍하고 곁헤 와 앗넌 그동 두렷한 달정신이 품 안에 쎠러진 듯 남해광음이 해중으로 소사는 듯 심신이 황홀하여 진정키 어렵더니 선녀 하는 말이 서왕모의 쌀일너니 반도진상 가는 길에 옥진비자를 만나 수어수작하압다가 시가 조금 어기기로 상제게 득죄하야 인간에 내치시매 갈 바를 모르더니 태상노군 후토부인 제불 보살 석가님이 이 댁으로 지시하압기로 이 댁으로 왓사오니 어엽비 여기소서 품 안의 달여드러 놀내 쌔다르니 남가일몽이라 양주 몽사 의논하니 두리 쉼이 가튼지라 그 달부터 태긔 잇서 곽씨의 어진 마음 석부정부좌하고 할부정불식하고 이불청음성하고 목불시악색이며 입불피하고 와부측하며 십삭이 찬 연후에 하로는 해복 긔미가 잇는대 아이고 배야 아이고 허리야 심봉사가 일변은 반갑고 일변 놀내야 집 한 줌을 정이 추려 새사발 정화수 새 소반 밧처 노코 심봉사 의관을 증제하고 지성으로 비는 말이 고이 순산식켜주오 혼미 중에 탄생하니 선인옥녀 쌀이로다

(아니리) … 첫국밥 얼는 지여 삼신상의 밧처 노코 심봉사 의관을 정제하고 지성으로 비는 말이

(즁즁모리) 삼십삼천 도솔천 제석천 삼신 제왕님네 황후동심하여 다 구버보옵소서 사십 후에 점지한 쌀 한 달 두 달 이실 ᄆᆡ저 슥 달에 피 어리어 넉 달에 인형 생겨 다섯 달에 오포 생겨 여섯 달 육장 나고 일곱 달 골절 생겨 팔만사천 털이 나고 여덜 쌀 귀귀 여러 아홉 달 젓을 먹고 열 달에 찬 짐 바더 금광문 하탈문을 고이 여러 순산하니 삼신님 널부신 덕 어느 무어슬 앗기릿가 다만 독녀 쌀이오니 동방석의 명을 주어 태임의 덕행이며 대순 증자 후행이며 길양의 처 절행이며 반희에 재질이며 촉부단혈 복을 주어 외 붓듯 달 붓듯 일추월장하옵소서"([1], 54-56쪽)

초기 심청가에 비해 불교적 색채가 크게 강화되어 있다. 우선 기자치성의 내용이 불교적인 것으로 초점이 맞추어졌다. 즉 초기 심청가에서 보이던 잡다한 내용의 身供13이 불공과 시주로 집약되고, 태몽을 꾼 것도 계축 정월

13 〈최재남 낙장 22장본〉의 기자치성은 "명산 ᄃᆡ천 ᄎᆞᄌᆞ 가서 퇴락한 절 즁슈ᄒᆞ기 ᄒᆡ포며 금불 붓체 항금 올여 긔금ᄒᆞ기 북두칠성 삼ᄐᆡ성과 이십팔슈 천졔ᄒᆞ기 동서남븍 용신제와 천ᄐᆡ산 산신제와 팔만ᄉᆞ천 죠왕제 싱기 쥬난 산신제 물내 쥬난 제석당과 싱기복득날을 바다 조상 ᄃᆡ위 ᄉᆞᆫ 굿히기 ᄃᆡ강슈의 다리 노와 만인 통ᄂᆡ 시쥬ᄒᆞ기 언일븰식

십오일, 갑자년 오월 십오일 등에서 갑자 사월 초파일로 바뀌고, 심청을 점지한 것도 제불보살과 석가세존 등으로 가닥이 잡혀간다는 것이다. '甲子'는 육십갑자의 시작으로 새로운 세계의 시작을 의미하는 상징으로 볼 수 있고, 석탄일인 사월 초파일은 불교에서 가장 큰 의미를 부여하는 날이므로 심봉사가 눈을 떠서 광명천지를 보는 새로운 질서의 세계는 바로 佛力(제불보살, 석가님의 힘)에 의해 이루어진 심청의 탄생으로부터 시작됨을 뜻하는 것으로 이해할 수 있다. 뒤에 나오는 곽씨부인의 묘터를 중이 잡아주는 것이나 심봉사가 개천에 빠졌을 때 화주승이 구해주는 것도 이와 밀접하게 연관된 것이다. 그리고 심청의 전신이 태을선관의 딸에서 서왕모의 양녀로 바뀌고, 반도진상 가는 길에 옥진비자를 만나 수작하다가 진상할 때를 어긴 죄를 지어 인간 세상에 적강한 것으로 구체화된 것도 후대에 이루어진 중요한 변모 양상 가운데 하나다. 男女相戲한 죄로 인간 세상에 내쳐진다는 내용은 적강화소 중에서 가장 전형적인 것이다.14

한편, 〈신재효본〉은 적강화소가 하강화소로 되어 있다. 심청의 전신인 서왕모의 양녀가 문창성과 정혼하였는데, 문창성이 천하 창생을 건지라는 천명을 받아 인간에 내려가므로 따라 내려오다가 몽은사 부처님의 지시로 심봉사 부부에게 찾아오는 것으로 개작한 것이다. 여기에는 하늘이 낸 효녀 심청이 상제에게 죄를 짓고 인간 세상으로 적강한 인물일 수 없다는 인식이 짙게 깔려 있다.15

즙라ᄉᆞ팔 밥며기 적선ᄒᆞ기 노방 ᄀᆡ사 죽은 사람 온양 양지 무더 쥬기 쥬야로 힘을 신니 석슝닌들 전딜소야"([9], 68쪽)로 되어 있다. 〈박순호 43장본〉도 이와 유사하다. 이 두 이본은 심봉사의 형편이 애초에는 그리 어렵지 않았는데, 기자치성으로 가산을 탕진하여 할 수 없이 곽씨부인이 품을 팔아 심봉사를 봉양하는 것으로 설정되어 있는 것이 특이하다. 따라서 이 이본들은 〈박순호 19장본〉 계열과 지금의 창본과는 그 계통이 다른 심청가라고 할 수 있다.

14 38종의 적강소설 중에서 남녀상희 죄로 적강한 경우가 18개로 압도적으로 많다. 성현경, 『한국소설의 구조와 실상』, 영남대출판부, 1981, 24쪽.

15 "셔왕모의 양여로셔 문ᄎᆞᆼ셩과 졍혼ᄒᆞ야 밋쳐 힝예 못 ᄒᆞ여셔 문ᄎᆞᆼ이 쳔명 바더 쳔ᄒᆞ ᄎᆞᆼ싱 건지기로 인간 ᄒᆞ강ᄒᆞ옵씨예 싸라 ᄂᆡ려오옵써니 몽은ᄉᆞ 붓체임이 ᄃᆡᆨ의 지시ᄒᆞ옵기예 이리 ᄎᆞ자 왓ᄉᆞ오니 어여쎄 역이쇼셔"([1], 5쪽). 여기서 고통에 허덕이는 천하의

그런데 다음의 〈박순호 43장본〉과 같이 적강화소와는 전혀 다른 지평이 〈최재남 낙장 22장본〉 등에 있어 주목할 필요가 있다.

옥황상져 아옵시고 삼신 불너 분부ᄒᆞ되 유리국 심봉사 졍셩이 지극ᄒᆞ니 남여간의 자식 ᄐᆡ여 쥬라 ᄒᆞ시니 삼신이 영을 듯고 심봉사 집의 나려 올 젹 삼월 초팔 일의 좌정ᄒᆞ여 쳥명ᄒᆞᆫ 오경 밤의 곽씨부인 ᄒᆞ난 말이 엇더ᄒᆞᆫ 부인으로셔 누츄ᄒᆞᆫ 집에 오시잇가 삼신이 ᄒᆞ난 말리 부인의 졍셩이 지극ᄒᆞ물 옥황상져겨옵셔 아옵시고 자식 쥬라 분부ᄒᆞ시긔로 왓나이다 ᄒᆞ고 품 안에 자식을 ᄂᆡ여 곽씨얼 주머 왈 이 아히난 쳥ᄉᆞᆼ ᄐᆡ얼션관 ᄉᆞᆺᄐᆡ쌀노셔 상졔계 덕죄하여 인간에 ᄂᆡ치시며 부인계 ᄆᆡᆨ기고 간니 이 아히 나거던 일홈을 심쳔이라 지여 쥬소셔 하고 쳔ᄉᆞᆼ얼 힝하여 올나가거늘 곽씨 그 아기얼 안고 삼신계 치ᄉᆞ할 졔 오겡이 되여 ᄌᆞᆷᄌᆞ다가 홀연이 ᄭᆡ달러니 삼신도 간ᄃᆡ 업고 아히도 업난지라 몽사을 기록하고 쳔기을 누셜 안니하고 화촉단에셔 축수만 하던이 그달부틈 ᄐᆡ기 잇셔 ᄉᆞᆷᄉᆞ ᄉᆡᆨ이 지ᄂᆡᄆᆡ 몸이 졈졈 뇌곤ᄒᆞ고 구미가 절노 업셔 군입식이 먹고지고 시굼텁텁 ᄀᆡ살구와 모ᄀᆡ 셕유 잉도 복셩 촘외 수박 포도 달ᄅᆡ 온갓 실과 졋ᄐᆡ 두고 안이 주난 듯 오륙 ᄉᆡᆨ이 지ᄂᆡ가ᄆᆡ 온갓 음식 마시 읍다 밥에는 물ᄂᆡ 나고 국에는 ᄌᆞᆼᄂᆡ 나고 물에는 물ᄂᆡ 나고 팔구 ᄉᆡᆨ이 다다런이 말린 몸이 불러온다 쥼 안에 더든 허리 아람 박ᄀᆡ 버셔 나고 줌 안에 더든 손목 줌 박계 버셔난다 복즁의 든 아기는 ᄌᆞ연이 노라난니 만경ᄎᆞᆼ파에 잉어 노더시 굼실굼실 노라난다 -(중략)- 게ᄒᆡ 졍월 십오 일에 집의 힝ᄂᆡ 나고 몸이 ᄌᆞ연 뇌곤한이 곽씨부원 하은 말리 졍신 아덕ᄒᆞ고 ᄇᆡ쌀리 졀이온이 ᄒᆡ복 기미 졍영하다 심봉ᄉᆞ 거동 보소 집 ᄌᆞ리 지여 놋코 방위 바 ᄉᆞᆷ신ᄉᆞᆼ 놋코 판 우의 미역 쌀 은저 놋코 셰수만 졍이 하고 두 손을 합ᄌᆞᆼ하고 지셩어로 비난 마리 만덕 노ᄉᆞᆫ이온이 금광문 하탈문을 고이고이 여려 주쇼셔 빌기얼 다한 후의 ᄋᆡ기 소ᄅᆡ 나는구나 쌈얼 갈나 노음 후의 심봉ᄉᆞ 거동 보쇼 밥 짓고 국 ᄶᅵ리여 은져 놋코 쏘다시 비는 말리 어진 ᄉᆞᆷ신임ᄂᆡ 이 ᄋᆡ기을 부귀ᄌᆞᆼ수하기만 졈지하옵쇼셔([7], 320-322쪽)

창생은 심봉사로 대표되고, 문창성이 건져야 하는 천하 창생이 겪는 고통은 물론 심봉사의 失明으로 대표된다. 사실상 암흑의 세계[失明]를 광명의 세계[得明]로 바꾸는 것보다 더 큰 '건짐'은 없을 것이다. 〈김연수 창본〉은 이것을 그대로 수용하고 있다. 정병헌, 『신재효 판소리사설의 연구』, 평민사, 1986, 97-99쪽.

위의 인용문은 문학적인 측면에서 보면 소박한 것이지만, 옥황상제가 삼신을 통해 심청을 점지함, 곽씨부인의 입덧, 산모의 신체 변화, 배 속의 아이 성장, 삼신 축원 등 출산 과정을 매우 사실적이고 구체적으로 그리고 있다.[16] 〈허흥식본〉도 이와 유사하다.[17] 이 대목의 형성에는 옥황상제 또는 삼신[産神, 胎神]이 자식을 점지한다는 전래의 삼신신앙[18]이 깊이 관여하고 있다. 그리고 이러한 사실은 심청의 순산 전후에 심봉사가 삼신에게 축원하는 대목이 여러 창본에 두루 존재하는 점에서도 확인된다. 민간에 널리 신봉되던 삼신신앙이 심청의 탄생에 결부된 것은 매우 자연스러운 일이지만, 그것이 이른 시기의 심청가 모습을 보여주고 있다는 점에서 특히 주목된다. 옥황상제는 심청가 전편에 걸쳐 서사 전개에 깊이 관여하고 있다. 즉 심청의 탄생에서부터 곽씨부인의 죽음, 수정궁에서의 심청 환대, 사공의 연꽃 진상, 심청의 황후 등극, 심봉사의 개안 등 사건의 반전이 이루어지는 결정적인 고비마다 옥황상제가 직간접적으로 등장하여 심청가가 천상세계의 예정된 질서에 따른 것임을 보여주고 있다.[19]

---

16 박일용, 「가사체 〈심청전〉 이본과 초기 창본계 〈심청전〉의 관련 양상」, 『판소리연구』 7, 판소리학회, 1996, 67-68쪽.

17 김석배, 「허흥식 소장본 〈심청가〉의 성격과 가치」, 『구비문학연구』, 8, 한국구비문학회, 1999, 261-263쪽.

18 赤松智城·秋葉隆 공편, 심우성 옮김, 『조선무속의 연구 (하)』, 동문선, 1991, 106-108쪽. 민속학회, 『한국민속학의 이해』, 문학아카데미, 1996, 145-146쪽.

19 〈강상련〉의 이 부분은 다음과 같다. "울지 마라 내 ᄯᆞᆯ이야 내가 너를 난 연후로 상뎨 분부 급급ᄒᆞ야 셰샹을 이젓스나 눈 어둔 너의 부친 고ᄉᆡᆼᄒᆞ고 살으신 일 ᄉᆡᆼ각ᄉᆞ록 긔막힌 즁"([2], 47쪽), "그ᄯᅢ에 옥황상뎨씌옵셔 ᄉᆞ히룡왕게 분부ᄒᆞ야 명일 오시 초각에 림당슈 바다 즁에 츌텬대효 심쳥이가 물에 ᄯᅥ러질 터이니 그ᄃᆡ 등은 등ᄃᆡᄒᆞ야 슈졍궁에 영접ᄒᆞ고 다시 령을 기다려 도로 츌송인간ᄒᆞ되 만일 시가 억의다ᄂᆞᆫ ᄉᆞ히슈궁 졔신들이 죄를 면치 못ᄒᆞ리라"([2], 42쪽), "심랑ᄌᆞ 츌텬대효를 옥황상데씌옵셔 심히 가샹히 녁이샤 슈궁에 오ᄅᆡ 둘 길 업셔 ᄉᆞ히룡왕에게 다시 하교ᄒᆞ샤ᄃᆡ 대효 심랑ᄌᆞ를 옥졍련화 ᄭᅩᆺ봉 속에 아모됴록 고히 뫼셔 오던 길 임당슈로 도로 ᄂᆡ보ᄂᆡ라 력력히 이르시니 룡왕이 령을 듯고 옥졍련 ᄭᅩᆺ봉 속에 심랑ᄌᆞ를 고히 뫼셔 림당슈로 환송ᄒᆞᆯᄉᆡ"([2], 48쪽), "ᄇᆡᆨ운이 몰올ᄒᆞᆫ 즁 션연ᄒᆞᆫ 쳥의션관 공즁에 학을 타고 크게 웨여 일은 말이 ᄒᆡ샹 ᄯᅥᆺᄂᆞᆫ 션인들아 ᄭᅩᆺ 보고 ᄶᅡᆫ 말 말아 그 ᄭᅩᆺ이 텬상화니 타인 통셜 부ᄃᆡ 말고 각별 죠심 곱게 뫼셔 텬ᄌᆞ젼의 진샹ᄒᆞ라 만일에 불연ᄒᆞ면 뢰샹보화 텬존 식여 산벼락을 ᄂᆡ리리라"([2],

삼신은 임신, 출산, 육아를 담당하는 神格인데, 전남지방에서는 '지앙할매'라고 하는 점20에 주목하면 이 대목의 생성은 전남지역과 무관한 것으로 볼 수 있다. 이러한 사실은 전기 팔명창 시대까지의 판소리 명창 가운데 금강권 출신이 적지 않다는 점을 고려할 때 심청의 출생이 삼신화소와 긴밀하게 연관되어 있는 계통의 심청가가 중고제일 가능성과 심청가의 생성이 금강권과 깊이 연관되어 있을 가능성을 강하게 시사하는 것으로 볼 수 있다.

심청의 전신이 태을선관의 막내딸이란 점도 주목할 만한 가치가 있다. 태을선관은 하늘의 북쪽에 있으면서 兵亂, 災禍, 生死를 맡아 다스리는 관원이므로 심청의 출생을 관장하는 것으로 볼 수 있다. 여기서 〈박순호 19장본〉의 심청의 전신도 태을선관의 딸이라는 사실을 상기할 필요가 있다. 그리고 태을선관의 '막내딸'인 심청이 인간 세상에 와서 갖은 고초를 겪은 후 아비의 눈을 띄운다는 점에서 막내딸[일곱째 딸]로 태어나 버려졌던 공주가 고생 끝에 서천 서역국에 가서 약수를 길어와 병들어 죽게 된 부왕을 살려낸 바리공주나 막내딸[셋째 딸]인 삼공본풀이의 감은장아기나 내 복에 산다형 민담의 셋째 딸 등에 비견될 수 있다.21

그런데 삼신화소는 심청의 탄생 과정을 그리는 데는 적절하지만 심봉사와 심청이 겪는 모진 고난의 필연적인 이유를 제대로 설명할 수 없다. 삼신화소의 이러한 약점을 보완하고 서사적 긴밀성을 강화하는 데는 천상계에서 옥황상제에게 죄를 지은 자가 인간 세상에 유배왔다 죗값을 치른 후에 다시 천상계로 돌아간다는 적강화소가 적격이라고 할 수 있다. 이 적강화소는 심봉사 부녀가 겪는 고난이 천상에서 지은 죗값에 따른 인과응보의 결과임을 드러내어 유기

49쪽), "텬ᄌᆞ 취침ᄒᆞ실 ᄯᅢ 비몽ᄉᆞ몽간에 봉릐션관 학을 ᄐᆞ고 분명히 ᄂᆞ려와 거슈장읍ᄒᆞ고 흔연히 엿ᄌᆞ오되 황후상셔 당ᄒᆞ심을 상뎨ᄭᅴ셔 아옵시고 인연을 보ᄂᆡ셧ᄉᆞ오니 어셔 밧비 숣히소셔 말을 맛지 못ᄒᆞ야 ᄭᆡ다르니 일몽이라"([2], 50쪽). 〈박동진 창본〉도 이와 같다. 〈박동진 창본〉의 "수궁에서 가지고 나온 개안초라는 약을 갖다 부친에 눈에다 스르르 발라 놓니 심봉사 아이고 눈갓이 근질근질하냐 심봉사 머리 우에 안개가 자욱하고 청학 백학 난무하여 내 딸이면 어듸 보자 두 눈을 딱 떴지"([1], 256쪽).

20 문화공보부, 『한국민속종합조사보고서, 전남편』, 1980, 264쪽.

21 김석배, 『고전서사문학의 넓이와 깊이』, ㈜박이정, 2021, 292-327쪽.

적 긴밀성 내지 논리적 설득력을 쉽게 확보할 수 있게 하기 때문이다.[22]

이상에서 살펴본 바와 같이 서로 다른 경로에서 생성된 두 종류의 심청 탄생 대목이 어느 시기까지는 경쟁 관계에 있었을 것이다. 그 후 19세기 후반에 이르러 문학적으로 세련되고 서사적 긴밀성에서 앞선 적강화소가 삼신화소를 심청가에서 밀어낸 것으로 짐작된다. 문학적으로 소박한 지평이 도태되는 것은 매우 자연스러운 일이다.

4. 곽씨부인 장례 대목의 지평전환

곽씨부인이 죽자 동네 사람들이 장례를 치러주는 대목은 서편제 명창 백근룡의 더늠이다. 백근룡의 사승관계가 분명하지 않아 그가 부르던 더늠의 실제 모습을 확인하기 어렵다. 그러나 백근룡은 김창환과 동배로 고종시대에 활동한 창자이므로 그의 더늠은 현재 부르고 있는 서편제 심청가의 그것과 크게 다르지 않았을 것이다.

곽씨부인 장례 대목은 초기 심청가에 간략하게 서술되어 있는데, 후대의 창본은 이를 바탕으로 장면이 구체화되면서 크게 확장되고, 사설의 출입도 심해졌다. 다음은 초기 심청가의 모습을 지니고 있는 〈박순호 19장본〉에서 인용한 것이다.

> ㉠ 심봉ᄉᆞ 기절ᄒᆞ야 죽은 안ᄒᆡ 목을 안고 손으로 어루만지면셔 ᄋᆡ고 답답ᄋᆡ기 어멈 날 발리고 어ᄃᆡ 간고 그ᄃᆡ 살고 나 죽으면 이몸도 팔자 죠코 어린 쌀도 잘 키울 걸 천지도 무심ᄒᆞ다 ᄋᆡ고ᄋᆡ고 통곡ᄒᆞ매 압 못 보난 이ᄂᆡ 신세

---

22 〈최재남 낙장 22장본〉에는 심봉사 부부도 요지연에서 득죄하여 인간계로 적강한 천상계 인물로 설정되어 있다. 〈경판 24장본〉에서는 요지연의 술을 관리하던 규성선녀(심청의 전신)가 술을 도적질하여 노군성(심봉사의 전신)에게 먹인 죄로, 가난한 집의 딸로 태어나 남의 음식을 빌어다가 아비를 봉양토록 점지되고, 노군성은 도적질한 술을 먹은 죄로 딸이 빌어 오는 음식을 받아 먹으면서 지내도록 점지되는 것으로 설정하여 적강화소를 통해 논리적 설득력을 더욱 분명하게 확보하였다.

뉘게다 의탁ᄒᆞ며 강보의 어린 ᄯᆞᆯ을 뉘기달려 졋슬 며기 달나 홀고 머리도 글그며 발도 퉁퉁 구루며 가슴도 ᄶᅡᆼᄶᅡᆼ 두다리며 통곡ᄒᆞ니 뉘 안니 낙누ᄒᆞ리 ㉡ 동ᄂᆡ ᄉᆞ람 모든 즁의 좌상의셔 공ᄉᆞᄒᆞ되 심봉ᄉᆞ 그동 본니 ᄎᆞᆷ혹ᄒᆞ고 비감ᄒᆞ다 동ᄂᆡ 공ᄉᆞ ᄒᆞᄂᆞᆫ 마리 호상을 슈히 치고 가가호호 돌여가며 어린 ᄋᆞ기 졋셜 맥여 쥬자 ᄒᆞ니 그 마리 올타 ᄒᆞ고 ㉢ 염습ᄒᆞ야 츌ᄉᆞᆼᄒᆞ니 심봉ᄉᆞ 가긍ᄒᆞᆫ 신셰 ᄎᆞᆷ혹ᄒᆞ기 되야더라([7], 348-349쪽)

심봉사가 곽씨부인이 죽은 줄 알고 통곡하는 장면(㉠)은 창본 사이에 사설의 차이가 심하고, 장단도 다양하여 자진모리(〈강상련〉, 〈이선유 창본〉), 자진중중모리(〈정광수 창본〉, 〈한애순 창본〉), 중중모리(〈정권진 창본〉, 〈박동진 창본〉) 등으로 한다. 그리고 초기 심청가에는 심봉사 통곡이 곽씨부인의 유언 뒤에 바로 이어지지만, 후대의 창본에는 대부분 심봉사가 약을 지어 온 후 곽씨부인이 죽은 것을 아는 것으로 설정하여 비극성을 강화하였다. 곽씨부인이 죽은 것을 안 동네 사람들이 모여 곽씨부인의 장례를 치러주기로 공론하는 장면(㉡)은 〈강상련〉(자진모리)을 제외하면 모두 아니리로 한다.

한편 곽씨부인의 장례를 치르는 장면(㉢)은 후대의 창본에 대부분 상여소리와 평토축문으로 짜여 있다. 상두꾼들이 運柩하면서 부르는 상여소리는 대체로 중모리로 하는데, 중중모리(〈강상련〉)로 하거나 잦은중중모리(〈한애순 창본〉)로 하기도 한다. 창본 사이에 구체적인 사설은 다르지만 인생무상과 죽음에 대한 슬픔을 노래하고 있는 점에서 동일하다. 초기 심청가에서는 '죽은 자'(곽씨부인)가 자신의 설움을 노래[23]하고 있지만, 후대에 '산 자'(상두꾼)가 '죽은 자'(곽씨부인)와 죽음 자체에 대한 설움을 노래하는 것으로 변모하였다. 그리고

23 〈박순호 48장본〉에는 "어이 가리 너화 어이 가리 너화 압구잡이 돌쐬 뒤구잡비 짐서방아 불상ᄒᆞᄃᆞ 불ᄉᆞᆼᄒᆞᄃᆞ 원혼이야 압 못 보ᄂᆞᆫ 유정 가장 출세 삼 일 으린 ᄯᆞᆯ을 엇지 잇고 가잔 말고 북망산을 이제 본이 건늬 산이 북망 ᄇᆡᆨ 연이ᄂᆞ 사자든이 속절업시 도라가늬 이제 그제 보든 사람 금일 이별 황천 간이 동ᄂᆡ 이웃 어룬임네 ᄆᆡᆼ인 가장 살여주오 ᄂᆡ ᄯᆞᆯ 심청 잘 잇그라 아무조록 말고 일추월장 ᄌᆞ라ᄂᆡ세 너의 부친 위로ᄒᆞ여 못다 살고 가난 어미 ᄋᆡ원지정 푸러도고 어이 가리 너화 어이 가리 너화"([7], 75-76쪽)로 되어 있다. 〈박순호 낙장 27장본〉도 이와 같다.

곽씨부인을 안장한 후 평토제를 지낼 때 읽는 평토축문[山神祝]은 전통적인 양식을 따르지 않고 심청가의 문맥에 어울리는 쪽으로 변형되었다.[24] 대부분의 창본은 아래의 〈완판 71장본〉의 평토축문이 축약된 형태를 보이고 있다.

◑차호부인 차호부인 요차조지슉여ᄒᆞ여 ᄉᆡᆼ불고어고인이라 ◑기ᄇᆡᆨ년이ᄒᆡ로터니 홀연몰헤언귀요 ◑유치자이영세헤여 이것실 엇지 질너 ᄂᆡ며 ◑귀불귀헤 쳔ᄃᆡ헤여 언의 ᄶᆡ나 오랴는가 ◑탁송추이위가ᄒᆞ여 자는다시 누엇고 ◑상음용이 적막ᄒᆞ여 보고 듯기 어려워라 ◑누삼삼이첨금ᄒᆞ여 젓난 눈물 피가 되고 ◑심경경이소원ᄒᆞ여 살 기리 젼이 업다 ◑소회인이ᄌᆡ피ᄒᆞ여 바ᄅᆡ본들 어이 ᄒᆞ며 ◑어장주이울도ᄒᆞ여 뉘를 의지ᄒᆞ잔 말고 ◑ᄇᆡᆨ양노이월낙ᄒᆞ여 산 적적 밤 집푼듸 ◑어추추이주유ᄒᆞ여 무슨 말을 ᄒᆞ소ᄒᆞᆫ들 ◑격유현이노슈ᄒᆞ여 게 뉘라셔 위로ᄒᆞ리 ◑셔ᄅᆡ상지상봉ᄒᆞ여 차ᄉᆡᆼ의 다ᄒᆞᆫ 일 업ᄂᆡ ◑주과포헤박잔헤여 만이 먹고 도라가오([3], 219쪽)

〈강상련〉의 "심봉ᄉᆞ가 근본 ᄆᆡᆼ인이 안이라 속에 식ᄌᆞ 넉넉ᄒᆞ야 셜운 원졍 츅을 지어"와 같이 서술자가 개입하고 있는 데서 알 수 있듯이 심봉사가 축문을 지어 읽는 것은 이면에 맞지 않다. 그럼에도 불구하고 대부분의 창본이 평토축문을 수용한 것은 그것이 장례 절차에 있는 것이기도 하지만, 그것을 통해 곽씨부인과 영결하고 홀로 남은 심봉사의 설움을 핍진하게 드러낼 수 있기 때문이다. 그러나 〈신재효본〉은 심봉사를 "죠년의 안ᄆᆡᆼ"하여 "글리라 ᄒᆞ난 거슨 언문 글ᄶᆞ 계우 알고 밧침은 못 ᄒᆞ"는 인물로 설정하여 평토축문을 삭제하였다.

일부 이본에는 장례 장면을 더욱 사실적이고 구체적으로 그리기 위한 초혼, 초종물화, 상여치레 등이 등장하기도 한다. 초혼 장면은 〈송동본〉, 상여치레

24 〈김동욱 90장본〉의 "축문이라 ᄒᆞᄂᆞᆫ 법이 가례의 편편이라 다 잇시되 심ᄆᆡᆼ인의 셔룬 경경 진경으로 지여 익색다 두 무릅을 단정이 ᄭᅮᆯ고 일그되 유셰차 모월 모일 가부의 심학구ᄂᆞᆫ 감소고우 토지지신 금위망실 유인 현풍 곽씨 영견ᄐᆡᆨ조 신기보우 비무후간 근이쳥작 포헤지천우신사 상ᄒᆡᆼ 가려의는 이려ᄒᆞ되 지통류원 셔룬지졍 별노이 축문 지여 일그니라 삼싱의 졍ᄒᆞᆫ 연분 ᄇᆡᆨ연ᄒᆡ로ᄒᆞᄌᆡ쎠니 홀연몰헤여언귀오…"([4], 257쪽)가 이런 모습을 잘 보여 준다.

는 〈강상련〉에서 인용하였다.

귀덕어미 ᄂᆡ다르며 ᄉᆞ직밥이ᄂᆞ 지어 쥬ᄌᆞ 두쥬 안의 씰은 쌀을 ᄂᆡ여 셔 홉 쩌셔 들고 졍지로 드러가 급히 밥을 지어 ᄉᆞᄌᆞ밥 셰 그릇슬 샹 우의 밧쳐노니 심봉ᄉᆞ 신 세 켤려 돈 셔 돈 샹머리의 ᄂᆡ여 놋코 인졍 왕ᄂᆡ 부족ᄒᆞᄂᆞ 이ᄂᆞ마 바다들고 부ᄃᆡ 평안이 가오 초혼이ᄂᆞ 불너 쥬ᄌᆞ 곽씨 입던 젹삼 ᄒᆞᆫ 숀의 깃슬 잡고 머리 우의 빙빙 두루면셔 유리국 도화동 거ᄒᆞᄂᆞᆫ 현풍 곽씨 복복복 셰 번 불은 후의 씻쳐 언져 놋코 못다 산 명복은 심쳥의게 어여 쥬오([3], 157쪽)

(즁즁머리) 남대단 휘쟝 빅공단 차양에 초록대단 션을 둘너 남공단 드림에 홍부젼 금ᄌᆞ 박아 압뒤 란간 슌금 쟝식 국화 물려 느리웟다 동셔남북 쳥의동ᄌᆞ 머리에 쌍 복샹토 좌우 란간 비겨 셰고 동에 쳥봉 남에 젹봉 셔에 빅봉 북의 흑봉 한가온ᄃᆡ 황봉 쥬홍당ᄉᆞ 벌ᄆᆡ듭의 쇠코 물녀 느리우고 압뒤에 쳥룡 식임 벌ᄆᆡ듭 느리엿다 구졍달줄 샹두군은 두건 졔복 힝젼ᄭᆞ지 싱베로 거들고 셔 샹두를 엇이고 갈지ᄉᆞᄌᆞ로 운샹ᄒᆞᆫ다([2], 11쪽)

초혼[皐復]은 죽은 사람의 혼백을 다시 불러 몸에 붙게 하는 상례 절차의 하나이고, 상여치레는 상여를 꾸민 모습을 사실적으로 묘사하고 있다. 이들은 장례 과정을 구체적으로 그리기 위해서 첨가된 것인데, 초혼은 사설이 다소 다르지만 〈김동욱 90장본〉에 보이고, 상여치레는 〈박순호 46장본〉과 〈송동본〉, 〈국립중앙도서관 59장본〉, 〈김소희 창본〉에도 보이고, 〈정광수 창본〉에도 "남대단 휘장 공대단 띠로 붉은 홍전을 끝 물였네"와 같이 그 흔적이 남아 있는 것으로 보아 19세기 후기까지는 제법 널리 불렸던 것으로 짐작된다. 〈박순호 46장본〉과 〈국립중앙도서관 59장본〉에는 초종물화까지 나와 더욱 구체화되는 양상을 보이고 있다. 그러나 이들은 비록 장례 장면을 구체적으로 그리는 데는 기여하고 있지만 지나칠 정도로 확장된 데 비해 별다른 기능을 담당하지 않기 때문에 전승 과정에서 쉽게 탈락된 것으로 판단된다.

상두꾼의 발이 붙는 삽화와 중이 묘터를 잡아주는 삽화는 『폴리돌 심청전 전집』25에 있는 것으로 미루어 20세기 전기까지는 일정한 몫을 담당하며 중고제 심청가에서 불렸던 것이 분명하다. 다음은 〈박순호 46장본〉(효녀실기심청)에서 인용한 것으로 〈국립중앙도서관 59장본〉과 〈가람본〉[26]에도 있다.

> 이십여 명 상두군이 갈나 메고 일심 동역 발 맛츌 제 징반의 물 담은 듯 어허넘ᄎᆞ ᄒᆞ고 나갈 졔 상여군의 발이 붓고 떠러지지 아니ᄒᆞ니 호상군 하ᄂᆞᆫ 말이 의외의 싱긴 녀석 속졀읍시 두고 쥭은 혼이라도 원이 되여 못 이져 그러ᄒᆞ니 심봉ᄉᆞ 셩복ᄒᆞ야 어린 것슬 품의 품고 상여 뒤의 따라 오게 ᄒᆞ오 그 말이 올타 ᄒᆞ고 심봉ᄉᆞ 굴건졔복 ᄎᆞ린 후의 심쳥은 품의 앙겨 상여 뒤의 ᄂᆡ세우니 그졔야 발이 떠러져셔([7], 119쪽)

상두꾼의 발이 붙어 상여가 움직이지 않는데, 심봉사가 심청을 품에 품고 상여 뒤를 따라 가서야 비로소 상두꾼의 발이 떨어진다. 이 삽화는 죽은 자(곽씨부인)의 이승에 대한 강한 미련 때문에 저승으로 쉽사리 떠날 수 없는 머뭇거림을 의미하고, 산 자(상두꾼과 소리판의 청중)에게 진한 슬픔과 감동을 불러일으킨다. 곽씨부인의 이승에 대한 미련은 눈 어두운 심봉사의 앞날에 대한 걱정 때문이기도 하지만, 젖먹이 심청을 두고 떠날 수밖에 없는 恨 때문이다.[27] 이러한 삽화는 바보 온달 이야기에서 알 수 있는 바와 같이 우리 민족의 오래되고 보편화된 문학적 관습으로 낯익은 지평이다.

중이 곽씨부인의 묘터를 잡아주는 삽화도 『폴리돌 심청전 전집』에 있으므로 20세기 전기까지는 중고제 심청가에서 불렸던 것이 분명하다. 다음은 〈김광순 30장본〉에서 인용한 것이다.

> 삼산을 다다날셔 역군들ᄀᆞ 호상군이 슈렴ᄎᆞ로 더러 안좌 장사 의논 분분할 졔 산상을로 즁 하나 ᄂᆞ려오되 셰ᄃᆡ싹갓 철듁장의 자쥬바랑 둘너 며고 허늘기

---

25 'Polydor 19235-19258'로 1935년에 발매되기 시작하였다. 김창룡, 이동백, 정정렬, 조학진, 임소향, 문연향 등 여섯 명창이 여러 배역을 나누어 돌아가며 소리를 맡았다.

26 〈심청전니라〉. 신해년에 필사된 46장본으로 서울대학교 도서관에 소장(청구기호 가람古 813.5 Si41e)되어 있다.

27 이러한 점은 곽씨부인 유언 대목의 "쥬야장텬 기ᄃᆡ리다 ᄉᆞ십 후 나흔 ᄌᆞ식 졋 한 번도 못 먹이고 죽단 말이 무슴 일고 어미 업ᄂᆞᆫ 어린 것을 뉘 졋 먹여 길너ᄂᆡ며 츈하츄동 ᄉᆞ시졀을 무엇 닙혀 질너ᄂᆡ리 이 몸 아차 죽게 되면 멀고 먼 황텬길을 눈물 갈혀 어이 가며 압히 막혀 어이 갈고"(〈강상련〉, [2], 8-9쪽)에 잘 드러나 있다.

려 나려오셔 좌듕에 문안하고 동용이 하는 마리 소성은 도봉암 듕으로 두로두로 단이ᄃᆞ가 심봉사 망극함을 풍편에 잠간 듯고 문상ᄎᆞ로 앗사오ᄂᆞ 산디로 말할진된 져 산으로 완을 두고 이 봉으로 듀룡 삼아 극진이 장사하면 옥녀산이 분명하고 졔왕딕이 분명하니 불언간에 황후 나셔 심씨에 그룩한 득 일국의 ᄌᆞᄌᆞ하리이다([4], 123쪽)

〈김광순 낙장 29장본〉과 〈김광순 41장본〉, 〈정문연 31장본〉, 〈국도본〉, 〈가람본〉, 〈최재남 낙장 22장본〉 등에 있고, 〈박동진 창본〉에는 "지관이 턱 나오더니 좌청룡 우백호라 하더니 광중 안을 턱 파고 자고을 모셨구나"에 그 흔적이 남아 있다.

심청의 탄생이 불교와 깊은 연결 고리를 지니고 있듯이, 이 삽화 역시 불교적 윤색과 깊이 관련된 것으로 심청이 뒤에 황후가 된다는 것을 암시하는 복선 구실을 하고 있다. 그러나 상두꾼의 발이 붙는 삽화와 중이 묘터 잡는 삽화는 중고제의 운명과 함께 소리판에서 사라진 것으로 보인다.

5. 부친 봉양 대목의 지평전환

칠팔 세(또는 십오 세)가 된 심청이 동냥하여 부친을 봉양하는 대목은 철고종대의 서편제 명창 최승학의 더늠이다. 이 대목은 심청이 이름난 효자들의 고사를 예로 들어 인륜, 곧 자식의 도리를 강조하며 부친을 대신하여 밥을 빌어 봉양하겠다고 간청하는 대목과 심청이 동냥을 다니는 모습을 그린 대목으로 이루어져 있다. 전자는 장단 선택이 다양하여 아니리(〈이선유 창본〉), 중모리(〈강상련〉, 〈정광수 창본〉), 진양조(〈한애순 창본〉, 〈박동진 창본〉)로 하고, 〈정권진 창본〉은 아니리로 하다가 중모리로 한다. 후자는 대체로 중모리로 하는데, 〈정광수 창본〉과 〈정권진 창본〉은 심청이 동냥하여 돌아와 아버지에게 밥을 드리는 장면을 독립시켜 자진모리로 한다.

초기 심청가의 앞부분은 〈박순호 19장본〉의 "임간의 져 가막구도 초막ᄒᆞᆫ 김싱으로 졔 몸이 ᄌᆞ라나셔 밥을 물어 부모 은혜 갑풀 쥴을 알거든 ᄒᆞ물며 ᄉᆞ람이야 금슈만 목홀손가"와 같이 까마귀의 反哺를 예로 드는 정도로 간단하다. 그러나 후대에 심청의 효성을 드러내기 위해 심봉사를 설득하여 허락받는 삽화가 첨가되면서 다양해진다. 초기 심청가에는 반포를 예로 든 것에 그쳤지만, 후대로 오면서 효자의 대명사 격인 子路, 王祥, 孟宗, 緹縈, 郭巨 등의 고사[28]를 들어 자식의 도리를 강조하며 앞 못 보는 아버지를 대신하여 밥을 빌어 봉양하겠다고 간청하고 설득하는 것으로 확대되었다. 고사의 선택은 이본에 따라 다양한데, 〈완판 71장본〉은 반포와 자로, 제영의 고사를, 〈송동본〉은 반포와 왕상과 맹종의 고사를 들고 있다. 특히 〈신재효본〉은 제영 고사와 밭에서 일하다가 호랑이가 나타나자 호랑이의 목을 졸라 아버지를 살렸다는 송나라 楊豊의 딸인 楊香의 고사[29]를 들고 있어 가장 합리적이다. 어린 심청이 부친을 위해 동냥을 자청한다는 점과 '어린 딸'이 부친을 위해 목숨을 버릴 각오를 한 제영과 양향의 고사가 가장 잘 어울린다는 것이다.

뒷부분은 큰 폭의 지평전환이 이루어져 주목된다. 다음은 〈박순호 48장본〉의 심청이 동냥하는 장면이다.

---

28 ·子路負米 : 공자의 제자 자로는 평소 효성이 지극했는데, 흉년이 들어 양식이 떨어지자 백 리 밖에 가서 몸소 쌀을 져다가 부모를 봉양했다고 한다. ·王祥叩氷 : 진나라의 왕상이 계모를 지성으로 섬기는데, 계모가 겨울에 생선을 먹고자 하니 왕상이 나가 얼음을 깨뜨리고 생선을 잡으려 하니 갑자기 잉어 두 마리가 얼음 구멍에서 뛰쳐나오기에 그것을 가져다가 어머니에게 드렸다고 한다. ·緹縈의 賣身贖罪 : 漢나라 淳于意의 딸 제영은 죄를 얻어 옥에 갇힌 아버지를 살려 주면 자기가 대신 官婢가 되겠다는 상소를 올려 부친을 구했다고 한다. ·郭居埋兒 : 漢나라의 곽거는 가난한 가운데서도 어머니를 지성으로 봉양하는데, 세 살 된 아이가 끼니때마다 어머니의 음식을 빼앗아 먹으므로 아내와 의논하여 아이를 산 채로 묻으려고 땅을 파다가 황금 솥을 얻어서 그것으로 어머니를 봉양했다고 한다. ·孟宗泣竹 : 吳나라의 맹종은 한겨울에 병석에서 죽순을 먹고 싶어 하는 모친의 소원을 들어드리지 못해 대숲에서 슬피 우니 죽순이 돋아났다고 한다.

29 양향은 14살 때 아버지를 따라서 밭에서 곡식을 베다가 범이 아버지를 물자 범에게 달려들어 목을 졸라서 아버지를 살렸다고 한다. 楊香搤虎.

심천이 밥 빌노 나올 제 엄동설한 차온 날의 천기ᄂᆞᆫ ᄂᆡᆼ담ᄒᆞ고 지기ᄂᆞᆫ 동건ᄒᆞ여 설풍은 소실ᄒᆞᆫᄃᆡ 천산의 조비절리요 만젹의 인젹의 인적멸리라 고주사입옹이 독조한강설ᄒᆞ이 괴기 잡아 봉친할가 밥을 비려보ᄉᆡ 짓만 나문 접저고리 말만 나문 힝자치매 다 써려진 헌 바지 청목 휘양 눌네 씨고 박앗치乙 손의 둘고 뒤축 업난 헌 집신의 살발질리 춈옥ᄒᆞ다 밥 빌노 가난 거동 어이 안이 불상한가 문 밧게 석 ᄂᆞ서 부친 전의 엿자오ᄃᆡ 어제 밤 大寒風의 풍구 白雪 눈을 모라 질갓치 ᄊᆞ이신이 부ᄃᆡ 문 밧게 나지 마소 두세 변 ᄃᆞᆼ부하고 혼여 심청 염치를 생각할가 雪상가상 찬 ᄇᆞ람의 엽거렴 치며 머리 우의 셔리 치고 손발좃차 어러ᄉᆞ나 앗침 연기 ᄇᆞᄅᆡ보고 청강 ᄇᆡᆨ노 규어귿티 지웃지웃 엿보면셔 이 집 져 집 밥을 빌며 문 안의 드어가 쥬져쥬져 갑주져ᄒᆞ머 한 엽푸로 빗게 서서 애미을 ᄉᆞᆨ기고 한 ᄉᆞᆯ 밥 달나 한이 사정 업난 못실 연은 혼여 심청을 몰나보고 괄시가 자심ᄒᆞ머 부지짱이로 두쌀리며 쏫차나와 악담한는 마리 넉살 좃코 ᄉᆞᆨ기 좃코 염치엄난 저 제집아야 무신 신세 짓치간ᄃᆡ 네 애비 심봉사도 조석으로 단이던니 너좃차 이ᄃᆡᄎᆡ나 밥 달낫고 조로난야 듯기 실코 뵈기 실타 사정업시 쏫차닐 제 염치엄난 심청 마음 붓그럽기 칭양업고 서릅기도 그지업다 목이 메이여 도라서머 위실 업시 나올 적의 임재갓치 모진 ᄀᆡ는 ᄃᆡ톱갓치 모진 입을 웅등그려 펄적 쒸여 물나ᄒᆞ고 컹컹 짓고 달여든이 심청이 도라서머 업다 ㄴ이 ᄀᆡ야 짓지 말나 네으 주인이 괄시ᄒᆞᆫ들 너좃차 물나는야 밧게 석 나서머 ᄒᆞᆫ숨ᄒᆞ고 눈물을 흘일 적의 ᄉᆡ별 갓튼 두 눈의서 소상강 비발체로 눈물 쑥쑥 ᄒᆞᆺ뿌린이 일월리 무강할 제 산청인들 무심ᄒᆞ라 심청이 탄식ᄒᆞᆯ 제 몹실 연의 팔자로다 망인 부친 욕 며기고 사라 무웃하리 창천이 감동하사 의식을 점지ᄒᆞ와 병신 부친 살여주소 여게 저게 ᄇᆞᆸ을 빌 제 이 집은 엇다ᄒᆞᆫ고 저 집은 엇더ᄒᆞ며 엇던 집은 괄시ᄒᆞ고 엇던 집은 드러간이 심청이 오난 그동보고 비감ᄒᆞ야 ᄒᆞ난 마이 불상ᄒᆞ고 참혹하다 저 처ᄌᆡ 괄시 말나 볼소록 일싀이요 부모게도 호성 잇고 힝신 체법 기특하다 납쌘 밥 덜 먹고 후이 주며 ᄃᆡ접ᄒᆞᆫ이 엇지 안이 그록ᄒᆞᆯ가 ᄋᆡ건이 밥 빌 제 밥이 어더 박왓치의 담아 들고 촌촌전전 다이ᄂᆞᆫ 양 그 안이 불상한가 이렷틋 밥을 빌 제([7], 78-79쪽)

동네 여인들은 부지깽이를 뚜드리며 쫓아 나와 "넉살 좃코 ᄉᆞᆨ기 좃코 염치엄난 저 제집아야 무신 신세 짓치간ᄃᆡ 네 애비 심봉사도 조석으로 단이던니 너좃차 이ᄃᆡᄎᆡ나 밥 달낫고 조로난야 듯기 실코 뵈기 실타"고 악담하며 사정없이 쫓아내고, 모진 개는 "ᄃᆡ톱갓치 모진 입을 웅등그려 펄적 쒸여 물나ᄒᆞ고 컹컹 짓고 달여"든다. 심청이 겪는 참혹한 현실이 극적이고 생동감 있게 묘사되어 있다. 이 대목은 초기 심청가의 특징을 잘 드러내 주는 것으로 주목된 바 있다.[30] 〈박순호 19장본〉과 〈박순호 낙장 27장본〉, 〈박순호 57장본〉, 〈김광순 30장본〉에도 동일한 내용이 들어 있는 것으로 보아 19세기 중기 이전 시대에는 널리 불렸던 것이 분명하다. 〈박동진 창본〉에 "무정한 게 개로구나 개가 느닷없이 골목에서 쑥 나오며 응꽝꽝 심청이 기가 막혀 아이고 이 개야 내가 무슨 죄가 있다고 그러느냐"로 그 흔적이 남아 있는 것도 그러한 사실을 입증하고 있다.

그러나 후대에 오면 위와 같은 지평이 효녀 심청에게 어울리지 않는 것으로 판단하고 다음의 〈정권진 창본〉에서 볼 수 있는 것과 같이 전혀 다른 지평으로 바뀌었다.

> (중머리) 심청이 거동 보아라. 밥을 빌러 나갈 적에 헌 베 중의 다님 매고 청목 휘양 눌러 쓰고 말만 남은 헌 초마에 깃 없난 헌 저고리 목만 남은 길 보선에 짚신 간발 정히 하고 바가지 옆에 끼고 바람맞은 병신처럼 옆걸음쳐 건너갈 제 원산의 해 비치고 건너 마을 연기날 제 추적추적 건너가 부엌 문전 당도하여 애근히 비는 말이 우리 모친 나를 낳고 초칠일 안에 죽은 후에 앞 못 보신 우리 부친 저를 안고 다니시며 동냥젖 얻어먹여 이만큼이나 자랐으나 구완할 길 전혀 없어 밥을 빌러 왔사오니 한 술씩 덜 잡수고 십시일반 주옵시면 치운 방 우리 부친 구안을 하겠네다. 듣고 보는 부인들이 뉘 아니 칭찬하랴. 그릇 밥 김치 장을 아끼잖고 후이 주며 혹은 먹고 가라 허니 심청이 여짜오되 치운 방 저의 부친 나 오기만 기다리니 저 먼저 먹사리까 부친 전에 가 먹겠네다. 한두 집이 족한지라. 밥 빌어 손에 들고 집으로 돌아오며 심청이 허는 말이 아까 내가 나올 때는 먼 산에 해가 아니 비쳤더니 발써 해가 둥실 떠 그새 반일이 되었구나.([2], 241-242쪽)

초기 심청가에 비해 사설이 대폭 축약되었을 뿐만 아니라 심청을 대하는 동네 여인들의 태도도 크게 달라졌다. 특히 동네 여인들이 호의적인 태도를

---

30 유영대, 『심청전 연구』, 문학아카데미, 1989, 51-53쪽.

가지는 것으로 바뀐 것은 효녀 심청이 구박당하는 것이 합당하지 않을 뿐더러 병신 부친을 봉양하기 위한 구걸 행위는 오히려 칭송받아 마땅하다는 인식에서 비롯된 것이다. 심청의 효를 부각시키기 위한 의도적인 지평전환으로 출천 효녀이자 뒤에 황후가 될 심청이 사세부득하여 비록 동냥을 다니지만 그것이 결코 비참하여서는 안 된다는 인식이 밑바탕에 짙게 깔려 있는 것이다.

6. 맺음말

판소리는 오랜 기간에 걸쳐 여러 명창에 의해 지평전환을 거듭하면서 지금과 같은 모습으로 정착하였고, 그것은 주로 더늠을 중심축으로 이루어졌다. 이제까지 심청가 전반부의 더늠이 후대에 겪은 지평전환의 양상을 구체적으로 검토하였다. 그 대강을 정리하면 다음과 같다.

첫째, 심봉사 부부를 소개하는 초입 대목은 김채만의 더늠으로 알려져 있다. 후대로 내려오면서 큰 폭의 지평전환이 이루어졌는데, 그중에서 가장 두드러지는 것은 심봉사 부부의 신분이 평민에서 양반으로 상승하면서 그에 걸맞은 성격의 인물로 바뀌고 곽씨부인의 품팔이 종류도 그에 따라 바뀌었다는 점이다.

둘째, 심청의 탄생을 그리고 있는 대목은 김제철의 더늠으로, 서사적 긴밀성을 강화하는 방향으로 지평전환이 이루어졌다. 초기 심청가의 심청 탄생 대목은 삼신신앙과 밀접하게 연관되어 있었는데, 후대에 인간 세상에서 겪어야만 했던 심청의 고난을 논리적으로 설명할 수 있는 적강화소로 바뀌면서 서사적 유기성을 확보하였다.

셋째, 곽씨부인 장례 대목은 백근룡의 더늠으로, 장면을 구체화하는 방향으로 지평전환이 이루어졌다. 초기 심청가의 비교적 소박한 형태였던 장례 장면이 후대에 초혼삽화, 상여치레, 상두꾼 발 붙는 삽화, 중이 묘터 잡아주는 삽화, 평토제 등이 다양하게 덧붙여짐으로써 장례 장면을 구체적이고 사실적으로 그렸다. 특히 상두꾼의 발이 땅에 붙어 떨어지지 않는 삽화와 도승이 나타나 곽씨부인의 묘터를 잡아주는 삽화는 중고제 심청가에서 널리 불렸는데, 중고제의 쇠퇴와 더불어 소리판에서 자취를 감추었다.

넷째, 심청이 동냥으로 부친을 봉양하는 대목은 최승학의 더늠이다. 초기 심청가에서는 심청이 밥 빌러 다니면서 동네 여인에게 구박받고 모진 개까지 짖어대는 참혹한 현실이 그려졌는데, 후대에 오면서 동네 여인의 동정과 칭찬을 받으면서 동냥하여 부친을 봉양하는 것으로 변모되었다.

02
심청가 중반부의 지평전환과 그 의미

1. 머리말

판소리는 17세기 말을 전후한 시기에 민중들의 놀이판에 모습을 드러내기 시작하였다. 그 후 뛰어난 판소리 창자들이 지속적으로 등장하여 각기 소장의 더늠을 개발함으로써 예술성을 확보하게 되었고, 그 결과 양반층의 관심과 애정을 획득하게 되었다. 주지하다시피 판소리는 사회적 기반의 중심이 평민층에서 양반층으로 이동하면서 그에 따른 변모도 획기적으로 이루어지게 되었다. 즉 판소리 소비의 주도권이 평민층에서 양반층으로 옮겨짐에 따라 자연스럽게 양반층의 가치관이나 기호에 부합하는 방향으로 지평의 전환이 이루어졌다는 것이다.

새로운 지평의 창조는 주로 기대지평의 전환을 통해 이루어진다. 기대지평이란 창자와 감상층을 포괄하는 판소리 담당층이 과거지평에 대해 가지는 기대의 범주를 뜻하는데, 거기에는 선험·경험·전통·관습·상식·교육 등으로 초래된 지식이 작용한다. 바꾸어 말하면 판소리 담당층이 가진 모든 배경지식(스키마)이 작용한다는 것이다. 판소리 담당층은 과거지평 중에서 자신의 기대지평과 일치하는 것은 수용하지만, 그렇지 못한 지평과 만나면 갈등을 일으키게 되고 결국 그것을 자신의 기대지평 쪽으로 전환함으로써 갈등을 해소하게 된다. 그러므로 더늠은 과거지평과 기대지평 사이에 일어난 지속적인 긴장과 갈등이 지평전환이라는 통로를 통해 해소되는 과정에서 생겨난 것이라고 할 수 있다.[1]

판소리는 흥행예술의 성격이 강하기 때문에 생산 주체인 판소리 창자는 자신의 기대지평뿐만 아니라 소비 주체인 감상층의 기대지평까지 만족시킬 수 있어야 한다. 소비자에게 외면당한 지평은 더 이상 소리판에 살아남을 수 없다. 과거지평이든 새롭게 생성된 신지평이든 사정은 마찬가지이다. 소리를 제대로 아는 명창이나 귀명창일수록 과거지평에 대한 불만이 빈번하기 마련이고, 판소리 창자는 자신과 소비자의 불만을 해소하고 기대지평을 만족시키기 위해 최선의 노력을 기울여 왔다. 이런 점에서 새로운 지평 특히 더늠의 창조는, 개성이 강한 판소리 담당층이 지평전환에 지속적으로 참여한 결과라고 할 수 있다.

대부분의 심청가 담당층은 선행지평을 그대로 수용한다. 그러나 일부 의식 있는 담당층은 선행지평이 자신의 기대지평을 만족시키지 못할 경우 비판하기도 하고, 더 적극적인 경우에는 개작으로까지 나아가게 된다. 이해조가 심정순의 심청가를 산정한 〈강상련〉에 곽씨부인이 자식을 얻기 위해 기자정성을 드리는 것에 대해 "현철ᄒᆞᆫ 곽씨부인이 이런 부정당ᄒᆞᆫ 일을 힛슬 리가 잇ᄂᆞ냐 이것은 모다 광ᄃᆡ의 롱ᄃᆞᆷ이던 것이엇다"고 한 것이나, "방아타령에 우슌 말이 만치마는 넘오 잡되야셔 다 ᄡᅦ던 것이얏다"라고 한 것이 그러한 예이다. 그리고 신재효가 심청이 인당수에 투신하는 대목을 정리하면서 죽음의 공포에 떨고 있는 모습을 보여준 뒤에 "그리ᄒᆞ여서야 효녀 죽엄 될 슈 잇나"라고 개입한 뒤 부친의 개안을 축원하며 의연하게 죽는 모습으로 개작한 것이나, "왼 봉ᄉᆞ가 다 눈을 썻다 ᄒᆞ되 그리ᄒᆞ건ᄂᆞᆫ야 그 말은 광ᄃᆡ의 ᄌᆡ담이졔 심봉ᄉᆞᄂᆞᆫ 츌쳔지회 심쳥을 하ᄂᆞᆯ셔 닌 ᄉᆞᄅᆞᆷ으로셔 져의 부친 눈을 썻졔 다른 봉ᄉᆞ야 엇지 눈을 쓰것ᄂᆞᆫ야",[2] "만셩 ᄆᆡᆼ인이 다 일로ᄃᆡ 웃지 반가온지 난도 눈 뜻다 셜로 각각 일리 할 제 다 그짓말리요 심봉ᄉᆞ와 안씨ᄆᆡᆼ인언 참 뜻덜라"[3] 등도 그러하다.

---

1 차봉희 편, 『수용미학』, 문학과지성사, 1985.

2 〈김동욱 90장본〉, [4], 297쪽.

3 〈정명기 42장본〉, [5], 209쪽.

여기서는 심청가의 중반부인 심청이 장승상부인을 찾아가는 대목부터 심청이 환세하여 황후가 되는 국혼 대목에 일어난 지평전환의 양상과 그 의미를 살펴보기로 한다.

2. 장승상부인 대목의 지평전환

심청이 시비를 따라가서 장승상부인을 만나는 대목은 서편제 창시자인 박유전의 더늠이다.[4] 이 대목의 원형은 초기 심청가에 심청이 부친에게 공양미 삼백 석의 출처를 거짓으로 아뢰는 대목에 나오는 장자부인 삽화이다.

〈박순호 19장본〉
심쳥의 착ᄒᆞᆫ 마음 병신 부친 놀닌다고 잠싼 편키 ᄒᆞᄂᆞᆫ 말니 져 건네 말 장자부인니 나럴 별노 사랑ᄒᆞ여 양여을 삼우랴고 고양미 삼ᄇᆡᆨ 셕을 쥬더니다([7], 354쪽)

〈최재남 낙장 22장본〉
힝화촌의 장ᄌᆞ부인니 나을 별노 사랑ᄒᆡ야 수양쌀 사뮤라고 삼ᄇᆡᆨ 석을 쥬더이다([9], 75쪽)

〈김광순 낙장 29장본〉
고양미을 못 엇더 올이여 일구월심 벙일넌이 김장자 만노ᄅᆡ개 염치 불고 졍셩 소원 ᄋᆡ걸한직 불상타 일으시고 하난 마이 고양미 삼ᄇᆡᆼ 셕을 ᄂᆡ집의셔 판츌ᄒᆞ야 보은사로 올니거시니 조금도 염여 말고 조은 날 퇴츌ᄒᆞ야 ᄂᆡ 집의 드러와 슈양녀 되야 잇기 되면 그 안이 조흘소야 잇갓치 말삼ᄒᆞ야 만단ᄀᆡ유 일으기로 ᄂᆡ 역지 당힝ᄒᆞ야 ᄇᆡᆨᄇᆡ치사ᄒᆞ고 지금이야 완난이다([4], 88-89쪽)

이 대목은 〈신재효본〉에 오면 장자부인이 장승상부인으로 좀 더 구체화되고, 관련 삽화가 세 번으로 늘어난다. 그러나 여전히 간략한 서술에 머물러

---

4 유영대, 「장승상부인 대목의 첨가에 대하여」, 『판소리연구』 5, 판소리학회, 1994.

있어 더늠으로 발전하지 못하였다.5 장승상부인 대목이 독립된 더늠으로 자리 잡게 된 것은 19세기 후기에 이루어진 것으로 추정되는데, 후대의 창본은 다음의 〈한애순 창본〉과 대부분 동일하다.

(아니리) 이러한 소문이 원근에 낭자허니 건넌 마을 월평 장승상댁 부인께서 시비를 보내어 심청을 청하거늘 심청이 저의 부친께 여쭈옵고 승상댁을 건너가는듸

(진양) 시비 따라 건너갈 제 승상댁 계신 곳을 원원히 바라보니 대문 앞에 심은 버들 청청한 시상촌에 황금 같은 저 꾀꼬리는 자어내니 유사로구나. 대문 안을 들어서니 가사도 웅장허고 문창도 화려허다. 당상으 반백이나 된 부인이 심청을 보고 반기시며 "네가 진정 심청이냐? 듣던 말과 같도다." 당상으로 인도허여 좌를 주어 앉이라고 헌다.

(중중몰이) 심청이 거동 봐라. 가장 단장헌 일 없이 천자 만고 국색이라. 염용허고 앉는 거동 백석청탄 맑은 물으 목욕을 허고 앉은 제비 사람 보고서 날아난 듯 황홀한 저 얼굴은 천심이 돋은 달이 수변에 가서 비치난 듯 말하고 웃는 양은 부용화가 새로 피난 듯 천상 미간으 두 눈썹은 초생달이 뜬 듯허고 도화 양협으 고운 빛은 무릉도원이 비치난 듯 백부홍화 돋으는 양 어허한 날을 실었도다. 부인이 칭찬허며, "전생 내 몰라도 응당 선녀로다. 도화동으 적거하야 무릉촌의 내가 나고 도화동 네가 나니 무릉촌 봄이 들어 도화동 개화로다. 이내 말을 들어 봐라. 승상은 일찍 기세허고 아들이 삼 형제나 황성 가서 등사허고 다른 자식은 손자가 없으니 눠하고 말벗 없어 대하나니 촛불이요 보난 것이 고서로다. 네 신세 생각허니 양반 후예로서 저대지 곤곤허니 나으 수양딸이 되었으면 예절도 숭상허고 문자도 학습하야 기출같이 성취시켜 만년 영화를 볼 것이니 네 뜻이 어떠허냐?"

(중몰이) 심청이가 여짜오되 "명도가 기구허여 낳은 지 칠일 만에 모친을 잃사

5 〈신재효본〉의 장승상부인 삽화는 다음과 같이 간략하다. "심청이 엿ᄌᆞ오되 건넌 마을 장승ᄉᆞᆼᄃᆡᆨ 날을 ᄉᆞ랑ᄒᆞ시기로 그 ᄃᆡᆨ 쇼졔 익난 글을 ᄃᆡ강 들어 아옵나니 부자유친은 오륜의 웃뜸이요 칠셰의 부동셕은 ᄉᆞ쇼ᄒᆞᆫ 예졀리라"([1], 12쪽), "ᄒᆞ로난 장승ᄉᆞᆼᄃᆡᆨ 슈연을 ᄒᆞ노라고 심쳥을 말유ᄒᆞ야 음식 홈씌 ᄒᆞ라시니 심쳥이 승명ᄒᆞ고 음식 ᄌᆞᆨ만ᄒᆞ노라고 죡금 지톄ᄒᆞ여써니"([1], 13-14쪽), "장승ᄉᆞᆼᄃᆡᆨ 부인쎄셔 아다리 아홉이요 ᄯᆞᆯ이 ᄒᆞᆫ나 잇삽짜가 셩혼ᄒᆞ야 보ᄂᆡᆫ 후의 ᄆᆡ양 날을 ᄉᆞ랑ᄒᆞ야 양여되라 ᄒᆞ시오되 나무 무남독여기로 못 ᄒᆞ것다 ᄒᆞ여써니 이졔난 홀일업셔 슈양여로 몸을 팔여 시쥬미를 보ᄂᆡ엿쏘"([1], 16-17쪽).

옵고 앞 어두신 부친께서 동냥젖을 얻어먹여 근근히 길렀더니 내가 부친 모시기를 모친 겸 모시옵고 우리 부친 날 믿기를 아들같이 믿사오니 사정이 서로 의지허여 모쪼록 모시자 허옵내다." 말을 마치면서 두 눈에 눈물이 듣거니 맺거니 떨어지는 양은 춘풍세우가 도화 잠겼다 점점이 떨어지니 부인이 가긍허여 부끄러히 말허면서 "출천대효로다. 좁은 마음으로 실언을 허였으니 부디 섭섭히 생각 마라."

(아니리) 부인이 연연하와 양식과 채단을 후히 주며 "나는 너를 딸로 아니 너는 나를 잊지 말고 모녀간 의를 맺아 종종 다니면 다행일까 하노라."([2], 199-200쪽)

이전의 심청가에서 보이던 심청의 궁상맞고 초라한 모습과는 달리 아름다운 자태와 우아한 모습의 심청으로 그려져 있다. 이 대목은 대체로 다음과 같은 과정을 거치면서 더늠으로 자리 잡아 갔던 것으로 짐작된다. 심청이 몽은사로 보낸 공양미 삼백 석을 주었다고 둘러댈 만한 그럴듯한 인물 설정이 필요하기 때문에 장승상부인 대목이 첨가된 것이다. 그런 인물로 공양미 삼백 석을 대신 보낼 수 있는 넉넉한 재력을 갖춘 長者의 부인이 선택된 것은 매우 자연스럽다.[6] 그리고 효녀 심청의 수양어머니로서 격에 맞는 인물을 선택하려다 보니 덕망 있는 승상부인으로 바뀌었고, 장승상부인으로 된 것은 숙향전의 영향으로 보인다. 17세기 말경에 창작된 숙향전은 그 후 우리 문학에 광범위한 영향을 끼쳤다. 〈강상련〉의 "아가 아가 닉 쏠이야 아달겸 닉 쏠이야 … 표진강에 슉향이가 네가 도야 틔여나냐 은하슈 직녀셩이 네가 되야 닉려왓나 어-둥둥 내 쏠이야", "아가 아가 울지 말아 너의 모친 먼딕 갓다 락양동촌 리화졍에 슉낭즈를 보러 갓다"도 비록 사소한 것이지만 숙향전의 영향이라고 할 수 있다.[7] 그리고 장승상부인이 심청을 수양딸로 삼으려

---

6 유영대는 "'장자부인'이 선택된 의미는 우리의 보편적 설화인 '장자못 전설'의 장자에서 유추되듯, 그저 마을에 사는 부잣집 마님 정도의 포괄 범위를 가질 수 있으며, 그 이상의 심각한 의미는 없으리라 생각된다."라고 했다. 유영대, 「장승상부인 대목의 첨가에 대하여」, 『판소리연구』 5, 판소리학회, 1994, 40쪽.

7 〈박순호 48장본〉에는 "남악의 위부인 청틱산 ᄆ구선여 오지의 서왕모 낙포의 능화선

한 것도 부모와 헤어진 숙향이 사슴의 인도로 장승상댁의 수양딸이 되는 것과 일맥상통한다.8

이 대목은 또한 심봉사가 개천에 빠지게 되는 상황을 적절하게 설명하는 데도 유용하다.9 눈먼 부친을 홀로 두고 동냥 나간 심청이 늦게 귀가한다는 것은 효녀의 행동으로 어울린다고 할 수 없다. 장승상부인의 부름을 받고 갔다가 부득이 늦었다고 해야 그럴듯하다. 또한 장승상부인은 심청의 효성을 극대화하기 위해 필요한 인물이기도 하다. 심청의 착한 행실이 인근에 널리 알려졌다고 하나 그것은 어디까지나 개인적 차원의 '소문'에 불과한 것이다. 그러나 일국의 재상 부인인 장승상부인이 심청의 지극한 효성을 알고 수양딸로 삼고자 함으로써 심청의 효는 개인적인 차원을 넘어 사회적으로 공인되는 단계에 이르게 되기 때문이다. 한편 동편제 〈강도근 창본〉은 심청의 자태를 간략하게 그리고 있어 이 대목이 상당히 후대에 부연, 확장되었다는 사실을 알려준다.

문학적 층위에서의 변모뿐만 아니라 음악적 층위에서도 변모가 이루어졌다. 장승상부인 대목은 〈강도근 창본〉과 『폴리돌 심청전 전집』에서는 중모리

은ᄒᆞ슈의 채련선 낙양의 슉낭자 … 차리로 연접ᄒᆞ야 옥안전 드러갈 제"([7], 93쪽)가 있다.

8 이외에 "낙양동촌 이화정에 마고선녀 집의 술 닉단 말 반겨 듯고 청려에 안장 지어 금돈 싯고 드러가 가셔 아해야 숙랑자 계신야 문 밧긔 이랑 왓다 살와라"(『육당본 청구영언』), "솔아릐 구분 길노 青노ᄉᆡ 타고 가는 아희야 말 무러 보자 瑤池宴 設宴時 淑娘子를 틔우라 가는야 그 아희 天台山 李花亭 바라보고 듯고 잠잠"(『고대본 악부』), 춘향전의 "ᄋᆡᄆᆡ하신 슉낭ᄌᆞ도 남양옥의 갓쳐ᄃᆞ가 쳥됴 ᄉᆡ게 편지ᄒᆞ야 그 낭군 이션 만나 죽을 목숨 사라신이 쳥됴 ᄉᆡ는 읍시나마 홍안 ᄒᆞᆫ 쌍 빌려씨면 안곽의 글을 다려 임 계신듸 젼ᄒᆞ고ᄌᆞ ᄋᆡ고ᄋᆡ고 슬운지고"(〈고대본〉), "니도령 말이 … 그러면 슉낭ᄌᆡ냐 이화졍이 아니여든 슉낭ᄌᆡ가 웬 말이요", 배비장전의 "옛날 춘향의 낭군 이도령이 츈향을 생각하며 글 읽듯 하것다 삼국지 수호지 구운몽 서유기 책 제목만 보고 숙향전 반중둥 딱 젖히고 숙향아 불상하다"(〈세창서관본〉), 봉산탈춤의 "낙양동촌 이화정" 등도 모두 숙향전의 영향이다. 이상구, 「숙향전의 문헌적 계보와 현실적 성격」, 고려대학교 박사학위논문, 1994, 157-158쪽. 성현경, 『한국옛소설론』, 새문사, 1995, 137쪽.

9 남기민, 「한국고전서사에 나타난 돌봄의 양상과 의미 연구」, 경상국립대학교 박사학위논문, 2023, 112-116쪽.

계면조로 하고, 서편제의 〈한애순 창본〉과 강산제의 〈정권진 창본〉에서는 진양 우조로 한다. 장승상댁의 위용을 그린 대목은 유장한 가곡성 우조로 하고 있어 특히 주목된다. 19세기 중기에 판소리 명창들이 가객들과 교류하면서 가곡성을 판소리의 성음으로 활용하게 된 것이다.[10] 그 후 장승상부인 대목은 더욱 강화된다. 장승상부인이, 심청이 인당수 제수로 팔렸다는 소문을 듣고 심청을 불러 심청의 화상을 그리고, 시를 교환하는 대목과 심청의 화상 징험을 보고 강가에 나가 제를 지내는 대목, 강가에 심청의 효성을 기리는 望思臺를 세우는 대목 등이 다양하게 덧붙여진다.

(즁모리) 내가 너를 본 연후에 긔츌ᄀᆞᆺ치 졍을 두어 일시 일각을 못 보아도 ᄒᆞᆫ이 되고 연연ᄒᆞᆫ 이 ᄉᆡᆼ각 잇치지 못ᄒᆞ더니 목젼의 네 몸이 쥭으러 가ᄂᆞᆫ 것을 ᄎᆞᆷ아 보고 살 수 없다 네가 잠ㅅ간 지체ᄒᆞ면 네 얼골 네 ᄐᆡ도를 화공 불너 그려 두고 내 ᄉᆡᆼ젼 볼 것이니 조금만 머물너라 시비를 급히 불너 일등화공 불너드려 승샹부인 분부ᄒᆞ되 여보아라 졍신 드려 심쇼져 얼골 톄격 샹하의복 닙은 것과 슈심 겨워 우ᄂᆞᆫ 형용 차착 업시 잘 그리면 즁샹을 ᄒᆞᆯ 터이니 졍신 드려 잘 그리라 족ᄌᆞ를 ᄂᆡ여노니 화공이 분부 듯고 족ᄌᆞ에 포슈ᄒᆞ야 류탄을 손에 들고 심쇼져를 쪽쪽이 ᄇᆞ라본 후 이리뎌리 그린 후에 오ᄉᆡᆨ 화필을 좌르르 펼쳐 각ᄉᆡᆨ 단쳥 버려 놋코 란초ᄀᆞᆺ치 푸른 머리 광ᄎᆡ가 찬란ᄒᆞ고 ᄇᆡᆨ옥 ᄀᆞᆺ흔 슈심 얼골 눈물 흔젹이 완연ᄒᆞ고 가는 허리 고은 슈족 분명ᄒᆞᆫ 심쇼져라 훨훨 떠러 노으니 심쇼져가 둘이로다 부인이 이러나셔 우슈로 심쳐의 목을 안ㅅ고 좌슈로 화상을 어로만지며 통곡ᄒᆞ야 슯히 우니 심쳥이 울며 엿ᄌᆞ오되 뎡녕히 부인씌셔 젼ᄉᆡᆼ에 내 부모니 오ᄂᆞᆯ날 물너가면 언의 날에 뫼시릿가 쇼녀의 일뎡슈심 글 한 슈 지어ᄂᆡ여 부인 젼에 올니오니 걸어두고 보시오면 증험이 잇스리다 부인이 반기 넉여 필연을 ᄂᆡ여노니 화샹 족ᄌᆞ 샹에 화뎨 글 모양으로 붓을 들고 글을 쓸 제 눈물이 피가 되야 뎜뎜이 떠러지니 송이송이 꼿이 되야 향ᄂᆡ가 날 뜻ᄒᆞ다 그 글에 ᄒᆞ얏스되 ᄉᆡᆼ긔ᄉᆞ귀일몽간ᄒᆞ니 권졍하필누산산가 셰간최유단장쳐ᄂᆞᆫ 초록강남인미환이라 부인이 놀나시며 네 글이 진실로 신션의 구긔이니 이번에 너 가ᄂᆞᆫ 길 네 ᄆᆞᄋᆞᆷ이 안이라 텬샹에 요왕씌셔 너를 불너 게시도다 나도 쏘ᄒᆞᆫ ᄎᆞ운ᄒᆞ리라 즉시 한 슛 ᄭᅳᆫ어ᄂᆡ여 얼는 써셔 심쳥 주니 그 글에 ᄒᆞ얏스되 무단풍우야ᄅᆡ흔은 취송명화락ᄒᆡ문이라 젹고인간을

10 유영대, 「장승상부인 대목의 첨가에 대하여」, 『판소리연구』 5, 판소리학회, 1994, 47쪽.

텬필념이어ᄂᆞᆯ 무고부녀다졍은이라 심쇼져 그 글 밧아 단단히 간직ᄒᆞ고 눈물로 리별ᄒᆞᆯ 졔 무릉촌 남녀로쇼 뉘 안이 통곡ᄒᆞ야([2], 33-35쪽)

위의 인용문은 〈강상련〉에서 가져온 것이다. 장승상부인은 화공을 불러 심청의 화상을 그리게 하며, 심청은 자신의 일정수심을 시로 지어 올리고, 장승상부인은 심청에게 次韻한 시를 지어 준다. 〈한애순 창본〉에는 이 대목이 없고, 〈이선유 창본〉에는 화상 그리는 장면만 간략하게 되어 있고, 〈완판 71장본〉에는 화상 그리는 장면이 없다.

다음은 〈완판 71장본〉의 장승상부인이 심청 화상의 징험을 보고 제물을 장만하여 강가에 나가 제를 올리는 장면이다.

각셜 잇ᄃᆡ 무릉촌 장승상ᄃᆡᆨ 부인이 심소졔의 글을 벽상의 기러두고 날마다 증험ᄒᆞ되 빗치 변치 안이ᄒᆞ더니 ᄒᆞ로난 글 족자의 무리 흐리고 빗치 변ᄒᆞ여 거머지니 이난 심소졔 물의 ᄲᆞ져 죽은가 ᄒᆞ여 무수이 ᄐᆡ탄ᄒᆞ더니 이윽고 물리 것고 빗치 도로 황홀ᄒᆞ여지니 부인이 고히 여겨 누가 구ᄒᆞ여 사러난가 ᄒᆞ여 십분 의혹ᄒᆞ나 엇지 그러ᄒᆞ기 쉬리요 그날 밤의 장승상부인이 졔젼을 갓초와 강상의 나어가 심소졔를 위ᄒᆞ여 혼을 불너 위로코져 ᄒᆞ야 졔ᄒᆞ랴 ᄒᆞ고 시비를 다리고 강두의 다다르니 밤은 집퍼 삼경인듸 쳡쳡이 ᄊᆡ인 안ᄀᆡ 산악의 잠겨 잇고 쳡쳡이 이ᄂᆞᆫ ᄂᆡ넌 강수의 어릿엿다 편주를 흘이 져어 즁유의 씌여 두고 ᄇᆡ 안의셔 설위ᄒᆞ고 부인이 친이 잔을 부어 오열ᄒᆞᆫ 졍으로 소졔를 불너 위로 ᄒᆞ난 말리 오호 ᄋᆡᄌᆡ 심소졔야 죽기를 실허ᄒᆞ고 살기를 질거홈은 인졍의 고연커날 일편단심의 양육ᄒᆞ신 부친의 은덕을 죽기로ᄡᅥ ᄀᆞᆸ푸려 ᄒᆞ고 일노 잔명을 시ᄉᆞ로 자단ᄒᆞ니 고흔 ᄭᅩᆺ시 희려지고 나는 나부 불의 드니 엇지 안이 실풀소냐 ᄒᆞᆫ 잔 술노 위로ᄒᆞ니 응당이 소졔의 혼이 안이면 멸치 안이ᄒᆞ리니 고히 와셔 흠힝ᄒᆞ물 바ᄅᆡ노라 눈물 ᄲᅮ리여 통곡ᄒᆞ니 쳔지 미물인들 엇지 안이 ᄀᆞᆷ동ᄒᆞ리 두렷시 발근 달도 체운 속의 숨어 잇고 ᄒᆡ박키 부던 바ᄅᆞᆷ도 고요ᄒᆞ고 어용 잇도던지 강심도 적막ᄒᆞ고 사장의 노던 ᄇᆡᆨ구도 목을 질게 ᄲᆡ여 쓸눅쓸눅 소ᄅᆡ ᄒᆞ며 심상ᄒᆞᆫ 어션더른 가든 돗ᄃᆡ 머무른다 ᄯᅳᆺ박기 강 가온ᄃᆡ로셔 ᄒᆞᆫ 줄 말근 기운이 ᄇᆡ머리의 어렷다가 이윽ᄒᆞ여 사라지며 일기 명난커날 부인이 반겨 이러셔셔 보니 가득키 부엇던 잔이 반이나마 업난지라 소졔의 영혼을 못ᄂᆡ 늑기시더라([3], 247-248쪽)

사설에서 차이가 보이지만 〈강상련〉, 〈박동진 창본〉, 〈김연수 창본〉에도 있다. 그리고 〈강상련〉에는 장승상부인이 망사대를 지어 놓고 삼 년 동안 매월 삭망에 제를 지내기도 하는데, 후대에 망사대 삽화는 도화동 사람들이 심청의 효성을 추모하는 墮淚碑를 세우는 대목과 뒤섞여 혼란스럽게 되었다. 〈허흥식본〉에는 심청이 죽은 후 첫돌이 돌아와 강변에 전물을 차려 놓고 제를 올리고, 심봉사가 슬퍼 통곡하는 장면이 있다.11 어쨌든 이러한 장승상부인 대목의 첨가는 심청의 효를 극대화하는 데 일정하게 기여하였다.

3. 중타령 대목의 지평전환

몽은사 화주승이 개천에 빠져 죽을 위기에 처한 심봉사를 구출하는 중타령은 철고종대의 서편제 명창 정창업의 더늠이다. 이 역시 여러 차례의 거듭된 지평전환을 겪은 후 현재와 같은 지평으로 정착되었다. 다음은 〈박순호 19장본〉과 〈박순호 낙장 27장본〉에 보이는 중타령의 초기 형태이다.

> 몽은ᄉᆞ 화쥬즁이 법짱이 퇴락ᄒᆞ고 큰 절도 문어져셔 부처님 도ᄀᆡ금ᄎᆞ로 권선문 둘너매고 ᄇᆡᆨ팔념쥬 목의 걸고 흑포 장ᄉᆞᆷ 쩔처 입고 흐늘흐늘 나리오다가 심봉ᄉᆞ 그동 보고 굴갓 ᄌᆞᆼᄉᆞᆷ 버서 놋코 그픠 다려 봉ᄉᆞ을 건저 놋코([7], 352쪽)

> 보원ᄉᆞ 부치임니 화쥬싱의계 헌몽ᄒᆞ되 인간이 압 못 보난 병신니 자식 보라다가 셜산 구릉의 쌔저 쥭기 되여신니 급피 구ᄒᆞ라 저 즁으 거동보소 삼ᄇᆡᆨ ᄃᆡ 쥭사립의 모슈 장삼 결쳐 입고 가는 뉘비 접바랑의 권션문 조흘시고 육환장 겻덧 집고 동고셔망 ᄎᆞ잠ᄎᆞ잠 나려올 ᄌᆡ 심봉ᄉᆞ 거동 보소 셜즁의 쌔진 몸이 허위허위 ᄒᆞ난 모양 그 형상 바ᄅᆡ보고 어이ᄒᆞ야 그저 가리 굴갓 장삼 활작

---

11 강지영, 「효행 표상으로서의 심청의 죽음과 애도」(『판소리연구』 50, 판소리학회, 2020)와 강지영, 「심청·효·데리다-효와 효행의 구분과 해체를 통한 〈심청전〉 연구-」(경상국립대학교 박사학위논문, 2022, 199쪽)에서는 심청의 효성을 기리는 이러한 장면을 '애도'로 해석하였다.

버셔 ᄇᆡᆨ사장의 ᄂᆡ떤지고 활작 뛰여 달여든이 심봉ᄉᆞ을 덥벅 안아 슈변의 ᄂᆡ여 놋코 저진 옷슬 볏기ᄂᆡ고 옷 한 불 벗겨ᄂᆡ여 심봉ᄉᆞ 입핀 후의([7], 375-376쪽)

위의 인용문은 화주승의 등장과 심봉사 구출로 짜여 있어 중타령의 골격을 갖추고 있지만 독립된 더늠으로 부를 수 있을 정도는 아니다. 심봉사는 실족하여 개천에 빠지고, 이때 화주승이 내려와 그를 구출하는데, 화주승이 등장하는 이유와 상황은 일정하지 않다. 화주승은 권선문을 둘러매고 시주차 내려오거나 심봉사를 구하라는 부처님의 지시를 받고 심봉사를 구하러 내려온다. 전자의 경우는 일상적으로 있을 수 있는 일이지만 후자의 경우는 예사롭지 않다.[12] 보원사 부처님의 지시로 심봉사를 구출하는 것은 불교와의 연결 고리가 강화된 것이라고 할 수 있다. 〈경판 24장본〉(한남본)에서는 화주승이 심봉사 부녀의 마음을 시험하기 위해 보내진 석가세존의 제자로 되어 있다.[13] 그리고 보원사를 報恩寺로 볼 수 있다면, 이것은 바로 자식을 빌 때에 정성스럽게 올린 온갖 불공과 시주에 대한 보은으로 이해할 수 있다.

그런데 중타령이 심청가에 수용되어 지금과 같은 형태로 정제된 것은 그리 오래되지 않은 것으로 보인다. 〈신재효본〉에는 "몽은사 화쥬승이 그리 마ᄎᆞᆷ 지ᄂᆡ다가 광경 보고 깜짝 놀나 훨훨 벗고 달여들어 심봉ᄉᆞ 건져ᄂᆡ여 등의 업고 집을 물어 급피급피 도라와셔 오실 벅겨 뉘여 노코 옷시 물을 ᄶᆞ노라니"와 같이 간략하게 서술로 되어 있고, 〈완판 71장본〉 역시 "마ᄎᆞᆷ 이ᄢᆡ 몽운사 화주승이 절을 즁창ᄒᆞ랴 ᄒᆞ고 권션문 드러 메고 나려왓다 청산은 암암ᄒᆞ고 설월은 도라올 제 석경 빗긴 질노 절을 차저 가는 차의"로 간략하게 제시하고, 심봉사를 구출하는 장면으로 이어진다. 이러한 사실은 중타령이 19세기 중기까지는 더늠으로 자리 잡지 못했음을 짐작케 한다. 그러나 신재효가 중타령을

12 화주승은 佛弟子이지만 심청가에서의 성격은 단순하지 않다. 정하영, 「심청전의 제재적 근원에 관한 연구」, 서울대학교 박사학위논문, 1983, 42-45쪽.

13 "옥뎨 오히려 노를 푸지 아니ᄒᆞ더니 … 셕가셰존이 옥뎨긔 듀왈 … 신이 졔ᄌᆞᄅᆞᆯ 보ᄂᆡ여 그 ᄆᆞ음을 시험ᄒᆞ온즉 그 부녀의 ᄒᆡᆼ식 혈심소지로 지극ᄒᆞ오니"([3], 70쪽).

의도적으로 삭제했을 가능성도 배제할 수 없다. 심봉사가 개천에 빠진 위급한 상황에 그를 구출해야 하는 중이 흐늘거리며 올라간다는 것이 이면에 맞지 않기 때문이다.[14]

심청가의 중타령은 다양한 형태로 공존[15]하다가 19세기 후기에 정창업이 흥보가의 중타령을 심청가 문맥에 맞게 정제하면서 지금과 같은 모습으로 굳어진 것으로 추정된다. 다음은 〈정광수 창본〉의 중타령이다. 정광수는 정창업의 손자이고, 그의 심청가는 정창업의 소리를 물려받은 김창환제이므로 중타령 역시 정창업이 부른 중타령의 원형에 가까운 것으로 볼 수 있다.

> (안의리) 그때 마침 몽은사 화주승이 절을 중창하랴 하고 권선문 들어메고 시주 집 내려왔다가 절을 찾아 돌아가는디
>
> (엇머리) ㉠ 중 하나 올라간다 중 올라간다 저 중에 호사 보소 실구라 죽감투 흠북 눌러 쓰고 백저포 장삼에다 홍띠 띄고 염주 목에 걸고 단주 팔에 걸고 용두 새긴 칠죽장 채고리 많이 달아 처절철 철철 처절철 툭턱 집고 흔들흔들 흐늘거리고 올라갈 제 이 중이 어떤 중인고 육관대사 명을 받어 용궁에 들어갔다 팔 선녀 희롱하던 성진이도 아니요 삭발은 도진세요 존염은 표장부라

14 김연수 명창은 중타령의 불합리성에 대해 "그때 마참 몽운사 화주승이 절을 중창허랴 허고 권선문을 들어메고 시주 집 다니다가 그렁저렁 날 저물어 절을 찾어 올라갈 제 올라가다가 심봉사 물에 빠져 죽게 된 것을 보고 건져 살렸다고 해야 이면이 적당할 터인듸 물에 빠져 죽게 된 사람을 두고 무슨 소리를 허고 있으리요마는 성악가가 허자 허니 이야기를 좀 더 자미있게 할 양으로 중타령이라는 소리가 있던 것이였다"([1], 116쪽)라고 해명하고 있다.

15 〈김동욱 44장본〉의 "건넌 질로 즁 한나 날려올ᄉᆡ 져 즁놈 거동 보라 당모시 팔ᄃᆡ장ᄉᆞᆷ 광ᄃᆡ씌을 눌너 쒸고 달 가튼 도리승ᄑᆡ 장입 녹피 끈을 달아 헐리 우의 썩 부치고 ᄌᆞ자 발앙 덜쳐 미고 구졀쥭장 잘잘 슷시고 활양거름으로 ᄌᆞ쵸ᄌᆞ쵸 (근)넌 달리 툭툭 ᄎᆞ며 소기로 염불 흥흥 ᄒᆞ며 흔들흔들 ᄂᆡ려오다가([9], 274쪽), 〈이선유 창본〉의 "(아니리) 맛참 잇때 몽은사 화주승이 절을 중창하라 하고 권선문 드러미고 시주 집 내려왓다 청산은 암암하고 새 달은 도다올 제 석경 빗긴 길노 중이 올나가는대 (엇머리) 중 올나간다 중 하나 올나간다 저 중의 그동 보아라 저 중의 치레 보아라 빗 조흔 새양갓에 총감투 숙여 쓰고 목의는 백팔염주 단주 팔에 글고 백저포 큰 장삼 다홍듸 둘너 씌고 구리백통 반은장도 고름에 늣게 차고 용두 삭인 육간장 귀 우에 놉히 집고 흔들흔들 흔을거리고 올나갈 제 염불하며 올나간다 상내소소불공덕 호양삼천실을 마봉의 주상 수만세 왕비즌하 수천추 세자즌하 수천년 남무아미타불 한참 이리 올나갈 제"([1], 64쪽).

하든 사명당도 아니요 몽은사 화주승이 시주 각댁 내려왔다 절 찾어 올라갈 제 청산은 암암하고 설월은 떠오른디 석양에 비낀 길로 흔들흔들 흐늘거리고 올라간다 중이라 하는 것이 절에 들어도 염불 속가에 와도 염불 염불하며 올라갈 제 하하허으아아 상래소수공덕해 회향삼처실원만 허흐허으아아 염불하며 올라갈 제 ㉡ 죽장을 드러메고 이리 찌웃 저리 찌웃 찌웃거리고 올라갈 제 어데서 슬픈 울음 귀에 언뜻 들리거늘 이 울음소리 웬 울음이냐 울음소리가 맹랑하다 마외역 저믄 날에 하소대로 울고 가던 양태진의 울음이냐 여우가 변환하야 나를 흘리란 울음이냐 이 울음이 웬 울음 한 곳에 당도하니 어떠한 사람이 개천물에 뚝 떨어져 어푸어푸 거의 죽게가 되였구나 저 중의 급한 마음 저 중의 급한 마음 굴갓 장삼 훨훨 벗고 행전 다님 버선 벗고 고두누비 바지가래 따르르 걷어 마러 자개미 딱 붙치고 백로규어지격으로 징검 징검 징검 들어가 심봉사 꼬드래 상투 담숙 쥐고 에뚜루미차 건저놓고 보니 전에 보던 심봉사라([2], 88-89쪽)

〈한애순 창본〉과 같이 아니리 부분을 창으로 하는 경우도 있지만 대체로 이와 동일하다. ㉠은 화주승이 등장하는 상황에는 어디에나 어울릴 수 있지만 ㉡은 심청가에만 어울리는 것이다. 몽은사 화주승은 개천에 빠진 심봉사를 구출하고, 눈을 뜰 수 있는 방법을 알려주는 데 필요한 보조적인 인물이다. 눈 뜰 방법으로 공양미 삼백 석 시주를 제시할 수 있는 인물은 중일 수밖에 없으므로 자연스레 중이 선택되었고, 심봉사가 해거름에 개천에 빠졌을 때 구출할 수 있는 상황에 있는 중이어야 하기 때문에 시주를 마치고 절로 올라가는 화주승이 선택된 것이다.

초기 심청가에 비해 크게 달라진 것은 사설의 분량이지만, 절 이름이 '몽은사'로 고착되고, 중이 올라가는 것으로 바뀌었다는 점도 주목할 필요가 있다. 보원사, 몽운사 등에서 夢恩寺로 고착화되는 것은 상징적 의미를 지니고 있다. 심청의 출생이 꿈을 통해 예시되었듯이 심봉사의 위기 또한 꿈속의 절을 상징하는 몽은사의 중을 통해 벗어날 수 있다는 의미를 지니는 것으로 이해할 수 있다는 것이다. 그리고 초기 심청가에서 화주승이 시주차 절에서 내려오던 것이 후대에 시주를 마치고 절로 올라가는 것으로 바뀐 것은 심청이 귀가하는 시각 곧 시간적인 상황과 관련되어 있다. 초기 심청가에서는 심청이 아침 일찍 동냥을 나가 점심 무렵[午日]에 귀가하므로 시주차 절에서 내려오는 화주승이 상황에 어울리고, 후대의 심청가에서는 심청이 장승상부인의 부름을 받고 날이 저문 뒤에 귀가하므로 시주를 마치고 절로 돌아가는(절이 높은 산에 있기 때문에 올라가는 것이 된다) 화주승이 상황에 어울린다.16 한편 심봉사를 구하라는 부처님의 지시를 받은 중이 등장하는 경우는 내려오는 것으로 설정되어 있다. 송만갑의 고음반에는 중이 내려오는 것으로 되어 있어 중이 내려오는 것이 고제라는 사실이 확인된다. 이러한 점은 흥보가에서 흥부를 살리기 위해 중이 내려오는 상황과 대비해 보면 더욱 분명해진다.

심청가의 중타령이 정창업에 의해 완성된 것으로 보이지만, 과거에 없던 중타령을 정창업이 새로 창조한 것으로 보기는 어렵다. 왜냐하면 〈신재효 박타령〉에 이미 중타령이 존재하기 때문이다.

> 잇ᄯᆡ의 즁 ᄒᆞᆫ나이 쵼즁으로 지ᄂᆡ난ᄃᆡ 힝식을 알 슈 업셔 년년 묵은 즁 헌ᄃᆡ 헌 즁 쵸의불침불션 양이슈견미부면 다 ᄯᅥᆯ어진 흘치숑낙 이리 츙츙 져리 츙츙 헝겁으로 지은 거슬 귀 훔벅 눌너 씨고 노닥노닥 헌뵈 장삼 울무 염쥬 목의 걸고 ᄒᆞᆫ 숀의난 졀노 구분 쳘쥭장 한 숀의난 다 ᄯᅵ진 목탁 들고 동영을 어드면은 무엇셰 바다 갈지 목기ᄶᅡᆨ 바랑 등물 ᄒᆞ나도 안 가지고 ᄀᆡ암미 안 발피게 가만가만 가려 듸더 쵼즁으로 들어올 졔 ᄀᆡ가 쾅쾅 짓고 나면 두 숀을 합장ᄒᆞ며 나무아미타불 ᄉᆞ람이 말 물으면 허리를 구피면셔 나무아미타불 이 집 져 집 다 지ᄂᆡ고 흥보 문젼 당도터니 양구의 쥬져ᄒᆞ야 우름 쇼ᄅᆡ ᄒᆞᆫ참 듯다 목탁을 ᄯᅮ다리며 목 ᄂᆡ여 ᄒᆞ난 말리 거륵ᄒᆞ신 ᄃᆡᆨ 문젼의 걸승 ᄒᆞ나 왓ᄉᆞ오니 동영 죡금 쥬옵쇼셔 목탁을 연에 치니17

---

16 〈김동욱 44장본〉-"심쳥 밥 빌너 간 졔 반일이 되도록 오지 안이ᄒᆞ옵기로 차지려 나가다가 실족ᄒᆞ여 거의 쥭계 되야던이"([9], 275쪽), 〈정권진 창본〉-"심청이 거동 보아라. 밥을 빌러 나갈 적에 … 원산의 해 비치고 건너 마을 연기날 제 추적추적 건너가 … 밥 빌어 손에 들고 집으로 돌아오며 심청이 허는 말이 아까 내가 나올 때는 먼 산에 해가 아니 비쳤더니 발써 해가 둥실 떠 그새 반일이 되었구나"([2], 241-242쪽), 〈이선유 창본〉-"배는 곱하 등에 붓고 먼 데 절 쇠북 치니 날 저문 줄 짐작하고"([1], 63쪽)와 "장승상댁 노부인이 구지 잡고 말유하야 어언간의 더듸엿소"([1], 66쪽).

17 강한영 교주, 『신재효 판소리 사설집(全)』, 민중서관, 1974, 354쪽.

위의 중타령은 더늠으로 불릴 수 있을 정도로 완성된 형태를 갖추고 있다. 흥보가 중에서 〈신재효 박타령〉의 영향을 입고 있는 창본 예컨대 정광수의 흥보가 등은 이와 거의 동일하고, 동편제에서는 약간 다르다. 그렇다면 흥보가에도 뛰어났던 정창업이 심청가의 중타령을 새로 창작한 것이 아니라 그 이전부터 부르던 흥보가의 중타령을 심청가 문맥에 맞게 다듬은 것으로 보는 것이 자연스럽다.

4. 부녀 영결 대목의 지평전환

심청이 인당수의 제물로 떠나는 행선 날을 앞둔 심청의 참담한 심정과 모습을 그리고 있는 부녀 영결 대목은 철고종대에 심청가로 일세를 울린 동편제 명창 김창록의 더늠이다. 초기 심청가는 다음에 인용한 〈박순호 낙장 27장본〉처럼 심청이 부친의 의복을 준비하면서 부친의 앞날을 걱정하는 비교적 소박한 내용으로 이루어져 있다.

> 심쳔이 압 못 보난 부친 두고 죽을 일 ᄉᆡᆼ각ᄒᆞ니 마음이 졍쳐 업셔 옥 갓탄 두 귀 밋ᄐᆡ 진쥬 갓탄 눈물이 흘너 이리 싹고 저리 씻고 저의 부친 입든 의복 세답 쌜ᄂᆡ 뚜듸리며 사쳘 의복 쳘을 ᄎᆞ자 ᄇᆡᆨ공 쳔장 헌 의복을 세세 집어 쉬미 두고 헌 파립 쓰지ᄒᆞ야소셔 갓ᄭᅳᆫ 정이 달아 손 다인 ᄃᆡ 걸어 놋코 헌 망근 ᄊᆡ을 ᄊᆡ여 쉬미 당쥴 달아 놋코 병신 부친 잠든 후의 보션볼 바드ᄆᆡ 한심 ᄋᆡ통 날노 ᄒᆞ되 이ᄂᆡ 몸 죽은 후의 압 못 보난 아부임을 뉘라셔 공양ᄒᆞ며 사쳘 의복 쓰지 쌜ᄂᆡ ᄂᆡ 업시면 뉘가 ᄒᆞ며 조셕 진지 슉ᄂᆡᆼ인들 뉘라셔 드리며 뒤간 츌입 ᄒᆞ실 ᄊᆡ의 손을 뉘가 자바쥬며 동셔촌 밥을 빌 제 길을 뉘가 인도ᄒᆞ며 융월징 연 더운 날의 부ᄎᆡ질을 뉘가 ᄒᆞ며 엄동셜한 ᄎᆞ운 날의 물이 어럼 되고 등잔의 불 쌔지고 침침칠야 야삼경의 잠 못 드러 슈심ᄒᆞᆯ 제 찬 방의 불을 여혀 뉘가 화로불 담아 쥬며 동셔남북 걸식ᄒᆞ야 업더지며 자바지며 초상 장ᄉᆞ 당ᄒᆞ온들 어난 ᄌᆞ식 종신ᄒᆞ며 염십 관곽 셩복 장ᄉᆞ 뉘라셔 도라 볼고 쳔지 망극 셔름이야 날 갓탄 니 또 인난야 ᄂᆡ 몸은 죽을지언정 아부임 눈 발가 광명한 쳔지 만물 ᄉᆡ로이 보압시면 나 죽기을 ᄋᆡᆨ길손야 잠든 부친 목을 안고 마른 몸을 만지

면셔 이고이고 아부임아 나 죽어 업신 후의 고족 단신 병신 몸이 뉘을 의탁ᄒᆞ오릿가([7], 379쪽)

이 대목은 후대에 모친의 산소에 찾아가 성묘하거나 사당에서 하직 인사를 올리는 등의 다양한 삽화가 첨가되어 확장되면서 내용이 크게 달라지는 한편 순서도 다소 달라졌다.

창본은 대체로 다음과 같은 삽화 중에서 몇 개의 선택적 조합으로 이루어져 있다. 부친의 사철 의복 준비, 모친 산소 성묘, 부친의 앞날 걱정, '형양낙일 수운기는 소통국에 모자 이별' 등을 열거하는 이별가, 닭에게 울지 말기를 하소연, 선인에게 부친의 아침밥을 지어드린 후 떠날 수 있게 해 달라는 부탁, 심봉사에게 아침밥을 지어 올림, 심봉사가 심청이 큰 수레를 타고 가는 꿈을 꾸었다고 말하는 몽조, 심청이 사당에 가서 하직 인사, 심청이 인당수 제수로 팔렸음을 알리고 기절하는 장면 등이다. 다양한 양상을 알기 쉽게 정리하면 다음 표와 같다. ①-⑪은 서술 순서이고, 창본 사이의 다양한 양상을 쉽게 알아볼 수 있도록 편의상 단락을 끊어 구분하였다. 같은 단락이라도 창본에 따라 사설의 분량에 큰 차이가 있다.

구 분	신본	완판	송동	강상련	이선유본	정광수본	한애순본	정권진본	박동진본	김연수본	김소희본
심청 수심	X	①	①	①중모리	①중모리	①진양조	①진양조	①진양조	①진양조	①진양조	①진양조
의복 준비	①	②	X	②중모리	②중모리	②진양조	②진양조	②진양조	②진양조	②진양조	②진양조
산소 성묘	②	X	X	X	X	③진양조	X	③진양조	③진양조	③진양조	X
부친 걱정	③	③	②	③중모리	③중모리	④진양조	③진양조	④진양조	④진양조	⑤자진모리	③진양조
이 별 가	X	④	X	④중모리	X	⑤진양조	X	⑥중모리	⑤진양조	⑥중모리	X
닭, 하소연	X	⑤	③	⑤중모리	④중모리	⑥진양조	④진양조	⑤진양조	⑥진양조	⑦중모리	④진양조
선인 부탁	④	⑥	④	⑥아니리	⑤아니리	⑦중중모리	⑤중중모리	X	⑦진양조	⑧아니리	⑤중모리
아 침 밥	⑤	⑦	⑤	⑦중모리	⑥아니리	⑧아니리	⑥아니리	⑦아니리	⑧아니리	⑨평중모리	⑥아니리
몽 조	X	⑧	X	⑧중모리	X	⑨아니리	⑦아니리	X	⑨아니리	⑩평중모리	⑦아니리
사당 하직	X	⑨	⑥	⑨진양조	⑦진양조	X	⑧진양조	⑧아니리	⑩진양조	④자진모리	⑧아니리
사실 고함	⑥	⑩	⑦	⑩진양조	⑧아니리	⑩자진모리	⑨아니리	⑨자진모리	⑪진양조	⑪자진모리	⑨아니리

심청의 수심 대목은 대체로 동일하다. 부친의 의복을 준비하는 대목은 후대로 내려오면서 오히려 간략해지는데, 그것은 이 대목이 심청의 효성을 드러내기 위한 것이 아니라 부친과의 슬픈 이별을 드러내는 데 초점을 맞추고 있기 때문이다. 그러나 앞의 도표에서 알 수 있듯이 모친의 산소 성묘, 사당 하직, 이별가에서 상당한 차이를 보인다. 모친의 산소 성묘만 있는 창본은 〈신재효본〉과 〈정광수 창본〉, 〈정권진 창본〉이며, 사당 하직만 있는 창본은 〈강상련〉과 〈이선유 창본〉, 〈한애순 창본〉, 〈김소희 창본〉 등이고, 〈김연수 창본〉과 〈박동진 창본〉은 모두 있다. 〈정광수 창본〉과 〈김연수 창본〉은 〈신재효본〉의 영향을 크게 받았고, 〈박동진 창본〉은 필요한 대목을 여러 창본에서 가져왔기 때문에 그렇게 되었다. 그리고 〈정권진 창본〉의 사당 하직은 "심청이 하릴없이 진지상을 물리치고 담배 붙여 올린 후에 사당으 하직하고 이제는 아무리 생각허여도 부친을 더 속일 수 없는지라"로 그 흔적만 남아 있다.

산소 성묘 대목과 사당 하직 대목이 형성된 선후 관계를 살펴보기로 한다. 다음은 〈신재효본〉의 모친 산소 성묘 대목과 〈강상련〉의 사당 하직 대목이다.

> 달 발ᄭᅩ 깁픈 밤의 밥 ᄒᆞᆫ 그릇 졍이 지여 현쥬를 병의 너코 나무ᄉᆡ ᄒᆞᆫ 졉시로 모친 ᄉᆞᆫ쇼 ᄎᆞ져 가셔 게ᄒᆞ의 진셜ᄒᆞ고 ᄋᆡ통ᄒᆞ며 허는 쇼ᄅᆡ 금슈라도 울것ᄉᆞ나 ᄋᆡ고 어머니 ᄋᆡ고 어머니 날을 나아 무엇 ᄒᆞᄌᆞ ᄉᆞᆫ제불공 졍셩드려 열 ᄯᆞᆯ을 ᄇᆡ에 너코 그 고ᄉᆡᆼ이 엇더ᄒᆞ며 쳣 ᄒᆡᄉᆞᆫ하시랄 졔 그 구뢰가 엇더컷쇼 자식 얼골 ᄎᆡ 모로고 진ᄌᆞ리예 별셰할 졔 그 셔름이 엇더컷쇼 어머님 졍셩으로 이 몸이 안니 쥭고 혈혈리 자라나셔 십 셰가 넘ᄉᆞᆸ기예 ᄂᆡ 쇽의 먹은 마음 ᄀᆡ이리 도라오면 츅시리 졔ᄉᆞᄒᆞ고 분상의 돗난 풀을 ᄂᆡ 숀으로 벌쵸ᄒᆞ야 호쳔망극 그 은혜를 만일이나 갑ᄌᆡ써니 이졔난 하릴업셔 슈즁고혼 될 터이니 불ᄊᆞᆼᄒᆞᆫ 우리 모친 ᄉᆞ명일은 고ᄉᆞᄒᆞ고 졔ᄉᆞ날리 도라온들 보리밥 ᄒᆞᆫ 그릇슬 뉘가 ᄎᆞ려 노와 쥬며 쵸즁 우양도의 이 무덤을 뉘 말이리 ᄇᆡᆨ양이 부득노의 막막야젼 될 거시요 쥭어셔 혼이라도 모친 얼골 보ᄌᆞ 한덜 모친 얼골 ᄂᆡ 모로고 ᄂᆡ 얼골 모친 몰나 셔로 의심할 터인듸 슈륙리 달나씨니 혼인들 만나것쇼 ᄂᆡ 숀의 ᄎᆡ린 졔물 망죵 흠향ᄒᆞ옵쇼셔 ᄋᆡ고ᄋᆡ고 셔룬지고 ᄉᆞᄇᆡ ᄒᆞ직ᄒᆞᆫ 연후의 집으로 도라와셔([1], 17-18쪽)

ᄉᆞ당에 하직ᄎᆞ로 졔수를 경히 ᄒᆞ고 눈물 흔젹 업신 후에 경ᄒᆞᆫ 의복 가라 닙고 후원에 도라가셔 ᄉᆞ당문 감안히 열고 쥬과를 차려놋코 통곡 ᄌᆡ비 하직홀 졔 불효 녀식 심쳥이ᄂᆞᆫ 부친 눈을 띄우려고 남경쟝ᄉᆞ 션인들의 삼백 셕에 몸이 폴녀 림당슈로 도라가니 쇼녀가 죽더ᄅᆡ도 부친의 눈을 띄여 챡ᄒᆞᆫ 부인 작ᄇᆡᄒᆞ야 아돌 낫코 ᄯᆞᆯ을 나아 조상 향화 젼케ᄒᆞ오 문 닷치며 우ᄂᆞᆫ 말이 쇼녀가 쥭ᄉᆞ오면 이 문을 누가 여다드며 동지 한식 단오 츄셕 ᄉᆞ 명졀이 도라온들 쥬과포혜를 누가 다시 올니오며 분향ᄌᆡ비 누가 홀ᄭᅡ 조샹의 복이 업셔 이 디경이 되엽ᄂᆞᆫ지 불샹ᄒᆞᆫ 우리 부친 무강ᄌᆞ지친족ᄒᆞ고 압 못 보고 형셰 업셔 밋을 곳이 업시시되 엇지 잇고 도라갈가([2], 30쪽)

산소 성묘 대목은 〈신재효본〉에 처음 보이므로 신재효의 창작으로 보아도 그리 틀리지 않을 것이다. 〈정권진 창본〉과 〈박동진 창본〉은 간략하고,[18] 〈정광수 창본〉과 〈김연수 창본〉은 〈신재효본〉을 축약한 것이다. 그러나 이 대목은 심청의 슬픔을 드러내는 데는 효과적이지만 지나치게 애상적이고, 한편으로는 효녀 심청의 행동에 그다지 어울리는 것이라고 할 수 없다. 그리하여 효녀 심청의 행동 양식에 더 잘 어울리고 양반문화적인 사당 하직 대목으로 바뀐 것으로 짐작된다. 이러한 변모는 박유전 시대, 좀 더 적극적으로 말하면 박유전에 의해 이루어졌고, 그러한 방향으로의 변모에는 양반층이 깊이 관여하였다고 할 수 있다. 즉 박유전의 강산제는 대원군의 사랑방에 동숙했던 유생들이 서편제 가풍이 지나치게 애상적이어서 인간의 심성을 해칠 우려가 있으므로 그러한 대목은 수정되어야 한다는 비판과 충고에 자극을 받아 개발되었던 것이다.[19]

---

18 "모친 분묘 차어가서 주과포혜 차려 놓고 분향사배 우는구나. 아이고 어머니 불효 여식 심청이난 부친 눈을 띠우랴고 남경장사 선인들께 삼백 석에 몸이 팔려 임당수 제수로 가게 되니 년년이 오난 기일 뉘라서 받드리까. 분묘의 돋은 풀은 뉘 손으로 벌초허리 망종 흠향하옵소서.", 〈정권진 창본〉, [2], 251쪽.

19 유기룡, 「민속음악용어 해설 15」, 『월간문화재』, 1980년 6월호, 문화재관리국, 29-30쪽.

5. 범피중류 대목의 지평전환

심청이 배를 타고 인당수(또는 임당수)로 가는 여정을 그리고 있는 범피중류[20]는 송광록과 전도성의 더늠이다. 고종시대의 서편제 명창 배희근도 잘 불렀다. 이 대목은 진양조의 풍경 대목과 중모리의 이비 등의 혼령과 만나는 혼령 대목으로 이루어져 있다. 범피중류는 판소리 다섯 바탕 중에서도 가장 어려운 대목으로 인식되어 있을 만큼 판소리의 기교적인 음악 어법이 망라된 심청가의 '눈' 대목이며, 토막소리로 할 때 자주 선택되는 대표적인 레파토리이다.[21] 수궁가의 자라가 토끼를 업고 용궁으로 향하는 대목에도 수용되어 있다.

현재의 창본은 모두 동일한 사설을 진양 우조로 부르지만 초기 심청가는 전혀 다른 내용으로 되어 있다. 다음은 〈박순호 낙장 27장본〉에서 인용한 것으로 범피중류 이전의 초기 형태를 잘 보여주고 있다.

> 무변ᄃᆡᄒᆡ 바ᄅᆡ보니 울면 가난 저 가마귀 뉘을 비겨 실피ᄒᆞ며 날나가난 저 기러기 소식이나 젼ᄒᆡ쥬오 ᄇᆡ노난 횡강ᄒᆞ고 슈광은 졉쳔이라 임술 칠월 갓근마난 소ᄌᆞ쳠 업셔시니 젹벽강도 아니로다 월ᄉᆡᆨ이 쳥명ᄒᆞ니 강남 풍경 조큰마난 이젹션 안니 오니 ᄎᆡ셕강도 안니로다 이렷탓 써날 져긔 그ᄊᆡ 마참 삼월이라 산화 작작 만발ᄒᆞ고 금조 영영 실피 우니 그리산 구룸 쓰고 소상강의 밤비 오니 아황 여영 혼일넌가 굴원 강으 넉실넌가 츈풍 삼월 조흔 ᄊᆡ의 초목군싱 질거ᄒᆞ되 불상ᄒᆞ다 저 심쳔은 오날 질리 져셩이라 고향을 바ᄅᆡ보니 ᄐᆡ항산 구룸 밋ᄐᆡ 아부임 계압신가 쳥쳔 오난 비난 어마임 눈물인가 무지ᄒᆞᆫ 갈가마구남으로 날나가면 심쳔으 겨동 보고 소ᄅᆡᄒᆞ면 화답ᄒᆞ되 갈구락 심쳔이야 알가락 심낭ᄌᆞ야 너의 호셩 장ᄒᆞ도다 너의 신세 가긍ᄒᆞ다 병신 부친 곤치락고 네 몸을 ᄌᆞᄆᆡᄒᆞ니 오날날 가난 질리 영결종쳔 아니신가 유원한 두견조난 월ᄒᆞ의 피을 토ᄒᆡ 우룸을 화답ᄒᆞ되 불여귀 심쳔이야 귀촉도 심낭ᄌᆞ야 너의 졍셩 가련

---

20 김석배, 「심청가의 '범피중류' 연구」, 『문학과 언어』 13, 문학과언어연구회, 1993. 박일용, 「심청가 '강상 풍경' 대목의 변이 양상과 그 의미」, 『판소리연구』 8, 판소리학회, 1997.

21 백대웅, 『다시 보는 판소리』, 도서출판 어울림, 1996, 28쪽.

ᄒᆞ다 너의 일이 왼일인고 ᄆᆡᆼ인 부친 위로ᄒᆞ여 너의 신세 영결ᄒᆞ니 임당슈 가난 길리 염나부 안이신가 쳥쳔의 외기러기 심쳔으 거동 보고 두 나릐 썰트리고 심쳔으 머리 우의 날나 가지 안니ᄒᆞ고 무삼 년고 이러한고 심쳔이 이러셔며 문난 말리 저 기러기야 소즁낭 북히상의 편지 전코 네 오난야 아황 여영 소상강의 피파 듯고 네 오난아 고국으로 도라갈지 ᄂᆡ의 부탁 듯고 가소 낙양셩 오류촌의 심씨 문호 차자가셔 우리 부친 봉ᄉᆞ 젼의 ᄂᆡ으 부탁 젼히 쥬소 가련한 심쳔이난 아무날 임당슈의 쥭기을 자원ᄒᆞ니 부ᄃᆡ 싱각 마르시고 만세무양 ᄒᆞ압소셔 올 씨의 일쌍 청조 심쳔을 의훌 두어 씨지리 안ᄌᆞ 무삼 소리ᄒᆞ며 오릐여 나가지 안니ᄒᆞ니 무삼 일노 일러한고 심쳔이 졍신ᄎᆞ려 문노라 너 청조야 옥황상제 요지연의 사ᄌᆞ되던 너 안니야 한무제 승화젼의 소식 젼턴 네 안니 음경으로 도라갈 제 ᄂᆡ 말 한변 젼코 가소 낙양셩 오류촌의 우리집 ᄎᆞ자가셔 ᄂᆡ으 부친 보압시고 ᄂᆡ으 말을 젼ᄒᆞ소셔 불호한 심쳔이난 오날 남경슈의 목슘이 가련ᄒᆞ니 다시 싱각 마압시고 안항장슈ᄒᆞ압소셔([7], 382-384쪽)

위의 인용문은 ‘강상 풍경, 심청의 탄식, 갈가마귀와 귀촉도의 심청 위로, 심청의 기러기와 청조에게 부탁’으로 짜여 있다. 〈박순호 19장본〉과 〈박순호 48장본〉도 대체로 이와 동일하다. 강상 풍경은 밑줄 친 부분 정도로 매우 간략하고, 오히려 갈가마귀와 귀촉도가 나타나 심청의 죽음을 위로하고, 심청은 기러기와 청조에게 죽은 딸을 생각 말고 만세무양과 안향장수를 부친에게 전해 달라고 부탁하는 내용이 길게 부연되어 있다. 특히 새들이 등장하여 심청의 비극적 처지를 효과적으로 그리고 있어 애상적인 분위기를 자아내고 있는데, 새의 등장은 전통적인 문학적 지평으로서 어색하지 않다. 갈가마귀는 죽음 또는 저승을 상징하는 새이고, 귀촉도는 꽃다운 나이에 한스럽게 죽어야 하는 심청의 처지와 잘 어울리고, 기러기와 청조는 소식을 전해주는 새로 널리 알려져 있기 때문에 이들의 등장은 매우 자연스럽다.

그런데 〈완판 41장본〉과 〈박순호 57장본〉처럼 일부 심청가에는 초기 심청가의 지평과 지금 부르고 있는 범피중류의 중간 단계에 해당하는 소상팔경이 존재하고 있어 범피중류의 변모 과정을 뚜렷하게 보여주고 있다.

소상팔경이 눈 압프 벌려거늘 넉넉커 둘너보니 강쳔이 망막하여 우류룩 쓔류룩 오난 비는 아황 여영의 눈믈리요 반쥭의 셕은 가지 졈졈이 ᄆᆡ쳣스니 소상야우 이 안이야 칠ᄇᆡᆨ 평호 말근 물은 츄월리 도다 오니 상ᄒᆞ 쳔광 풀리엿다 어용은 잠을 자고 자규만 날러들 졔 동경츄월 이 아이며 오초동남 널은 물의 오고 가는 상고션은 슌풍의 돗실 다라 북을 둥둥 울이면셔 어기야 어기야 이야 소ᄅᆡᄒᆞ니 원포귀범 이 안인야 격안강촌 앙삼가으 밥 진난 ᄂᆡ가 ᄂᆞ고 반조입강 셕벽상으 거울 낫쳘 열러스니 무산낙조가 이 얀이야 일간귀쳔 심벽이요 반ᄐᆡ용심이라 옹옹이 일러ᄂᆞ셔 ᄒᆞᆫ 쎄로 둘너스니 창오모운 이 안이며 슈벽사명양안ᄐᆡ의 쳥원을 못 이기여 이러 오난 져 길리이 ᄀᆞᆯᄃᆡ ᄒᆞᆫ나 입으 물고 졈졈이 날리들며 ᄭᅴᆯ눅ᄭᅴᆯ눅 소ᄅᆡᄒᆞ니 평사낙안 이 안이야 상슈로 울고 가니 슈운이 젹막ᄒᆞ고 황능으로 울고 간니 옛 사당이 완연ᄒᆞ다 남슌 형졔 혼이라도 응당 잇스려 ᄒᆞ엿던니 졔 소ᄅᆡ의 눈믈지니 황능이원 이 안이야 ᄉᆡ벽 쇠북 ᄒᆞᆫ 소ᄅᆡ여 경쇠 뎅뎅 셕거 난이 온는 ᄇᆡ 쳘이 원ᄀᆡᆨ의 집피 든 잠 놀ᄂᆡ ᄭᆡ고 탁자 압푸 늘근 즁은 ᄉᆞ벅ᄉᆞ벅 염블ᄒᆞ니 한사모종이 이 안인가 팔경을 다 본 휴의(〈완판 41장본〉, 20뒤-21앞)

위 인용문은 〈완판 41장본〉22에서 가져온 것이다. 〈김광순 30장본〉과 〈김광순 낙장 29장본〉 등의 소박한 지평23을 바탕으로 소상야우, 동정추월, 원포귀범, 무산낙조, 창오모운, 평사낙안, 황릉이원, 한사모종 등을 설의법으로

---

22 〈완판 41장본〉(심청가라)은 1898년에 간행된 판본(戊戌中秋完西新刊)으로 〈완판 71장본〉과 거의 동일하고, 후일담 부분이 간략하다. 이태영, 「완판본 〈심청가(41장본)〉 해제」, 『국어사연구』 4(국어사학회, 2004, 351-436쪽)에 간단한 해제와 함께 영인되어 있다. 『심청전 전집』 [11](박이정, 2000)에 수록된 〈사재동 44장본〉은 〈완판 41장본〉을 전사한 것이다.

23 "순풍의 돗쳘 다라 북을 둥둥 울니넛서 어부ᄉᆞ 한 소ᄅᆡ예 만경창파 떠ᄂᆞ갈 졔 해중경치 더욱 좃타 ᄉᆞ풍세우 조흔 경니 승낭ᄌᆞ의 수승니라 님술지추 출월은 옛말노 드러든니 ᄇᆡᆨ노는 헝강하고 슈광은 졉쳔이라 소동파 노던 졍ᄀᆡ 의구이 잇다마는 됴ᄆᆡᆼ덕의 일세영웅 니금의 안ᄌᆡ오아 셰우 듕 사립 씨고 핀듀 타고 가난 사람 ᄐᆡᄇᆡᆨ이 상쳔 후의 풍월 실로 네 가난야 또 한 곳 바ᄅᆡ 보니 강쳔이 막막 우룩살살 오난 비난 아황 여영 눈물인가 반쥭 슈풀 썩근 가지 졈졈이 셩문하니 소상야우 이 안이며 이습오헌탄 야월의 불셩경원 져 계리기 갈ᄃᆡ 하나 입의 물고 길욱길욱 소ᄅᆡ하고 편편이 나라든니 평사낙완 이 안니며 칠ᄇᆡᆨ평호 너런 물졀 상하천강 푸러어ᄃᆞ 순풍의 돗쳘 달고 어기야 노ᄅᆡ한니 원포기범이 안이야 또 한편 ᄇᆡ라보니 갈사립 슈계 씨고 고기 낙난 져 어옹은 위슈변 안인 고ᄃᆡ 강ᄐᆡ공이 분명ᄒᆞᄃᆞ", 〈김광순 30장본〉, [4], 135쪽.

제시하고 있다. 그러나 소상팔경을 그린다고는 했지만 경치를 객관적으로 제시하는 데 머물러 서정성 획득에 실패하였고, 소상야우·창오모운·황릉이원 등 이비와 관련된 것이 중복되어 소상팔경을 제대로 표현하지도 못했다. 소상팔경의 전통이 확립된 것은 11세기 북송의 문인화가 宋迪이 중국 동정호의 남쪽 부근인 瀟水와 湘水가 합쳐지는 곳의 절경을 〈소상팔경도〉(평사낙안, 원포귀범, 산시청람, 강천모설, 동정추월, 소상야우, 연사만종, 어촌석조)로 그리면서부터라고 한다.[24] 우리나라에서는 12세기 후기 고려 명종 무렵부터 소상팔경에 대한 관심이 일어나 문인들 사이에 詩題로 보편화되어 이인로, 진화, 이규보, 이제현 등이 소상팔경시를 남겼다. 그 전통은 조선시대로 이어져 안평대군은 「八景圖詩券」을 남겼으며, 유의손과 강석덕, 강희맹, 신광한 등은 한시를 남겼고 이후백은 연시조를 남겼다. 그뿐만 아니라 화원, 직업화가, 문인화가들은 소상팔경을 그림으로 남겼고 무명의 화가들도 민화로 남겼다. 이와 같은 소상팔경에 대한 열화와 같은 관심과 전통은 소상팔경이 심청가에 등장하게 된 요인이 되기에 충분했다.

그러나 소상팔경은 심청가의 문맥에 그다지 어울린다고 할 수 없다. 소상강이라는 고정된 장소의 경치를 병렬적으로 제시함으로써 인당수로 향하는 도정이 정지된 채 풍광을 감상하는 느낌을 주기 때문이다. 또한 소상팔경의 전체적인 분위기가 상당히 애상적이라고 하더라도 그것이 죽음의 길에 나선 심청의 심정에 밀착되어 있기보다 오히려 심청이 유람을 나와 사방의 경치를 완상하는 듯한 느낌을 주는 것도 썩 어울리는 것이라고 할 수 없다.[25] 이러한 이유 때문에 소상팔경은 후대에 형성된 범피중류와 일정 기간 공존하다가 결국 범피중류에 그 자리를 내주고 범피중류 끝에 그 흔적만 겨우 남기고, 정춘풍에 의해 문학적으로 더욱 세련되어 단가 소상팔경으로 다시 태어나게 된 것으로 짐작된다.[26]

---

24 안휘준, 『한국회화의 전통』, 문예출판사, 1988, 164쪽.

25 박일용, 「심청가 '강상 풍경' 대목의 변이 양상과 그 의미」, 『판소리연구』 8, 판소리학회, 1997, 105-106쪽.

(진양조) 범피중류 둥덩둥덩 떠나간다 망망한 창해이며 탕탕한 물결이로구나 백빈주 갈매기는 홍요안으로 날아들고 삼상의 기러기는 한수로 돌아든다 요량한 물결 소리 어적이 섞였는가 곡종인불견에 수봉만 푸르렀다 애내성중 만고수는 날로 두고 이름인가 장사를 지내여 가의대부 간 곳 없고 멱라수를 바라보니 굴삼려 어복충혼 무양도 하시던가 황학루를 당도하니 일모향관하처시오 연파강상사인수는 최호의 유적이요 봉황대를 당도하니 삼산은 반락청천외요 이수중분 백로주는 이태백이 놀던 데요 심양강을 당도하니 백락천 일거후에 비파성도 끊어졌다 적벽강을 그저 가랴 소동파 놀던 풍월 의구하야 있다마는 조맹덕 일세지웅 이금에 안재재 월락오제 깊은 밤에 고소성외 배를 매니 한산사 쇠북 소리는 객선에 댕댕 떠러진다 진회수를 건너 가니 연롱한수월롱사할 제 상여는 부지망국한하고 격강유창 후정화만 즐기드라【소상강을 들어가니 악양루 높은 집이 호상에 높이 떴다 동남으로 바라보니 오산은 첩첩 초수는 만중이라 반죽에 젖은 눈물 이비 한을 띠어 있고 무산에 돋는 달은 동정호에 비치었고 창오산 자는 한연 황능묘에 잠겼어라 산정에 잔나비는 자식 찾는 슬픈 소리 천객소인 감읍의 눈물은 몇몇이나 젖었느냐】([2], 100-101쪽)

위 인용문은 〈정광수 창본〉의 범피중류인데, 지금의 심청가는 대체로 이와 동일하다. 다만 소상팔경의 흔적인 【__】 한 부분은 창본 사이에 약간의 차이가 있다. 범피중류는 소상팔경에 비해 문학적으로 세련되어 있을 뿐만 아니라 심청가의 문맥에 잘 어울린다. 소상팔경의 정지된 공간에 비해 '지내가니', '당도하니' 등의 서술어를 통해 공간의 이동이 확연하게 이루어졌고, 유명한 한시 구절을 인용하여 옛 시인들의 무상한 자취를 심청의 눈을 통해 더듬는 형식을 취함으로써 죽음을 앞둔 심청의 수심을 응축적으로 형상화하여 높은 서정미를 획득하고 있다. 즉 적절한 한시구의 인용[27]을 통해 심청의 수심을

---

26 정춘풍에 의해 문학적으로 더욱 세련되게 다듬어진 단가 소상팔경은 소상팔경을 바탕으로 하고 있지만 환골탈태되어 소상팔경의 전형을 제대로 갖추고 있을 뿐만 아니라 문학적으로 훨씬 세련되었고, 서정성도 탁월하다.

27 한시 구절을 그대로 인용한 것, 풀어쓴 것, 응용한 것 등 다양하다. "曲終人不見, 江上數峰青."(錢起, 「湘靈鼓瑟」), "林間有容無人識, 欸乃聲中萬古心."(朱子, 「武夷九曲歌」), "日暮鄉關何處是, 煙波江上使人愁."(崔顥, 「黃鶴樓」), "三山半落青天外, 二水中分白鷺洲."(李白, 「登金陵鳳凰臺」), "一世之雄而今安在哉"(蘇軾, 「赤壁賦」), "月落烏啼霜滿天, 江楓漁火對愁眠. 姑蘇城外寒山寺, 夜半鍾聲到客船."(張繼, 「楓橋夜泊」), "煙籠寒水月籠沙, 夜泊

객관화함으로써 지나치게 애상적인 분위기를 완화한 것이 양반층의 기호에 부합되어 그들의 적극적인 지지와 사랑을 받을 수 있었던 것이다.[28]

송광록이 5년간 제주도에서 소리 공부를 마치고 돌아오는 배 안에서 만경창파를 바라보며 감개무량한 회포를 진양조로 읊은 것이 범피중류이며, 진양조는 이로부터 유명해졌다[29]고 하니 송광록의 더늠이 분명하다.[30] 송광록은 1827년에 神廳廣大들이 작성한 소위 「丁亥所志」[31]의 앞자리에 이름이 오를 정도로 이미 19세기 전기에 명성이 자자했던 명창으로, 송흥록의 친동생이자 수행고수였다. 고수로서의 비애를 느끼고 제주도에서 소리 공부에 전념한 것은 그로부터 그리 멀지 않은 1830년대로 볼 수 있을 것이다. 그리고 진양조를 발견한 김성옥이 김창룡(1872~1943)의 조부이므로 그가 일찍 타계했다고 해도 그 역시 1830년대의 일로 보이므로 일단 이 시기에 범피중류가 형성된 것으로 볼 수 있다. 진양조 발견과 완성이 송흥록과 관련이 있다[32]는 일설도 이러한 추정의 방증이 될 수 있다.

그러나 19세기 중기에 범피중류가 존재했던 것은 분명하지만 그것이 송광록에 의해 창작된 것으로 단정하기는 어렵다. 왜냐하면 어려운 한시문으로 점철되어 있는 범피중류를 과연 천민 광대인 송광록이 즉흥적으로 창작할 수 있었겠는가 하는 의문이 들기 때문이다. 그렇다면 다른 경로를 통해 범피중류가 송광록의 더늠이 되었다고 보는 것이 자연스럽다. 송광록보다 약간 앞선 시기의 방만춘이 시문에 소양이 있는 봉산 음률가와 함께 적벽가와

秦淮近酒家. 商女不知亡國恨, 隔江猶唱後庭花."(杜牧, 「泊秦淮」), "昔聞洞庭湖, 今上岳陽樓. 吳楚東南坼, 乾坤日夜浮."(杜甫, 「登岳陽樓」).

28 박일용, 「심청가 '강상 풍경' 대목의 변이 양상과 그 의미」, 『판소리연구』 8, 판소리학회, 1997, 91-92쪽.

29 「고금명창록 (3) 김창룡」, 『매일신보』, 1930. 11. 26.

30 김창룡은 고음반에 "광록 씨 송선생 소상팔경 어부가였다"라고 밝히며 범피중류를 남겼다. 「Columbia 40279-A 명창제 범피중류(송광록제) 김창룡」, 배연형, 「유성기음반 판소리사설 (1) (김창룡 편)」, 『판소리연구』 5, 판소리학회, 1994, 413쪽.

31 박헌봉, 『창악대강』, 국악예술학교출판부, 1966, 53-55쪽.

32 김성옥이 진양조를 발견하고 송흥록이 완성했다고 한다. 정노식, 『조선창극사』, 조선일보사출판부, 1940, 34쪽.

심청가를 고전에서 윤색, 개작했다는 사실에 주목한다면, 범피중류는 그 과정에서 창작된 것으로 조심스럽게 추정해 볼 수 있다. 요컨대 방만춘에 의해 다듬어진 범피중류를 송광록이 판소리판에 막 등장한 진양조로 특출나게 잘 불렀다고 보는 것이 오히려 자연스럽다.

다음으로 신재효 시대까지만 해도 심청이 세상으로 돌아오던 곳에 나오던 혼령 대목이 범피중류 바로 뒤로 이행하게 된 이유를 살펴보기로 한다. 이 대목은 〈강상련〉과 〈완판 71장본〉에 가장 부연되어 있다. 심청은 한을 품고 죽은 아황과 여영, 오자서, 초회왕, 굴원의 혼령을 만나 그들의 원정을 듣고, 효성에 대해 칭송도 받는다.[33] 현재의 창본은 대부분 일부 인물만 등장하거나 내용이 축약되어 간략하게 되어 있다.

혼령 대목의 문학적 원천은 몽유록계 소설로 보이는데, 사씨남정기 등 고소설은 물론 판소리에도 널리 수용되어 있는 친숙한 지평이다. 춘향가에서는 춘향이 황릉묘에 가서 이비와 척부인 등을 만나는 꿈을 꾸는 장면에, 수궁가에서는 토끼가 별주부의 등을 타고 육지로 돌아오는 장면에 나온다. 혼령들의 등장이 일견 심청가에 어울리지 않은 것 같지만 그렇지 않다. 이들이 선택된 것은 그들의 죽음이 대부분 물과 일정하게 관련되어 있다는 점에서 인당수에서 죽어야 하는 심청의 처지와 동일하기 때문이다. 그러나 혼령 대목은 근본적으로 혼령들이 생전에 보인 烈과 忠의 정신과 심청의 효성이 대응되기 때문에 생성될 수 있었던 것이다. 충과 효는 남을 위한 희생이란 점에서 윤리적으로 동일한 가치를 가지고 있다.[34] "그ᄃᆡ는 위친ᄒᆞ여 효셩으로

33 강지영, 「심청·효·데리다-효와 효행의 구분과 해체를 통한 〈심청전〉 연구-」(경상국립대학교 박사학위논문, 2022, 137-142쪽)에서는 혼령 대목을 이방인과 환대를 중심으로 해석하여 새로운 시각으로 바라보고 있다.

34 "희생은 남을 위해 자신을 바치는 행위이기 때문에 윤리적으로 가치있는 행위이다. 따라서 희생은 도덕적 개념과 깊이 밀착될 수 있다. 누구를 위한 희생인가에 따라 희생의 정의는 다르게 내려진다. 왕이나 국가를 위한 희생은 '忠'으로 불리워지고 부모를 위한 희생일 때는 '孝'가 된다. 그 밖에도 친구를 위한 희생은 '信義' 전인류를 위한 희생은 '仁' 전쟁에서의 희생은 '勇' 등으로 규정될 수 있다." 정하영, 「속죄의식의 문학적 전개-〈심청전〉을 중심으로-」, 서울대학교 석사학위논문, 1974, 38쪽.

죽고 나는 츙셩을 다ᄒᆞ더니 츙효는 일반이라 위로코져 ᄂᆡ 왓노라"고 한 굴원의 말은 이런 사실을 분명하게 보여준다. 그러나 혼령 대목은, 원혼들이 자신의 억울함을 세상에 널리 알려 달라는 내용으로 되어 있어서 사실상 초기 심청가와 같이 심청이 환세하는 장면에 나오는 것이 합리적이다.35 그럼에도 불구하고 후대의 심청가에서 인당수 투신 직전으로 옮겨지고 혼령들의 호소 내용도 다소 달라진 것은 모두 심청의 효성을 강화하기 위한 의도적인 재배치라고 할 수 있다.

한편 〈신재효본〉에서는 범피중류 대목으로 옮겨지지 않았지만 적극적인 의미를 지니는 방향으로 개작되었다.36 혼령들은 세상으로 돌아가는 심청에게 황후가 될 것이니 황후가 된 후에 훌륭하게 내조하여 이 세상을 태평성대가 되게 하고, 간신의 참소를 듣지 말고 충신을 잘 거두어 만세기업을 누리라고 한다.37 이러한 개작은 임금의 失德 때문에 억울하게 죽은 원혼이 황후가 될 심청에게 부탁할 법한 것이므로 내용상 합리성을 지니고 있다. 그리고 그것은 당시의 중앙정치에 대한 신재효의 부정적인 시각 또는 현실인식이 반영된 것이다.38 그러나 여기서 주목하고자 하는 것은 혼령 대목이 범피중류

35 "쇼ᄉᆞᆼ강 바ᄅᆡ보니 엇쪄ᄒᆞᆫ 두 미닌이 손을 잡고 풍낭 즁의 실피 울고 나오면셔 ᄒᆞ난 마리 져게 가난 심낭ᄌᆞᄂᆞᆫ 무슴 덕이 잇삽기로 귀히 되야 가나닛가 우리ᄂᆞᆫ 무슴 죄로 창오ᄉᆞᆫ 모운 즁의 슌님군을 이별ᄒᆞ고 이 물의 풍덩 ᄲᅡᄌᆞ 원혼되야 갈 길이 읍셧씨니 그ᄃᆡ 세ᄉᆞᆼ의 도라가셔 우리 쇼식 젼ᄒᆡ쥬오 명나슈 바ᄅᆡ보니 ᄒᆞᆫ 귀신이 들어올 졔 거문 관을 씨고 슈즁의 번뜻 쪄셔 ᄒᆞ난 말리 져게 가ᄂᆞᆫ 심낭자ᄂᆞᆫ 셰ᄉᆞᆼ의 나가거던 만고츙신 굴원이가 어복즁의 혼니 되야 도라갈 길 읍로라고 이ᄂᆡ 쇼식 젼ᄒᆡ쥬오 쏘 ᄒᆞᆫ 편 바라보니 눈 읍신 키 큰 장슈 ᄇᆡᆨ마을 자바 타고 풍낭 즁의 나오면셔 져게 가난 심낭ᄌᆞᄂᆞᆫ 이ᄂᆡ 말삼 들어보오 나ᄂᆞᆫ 동문의 눈을 걸고 이 물의 혼니 되야 갈 길이 업셔씨니 그ᄃᆡ 셰ᄉᆞᆼ의 나가거던 이ᄂᆡ 쇼식 젼ᄒᆡ쥬오", 〈박순호 19장본〉, [7], 28-29쪽.

36 〈신재효본〉, [1], 25-26쪽.

37 〈경판본〉에는 실제로 심왕후가 왕에게 조언하여 政事를 바로 돌보게 하고 있다.

38 신재효가 당대의 현실 또는 중앙정치를 부정적인 시각으로 바라보고 있다는 사실은 그가 개작, 정리한 판소리사설 여기저기서 흔하게 발견된다. 〈적벽가〉에서는 정욱을 통해 조조를 희화화하여 현실정치를 풍자하였고, 〈심청가〉의 "동원의셔 셕반 먹고 기싱ᄒᆞ고 ᄌᆞ라 ᄒᆞ되 ᄌᆞ네 알면 강ᄊᆞᆫ홀가 간신이 ᄒᆞ직ᄒᆞ고 관문 박씨 막 나셔니 ᄉᆞᆷ반 관쇽더리 왜 ᄒᆞ고 달여드러 심봉ᄉᆞ 님을 찻는듸 근언 야단이 업졔 우리 쳥으로 가십시다 ᄂᆡ 집으로 가십시다 ᄉᆡᆨ쥬가로 가십시다 ᄉᆞᆷᄇᆡᆨ 양 ᄃᆡᆯ일게 좌슈 식켜쥬오 천 양 ᄂᆡ께

대목으로 이행한 것은 적어도 신재효 당대까지는 일반화되지 않았다는 사실이다. 즉 신재효가 심청가를 정리하던 시대까지는 혼령 대목이 심청의 환세 대목에 나오는 것과 범피중류 대목에 나오는 두 종류가 공존하고 있었다는 것이다. 후자가 전자를 밀어내고 고착되었던 것은 19세기 후반기의 일로 추정된다.

6. 심청 인당수 투신 대목의 지평전환

심청이 인당수에 투신하는 대목은 후대의 심청가가 중세적 가치관인 효를 지향하는 쪽으로 지평전환을 거듭하는 양상을 잘 보여주고 있다. 심청가의 다른 여러 대목도 후대로 내려오면서 변모하였지만 지평 사이의 선후 관계를 확정하기 어렵기 때문에 지평이 전환되는 양상을 분명하게 밝히는 일이 쉽지 않다. 그러나 심청의 투신 대목은 〈신재효본〉에 지평전환의 징표가 뚜렷하게 제시되어 있어 그것이 겪은 변모 양상과 그 시기를 상당히 구체적으로 가늠할 수 있게 한다.

> ㉠ 북을 둥둥 울이면셔 심쳥아 시 급ᄒᆞ다 어셔 급피 물의 들나 ㉡ 심쳥이 거동 보쇼 ᄇᆡ머리에 나셔 보니 ᄉᆡ팔ᄒᆞᆫ 물겨리며 울울 바람쇼ᄅᆡ 풍낭이 ᄃᆡᄌᆞᆨᄒᆞ야 빗젼을 탕탕 치니 심쳥이 깜짝 놀ᄂᆡ 뒤로 퍽 쥬존지며 ᄋᆡ고 아버지 다시난 못 보것ᄂᆡ 이 물헤 빠져씨면 고기밥이 되것ᄉᆞ나 무슈이 통곡싸ᄀᆞ 다시금 일어

이방 식켜쥬오 숀 ᄌᆞᆸ건니 엽 씨건니 셔로 안니 노컨만은 ᄌᆞᄂᆡ가 기달일가 읍ᄂᆡ셔 안니 ᄌᆞ고 더듬더듬 ᄎᆞ져오니"([1], 35쪽), 〈토별가〉의 "ᄉᆞᆫ군이 큰 입으로 양볼졔비 먹을 젹의 여우가 엽페 안져 ᄌᆞ랑이 무섭ᄉᆞ나 져의덜리 못싱겨셔 나무게 복ᄀᆡ이네 ᄌᆞ펴 먹ᄂᆡ 걱졍ᄒᆞ졔 날갓치 힝셰ᄒᆞ면 아무 걱졍 업졔 … 시쇽에 비ᄒᆞ면은 ᄉᆞᆫ군은 슈령 갓고 여우난 간물출ᄑᆡ ᄉᆞᆫ힝ᄀᆡ난 세도 아젼 너구리 멧쏘시며 쥐와 다람이난 굼씨 안난 빅셩이라" 등에서 난마처럼 얽혀 있는 관료 집단의 부정부패를 비판하고 있다. 신재효의 현실 인식에 대해서는 서종문, 『판소리사설연구』(형설출판사, 1984)와 서종문, 「심청가에 나타난 신재효의 세계인식」(『동리연구』 3, 동리연구회, 1996)에서 깊이 있게 다루었다.

> 나셔 바람 마진 병신갓치 이리 빗틀 져리 빗틀 치마폭을 물음씨고 압이를 아드득 물고 아고 나 죽ᄂᆡ 쇼ᄅᆡᄒᆞ고 물의 가 풍 빠젓다 하되 그리하여서야 회녀 죽엄 될 슈 잇나 ㉢ 두 손을 합장하고 ᄒᆞ나님 젼 비난 마리 도화동 심쳥이가 ᄆᆡᆼ인 ᄋᆡ비 ᄒᆡ원키로 ᄉᆡᆼ목슘이 죽ᄊᆞ오니 명쳔니 하감ᄒᆞᄉᆞ 캄캄ᄒᆞᆫ ᄋᆡ비 눈을 불일 ᄂᆡ의 발기 쎠셔 셰ᄉᆞᆼ 보게 ᄒᆞ옵쇼셔 ㉣ 빌기를 다ᄒᆞᆫ 후의 션인덜 도라보며 평안이 ᄇᆡ질ᄒᆞ여 억십만금 퇴를 ᄂᆡ여 고향으로 가올 젹의 도화동 ᄎᆞ져 들어 우리 부친 눈 쎠난가 보ᄃᆡ ᄎᆞ져보고 가오 ㉤ 빗머리의 썩 나셔셔 만경창파를 졔 안방으로 알고 풍 빠지니 ㉥ 경각간의 바람이 ᄉᆞᆨ어지고 물결이 고요ᄒᆞ니 ㉦ ᄉᆞ공덜 ᄒᆞ난 마리 풍슉낭경ᄒᆞ기 심낭ᄌᆞ의 덕이로다([1], 23-24쪽).

위의 인용문은 〈신재효본〉의 심청이 인당수에 투신하는 대목이다. 이 대목은 일반적으로 '사공의 고사, 물에 들라는 선인들의 재촉, 하느님(明天)에게 부친의 눈을 띄워 달라는 심청의 축원, 선인들에게 장사를 마치고 돌아오는 길에 물밥을 던져 자신의 넋을 위로해 달라는 심청의 부탁, 심청의 투신, 풍랑이 잦아짐, 사공들의 탄식'으로 이루어져 있다. 그런데 〈신재효본〉은 밑줄 그은 비판자적 개입 부분을 경계로 죽음을 앞둔 심청의 태도가 확연하게 다른 대조적인 성격의 두 지평을 함께 보여주고 있다. 앞부분은 신재효 시대 이전부터 존재했던 지평 곧 과거지평이고, "그리하여서야 회녀 죽엄 될 슈 잇나"는 비판은 신재효의 기대지평이고, 뒷부분은 앞부분을 부정하는 쪽으로 개작된 지평이다. 즉 심청이 삶과 죽음의 갈림길에서 갈등하는 앞부분은 신재효 이전부터 전승되어 왔던 지평이고, 부친을 위해 스스로 선택한 죽음에 대해 두려워하거나 삶에 대한 애착을 가지는 것은 효녀로서의 모습이 아니라는 판단이 기대지평이고, 심청이 부친의 開眼을 축원하며 의연하게 죽는 모습으로 개작한 뒷부분이 기대지평을 만족시키는 지평이다. 이와 같이 신재효가 가졌던 과거지평에 대한 불만 또는 갈등은 과거지평을 자신의 기대지평 쪽으로 전환함으로써 해소된다.

신재효의 이러한 지평전환은 후대의 심청가에 적잖은 영향을 끼쳤는데, 우선 신재효가 이 대목의 지평전환을 꾀하였던 근본적인 이유를 살펴보기로 한다. 다음은 〈완판 71장본〉의 심청 투신 대목으로 신재효 당대에 널리 불리던 지평을 잘 보여준다.

> ⓐ 북을 두리둥 두리둥 치면셔 심쳥은 시가 급ᄒᆞ니 어셔 밧비 물의 들나 ⓑ 심쳥이 거동 보쇼 두 손을 ᄒᆞᆸᄌᆞᆼᄒᆞ고 이러나셔 ᄒᆞ날임 젼의 비난 말리 비난이다 비난이다 하날임 젼의 비난이다 심쳥이는 죽난 일은 추호라도 셥지 안이ᄒᆞ여도 병신 부친의 집픈 ᄒᆞᆫ를 ᄉᆡᆼ젼의 풀야 ᄒᆞ옵고 이 죽엄을 당ᄒᆞ오니 명쳔은 감동하옵셔 침침ᄒᆞᆫ 아비 눈을 명명ᄒᆞ게 쯰여 주옵소셔 ⓒ 팔을 드러 슬허치고 여러 션인 상고님ᄂᆡ 평안이 가옵시고 억십만 금 퇴를 ᄂᆡ여 이 물가의 지ᄂᆡ거든 ᄂᆡ의 혼ᄇᆡᆨ 불너 물압이나 주오 ⓓ 두 활ᄀᆡ를 쩍 벌이고 ᄇᆡ젼의 나셔 보니 수쇄ᄒᆞᆫ 푸린 물은 월리렁 출넝 뒤둥구러 물농울 쳐 법큼은 북젹 쯰듸린듸 심쳥이 기가 ᄆᆡᆨ키여 뒤로 벌덕 주져ᄋᆞᆫ져 ᄇᆡ젼을 다시금 잡고 기절ᄒᆞ야 업된 양언 참아 보지 못ᄒᆞᆯ네라 심쳥이 다시 졍신차려 ᄒᆞᆯ 수 업셔 이리나 왼 몸을 잔득 쓰고 초ᄆᆡ폭을 무름씨고 츙츙거림으로 물너셧다 창ᄒᆡ 즁의 몸을 주워 ᄋᆡ고ᄋᆡ고 아부지 나는 죽소 ᄇᆡ젼의 ᄒᆞᆫ 발리 짓칫ᄒᆞ며 색구로 풍덩 ᄲᆡ져노니 ᄒᆡᆼ화는 풍낭을 쫏고 명월은 ᄒᆡ문의 잠기니 차소위 묘창ᄒᆡ지일속이라 ⓔ ᄉᆡ난 날 정신갓치 물결은 잔잔ᄒᆞ고 광풍은 삭어지며 안ᄀᆡ 자옥ᄒᆞ야 가는 구름 머물넛고 쳥쳔의 푸린 안ᄀᆡ ᄉᆡ오난 날 동방쳐롬 일기 명낭ᄒᆞ더라 ⓕ 도사공 ᄒᆞ는 말리 고사를 지ᄂᆡᆫ 후의 일기 순통ᄒᆞ니 심낭자의 녁이 안이신가 좌즁이 일심이라 ([3], 243-244쪽)

앞의 〈신재효본〉과 위의 〈완판 71장본〉은 ㉠-ⓐ, ㉡-ⓓ, ㉢-ⓑ, ㉣-ⓒ, ㉤-ⓓ, ㉥-ⓔ, ㉦-ⓕ가 각각 대응하고 있다. ㉠-ⓐ, ㉢-ⓑ, ㉦-ⓕ는 대체로 동일하고, ⓔ는 ㉥에 비해 다소 확장되었다. 그러나 ㉡-ⓓ, ㉣-ⓒ, ㉤-ⓓ 사이에 의미 있는 차이가 드러나 주목된다. 신재효가 비판한 과거지평인 ㉡은 ⓓ와 구체적인 사설에서 차이가 있지만, 비장한 결심에도 불구하고 떨칠 수 없는 죽음에 대한 공포와 삶에의 애착 때문에 흔들리는 심청의 모습을 형상화하고 있다는 점에서 동일하다. 심청의 이런 모습은 다음의 〈박순호 48장본〉에서 볼 수 있는 바와 같이 이른 시기의 심청가 시대부터 있었던 전통적인 지평[39]으로

39 〈박순호 낙장 57장본〉은 “영치 조흔 눈을 감고 주옥 갓흔 이를 갈며 치ᄆᆡ을 무음씨고

로 그 역사가 만만치 않다.

> 정신 업난 홋슈심乙 혀혀 니기 엔이린가 영ᄎᆡ 조흔 눈乙 잔뜩 쌈고 니乙 잔뜩 물고 치매乙 무릅씨고 물乙 보고 나가다가 정신이 왈작ᄒᆞ고 기가 막케 펄젹 쥬젹안지머서 ᄋᆡ고 아반임 한난 소ᄅᆡ 日月리 무光ᄒᆞ고 목셕이 흠누할 제 인당슈 잔잔ᄒᆞ고 소소강풍 쓴너진다 四面이 寂寂 雲무 자옥한ᄃᆡ 심청이 벌벌 쩔머 다시 펄젹 이러서서 아반임 위로할진ᄃᆡ 이리ᄒᆞ여 못 하리라 이를 쑤드득 쥬먹乙 불쓴 쥐고 천방지방 그럼을 거려 자조 空中의 목제비하야 ᄇᆡ전의 뚝 써러저 물의 풍등 싸저ᄉᆞ나 뫼창회지일속니라([7], 92쪽)

심청은 눈을 잔뜩 감고 이를 꽉 다물고 치마를 무릅쓰고 물에 뛰어들려고 하지만, 물을 보는 순간 죽음에 대한 공포 때문에 깜짝 놀라고 기가 막혀 펄썩 주저앉으며 아버지를 부른다. 예정된 죽음을 목전에 둔 심청의 애처로운 모습이 여실하게 그려져 있다. 심청이 겪는 이러한 비극적인 상황은 일월이 빛을 잃고 목석도 눈물을 머금는다는 말에 함축되어 있다. 심청이 부친을 위해 자신을 희생하려는 범상치 않은 결심을 했다고 하나 죽음 앞에서 두려움과 삶에 대한 미련을 떨치기 어려웠을 것이다. ㉣은 ⓒ의 물밥을 주어 자신의 혼백을 위로해 달라는 대신 고향으로 찾아가서 부친이 눈을 떴는가를 확인해 달라고 부탁하는 것으로 개작되었고, ㉤은 ⓓ의 죽음의 공포와 삶에의 미련이 제거되었고, ㉥은 ⓔ에 비해 매우 간략하게 서술되어 있다.

그런데 〈신재효본〉에서 형상화하고자 했던 심청은 죽음 앞에서 두려워하는 평범한 소녀가 아니라 죽음을 의연하게 맞이하는 성스러운 여성이다. 아버지의 눈을 띄우기 위해 스스로 죽음의 길을 택한 심청은 孝의 權化로 승화되지 않으면 안 되기 때문에 비록 죽음 앞에서 갈등하는 심청의 모습이 현실적이라고 하더라도 그것은 효심의 극치를 보여줄 인물의 행동으로는 부적합하다는 것이다. 요컨대 효심을 극대화하기 위해 심청은 죽음 앞에서도

두 쥬멱을 발쓴 쥬고 발름 마진 병신쳘음 빗실 걸음 혓노며 ᄇᆡ쪈의다 ᄇᆡ을 붓치고 ᄋᆡ고 이거시 웬일인고 일낙셔산 흠지 역으로 ᄒᆡ즁의 평덩 색구러지이"([6], 74쪽)로 되어 있다.

흔들려서는 안 된다는 理念的 當爲를 죽음 앞에서는 누구나 공포를 느낄 수 있다는 經驗的 事實보다 우위에 두고자 했던 것이다.40 〈신재효본〉의 여러 곳에서 이루어진 지평전환이 모두 신재효 한 사람에 의해 이루어진 것인가에 대한 의문은 있지만, 위의 지평전환은 심청을 출천 효녀로 형상화하는 데에 성공하여 후대의 심청가에 적지 않은 영향을 끼친 것이 분명하다.

〈신재효본〉 이후에 이루어진 변모 양상을 〈이선유 창본〉과 〈정권진 창본〉을 중심으로 검토해 보면 다음과 같다.

> (자진모리) 북을 둥둥 울니면서 심소제 시 급하오 어서 급히 물의 들나 심쳥이가 기가 막혀 안젓다 이러서서 두 손을 합장 무릅을 쓿코 아이고 하누님 심청이 죽난 일은 추호라도 슬지 안으되 병든 부친 집흔 한을 생젼의 풀야 하고 이 죽엄을 당하오니 명쳔이 감동하야 아븨 눈을 쓰옵소서 팔을 드러 손을 치며 여러 손님 상고님네 평안이 기웁시고 억심만 금 퇴를 내아 이 물가의 지내거던 내의 혼백 넉슬 불너 물밥이나 하여주오 두 손목 마조 잡고 배 이마에 나서보니 시퍼런 물결은 풍랑을 조차 어르롱 술넝 심쳥이가 기가 막혀 뱃젼을 잡고 쪄난 양은 차마 보지 못할너라 다시 펄적 이러서서 영채 조흔 눈을 감고 치마폭을 무름쓰고 압니를 아드득 물고 죵죵거름 자조 거러 바람 마진 병신쳐름 비틀비틀 나가더니 창해에 몸을 두어 아이고 소래 한 번 슷테 헨두리처 걱구러저 물의 가 풍 쩌러지니 묘창해지일속이라([1], 73쪽)

> (중중모리) 심랑자 물에 들라. 성화같이 재촉허니 심청이 죽으란 말 듣더니, 여보시오 선임네, 도화동이 어데쯤이나 있소. 도사공이 손을 들어 가리키는디, 도화동이 저기 운애만 자욱헌 디가 도화동일세. 심청이 기가 막혀 아이고 아버지 불효 여식 청이는 추호도 생각 마옵시고 어서 어서 눈을 떠 대명천지 다시 보고 칠십생남허옵소서. 여보시오 선임네, 억십만 금 퇴를 내어 고국으로 가시거든 우리 부친 위로하여 주옵소서. 글랑은 염려 말고 어서 급히 물에 들라.
>
> (휘몰이) 심청이 거동 봐라. 샛별 같은 눈을 감고 초마자락 무릅쓰고 뱃전으로 우루루루 만경창파 갈마기격으로 떴다 물에가 풍.
>
> (진양) 빠져 노니, 향화는 풍랑을 쫓고 명월은 해문에 잠겼도다. 영좌도 울고

---

40 서종문·정병헌 편, 『신재효 연구』, 태학사, 1997, 71-72쪽.

사공도 울고 격군 화장이 모두 운다. 장사도 좋거니와 우리가 년년이 사람을 사다가 이 물에다 넣고 가니 우리 후사가 좋을 리가 있겠느냐. 닻 감어라 어기야 어야 어야 우후청강 좋은 흥을 묻노라 저 백구야 홍요 월색이 어느 곳고 일강 세우 네 평생에 너는 어이 한가허느냐. 범피창파 높이 떠서 도용도용 떠나간다([2], 259-260쪽)

전자는 동편제 심청가의 모습을 보여주는 〈이선유 창본〉이고, 후자는 박유전이 19세기 후기에 전남 보성의 강산리에 내려와 서편제 심청가를 다듬은 강산제 심청가인 〈정권진 창본〉이다. 둘 사이에 적잖은 차이가 있음을 확인할 수 있다. 〈이선유 창본〉이 신재효가 비판한 19세기 중기의 지평을 그대로 보여주는 데 비해, 〈정권진 창본〉은 〈신재효본〉 이후에 이루어진 지평을 보여주고 있다. 우선 〈정권진 창본〉에서 눈에 띄는 것은 심청의 효성이 〈신재효본〉보다 더 두드러져 있다는 사실이다. 〈신재효본〉에서 하느님에게 부친의 개안을 빌던 것이 여기서는 도화동을 바라보며 직접 부친에게 눈을 떠서 대명천지를 다시 보고 칠십에 생남하기를 축원하고 있다. 심봉사에게 生男은 눈 뜨는 것 못지않은 소망이었다.41 따라서 축원의 대상이 부친으로 초점화된 것은 심청의 효성이 더욱 직접적이고 구체화된 것으로 이해할 수 있다. 그리고 심청의 투신 장면이 극도로 간략화된 것은 〈신재효본〉의 영향으로 볼 수 있고, 진양 장단으로 부르는 사공들의 탄식은 신재효 시대 이후에 정제된 것으로 보인다.

이 대목의 지평전환은 음악적 층위에서도 이루어졌다. 장단의 짜임은 다양한 양상을 보이고 있는데, 심청의 인당수 투신까지의 장면은 중중모리(〈강상

41 심봉사에게 眼盲도 한이지만 祖上 香火를 이어갈 자식이 없는 것도 그에 못지않은 한이었다. 이러한 사정은 곽씨부인에게 무자식을 탄식하며 기자치성을 바라는 심봉사의 말에 잘 드러나 있다. "우리 년당 사십에 실하에 일점 혈육 업서 조종 행화를 끈케 되니 죽어 황천에 간들 무슨 면목으로 선영을 대하오며 우리 양주 사후 신세 초상장사 소대긔며 년년이 오는 길에 밥 한 그릇 물 한 목음 뉘라서 밧들잇가 명산 대찰에 신공이나 드려 보아 다행이 눈먼 자식이라도 남녀 간에 나어보면 평생 한을 풀 거시니 지성으로 비러보오"(〈이선유 창본〉, [1], 54쪽)

련〉), 자진모리(〈이선유 창본〉, 〈김연수 창본〉, 〈박동진 창본〉), 자진모리와 휘모리(〈정광수 창본〉, 〈정권진 창본〉), 자진중중모리와 휘모리(〈한애순 창본〉), 중중모리와 자진모리(〈김소희 창본〉) 등으로 한다. 중중모리 이상의 빠른 장단으로 짜인 것은 빠른 장단이 인당수에 뛰어 들어야 하는 긴박한 상황을 그리는 데에 효과적이기 때문이다. 그리고 판소리에서는 흔히 빠른 장단으로 몰아치고 난 뒤에 새로운 세계가 열린다는 점에 주목할 필요가 있다. 심청의 투신은 그 후에 예비되어 있는 심봉사의 開眼이라는 새로운 세계로 나아감을 의미하는 것과 무관하지 않기 때문에 빠른 장단이 선택되었다는 것이다. 한편 사공의 탄식 장면은 〈김연수 창본〉만 중모리고 나머지는 모두 진양조이다. 바로 앞에서 급박한 상황을 연출하는 데에 빠른 장단이 필요했다면 고요한 장면을 연출하는 데는 느린 장단이 필요하기 때문이다. 이러한 장단 구성의 차이는 법제나 창자 사이에 이 대목을 바라보는 시각의 차이 곧 미학적 견해가 다르기 때문이라고 할 수 있다.

7. 심청 환세 대목의 지평전환

심청이 연꽃을 타고 인당수에서 세상으로 돌아오는 대목은 헌철고종대의 동편제 명창 전해종의 더늠으로 알려져 있고, 김세종도 잘 불렀다. 이 대목은 후대에 혼령 대목과 강상 풍경 대목이 범피중류 대목으로 옮겨짐에 따라 크게 약화되었고, 그 결과 독립적인 더늠으로 부를 수 없게 되었다.

심청 환세 대목의 초기 형태는 다음에 인용한 〈박순호 48장본〉과 같았을 것으로 추정된다. 〈박순호 낙장 27장본〉도 이와 유사하다.

> 잇ᄊᆡ 용왕이 삼 연 한정ᄒᆞ이 옥황게옵서 하송하신 벅도화 ᄭᅩᆺ봉 쏙의 조인단 계란쥬머 不老草 不死藥과 기린포머 千日酒를 갓가지로 下送하사 심낭자 치送할 제 ᄭᅩᆺ봉 쏙의 단정이 모신 후의 귀면지졸과 강ᄒᆞᆫ지장이며 금관옥동이 시위하야 인당水로 전送할새 용왕도 전별ᄒᆞ고 王后 국女 악슈ᄒᆞ며 三年 모의

신 선녀 손乙 잡고 낙누ᄒᆞ며 영결 ᄒᆞ직할 제 인당슈 너런 바ᄃᆡ 五雲 영채 들러 난ᄃᆡ 이별 詩와 배별 酒로 인당슈 나온 후의 八仙女 엿자오ᄃᆡ 낭자 모서 갈 사ᄅᆞᆷ니 三日 內의 올거신이 구이不出ᄒᆞ옵소서 은연이 계옵시면 出世上 귀이 되여 영ᄒᆞ무궁할 거시요 ᄆᆡᆼ人 부친 相봉할 거시요 태펭世의 지ᄂᆡ옵다가 萬歲 後의 도라오먼 옥경 상봉사ᄒᆞ이다 ᄭᅩᆺ봉지乙 물의 ᄂᆞᆺ코 하직ᄒᆞ고 도라선이 인 홀불견 간ᄃᆡ업다 五雲 영채 거드지고 힝풍 선악 ᄯᅳᆫ어지며 無邊大海 인당水라 벽파 상의 덩설 쓰서 삼山乙 바ᄅᆡ보니 청天 밧게 머러 잇고 이水는 아득ᄒᆞ여 ᄇᆡᆨ노쥬가 이러렷다 (중략; 굴원, 이비의 하소연) 소상강 지ᄂᆡᆺ코 ᄯᅩ ᄒᆞᆫ 곳 다 다르이 소소춘풍 송안군의 나라 노는 저 기럭야 소상으로 힝ᄒᆞ넌야 동정호로 네 오는야 우리 부친 평안ᄒᆞᆫ 소식 네 듯고 오는야 저 기럭이 무심ᄒᆞ여 빈 소ᄅᆡ ᄲᅮᆫ이로다 ᄯᅩ ᄒᆞᆫ 고절 바ᄅᆡ보니 세우 즁의 돗철 다라 둥둥 쪄 오는 ᄇᆡ 楚江漁夫 風月노 가는 ᄇᆡ요 邊邊창파 노난 거선 雙去雙來 白구로다 鷄山파무울차의 鏡水無風也自破 녹강은 심건처요 고낭은 직번공乙 오히 越女 採蓮귀ᄒᆞ니 번박어 지조라 십노직싱조하니 쥬곙불外風이 니 안인 장관인가 (중략; 오자서의 하소연) 오강乙 밧비 지ᄂᆡ ᄯᅩ ᄒᆞᆫ 고절 바ᄅᆡ보이 五湖上의 슈노와 돗 졋든 사ᄅᆞᆷ 越나라 범여 이 안인가 秋風의 江東去ᄒᆞ니 張翰으 돗ᄃᆡ로다 낙하여고목제비ᄒᆞ고 秋水는 공長天一色이라 석문 동정슈요 금상ᄋᆡ양누라 육마관부의 빙쳠사쳐뉴는 두공부의 염엉인가 위水乙 바ᄅᆡ보이 풍사월궁 강ᄐᆡ공 기쥬로 도라가고 옥척女ᄲᅮᆫ이로다 적벅강 바ᄅᆡ보이 月明星히의 烏鵲이 南飛로다 三國전 長城ᄑᆡ 후의 소자첨 興泛舟요 심양강 도라드이 伯樂천 日去 後의 거 뉘라 임잴넌고 채석강 지ᄂᆡ가이 李適仙 기경 後의 江南風月리 閒多年과 青山 夜月 두건聲은 덧던 소ᄅᆡ로다([7], 95-97쪽)

위의 인용문은 대체로 보아 용궁에서의 이별, 혼령들의 하소연, 강상 풍경으로 이루어져 있다. 혼령 대목은 굴원, 오자서, 이비 등이 자신의 억울함을 세상에 알려 달라고 호소하는 것이고, 강상 풍경은 심청이 꽃봉을 타고 돌아오며 주위에 펼쳐지는 풍경을 바라보는 장면이다. 이 대목의 강상 풍경은 범피중류 대목의 강상 풍경과는 달리 심청이 세상으로 나오면서 유유자적하게 둘러볼 수 있는 상황에 있기 때문에 자연스럽다.[42] 이 점에서 수궁가의 고고천변과

42 〈사재동 48장본〉에 "이ᄯᆡ여 심쳥이가 인당슈의 들어갈 제ᄂᆞᆫ 무삼 경왕으로 소상팔경을 보와쓋는야만은 인ᄂᆞᆫ 경ᄉᆞ 질이라 시비게 식여 소상팔경을 다시 귀경ᄒᆞ며 쥬야로

소지노화의 자라와 토끼가 육지로 나오는 장면과 흡사하다. 그리고 강상 풍경은 후대에 범피중류 대목으로 옮겨지면서 심청의 수심을 드러내는 것[43]으로 그 기능이 바뀌었다.

그런데 지금의 창본은 다음과 같이 매우 간략하게 되어 있다. 다음은 〈정광수 창본〉에서 인용한 것이다.

> (평중머리) 하루는 옥황상제 하교하시되 심청이 방년 인간에 연분이 급하였으니 인당수로 환송하여 어진 때를 잃지 말게 하라 남해용왕이 수명하고 심낭자를 환송할 제 연화꽃 한 봉을 조화로 만들어 꽃봉 속에 모시고 양개 선녀로 시위하야 조석 공대 찬수 등물 금은보패를 많이 넣고 용왕과 각궁 시녀 다 나와 전송할 제 심청이 하는 말이 용왕 은혜 입어 죽을 몸이 다시 살아 세상을 나가오니 은혜 백골난망이요 하직하고 돌아서니 인당수에 가 번뜻 떴다 천신의 조화요 용왕의 신력이라 바람이 분들 흔들리며 비가 온들 요동하랴 오색 채운이 꽃봉 위에 어리여서 주야로 둥실 떠 있을 제([2], 108쪽)

매우 간략하게 되어 있어 독립적인 더늠으로 부를 수 없을 정도가 되었다. 심지어 일부 창본 예컨대 〈이선유 창본〉, 〈김연수 창본〉, 〈정권진 창본〉에서는 아니리로 해서 아예 소리[창]마저 잃어 버렸다. 다만 〈강상련〉의 "쏫봉 속에 심랑ᄌᆞᆫ 막지소향 모로다가 슈졍문 밧 써나갈 제 텬무열풍음우ᄒᆞ고 ᄒᆡ불양파 잔잔ᄒᆞᆫᄃᆡ 삼츈에 ᄒᆡ당화ᄂᆞᆫ ᄒᆡ슈즁에 붉어 잇고 동풍에 푸른 버들 위슈변에 드렷ᄂᆞᆫᄃᆡ 고기 잡ᄂᆞᆫ 뎌 어옹은 시름업시 안졋구나"라는 흔적을 통해 초기

둥덩둥덩 써 잇실졔"가 있다. [11], 153-154쪽.

43 "물의 잠이 몃 밤이며 ᄇᆡ여 밤이 몃 날인야 거연 사오 삭을 이믈가치 지ᄂᆡ가니 금풍삽이셕기ᄒᆞ고 옥우확이징영이라 낙화넌 여고목졔비ᄒᆞ고 츄슈공장쳔일식이라 왕발리 지은 귀요 무변낙목소소ᄒᆞ요 부진장강곤〻ᄂᆡ은 두자미으 을푼 귀요 강한이 츄농ᄒᆞ니 황금이 편편이라 노화풍비ᄒᆞ니 빅셜리 만 졈이요 신풍셰류 지난 입은 옥누쳥풍 블거난듸 외로올사 어션덜은 등블을 도도 달고 어부가로 화답ᄒᆞ니 그도 안이 슈심이요 ᄒᆡ반쳥산은 봉봉이 칼날되야 벼리난 니 슈장이라 일낙장사츄식원으 부지ᄒᆞ쳐조상군고 송옥의 비츄비가 이여셔 더홀소야 동남동여 일러스니 진시황의 ᄎᆡ약빈가 방사 셔씨 업셔스니 ᄒᆞᆫ무졔 구션빈가 질러 쥭자 ᄒᆞᆫ들 션인덜리 슈직ᄒᆞ고 살러 가로란이 고국이 창망이라", 〈완판 41장본〉, 22앞-22뒤.

형태를 짐작할 수 있다. 〈박동진 창본〉도 이와 같다.

그런데 『조선창극사』에 전해종의 더늠으로 소개되어 있는 심청 환세 대목은 이와 전혀 다른 지평으로 되어 있어, 이 대목이 겪은 지평전환의 다양한 양상을 보여주고 있다.

㉠ 四海 龍王이 겁을 내여 沈娘子 治送을 할 제, 자래를 보내자 하니 三神山을 실코 있고 고래를 보내자 하니 李太白이가 타고 노네. 이리저리 未決할 제 한 臣下가 엿짜오되 "荷葉羅裙一色裁 亂入池中看木見은 옛 文章의 글귀라. 꽃봉 속에 넣었으면 사람도 못 볼 테요 물도 묻지 아니하리다." 그 말이 옳다 하고 만련수로 꽃봉 안에 심랑자를 모시고, 山海珍味 많이 넣어 시장하면 먹게 하고 仙女 한쌍 侍衛하여 인당수로 回送할 제, 龍宮의 여러 侍女들이 목을 안고 손을 잡고 永訣 離別 下直할 제 "娘子는 世上에 나아가서 富貴榮華로 萬萬歲 누리소서." 심랑자 대답하되 "여러 왕의 恩惠를 입어 죽은 몸이 살아가니 恩惠 白骨難忘이오. 그대들도 情이 깊어 떠나기 缺然하나 幽顯이 다른 고로 이별하고 가거니와, 그대들의 귀하신 몸도 내내 平安히 계옵소서" 盡陽調

㉡ 하직하고 돌아서니 뜻밖에 中天에서 玉패 소리 쨍기랑쨍 쨍기랑쨍 소리나며 "여바라 沈淸아. 네가 나를 모르리라. 내가 너 낳은 어미로다. 너 낳은지 三日 만에 偶然히 病이 들어 굿하고 經도 읽고 問醫하여 藥도 쓰고 백 가지로 다하여도 죽기로 든 병이라 一分 效差 없더구나. 地府王께 들어가서 네의 父親 불상하고 네의 情勢 생각하여 백 가지로 哀乞하고 천 가지로 哀乞하되, 玉皇上帝 命令이라 할 수 없이 내가 죽어 天上으로 올라가 玉眞婦人이 되어 나는 貴히 되었으나 서름 끊일 날이 없더니, 하로는 네 孝誠이 천상에 올라왔는데 네가 너의 父親 눈 뜨기를 發願하여 인당수 祭需로 몸이 팔려간다 하니 상제께옵서 四海龍王에게 下敎하사 네 목숨을 살여 세상에 환송하니 너의 부친 만나거든 내 소식이나 傳하여라." 심랑자 이 말 듣고 "아이고 어머니 母也天只 母親 얼굴 자세히 못 본 일이 徹天之恨이 되옵더니 母女 相逢을 하였으니 恨을 풀었으나 족음만 더 나려오시면 젓 한 번 물어보면 아무 한이 없건내다." 부인이 하는 말씀 "幽明이 달렀으니 그리할 수도 없고 상제전 에 十分 受由를 타서 時間이 바삐 되었으니 어서 급히 나가거라." 玉轎를 들여 놓고 옥패 소리 쨍기랑쨍 쨍기랑쨍 하더니 기척이 없고나. 중머리, 全道成 唱44

인용문의 ㉠은 진양조의 용궁에서 이별하는 장면이고, ㉡은 중모리의 심청이 모친인 옥진부인과 만나는 장면이다. 정노식은 신재효가 고전을 윤색한 것이라고 하였는데,[44] ㉠은 〈신재효본〉과 동일하지만 ㉡은 〈신재효본〉에 아예 없고 그 자리에 혼령 대목이 나온다. 따라서 옥진부인 대목은 신재효 이후에 전해종이 첨가한 것으로 볼 수 있다. 초기 심청가 계통의 이본과 〈한애순 창본〉에도 옥진부인 대목이 없고, 창본 사이에 사설과 장단의 차이가 심하다는 점[45]도 그것이 상당히 후대에 형성된 것임을 알려주고 있다. 그러나 대부분의 창본에서는 심청이 용궁(수정궁)에 있을 때 심청이 수정궁에 왔다는 소식을 들은 옥진부인이 찾아와 만나는 것으로 되어 있다.

8. 화초타령 대목의 지평전환

송천자가 황후와 사별한 후 황극전 넓은 뜰에 온갖 기화요초를 심어 놓고 꽃을 벗 삼아 시름을 달래는 대목에 나오는 화초타령은 정춘풍과 김창룡의 더늠이다. 화초타령도 여러 번의 지평전환을 겪은 후 지금과 같은 형태로 정착되었다. 다음의 〈박순호 19장본〉과 〈박순호 낙장 27장본〉은 그러한 사실을 구체적으로 보여주고 있다.

㉠ 잇ᄊᆡ의 송쳔ᄌᆞ 황후 승ᄉᆞ을 당ᄒᆞᆫ 후의 마음을 둘 ᄃᆡ 읍셔 각식 화초 심워 두고 화초로 근심 풀 제 (㉡) ㉢ 기이ᄒᆞᆫ ᄭᅩᆺ 밧치난 ᄌᆡ 잇스면 쳔금 승ᄉᆞᄒᆞᆫ단 말을 듯고 션니털이 쳔ᄌᆞ게 승ᄉᆞᄒᆞ니 쳔ᄌᆞ 보시고 ᄃᆡ히ᄒᆞ사 쳔금을 상ᄉᆞᄒᆞ시고 이 ᄭᅩᆺ쳘 사랑ᄒᆞ야 쥬야로 층찬ᄒᆞ되([7], 363쪽)

㉠' 잇ᄃᆡ 송쳔ᄌᆞ ᄐᆡ후 붕ᄒᆞ시고 심신이 살난ᄒᆞ사 화초 ᄃᆡ경 일ᄉᆞ문니 ㉡' 퇴계 삼동 요으뜰이 일싱 일엽 명엽화며 동국쳔ᄒᆞᄐᆡ평츈의 화즁부귀 목단화

44 정노식, 『조선창극사』, 조선일보사출판부, 1940, 77-78쪽.

45 〈강상련〉은 엇모리와 중중모리로 하고, 〈이선유 창본〉은 느진중모리, 〈정권진 창본〉과 〈정광수 창본〉은 진양조, 〈김연수 창본〉은 중모리와 평중모리로 한다.

며 명ᄉᆞ십니 발근 달의 말 잘ᄒᆞ난 ᄒᆡ당화며 분벽ᄉᆞ창 조흔 집의 미인 갓탄 잉도화며 파촉 강상 미귀혼이 셩셩제혈 두견화며 어쥬축슈 ᄋᆡ산츈의 신션슈문 벽도화며 쳔홍만ᄌᆞ 조흔 ᄭᅩᆺ츨 낫낫치 슝거놋코 쥬야로 귀경할ᄉᆡ ⓒ' 이부상셔 황제계 엿ᄌᆞ오ᄃᆡ 남경장ᄉᆞ 션인 등이 ᄭᅩᆺ 한나 가저 왓ᄉᆞ오되 기이ᄒᆞ여이다 쳔ᄌᆞ ᄃᆡ히ᄒᆞ거날 상셔 즉시 올닌니 항취난 진동ᄒᆞ고 광ᄎᆡ난 영농한지라([7], 389쪽)

초기 심청가의 성격을 지닌 이본인데 차이가 적지 않다. ㉠-㉠', ⓒ-ⓒ'는 대응되고 있지만, 전자에는 ⓛ'에 대응되는 부분 곧 화초타령이 없음을 쉽게 알 수 있다. ⓛ이 〈박순호 낙장 27장본〉에 존재한다는 사실은 초기 심청가 시대에 이미 화초타령이 형성되어 있었음을 알려주고 있다. 심청이 꽃봉을 타고 세상으로 나오고, 송천자가 정원에 온갖 화초를 심어두고 황후를 잃은 슬픔을 달래고 있는 상황은 (ⓛ) 자리에 화초타령이 들어갈 수 있는 최적의 조건을 갖추고 있다. 그러나 초기 심청가의 화초타령은 ⓛ과 같은 골격만 갖춘 소박한 형태였고, 그 후 심청가가 성장하면서 화초타령도 세련된 형태로 발전하였을 것이다. 화초타령이 세련된 형태로 자리 잡는 데는 우춘대가 결정적인 역할을 하였을 것으로 추정된다.

다음은 〈박순호 48장본〉의 화초타령인데, 같은 계열의 〈박순호 낙장 27장본〉에 비해 상당히 발전된 모습을 보이고 있다.

잇ᄯᆡ 宋皇帝게옵서 皇后 喪死乙 當하시고 心神이 散亂ᄒᆞ사 花草로 歲月乙 보닐 제 옥계업정츈ᄒᆞ이 堯임君의 <u>멍협花머 동군천하 太平春의 花中富貴 목단花머</u> 景景明月 벽사間의 深深東風 <u>ᄒᆡ당花머</u> 問道春光 기상식ᄒᆞ이 단학석상 질이花머 창벽萬山頭의 난만우쥬 철죽花머 落花芳草無尋處의 半白半紅鳳仙花머 벌ᄂᆡ기 春미화오 <u>분벽사窓의 잉도花머 파촉江山미구혼은 졩졩제핼 두견花머</u> 青草池塘處處와의 제우분분 黃梅花머 불개청음ᄃᆡ아귀ᄒᆞ이 수園錄竹 의의하다 청풍북창취와하이 도處士의 菊花머 借問酒家何處在 蝶舞紛紛杏花ᄭᅩᆺ과 <u>으쥬축슈ᄋᆡ산츈ᄒᆞ이</u> 무릉도園 벅<u>도花머</u> 적상토게삼칭단의 삼흥사 금은花머 막적상두고쥬전ᄒᆞ소 군불겐촉귀花머며 一年 春光 百日紅이며 옥서의 花爭發ᄒᆞ이 君子갓틋 부송花며 春風의 白鷺面ᄒᆞ이 ᄒᆞᆫ거ᄒᆞᆫ 李花ᄭᅩᆺ 치면지자우귀업이 秦秦 복

송꼿철 가지가지 心願홀 제 晝夜로 귀경ᄒ고 魚夫上書 황상게 엿자오ᄃ 남경 장사 선인들게 人間의 업난 꼿철 銀錢乙 만이 쥬고 옥분 안의 심워신이 그 꼿 귀경ᄒ옵소서 天子 大喜하사 밧비 보자 하괴ᄒ시이 상언 후드라 그 꼿칠 드래 올일 제 白玉盤의 밧드려 黃金고자의 뫼여드려 皇國 前의 올이오니 금시옥업 황홀하다([7], 98-99쪽)

앞의 〈박순호 낙장 27장본〉에 비해 꽃의 종류도 배 이상 늘어났고, 밑줄 친 부분을 제외하고는 사설도 크게 달라졌는데, 이러한 차이는 화초타령이 성장하는 모습을 구체적으로 보여주고 있다. 풀이의 대상이 늘어났으니 자연 사설도 늘어나 독립된 더늠으로 부를 수 있을 정도가 되었다. 우춘대의 화초타령이 정춘풍의 화초타령과 다르다면 이것이 우춘대가 불렀던 화초타령일 개연성이 있다.

다음은 김창룡이 고음반에 중머리 우조로 부른 정춘풍제 화초타령이다.

(아니리) 정춘풍 정선생의 제였다.

(중머리) 팔월부용의 군자용 만당추수 홍련화 암향이 부동 월황혼에 소식 전턴 한매화 진시유양거후재라 붉어 있난 홍도화 월중천향난계자으 향문십리 계화 꽃 요렴섬섬 옥지갑에 금분야도 봉선화 구월 구일에 용산음 소축신 국화 꽃 공자왕손 방수하에 부귀할손 모란화 촉국 한을 못 이기어 제혈하던 두견화 이화만지 불개문허니 장신궁중 배꽃이며 칠십 제자 강론허니 향단춘풍에 살구꽃 원정부지 이별허니 옥창오견에 앵두꽃 이화 도화 금선화 백일홍 영산홍 왜척촉 황국 백국 난초 파초 오미자 탱자 석류 감류 외앗 각색 화초 가진 과목이 층층이 심겄난디 향풍이 건듯 불면 우줄우줄 춤을 추는디 벌 나부 새 즘생이 춤을 추며 노래헌다[46]

정춘풍의 화초타령은 중국의 전고와 한시문을 그대로 가져오거나 원용하여[47] 전혀 다른 모습을 보이고 있다. 사설의 내용이 중국 전고와 한학에 밝지

46 「Columbia 40249-B(21042), 名唱制 花草歌, 金昌龍」. 배연형, 「유성기음반 판소리사설 (1) (김창룡 편)」, 『판소리연구』 5, 판소리학회, 1994, 411-412쪽. 「Regal C154-A 명창제(정춘풍제) 화초가, 김창룡」도 있다.

않고는 결코 지을 수 없는 것이라는 점에서 그런 능력의 소유자인 정춘풍이 창작했던 것으로 볼 수 있다. 이 화초타령은 〈송동본〉과 〈완판 71장본〉을 비롯하여 후대의 심청가에 두루 수용되어 있지만 음악적 층위는 다양하다. 김창룡은 정춘풍의 화초타령을 중머리 우조로 하는데, 〈강상련〉은 평타령, 〈이선유 창본〉은 느진중머리, 〈박동진 창본〉은 진양조, 그 외에 〈정광수 창본〉, 〈김연수 창본〉, 〈김소희 창본〉, 〈한애순 창본〉, 〈정권진 창본〉은 중중모리로 한다. 명고수 김명환이, 장재백과 정응민은 중머리로 화초타령을 부른다고 했으니 장재백보다 앞선 정춘풍도 중머리로 불렀을 것이다. 후대에 대체로 중중모리로 부르게 된 것은 비교적 빠른 장단을 좋아하는 감상층의 취향에 맞춘 것이다.48

한편 신재효도 정춘풍의 화초타령을 비롯하여 전승되던 화초타령 위에 자신의 해박한 지식을 가미하여 화초타령을 창작하였다.49 앞부분은 거의 새롭게 짰고, 뒷부분은 전승되던 것을 원용하였다. 그러나 신재효의 화초타령도 그의 개작 사설의 대부분이 그러하듯이 사설의 생경함으로 인해서 거의 불리지 않았던 것으로 짐작된다.

---

47 "八月芙蓉君子容"(周敦頤, 「愛蓮說」), "暗香浮動月黃昏"(林逋, 「山園小梅」), "盡是劉郎去後栽"(劉禹錫, 「自郎州至京戲贈看花諸君子」), "月中天香丹桂子"(『長生殿』, 「果合伴天香桂花」), "要染纖纖玉指甲"(『剪燈新話』, 「渭塘奇遇記」), "九月九日龍山飮, 笑逐臣"(李白, 「九日龍山飮」), "公子王孫芳樹下"(劉希夷, 「代悲白頭翁」), "梨花滿地不開門"(劉方平, 「春怨」), "玉窓五見櫻桃花"(李白, 「久別離」) 등의 한시문과 한나라의 유신·완조의 天台山 고사, 蜀나라의 望帝 고사, 한나라 班女의 長信宮 고사, 杏壇 고사 등을 바탕으로 하고 있다.

48 "장자백이는 '화초타령'얼 중머리로 했어요. 인자 시대가 바뀜서 모두 바삐 했어요. 떠드는 놈얼 좋아라 하기 땀시 중중머리로 했지 원래는 중머리여. 정응민 씨도 중머리로 헌 거 있지." 김명환 구술, 『내 북에 앵길 소리가 없어요』, 뿌리깊은나무, 1991, 75쪽.

49 "ᄎᆞ문쥬가ᄒᆞ쳐ᄌᆡ 목동요지 ᄒᆡᆼ화 어쥬축슈ᄋᆡ슴춘 양안셥거 도화 ᄎᆞᆼ가쇼부불슈빈 편시춘식 이화 셩셩졔혈염화지 망졔유ᄒᆞᆫ 두견화 곡구춘존황죠희 쳐ᄉᆞ문젼 시니화 막셕ᄉᆞᆼ 두고쥬젼 군불견 축규화 오입봉ᄉᆞᆫ졍ᄉᆞᆼᄂᆡ 양변춘ᄉᆡᆨ ᄌᆞ약화 월명임ᄒᆞ미인ᄂᆡ ᄑᆡ교담ᄌᆞᆼ ᄆᆡ화 화즁부귀 모란화 명ᄉᆞ십니 ᄒᆡ당화 구일용산 황국화 삼춘청향 단게화 영산홍노 쳘쭉화 ᄇᆡᆨ일홍 ᄉᆞ게화 ᄆᆡᆫ도람 봉션화 각ᄉᆡᆨ 쏫시 난만ᄒᆞ여 바람이 얼는 불면 향취가 요졀ᄒᆞ고 달빗치 올나오면 그림ᄌᆡ 만졍ᄒᆞ니 ᄌᆞ금춘ᄉᆡᆨ이요 강구연월이라"([1], 27-28쪽).

9. 국혼 대목의 지평전환

심청가에서는 심청이 용궁에서 꽃봉을 타고 환세하여 황후가 됨으로써 새로운 세계가 열리게 된다. 심청이 황후로 등극하는 과정은 대체로 천자가 심청을 발견하는 장면과 심청을 황후로 맞이하는 성대한 국혼 장면으로 짜여 있다.

천자가 심청을 발견하는 장면은 계열에 따라 확연하게 다른 모습을 보이고 있다. 대체로 보아 초기의 심청가에서는 천자가 달밤에 꽃봉오리 속에서 나온 심청을 바로 만나고, 심청이 자신의 내력을 아뢰는 것으로 되어 있었던 것으로 짐작된다. 다음은 〈박순호 낙장 36장본〉에서 인용한 것이다.

> 월식도 구경ᄒᆞ고 화분을 ᄉᆞᆯ펴보니 ᄭᅩᆺ빗치 황홀ᄒᆞ엿ᄂᆞᆫᄃᆡ 화분 아ᄅᆡ 엇쎤 미인니 월ᄉᆡᆨ으로 희롱타가 인젹을 ᄉᆞᆯ피더니 감ᄌᆞᆨ 놀ᄂᆡ셔 ᄭᅩᆺ 속으로 드러가니 황제 보시고 의혹ᄒᆞᄉᆞ 귀신인가 ᄉᆞ람인가 ᄂᆡ 눈 ᄌᆞᆷ간 보이고셔 ᄭᅩᆺ 속을 드려가니 필유국절ᄒᆞᆫ 일이라 심즁만 치부ᄒᆞ고 방으로 드러와셔 혼ᄌᆞ 안져 ᄉᆡᆼ각ᄒᆞ리 ᄂᆡ일 밤 지픈 후의 가만니 은신ᄒᆞ고 안져다가 만일 그거시 나오거든 ᄂᆡ 손조 붙들어라 이 밧게 요ᄉᆡ에 만조ᄇᆡᆨ관 조회 밧고 월야삼경 고ᄃᆡ홀 제 남ᄉᆞᆫ 봉화 이르니 소식 보아더니 월황제도 미리 밧기 나와 가만니 은신ᄒᆞ고 화분만 ᄉᆞᆯ피더니 ᄎᆡ의단ᄌᆞᆼ 일 미인니 ᄭᅩᆺ 속으로 나오면서 좌우랄 ᄉᆞᆯ피더니 졈졈 무인 지픈 밤의 화게의 ᄌᆞᆷ싼 나려 쳔연 완보ᄒᆞᄂᆞᆫ 양은 만고의 절ᄉᆡᆨ이라 황제 급피 나아가셔 손목을 거머ᄌᆞᆸ고 귀신인가 ᄉᆞ람인가 연고랄 뭇ᄌᆞ오니 심낭ᄌᆞ 홀일업셔 아미알 구지 슈겨 단순호치 겨요 여러 옥셩으로 엿ᄌᆞ오ᄃᆡ 귀신은 아니로ᄃᆡ ᄉᆞ람이로소니다 황제 ᄒᆞ교ᄒᆞᄉᆞ 네 만일 ᄉᆞ람이면 놀을 다라 ᄒᆞᆷ기 가셔 엇지ᄒᆞ여 여기 온지 ᄃᆡ을 듯ᄌᆞ ᄒᆞ고 낭ᄌᆞ 손을 ᄌᆞᆸ고 젼상의 올나가셔 측ᄒᆞ의 안쳐두고 ᄌᆞ셔이 ᄉᆞᆯ펴보니 요조ᄒᆞᆫ 얼골이며 쳐련ᄒᆞᆫ ᄐᆡ되ᄂᆞᆫ 세ᄉᆞᆼ ᄉᆞ람 아니로다 젼후ᄉᆞ연 낫낫치 ᄎᆡ문ᄒᆞ니 심낭ᄌᆞ ᄃᆡ쳐만 알외ᄃᆡ 쳔ᄒᆞᆫ ᄉᆞ람이로 유리국셔 ᄉᆞᄅᆞ더니 셩세 규빈ᄒᆞ와 병든 부친 구완ᄎᆞ로 션인들게 몸을 파라 인당슈 물의 ᄲᅡ져더니 동ᄒᆡ용왕이 시여들을 츌송ᄒᆞ야 이 목숨 구완ᄒᆞ여 용궁으로 다려다가 극진이 ᄃᆡ졉ᄒᆞ고 져 ᄭᅩᆺ슬 만드더니 이 몸을 인도ᄒᆞ여 ᄭᅩᆺ 속의 감초오고 세상으로 젼송ᄒᆞ며 용왕이 이르기랄 인간의 나가시면 황후가 되리라 쳔연이 이르기ᄅᆞᆯ 이 지경이 되여더니 신쳡의 ᄉᆞ싱 고악은 펴ᄒᆞ의 쳐분이오니 죽어거든 죽이

시라 ᄉᆞᆯ이거든 ᄉᆞᆯ니시고 쳐분ᄃᆡ로 ᄒᆞ옵쇼셔([7], 301-302쪽)

천자가 꽃봉 속에서 나와 월색을 희롱하던 심청을 발견하고 궁금하게 여기고, 이튿날 밤 심청을 손수 붙들어 정체를 묻는다. 심청은 유리국의 천한 사람의 자식임을 밝히며 그간의 내력을 고하면서 죽이든지 살리든지 처분대로 하라고 한다.50 그러나 미천한 신분의 심청이 천자를 만나 바로 황후에 오른다는 것은 있을 수 없는 일이고, 더군다나 심청이 천자에게 내력을 고한 후 "신첩의 사생고락은 폐하의 처분이오니 죽이고 싶으면 죽이시고 살리고 싶으면 살리시고 처분대로 하옵소서"라고 아뢰는, 거칠고 직설적인 어투도 이치에 맞는 것이라고 할 수 없다. 이러한 문제를 해소하기 위해서 다음의 〈정명기 43장본〉과 같이 지평전환이 이루어지게 되었다.

(진양죠라) 황졔 일이은 달을 ᄯᅡ라 화계여 ᄇᆡ회ᄒᆞᄉᆞ 명월은 만경ᄒᆞ고 바람은 솰솰 부ᄂᆞᆫᄃᆡ 강션화 봉니가 몸을 요동ᄒᆞ며 무숨 소ᄅᆡ 나ᄂᆞᆫ 듯하거날 동경을 살펴본니 션인 옥여 두리 곳 박그로 ᄂᆡ다보던니 인젹 잇심을 알고 모을 숨계 드려가던니 업거날 갓가이 가셔 무ᄒᆞᆫ 쥬져ᄒᆞ시다가 쏫봉이을 열고 보니 일ᄀᆡ 션여 안의 안고 두 신여 모셔 잇다 쳔ᄌᆞ 반기여 무르시되 너의가 귀신인다 두 신여 엿ᄌᆞ오ᄃᆡ 남ᄒᆡ용궁 시여로셔 낭ᄌᆞ을 모시옵고 ᄒᆡ즁으로 와삽든니 황졔 쳔안을 볌ᄒᆞ여시이 극키 황송ᄒᆞ와이다 쳔ᄌᆞ ᄂᆡ렴의 상졔계옵셔 조은 인연을 보ᄂᆡ신쏘다 깃붐이 칭양업셔([5], 40쪽)

황제가 강선화 꽃봉 속에서 발견한 것은 심청과 남해용왕의 시녀이다. 그리고 천자가 정체를 묻는 下問에 심청이 답하는 것이 아니라 시녀가 답하고, 시녀의 대답 또한 "남해용왕의 시녀로서 낭자를 모시옵고 해중으로 왔삽더니 황제 천안을 범하여서 극히 황송하와이다"로 매우 품위 있는 어투이자 황제의 하문에 맞는 어법이라고 할 수 있다. 이러한 변모는 모두 심청의 신분을 상승시켜 황후의 자격을 충분히 갖춘 인물로 만들기 위해서 이루어진 의도적

50 〈단국대 나손문고 낙장 32장본〉도 이와 같다.

인 개작들이다. 현재 부르고 있는 대부분의 심청가는 아니리와 창의 구성에서 다소 다른 경우[51]가 있지만 사설은 다음의 〈정권진 창본〉과 같이 거의 그대로 수용하고 있다.

> (중머리) … 일야는 천자 심신이 산란허여 화계 상을 거니난디 뜻밖으 강선화 벌어지며 선녀들이 서 있거날 천자 괴히 여겨 너희들이 귀신이냐 사람일다. 선녀 예하고 여짜오되, 남해 용궁 선녀로서 심소저를 모시고 세상으 나왔다가 불의의 천안을 범하였사오니 황공무지허오이다. 말이 지듯 마듯 인홀불견 간곳없고 한 선녀만 서 있거날([2], 264쪽)

그런데 다른 계통 즉 고제 내지 중고제 심청가인 〈허흥식본〉에서는 이와는 전혀 다른 방향으로 지평전환이 이루어지고 있어 주목된다.[52]

> (진냥죠) 젹젹한 용누봉궐 ᄐᆡ화당니 어릐녖ᄭᅩ 구름 갓턴 황극젼의 날니 가고 밤이 되어 경졈 소ᄅᆡ뿐니로다 츄심ᄒᆞ여 빅ᄶᅵ시이 비몽인 덧 ᄉᆞ몽인 덧 ᄉᆞᆼ취가 진동ᄒᆞ며 봉ᄂᆡ션관 ᄂᆡ려와셔 거슈ᄉᆞᆼ읍 왈 복원 폐ᄒᆞ넌 이계천입국ᄒᆞ셔 보쳔ᄉᆞᆯ토의 셩교가 구긔ᄒᆞ되 ᄒᆞ되 관져 갈담의 금젼니 공ᄒᆞ시다 ᄉᆞᆼ제명 왈 션아을 ᄒᆞ강ᄒᆞ셔 황후을 봉ᄒᆞ시니 ᄌᆞᆼ싱화을 ᄉᆞᆯ피시면 ᄉᆞᆼ셔될 쥴 아오리다 말니 맛지 못ᄒᆞ여 ᄑᆡ옥 명난 학의 쇼ᄅᆡ ᄉᆡ다루이 ᄉᆞᆷ니로다(〈허흥식본〉, 40앞-40뒤)

국모를 간택할 때 천자의 꿈에 봉래선관이 나타나 상제의 명이라며 "仙娥를 下降하셔 皇后를 봉하시니 장생화를 살피시면 祥瑞될 줄 아오리다"라고 심청을 황후로 맞아들이도록 계시한다. 심청이 황후가 되는 것은 우연이 아니라 천상계의 질서에 따른 필연적인 것으로 바뀌었다.

---

51 〈성우향 창본〉 등 보성소리는 〈정권진 창본〉과 동일하고, 다른 창본은 진양조(〈이선유 창본〉), 진양조+아니리(〈한애순 창본〉), 아니리(〈정광수 창본〉), 아니리+중머리(〈김연수 창본〉), 중모리(〈김소희 창본〉)로 되어 있다.

52 김석배, 「허흥식 소장본 심청가의 성격과 가치」, 『구비문학연구』 8, 한국구비문학회, 1999.

(중모리) 날이 가고 밤이 오면 경점소리뿐이로다 천자 취침하시는데 봉래선관이 학을 타고 하날에서 나려와셔 재배하고 하는 말이 복원 폐하는 황후상사 당하심을 상천이 아시옵고 연인을 보내셨사오니 어서 별궁에 뫼신 옥쟁반 꽃송이를 살피소서 홀연히 간 곳 없다 천자께서 깜짝 놀래 잠을 깨니 남가일몽이 되었구나 궁녀를 급히 불러 옥쟁반 꽃송이를 살펴보니 보든 꽃은 어듸 가고 한 랑자가 앉었구나([1], 236쪽)

위의 인용문은 〈박동진 창본〉에서 가져온 것인데 다소 축약되어 있지만 〈허흥식본〉과 동일한 내용이다. 같은 계통의 〈강상련〉도 이와 거의 같다. 이 계통은 서사 전개에 천상계의 개입이 뚜렷한데,53 상고 선인들이 해상에서 꽃을 발견하고 의견이 분분할 때 청의선관이 나타나 타인 통설 말고 고이 모셔 천자에게 진상하라고 일러준다.54 특히 〈허흥식본〉에서는 맹인잔치도 곽씨부인이 심황후의 꿈에 현몽하여 배설하는 것으로 되어 있다.

다음으로 성대하게 치러지는 국혼 장면에서 일어난 지평전환의 양상을 살펴보기로 한다. 국혼 대목은 지금과는 달리 과거에는 매우 중요한 지평이었던 것이 분명하다.

잇ᄊᆡ의 황제 심낭자 하든 말을 낫낫치 적어오라 ᄒᆞ오서 낫낫치 보신 후의 황후로 봉ᄒᆞ시더라 ᄐᆡᆨ일 전의 분부ᄒᆞ야 ᄐᆡᆨ일을 제촉ᄒᆞ더라 바든 날 신속ᄒᆞ야 임두ᄒᆞ온지라 시여 등이 날마당 잔체로 일솜더라 으복 호ᄉᆞ 볼작시면 여러 식 비단을 필필이 드려다가 시여 등이 으복을 죽죽이 지여더라 혼ᄉᆞ 볼ᄌᆞᆨ시면 찰난함도 찰난ᄒᆞ다 당일을 도ᄒᆞᄆᆡ 초ᄅᆡ청의 심낭자 나서시이 인간이 아이드라 천ᄉᆞᆼ선관이드라 ᄒᆡᆼ의시의 화초평풍이며 듯기 조흔 풍악소ᄅᆡ 사면이 등천ᄒᆞ고

53 〈한남본〉계열의 〈경판본〉에서는 천상계의 개입이 훨씬 견고하게 되어 있다.

54 "(안니ᄅᆡ) 헌식하고 용밥 쥴 졔 보지 못한 ᄭᅩᆺ 한 숑니 ᄃᆡ하 즁의 쪄잇거날 져 ᄭᅩᆺ시 무신 ᄭᅩᆺ가 (평ᄌᆞᆼ단) 셰우동풍 홍난만ᄒᆞ이 화즁복의 몰란화야 그 ᄭᅩᆺ션 안니로다 쳥ᄉᆞᆫ벽도 츙널ᄌᆞ의 월즁단겨 졔화런가 안니 그 ᄭᅩᆺ 안니로다 우후쳥강 츈흥단ᄒᆞ니 ᄇᆡᆨ도쥭연 여긔환야 안니 그 ᄭᅩᆺ 안니로다 ᄉᆞᆫ쳔 독ᄀᆡ 별양츈ᄒᆞ니 쇼ᄉᆞᆼ강ᄉᆞᆫ 쥭단화야 안니 그 ᄭᅩᆺ 안니로다 공논니 미결할졔 (진냥죠) 표풍셰우 ᄃᆡ무 즁의 호록한 쳥의션관 크게 불 불너 이론 말니 ᄒᆡᄉᆞᆼ의 쪈넌 져 ᄇᆡ ᄭᅩᆺ슬 보고 헌아 말나 요지년의 ᄌᆞᆼ싱화니 타인 통셜 부ᄃᆡ 말고 각별 죠심 고니 모셔 쳔ᄌᆞ 압희 진ᄉᆞᆼ하라 약ᄎᆞ불연직 쳔도신명 뇌공신의 불벼락을 당ᄒᆞ리라", 〈허흥식본〉, 38뒤-39앞. 〈강상련〉과 〈박동진 창본〉도 이와 유사하다.

ᄉᆞᆷ천 궁여와 만조ᄇᆡᆨ관 조신들은 좌우의 시위ᄒᆞ고 어엿분 심낭ᄌᆞ난 시여 등게 시위ᄒᆞ여 교ᄇᆡ 연석의 모서두고 황제와 마조서서 교ᄇᆡ하난 그 거동은 할길업난 신선이요 인간 ᄉᆞ람은 아니로다 ᄌᆞᆫ체을 다ᄒᆞᆫ 후의 앙키니 밤이 니무 깁흔지라 시여 등니 자리을 ᄒᆞ올 적의 비단 이불 피여 노코 방안치ᄅᆡ 볼작시면 찰난함도 찰난ᄒᆞ다 뫼서 방으로 뫼실 적의 삼천 시여 등이 시위ᄒᆞ고 황제난 만조ᄇᆡᆨ관이 시위ᄒᆞ더라 거동ᄒᆞ실 제 궐ᄂᆡ가 치늠는 듯 초불이 휘힝ᄒᆞ며 인인이 다 갈인 후 인적이 조회ᄒᆞᆫᄃᆡ 황제 원낭금침 동금석과 좌우의 평풍 쥴쥴이 노연난지라 ᄉᆞᆲ술은 만고의 찰난ᄒᆞ다 ᄋᆡ지 ᄉᆞ랑ᄒᆞ사 연분은 비할 ᄃᆡ 업더라([5], 334-335쪽)

위의 인용문은 〈정명기 낙장 60장본〉에서 가져온 것으로, 비록 소박하기는 하지만 심청이 황후로 등극하는 혼례 장면과 신방의 모습 등이 잘 그려져 있다. 조선시대에는 화려하고 성대하게 치러진 국혼이 국가적 경사로서 백성들에게 관심과 호기심의 대상이었을 것이다. 판소리 담당층은 이 정도에 만족하지 못하고 보다 구체적으로 그려보고자 했을 것으로 보인다. 먼저 〈김종철 낙장 53장본〉에는 심청이 황후로 책봉되는 과정이 다음과 같이 장면이 구체화되고 있다.

(말로) … 나리 발가 다시 보니 娘子 不勝羞愧ᄒᆞ야 蛾眉을 슈기고 안져스니 과연 萬古의 짝 업슨 一色이라 皇帝 더옥 ᄉᆞ랑ᄒᆞ사 萬朝百官 入侍시겨 친이 ᄒᆞ교ᄒᆞᄉᆞᄃᆡ 昨夜 月明ᄒᆞᆫᄃᆡ 不勝愁亂ᄒᆞ야 徘徊 花階더니 意外 降仙花 中의 一位玉娘子 露出花容ᄒᆞ야 極其絶艶ᄒᆞ고 體貌가 단重ᄒᆞᆫ이 此非奇異蹟乎아 卿等 各言其灾祥之如何하라 吏部尙書 景元이 仰奏ᄒᆞ되 上帝겨ᄋᆞᆸ셔 陛下의 緣分을 占知ᄒᆞ여ᄉᆞ오니 不與不取ᄒᆞ시면 時乎時乎不在來라 中宮을 定ᄒᆞ압쇼셔 皇帝 依允ᄒᆞ사 (中모리) 太史官을 급피 불너 吉日을 擇定ᄒᆞ니 五月 五日이라 娘子로 皇后을 봉ᄒᆞ샤 丞相 집으로 모시고 吉日이 당ᄒᆞᄆᆡ 奠雁을 ᄒᆞ옵실 제([8], 492-493쪽)

물론 〈허흥식본〉과 〈강상련〉처럼 봉래선관이 계시하는 경우는 그 내용이 다르게 되어 있다.55 그런데 〈허흥식본〉에는 신하들이 奠雁次로 들어오는

55 "(엇즁모리) … ᄇᆡ회ᄒᆞ야 완보타가 궁녀들을 급히 불너 옥징반에 쏫송이를 ᄉᆞᆲ히 시니

장면을 다음과 같이 매우 구체적으로 그리고 있다.

> (안니리) 니 뜻즈로 글을 지여 묘당의 ᄂᆞ리시니 시원임 공경ᄃᆡ신 만죠ᄇᆡᆨ관 문무졔신 일시예 진안ᄎᆞ로 들어올 졔 (엇모리) 거마병진 졍필ᄒᆞ고 ᄌᆞᆼ안ᄃᆡ도 년협야의 쳥우ᄇᆡᆨ마 칠양ᄎᆡ라 평교ᄌᆞ 파쵸션은 ᄌᆞ공퇴 ᄃᆡ신이라 ᄉᆞᆷᄐᆡ육경 벌녀 잇셔 가젼금도 ᄉᆡᆼ풍ᄒᆞ고 호록한 문영춍ᄌᆡ 금관죠복 됴을시고 집평졍언 할님니요 양현관은 학ᄉᆞ로다 ᄃᆡᄉᆞ헌의 광녹후난 좌우 빈ᄀᆡᆨ 들어오고 일니품 ᄉᆞᆷ광신은 죽셔관의 졍외로다 문ᄌᆞᆼ 명ᄉᆞ 들어오고 당ᄒᆞ국밍 졔진ᄒᆞ니 화ᄀᆡ난 졉쳔ᄒᆞ고 홍광은 요일리라 진무가 폐쳔ᄒᆞ며 문ᄌᆞᆼ무션 들어올 졔 황금쥬 ᄇᆡ운갑은 ᄉᆞᆷ군ᄉᆞ명 ᄃᆡᄉᆞ마라 도춍도ᄉᆞ 울양관은 좌우익ᄌᆞᆼ 들어오고 젹노ᄌᆞᆼ군 파도ᄌᆞᆼ군 도독니며 춘ᄐᆡᆨᄉᆞ 남명관과 포신아ᄌᆞᆼ 벌여 닛셔 일ᄃᆡ 이ᄃᆡ 젼후 ᄃᆡᄌᆞᆼ 음신갑 잉모젼포 가진 융복 홀긔 등ᄎᆡ 각궁 쳘젼 쇄금 동ᄀᆡ 쳥요슌시 용호각긔 긔면 보둑 관니 영젼 ᄉᆞᆷ지층 어널쏘며 ᄌᆞᄀᆡ층 슉졍ᄑᆡ난 위풍니 늡늡ᄒᆞ고 ᄉᆞᆯ긔가 츙쳔ᄒᆞ여 날빗쳘 움죽니며 경향문을 발아보고 국궁ᄒᆞ난 예을 ᄎᆞ려 굴율 잇게 드러셔셔 구룸 ᄎᆞ일 어탑 압ᄑᆡ 용호방을 ᄎᆞ린 후의 화ᄀᆡ츈ᄉᆞᆫ의 상운니 일어난 듯 졍ᄑᆡ금관의 명텬니 지슈ᄒᆞ니(〈허흥식본〉, 41앞-42앞)

그리고 〈허흥식본〉과 〈강상련〉 등 고제 내지 중고제 심청가에는 더욱 자세하고 화려하게 그려져 있다. 다음은 〈강상련〉에서 인용한 것이다.

> (즁즁모리) 텬ᄌᆞ 극히 올케 넉여 일관 식여 ᄐᆡᆨ일홀ᄉᆡ 음양부쟝 ᄉᆡᆼ긔 복덕 삼합 덕일 가려ᄂᆡ여 심랑ᄌᆞ로 황후를 봉ᄒᆞ시니 요지복ᄉᆡᆨ 칠보화관 십쟝ᄉᆡᆼ 슈복 노아 진쥬옥ᄑᆡ 슌금쌍학 봉미션에 월궁항아 하강ᄒᆞᆫ 듯 젼후좌우 샹궁 시녀 록의홍샹 빗이 나네 랑ᄌᆞ 화관 족도리며 봉ᄎᆡ죽절 밀화불슈 산호가지 명월ᄑᆡ 울금향 당의 원삼 호품으로 단쟝ᄒᆞ고 황후 위의 쟝ᄒᆞ도다 층층히 뫼신 션녀 광한뎐 시위ᄒᆞᆫ 듯 쳥홍ᄇᆡᆨ슈 비단 ᄎᆞ일 하날 닷케 놉히 치고 금수복 룡문셕

보던 ᄭᅩᆺ 간곳업고 한 랑ᄌᆞ가 안졋거ᄂᆞᆯ 텬ᄌᆞᄭᅴ셔 대희ᄒᆞ야 작일요화반상긔러니 금일션아하텬ᄅᆡ로구나 ᄭᅮᆷ인 줄 알앗더니 ᄭᅮᆷ이 ᄯᅩᄒᆞᆫ 실졍일가 이 뜻으로 긔록ᄒᆞ야 묘당에 ᄂᆡ리시니 ᄉᆞᆷᄐᆡ륙경 만죠ᄇᆡᆨ관 문무졔신이 일시에 드러와 복디ᄒᆞ니 텬ᄌᆞᄭᅴ셔 하교ᄒᆞ사ᄃᆡ 짐이 거야에 득몽ᄒᆞ니 하도 심히 긔이키로 작일 션인 진샹ᄒᆞ던 ᄭᅩᆺ송이를 ᄉᆞᆲ혀보니 그 ᄭᅩᆺ은 간곳업고 한 랑ᄌᆞ가 안졋ᄂᆞᆫᄃᆡ 황후의 긔상이라 경등 뜻은 엇더ᄒᆞᆫ고 문무졔신이 일시에 알외오ᄃᆡ 황후 승하ᄒᆞ옵심을 상텬이 아옵시고 인연을 보ᄂᆡ시니 황후를 봉ᄒᆞ소셔", 〈강상련〉, [2], 50-51쪽. 〈박동진 창본〉은 이와 같고, 〈허흥식본〉은 사설이 다르다.

공단휘장 금평풍에 ᄇᆡᆨᄌᆞ쳔손 근감ᄒᆞ다 금초ᄉᆞᄃᆡ 홍초 꼿고 류리만호 됴흔 옥병 구뷔구뷔 진쥬로다 란봉공작 짓ᄂᆞᆫ ᄉᆞ자 청학 ᄇᆡᆨ학 쌍쌍이오 잉모 갓흔 궁녀들은 긔를 잡고 느러셧고 삼ᄐᆡ륙경 만죠ᄇᆡᆨ관 동셔편에 갈나셔셔 음양진퇴ᄒᆞᄂᆞᆫ 거동 리부샹셔 함을 지고 납ᄎᆡ를 드린 후에 텬ᄌᆞ 위의 볼작시면 룡쥰룡안 미슈염에 미ᄃᆡ강산졍긔ᄒᆞ고 복은텬디됴화ᄒᆞ니 황ᄒᆡ슈 다시 말거 셩인이 나셧도다 면류관 곤룡포에 량 억ᄀᆡ 일월 붓쳐 응텬샹지삼월이오 비인간지오복이라 대례를 맛친 후에 랑ᄌᆞ를 금덩에 고이 모셔 황극뎐에 드옵실 ᄊᆡ 위의 례졀이 거록ᄒᆞ고 쟝ᄒᆞ도다 심황후의 어진 셩덕 텬하에 가득ᄒᆞ니 죠졍의 문무ᄇᆡᆨ관 각ᄉᆡᆼ 자ᄉᆞ 렬읍 ᄐᆡ슈 억됴ᄎᆞᆼᄉᆡᆼ 인민들이 복디ᄒᆞ야 츅원ᄒᆞ되 우리 황후 어진 셩덕 만슈무강ᄒᆞ옵쇼셔([2], 51-52쪽)

대례식의 위용을 매우 구체적이고 사실적으로 묘사하고 있는 부분으로 盛裝한 심황후와 천자의 위의가 여실하게 그려져 있다. 〈허흥식본〉과 〈박동진 창본〉은 이와 같고, 〈김연수 창본〉에도 유사한 대목이 있다.

그러나 이 장면은 19세기 중기 이후에 오면 중고제 심청가 외에는 대체로 다음의 〈하바드대본〉과 같이 간략하게 되어 있다.

황졔 더욱 ᄉᆞ랑하셔 나와 죠회을 파하시고 꼿봉 일을 졔신의계 의논 한니 졔신이 합쥬하되 국모 읍시심을 상졔 알르시고 인연을 보ᄂᆡ신니 쳔연불취면 시호시호부ᄌᆡᄂᆡ라 인연을 증하옵쇼셔 황졔 올희 역여 혼인 완정하시고 일관으로 ᄐᆡᆨ일하신니 오월 오일 갑ᄌᆞ일니라 낭ᄌᆞ로 황후을 봉하시ᄉᆞ 승상집을로 보ᄂᆡ시고 길일이 당하ᄆᆡ 다시 전교하ᄉᆞ 일런 일은 고금의 읍신니 지례범졀을 별반 그힝하라 일니한니 위의 거동니 만고의 읍더라 황제 다시 보실ᄉᆡ 꼿봉 쇽으로 보기 얼엽더라 국가의 경사라 만죠졔신은 삼호만셰하고 숄토지민은 화봉삼축니라 심황후 덕탁니 만하시ᄉᆞ 당연부터 연풍하여 요슌천지 다시 보고 향강지지 되야쪄라([4], 43쪽)

〈정명기 43장본〉, 〈김종철 낙장 53장본〉, 〈완판 71장본〉, 〈신재효본〉도 이와 같거나 대동소이하다. 오늘날 전승되고 있는 대부분의 심청가에는 다음의 〈한애순 창본〉처럼 더욱 간략하게 되어 있다.

(아니리) … 황제 고이하사 별궁 시녀로 그 꽃을 운전하야 내궁에 모신 후으 묘당으 물으시니 문무제신이 주달하되, "황후 승하하심을 상천이 아시옵고 인연을 보냈사오니 황후를 봉하소서." (중중몰이) 일관 시켜 택일하야 꽃봉 속에 심소저를 황후를 봉하시니 국가의 경사가 되야 만조제신들은 산호만세 부르고 억조창생으 만민들은 격양가를 일삼으니 심황후 어진 성덕으로 당년부터 풍년이 들어 요순의 천지 다시 되고 선강직제가 되었더라.([2], 216-217쪽)

〈정권진 창본〉을 비롯한 보성소리와 〈김소희 창본〉에는 더욱 간결하게 되어 흔적만 남아 있다.56

10. 맺음말

이상에서 심청가의 중반부인 심청이 장승상부인을 찾아가는 대목부터 심청이 황후가 되는 국혼 대목에 일어난 지평전환 양상을 구체적으로 살펴보았다. 이상에서 검토한 바를 간략하게 정리하면 다음과 같다.

첫째, 심청이 장승상부인을 찾아가는 대목은 박유전의 더늠이다. 심청의 아름답고 우아한 자태 및 효성을 극대화하고 심봉사가 개천에 빠지는 상황을 적절하게 설명하기 위해 초기 심청가의 '장자부인' 삽화를 부연 확대한 것이다. 특히 이 대목은 숙향전의 영향을 강하게 입고 있어 주목된다.

---

56 〈정권진 창본〉-(아니리) 천자 대강 탐문허시니 세상의 심소저라. 궁녀로 시위하여 별궁에 모셔 놓고 이튿날 만조백관 조회석상에서 간밤 꽃봉 사연을 말씀허시니 제신이 여짜오되, "하나님이 국모 없으심을 아옵고 인연으로 나렸사오니 물실차기허옵소서. 국모로 정하심이 지당할까 하나이다." 천자 옳이 여겨 그날로 택일헐 제 오월 오일 갑자시라. 심황후 입궁 후에 년년이 풍년이요 가가호호 태평이라. 요순천지 다시 보고 선강직거되었더라.([2], 264-265쪽). 〈김소희 창본〉-(중몰이) … 황제 더욱 사랑하여 하나님의 지시로서 좋은 가연을 만났으니 승상 집에 모시게 하고 일관 택일시켜 오월 오일 갑자 길일 친영하여 성례할 제 고금에 없는 행사 위의거동 전후무비라. 궁중이 휘황하여 바라보기 어렵더라.([2], 172쪽).

둘째, 개천에 빠진 심봉사를 구출하러 중이 등장하는 중타령은 정창업의 더늠이다. 심청가의 중타령은 다양한 형태로 공존하다가 19세기 후기에 정창업에 의해 현재와 같은 모습으로 정착된 것으로 추정된다.

셋째, 행선 날을 앞둔 심청의 참담한 심정과 모습을 그린 부녀 영결 대목은 김창록의 더늠이다. 초기 심청가는 부친의 앞날을 걱정하며 부친의 의복을 준비하는 소박한 내용으로 되어 있는데, 후대에 모친 산소 성묘, 사당 하직 등이 첨가되면서 심청의 설움을 강화하였다.

넷째, 심청이 배를 타고 인당수로 가는 여정을 그린 범피중류는 송광록, 정춘풍, 배희근, 전도성 등이 더늠으로 삼았을 만큼 심청가 명창들이 다투어 부르던 대목이다. 초기 심청가에서 갈가마귀 등의 새들이 등장하여 심청을 위로하던 것이 중기 심청가에서는 소상팔경을 묘사한 것으로 바뀌었고, 19세기 전기에 지금과 같은 모습을 갖추게 되었다. 특히 심청이 이비와 오자서 등의 원혼을 만나는 혼령 대목은 중기 심청가 시대까지는 심청이 세상으로 돌아오는 장면에 있었는데, 19세기 후기에 범피중류 뒤로 이행되었다.

다섯째, 심청이 인당수에 투신하는 대목은 중세적 가치관인 효를 강화하는 방향으로 지평이 전환되었다. 초기 심청가의 죽음에 대한 공포와 삶에 대한 미련 때문에 갈등하던 심청의 모습이 죽음을 의연하게 받아들이는 방향으로 변모하였고, 그것에 결정적인 영향을 끼친 것은 신재효였다.

여섯째, 심청이 연꽃을 타고 세상으로 돌아오는 심청 환세 대목은 전해종과 김세종이 잘 불렀다. 처음에는 이 대목 뒤에 혼령 대목이 바로 이어져 있었는데, 후대에 범피중류 뒤로 이행되었으며, 그 대신 이 대목 바로 앞에 죽은 곽씨부인이 옥진부인이 되어 심청과 만나는 대목이 첨가되었다.

일곱째, 황후와 사별한 송천자가 황극전에 온갖 화초를 심어두고 시름을 달래는 화초타령은 우춘대, 정춘풍, 김창룡의 더늠이다. 우춘대의 화초타령과 정춘풍의 화초타령은 상당한 차이를 보이는데, 후자는 전자를 바탕으로 하여 정춘풍이 새롭게 만든 것이다.

여덟째, 심청이 황후가 되는 국혼 대목도 다양한 모습으로 지평전환을 겪었다. 천자가 달밤에 꽃봉 속에서 나온 심청을 바로 만나고 심청이 자신의 미천한 내력을 아뢰는 것이 초기의 모습인데, 후대에 황제의 하문에 심청 대신 시녀가 답하는 등 심청의 신분을 상승시켜 황후의 자격을 충분히 갖춘 인물로 만들었다. 한편 다른 계통인 고제 또는 중고제 심청가에서는 국모를 간택할 때 천자의 꿈에 봉래선관이 나타나 상제의 명이라며 심청을 황후로 맞아들이도록 계시하여 심청이 황후가 되는 것이 천상계의 질서에 따른 필연적인 것으로 지평전환이 이루어졌다. 국혼 장면은 황후 책봉 과정과 대례식의 위용을 매우 구체적으로 묘사하였다. 그러나 19세기 중기 이후에 중고제 심청가 이외의 유파에서는 축소되기 시작했으며, 지금은 대부분 흔적만 겨우 남아 있을 정도로 축소되었다.

03

심청가 후반부의 지평전환과 그 의미

1. 머리말

심청가는 오랜 기간에 걸쳐 지속적으로 지평전환이 이루어져 그 양상이 실로 다양하다. 소설로 존재하는 것도 있고, 판소리사설로 존재하는 것도 있으며, 소리판에서 연창되고 있는 것도 있다. 소설 중에도 〈경판본〉(〈한남본〉)처럼 완전한 문장체 소설도 있고, 〈완판 71장본〉처럼 판소리사설이 독서물로 정착된 것도 있다.

심청가가 어떤 형태로 존재하든 그 속에는 심청가 담당층의 기대지평이 반영되어 있기 마련이다. 소설의 경우는 작가 및 독자의 기대지평이 반영되어 있고, 판소리의 경우는 창자 및 감상자의 기대지평이 반영되어 있는 것이다. 여기서 기대지평이란 심청가 담당층이 선행지평에 대해 가지는 기대의 범주로서 거기에는 심청가 담당층의 배경지식(스키마)인 선험·경험·전통·관습·상식·교육 등으로 초래된 지식이 작용한다.[1]

판소리 담당층은 대체로 선행지평을 그대로 수용하지만 일부 담당층은 그렇지 않다. 어떤 담당층은 선행지평을 비판하거나 적극적으로 개작하기도 한다. 〈완판 84장본 춘향전〉에는 사또와 낭청의 골계적인 문답을 제시한 뒤 "글런다고 하여스되 그계 쏘 다 거짓마리엿다"라고 선행지평을 비판하고 있다. 한편 신재효는 춘향가를 정리하면서 "아모리 긔싱이나 열녀 되는 아히

1 차봉희 편, 『수용미학』, 문학과지성사, 1985.

로서 첫날 젼역 졔ㄱ 벗고 외옹외옹 말농질과 ᄉᆞ랑ᄉᆞ랑 어붐질을 광ᄃᆡ의 사셜이ᄂᆞ 참아 엇지 ᄒᆞ건난가"라고 선행지평을 부정하고 말농질 사설과 어붐질 사설을 빼버리고 초야사설을 간략하게 다듬었다. 〈강상련〉에는 기자치성에 대해 "현철ᄒᆞᆫ 곽씨부인이 이런 부졍당ᄒᆞᆫ 일을 힛슬 리가 잇ᄂᆞ냐 이것은 모다 광ᄃᆡ의 롱돔이던 것이엇다"라고 비판하고, "방아타령에 우슌 말이 만치마는 맙오 잡되야셔 다 쎄던 것이얏다"[2]라고 하면서 방아타령을 간략하게 축소하였다. 한편 〈김연수 창본〉에서는 "(아니리) 그때 마참 몽은사 화주승이 절을 중창하랴 허고 권선문 들어메고 시주 집을 다니다가 그렁저렁 날 저물어 절을 찾아 올라갈 제 올라가다가 심봉사 물에 빠져 죽게 된 것을 보고 건져 살렸다고 해야 이면에 적당헐 터인듸 물에 빠져 죽게 된 사람을 두고 무슨 소리를 허고 있으리요마는 성악가가 허자 하니 이야기를 좀 더 자미있게 헐 양으로 잠간 중타령이라는 소리가 있든 것이였다"[3]라고 개입하면서 중타령이 이면에 맞지 않지만 판소리적 재미를 위해 과거지평을 그대로 계승한다고 했다.

심청가를 제대로 이해하기 위해서는 심청가가 걸어온 역사에 대한 관심이 긴요하다. 심청가의 역사는 심청가에 대한 심청가 담당층의 정서와 미의식의 변화와 긴밀하게 관련되어 있고, 그것은 지평전환의 양상을 통해 살필 수 있다.

여기서는 심청가의 후반부인 맹인잔치를 배설하는 대목부터 심봉사 눈 뜨는 대목에서 일어난 지평전환의 양상과 그 의미를 살펴보기로 한다. 이 부분은 심청가에서 제기된 문제가 해결되는 대목으로 매우 중요한 몫을 담당하고 있다. 심청가에서는 심청의 환세를 기점으로 상실의 세계에서 획득의 세계로, 결핍의 세계에서 충족의 세계로 전환된다. 심청가의 후반부는 어둠의 세계가 광명의 세계로 바뀌고, '죽을판'이 '살판'으로 바뀌게 되는 것이다.

2 [2], 5쪽, 62쪽.
3 [1], 116쪽.

그러나 심청가의 후반부는 그것의 중요성에 비해 주목받지 못했다. 최근에 몇몇 연구자들이 관심을 가지기 시작했지만,[4] 필자와 논점이 다르거나, 논의가 소략한 것이어서 후반부에 일어난 지평전환의 양상과 의미를 구체적으로 검토하기로 한다.[5]

2. 맹인잔치 배설 대목의 지평전환

심청은 황후에 올라 부귀영화를 누리지만 늙고 안맹한 부친 걱정 때문에 수심을 이기지 못해 황제에게 주청하여 맹인잔치를 열게 된다. 이 대목은 '심황후의 부친 생각, 맹인잔치 배설 과정, 심청의 인당수 투신 후에 벌어지는 심봉사의 사정' 등으로 구성되어 있다.

1) 추월만정

심황후가 가을 달밤에 부친을 걱정하는 장면에서 이루어진 지평전환을 살펴보기로 한다. 이 부분의 이른 시기의 지평은 다음에 인용한 〈박순호 낙장 27장본〉과 〈박순호 48장본〉처럼 늙고 안맹한 부친을 걱정하는 소박한 내용으로 되어 있다. 후대의 창본 중에는 〈강상련〉에 남아 있다.[6]

---

4 김영수, 『필사본 심청전 연구』, 민속원, 2001. 신동흔, 「판소리문학의 결말부에 담긴 현실의식 재론-〈심청전〉과 〈흥부전〉을 중심으로」, 『판소리연구』 19, 판소리학회, 2005. 정하영, 「〈심청전〉의 '盲人잔치' 考」, 한국고전문학회, 『제249차 정례학술발표회 자료집』, 서울대학교 인문대 신양인문학술정보관 3층 302호 국제회의실, 2009. 4. 11.

5 최근에 심청가의 결말부에 대한 논의는 최어진, 「〈심청가〉 결말부 변이와 주제의 다층적 지향」(『판소리연구』 54, 판소리학회, 2022)에서 다시 이루어졌다.

6 "(평타령) 이ᄯᅢ에 심황후ᄂᆞᆫ 귀즁ᄒᆞᆫ 몸이 되얏스나 안밍ᄒᆞ신 부친 ᄉᆡᆼ각 무시로 비감ᄒᆞ샤 ᄒᆞᆯ로 안져 탄식ᄒᆞᆫ다 불샹ᄒᆞ신 우리 부친 ᄉᆡᆼ존ᄒᆞᆫ가 별셰ᄒᆞᆫ가 부쳐님이 령험ᄒᆞ샤 기간에 눈을 ᄯᅳ샤 텬디일월 다시 보나 나를 일코 실ᄉᆞᆼᄒᆞ샤 명쳐 업시 단이시나 이러트시 탄식ᄒᆞᆯ ᄯᅢ", 〈강상련〉, [2], 52쪽.

잇ᄯᆡ 심황후 어진 호셩 조흔 거살 다 지닌들 엇지 부친을 ᄉᆡᆼ각지 안니ᄒᆞ랴 옥누을 흘이며 고향을 ᄇᆡᄅᆡ보며 ᄋᆡ연니 탄식 왈 ᄂᆡ의 부친 ᄉᆞᄉᆡᆼ을 모로오니 ᄂᆡ가 사라 귀히 된 쥴 부친 엇지 아오리잇가 나 쥭은 그 날부틈 뉘의게 의탁ᄒᆞ며 삼시 음식 사쳘 의복 뉘가 다 간슈ᄒᆞ며 쥭은들 어이 알며 사라신들 어이 알리([7], 390쪽)

잇ᄯᆡ 심皇后 어진 孝省 죠흔 경사 ᄃᆞ 지닌들 부친 생각 업실숀야 식불감칙 분안의 玉누乙 흘이며 玉窓 前 홀노 안자 古鄕乙 바ᄅᆡ보며 ᄋᆡ중한 ᄂᆡ의 부친 사라 귀이 된 쥴 알 슈 업서시이 혼자 어이 지ᄂᆡ난고 뉘乙 잇탁하시난가 춘風의 옷설 지여 보ᄂᆡ고저 한덜 雲山이 첩첩 도로가 만만하여 게신 고절 에와 갓치 빈처난가 明月리 말 못 하야 쇼식 전키 난감하고 上林 雁足 안이어던 편지 전키 어렵도다([7], 101쪽)

한편 신재효는 다음과 같이 확대하여 비장미를 강화하고 있다. 신재효의 이러한 개작은 부친을 걱정하는 모습을 통해 심청을 효녀의 화신으로 만들기 위한 의도적인 것이다.

관져쥬남지화와 후지ᄌᆞᄉᆡᆼ지덕이 유만방누풍연ᄒᆞ니 용누봉궐과 ᄉᆞᆫ진 ᄒᆡ착이 거이긔양이쳐의 영화가 극진ᄒᆞ되 쥬쇼의 깁픈 걱졍 안ᄆᆡᆼ 부친뿐이로다 실ᄒᆞ를 써난 지가 ᄉᆞᆷ 연니 너머씨되 일 ᄶᆞ 음신 못 올이오니 불효가 막심ᄒᆞ다 몽은ᄉᆞ 부쳬님이 신통 도슐 베풀어셔 가문 눈을 써겨신지 도화동 ᄇᆡᆨ셩더리 옛 언약 안니 잇고 시량을 이우난지 눈을 만일 못 쓰시고 ᄇᆡ가 만일 고푸시면 걸식ᄎᆞ로 나오실 졔 압펄 뉘가 인도헐고 나 모셔 잇슬 졔도 ᄀᆡ쳔의 ᄲᆞ졋난ᄃᆡ 허물며 ᄉᆞᆷ 연 후의 기력이 더 진ᄒᆞ고 각역이 더 업셔셔 평지 낙ᄉᆞᆼ 죵죵 ᄒᆞᆯ듸 ᄌᆞ식 업난 져 망인을 뉘 쥬물너 만져쥬며 ᄇᆡᆨ셜 ᄒᆞᆫ풍 깁픈 겨울 남기 셔령 잇다기로 불을 뉘가 ᄯᆡ여쥬며 ᄇᆡᆨ결슌의 가렵기로 뉘가 이를 ᄌᆞ버쥬리 고ᄉᆡᆼ이 글어ᄒᆞ나 ᄉᆞ라나 겨시오면 쳔ᄒᆡᆼ 만ᄒᆡᆼ 되련만은 만일 불ᄒᆡᆼ 병이 들어 젹막공방 누어씨면 약 ᄒᆞᆫ 쳡은 고ᄉᆞᄒᆞ고 물 ᄒᆞᆫ 먹음 뉘ᄀᆞ 쥬리 혼ᄌᆞ 긔진 쥭어신들 염십ᄒᆞ리 업셔시니 시츙출호될 거시요 ᄎᆞᆫ즁 숑ᄌᆞᆼ 부졍타고 셔령 묵거 ᄂᆡᆫ다 ᄒᆞ고 뉘가 파고 무더쥬리 무쥬공손 ᄂᆡ별이면 오연이탁인ᄌᆞᆼ의 함비ᄉᆞᆼ괘고슈지가 그 아니 가련ᄒᆞᆫ가 이 몸이 남ᄌᆞ 되면 피호 피기 올나가셔 바라나 보련만은 구즁궁궐 깁픈 곳ᄃᆡ 지쳑을 알 슈 인나([1], 29쪽)

그런데 이 장면은 후대에 가을 달밤 靑天에 높이 떠 울고 가는 기러기를 보고 부친에게 편지를 전해달라고 부탁하는 소위 '추월만정'으로 지평전환이 이루어진다. 앞에서 인용한 〈박순호 48장본〉의 밑줄 친 부분인 "明月리 말 못 하야 쇼식 전키 난감하고 上林 雁足 안이어던 편지 전키 어렵도다"는 추월만정이 생성될 수 있는 바탕이다. 기러기는 흔히 소식을 전해주는 전령사일 뿐만 아니라 소식이나 서신 자체를 상징하기도 하는데, 여기서 '上林 雁足'은 한나라 蘇武의 고사를 말한다.

19세기 후기의 심청가에서 이 장면은 대체로 다음의 〈김종철 낙장 53장본〉과 같은 내용으로 되어 있다.7

(말노) ᄒᆞ로나 슈심을 이기지 못ᄒᆞ야 侍從을 물이치고 玉欄杆의 비겨더니 (진냥) 秋月은 明朗ᄒᆞ여 珊瑚簾의 비치엿고 蟋蟀은 실피 우러 슈회를 도으난 듯 靑天의 지러기난 길눅길눅 울고 가니 皇后 반간 마음 바ᄅᆞ보며 하난 마리 오넌야 져 지러가 거긔 잠간ㄴ 머물너 ᄂᆡ의 ᄒᆞᆫ 말 드러셔라 蘇中郞 北海上의 편지 젼턴 기러기야 水碧沙明兩岸苔의 淸怨을 못 이기여 나라오난 기러기야 桃花洞의 우리 父親 片紙 ᄆᆡ고 네 오난야 離別ᄒᆞᆫ 졔 ᄉᆞᆷ 연 ᄂᆡ의 消息을 못 드른이 ᄂᆡ 편지 써 쥬거던 부ᄃᆡ부ᄃᆡ 젼ᄒᆞ여라 (말노) 寢房의 드러가 硯床을 ᄂᆡ여 노코 붓셜 드러 片紙 씰 졔 눈물 먼져 더러지니 글ᄌᆞ난 水墨되고 言語는 倒錯이라 父主前上白是 膝下을 더난 후의 歲色이 三變ᄒᆞ오니 陟帖ᄒᆞ야 ᄊᆡ인 恨이 河海갓치 쳡ᄉᆞ이다 伏未審 其間의 아바임 氣體後一享萬安ᄒᆞ압신지 遠切 伏慕區ᄒᆞ와 不誠이압나이다 不孝女息 沈淸은 船人을 ᄯᆞᆯ아갈 졔 ᄒᆞ로 열두 시예 열 번니나 죽으려 ᄒᆞ여도 틈을 엇지 못ᄒᆞ와셔 五六朔을 水宿ᄒᆞ고 畢竟의 印塘水의 祭熟으로 ᄡᅡ져더니 玉皇임이 도으시고 龍王님이 救ᄒᆞ옵셔 世上의 다시 나와 宋天子의 皇后 되여 榮華로 지ᄂᆡ오니 分義의 過ᄒᆞ오나 肝腸의 ᄆᆡ친 恨이 富貴도 쓰시 업고 살기도 願이 업고 다만 부친 膝下의 다시 ᄒᆞᆫ 번 뵈온 후의 그 날 죽ᄉᆞ와도 한이 업건ᄂᆡ다 아바임 날 보ᄂᆡ고 叩痛 게워 지ᄂᆡ는 마음 목이 막커 싱각난 쥴 分明이 알건만은 죽어실 졔난 幽顯이 路殊ᄒᆞ고 사ᄅᆞ셔난 厄運이 未盡ᄒᆞ야 天倫이 ᄭᅳᆫ쳐ᄂᆡ다 其間 數三年의 兩眼이 발가시며 洞中의 ᄆᆡᆨ긴 錢穀 至今갓지 保存ᄒᆞ와 衣食이나 ᄒᆞ옵난이가 아반임 귀ᄒᆞ신 몸을 十分 保護ᄒᆞ압쇼

---

7 〈완판 71장본〉, 〈송동본〉, 〈하바드대본〉, 〈정명기 43장본〉 등도 이와 같은데, 〈신재효본〉에는 없다.

셔 슈히 뇌압기를 千萬 바라나니다 年月日 얼는 써 가지고 나와보니 (타령) 기러기난 간ᄃᆡ업고 滄茫ᄒᆞᆫ 하날 가의 銀河水만 지우러지고 星月만 나마 잇다 글ᄌᆞ난 가져스나 無雁察黃州라([8], 493-495쪽)

심황후는 가을 달밤에 귀뚜라미가 슬피 울고, 맑은 하늘에 외기러기가 높이 떠 울고 가니 부친 생각이 간절하다. 심황후가 기러기에게 편지를 부탁하기 위해 얼른 써 가지고 나와 보니 "기러기난 간ᄃᆡ업고 창망ᄒᆞᆫ 구름 밧긔 은ᄒᆞ수만 기우러졋다 다만 별과 달만 발가 잇고 추풍은 삽삽ᄒᆞ"[8]여 편지를 상자에 넣고 소리 없이 우는 슬픈 장면이다.[9] "蘇中郎 北海上의 편지 젼턴 기러기야"는 소무의 고사를 인용한 것이다. 한무제 때 중랑장 벼슬을 하던 소무가 흉노 땅에 사신으로 갔다가 억류되었을 때, 자신의 생존 사실을 적은 비단 헝겊을 기러기 다리에 매어 보내니, 한나라의 황궁 정원인 상림원에 날아가 전하여 19년 만에 돌아올 수 있었다. 이 장면은 초기 이본에 심청이 인당수로 가는 도중에 나오던 지평인데[10] 이곳으로 이행된 것이다. "水碧沙明兩岸苔의 淸怨을 못 이기여 나라오난 기러기야"는 당나라 시인 錢起의 「歸雁」[11]

---

8 〈완판 71장본〉, [3], 255쪽.

9 〈김광순 41장본〉에는 다음과 같이 편지를 쓴 후 기러기에게 부탁하는 것으로 되어 있다. "시기을 다ᄒᆞᆫ 휴의 쳐첨쳐첨 졉치 쥐고 쥬렴을 거두치고 그리가 너난 ᄂᆡ 사졍 아난 김싱이라 소즁낭의 일봉셔도 상임원의 젼ᄒᆡ시니 ᄂᆡ 소식 가지다가 유리국 지ᄂᆞ다가 도화동 ᄎᆞᄌᆞ가셔 아모리 할지라도 우리 부친 젼의 ᄌᆞ시니 젼ᄒᆡ 도고 만단으로 효유ᄒᆞ니 그러기 ᄃᆡ답 업고 지 셔름의 용용 울며 간 곳지 젼니 업다", [4], 178쪽.

10 "(전략; 갈가마귀, 두견새의 위로) 청쳔의 외기러기 심쳔으 거동 보고 두 나ᄅᆡ 쎨트리고 심쳔으 머리 우의 날나가지 안니ᄒᆞ고 무삼 연고 이러한고 심쳔이 이러셔며 문난 말리 저 기러기야 소즁낭 북ᄒᆡ상의 편지 전코 네 오난야 아화 여영 소상강의 피파 듯고 네 오난야 고국으로 도라갈 지 ᄂᆡ의 부탁 듯고 가소 낙양성 오류촌의 심씨 문힛 차자가셔 우리 부친 봉ᄉᆞ 젼의 ᄂᆡ으 부탁 젼ᄒᆡ 쥬소 가련한 심쳔이난 아무 날 임당슈의 쥭기을 자원ᄒᆞ니 부ᄃᆡ ᄉᆡᆼ각 마르시고 만세무양ᄒᆞ압소셔 올 ᄊᆡ의 일쌍 청조 심쳔을 ᄋᆡ훌두어 ᄶᆡ지리 안ᄌᆞ 무삼 소리ᄒᆞ며 오ᄅᆡ 써나지 안니ᄒᆞ니 무삼 일노 일러한고 심쳔이 졍신 ᄎᆞ려 문노라 쳥조야 옥황상제 요지연의 사ᄌᆞ 되던 너 안니야 한무제 승화젼의 소삭 전턴 네 안니(야) □□□로 도라갈 제 ᄂᆡ 말 한 번 전코 가소 낙양성 오류촌의 우리 집 ᄎᆞ자가셔 ᄂᆡ으 부친 보압시고 ᄂᆡ으 말을 전ᄒᆞ소서 불호한 심쳔이난 오날 남경슈의 목숨이 가련ᄒᆞ니 다시 ᄉᆡᆼ각 마압시고 안향장슈ᄒᆞ압소셔", 〈박순호 낙장 27장본〉, [7], 383- 384쪽. 〈박순호 19장본〉과 〈박순호 48장본〉 등 초기 이본은 이와 같다.

에서 인용한 것이다. 그리고 편지에 담은, 심황후가 부친을 걱정하는 원정은 비장미를 더욱 강화하고 있다.

이상에서 살펴본 바와 같이 "明月리 말 못 하야 쇼식 전키 난감하고 上林雁足 안이어던 편지 전키 어렵도다"의 장면구체화가 이루어졌는데, 이른 시기의 사설보다 한결 세련되고 우아하게 다듬어졌다. 그 결과 고귀한 신분의 심황후가 맹인 부친을 그리워하고 걱정하는 모습에 어울리게 형상화되었다.

그런데 〈정명기 낙장 43장본〉에는 편지 내용까지 모두 자진모리로 되어 있는 데 비해 〈김종철 낙장 53장본〉은 진양조와 아니리로 짜여 있다. 내용상 심황후가 기러기에게 편지를 전해 달라고 애원하는 앞부분은 진양조로, 편지 내용인 뒷부분은 아니리로 하는 것이 보다 합리적이다. 후대로 내려오면서 음악적인 면에서도 예술적, 합리적인 방향으로 지평전환이 일어난 것이다.

일제강점기에 이화중선이 추월만정을 특히 잘 불러 심금을 울렸다. 이화중선이 대중 앞에서 추월만정을 처음 부른 것은 1915년 가을 경복궁에서 열린 조선물산공진회의 명창대회라고 한다. 이때 박기홍이 추월만정을 듣고, "배설향이 여왕이라면 자네는 가히 여자 중의 선녈세" 하고 그 자리에서 '화중선'이란 예명을 지어주었다고 한다.[12]

여러 음반에 그 녹음이 남아 있다.

(진양) 추월은 만정허여 산호주렴으 비치여 들 제, 청천으 외기려기난 월하으 높이 떠서 '뚜루루루루루루루루루루루루루루루루 끼룩' 울음을 울고 가니, 심황후 기가 막혀 기려기 불러 말을 허되, "오느냐 저 기럭아, 소중랑 북해상

---

11 "瀟湘何事等閒回, 水碧沙明兩岸苔. 二十五弦彈夜月, 不勝淸怨却飛來."

12 박경수, 『한국명창열전』, 서문당, 1980, 24-25쪽. 이화중선의 동생 이중선도 한때 소리꾼으로 이름을 날렸다. 그동안 이중선이 1935년 8월 19일 전라북도 부안군 부안읍의 관야병원에서 폐결핵으로 요절한 것으로 알려져 왔다. 김용근, 『이야기로 풀어본 지리산 판소리』, 지리산판소리연구소·가왕송흥록가후손가족회, 2008, 389쪽. 그러나 『조선일보』에 의하면 그는 1934년 11월 4일 24세로 부안병원에서 폐렴으로 사망하였다. "(扶安支局特電) 일즉이 조선의 녀류명창으로 일흠이 놉히 떨저 잇든 리중선(李中仙)(二四) 양은 사일 오후 열 시 부안읍 부안병원(扶安病院)에서 폐염으로 사망하엿다.", 「李中仙 夭折」, 『조선일보』, 1934. 11. 6.

으 편지 전턴 기러기냐? 도화동으 가거들랑 불쌍허신 우리 부친 전으 편지 일장을 전하여 다고." 방으로 들어와서 편지를 씨랴 할 적으, 한 자 씨고 눈물 짓고, 두 자 씨고 한숨을 쉬니, 눈물이 떨어져서 글자가 수묵이 되니 언어가 도착이로구나. 편지를 써서 들고 문을 열고 나서보니 기러기난 간곳없고 창망헌 구름 밖으.13

녹음 시간의 제한으로 뒷부분 일부인 "별과 달만 두렷이 밝았구나"가 실리지 못했다.14 지금 부르고 있는 추월만정은 이와 동일하다. 편지의 구체적인 내용이 삭제되어 간략하게 되었는데, 그것은 이 장면이 장황하다고 판단하여 삭제한 것으로 짐작된다. 그리고 그것은 지나치게 비장한 쪽으로 경사되는 것을 완화하려는 노력으로도 볼 수 있다.

2) 맹인잔치 배설

맹인잔치를 배설하는 과정에서 일어난 지평전환 양상을 살펴 보기로 한다. 다음은 초기 이본인 〈박순호 19장본〉에서 인용한 것이다.

이ᄯᅴ 심황후 옥충 아리 홀노 안ᄌᆞ 화초 귀경ᄒᆞ시다가 병신 부친 ᄉᆡᆼ각ᄒᆞ고 눈물을 흘리거놀 천ᄌᆞ게옵셔 문난 말리 오날날 황후게옵셔 무ᄉᆞᆷ 슈회가 잇솝기로 □□ 소ᄅᆡᄒᆞ시닛가 심황후 ᄃᆡ답ᄒᆞ되 각식 화초는 명연이면 피련마는 ᄉᆞ(람) (한) 번 쥭어지면 도라올 쥴 모르오니 그 안니 불ᄉᆞᆼᄒᆞ며 ᄯᅩᄒᆞᆫ ᄉᆡᆼ각ᄒᆞ니 눈 발근 ᄉᆞ람들은 광ᄃᆡ한 너른 천지 만물 보건만는 압 못 보는 ᄆᆡᆼ닌덜은 젼ᄉᆡᆼ의 무ᄉᆞᆷ 죄로 천지 명낭ᄒᆞᆫ 쥴 모르읍고 밤즁갓치 지ᄂᆡ오니 ᄂᆡ 아니 불상ᄒᆞ오쳡의 평ᄉᆡᆼ 원ᄒᆞ난 ᄇᆡ난 쳔ᄒᆞ 제국 ᄆᆡᆼ닌덜을 낙ᄌᆞ 읍시 부르시오 천ᄌᆞ 올히 여

13 「Okeh K.1606-B 沈淸歌 沈皇后思親歌(秋月은 滿庭) 李花中仙 長鼓 金宗基」.

14 배연형, 「이화중선 음반 연구 (1)」, 『한국음반학』 9, 한국고음반연구회, 1999, 129쪽. 이외에 이화중선의 추월만정 음반은 「Columbia 40029-B 沈淸傳 沈皇后思親歌(심황후 편지 쓰는데) 李花中仙 長鼓 李興元」, 「Victor 49004-B 沈淸傳 秋月江山 獨唱 李花中仙 長鼓 池東根」, 「Chieron 53-B 沈淸傳 沈皇后自嘆歌 李花中仙 長鼓 金學俊」 등이 있으며, 김옥엽(Chieron 60)·조앵무(Polydor)·서영주(Okeh 1596)·김유앵(Kirin 196)·이난향(Taihei 8182) 등도 추월만정을 취입한 바 있다. 한국정신문화연구원 편, 『한국유성기음반총목록』, 민속원, 1998.

게 숨퇴육경 급히 노와 제국의 힝관ᄒᆞ여 다 부르니 밍닌덜리 명을 듯고 황셩으로 모다드르 연일 존치ᄒᆞ되 … 잇ᄶᅴ에 심밍닌은 심쳥을 이별 후의 마음을 둘 듸 업셔([7], 364쪽)

사설이 소박하지만 '심황후 부친 생각, 天子 下問, 맹인잔치 주청과 반포, 심맹인 사정'으로 구성되어 있어 필요한 서사적 골격은 모두 갖추고 있다. 〈단국대 나손문고 29장본(A)〉를 비롯하여 초기 이본은 대체로 이와 같거나 유사하다.

다음은 〈송동본〉과 〈하바드대본〉에서 인용한 것으로, 이 장면이 성장해가고 있는 모습을 잘 보여주고 있다.

㉠ ᄎᆞ시 황졔 ᄂᆡ젼의 드르실ᄉᆡ 황후 옥면의 루흔을 보시고 ㉡ 무르ᄉᆞ듸 귀위황후ᄒᆞ고 부유사히여놀 무숨 일노 우ᄂᆞ이가 ㉤ 황후 엿ᄌᆞ오듸 만물싱녕의 불샹ᄒᆞᆫ 게 소경이오니 쳔ᄒᆞ 밍인을 모와 잔치ᄒᆞ여 져의 일월 못 보ᄂᆞᆫ ᄒᆞᆫ을 풀면 역시 젹션일가 ᄒᆞᄂᆞ이다 ㉥ 황제 허락ᄒᆞ고 위로ᄒᆞ며 근심치 마르소셔 ㉦ 쳔ᄒᆞ의 반포ᄒᆞᄉᆞ 무론 듸소셔인ᄒᆞ고 밍인이여던 셩명 연셰 거쥬를 헌츌ᄒᆞ여 히읍으로 ᄎᆞᄎᆞ 긔송ᄒᆞ되 만일 밍인 ᄒᆞᄂᆞ라도 지위치 아니ᄒᆞ여 잔치 춤녜치 못ᄒᆞ면 히읍 슈령을 논죄ᄒᆞ리라 셩화갓치 힝관ᄒᆞ더라 ㉧ ᄎᆞ시 심봉ᄉᆞ 불상ᄒᆞᆫ ᄯᆞᆯ을 일코 모진 목숨 근근부지ᄒᆞ더니([3], 172쪽)

㉠' 잇ᄶᅴ 황졔 ᄂᆡ젼의 들르셔셔 황후를 본니 미간의 수심이라 얼골 눈물 흔젹 쳥산니 셕양의 좀겨난 듯 힝화난 틩화의 잇난 듯 ㉡' 하로난 황제 물르시되 무삼 근심 거시관듸 눈물 흔적 잇난닛가 귀위황후하고 부유사히하여 무삼 일노 우난닛가 ㉢' 황후 렷ᄶᆞ오되 신쳡니 과연 쇼듸욕니 잇솝난니다 감니 렷좁지 못하오나 ㉣' 듸쇼욕을 무르신니 ㉤' 황후 다시 ᄭᅮᆯ러 렷ᄶᆞ오되 숄토지민니 막비왕신이나 그 즁의 불상한 게 환과고독 ᄉᆞ궁이요 그 지차난 병신니요 그즁의 불쌍한 게 더욱니 밍인니온니 쳔하 밍인 다 모도와 잔치을 하옵시고 저의 일월과 부모 쳐ᄌᆞ을 못 보와 원한난 긔운을 풀러 쥬시면 쳡의 원니로쇼니다 ㉥' 황제 들르시고 크게 칭찬하되 여즁요슌이로쇼이다 얼엽즌한 일니온니 근심치 마옵쇼셔 ㉦' 그 잇튼날붓텀 천하을 발포하야 무론 ᄉᆞ셔인하고 밍인 닛거던 승명을 ᄎᆞ저 혈녹하여 각히읍으로 ᄎᆞᄎᆞ로 긔숑하야 잔치을 참예하게 하라 만닐 밍인 하나라도 지위치 안니하여 참예치 못하난 지 닛시면 달니 죠율

노 당할리라 쥴령 신명하사 셩화갓치 힝하더라 ⓞ' 심봉사난 쌀을 닐코 모진 목심의 쥭지난 못하고 근근보명 사러날 졔([4], 44-45쪽)

〈송동본〉15은 〈박순호 19장본〉에 비해 정제되고 다소 세련되었으며, 〈하바드대본〉은 〈송동본〉에 비해 유식한 한자어 사용 등 상층 언어를 사용하여 더 품위 있고 우아하게 다듬어졌다. 〈송동본〉에 없는 ⓒ'와 ⓔ'를 제외하면 두 이본의 ⓐ-ⓑ과 ⓐ'-ⓑ', ⓜ-ⓞ과 ⓜ'-ⓞ'가 각각 대응하고 있다. 〈하바드대본〉에서는 ⓒ'와 ⓔ'를 통해 심황후가 황제의 하문에 바로 답하지 않고 황제가 재차 하문하자 영을 어기지 못해 大所欲을 아뢰는 것으로 황후의 품위에 어울리도록 하였다. 그리고 온 나라 안의 모든 백성이 임금의 신하 아닌 사람이 없고(率土之民 莫非王臣),16 신하 중에서 불쌍한 것이 鰥寡孤獨 四窮이요, 사궁 중에서도 불쌍한 것이 병신이요, 병신 중에서도 맹인이 더욱 불쌍하니 맹인잔치를 열어 일월과 부모 처자를 보지 못하는 저들의 원한을 풀어주는 것이 원이라고 함으로써 맹인잔치에 대한 객관적이고 합리적인 명분을 내세우고 있다. 그것은 또한 황후의 국모다운 모습에 잘 어울리기도 한다. 이러한 모습은 심청가가 성장하고 있는 모습을 뚜렷하게 보여주고 있는 것이라고 하겠다.

한편 〈허흥식본〉의 경우는 심황후가 편지를 올려 자신의 신분과 그간의 내력을 아뢰고, 곽씨부인이 심황후의 꿈에 나타나 맹인잔치를 열면 부녀상봉이 이루어질 것이라 일러주어 맹인잔치를 열게 되는 것이 특이하다.

그런데 심황후가 자신의 신분과 내력을 아뢰지 않아서 황제가 심황후를 용궁 사람으로 믿고 있고, 또한 맹인 부친을 만나기 위해서 맹인잔치 배설을 주청하면서17 '솔토지민 막비왕신' 운운하는 명분을 내세운 것은 결과적으로

---

15 〈사재동 50장본(B)〉도 〈송동본〉과 같다.

16 『詩經』의 "普天之下, 莫非王土. 率土之濱, 莫非王臣."에서 온 말이다.

17 심황후가 자신의 신분과 내력을 고백하고 있는 이본에는 물론이고, 그렇지 않은 이본에도 "이 잔치 빅설혼 배 부친을 뵈압자고 하엿더니"(〈완판 71장본〉, [3], 267쪽), "이 잔치 빅셜훌 졔 부친을 위함니라"(〈정명기 43장본〉, [5], 49쪽)로 되어 있다.

천자를 속인 것이므로 문제가 아닐 수 없다. 어질고 착한 심황후가 황제를 속이는 것은 도리에 어긋날 뿐만 아니라 군신 간의 예의에도 벗어난 것이다.[18] 이 문제를 해결하기 위해 심황후가 황제에게 자신의 신분과 그간의 내력을 아뢰는 것으로 개작이 이루어지게 된다.[19]

① (타령) … 잇씨 皇帝 內殿의 드러와셔 皇后을 보신이 眉間의 愁心을 써여시니 青山이 夕陽의 잠긴 듯ᄒᆞ고 玉顔의 눈물 痕迹이 잇시니 香花가 太陽을 이우난 듯ᄒᆞ거날 ② 皇帝 問曰 ᄒᆞ사ᄃᆡ 무슴 근심 잇삽관ᄃᆡ 눈물 흔젹 고히ᄒᆞ오 貴爲皇后ᄒᆞ고 富有四海ᄒᆞ되 무슴 일노 우난잇가 ③ 皇后 엿ᄌᆞ온ᄃᆡ 妾이 果然 所懷가 잇ᄉᆞ오나 감히 엿줍지 못ᄒᆞ여난이다 ④ 皇帝 다시 뭇ᄌᆞ온ᄃᆡ ⑤ 皇后 對曰 妾이 果然 龍宮 ᄉᆞ람이 아니오라 黃州 桃花洞 盲人 鶴圭의 女息이옵더니 아부 눈을 뜨기을 위ᄒᆞ야 몸이 팔여 물의 싸진 사연을 자셰히 엿ᄌᆞ오니 ⑥ 皇帝 드러시고 그려ᄒᆞ오면 엇지 진즉의 말삼 못ᄒᆞ신잇가 어렵지 아니ᄒᆞ오니 근심치 말으쇼셔 ⑦ 朝臣과 議論ᄒᆞ시고 黃州로 行關ᄒᆞ야 沈鶴圭을 府院君 威儀로 治送ᄒᆞ라 ᄒᆞ셧더니 ⑧ 黃州刺史 啓聞內예 本州 桃花洞 心鶴圭가 年前의 遊離ᄒᆞ야 不知去處라 ᄒᆞ엿거날 ⑨ 皇后 드르시고 망극ᄒᆞᆫ 마음을 이기지 못ᄒᆞ야 涕泣長歎ᄒᆞ시니 ⑩ 皇帝 慰勞ᄒᆞ샤대 死則已矣로대 사라시면 셜마 찻지 못ᄒᆞ올잇가 ⑪ 皇后 크게 ᄭᆡ다르사 皇帝 前의 엿ᄌᆞ오대 과연 ᄒᆞᆫ 計策이 잇ᄂᆞ니다 率土之濱이 莫非王臣이온ᄃᆡ 百姓 中의 不祥ᄒᆞ 게 鰥寡孤獨 四窮이요 그 즁의 病身이 不祥ᄒᆞ고 病身中의 소경이 더욱 不祥ᄒᆞ오니 天下 盲人을 모도 불너 盲人잔치ᄒᆞ옵시면 恩德이 莫大ᄒᆞ옵고 그 가온ᄃᆡ 妾의 父親을 만나 볼 듯ᄒᆞ오니 處分을 바라ᄂᆞ니다 ⑫ 皇帝 稱讚ᄒᆞ샤 그리ᄒᆞ라 ᄒᆞ시고 ⑬ (타령) 明日의 天下의 發布ᄒᆞ야 毋論 上中下人民ᄒᆞ고 盲人이어든 居住 姓名 年歲을 懸錄ᄒᆞ야 各該邑으로 次次 起送ᄒᆞ야 잔치예 참예ᄒᆞ게 ᄒᆞ되 만일 ᄒᆞ나히라도 지위치 아니ᄒᆞ야 不參之弊 잇스면 該守令을 斷當 嚴治ᄒᆞ리라 ᄒᆞ계시니 各邑이 震動ᄒᆞ야 星大 擧行ᄒᆞ더라 ⑭ (말노) 잇씨예 沈盲人은 ᄯᆞᆯ을 일고 모진 목슘 쥭지 못ᄒᆞ야 근근부지 사라날 제([8], 494-495쪽)

---

18 앞에서 살핀 바와 같이 〈박순호 낙장 36장본〉, 〈박순호 낙장 50장본〉, 〈정명기 낙장 62장본〉, 〈정문연 28장본〉 등의 초기 이본에서는 심청이 꽃봉 속에서 나와 천자를 처음 만났을 때 자신의 신분과 내력을 아뢴다.

19 초기 이본 중에서도 〈김광순 낙장 19장본〉과 같이 심황후가 자신의 신분과 내력을 아뢰는 경우가 있다.

위의 인용문은 〈김종철 낙장 53장본〉에서 가져온 것인데, 앞에서 인용한 〈하바드대본〉과 비교해 보면 ㉠'-㉣'은 각각 ①-④와 대응하고, ㉤'-㉧'은 ⑪-⑭와 각각 대응하고 있으며, ⑤-⑩이 첨가되었음을 쉽게 확인할 수 있다. 심황후는 황제에게 자신이 용궁사람이 아니라 황주 도화동 맹인 심학규의 여식으로 부친의 눈을 띄우기 위해 몸을 팔아 인당수에 빠진 사연을 대강 아뢰고,[20] 황제는 황후의 所懷가 부녀 상봉임을 알고 黃州刺史에게 심학규를 府院君 威儀로 治送하라고 하교하나 심학규가 年前에 遊離하여 不知去處라는 장계가 올라온다는 내용이 새롭게 첨가되어 선행지평보다 훨씬 논리적이다.

그런데 이 대목은 심황후의 내력 고백 여부와 심청의 인당수 투신 후에 심봉사가 고향에서 어렵게 살고 있는지 아니면 타향에서 유리걸식하고 있는지에 따라 다르게 되어 있다. 특히 심봉사가 타향에서 유리걸식하는 위치가 이본에 따라 다양하게 나타나는데, 그것은 뺑덕어미 삽화의 기능이 강화되면서 일어난 것이 아닌가 한다.[21] 이 대목에서 일어난 다양한 지평전환의 양상을 19세기 중기 이후의 이본을 중심으로 정리해 보면 다음과 같다.

(가) ①심황후 등극-②추월만정-⑤맹인잔치 반포-⑥심맹인 고향에서 삶 : 〈송동본〉, 〈하바드대본〉, 〈정명기 43장본〉, 〈정권진 창본〉[22]

(나) ①심황후 등극-②추월만정-③심황후 내력 고백-⑤맹인잔치 반포-⑥심맹인 고향에서 삶 : 〈박순호 46장본〉

---

20 〈박순호 46장본〉(효녀실기심청)에는 그간의 내력을 더욱 자세하게 설명하고 있고, 심맹인이 개안한 뒤에 자세하게 나오는 경우도 있다.

21 뺑덕어미에 관해서는 다음 글에서 다양한 시각으로 논의되었다. 정하영, 「심청전에 나타난 악인상-뺑덕어미론」, 『국어국문학』 97, 국어국문학회, 1987. 최혜진, 「심청가 중 뺑덕어미 삽화의 기능과 의미」, 『판소리의 전승과 연행자』, 역락, 2003. 정양, 『판소리 더늠의 시학』, 문학동네, 2001. 유영대, 「심청전의 여성 형상-곽씨부인과 뺑덕어미를 중심으로」, 『한국고전여성문학연구』 1, 한국고전여성문학회, 2000. 이대중, 「뺑덕어미 삽화의 양상과 그 의미」, 『판소리연구』 17, 판소리학회, 2004.

22 〈강전섭 41장본〉, 〈김동욱 56장본〉, 〈단국대 나손문고 낙장 49장본〉, 〈국립도서관 23장본〉, 〈박순호 55장본〉, 〈사재동 48장본〉, 〈김종철 50장본〉, 〈정명기 42장본〉, 〈정명기 낙장 51장본〉, 〈가람본 30장본〉(심청록), 〈정문연 48장본〉, 〈정문연 70장본〉, 〈연세대 43장본〉(편지 내용 없음) 등도 이와 같다.

(다) ⑥심맹인 유리걸식-①심황후 등극-②추월만정-③심황후 내력 고백-⑤맹인잔치 반포 : 〈한애순 창본〉, 〈강상련〉[23]

(라) ⑥심맹인 유리걸식-①심황후 등극-②추월만정-③심황후 내력 고백-④심맹인 치송 실패- ⑤맹인잔치 반포 : 〈완판 41장본〉, 〈완판 71장본〉

(마) ①심황후 등극-⑥심맹인 유리걸식-②추월만정-③심황후 내력 고백-④심맹인 치송 실패-⑤맹인잔치 반포 : 〈박동진 창본〉

(바) ①심황후 등극-②추월만정-③심황후 내력 고백-④심맹인 치송 실패-⑤맹인잔치 반포-⑥심맹인 유리걸식 : 〈김종철 낙장 53장본〉, 〈강전섭 낙장 47장본〉, 〈박순호 낙장 65장본〉, 〈김소희 창본〉

(사) ①심황후 등극-⑥심맹인 유리걸식-③심황후 내력 고백-④심맹인 치송 실패-②추월만정-⑤맹인잔치 반포 : 〈이선유 창본〉

이와 같이 복잡한 양상을 보이는데, (라)-(사)는 서술 위치가 서로 다르지만 내용이 동일하므로 다음과 같이 네 가지로 묶을 수 있다.

(A) 추월만정-맹인잔치 배설-심맹인 고향에서 어렵게 삶 : (가)

(B) 추월만정- 황후 내력 고백-맹인잔치 배설-심맹인 고향에서 어렵게 삶 : (나)

(C) 심맹인 유리걸식-추월만정-심황후 내력 고백-맹인잔치 배설 : (다)

(D) 심맹인 유리걸식-추월만정-심황후 내력 고백-심맹인 치송 실패-맹인잔치 배설 : (라)-(사)

심봉사는 뺑덕어미를 만나 가산을 탕진하지만 고향에서 어렵게 살고 있는 경우가 있고(A, B), 이와 달리 가산을 탕진하고 타향에서 유리걸식하고 있는 경우가 있다(C, D). (A)와 같이 심황후가 자신의 신분과 내력을 고백하지 않는 경우는 심맹인을 찾지 않고 맹인잔치를 배설해도 논리적으로 문제될 것이 없다. 그러나 (B)와 (C)같이 심황후가 자신의 신분과 내력을 고백했는데 심맹인을 찾으려는 시도 없이 곧장 맹인잔치를 여는 것은 비논리적일 뿐만 아니라

---

23 〈강상련〉에는 추월만정 대목이 없다.

맹인잔치의 의의도 반감된다.[24] (D)와 같이 먼저 황명으로 심맹인을 부원군 위의로 부르고 심맹인이 年前에 遊離하여 不知去處했기 때문에 심맹인을 찾기 위해 맹인잔치를 여는 것이 합리적이다. 그리고 심봉사의 사정은 심청의 황후 등극 전에 있는 것이 보다 합리적이라고 할 수 있다.[25] 따라서 이 대목은 (B)에 해당하는 이본이 〈박순호 46장본〉밖에 없고 (C)에 해당하는 이본도 〈한애순 창본〉과 〈강상련〉에 불과하다는 한계가 있지만, 대체로 '(A) → (B) → (C) → (D)'의 순으로 지평전환이 이루어진 것으로 볼 수 있다.

신재효가 개작 정리한 심청가를 살펴보면 그도 이 문제에 대해 상당히 고심했던 것이 분명하다. 신재효는 자신의 문하에 모여든 이날치, 박만순, 김세종, 정창업, 김창록 등 여러 명창들이 이 대목을 다르게 부르고 있어서 매우 혼란스럽게 느꼈을 것이다. 신재효는 고심 끝에 다음과 같이 이 문제를 해결하고 있다.

> 황졔쎄 쥬달ᄒᆞ야 심ᄆᆡᆼ인을 모셔 오라 도화동의 ᄒᆡᆼ관ᄒᆞ면 그 슈가 죠을 테나 ᄉᆞ싱도 알 슈 업고 어ᄃᆡ 유리ᄒᆞ 겨신지 만일 발셜ᄒᆞ엿다가 죵젹도 못 ᄎᆞ지면 션여로 아든 터의 취죨만 될 거시니 얼골을 본 연후의 발셜ᄒᆞ미 올타 ᄒᆞ고 이리 걱졍 져리 걱졍 아미의 슈심 기운 화용의 눈물 흔젹 금ᄒᆞ기 어려우니 황졔 알의시고 슌슌이 물의시되 귀위황후ᄒᆞ고 부유ᄉᆞᄒᆡᄒᆞ고 금실지우가 잇고 죵고지낙이 잇셔 부죡ᄒᆞ미 업스실씌 황후난 무ᄉᆞᆷ 일노 옥면슈ᄉᆡᆨ 잇난익가 심황후 염용 ᄃᆡ왈 여위열긔용이라 온환ᄒᆞᆫ 긔ᄉᆡᆨ으로 황졔를 모시올씌 슈ᄉᆡᆨ이 나타나셔 슈고로이 물의시니 숑황무지ᄒᆞ건니와 쥬나라 ᄐᆡ임 ᄐᆡᄉᆞ 이남덕화 증ᄒᆞ시고 우리날아 션인황후 여즁요슌 숑덕ᄒᆞ니 신쳡은 무ᄉᆞᆫ 덕화 만민모가 되야난지 시위쇼ᄎᆞᆫ 북그러워 쥬야 근심ᄒᆞ옵싸가 쳔여일득ᄒᆞ여시나 엿즙기 황송ᄒᆞ여 셥유불발ᄒᆞ옵더니 ᄒᆞ교가 게옵시니 감이 앙달ᄒᆞ옵ᄂᆡ다 쥬문왕 첫 졍ᄉᆞ가 노ᄌᆞ를 안지ᄒᆞ고 ᄒᆞᆫ문제 방츈화시 ᄉᆞ궁을 진휼ᄒᆞ니 ᄇᆡᆨ셩 즁의 불ᄉᆞᆼ한 게

24 정병헌, 「이날치판 심청가의 성격과 판소리사적 위치」, 『판소리문학론』, 새문사, 1993, 143쪽.

25 "즉 부처의 힘으로도 득명하지 못했을 때, 심청은 다시 왕후의 모습으로 등장할 수밖에 없었음을 관객에게 인식시킬 수 있기 때문이다.", 정병헌, 『판소리문학론』, 새문사, 1993, 142쪽.

나이 늘근 병신이요 병신 즁의 불ᄉᆞᆼᄒᆞᆫ 게 눈 못 보난 ᄆᆡᆼ인이라 원고ᄌᆞᄉᆞᆼ이 공부ᄌᆞ의 말ᄉᆞᆷ이니 쳔ᄒᆞ ᄆᆡᆼ인 다 모와셔 쥬효를 멕인 후의 그즁의 유식ᄒᆞᆫ ᄆᆡᆼ인을 만니 골나 좌우의 모셔 잇셔 셩경 현젼 외게 ᄒᆞ고 그즁의 늘ᄭᅩ 병들고 ᄌᆞ식도 업는 ᄆᆡᆼ인은 경셩의 집을 지어 ᄒᆞᆫᄃᆡ 모도 모와 두고 요를 쥬어 먹이오면 무고ᄒᆞᆫ 그 목슘이 젼학지환 면할 테요 그즁의 지극덕화 만방의 미칠 턴니 여ᄌᆞ의 쇼견니나 언가용즉 ᄎᆡ지ᄒᆞ옵쇼셔 황졔 ᄃᆡ희ᄒᆞᄉᆞ 중ᄒᆞ다 이 말ᄉᆞᆷ이여 관인의 불체ᄒᆞ믈 황후가 도의시니 만복의 근원이라 쇼쳥ᄃᆡ로 ᄒᆞ오리다 직일의 ᄒᆞ교ᄒᆞᄉᆞ 쳔ᄒᆞ의 잇난 ᄆᆡᆼ인 궐ᄂᆡ의셔 존치ᄒᆞ니 방방곡곡 지위ᄒᆞ여 경ᄉᆞ로 기숑ᄒᆞ라 각셩의 ᄒᆡᆼ관ᄒᆞ니 각셩 ᄌᆞᄉᆞ더리 각읍의 지위ᄒᆞ여 ᄆᆡᆼ인을 기숑ᄒᆞᆯ 제 양반 ᄉᆞᆼ인 남녀 노쇼 ᄆᆡᆼ인이면 올나간다 잇ᄯᆡ의 심봉ᄉᆞ는 심쳥을 일흔 후의 모진 목숨 죽지 안코 근근부지 지ᄂᆡᆯ 젹의([1], 29-31쪽)

밑줄 친 곳은 심황후가 황제에게 맹인잔치 배설을 주청하기 직전에 심적 갈등을 겪고 있는 부분이다. 심황후가 자신의 신분과 내력을 소상히 밝히고 심맹인을 모시고 오도록 行關하는 것이 부친을 찾는 가장 좋은 방법이다. 그러나 부친의 생사도 알 수 없고 살아 있다고 해도 어디에 유리해 있을지 알 수 없기 때문에 신분과 내력을 밝히고 부친을 찾다가 종적도 못 찾으면 자신을 선녀로 알고 있는데 치졸만 될 것이므로 부친의 얼굴을 본 연후에 밝히기로 한다. 이 부분은 심황후의 내적 갈등이기도 하지만 사실은 신재효 자신의 생각을 작품 전면에 드러낸 것이다. 신재효 시대에 심황후가 자신의 신분과 내력을 밝히지 않고 바로 맹인잔치를 열도록 주청하는 지평과 자신의 신분과 내력을 밝힌 후 부친을 호송하게 했지만 실패하고 부친을 찾기 위해 맹인잔치를 열도록 주청하는 지평이 공존하고 있었던 것이 분명하다. 신재효는 두 지평을 두고 어느 것을 선택하는 것이 합리적일 것인가에 대해 고심하다가[26] 결국 심황후가 신분과 내력을 고백하지 않고, 심맹인이 고향을 떠나지

26 "심황후의 극ᄒᆞᆫ 효ᄒᆡᆼ 만싱황후 되야시나 부친 싱각 잠이 업고 쥬야 고통 지ᄂᆡᄂᆞᆫ 제 ᄂᆡ렴으로 싱각ᄒᆞ되 도화동으로 관자을 ᄒᆞ자 ᄒᆞᆫ들 사싱도 모로고 션여로라 ᄒᆞ야 녹코 종젹만 혈누ᄒᆞ면 차역난쳐로다 젼젼반측ᄒᆞ다가 -하략; 맹인잔치 주청-", 〈정명기 낙장 38장본〉, [5], 431쪽. 이를 보면 이러한 고심은 신재효가 처음 한 것이 아니라 그 이전부터 있었던 것으로 짐작된다.

않는 것을 선택하였으며, 아울러 맹인잔치의 필요성을 유가적 합리성을 추구하는 방향과 심황후의 덕성을 강조하는 방향으로 개작하였다. 신재효가 개작한 지평은 〈김연수 창본〉과 〈정광수 창본〉에 그대로 수용되어 있다.27

이상과 같이 다양하게 변모하였던 이 대목은 다음의 〈정권진 창본〉과 같이 간략하게 정리되고 있다.28

> (아니리) 이때으 천자 내궁에 들어와겨 황후를 살펴보니 눈물 흔적이 있거날, "부난 천하를 두시고 귀난 황후옵난디 무슨 근심이 있나이까." 심황후 대답허되, "천하막비왕토요 솔토지민이 막비왕민이나 세상으 불쌍한 것 맹인이오니 천하 맹인을 불러 들여 황극전에서 한때 위로함이 어떠할가 하나이다." 천자께옵서 칭찬허시고 그날로 행관허시되 대소 맹인 간 황성 맹인잔치 불참하면 그 수령은 봉고파직하리라. 이렇듯 전령허여 노니 어명인지라 심지어 애기봉사까지도 잔치에 참예허게 되었것다. 심황후 석달 열흘 잔치를 배설허여 놓고 부친을 기다리는디, (진양) 그때으 심봉사는 모진 목숨이 죽지도 않고 근근부지 지낼 적에([2], 265-266쪽)

이러한 점은 이 대목이 20세기에 들어와서 더 이상 큰 의미를 지니지 못하고 서사적 골격만 겨우 유지하는 정도로 비중이 약화되었음을 보여주는 것이라고 하겠다.

3. 심봉사 황성 올라가는 대목의 지평전환

심황후는 부친을 찾기 위해서 맹인잔치를 열어 전국의 모든 맹인들을 참례

---

27 다만 〈정광수 창본〉에는 "여위열긔용이라 온완ᄒᆞᆫ 긔식으로 황제를 모시올 ᄊᆡ … 엿줍기 황숑ᄒᆞ여 셥유불발ᄒᆞ옵더니 ᄒᆞ교가 게옵시니"가 생략되어 있다. 그리고 〈김연수 창본〉에는 가산을 탕진하고 고향을 떠나 정처 없이 다니는 것으로 되어 있고, 〈정광수 창본〉에는 아무 걱정 없이 세월을 보내는 것으로 되어 있다.

28 〈신재효본〉의 영향을 크게 받은 〈김연수 창본〉과 〈정광수 창본〉을 제외하면 대부분 이와 같이 간략하다.

하게 하고,[29] 심봉사는 맹인잔치에 참례하기 위해 뺑덕어미와 함께 황성으로 올라간다. 이 대목은 이본에 따라 구체적인 내용은 다양하지만 대체로 '심봉사가 뺑덕어미와 결연함 → 뺑덕어미가 황봉사와 달아남 → 심봉사가 목욕을 하다 의복을 도둑맞음 → 심봉사가 방아 찧는 여인들과 수작함 → 심봉사가 안씨맹인과 결연함'으로 구성되어 있다. 〈완판 71장본〉과 같이 심봉사가 무릉태수에게 의복을 얻어 입고 황성으로 올라가는 도중에 목동들이 등장하여 심봉사를 희롱하는 대목도 있다.

심청가의 다른 대목과 마찬가지로 이 대목 역시 심청가가 성장하고 발달하는 과정에서 지평전환을 거쳐 다양한 양상으로 존재하고 있다.

1) 뺑덕어미와 결연

뺑덕어미는 심청가의 흥미를 돋우는 등 일정한 역할을 하는 주변인물이다. 〈경판 24장본〉과 〈경판 26장본〉에는 뺑덕어미가 등장하지 않지만 초기 심청가인 〈박순호 19장본〉과 〈박순호 48장본〉을 비롯하여 대부분의 이본에 뺑덕어미가 등장한다. 이러한 사실은 뺑덕어미가 비록 주변인물이지만 중요한 역할을 담당하고 있음을 의미한다.

심봉사가 뺑덕어미와 결연하는 과정은 이본에 따라 다소 다르지만, 그 양상은 ① 동네 사람들이 주선하는 경우, ② 뺑덕어미가 自願出嫁하는 경우, ③ 심봉사가 능동적이고 적극적으로 뺑덕어미를 맞이하는 경우로 정리할 수 있다.[30] 이른 시기의 심청가에서는 동네 사람들이 심봉사를 불쌍하게 여기고 뺑덕어미와 결연하도록 주선하는 것으로 되어 있었을 것으로 짐작된다. 다음

---

29 "쳔ᄒᆞ의 반포ᄒᆞ시되 무론 ᄃᆡ부사셔인ᄒᆞ고 ᄆᆡᆼ인이여든 셩명 거주를 현록ᄒᆞ야 각읍으로 차차 기송ᄒᆞ라 잔ᄎᆡ예 참례ᄒᆞ계 ᄒᆞ되 말일 ᄆᆡᆼ인 ᄒᆞ나이라도 영을 몰나 참례치 못ᄒᆞᆫ ᄌᆡ 잇스면 ᄒᆡ도 신ᄒᆞ 수령은 단당 죄 중ᄒᆞ리라 교령이 신명ᄒᆞ시니 쳔ᄒᆞ 각도 각읍이 황겁ᄒᆞ야 셩화갓치 거힝터라", 〈완판 71장본〉, [3], 257쪽.

30 정하영, 「〈심청전〉에 나타난 악인상-뺑덕어미론-」, 『국어국문학』 97, 국어국문학회, 1987, 8-9쪽.

은 〈정명기 43장본〉과 〈박순호 낙장 50장본〉에서 인용한 것이다.

(안리니라) … 잇딧여 심봉ᄉᆞ은 ᄊᆞᆯ을 일코 모진 목숨 쥭지 못ᄒᆞ고 쥬야로 우름 울 졔 도화동 ᄉᆞ람들리 권ᄒᆞ여 ᄲᅵᆼ득어미을 어더든니([5], 43쪽)

이때의 심맹인은 심청을 이별하고 쥬야로 절단코 죽게 되니 동중 상하인덜이 차마 보기 불상하여 동즁으로 공회 부쳐 홀로 인난 뺑덕어미 다려다가 달래여 강권하니 뺑덕어미 거동 보소 겨우르고 욕심 만키로 판슈의 오십 석 쌀만 보고 즉시 허락하니 동즁 여러 사람덜이 이 말을 심맹께 하니 심맹인 셔룬 경의 이 말삼 밧겨 듯고 동중 어루선내 아소시요 실업소 날만 사람 생각하여 염여 너머 마오 그리 이논 되야 살진대 뺑덕어미 보내시요 내 몸이 심심하여 말벗도 하게 동중 어룬덜이 즐겨 듯고 뺑덕어미 불러오니 심맹인 거동 보소 뺑덕어미 다려온 후로 불상한 심쳥이 생각 그리 덜하고 그리져리 살러날 졔([6], 420-421쪽)

동네 사람들은 딸을 잃고 주야로 슬퍼하여 거의 죽게 된 심봉사의 딱한 처지를 불쌍하게 여기고 동중 공회를 부쳐 뺑덕어미를 데리고 가서 심봉사에게 결연을 맺도록 강권한다. 심봉사는 그녀를 '말벗'으로 맞아들이게 되고, 그 후로는 심청의 생각을 덜하며 그럭저럭 살아간다. 의지하던 딸을 잃고 혼자 남은 심봉사는 살아갈 길이 막막하다. 심봉사에게는 심청을 대신할 수 있는 인물이 필요하였고, 뺑덕어미가 그런 인물로 선택된 것이다. 동민들의 주선으로 뺑덕어미와 결연하는 이본으로는 〈정명기 낙장 52장본〉, 〈박순호 46장본〉, 〈한애순 창본〉 등이 있다.

후대로 오면서 뺑덕어미는 악인의 전형으로 형상화되고 있다. 먼저 뺑덕어미의 모습을 살펴보기로 하자. 다음은 〈박순호 46장본〉에서 인용한 것이다.

용열ᄒᆞᆫ ᄲᅵᆼ득어미 ᄉᆡᆼ긴 거동 볼ᄌᆞᆨ시면 ⓐ되박이마 빈ᄃᆡ코의 볍ᄉᆡ눈 며쥬볼퉁이 동고리ᄀᆞ심 북통ᄇᆡ아지 젹둑다리 조막손이 ⓑ지혜 읍시 촐낭이기 방졍맛고 요망ᄒᆞ기 흘기ᄒᆞ면 할깃ᄒᆞ고 간ᄉᆞᄒᆞ고 음탕하며 션우슘의 코똥 귀기 억ᄀᆡ츔의 궁동이짓 공방조ᄃᆡ 타려 물고 종장거름으로 마실 돌기 군입졍ᄒᆞ기 조와ᄒᆞ여 음식장ᄉᆞ 거르지 아니ᄒᆞ고 양고음의 핑계가리찜 가진 약염 영계찜과

낫좀자기 게우루고 얄망구져 힝신쳬통 침션 방젹 빅집ᄉᆞ의 무용이라([7], 150-151쪽)

ⓐ는 뺑덕어미의 못생긴 용모를 묘사한 것이고, ⓑ는 뺑덕어미의 악행을 묘사한 것이다. 둘 다 과장된 것이지만 고소설을 위시한 고전문학에서 악인형 인물을 형상화하는 전형적인 수법이다. 일반적으로 착한 인물은 외모부터 아름답고 악한 사람은 외모부터 추한 것이 우리 고전문학의 문법이다.[31] 춘향과 심청은 절대가인이지만 장화홍련전의 계모 허씨는 추한 용모의 소유자다. 그런데 판소리에서는 사정이 다소 다르다. 재미를 위해서 또는 특정 인물을 희화화하기 위해서도 그런 수법을 흔히 사용한다. 춘향전의 목낭청과 강릉매화타령의 골생원 등은 악인이 아니면서도 추한 모습으로 형상화되어 있는 것이 그러한 예이다.

〈신재효본〉에는 "그 동ᄂᆡ 뼁덕어미라 ᄒᆞ난 홀엄이가 잇난듸 싱긴 형용하난 힝실 만고사기 다 보와도 쪽이 업난 ᄉᆞ람이라"고 하면서 뺑덕어미의 용모를 더욱 추한 모습으로 그리고 있다.

인물을 볼쑥시면 빅등칠일 보ᄂᆡ씨면 묵특졍병 풀 터이요 육궁 빈ᄃᆡ 보와씨면 무안식을 ᄒᆞ것구나 말춍 갓튼 머리털리 ᄒᆞ날을 갈의치고 되박이마 홰눈셥의 우먹눈 쥬먹코요 메쥬볼 숑곳턱의 썰에이 드문드문 입은 큰 궤문 열오 논 듯ᄒᆞ고 셔난 집신쪽 갓고 억ᄀᆡ난 치 쌕굴노 셰워 논 듯 숀질은 쇼듸양을 업퍼 논 듯 허리난 집동 갓고 ᄇᆡ난 페문 북통만 엉치는 부ᄌᆞ집 ᄃᆡ문짝 쇽옷슬 입어기로 거기난 못 보와도 입을 보면 짐족ᄒᆞ고 슈종다리 흑각발톱 신은 침쳑 ᄌᆞ가옷시라야 신나고나([1], 31-32쪽)

뺑덕어미의 추하고 기괴한 모습이 우스꽝스러워서 웃음을 유발한다. 〈김연수 창본〉과 〈박동진 창본〉도 이와 같다.

그동안 뺑덕어미의 기능에 대해서는 여러 가지 견해가 제시되어 왔다.[32]

---

31 정종진, 『한국현대문학과 관상학』, 태학사, 1997.

32 정하영은 오락성의 고조와 심봉사의 아내 역할이라고 하였고, 최혜진은 해학적 기능과

뺑덕어미의 기능은 여러 측면에서 이해할 수 있겠지만, 무엇보다도 심봉사의 성적 본능을 충족시켜 주는 인물이라고 할 수 있다. 심봉사는 곽씨부인이 죽은 뒤부터 심청이 인당수에 투신할 때까지 15년이라는 긴 세월을 성적 결핍 상태에 있었고, 성적 본능을 해결할 수 있는 상대로 뺑덕어미가 선택된 것이다.[33] 그리하여 심봉사는 '여러 해 주린 참이라 그중에 室樂이 하도 많아서 一時라도 없으면 죽을 줄로 알고',[34] 심지어 '여보소 뺑덕이네. 내가 비록 외촌 사나 오입 속을 대강 아네. 一色 계집 率蓄하기 맛있게 장난질을 하기보다 더 좋은데, 우리 둘이 만난 후에 아무 장난 아니 하고 밤낮으로 대고 파니 맛이 없어 못 하겠네'[35]라고 할 정도로 욕정에 탐닉했다. 성적 대상으로는 곽씨부인처럼 현숙한 요조숙녀보다 오히려 음탕하기 짝이 없는 뺑덕어미가 더 잘 어울린다. 그리고 과장된 뺑덕어미의 용모와 행실 사설이 심청가의 재미를 더하는 역할을 하고 있다는 사실에는 이견의 여지가 없다.

또한 악인의 전형을 묘사하는 방법으로 온갖 악행을 나열하는 수법을 사용한다. 놀부와 괴똥어미의 악행 등에서도 그러한 모습을 살필 수 있다. 〈완판 71장본〉에는 "본촌의 셔방질 일수 잘ᄒᆞ여 밤낫업시 흘네ᄒᆞ난 ᄀᆡ갓치 눈이 벌게게 단이난 ᄲᅵᆼ덕어미"가 심봉사에게 전곡이 많은 줄 알고 자원첩이 되어 사는데, "이년의 입버르장이가 ᄯᅩᄒᆞᆫ 보지 버릇과 갓타여 ᄒᆞᆫ시 반ᄯᆡ도 노지 아니ᄒᆞ랴고 ᄒᆞ는 년이라"고 하면서 다음과 같이 온갖 악행을 열거하고 있다.[36]

풍자적 기능 그리고 악인의 전형으로서의 기능이라고 하였다. 그리고 최래옥과 정양은 심봉사에게 더 이상 잃어버릴 것이 없는 완벽한 절망을 안겨주는 것이라는 의미로 이해하였다. 정하영, 「〈심청전〉에 나타난 악인상-뺑덕어미론-」, 『국어국문학』 97, 국어국문학회, 1987. 최래옥, 「〈심청전〉의 총체적 분석」, 『한국학논집』 5, 한양대 한국학연구소, 1984. 정양, 「뺑덕어미 소고」, 『한국민속학』 31, 한국민속학회, 1999. 최혜진, 「심청가 중 뺑덕어미 삽화의 기능과 의미」, 『동리연구』 2, 동리연구회, 1994.

33 최래옥, 「〈심청전〉의 총체적 분석」, 『한국학논집』 5, 한양대 한국학연구소, 1984, 185쪽.

34 〈김종철 낙장 53장본〉, [8], 496쪽.

35 〈신재효본〉, [1], 32쪽.

36 〈정명기 43장본〉에도 "이연의 입버엇시나 아ᄅᆡ 버엇과 갓튼지라"가 있다.

양식 주고 떡 사먹기 베를 주원 돈을 사셔 술 사먹기 정자 밋틔 낫잠 자기 이웃집의 밥 부치기 동인다려 욕설ᄒᆞ기 초군덜과 쌈 싸오기 술 취ᄒᆞ여 ᄒᆞᆫ밤즁의 와달쎠 울렴 울기 빈 담비ᄃᆡ 손의 들고 보는 ᄃᆡ로 담비 청ᄒᆞ기 총각 유인ᄒᆞ기 졔반 악증을 다 겸ᄒᆞ여 그러ᄒᆞ되 심봉사는 여러 ᄒᆡ 주린 판이라 그 즁의 실낙은 잇셔 아모란 줄을 모르고 가산이 졈졈 퇴픽하니([3], 250쪽)

뺑덕어미의 좋지 못한 행동은 게으름, 가산 탕진, 이웃과의 불화, 부정한 행실 등으로 온갖 악행의 종합선물세트와 같다. 대부분의 이본에서는 이와 같이 다양한 악행 사설이 존재하고 있다. 뺑덕어미가 "졔반 악증을 다 겸ᄒᆞ여" 있는 데도 불구하고 심봉사는 뺑덕어미의 여색에 취해 있으니 웃음이 유발되고, 一色이 아니라 薄色에게 여색을 탐하고 있으니 웃음이 배가 된다.

그런데 뺑덕어미를 악인의 전형으로 형상화하는 과정에서 문제가 생기게 되었다. 왜냐하면 심봉사가 비록 뺑덕어미의 얼굴을 볼 수 없는 맹인이라고 하더라도, 효녀 심청의 아버지에게 용모가 추하고 행실이 나쁜 여인을 아내로 주선한다는 것이 결코 바람직하지 않기 때문이다. 이 문제를 해결하기 위해서 뺑덕어미가 自願出嫁하는 것으로 개작이 이루어지게 되었다. 다음은 〈하바드 대본〉, 〈송동본〉, 〈정권진 창본〉에서 인용하였다.

도화동 ᄉᆞ룸덜니 심밍닌 즌곡을 착실니 싱한니 셩셰 유여하고 셩셰가 ᄒᆡ마닥 늘러간니 본촌의 사난 쌩덕어미라 한 게집이 닛씨되 ᄌᆡ물을 보고 심봉ᄉᆞ을 으더 사던니 그연 힝실이 웃던고 한니 양식 쥬고 떡 ᄉᆞ먹기 돈 쌔 쥬고 고기 사기…([4], 45쪽)

ᄎᆞ시 심봉ᄉᆞ 불상ᄒᆞᆫ 쏠을 일코 모진 목숨 근근부지ᄒᆞ더니 본촌의셔 방질ᄒᆞ는 쎙덕어미란 년이 심봉ᄉᆞ 진곡 만탄 말 듯고 ᄌᆞ쳥 드러와 심봉ᄉᆞ 쳡이 되여 호강으로 지닐 졔 이 년의 입졍이 양식 쥬고 떡 ᄉᆞ먹기 돈 쥬고 슐 ᄉᆞ먹기… ([3], 172쪽)

(아니리) 밤이면 집에 돌아와 울고 낮이면 강두에 가서 울고 눈물로 세월을 보낼 제 그 마을 사는 묘한 여자가 하나 있으되 호가 뺑파것다. 심봉사 딸 덕분에 전곡 간에 있단 말을 듣고 동리 사람들 모르게 자원출가하여 심봉사 그

불쌍헌 가산을 꼭 먹성질로 망하는디 (잦은몰이) 밥 잘 먹고 술 잘 먹고…([2], 266쪽)

한편 〈박동진 창본〉에는 동네 사람들이 심봉사를 재혼시키기 위해 한참 공론하고 있는데, 재 너머 사는 뺑덕어미가 심봉사가 형세가 유여하고 돈이 많다는 말을 듣고 찾아가서 부부가 되는 것으로 되어 있다. 그리고 〈신재효본〉에는 심봉사가 짝을 구하기 위해 적극적으로 나서고 있어 독특하다. 신재효는 "ᄌᆞ고로 싀계ᄉᆞᆼ의 영웅 열ᄉᆞ 업셔쌔든 심봉ᄉᆞ가 견ᄃᆡ것나"라고 하면서 심봉사가 짝을 찾아 나서는 것이 당연한 것으로 개작하였다.

> 동ᄂᆡ 과부 잇난 집을 공연니 ᄎᆞ져 단여 션우슘 풋ᄌᆞᆼ담을 무ᄒᆞᆫ이 ᄒᆞ난구나 허퍼 돈이라 ᄒᆞ난 거슬 짱의 뭇지 못홀노고 밍인 혼ᄌᆞ 사난 집의 돈 두기가 미안키예 후원의 짱을 파고 돈 쳔이나 무더쎠니 이번의 군역 뜰고 가마니 만져 보니 쒜미난 셕여지고 ᄉᆞᆷ녹의 돈니부터 ᄒᆞᆫ 덩이를 만져 보면 천연ᄒᆞᆫ 말ᄌᆞᆺ지졔 쌀 묵은ᄊᆡ 우슙드고 벌어지가 집을 지어 ᄒᆞᆫ 되씩이 엉기엿졔 올 어장이 엇지 된고 ᄀᆡ쌋 ᄉᆞ람 빗 쥰 돈이 그렁져렁 쳔여 냥 고기를 잘 즙어야 슈쇄가 탈 업슬듸 원언니 죠흔 약은 동ᄉᆞᆷ 웃슈 업쓸너구 공교이 졀머쓸 졔 두 뿌리 먹어쎠니 지금도 쵸젼역의 그것시 일어나면 물동우ᄭᆞᆫ 당기도록 그져 쌧쌧ᄒᆞ여쌔든 풍담을 벗셕ᄒᆞ니([1], 31쪽)

심봉사는 동네의 과부 있는 집을 찾아다니면서 선웃음과 풋장담을 늘어놓으며 과부를 유혹하고 있다. 재산이 넉넉하다는 사실을 자랑하고, 젊었을 때 먹은 동삼 두 뿌리 덕에 그것이 일어나면 물동이꾼 당기도록 뻣뻣하다며 정력이 왕성함을 과시한다. 경제적 능력과 남성의 정력은 재혼의 기본적인 조건이다. 이에 뺑덕어미는 "봉ᄉᆞ 셔넛 판을 ᄂᆡ고 아직 셔방 못 엇싸가 심봉ᄉᆞ 요부타고 ᄌᆞ청ᄒᆞ야 부부"가 된다. 그러나 이 사설은 지나치게 외설적이어서 다른 이본에 수용되지 않았다.

2) 뺑덕어미 도망

심봉사는 뺑덕어미와 함께 맹인잔치에 참례하기 위해 황성으로 올라간다. 고향에서 지내고 있던 중 맹인잔치에 참례하라는 관장의 명을 받고 올라가는 경우(A)와 맹인잔치 소문을 듣고 올라가는 경우(B)가 있고, 타향에서 유리걸식하던 중에 맹인잔치 소문을 듣고 올라가는 경우(C)와 맹인잔치에 참례하라는 관장의 명을 받고 올라가는 경우(D)가 있다.[37] 〈허흥식본〉에서는 뺑덕어미가, 맹인잔치 배설하기 전에 심봉사의 약간 세간을 모두 탈취하여 샛서방과 달아난다.

(B)와 (D)는 (A)와 (C)에 비해서 설득력이 부족하다. 유리걸식하던 중 소문을 듣고 맹인잔치에 참례하였다는 것은 〈완판 71장본〉의 "과연 소신이 미실미가ᄒᆞ와 천지로 집을 삼고 사ᄒᆡ로 밥을 부치여 유리ᄒᆞ여 단이오믜 언의 고을 거주 완연이 업사오니 셩칙의도 드지 못ᄒᆞ옵고 제 발노 드러 왓삽난이다"와 같이 설득력을 지니고 있다. 이로 보면 이 대목은 (A)가 원형이고, 그 후에 (C)로 변모하였음을 알 수 있다. 그리고 (B)와 (D)는 후대에 전승과정에서 착종이 일어난 것이라고 할 수 있다.

다음으로 심봉사가 뺑덕어미에게 함께 황성으로 가자고 하는 대목을 살펴보기로 하자. 다음은 〈김종철 낙장 53장본〉에서 인용하였다.

> (말로) … ᄒᆞ로난 드르니 皇城의셔 盲人잔칰ᄒᆞᆫ다 ᄒᆞ거날 쎙덕어미다려 말ᄒᆞ되 사람이 世上의 낫다가 皇城 구경ᄒᆞ여 부ᄉᆡ 낙양 쳘니 길을 나 혼자 갈 슈 업네 나와 함게 황셩 가미 엇더한가 길의 단이다가 밤이야 우리 할 일 못 할손가 갑ᄉᆡ 그러ᄒᆞ오 직일로 질을 써나 쎙덕어미 압세우고 數日을 行ᄒᆞ여([8], 496쪽)

---

37 (A)-〈신재효본〉, 〈송동본〉, 〈박순호 46장본〉, 〈정명기 낙장 38장본〉, 〈정명기 43장본〉, 〈하바드대본〉, 〈정광수 창본〉, 〈한애순 창본〉, 〈정권진 창본〉, (B)-〈김동욱 90장본〉, 〈국도본 59장본〉, (C)-〈완판 71장본〉, 〈김종철 낙장 53장본〉, 〈이선유 창본〉, (D)-〈강상련〉, 〈김소희 창본〉, 〈박동진 창본〉.

심봉사가 뺑덕어미에게 길 안내를 할 겸 황성 구경을 함께 가자고 한다. 〈완판 71장본〉과 〈송동본〉, 〈정권진 창본〉, 〈김소희 창본〉 등은 이와 같다.

> (즁즁며리) 져의 어맘 우리 듀리 수삼 넌의 부부되야 졍인들 오직ᄒᆞ며 살들 함니 오직할가 ᄉᆞ담의 니르기을 ᄒᆞ로밤을 자고 가도 만리셩을 쏜다 하니 추우 강남도 하랴ᄂᆞᆫᄃᆡ 우리 양쥬 못 갈소야 여필죵부ᄒᆞ여신니 ᄌᆞᄂᆡ 엇지 모로넌가 자ᄂᆡ도 미련ᄎᆞ난 ᄉᆞ람인니 나을 ᄯᆞᆯ라 황셩 가ᄉᆞ 쏑득어미 간ᄉᆞᄒᆞᆫ 말노 당초부텀 알고 눈 어두어면 질 혼ᄌᆞ 엇지 가리 ᄂᆡ 모시고 가오리다 심봉ᄉᆞ ᄃᆡ혹ᄒᆞ야 그려ᄒᆞ졔([5], 43-44쪽)

위의 인용문은 〈정명기 43장본〉에서 가져온 것으로, 심봉사는 뺑덕어미에게 여러 가지 이유를 들며 함께 황성으로 가자고 설득하고 있다. 뺑덕어미가 함께 가기를 거부할 것으로 염려하여 한 말로 전자보다 후대에 형성된 것이다. 〈하바드대본〉, 〈박동진 창본〉, 〈정광수 창본〉 등에는 더욱 확대 부연되어 있다.

그리고 20세기 전후에 다음의 〈정권진 창본〉과 같이 심봉사가 황성으로 올라가면서 길소리를 주고받는 대목이 새로 첨가되었다.

> (중머리) 도화동아 잘 있거라. 무릉촌도 잘 있거라. 내가 인제 떠나가면 어느 년 어느 때 오랴느냐. 어이 가리너 어이 갈고 황성 천 리를 어이 갈고. 조자룡의 월강허든 청총마나 있거드면 이날 이시로 가련마는 앞 못 보는 이 내 다리로 몇 날을 걸어서 황성을 갈그나. 워이 가리너 황성 천 리를 어이 가리. 여보소 뺑덕이네, 길소리를 좀 맞어 주소. 다리 아퍼 못 가겄네. 뺑덕어미가 길소리를 맞는디 어디서 메나리조를 들었는지 메나리조로 먹이것다. 워이 가리너 워이 가리 황성 천 리를 어이 가리. 날개 돋힌 학이나 되면 수루루 펄펄 날어 이날 이시로 가련마는 앞 못 보는 봉사 가장 다리고 몇 날을 걸어서 황성을 갈거나 ([2], 268쪽)

이본에 따라 다소 다르지만 〈한애순 창본〉, 〈박동진 창본〉, 〈김소희 창본〉 등에 두루 수용되어 있다. 그리고 다음과 같이 〈신재효본〉에는 심봉사가 정자 밑에 있는 봉사들과 만나 破字로 통성명하는 대목이 장황하게 서술되어 작품 전체 분량의 무려 8%에 달한다.[38]

> 우리 이리 만나짜ᄀ 훌훌리 일어셔면 일후 셩식 뭇ᄌ ᄒ도 빙거가 업슬 테니 통셩명을 ᄒ옵시다 좌즁이 죠타 ᄒ고 셩명을 통ᄒ난듸 봉ᄉ란 게 의몽ᄒ여 몰라 듯게 말을 ᄒ니 유식ᄒᆫ 봉ᄉ ᄒ나 엽페 안져 ᄒ득ᄒ여 ᄂᆡ 셩은 남쥬월 북쥬호란 다를 쥬 변의 요지ᄌ 불쵸 슌지ᄌ 불쵸란 갓틀 쵸 ᄒ고 일홈은 어들 득 문 문이요 예 당신은 죠득문이시오 예 그러ᄒ오 ᄂᆡ 셩은 쇼 츅 ᄶ의 ᄉ리 잇고 인군 군의 입이 업고 일홈은 발글 명 졈 복 ᄶ요 예 당신이 윤명복이요 예 그러ᄒ오 -(중략)- 져 엽페 눈 뜬 아히 네 셩은 무엇시냐 봉ᄉ의 동힝이라 그것도 의몽ᄒ여 ᄂᆡ 셩은 아히지요 열어 봉ᄉ 우셔 아히 셩 어련 셩이 구별리 잇단 말ᄀ 글엇치요 ᄂᆡ 셩은 우리 아ᄇᆡ가 ᄉᆡ 식기 ᄒ나 좁어 길들리라 날 쥬기예 ᄉᆞᆼ지에 공즉이며 코궁기 당ᄉ 슈실 바침ᄊᆡ의 안쳐 들고 쥽밥을 먹이더니 날보단 큰 아히가 ᄉᆡ 식기난 ᄲᆡ셔가고 바침ᄊᆡ만 나마쑈 오 네 셩이 곰ᄇᆡ 졍 ᄶ냐 예 그러ᄒ오 통셩을 다ᄒᆫ 후의 심봉ᄉ가 ᄒ직ᄒ여([1], 39-42쪽)

파자놀이는 식자층이 심심파적으로 흔히 벌이던 언어유희인데, 신재효가 자신의 해박한 문자 속을 바탕으로 판소리적 재미를 극대화한 것이다. 『폴리돌 심청전 전집』과 〈김연수 창본〉, 〈정광수 창본〉에 일부가 수용되어 있다.

뺑덕어미는 심봉사를 떠나려고 작정하고 기회만 엿보고 있다가 밤중에 황봉사와 함께 달아난다. 재산을 탕진해 버린 심봉사에게 더 이상 머물 까닭이 없어진 것이다. 다음은 〈김종철 낙장 53장본〉에서 인용한 것이다.

> (말로) … ⓒ 직일로 질을 ᄶᅥ나 ᄲᆡᆼ덕어미 압세우고 數日을 行ᄒ여 ᄒᆫ 驛村을 당도ᄒ여 자던니 근쳐의 黃봉사가 잇난듸 반쇼경이엿다 셩셰가 요부ᄒᆫ듸 ᄲᆡᆼ덕어미 음탐ᄒ야 셔방질 일슈 잘ᄒᆫ단 쇼문을 듯고 ᄒᆫ 번 보기 원일너니 심봉ᄉ 함계 온단 말을 듯고 그 쥬인과 약쇽ᄒ고 ᄲᆡᆼ덕어미를 호린이 ᄲᆡᆼ덕어미 싱각ᄒ되 ᄂᆡ 막상 ᄯᅡ라가야 잔쳬예 참예할 슈 업고 ᄎ라이 져 ᄉ롬과 ᄉ라시면 ᄂᆡ 신셰 편ᄒ리라 약쇽을 말짜듯 ᄒ고 심봉ᄉ 잠들기를 지다려 도망ᄒ여구나

---

38 김석배, 「김창환제 심청가에 끼친 신재효의 영향」, 『판소리연구』 18, 판소리학회, 2004, 63쪽.

ⓓ 심봉ᄉᆞ 잠을 ᄭᆡ여 으뭉ᄒᆞᆫ 마음 잇셔 업펄 더듬으니 ᄂᆡ쎈 뻥덕어미 잇슬숀야 여보쇼 뻥덕이ᄂᆡ 어ᄃᆡ 간가 아모리 불너도 동졍이 업거날 괴힌 여겨 안져더니 운묵 구셕의 ᄉᆞᆺ쵸 셤이 뇌야 쥐란 놈이 바시락바시락ᄒᆞ니 뻥덕어미 작난ᄒᆞ난 쥴을 알고 심봉ᄉᆞ 두 숀을 쩍 버리고 이러셔며 날다려 그리 오라난가 ᄒᆞ며 더듬더듬 더듬은이 쥐란 놈이 놀ᄂᆡ여 다라나니 심봉ᄉᆞ 허허 우슈며 이것요리 간다 ᄒᆞ고 이 구셕 져 구셕 두로 ᄶᅩᆺᄎᆞ 다니다가 쥐가 영영 다라나고 업거날 심봉ᄉᆞ 가만이 ᄉᆡᆼ각ᄒᆞ니 헛분 마음 갓업시 속아ᄯᅩ다 발셔 黃奉事한틔 가셔 궁둥이 셰음을 ᄒᆞ난듸 잇슬 슈가 잇난야([3], 496-497쪽)

대부분의 이본은 ⓒ와 같이 황봉사가 뺑덕어미를 유혹하여 도망하는 것으로 되어 있다. 그러나 〈정명기 43장본〉에는 뺑덕어미가 황봉사를 적극적으로 유혹하며,39 〈신재효본〉에는 뺑덕어미가 처음부터 중로에나 서울에서 돈 잘 쓰고 코 큰 놈 가리는 수가 옳다고 첫말에 허락하고 따라나섰고, 황성 근처에서 서방 될 놈을 구하리라 작정하고 심봉사에게 조금 쉬자고 속이고 봇짐을 들고 달아나버린다.40 이외에 〈허흥식본〉에는 황성으로 올라가기 전에 샛서방과 달아나고, 〈박순호 46장본〉과 〈가람 46장본〉 등에는 심봉사가 목욕할 때 옷을 가지고 달아나기도 한다. 그리고 ⓓ는 심봉사가 뺑덕어미가 도망간 줄 모르고 찾는 골계적인 대목으로 〈완판 71장본〉에 있고, 〈박동진 창본〉과 〈김소희 창본〉에는 같은 내용이 축약되어 있다.

3) 의복 도둑맞음

심봉사가 황성으로 올라가다가 날이 더워 시냇물에 목욕하고 나와 보니,

---

39 "(중중머리) 그 잇튼날 질을 쪗나 슈일을 힝ᄒᆞ더니 일모도궁 날 저문ᄃᆡ 역촌 쥬점 밥ᄉᆞ먹고 그 이튼날 질을 덧나 수이을 힝ᄒᆞ던니 그날 밤의 잠ᄌᆞ더니 봉ᄉᆞ 즁의 황봉ᄉᆞ라 하난 소경 인물도 어엽부고 기골도 죵ᄃᆡ하니 요 잡연 뻥득엄미 황봉ᄉᆞ게 듯질 두고 심봉ᄉᆞ 잠든 후어 황봉ᄉᆞ 것ᄐᆡ 뉘어 졋도 쥐고 입 마츄고 ᄉᆞ싱을 모로던라 듀리 졍니 급피 드려 요연과 의논ᄒᆞ고 ᄉᆞ벽의 도망ᄒᆞ여 연놈니 간ᄃᆡ업다", 〈정명기 43장본〉, [5], 44쪽.

40 〈신재효본〉, [1], 37쪽, 43쪽.

도둑이 의관과 행장을 몽땅 가지고 가버렸다. 〈박동진 창본〉에는 초군들이 떠꺼머리총각이 지게에 달아 가지고 가더라고 알려준다. 심봉사가 알몸으로 신세 자탄을 하고 있는데, 마침 무릉태수의 행차를 만나게 되어 봉적한 사실을 말하고 의관을 얻어 입는다. 다음은 〈하바드대본〉에서 인용한 것이다.

ⓔ 무릉ᄐᆡ슈 본ᄃᆡᆨ의 갓다 오난 질의 심봉ᄉᆞ 벽저 쇼리 듯고 올타 어ᄃᆡ 관ᄌᆞᆼ 오나 부다 억지을 써 볼니라 ᄒᆞ고 독을 올니고 안저던니 각가니 온니 심봉ᄉᆞ 두 숀의로 부ᄌᆞ지을 금쳐 죱고 마두의 복지한니 좌우 나졸니 밀쳐닌니 심봉ᄉᆞ 큰 유셰통이나 진득기 네 니놈덜 글니 하야난니라 ᄂᆡ가 지금 황셩 가는 질니로다 네 승명니 무엇신야 힝ᄎᆞ난 어ᄃᆡ ᄐᆡ슈라 하시난야 ᄐᆡ슈 하인을 물니치고 너난 웃던 쇼경니며 옷션 웃지 벗셔난야 무신 말을 할야 심봉ᄉᆞ 렷ᄍᆞ오되 싱은 황주짱 도화동의 사난 쇼경니옵던니 황셩 잔ᄎᆡ의 가옵싸가 날니 심니 더웁기예 목욕하고 나와 본니 웃더한 죰도둑놈의 ᄉᆡᆨ기가 의관 힝ᄌᆞᆼ을 모도 가저 갓ᄊᆞ온니 진쇼위 쥬츌지망영이요 진퇴유곡이온니 ᄎᆞ져 쥬옵씨거나 별반 처분하옵쇼셔 그러치 안이하오면 즁노의셔 오도가도 못 할 테은(니) 모도 물러 쥬옵쇼셔 ⓕ 원임니 허허 웃고 무엇 무엇 일러난야 심봉ᄉᆞ ᄃᆡ답하되 통양갓 제모입의 궁쵸 갓ᄭᅳᆫ 단 ᄎᆡ 일코 진게 망근 ᄃᆡ모관ᄌᆞ 호박 풍좀 단 ᄎᆡ 일코 증쥬 탕건 사ᄇᆡᆨᄃᆡ의 ᄃᆡ모 몃쑥기 단 ᄎᆡ 일코 남슈쥬 창의예 분쥬 ᄎᆞᆼ옷 접쳐 일코 돈피 ᄇᆡ자 모쵸의예 밀화 단쵸 단 ᄎᆡ 일코 슌금ᄌᆞᆼ도 활유ᄌᆞᆼ도 진ᄉᆞ분합 단 ᄎᆡ 일코 토쥬 바지 왜증 저골니 고단 약낭 단 ᄎᆡ 일코 삼승 보산 통힝젼의 포단 단임 접쳐 닐코 령쵸단 헐리씌 못쵸단 둘니 낭ᄌᆞ ᄃᆡ교 팔ᄉᆞ ᄊᆞ여 닐코 자지 녹피 슈당혀의 잣증을 근 ᄎᆡ 닐코 경쥬 남셕 ᄃᆡ모테의 쳥어 피집 접쳐 닐코 단쵸 갑산호 몃쑥기 죠흔 양쵸 담아 일코 동ᄂᆡ 울산 부산 ᄊᆡ의 김ᄒᆡ 간쥭 맛츄어 닐코 갓츄갓츄 일러씬니 갑셜 의논하면 슈ᄇᆡᆨ 금니 되온니 모도 물러 쥬옵쇼셔 ᄐᆡ슈가 허허 웃고 이 더운 ᄊᆡ의 모물니 알운 것과 ⓖ 통인 불어라 예 ᄒᆞ고 들려간니 의관농 렬고 의복 일십 ᄂᆡ여쥬며 슈ᄇᆡ 불너 노비 쥬라 급ᄌᆞᆼ니 불너 휘ᄌᆞᆼ 밋ᄐᆡ 달인 갓 ᄂᆡ여 쥰니 심봉ᄉᆞ 신니 읍셔 못 가것쇼 신니야 웃지 하잔 말인야 하인 신을 쥬ᄌᆞ ᄒᆞᆫ니 저의덜은 발을 벗고 가것난야 일니할 즈음의 마부놈이 쑥 팔너 가면 쑥 바더 노코 신 읍짜고 신 갑 바더셔 신 사셔 말 부담 뒤예 단 것 그놈 좀 미운니 써여 쥬라 심봉ᄉᆞ 신을 으더 신은 후의 황숑하오나 그 도적놈미 담ᄇᆡᄊᆡ안저 가저갓쇼 글러면 웃지하ᄌᆞ넌야 글세 글럿탄 말니요 담ᄇᆡᄊᆡ ᄂᆡ여 쥬며 잘 가거라 분부한니 심봉사 ᄇᆡᆨᄇᆡ사례한 연후의 ᄎᆞᆫᄎᆞᆫ즌진하

여([4], 47-49쪽)

목욕하다가 옷을 잃어버린 심봉사가 부자지를 거머쥐고 지나가던 관장에게 도둑맞은 물건을 찾아달라고 억지를 부리는 매우 골계적인 대목이다. 몇몇 이본을 제외한 대부분의 이본에는 ⓔ와 ⓖ로 되어 있고, 〈정명기 43장본〉과 〈허흥식본〉, 〈강상련〉, 〈송동본〉, 〈박순호 57장본〉, 〈하바드대본〉, 『폴리돌 심청전 전집』 등에는 ⓕ와 같이 크게 확장된 것이 있어 웃음을 유발하고 있다. 그러나 이 대목은 지나치게 비현실적이어서 지금의 심청가에는 축소되거나 삭제되었다. 〈박록주 창본〉에는 "(아니리) 심봉사가 목욕을 마치고 수변에 나와 의복을 차저 입고 한 역촌을 당도허니 방아 찢는 여자들 수십 명이 잇거늘…"로 이 단락이 없고 바로 방아타령으로 이어진다.[41] 한편 〈완판 71장본〉에는 태수가 심봉사에게 원정을 지어 올리게 하고, 심봉사는 형리에게 한문으로 된 원정을 불러주고 받아쓰게 하여 독특한 면모를 보인다.

4) 안씨맹인과 결연

심봉사는 성중에 들어가다가 안씨맹인을 만나 결연하게 된다. 안씨맹인은 대부분의 이본에 등장하는데, 봉사 해몽 단락이 없는 〈신재효본〉, 〈박록주 창본〉, 〈김소희 창본〉, 〈한애순 창본〉 등에는 등장하지 않는다. 안씨맹인 역시 주변인물이지만 대부분의 이본에 등장하고 있으므로 그 역할을 무시할 수 없다. 그녀는 황성에 세거하는데 불행히 부모가 구몰하고, 아직 성혼하지 못한 25세의 처녀로 복술을 배워 배필이 될 사람을 기다리고 있다. 우물에 해와 달이 떨어져 물에 잠긴 것을 건져 품에 안는 꿈을 꾸고, 일월이 떨어지니 맹인이고, 물에 잠기니 심씨인 줄 알고 여종을 시켜 문 앞을 지나가는 맹인에게 차례로 물은 지 여러 날이 되었다. 천우신조로 이제야 심봉사를 만났으니 연분이라고 하면서 부부 되기를 청하여 부부의 연을 맺게 된다. 한편 〈박순호

41 채수정 엮음, 『박록주·박송희 창본집』, 민속원, 2010, 63-65쪽.

19장본〉과 〈박순호 48장본〉 등에서는 물속에서 거울을 얻어 칠보단장하는 꿈을 꾼 것으로 되어 있고,[42] 〈국립도서관 59장본〉에는 선관이 현몽하고, 〈박순호 46장본〉에는 산신이 현몽하며, 〈정명기 낙장 38장본〉에는 안씨맹인이 용꿈을 꾸기도 한다.

안씨맹인은 두 가지 역할을 하는 것으로 볼 수 있다. 먼저 심봉사가 딸과 상봉할 것이라는 사실을 예시해 주는 역할을 한다. 다음은 〈정명기 43장본〉에서 인용한 것이다.

> (안닐리라) … 심봉ᄉᆞ난 ᄯᆞᆯ의 ᄉᆡᆼ각 수심으로 안져거놀 안ᄉᆡᆺᄆᆡᆼ인 문는 말이 무삼 릴노 길거온 비치 업신이 쳡이 도로혀 불안ᄒᆞ오 심봉ᄉᆞ ᄃᆡ답ᄒᆞ되 ᄂᆡ 팔ᄌᆞ 기구ᄒᆞ여 평ᄉᆡᆼ을 두고 지음ᄒᆞᆫ직 죠흔 일리 잇ᄉᆞ오면 엇ᄌᆞᆫ한 일 ᄉᆡᆼ긔난니다 오날 밤의 쑴을 어든니 불 속의 드려 보니고 가쥭을 벽계 북을 메워 보니고 남무입피 덧려져셔 ᄲᅮ리을 덥펴 뵈니니 아ᄆᆡ도 나 쥭을 쑴인가 보오 안씨ᄆᆡᆼ인 쑴 말 듯고 ᄒᆡ몽을 ᄒᆞ여 이은 말리 그 쑴 ᄆᆡ오 ᄃᆡ몽이오 ᄒᆡ몽ᄒᆞᆯ계 드려보오 신입화즁ᄒᆞ니 회록을 가기요 계피장고ᄒᆞ니 입궁지상니요 낙엽이 귀근ᄒᆞ니 ᄌᆞ여을 가봉니라 ᄃᆡ몽이라 ᄆᆡ우 조소 반갑고 길겨옴을 오시 젼의 보오리다 심봉ᄉᆞ 펴 위셔 왈 속담의 쳔부당만부당이요 안씨ᄆᆡᆼ인 이론 말리 지금 ᄂᆡ 말 밋지 안이ᄒᆞ시나 일모 젼의 두고 보오([5], 48쪽)

심봉사는 불 속에 들어 보이고, 가죽을 벗겨 북을 만들고, 나뭇잎이 떨어져 뿌리를 덮는 꿈을 꾸고 자신이 죽을 꿈이라고 걱정한다. 그러자 안씨맹인은 그 꿈을 '身入火中하니 回祿을 可期요 去皮作鼓하니 入宮之像이요 落葉歸根하니 子女可逢이라'[43]고 해몽하며 대몽이라고 한다. 이와 같이 꿈을 통해 앞날을 예시하는 수법은 고전문학의 낯익은 지평이다.[44]

---

42 "오늘밤 三更夜의 南家一夢 쑴乙 쑨이 거ᄃᆡ 성名 알 쓘더려 물쏙의 서기 어더 칠보단장ᄒᆞ여 보니 이 물이란 심 字 姓 가진 사ᄅᆞᆷ 만ᄂᆡ시면 칠보단장할 쑴이라 今日 相逢ᄒᆞ올 줄노 연졉코저 잇던 차의", 〈박순호 48장본〉, [7], 105쪽.

43 '回祿'은 화재를 맡아 다스린다는 신이다. 〈강상련〉에는 "쑴인즉 대몽이오 거피작고ᄒᆞ니 고셩은 궁셩이라 궁 안에 들 것이오 락엽귀근ᄒᆞ니 부ᄌᆞ상봉이라 ᄌᆞ식 맛나볼 것이오 화염이 츙텬ᄒᆞᆫᄃᆡ 불 되고 왕ᄅᆡᄒᆞ기ᄂᆞᆫ 몸을 운동ᄒᆞ야 펄펄 씌엿스니 깃거옴 보고 츔츌 일이 잇겟소"([2], 61쪽)로 되어 있다. 〈박순호 48장본〉도 유사하다.

다음으로 여생을 함께 살아갈 반려자이자 아들을 얻을 수 있는 아내의 역할이다. 사람은 늙을수록 반려자와 자식이 더욱 필요하다. 뺑덕어미가 심봉사의 성욕을 충족시켜주는 인물이라면 안씨맹인은 심봉사에게 반려자요, 평생소원인 아들을 낳아주는 인물이다. 심봉사는 鰥寡孤獨의 四窮 중에서 늙은 홀아비(鰥)와 자식 없는 늙은이(獨)에 속하고, 안씨맹인은 어릴 때는 조실부모하여 부모 없는 어린이(孤)였고, 지금은 과년한 처녀다. 옛날부터 사궁신세에 있는 사람을 불쌍하게 여겨 가장 먼저 보살폈다.45 심봉사와 안씨맹인이 만남으로써 심봉사의 鰥과 獨이 해결되었고, 안씨맹인은 결혼하게 되었으니 하늘이 맺어준 인연이라고 할 수 있다.

심봉사에게는 자식 없는 것이 평생의 한이었다. 심봉사는 자식을 얻기 위해 다음의 〈완판 71장본〉과 같이 곽씨부인에게 기자정성을 드리게 한다.

> 우리 년당 사십의 일졈혈육이 업셔 조종힝화를 일노 좃차 ᄭᅳᆫ케 되니 죽어 지ᄒᆞ의 간들 무삼 면목으로 조상을 ᄃᆡ면ᄒᆞ며 우리 양주 신세 ᄉᆡᆼ각ᄒᆞ면 초상장사 소ᄃᆡ기며 년년이 오난 기일의 밥 ᄒᆞᆫ 그릇 물 ᄒᆞᆫ 모금 게 뉘라셔 밧들잇가 명산ᄃᆡ찰의 신공이나 듸려 보와 다힝이 눈먼 자식이라도 남녀 간의 나어 보면 평ᄉᆡᆼ ᄒᆞᆫ을 풀 거스니 지셩으로 빌러 보오([3], 212쪽)

곽씨부인은 '不孝三千에 無後爲大'라고 하며 지성으로 빌어 심청을 얻게 된다. 곽씨부인이 딸 낳은 것에 실망하자 '外孫奉祀 못 하겠소'라고 위로하지

---

44 춘향전에는 옥중의 춘향이 단장하던 체경이 깨지고, 창 앞의 앵두꽃이 떨어지고, 문 위에 허수아비가 달리고, 태산이 마르고, 바닷물이 마르는 꿈을 꾸고 자신이 죽을 꿈이라고 걱정하는데, 봉사는 '花落하니 能成實이요, 破鏡하니 豈無聲가, 門上에 懸偶人하니 萬人이 皆仰視라, 海渴하니 龍顔見이요, 山崩하니 地澤平이라'고 쌍가마 탈 꿈으로 해몽하였다.

45 "老而無妻曰鰥, 老而無夫曰寡, 老而無子曰獨, 幼而無父曰孤. 此四者, 天下之窮民而無告者, 文王發政施仁, 必先斯四者.", 『孟子』, 「梁惠王下」. 『삼국사기』에 유리니사금이 5년 11월에 국내를 巡幸하다가 "有司에게 명하여 곳곳마다 홀아비·홀어미·고아·아들이 없는 늙은이·병든 이로서 자활할 수 없는 자를 存問하여 식료를 주어 부양하게 하였더니, 이웃 나라 사람들이 소문을 듣고 오는 자가 많았다."가 있다. 김부식 지음·이병도 역주, 『삼국사기, 상』, 을유문화사, 2001, 24쪽.

만 딸로서는 '祖宗 香火'를 잇는 데 미흡하다. 그러기에 심청이 부친과 영별을 하면서 "나는 이무 죽거니와 아부지난 눈을 써셔 ᄃᆡ명천지 보고 착ᄒᆞᆫ 사ᄅᆞᆷ을 구ᄒᆞ여셔 아들 낫코 짜를 나아 아부지 후사나 젼코 불초녀를 ᄉᆡᆼ각지 마ᄋᆞᆸ시고 만셰만셰 무량ᄒᆞᄋᆞᆸ소셔"라고 위로한다. 심청의 원대로 심봉사는 눈을 뜨고, 안씨맹인과 부부가 되어 여든을 바라보는 나이[望八 衰年]에 아들을 얻는 기쁨을 누리게 된다.46 망팔까지 사는 것도 어려운데, 심봉사는 그 나이에 평생의 소원이던 아들을 얻었다.

4. 심봉사 눈 뜨는 대목의 지평전환

심황후는 마침내 부친과 상봉하고, 심봉사는 눈을 뜬다. 이 대목은 심청가의 대단원으로서 심청가를 내내 붙들고 있던, 심청과 심봉사의 고난이 심봉사가 눈을 뜸으로써 일시에 해소된다. 이본에 따라 구체적인 내용이 다르지만 '심황후가 부친 생각에 자탄함 → 심황후가 부친을 만남 → 심봉사가 눈을 뜨고 즐거워함'으로 구성되어 있다.

1) 심황후 자탄

심황후는 잔치 마지막 날까지 부친이 나타나지 않자 걱정하며 자탄한다. 이 대목은 〈박순호 19장본〉에는 없고, 〈박순호 27장본〉에는 "잇ᄊᆡ 심후 여러 날 잔치ᄒᆞ되 부친은 안니 노난지라 낙누ᄒᆞ고 탄식ᄒᆞ던니"로 간략하게 서술되어 있다. 후대에 비장미를 살리는 쪽으로 확장되었다. 다음은 〈박순호 48장본〉에서 인용한 것이다.

---

46 〈완판 71장본〉, [3], 271쪽.

잇씨 심皇后난 蓮花堂 白玉탑의 金紗珠簾 뒤루고 盲人 父親 생각ᄒᆞ니 옥빈 홍안의 흐르난 눈물乙 니리 씨고 저리 싯고 탄식으로 우난 마리 妻子 인난 盲人드런 질을 차자오되 孤쵹단身 아반임은 手足 늘거 못 오신가 千里遠程 먼먼 질의 노자 업서 못 오신가 나을 일코 운이다가 병니 드러 못 오신가 만ᄂᆡ 볼슈 업서신이 쇼식좃차 돈절ᄒᆞᆫ가 ᄂᆡ 世上의 병던 父親 다시 못 보면 ᄂᆡ 사라 무엇ᄒᆞ라 불상ᄒᆞ다 우리 부친이 會中의 못 오신니 안ᄆᆡ도 分明 죽어도다([7], 107쪽)

심황후는 부친을 보고 싶은 마음에서 눈물을 흘리면서 길게 탄식한다. 황후가 아니라 딸로서 맹인 부친을 걱정하는 모습이 그려져 있다. 〈강상련〉과 〈정권진 창본〉은 이와 유사하지만 대부분은 다음의 〈정명기 43장본〉과 같다.

(안닐리라) … 잇씨여 심황후는 여려 날 잔치ᄒᆞ되 심씨는 업셔구나 심황후 싱각ᄒᆞ되 오날 잔치 막족ᄒᆞ니 말릴 부친니 안이 오신면 뭇지 안니코 쥭을리라 셩명 셩칙 아무리 보되 도화동은 업셔신니 ᄌᆞ탄ᄒᆞ여 릴른 말리 이 잔칙 빅셜홀 졔 부친을 위홈니라 부친니 안 오신니 인당슈의 ᄂᆡ가 쥭은 줄노 아르시고 ᄋᆡ통ᄒᆞ여 쥭으신가 몽운ᄉᆞ 부쳐임니 명감을 보니옵셔 그ᄉᆞ이여 눈을 덧셔 ᄆᆡᆼ인 츅어 밧지신가 이 즌칙 오날 막쪽 친니 나가 보리라([5], 49쪽)

위의 인용문은 19세기 후기에 불리던 심청가의 모습을 잘 보여주고 있다. 심황후가 길게 자탄하며 슬퍼하는 것을 황후의 체통에 어울리지 않는 것으로 판단하고 축소한 것이다. 〈하바드대본〉과 〈김종철 낙장 53장본〉, 〈완판 71장본〉은 이와 동일하거나 유사하다.

2) 부녀 상봉

심봉사는 극적 효과를 높이기 위해 맨 마지막에 등장하는데, 심봉사를 확인하는 과정이 이본에 따라 다양하다. 초기 심청가에는 심황후가 남루한 차림으로 말석에 앉아 있는 부친을 발견하고 친히 내려가서 만나는 것으로 되어 있다. 다음은 〈박순호 낙장 27장본〉에서 인용한 것이다.

말좌의 안진 두 밍인니 졍신업시 안ᄌᆞ거날 쥬렴을 거더치고 ᄌᆞ시 살피보니 부친 얼골 분명ᄒᆞ다 황제 전의 엿ᄌᆞ오되 말셕의 안진 망인 의복 남누ᄒᆞ고 그 즁의 가련토다 황후 친이 나러가셔 감찰ᄒᆞ여 보사이다 황후 친이 나려가셔 얼골 살피보니 부친임이 분명ᄒᆞ다([7], 394쪽)

후대에 이야기를 좀 더 재미있고 그럴듯하게 꾸미기 위해서 다소 확대된다. 〈강상련〉에는 다음과 같이 부친 모습과 비슷한 맹인을 발견하고 거주성명을 고하게 한다.

ⓐ1 이렷틋 탄식홀 때 말셕에 안진 소경 감안이 ᄇᆞ라보니 머리ᄂᆞᆫ 반빅인ᄃᆡ 귀 밋헤 검은 ᄭᅴ가 부친일시 분명ᄒᆞ니 ⓑ1 뎌 소경 이리 와 거쥬셩명 고ᄒᆞ여라 심봉ᄉᆞ가 ᄭᅮ러 안젓다가 탑젼으로 드러가셔 셰셰ᄒᆞᆫ 원통 ᄉᆞ연 낫낫치 말을 ᄒᆞ되 (긴양가) 쇼밍은 근본 도화동 사옵ᄂᆞᆫ 심학규옵더니 삼십에 안밍ᄒᆞ고 ᄉᆞ십에 상쳐ᄒᆞ야 강보에 싸힌 녀식 동량졋 엇어 먹여 근근히 길너ᄂᆡ여 십오 셰가 되얏ᄂᆞᆫᄃᆡ 일홈은 심쳥이라 효셩이 츌텬ᄒᆞ야 그것이 밥을 빌어 연명ᄒᆞ야 살아갈 때 몽은ᄉᆞ 부쳐님씌 공양미 삼빅 셕을 지셩으로 시쥬ᄒᆞ면 눈 뜬단 말을 듯고 남경쟝ᄉᆞ 션인들게 공양미 삼빅 셕에 아조 영영 몸이 폴녀 림당슈에 죽엇ᄂᆞᆫᄃᆡ ᄯᆞᆯ 죽이고 눈 못 ᄯᅳ니 이 몹슬 놈의 팔ᄌᆞ 벌셔 죽쟈 ᄒᆞ얏숩더니 탑젼에 셰셰원졍 낫낫치 알왼 후에 결항치ᄉᆞᄒᆞ옵쟈고 불원쳔리 왓ᄂᆞ이다 ᄒᆞ며 빅슈풍신 두 눈에셔 피눈물이 흘너ᄂᆡ리며 ᄋᆡ고 ᄂᆡ ᄯᆞᆯ 심쳥아 혼이라도 아비를 싱각ᄒᆞ야 황셩 잔ᄎᆡ 오ᄂᆞᆫ 길에 네 혼도 왓슬 테니 위에셔 차려 ᄂᆡ신 차담샹을 갓치 먹자 ᄒᆞ며 ᄯᅡᆼ을 치며 통곡ᄒᆞ니([2], 63쪽)

〈박동진 창본〉과 〈김소희 창본〉, 〈한애순 창본〉에도 부친을 금방 알아보는 것으로 되어 있다. 이 대목은 다시 盲人 姓冊에서 심봉사를 발견하고 별전으로 불러오게 하고, 심봉사는 황후 앞에 엎드려 그간의 내력을 아뢰고 죽여 달라고 하는 것으로 확대된다.

(안릴리라) … ⓐ2 우션 밍인 셩측 드려 ᄌᆞ셰니 살페보니 황쥬 도화동 거ᄒᆞᄂᆞᆫ 심학구라 ᄒᆞ여거날 심 ᄌᆞᄂᆞᆫ 반가온나 일흠은 황후가 알 길 업셔 의혹니 만단ᄒᆞ여 후원 별당으로 드려가셔 쥬렴을 드리우고 밍인을 구경ᄒᆞ실 졔 심봉ᄉᆞ 말셕의 츰예ᄒᆞ야 풍악도 낭ᄌᆞᄒᆞ고 음식도 풍비ᄒᆞ고 의복도 각기 한 별식 ᄂᆡ여

쥬시며 황후 마음니 긍칙ᄒᆞ여 여상셔 불너드려 황쥬 도화동의셔 사난 심밍인니 뉘신지 무려 만일 춤여ᄒᆞ여거든 별젼으로 모셔드리라 여상셔 몸을 바다 압압피 무려 가다가 심봉ᄉᆞ 압페 당ᄒᆞ미 쉼 일을 ᄉᆡᆨ각ᄒᆞ고 은위코져 ᄒᆞ여닷가 안씨 히몽한 말 홀넌니 ᄉᆡᆨ각ᄒᆞ고 과연 ᄂᆡ가 심봉ᄉᆞ요 여상셔 반기 듯고 심봉ᄉᆞ을 인도ᄒᆞ여 별젼으로 갈 졔 심봉ᄉᆞ은 아모란 줄 모으고셔 겹을 ᄂᆡ여 거름을 옴기지 못ᄒᆞ고 쌥쌥 덜더라 별젼의 드려가 계ᄒᆞ의 셧신니 ⓑ2 <u>심봉ᄉᆞ은 풍상의 걱졍ᄒᆞ여 골격과 빅발 환형ᄒᆞ고 황후난 삼연 슈궁어 겁ᄒᆞ을 지ᄂᆞ신니 부친의 얼골을 ᄌᆞ셰 분별치 못ᄒᆞ여 무으시되</u> 네 쳐ᄌᆞ 인난야 심봉ᄉᆞ 복지ᄒᆞ여 눈물을 흴리면셔 셰셰니 다 알외되 아모 연의 상쳐ᄒᆞ고 쵸칠리 못 되여셔 어미 일은 쌀 ᄒᆞᆫ나니 심쳥이가 잇ᄉᆞ오ᄃᆡ 캐여닐 길 젼이 업셔 품어 품고 동셔남북 여인들계 동양졋지 어더먹여 근근니 질너ᄂᆡ여 시오 셰가 당ᄒᆞ올 졔 효셩이 츌천ᄒᆞ와 옛 ᄉᆞ람의 기ᄂᆡ던니 요망ᄒᆞᆫ 즁 와셔 고양미 삼빅 셕을 불젼의 시쥬ᄒᆞ면 눈 던니리라 권션 기록ᄒᆞ라 ᄒᆞ기로 기록ᄒᆞ여던니 신의 여식이 이 말 듯고 ᄌᆞ식 효힝으로 출편할 수 젼니 업셔 남경상고 션인들계 몸이 팔여 인당수 제슉으로 밧졋ᄉᆞ온니 긋딋여 나이 시오 셔라 눈도 쓰지 못ᄒᆞ옵고 ᄌᆞ식만 쥭여ᄉᆞ온니 ᄌᆞ식 팔라멱은 몸니 ᄉᆞ라 씰ᄃᆡ업ᄉᆞ온니 니 ᄌᆞ리여 쥭여주오([5], 49-50쪽)

위의 인용문은 〈정명기 43장본〉에서 가져온 것으로 〈송동본〉, 〈하바드대본〉, 〈이선유 창본〉, 〈정권진 창본〉, 〈정광수 창본〉도 동일하다. 앞에서 살펴본 〈강상련〉과 비교해 보면 ⓐ1-ⓐ2와 ⓑ1-ⓑ2가 각각 대응되는데, 특히 ⓐ1에 비해 ⓐ2가 크게 확대되어 있음을 쉽게 알 수 있다. 밑줄 친 부분에서 알 수 있듯이 심황후가 부친을 바로 알아보고 친견하는 것은 현실성이 부족하고, 극적 긴장감도 떨어진다. 따라서 극적 긴장감을 고조시켜 이야기를 재미있게 하고, 현실성을 지니도록 하기 위해 크게 부연하게 된다. 그리고 〈김종철 낙장 53장본〉에서는 "成冊 外의 盲人 ᄒᆞ나 웃둑 셧시니 皇后 무르시되 엇더ᄒᆞᆫ 盲人인고 女中書을 시겨 무른이 沈奉事 겁을 ᄂᆡ여 과연 小臣이 未室 未家ᄒᆞ와 天地로 竺家ᄒᆞ고 四海의 밥을 붓쳐 遊離乞食ᄒᆞ옵기로 居住가 업ᄉᆞ와 成冊의 漏名ᄒᆞ여ᄂᆡ다 皇后 반기ᄉᆞ 가가히 入侍ᄒᆞ라"47와 같이 성책에 누락된 맹인을 발견하고 입시케 한다. 비록 사소한 것이지만 심황후의 품위를 지키는 쪽으로 바꾸거나 심봉사의 신세를 더욱 처량하게 하여 비극적 정서를 강화하다 보니 그 양상이 다양하게 되었다. 그리고 ⓑ2에서 심황후가 부친을 알아보지 못하는 이유를 굳이 "심봉ᄉᆞ은 풍상의 걱졍ᄒᆞ여 골격과 ᄇᆡᆨ발환형ᄒᆞ고 황후난 삼연 슈궁어 겁ᄒᆞ을 지ᄂᆞ신니 부친의 얼골을 ᄌᆞ세 분별치 못ᄒᆞ여 무으시되"라고 밝히고 있는 것도 합리적인 방향으로 개작이 이루어지고 있음을 알려주고 있다. 따라서 〈완판 71장본〉의 "황후 드르시고 체읍ᄒᆞ시며 그 말삼을 자셰이 드르시ᄆᆡ 졍영ᄒᆞᆫ 부친인 졸은 아르시되 부자간 천륜의 엇지 그 말삼이 근치기를 지달이랴만은 자연 말을 만들자 ᄒᆞ니 그런 거시엿다"에서 알 수 있는 바와 같이 극적 긴장감을 고조시켜 이야기를 재미있게 하고, 현실성을 지니도록 하기 위해서 부연한 것이다. 어쨌든 심봉사가 황후 앞에 엎드려 그간의 내력을 아뢰고 죽여 달라고 하는 대목은 이본 사이에 차이가 거의 없다.

한편 〈신재효본〉에는 다음과 같이 황후를 모신 내관들이 맹인들을 대청에 일자로 앉힌 후에 거주, 성명, 나이, 직업, 자녀 유무, 가세 빈부, 유식 무식 등을 물어 신상명세를 적어 황후에게 올리는 것으로 되어 있다.

> 각 영문 군ᄉᆞ더리 봉ᄉᆞ를 숀으로 줍고 궐ᄂᆡ로 인도ᄒᆞ니 황후 모신 ᄂᆡ관더리 ᄃᆡ송으로 인도ᄒᆞ여 쳔만 간 널운 ᄃᆡ쳥 일ᄶᆞ로 안친 후의 ᄂᆡ관이 지필 들고 거쥬 셩명 연셰 직업 ᄌᆞ녀 유무 가셰 빈부 유식 무식 물어 쓴 후 시녀를 ᄂᆡ여 쥬어 황후 젼의 올이오니 황후가 보실 젹의 직업이 다 달의다 경 일거 ᄉᆞ난 봉ᄉᆞ 졈ᄒᆞ여 ᄉᆞ난 봉ᄉᆞ 게집의게 어더먹난 봉ᄉᆞ 아덜의게 어더먹난 봉ᄉᆞ ᄯᆞᆯ의게 어더먹난 봉ᄉᆞ 풍각ᄌᆞᆼ이로 ᄉᆞ난 봉사 걸식으로 ᄉᆞ난 봉ᄉᆞ ᄎᆞ례로 보아 가니 그즁 ᄒᆞᆫ 봉ᄉᆞ난 도화동 심학구 연이 육십삼 셰 직업은 밥 먹고 ᄌᆞᆷ자기쁜이요 아달은 못 낫ᄉᆞᆸ고 ᄯᆞᆯ ᄒᆞ나 나아쪄니 졔숙으로 파라먹고 가셰난 잇난 ᄃᆡ로 다 써러 질머지고 황셩으로 오옵쪄니 게집이 가지고셔 중노의 도망ᄒᆞ고 글리라 ᄒᆞ난 거슨 언문 글ᄶᆞ 게우 알고 밧침은 못 ᄒᆞ노라 하여재날 심황후 보실 젹의 오ᄌᆞᆨ키 반갑쌘나 흔젹 아니 ᄒᆞ시고셔 신여의게 분부ᄒᆞ셔 ᄆᆡᆼ인 셩칙 ᄂᆡ여 쥬며 이 즁 심ᄆᆡᆼ인을 쥬렴 밋ᄐᆡ 안쟤 ᄒᆞ라 ᄂᆡ관이 영을 듯고 심봉ᄉᆞ를 인도ᄒᆞ여 염ᄒᆞ의 안치거날([1], 46-47쪽)

47 〈김종철 낙장 53장본〉, [8], 503쪽. 〈완판 71장본〉도 같다.

합리적이고 사실적인 것은 사실이지만 〈신재효본〉의 영향을 크게 받은 〈정광수 창본〉과 〈김연수 창본〉에도 수용되지 않았다.

3) 심봉사 개안

심청가에서 제기하고 있는 여러 가지 문제 중에서 가장 중요한 것은 심봉사의 失明(廢眼)이다. 심봉사와 심청이 겪는 고난은 모두 심봉사의 실명과 관련되어 있다. 이 문제의 완전한 해결은 심봉사의 得明(開眼)에 의해서만 가능하다. 따라서 심봉사 부녀가 극적인 상봉을 하고, 심봉사가 눈을 떠서 광명천지를 보게 되는 심봉사의 개안 대목은 심청가의 하이라이트가 된다. 이 대목은 심청가에서 가지는 중요성 때문에 후대로 내려올수록 크게 확대되고 다양하게 지평전환이 이루어진다. 가장 눈에 띄는 지평전환은 심봉사가 눈을 뜨는 과정과 눈을 뜨는 대상이다. 대부분은 딸이라는 말에 너무 놀랍고 반가워서 눈을 번쩍 뜨는데, 〈박동진 창본〉처럼 용궁에서 가져 온 개안초를 바르거나 술을 마시게 하여 눈을 뜨게 하는 경우도 있다.48 심황후가 하느님께 비는 경우도 있고, 심황후가 심봉사에게 눈 목자 밝을 명자를 붙이고 진언하는 경우도 있다.49 그리고 초기에는 심봉사만 또는 안씨맹인과 함께 눈을 뜨는데, 후대에 심봉사가 눈을 뜨는 바람에 모든 맹인이 눈을 뜨고, 심지어 온갖 짐승들까지 눈을 뜨는 것으로 바뀌었다. 그러나 모든 맹인이 눈을 뜬다는 것을 비판하는 경우도 있다.50

심봉사 개안 대목은 워낙 다양하기 때문에 지평전환의 양상을 일일이 살피

---

48 〈정명기 낙장 38장본〉, 〈박순호 48장본〉, 〈김연수 창본〉이 같고, 청학과 백학이 등장하는 〈강상련〉과 〈한애순 창본〉도 원래는 같은 것이었을 것으로 짐작된다.

49 〈김동욱 56장본〉, [9], 345쪽.

50 "윈 봉ᄉᆞ가 다 눈을 떳다 ᄒᆞ되 그리ᄒᆞ건ᄂᆞᆫ야 그 말은 광ᄃᆡ의 ᄌᆡ담이졔 심봉ᄉᆞᄂᆞᆫ 츌쳔지회 심쳥을 하놀셔 닌 ᄉᆞᄅᆞᆷ으로셔 져의 부친 눈을 떳졔 다른 봉ᄉᆞ야 엇지 눈을 쓰것ᄂᆞᆫ야", 〈김동욱 90장본〉, [4], 297쪽. "만셩 밍인이 다 일로ᄃᆡ 웃지 반가온지 난도 눈 뜻다 셜로 각각 일리 할 졔 다 그짓말리요 심봉ᄉᆞ와 안씨밍인언 참 뜻덜라", 〈정명기 42장본〉, [5], 209쪽.

는 것은 너무 번거롭다. 여기서는 지평전환의 양상을 잘 보여주고 있는 이본을 중심으로 살펴보기로 한다. 다음은 〈정명기 43장본〉에서 인용한 것이다.

(안릴니라) … ⓒ1황후 그 말ᄉᆞᆷ 드르시고 보셔발노 쑤여나와 부친의 목을 안고 아부지 ᄂᆞ을 보옵시오 나가 과연 인당수어 몸 팔여 물의 빳진 심쳥요 ⓓ1심봉ᄉᆞ 이 말 듯고 아고아고 이거시 원 말린야 심쳥이란 말니 원 말린야 엇지 반갑든지 두 눈니 펼젹 씃셔 발가신니 허허 허허 이거시 원릴인야 너가 살고 나 눈 쩐니 이언 릴이 돗 잇난가 만좌 즁 안진 밍인 일시여 다 눈이 발고 집의 인난 안밍인도 눈니 모도 발가신이 만조졔신니 치ᄒᆞ 분분ᄒᆞ더라([5], 50쪽)

심황후는 버선발로 뛰어나와 부친의 목을 안고 딸을 보라고 하고, 심봉사는 너무나 반가워서 두 눈을 번쩍 뜨고 다른 맹인들도 눈을 뜬다. 서사적 골격은 갖추고 있지만 지나치게 간략하여 문제다. 심봉사와 심청에게 심봉사의 개안이 얼마나 간절한 소망이었던가. 그러기에 심봉사는 공양미 삼백 석을 불전에 시주하면 눈을 떠서 천지만물을 볼 수 있다는 몽은사 화주승의 말에 혹하여 집안 형세는 생각지 않고 삼백 석 시주를 약속하였고, 심청도 부친의 눈을 띄우기 위해 기꺼이 남경상고 선인들에게 자신을 인당수의 제수로 팔았다. 이렇게 간략한 지평으로는 그토록 간절했던 소원이 성취되는 황홀한 순간을 제대로 드러낼 수 없다. 즉 광명의 세계, 새로운 세계를 맞이한 환희를 표현하는 데 부족하다는 것이다. 따라서 심봉사와 뭇 맹인들이 즐거워 춤추는 대목이 첨가된다. 다음은 〈하바드대본〉에서 인용한 것이다.

ⓒ2 황후 이 말을 듯고 버션발노 쑤여나와 ᄂᆡ가 과연 심쳥니요 ⓓ2 ᄋᆡ고니게 원 말닌야 하던니 웃지 반갑던지 마던지 눈니 펄적 훨적 쩔러진니 만죠 밍인도 일시의 눈니 발고 ᄇᆡ 안ᄋᆡ와 집 안의 잇던 밍닌이며 잔ᄎᆡ 참예하고 간 쇼경덜니 일씨의 ᄃᆡ명쳔지 되여쎠라 ⓔ2 심봉사 반갑기난 반가오나 눈을 써고 쌀을 본니 도로여 싱면목이라 쌀니라 한니 쌀닌 줄 알지 근분보텸 보지 못한 얼골니라 알 슈가 잇난야 인졔 죽은들 무삼 한니 잇실야 츔을 츄며 노ᄅᆡ하되 죽은 쌀을 다시 본니 인도환싱하야 온가 ᄂᆡ가 쥭어 쌀한틔 간나 일월니 광활하여 죠코 다시 죠타 요슌쳔지 이 안닌가 일월니 풍화하다 부즁싱남즁싱여

난 날노 두고 일름니라 무슈한 쇼경덜도 츔을 츄어 노ᄅᆡ하며 산호만셰 불우면셔 쳔셰쳔셰 억만쳔셰로 눌니쇼셔([4], 52-53쪽)

ⓔ2에서 보는 바와 같이 〈정명기 43장본〉에 없던 춤추는 대목이 첨가되었다. 심봉사가 춤을 추며 노래하고 무수한 소경들도 춤추며 심황후에게 억만천세를 누리라고 축원한다. 그러나 이 정도로는 심봉사와 모든 맹인들의 즐거움을 충분히 형상화했다고 할 수 없다. 심봉사의 개안은 심청의 간절한 소원일 뿐만 아니라 심봉사와 모든 맹인들의 간절한 소원이요, 심청가의 소리꾼과 향유자들의 소망이었다. 그러므로 이 대목이 다음의 〈김종철 낙장 53장본〉처럼 크게 확대되는 것은 매우 자연스럽고 타당한 것이다.

(타령) … ⓒ3 그 마리 맛뜻 말뜻 皇后 보션발노 씌여나려와 부친을 (안고) 아부지 ᄂᆡ가 과연 물의 ᄲᆞ져 쥭(어쎤) 불효여 심쳥(이요) ⓓ3 沈奉事 ᄭᆞᆷ작 놀ᄂᆡ여 이거시 웬 마리니 ᄒᆞ더니 엇지 반갑던지 뜻박계 두 눈이 갈무 씌난 쇼ᄅᆡ가 나며 두 눈이 활짝 발가진이 滿座 盲人더리 沈奉事 눈 쓰난 쇼ᄅᆡ의 一時의 눈더리 헤번덕 짝짝 간치 ᄉᆡᆨ기 밥 먹이난 쇼ᄅᆡ 갓터니 뭇 쇼경이 天地明朗ᄒᆞ고 집안의 잇난 쇼경 졔 집 쇼경 ᄇᆡ 안의 든 쇼경ᄭᆞ지 몰슈이 다 눈이 발그니 盲人의겨난 天地開闢ᄒᆞ엿쎤가 부더라 ⓔ3 심봉ᄉᆞ 반갑기난 반가오나 눈을 쓰고 보니 도로려 ᄉᆡᆼ면목이라 ᄯᆞᆯ이라 ᄒᆞ니 ᄯᆞᆯ인 쥴 알건만난 근본 보지 못ᄒᆞᆫ 얼골리라 알 슈 인나 죠화셔 쥭을 ᄯᅩᆼ 살 ᄯᅩᆼ 츔츄며 노ᄅᆡᄒᆞ되 얼시고 졀시고 지아ᄌᆞ ᄌᆞ 죠을시고 鴻門宴 놉푼 잔ᄎᆡ 項將이 츔 잘 츈들 ᄂᆡ 츔을 엇지 당하손야 漢高朝 馬上 得天下할 졔 칼츔 잘 츈다 할지라도 어허 ᄂᆡ 츔 당할숀야 어와 蒼生더라 不重生男重生女ᄒᆞ쇼 쥭은 ᄯᆞᆯ 심쳥이을 다시 보니 양구비 쥭어 還生ᄒᆞ여 온가 虞美人이 도로 還生ᄒᆞᆫ가 아모리 보아도 ᄂᆡ ᄯᆞᆯ 심쳥이졔 ᄯᆞᆯ의 덕으로 어둔 눈을 쓰니 日月明朗ᄒᆞ야 다시 좃토다 景星이 환ᄒᆞ고 慶雲이 興ᄒᆞ니 百工相賀歌라 堯舜天地 다시 보니 일월즁화로다 不重生男重生女난 날노 두고 이름이라 無數ᄒᆞᆫ 쇼경덜도 쳘도 모로고 츔을 츌 졔 지아ᄌᆞ 지아ᄌᆞ 조흘시고 어화 좃쿠나 歲月아 네월아 가지 말라 도라간 봄 쏘 다시 오건만은 우리 人生 한 번 쥭어지면 다시 졈기 어려워라 옛글의 일너시되 시ᄉᆞ난독이라 ᄒᆞ난 것슨 万古明賢 孔孟의 말ᄉᆞᆷ이요 우리 인ᄉᆡᆼ 무ᄉᆞᆷ 일 잇스(랴) 다시 노ᄅᆡᄒᆞ되 ᄉᆞᆫ호ᄉᆞᆫ호 万歲를 부로더라([8], 503-504쪽)

심봉사로서는 인당수에 빠져 죽었던 딸, 그것도 황후가 된 딸을 만났고, 눈까지 떠서 평생 동안 붙안고 살았던, 서럽고 묵은 한이 한꺼번에 풀어졌으니 더 이상 즐거울 수 없다. 다른 맹인들도 다 함께 황홀한 순간을 즐긴다. 평생을 어둠의 세상에 갇혀 있다가 밝은 세상을 얻었으니 그 기쁨이야 오죽하겠는가. 그리하여 춤추는 대목(ⓔ3)을 크게 확대 부연하여 '천지개벽'의 환희를 드러내고자 한 것이다. 인간이 감정을 표현하는 가장 직접적이고 효과적인 방법은 몸말이다. 몸말은 머리의 언어가 아니라 가슴의 언어다. 그리고 그것은 양반적 언어가 아니라 민중적 언어요, 소설적 언어가 아니라 판소리적 언어다. 슬픈 감정을 울음과 눈물보다 더 절실하게 표현할 수 있는 것이 없듯이 기쁜 감정을 춤과 웃음(또는 노래, 울음)보다 더 절실하게 표현할 수 있는 것은 없다. 왜냐하면 몸말은 입말이나 글말보다 소박하지만, 솔직하고 진실하여 감동을 주는 힘이 훨씬 더 크고 진하기 때문이다. 그러기에 심봉사와 뭇 맹인들은 춤추고 노래함으로써 눈 뜬 기쁨을 만끽한다.

이 대목은 20세기에 들어와서 극대화된다. 다음은 〈성창순 창본〉에서 인용한 것이다.

> (잦은머리) 만좌 맹인이 눈을 뜬다. 어떻게 눈을 뜨는고 하니, 전라도 순창 담양 새 갈모 떼는 소리로 짝 짝 하더니마는 모두 눈을 떠버리는구나. 석 달 동안 큰잔치에 먼저 나와 참여하고 내려간 맹인들도 저희 집에서 눈을 뜨고, 미처 당도 못 한 맹인 중로에서 눈을 뜨고, 가다가 뜨고, 오다가 뜨고, 서서 뜨고, 앉아 뜨고, 실없이 뜨고, 어이없이 뜨고, 화내다 뜨고, 울다 뜨고, 웃다 뜨고, 떠보느라고 뜨고, 시원히 뜨고 앉아 노다 뜨고, 자다 깨다 뜨고, 졸다 번뜻 뜨고, 지어비금주수까지 일시에 눈을 떠서 광명천지가 되었구나.
>
> (아니리) 심봉사 정신을 차려 궁 안을 살펴보니 칠보금관 황홀하여 딸이라니 딸인 줄 알지 전후불견 초면이라. 가만히 살펴보니
>
> (중머리) 옳지, 인제 알겠구나. 내가 인제야 알겠구나. 갑자 사월 초파일야 꿈속에서 보던 얼굴 분명한 내 딸이라. 죽은 딸을 다시 보니 인도환생을 하였는가. 내가 죽어서 따라 왔느냐. 이것이 꿈이냐, 이것이 생시냐. 꿈과 생시 분별을 못 하겠네. 나도 이제까지 맹인으로 지팽이를 짚고 다니면은 어디로 갈

줄을 아느냐, 올 줄을 아느냐. 나도 오늘부터 새 세상이 되었으니 지팽이 너도 고생 많이 하였다. 이제는 너도 너 갈 데로 잘 가거라. 피르르 내던지고, 얼씨구나 얼씨구나 좋네, 지화자자 좋을시구.

(중중머리) 얼씨구나 절씨구, 지화자자 좋을시고. 어둡던 눈을 뜨고 보니 황성 궁궐이 웬일이며, 궁안을 살펴보니 창해만리 먼먼 길에 인당수 죽은 몸이 환세상 황후되기 천천만만 뜻밖이라. 얼씨구나 절씨구. 어둠침침 빈 방안에 불 킨 듯이 반갑고 산양수 큰 싸움에 자룡 본 듯이 반갑네. 흥진비래 고진감래 나를 두고 이름인가. 얼씨구나 절씨구 지화자자 절씨구. 일월이 밝아 조림하여 요순천지가 되었네. 부중생남중생녀 나를 두고 이름이로구나, 얼씨구나 절씨구. 여러 봉사들도 좋아라 춤을 추며 노닌다. 얼씨구나 얼씨구나, 얼씨구 좋구나 지화자 좋네. 얼씨구나 절씨구. 이 덕이 뉘 덕이냐 심황후 폐하의 덕이라. 태고적 시절 이후로 봉사 눈 떴단 말 처음이로구나. 얼씨구나 절씨구. 송천자 폐하도 만만세, 부원군도 만만세, 여러 귀빈들도 만만세, 천천만만세를 태평으로만 누리소서. 얼씨구나 좋을씨고.([2], 372-373쪽)

맹인들이 눈 뜨는 장면을 재미있게 그리고 있다. 틈만 있으면 웃기려고 작정하는 것, 그것이 판소리의 문법이다. 심봉사는 심청을 얻기 전에 안맹했기 때문에 ⓔ3의 "심봉ᄉᆞ 반갑기난 반가오나 눈을 쓰고 보니 도로려 싱면목이라 딸이라 ᄒᆞ니 딸인 쥴 알건만난 근본 보지 못ᄒᆞᆫ 얼고리라 알 슈 인나"가 합리적이다. 그러나 그렇게 해서는 부녀 상봉이 덜 극적이고, 감동의 정도도 떨어진다. 그래서 심청의 태몽을 가져와 갑자 사월 초파일 밤 꿈속에서 보던 딸임을 알게 한다.

심봉사는 눈을 뜨자마자 지팡이부터 던져버린다. 어쩌면 심봉사를 괴롭힌 것은 어두운 눈이 아니라 없어서는 큰일 날 줄로 알고 의지하며 살았던 지팡이였는지도 모른다. 지팡이는 그를 가두고 있던 迷妄의 그물이었다. 지팡이를 피르르 내던지고 나서야 비로소 진정한 '심봉사의 세상'이 열린다. 그리고 심봉사와 여러 봉사들의 춤은 추려고 추는 춤이 아니라 신명이 오를 때 저절로 나오는, 주체할 수 없는 신명풀이 춤이다. 그것은 문제를 해결하는 춤이라는 의미에서 해방춤이라고 할 수 있다. 심봉사가 춤을 추자 모든 봉사들이 함께 춤을 추는 것은 개인적인 신명풀이가 대동적 신명풀이로 전환된 것이다. '여러 귀빈들도 만만세'라고 하여 소리판의 청중들과도 기쁨을 함께한다. 기쁨은 함께 나누면 그만큼 커진다는 것을 알기 때문에 개인적 차원의 기쁨을 공동체 전체의 기쁨으로 돌리게 된 것이다. 춘향가에서 춘향과 월매의 춤, 수궁가에서 토끼의 춤 등이 모두 신명풀이 춤이다.51

한편 〈신재효본〉에서는 맹인들이 심황후에게 천고의 효녀로서 부친의 눈을 띄웠으니, 만민의 모후시니 자신들의 눈도 띄워달라고 하며 사배하고 일어나는 순간 눈을 뜨고, 황제가 낙봉연과 태평연을 겸하여 열어주어 심봉사와 맹인들이 춤을 추며 송덕하는 것으로 개작하였다. 심황후의 효성과 권능을 높이고자 한 개작이지만 판소리적 맛을 훼손하는 결과가 되어버렸다.

5. 후일담 대목의 지평전환

심청가는 맹인잔치 후에 이루어진 일을 서술한 후일담으로 끝을 맺고 있다. 그동안 후일담에 대해서는 사족 정도로 이해하고 주목하지 않았으며, 심지어 후반부 전체를 불필요한 것으로 평가하기도 하였다.52 그러나 후일담은 심청의 효성에 대한 보상의 의미이고, 민중의 소망적 사고를 반영하고 있는 것이므로 결코 무의미한 사족이 아니다.

> 심봉ᄉᆞ를 조복 입혀 황졔게 ᄉᆞ은슉ᄇᆡᄒᆞ고 ᄂᆡ젼의 입시ᄒᆞ여 젹년회포 드르시고 별궁을 졍ᄒᆞ시니 황졔 심학규로 부원군을 봉ᄒᆞ시고 안씨ᄆᆡᆼ인으로 부부

51 김석배, 「문학적 층위에서 본 춘향가의 磁力」, 『문학과 언어』 24, 문학과언어학회, 2002, 100-104쪽.

52 "문학으로 볼 때, 〈심청전〉은 일종의 비극이다. 소설적인 작품으로 볼 때, 후반부는 불필요한 부연이다. 심청이 인당수에 몸을 던지는 비장한 절정에서 결말을 지었더라면 독자에게 주는 연민의 여음은 더 인상 깊었을 것이다. 그러나 李朝的인 '苦盡甘來'는 선량한 효녀를 그대로 죽여 버리기는 너무 잔인했고, 또 그것은 불가능하였던 것이다.", 장덕순, 「심청전연구」, 『국문학통론』, 신구문화사, 1960, 249쪽.

인을 봉ᄒᆞ시고 도화동 거민은 공셰 신역을 업시ᄒᆞ니 심황후 갓탄 효힝은 억만고의 읏듬이라([3], 177쪽)

위의 〈송동본〉과 같이 간략하던 후일담은 후대에 확대 부연된다.

(타령) … 卽日의 沈(奉事)을 朝服 입펴 君臣禮로 朝會ᄒᆞ고 다시 內殿으로 入侍ᄒᆞ ᄉᆞ 積年 기루던 말ᄉᆞᆷ과 安氏盲人 말ᄉᆞᆷ을 듯고 彩轎을 ᄂᆡ여 보ᄂᆡ사 安氏을 모셔드려 父親 함긔 계시계 ᄒᆞ시고 天子 沈鶴圭을 府院君을 封ᄒᆞ시고 安氏난 貞烈(夫人을) 封ᄒᆞ시고 桃花洞 村人의 年戶雜役을 물시ᄒᆞ시고 金銀을 만이 賞賜ᄒᆞ셔 洞中의 救弊ᄒᆞ라 ᄒᆞ시니 桃花洞 ᄉᆞ롬더리 恩惠 如天如海ᄒᆞ야 天下振動ᄒᆞ더라 武昌太守을 불너 禮州刺史로 移遷ᄒᆞ이시고 刺史의계 分付ᄒᆞ야 黃奉事와 뼁덕어미을 각각 착ᄃᆡᄒᆞ라 分付 至嚴ᄒᆞ시니 禮州刺史 三十六道의 行官ᄒᆞ야 黃奉事와 뼁덕어미을 잡아들려거날 分付ᄒᆞ시되 네 이 無常ᄒᆞᆫ 연아 山疊夜深ᄒᆞᆫ ᄃᆡ 天地分別 못 ᄒᆞ난 盲人 두고 黃奉事을 어더 가난 계 무ᄉᆞᆷ 뜻신다 卽時 問罪ᄒᆞ니 驛村 旅幕【질ᄒᆞ는 경연이라 ᄒᆞ난 ᄉᆞ롬으 겨집이 초인하미로소이다 부원군이 ᄃᆡ로ᄒᆞ여 뼁덕어미을 능지쳐참ᄒᆞ신 휴의 황봉사을 불너 일른 말삼 네 무상한 놈아 너도 ᄆᆡᆼ인이지야 남으 안ᄒᆡ 유인ᄒᆞ야 가니 너는 좃컨이와 일는 사롬은 안이 불상ᄒᆞᆫ냐 속셜로 탐화광졉이라 ᄒᆞ기로 소당은 쥭일 일리되 특별리 경비ᄒᆞ니 원망치 말나 휴일 증십ᄒᆞ야 휴셰상 ᄉᆞ롬이 이갓탄 불으지사을 본밧지 말난 일리라 ᄒᆞ시고 화죠하시이라 만조 ᄇᆡᆨ관이며 쳔하 ᄇᆡᆨ셩믈리 덕화을 송덕ᄒᆞ더라 자손이 쳥ᄃᆡᄒᆞ고 쳔하의 일리 업고 심황후의 덕화 사ᄒᆡ의 더퍼스며 만셰 만셰 억만셰을 겨겨승승 바ᄅᆡ오며 무궁무궁ᄒᆞ옵기을 쳔만 복망하옵ᄂᆡ다 ᄒᆞ더라 황휴 쳔자겨 엿자오되 일러헌 질거우미 업스니 ᄐᆡ평연을 비셜ᄒᆞ여지이다 황졔 올히 여기사 쳔하으 반포하야 일등 명기 명창 다 불너 황극젼의 젼좌ᄒᆞ시고 만조 ᄇᆡᆨ관을 모와 질기실ᄉᆡ 일등명창 권삼득 송흥녹 모흥갑 쥬덕기 박만슌 이날치 다 각기 장기ᄃᆡ로 흥을 다하여 논일 젹긔 히히양양 ᄐᆡ평지낙을 만만셰 유젼이라 오호 이ᄌᆡ이ᄌᆡ라】([8], 504-505쪽)

위의 인용문은 〈김종철 낙장 53장본〉에서 가져온 것인데, 낙장된 뒷부분(【 】부분)은 〈완판 41장본〉에서 복원한 것이다.[53] 그러나 후대에 후일담은 다음의

53 〈완판 41장본〉, 41앞-41뒤.

〈정권진 창본〉처럼 축소되거나 아예 삭제되어 버리는 방향으로 지평전환이 이루어지게 된다.

> (엇중모리) 그때으 심생원은 부원군을 봉하시고 안씨맹인 교지를 내려 정절부인을 봉하시고 무릉촌 승상부인은 별급상사 허시고 그 아들을 예부상서 시키시고 화주승 불러올려 당상을 시키시고 젖 먹이던 부인들과 귀덕어미는 천금 상을 내리시고 도화동 백성들은 세역을 없앴으니 천천만세를 불렀더라.([2], 279쪽)

〈김소희 창본〉과 〈한애순 창본〉에는 삭제되고 없다. 후일담은 과거에 아니리나 타령조로 하던 것으로, 예술성을 확보하지 못했기 때문에 쉽게 축소되거나 삭제되었을 것으로 짐작된다.

한편 〈완판 71장본〉에는 후일담이 전체의 8% 분량에 달할 정도로 장황하게 부연되어 있다. 심학규와 안씨부인을 부원군과 정렬부인에 봉하고, 심청과 심봉사가 어려웠을 때 도와준 도화동민과 무창태수 등에게 상을 내리며, 뺑덕어미는 능지처참하고 황봉사는 정배를 보낸다. 그리고 심황후의 청으로 태평연을 열어 사흘 동안 크게 즐긴다. 그 뒤에 심황후와 정렬부인이 동년 동월에 잉태하여 동월에 둘 다 아들을 낳고, 그들이 장성하여 동월 동일에 혼례를 올리고, 그 후 부원군과 정렬부인은 남평왕과 인성왕후로 봉해지는 등 부귀영화를 누리다가 80세에 우연히 병을 얻어 세상을 떠난다.[54]

〈완판 71장본〉의 후일담은 문장체 소설의 투를 모방하여 덧붙인 것[55]이지만 결코 무의미한 사족이 아니다. 그것은 심청의 '出天之孝'에 대한 보상이요, 안맹이면서도 심청을 잘 길러준 심봉사에 대한 보상이라고 할 수 있다. 후일담에는 심청가의 소리꾼과 향유층의 꿈이 투영된 소망적 사고가 반영되어 있는 것이다.

---

54 〈정명기 43장본〉에는 "심황후 분부어 도화동 신역을 물침ᄒᆞ고 몽운ᄉᆞ 졀을 즁챵ᄒᆞ라 쳔금으로 쥬시다 덕퇵니 ᄒᆞᆫ늘 갓드라 쳔ᄌᆞᄂᆞᆫ 세ᄌᆞ 삼 형제 두고 심봉ᄉᆞᄂᆞᆫ 일 남 일 여을 두엇덧라"가 있다.

55 유영대, 『심청전 연구』, 문학아카데미, 1989, 216쪽.

6. 맺음말

판소리 창자는 물론이고 판소리 향유자도 현재 불리고 있는 지평 중에서 자신의 기대지평을 만족시키지 못하는 것과는 갈등을 일으키게 되고, 그것을 자신의 기대지평 쪽으로 전환함으로써 갈등을 해소하게 된다. 판소리는 이와 같은 지평전환이 오랜 기간에 걸쳐 지속적으로 이루어지는 과정을 통해 성장, 발전하여 왔고, 그 중심에 더늠이 있었다.

이 글에서는 심청가의 후반부에 이루어진 지평전환의 양상을 살펴보았는데, 그 결과를 간략하게 정리하면 다음과 같다.

첫째, 맹인잔치 배설 대목에서 이루어진 지평전환 양상은 다음과 같다. 심황후가 가을 달밤에 늙고 안맹한 부친을 걱정하는 소박한 내용이 기러기를 보고 부친에게 편지를 전해달라고 부탁하는 소위 '추월만정'으로 지평전환이 이루어졌다. 사설이 세련되고 우아하게 다듬어져 고귀한 신분의 심황후가 맹인 부친을 그리워하고 걱정하는 모습에 어울리게 형상화되었고, 음악적인 면에서도 예술적, 합리적인 방향으로 지평전환이 일어났다.

둘째, 심봉사 황성으로 올라가는 대목에서 이루어진 지평전환 양상은 다음과 같다. 뺑덕어미는 심봉사의 성적 본능을 충족시켜주는 인물이고, 과장된 못난 용모와 악행을 통해 골계적인 재미를 고조시키는 역할을 한다. 동네 사람들이 심봉사에게 뺑덕어미를 주선하던 것이 뺑덕어미를 악인의 전형으로 만들면서 뺑덕어미가 자원출가하는 것으로 바뀌었다. 심봉사가 목욕을 하다가 옷을 도둑맞고 무릉태수에게 의관을 구하는 삽화는 매우 골계적인데, 지나치게 비현실적이어서 축소되거나 삭제되었다. 고향에서 관장의 명을 받고 황성으로 올라가던 것이 타향에서 유리걸식하던 중 소문을 듣고 황성으로 올라가는 것으로 바뀌었다. 그리고 뺑덕어미가 황봉사와 도망하는 대목은 웃음을 유발하는 쪽으로 부연되었다. 한편 안씨맹인은 심봉사가 딸과 상봉할 것을 예시해 주는 역할과 심봉사의 반려자요 아들을 얻을 수 있는 아내로서의 역할을 한다.

셋째, 심봉사 눈 뜨는 대목에서 이루어진 지평전환의 양상은 다음과 같다. 심황후가 부친이 나타나지 않자 길게 자탄하며 슬퍼하던 것이 심황후의 체통을 유지되도록 간략하게 축소되었다. 부녀가 상봉하는 대목은 극적 긴장감과 이야기를 재미있고 그럴듯하게 꾸미기 위해서 확대 부연되었다. 심황후가 말석에 앉은 부친을 금방 알아보고 친히 내려가서 만나던 것이 부친과 비슷한 맹인을 발견하고 거주성명을 고하게 하는 것으로 바뀌었다가 맹인 성책에서 심봉사를 발견하고 별전으로 불러오게 하고, 심봉사는 그간의 내력을 아뢰고 죽여 달라고 하는 것으로 확대되었다. 심봉사가 눈을 뜨고 즐겁게 춤추는 대목은 눈을 뜬 황홀한 순간을 만끽하는 방향으로 크게 부연되었다.

넷째, 심봉사가 부원군이 되어 부귀영화를 누리는 후일담은 한때 부연되었다가 그 후 축소되거나 삭제되었다.

참고문헌

〈논저〉

강전섭, 「심청젼(沈淸傳)」, 『대전실전논문집』 2, 대전실업전문학교, 1971.

강지영, 「효행 표상으로서의 심청의 죽음과 애도」, 『판소리연구』 50, 판소리학회, 2020.

강지영, 「심청·효·데리다-효와 효행의 구분과 해체를 통한 〈심청전〉 연구-」, 경상국립대학교 박사학위논문, 2022.

강한영, 『판소리』, 세종대왕기념사업회, 2000.

강한영 교주, 『신재효 판소리 사설집(전)』, 민중서관, 1974.

강한영 편, 『장자백 창본 춘향가』, 판소리학회, 1987.

결성농요보존회, 『증보 결성농요』, 홍성군, 1995.

경기도국악당, 『경기판소리』, 2005.

공주시, 『중고제 판소리 명창』, 2019.

김기형, 「송만갑 제적등본 해제」, 『판소리연구』 9, 판소리학회, 1998.

김기형, 「비가비 광대의 존재 양상과 판소리사적 의의」, 『한국민속학』 33, 한국민속학회, 2001.

김기형, 『박동진 명창, 판소리완창 사설집, 흥보가·수궁가·적벽가』, 문화관광부·충청남도 공주시, 2007.

김대길, 「조선 후기 장시 발달과 사회·문화 생활 변화」, 『정신문화연구』 129, 한국학중앙연구원, 2012년 겨울호.

김대길, 「내포지역의 장시 발달과 상품 유통」, 『내포의 민속 문화』, 충청남도역사문화연구원, 2016.

김동욱, 『한국가요의 연구』, 을유문화사, 1961.

김동욱, 『한국가요의 연구·續』, 선명문화사, 1975.

김동욱, 『증보 춘향전 연구』, 연세대출판부, 1976.

김동인, 『동인전집』 제8권, 홍자출판사, 1968.

김명곤, 『광대열전』, 예문, 1988.

김명환 구술, 『내 북에 앵길 소리가 없어요』, 뿌리깊은나무, 1991.

김부식 지음·이병도 역주, 『삼국사기, 상』, 을유문화사, 2001.
김석배, 「춘향전의 지평전환과 후대적 변모-서술자 개입을 중심으로」, 『문학과 언어』 10, 문학과언어연구회, 1989.
김석배, 「춘향전 이본의 생성과 변모양상 연구」, 경북대학교 박사학위논문, 1992.
김석배, 「심청가의 '범피중류' 연구」, 『문학과 언어』 13, 문학과언어연구회, 1993.
김석배, 「춘향가의 더늠과 기대지평의 전환」, 『동리연구』 2, 동리연구회, 1994.
김석배, 「『조선창극사』 소재 심청가 더늠의 문제점」, 『문학과 언어』 18, 문학과언어연구회, 1997.
김석배, 「심청가와 기대지평의 전환」, 『문학과 언어』 20, 문학과언어학회, 1998.
김석배, 「심청가의 성격과 더늠」, 서종문·정병헌 편, 『신재효 연구』, 태학사, 1998.
김석배, 「심청가와 기대지평의 전환 (2)」, 『선주논총』 1, 금오공과대학교 선주문화연구소, 1998.
김석배, 「허흥식 소장본 심청가의 성격과 가치」, 『구비문학연구』 8, 한국구비문학회, 1999.
김석배, 「〈허흥식본 심청가〉의 판소리사적 위상」, 『문학과 언어』 22, 문학과언어학회, 2000.
김석배, 「문학적 층위에서 본 춘향가의 磁力」, 『문학과 언어』 24, 문학과언어학회, 2002.
김석배, 「판소리 명창의 생몰 연대 검토」, 『선주논총』 5, 금오공과대학교 선주문화연구소, 2002.
김석배, 「김창환제 〈심청가〉에 끼친 신재효의 영향」, 『판소리연구』 18, 판소리학회, 2004.
김석배, 「심청가의 지평전환 양상」, 『판소리연구』 27, 판소리학회, 2009.
김석배, 「심청가 결말부의 지평전환 연구」, 『판소리연구』 29, 판소리학회, 2010.

김석배, 『고전서사문학의 넓이와 깊이』, ㈜박이정, 2021.
김석배, 『명창 주덕기 가문의 소리꾼들』, ㈜박이정, 2022.
김석배, 『판소리와 판소리문화』, 박문사, 2022.
김석배, 『판소리 명창의 삶과 예술세계』, 박문사, 2023.
김석배·서종문·장석규, 「판소리 더늠의 역사적 이해」, 『국어교육연구』 28, 경북대 사대 국어교육연구회, 1996.
김석배·서종문·장석규, 「심청가 더늠의 통시적 연구」, 『판소리연구』 9, 판소리학회, 1998.
김석배·김영봉·이대형·김남석·유춘동, 『조선 후기 연희의 실상』, 보고사, 2019.
김연수, 『창본 춘향가』, 국악예술학교출판부, 1967.
김영수, 『필사본 심청전 연구』, 민속원, 2001.
김용근, 「이야기로 풀어본 지리산 판소리」, 지리산판소리연구소·가왕송흥록가후손가족회, 2008.
김종철, 「〈계우사〉」, 『한국학보』 65, 일지사, 1991.
김종철, 『판소리사 연구』, 역사비평사, 1996.
김종철, 『판소리의 정서와 미학』, 역사비평사, 1996.
김종철, 「판소리 연행도 해제」, 『판소리연구』 9, 판소리학회, 1998,
김진영 외, 『심청전 전집』 [1]-[12], 박이정, 1997-2004.
김진영 외, 『실창판소리사설집』, 박이정, 2004.
김헌선, 『풍물굿에서 사물놀이까지』, 귀인사, 1991.
김흥규, 「판소리의 서사적 구조」, 조동일·김흥규 편, 『판소리의 이해』, 창작과비평사, 1978.
김흥규, 「판소리의 사회적 성격과 그 변모」, 한국사회과학연구소 편, 『예술과 사회』, 민음사, 1979.
김흥규, 「19세기 前期 판소리의 연행환경과 사회적 기반」, 『어문논집』 30, 고려대학교 국어국문학연구회, 1991.
남광우, 『補訂 古語辭典』, 일조각, 1975.
남기민, 「한국고전서사에 나타난 돌봄의 양상과 의미 연구」, 경상국립대학교 박사학위논문, 2023.

노동은, 「한국음악가론 1-내포의 음악가들-」, 음악학연구회 편, 『음악학이란?-音·樂·學-』 4, 세종출판사, 1997.
노동은, 『한국음악론』, 한국학술정보(주), 2003.
노재명, 『가야금산조와 병창 심상건』(LG미디어 음반 해설), 1995.
노재명, 『판소리 명창 김창룡·그 손녀 김차돈』(LG미디어 음반해설), 1995.
노재명, 『중고제 판소리 흔적을 찾아서』, 채륜, 2012.
노재명, 『꽃피는 중고제 판소리』, 채륜, 2016.
노재명 편저, 『잊혀진 판소리 무숙이타령을 찾아서』, 한국문화재단, 2020.
듸-·제-핸드포드 편저, 『精選朝鮮歌謠集』, 조선가요연구사, 1931.
문화공보부, 『한국민속종합조사보고서, 전남편』, 1980.
문화재연구소, 「판소리유파」, 문화재관리국, 1992.
민속학회, 『한국민속학의 이해』, 문학아카데미, 1996.
박경수, 『한국명창열전』, 서문당, 1980.
박경수, 『소리꾼들, 그 삶을 찾아서』, 일월서각, 1993.
박록주, 「나의 이력서 (1-38)」, 『한국일보』, 1974. 1. 5.-2. 28.
박성환 엮음, 『충청의 옛 소리를 찾아가는 중고제 판소리 유적 답사기』, (사)한국중고제판소리진흥원, 2022.
박순호 편, 『한글필사본고소설자료총서』 1, 오성사, 1986.
박일용, 「〈심청전〉의 가사적 향유 양상과 그 판소리사적 의미」, 『판소리연구』 5, 판소리학회, 1994.
박일용, 「가사체 〈심청전〉 이본과 초기 판소리 창본계 〈심청전〉의 관련 양상」, 『판소리연구』 7, 판소리학회, 1996.
박일용, 「심청가 '강상 풍경' 대목의 변이 양상과 그 의미」, 『판소리연구』 8, 판소리학회, 1997.
박찬기 외, 『수용미학』, 고려원, 1992.
박헌봉, 『창악대강』, 국악예술학교출판부, 1966.
박헌봉, 「남기고 싶은 이야기들 (251), 명창 주변 ②」, 『중앙일보』, 1971. 9. 8.
박　황, 『판소리소사』, 신구문화사, 1974.
박　황, 『민속예술론』, 한일문화보급회, 1980.

박 황, 『판소리 이백년사』, 사사연, 1987.
배연형, 「판소리 중고제 론」, 『판소리연구』 5, 판소리학회, 1994.
배연형, 「유성기음반 판소리 사설 (1) (김창룡 편)」, 『판소리연구』 5, 판소리학회, 1994.
배연형, 「유성기음반 판소리 사설 (2) (송만갑 편)」, 『판소리연구』 6, 판소리학회, 1995.
배연형, 「이화중선 음반 연구 (1)」, 『한국음반학』 9, 한국고음반연구회, 1999.
배연형, 「유성기음반 판소리 사설 (5)-〈오케판 흥보전(창극)〉-」, 『판소리연구』 13, 판소리학회, 2002.
배연형, 『판소리 소리책 연구』, 동국대학교출판부, 2008.
배연형, 「판소리 중고제 자료의 재검토」, 『판소리연구』 49, 판소리학회, 2020.
백대웅, 『다시 보는 판소리』, 도서출판 어울림, 1996.
사재동, 「심청전 연구 서설」, 『어문연구』 7, 어문연구회, 1971.
사재동, 『백제권 충남지방의 민속과 문학』, 중앙인문사, 2006.
서종문, 『판소리사설연구』, 형설출판사, 1984.
서종문, 「심청가에 나타난 신재효의 세계인식」, 『동리연구』 3, 동리연구회, 1996.
서종문, 『판소리의 역사적 이해』, 태학사, 2006.
서종문, 『판소리와 신재효 연구』, 제이앤씨, 2008.
서종문·김석배, 「중고제의 역사적 이해」, 『국어교육연구』 24, 경북대 사대 국어교육연구회, 1992.
서종문·정병헌 편, 『신재효연구』, 태학사, 1997.
성경린, 『노을에 띄운 가락』, 휘문출판사, 1984.
성기련, 「18세기 판소리 음악문화 연구」, 『한국음악연구』 34, 한국국악학회, 2003.
성기련, 『1930년대 판소리 음악문화』, 민속원, 2021.
성현경, 『한국소설의 구조와 실상』, 영남대출판부, 1981.
성현경, 『한국옛소설론』, 새문사, 1995.

손태도, 『광대의 가창문화』, 집문당, 2003.
송미경, 「춘향가 소리 대목 및 더늠의 전승 양상과 판소리사적 의미」, 고려대학교 박사학위논문, 2015.
송방송, 「김창룡 명창의 음악활동에 대한 문헌적 점검」, 『한국근대음악사연구』, 민속원, 2003.
송혜진, 「가야금병창 명인 심정순」, 『음악동아』, 1988년 5월호.
송혜진, 「심정순 창 심청가의 장단 구성 특징」, 『정신문화연구』 통권 제34호, 한국정신문화연구원, 1988.
신광수, 『석북문집』 권4, 『숭문연방집』, 아세아문화사, 1985.
신동흔, 「판소리문학의 결말부에 담긴 현실의식 재론-〈심청전〉과 〈흥부전〉을 중심으로」, 『판소리연구』 19, 판소리학회, 2005.
신 위, 『신위전집』 2, 태학사, 1983.
신은주, 『판소리 중고제 심정순家의 소리』, 민속원, 2009.
신은주, 「심정순 일가의 소리와 내포제 문화」, 『한국학연구』 35, 고려대학교 한국학연구소, 2010.
신은주, 『중고제 심정순家의 예인들』, 민속원, 2015.
심화영중고제판소리보존회, 『심화영 소리이야기』, 미디어서산(주), 2015.
안휘준, 『한국회화의 전통』, 문예출판사, 1988.
오중석, 『동편제에서 서편제까지』, 삼진기획, 1994.
유기룡, 「민속음악용어 해설 15」, 『월간문화재』, 1980년 6월호, 문화재관리국.
柳得恭, 『京都雜志』 권1.
유영대, 『심청전연구』, 문학아카데미, 1989.
유영대, 「'장승상부인' 대목의 첨가에 대하여」, 『판소리연구』 5, 판소리학회, 1994.
유영대, 「〈심청전〉의 여성 형상-곽씨부인과 뺑덕어미를 중심으로」, 『한국고전여성문학연구』 1, 한국고전여성문학회, 2000.
유영대, 「명창 고수관과 내포제 문화의 콘텐츠화 가능성」, 『한국학연구』 35, 고려대학교 한국학연구소, 2010.
유창돈, 『이조어사전』, 연세대출판부, 1971.

유향 지음·이숙인 옮김, 『열녀전』, 글항아리, 2013.
윤광봉, 『개정 한국 연희시 연구, 송만재의 「관우희」를 중심으로』, 박이정, 1997.
윤구병, 『숨어사는 외톨박이』, 뿌리깊은나무, 1977.
이건창, 『이건창 전집 (상)』, 아세아문화사, 1978.
이국자, 『판소리예술미학』, 나남, 1989.
이규섭, 『판소리 답사기행』, 민예원, 1995.
이대중, 「뺑덕어미 삽화의 양상과 그 의미」, 『판소리연구』 17, 판소리학회, 2004.
이덕창, 「名唱論 (下)」, 『日東타임쓰』 제1권 3호, 日東타임쓰社, 1926. 6.
이보형, 「판소리 '제(派)'에 관한 연구」, 『한국음악학논문집』, 한국정신문화연구원, 1982.
이보형, 「고음반에 제시된 판소리 명창제 더늠」, 『한국음반학』 창간호, 한국고음반연구회, 1991.
이보형, 「고음반에 제시된 판소리 명창제 더늠 (2)」, 『한국음반학』 4, 한국고음반연구회, 1994.
이보형, 「심정순의 생애와 예술」, 『한국음악사학보』 18, 학국음악사학회, 1997.
이보형, 「초창기 명창들」, 최동현·유영대 편, 『판소리 동편제 연구」, 태학사, 1998.
이보형, 「백점봉 소리제 소고」, 『한국음반학』 12, 한국고음반연구회, 2002.
이상구, 「숙향전의 문헌적 계보와 현실적 성격」, 고려대학교 박사학위논문, 1994.
李裕元, 『林下筆記』, 성균관대 대동문화연구소, 1961.
이 익, 『성호전서 (5)』, 여강출판사, 1984.
이중환 지음, 안대회·이승용 옮김, 『완역 정본 택리지』, 휴머니스트, 2018.
이태영, 「완판본 〈심청가(41장본)〉 해제」, 『국어사연구』 4, 국어사학회, 2004.
이태호, 『서편제 바로 보기』, 한미디어, 1995.
임병조, 「내포지역의 구성과 아이덴터티에 관한 연구」, 한국교원대학교 박사학위논문, 2008.
임선빈, 「내포지역의 지리적 특징과 역사·문화적 성격」, 『문화역사지리』 제15권 제2호, 한국역사문화지리학회, 2003.
임형택 편, 『이조 후기 여항문학 총서 (10)』, 여강출판사 1991.
장덕순, 「심청전연구」, 『국문학통론』, 신구문화사, 1960.
장사훈 편저, 『여명의 국악계』, 세광음악출판사, 1989.
장석규, 『심청전의 구조와 의미』, 박이정, 1998.
赤松智城·秋葉隆, 『朝鮮巫俗の硏究』, 大阪 屋號書店, 1937.
赤松智城·秋葉隆 공편, 심우성 옮김, 『조선무속의 연구 (上)』, 동문선, 1991.
赤松智城·秋葉隆 공편, 심우성 옮김, 『조선무속의 연구 (下)』, 동문선, 1991.
전경욱, 「탈춤과 판소리의 연행문학적 성격 비교 연구」, 정신문화연구원 부속대학원 석사학위논문, 1983.
전경욱 편저, 『한국전통연희사전』, 보고사, 2014.
정노식, 『조선창극사』, 조선일보사출판부, 1940.
정병헌, 『신재효 판소리 사설의 연구』, 평민사, 1986.
정병헌, 『판소리문학론』, 새문사, 1993.
정병헌, 「중고제 판소리의 대중화 방안」, 『공연문화연구』 36, 한국공연문화학회, 2018.
정병헌, 『판소리의 역사』, 태학사, 2023.
정 양, 「빵덕어미 소고」, 『한국민속학』 31, 한국민속학회, 1999.
정 양, 『판소리 더늠의 시학』, 문학동네, 2001.
정종진, 『한국현대문학과 관상학』, 태학사, 1997.
정종진, 『한국의 속담 대사전』, 태학사, 2006.
정출헌, 「19세기 판소리사의 추이와 신재효」, 『어문논집』 37, 안암어문학회, 1998.
정출헌, 「판소리 담당층의 변화에 따른 19세기 판소리사와 중고제의 소멸」, 『민족문화연구』 31, 고려대 민족문화연구원, 1998.
정출헌, 「판소리 향유층의 변동과 판소리사설의 변화-〈흥부가〉의 사설을 중심으로-」, 『판소리연구』 11, 판소리학회, 2000.
정하영, 「속죄의식의 문학적 전개-〈심청전〉을 중심으로-」, 서울대학교 석사학위논문, 1974.
정하영, 「〈심청전〉에 나타난 악인상-뺑덕어미론-」, 『국어국문학』 97, 국어국문학회, 1987.
정하영, 「심청전의 제재적 근원에 관한 연구」, 서울대학교 박사학위논문, 1983.
정하영, 「〈심청전〉의 '盲人잔치' 考」, 한국고전문학회, 『제249차 정례학술발표회 자료집』, 2009년 4월 11일, 서울대 인문대 신양인문학술정보관 3층 302호 국제회의실.
조동일·김흥규 편, 『판소리의 이해』, 창작과비평사, 1978.
趙秀三, 『秋齋集』 7, 「紀異」.
차봉희 편, 『수용미학』, 문학과지성사, 1985.
채수정 엮음, 『박록주·박송희 창본집』, 민속원, 2010.
최남선, 『조선상식·지리편』, 동명사, 1948.
최동현, 「장재백과 그 일가의 판소리 인맥에 관한 연구」, 『판소리연구』 16, 판소리학회, 2003.
최동현, 『순창의 판소리 명창』, 순창문화원, 2023.
최동현 주해, 「〈탄세단가〉」, 『민족음악학보』 3, 한국민족음악학회, 1988 가을.
최동현·유영대 편, 『심청전 연구』, 태학사, 1999.
최래옥, 「〈심청전〉의 총체적 분석」, 『한국학논집』 5, 한양대 한국학연구소, 1984.
최어진, 「〈심청가〉 결말부 변이와 주제의 다층적 지향」, 『판소리연구』 54, 판소리학회, 2022.
최완수, 「내포지역의 불교」, 『내포문화정보』 창간호, 내포문화연구원, 1997.
최운식, 『심청전 연구』, 집문당, 1982.
최혜진, 「심청가 중 뺑덕어미 삽화의 기능과 의미」, 『동리연구』 2, 동리연구회, 1994.
최혜진, 『판소리의 전승과 연행자』, 역락, 2003.
최혜진, 「충청지역 판소리 문화유적 현황 연구」, 『구비문학연구』 48, 한국구비문학회, 2018.
최혜진, 「판소리 명창의 비조 최선달 연구」, 『판소리연구』 45, 판소리학회, 2018.
최혜진, 「홍성 지역의 명인 명창과 중고제 판소리의 변모」, 『동아시아고대학』 57, 동아시아고대학회, 2020.
최혜진, 『충청의 판소리 중고제』, 충남대학교출판문화원, 2020.
최혜진, 『결성아카데미 판소리의 탄생과 중고제』, 문화in, 2022.
판소리학회, 「판소리 인간문화재 증언」, 『판소리연구』 2, 판소리학회, 1991.
판소리학회, 「판소리 인간문화재 증언」, 『판소리연구』 5, 판소리학회, 1994.
판소리학회 감수, 『판소리 다섯 마당』, 한국브리태니커회사, 1982.
한국구비문학회 편, 『한국구비문학선집』, 일조각, 1997.
한국음반아카이브연구단 엮음, 『한국유성기음반 1907~1945 (1-4권)』, 한걸음·더, 2011.
한국정신문화연구원 편, 『한국유성기음반총목록』, 민속원, 1998.
한글학회, 『우리말 글 큰 사전 4, 옛말과 이두』, 어문각, 1992.
한성준, 「鼓手 五十年」, 『조광』, 1937년 4월호.
함동정월 구술, 『물은 건너 봐야 알고, 사람은 겪어 봐야 알거든』, 뿌리깊은나무, 1991.
허흥식, 「중고제 심청가와 가사집 호서가」, 사단법인 중고제판소리보존회 주최, 「중고제 판소리의 보존과 향후 계획」 세미나 발표자료집, 2021년 12월 6일, 서산시문화회관 소공연장.
홍한주, 『智水拈筆』, 아세아문화사, 1984.
황성창, 「홍성의 중고제 명창 김창용 가문에 대한 소개」, 『충남 역사·문화의 자료와 현장』, 국사편찬위원회 사료조사위원 충남·대전지회, 2012.
황현 지음, 임형택 외 옮김, 『매천야록·상』, 문학과지성사, 2005.
황현 지음, 임형택 외 교주, 『역주 매천야록·원문 교주본』, 문학과지성사, 2005.

『伍倫全備諺解』, 『국어국문학총림』 22, 대제각, 1986.

〈기타〉

신문 : 『만세보』, 『대한매일신보』, 『매일신보』, 『조선일보』, 『동아일보』 등
잡지 : 『조광』, 『춘추』 등

「네이버지식백과」(https://terms.naver.com)
「한국고전종합DB」(https://db.itkc.or.kr)
「홍성군홈페이지」(http://www.hongseong.go.kr)
정약용, 『목민심서』「刑典 6조, 제5조 禁暴」, 「한국고전종합DB」(https://db.itkc.or.kr)
한국학중앙연구원, 『한국민족문화대백과』(http://encykorea.aks.ac.kr)

색 인

ㅅ

ㅇ

ㅈ

ㅊ

ㅌ

ㅍ

ㅎ

부록 1

허흥식 소장본 심청가

원 문

〈허흥식 소장본 심청가〉 원문

〈1앞〉 낙장

〈1뒤〉 낙장

〈2앞〉 -훼손- 진ᄆᆡᄒᆞ녀 가니 슈신졔가 말 -훼손- ᄒᆞ며 본 바드리 뉘 잇시 -훼손- 먼난 양쥬 □□ 이 -훼손- 늑 남녀간의 읍셔시니 심 -훼손-

〈2뒤〉 -훼손- 불 미력보살임게 -훼손- ᄒᆞ기 회포 무근 븟쳐 싱금 올녀 ᄀᆡ금 -훼손- 눈비 만난 미력죤불 집 지녀 시쥬ᄒᆞ기 -훼손- 불공 ᄇᆡᆨ일 신공 일월 칠셩졔 겨겨 봉봉 셩황졔 관음 탄일 인[등]하기 삼ᄐᆡ셩의 ᄌᆡᄇᆡ하기 단산 쳘융 가신져[을]

〈3앞〉 졍셩으로 츅원ᄒᆞ니 지셩니면 감쳔이라 [공든 탑]이 무너지며 심든 낭기 ᄭᅥᆨ재딜가 심봉ᄉᆞ 양[쥬] -훼손- ᄌᆞ식만 보랴 ᄒᆞ고 쥬야로 츅원할 져 심봉ᄉᆞ -훼손- 공덕 옥황니 아르시고 지극함을 감동ᄒᆞ[ᄉᆞ] -훼손- [삼]신을 급피 불너 특별니 ᄒᆞ -훼손- 의 심 -훼손-

〈3뒤〉 ᄎᆡ운이 어리녀셔 옴막집을 두루더이 삼신이 하렴ᄒᆞ셔 방안의 좌졍ᄒᆞ니 곽시부인 황숑하녀 다시 ᄭᅮ러안지면셔 엇더ᄒᆞ온 부인니 뉘츄ᄒᆞ온 이 방안의 좌졍하녀 집쑈니ᄶᅡ

【평장단】 삼신이 ᄃᆡ답ᄒᆞ되 나넌 삼신 몸으로셔 그ᄃᆡ 양쥬 일심 쇼원 옥황니 알으시고 ᄌᆞ식 쥬라 ᄒᆞ옵씨예 졈지코져 왓ᄂᆞ니다

【안니리】 품으로셔 아기 ᄂᆡ녀 곽시 쥬며 ᄒᆞ난 말니 쳔상옥경 ᄐᆡ을션관 말ᄊᆡ ᄯᆞᆯ 심쳥인ᄃᆡ ᄉᆞᆼ졔ᄭᅦ 득죄ᄒᆞ고 젹ᄒᆞ인간 ᄂᆡ치시이 이 아기 탄ᄉᆡᆼ 후의 고니 길너 ᄂᆡ옵쇼셔 곽시부인 아기 바더 품의 안고 졋 머기며

【진ᄌᆞᆼ단】 ᄇᆡᆨᄇᆡ사례하난 말니 삼신임 덕ᄐᆡᆨ으로 무ᄌᆞ혼신 면케 ᄒᆞ오니 ᄇᆡᆨ골 난망 집푼 덕을 웃지ᄒᆞ녀 갑쇼리가

【안니리】 말니 맛지 못

〈4앞〉 ᄒᆞ녀 ᄎᆡ운이 거두면셔 인훌불견 간ᄃᆡ읍싸 곽시부인 이러나셔 공즁을 상ᄒᆞ녀 비례을 ᄒᆞ년 후의 방으로 드러와셔 아기을 품의 안고 ᄃᆡ희ᄒᆞ녀 하난 말리

【엇모리】 심씨녁 젼후사을 네가 모도 맛쌔고나 어녀쁨도 어녀쁘다 은ᄌᆞ동 금ᄌᆞ동아 만쳡쳥순 옥포동아 일심쇼원 포복동아 통비단의 ᄎᆡ식동아 어르쇠 셕경인냐 눈 진 순의 쏫치런가 어름 궁긔 슈달피야 ᄎᆡ운 즁의 반달니야 냥무쥰지 년화런가 길겁쇼 길거올ᄉᆞ 안쇼 죠와 못 쎤딜 쎄 계명셩 ᄒᆞᆫ 쇼ᄅᆡ의 집피 든 잠 ᄭᆡ녀쇼나 이러 안져 품의 악기 더드므니 간듸읍ᄂᆡ 곽시부인 혹한 마음 쇰인 쥴을

〈4뒤〉 모로고셔 어린 것슬 ᄎᆞᆫ난다 어듸 간노 우리 아기 고이한 일리로다 누은 ᄌᆞ리도 만져 보고 치마도 활활 아모리 ᄎᆞ져 본들 몽즁 아기 잇쓸숀야 젓쐭지 ᄆᆞᆫ져 보니 쌔던 흔젹 잇싸ᄆᆞᆫ은 아기난 간ᄃᆡ읍네

【안니리】 ᄎᆞᆺ다가 ᄉᆡᆼ각한이 몽즁일시 분명하다 완년이 잠을 ᄭᆡ여 몽ᄉᆞ한 말 다 이르니 양쥬 몽ᄉᆞ 갓튼지라 심봉ᄉᆞ ᄃᆡ희하녀 포ᄐᆡᄒᆞ올 귀몽넌이 타인의계 ᄂᆡ셜 말고 심 독희 ᄌᆞ부ᄒᆞ오 그달벗텸 잉ᄐᆡᄒᆞ녀

【엇모리】 숌 ᄉᆡᆨ이 되더이ᄆᆞᆫ 입쎳시 나넌고나 셩뉴 능금 포도 등물 졋틔 두고 안 쥬넌 듯 육칠 ᄉᆡᆨ 도녀가니 마르던 몸 부러가고 가느던 숀목 굴거간다 팔구 ᄉᆡᆨ 다다르니 ᄇᆡ안의 ᄋᆞ기

〈5앞〉 드러 구틀구틀 노넌 거동 장포 밧틔 잉어 노덧 쏫 쇽의 나븨 노덧 구룡슈 용일넌가 구븨 트러 졸도 논다

【안릴리】 십 ᄉᆡᆨ ᄒᆞᆫ졍 달니 ᄎᆞ ᄒᆡ복할 날 지다일 졔 졍월이라 ᄃᆡ보롬날 산일신 뇌곤ᄒᆞ며 식음을 젼폐ᄒᆞ고 집ᄌᆞ리의 두러누어 ᄋᆡ고 ᄇᆡ야 쇼리ᄒᆞ니 심봉ᄉᆞ 겁을 ᄂᆡ여 셰슈 관망 졍니 ᄒᆞ고 졍한슈 지러다가 쇼반의 밧쳐 녹코 두 숀 합장 ᄭᅮ러안져 숌신 젼의 빌것싸 눈 쓴 ᄉᆞ람 갓트면 오쪽 졸 빌 것너야마난 쇼경은 쳘셩지인이라 졍쇼ᄅᆡ로 나가것싸

【엇모리】 비넌이다 비넌이다 숌신 젼의 비난이다 임ᄌᆞ싱 졔쥬가 나니 년중

사십이나 쳣 아기 노손니니 뉘쵸ᄒᆞ온 험을낭 츄리쳐 발니시고 녀싱 녀달갓치 금광문 하

〈5뒤〉 탈문을 고니고니 여러 쥬오 빌기을 맛친 후의 쳔신이 감동ᄒᆞᄉᆞ 슌ᄉᆞᆫ으로 난넌다 아기 쇼릐 나넌고나 심봉ᄉᆞ 달녀드러 어둔 눈의 더듬어셔 아기 밧더 삼 갈을 져 틔쑐 훌터 실노 ᄆᆡ고 입으로 틔쑐 ᄭᅳᆫ어 포다기예 ᄊᆞ 뉘니고

【안니리】 이웃집의 돌어가셔 빙덕어멈 지비 잇나 엇지ᄒᆞ녀 도러왓쇼 우리 마누라 슌ᄉᆞᆫᄒᆞ녓ᄂᆡ 무엇셜 낫쇼 뉘 아지 알 슈 잇나 그 녀인 도라와 쳣국밥 급피 지여 집ᄌᆞ리의 ᄎᆞ려 노니 심봉ᄉᆞ ᄉᆢ러안져 삼신 젼의 빌것싸

【평장단】 비넌이다 비넌이다 숌신 젼의 비넌니다 십니ᄃᆡ 독신으로 년즁 사십의 쳣 ᄌᆞ식을 졈지ᄒᆞ녀 쥬옵시고 어지신 삼신임니 문을 고니 여러

〈6앞〉 쥰이 숌신 덕턱 창히 갓고 빅골난망 집픈 덕을 웃지ᄒᆞ녀 갑쇼리가 입은 덕도 틔ᄉᆞᆫ니나 싀로니 덕을 입펴 녁술 홍술 단명살을 모도 물녀 졔감ᄒᆞ고 동방셕의 진진 명과 셕슝의 복을 쥬어 년화갓치 부셩ᄒᆞ고 난쵸갓치 고니 ᄌᆞ라 틔평함을 발아난니다

【안니리】 삼신 쎤의 츅원ᄒᆞ고 나 국밥 다시 더녀 산모 압희 드려 녹코 부인을 만지면셔 마노라 슈고ᄒᆞ녓쏘 거복ᄒᆞ고 뇌곤ᄒᆞ나 이 국밥을 달게 먹고 졋슬 ᄂᆡ녀 아기 쥬오 권ᄒᆞ고 도러안져 아기을 만지면셔 셔우심 치며 웃넌다

【엇모리】 허허 허허 허허 아가 아가 어듸 보ᄌᆞ 씀의 뵈던 네러고나 ᄉᆞ면을 ᄆᆞᆫ지면셔 이마젼도

〈6뒤〉 쵸커이와 니목구비 더욱 쵸타 코가 니리 두렷ᄒᆞ니 만복을 진일 새요 허리가디 지러씨이 셩현지심 잇새ᄉᆞᆫ나 어듸 보ᄌᆞ 어듸 보ᄌᆞ

【안이리】 향녀나 아들인가 시르르 더듬을 졔 쵸씁문 것칫ᄒᆞ녀시면 ᄇᆡ기 츔을 츌 터니지믄은 숀니 나루ᄇᆡ 지나가덧 ᄒᆞ넌고나 아들인 쥴 알어쎠이 쌀일시가 분명ᄒᆞ니 심봉ᄉᆞ 어이읍셔 녈숀의 ᄆᆡᆨ이 읍싸

【진즁단】 후유 한슘 길게 쉬며 부모의 인ᄌᆞ졍예 아들 쌀 읍건만은 후ᄉᆞ을 싱각ᄒᆞ니 아득ᄒᆞ고 통분ᄒᆞ다

【안니리】 ᄌᆞ탄을 못ᄂᆡ ᄒᆞ니 부인도 밤낫즈로 아들 낙키만 기다리다 ᄌᆞᆼ탄식 쇼ᄅᆡ 듯고 마음니 치근ᄒᆞ녀 무안ᄒᆞ기 그지읍네 한슘 쉬고 도러누

〈7앞〉 며 이왕의 졈지ᄒᆞ면 죠솜만 달녀 쥬지 심씨녁 젼후ᄉᆞ을 네가 모두 맛틀 재슬 후회막급 졀통ᄒᆞ다 이럿텃 탄식ᄒᆞ니 심봉ᄉᆞ 셥셥한 마옴니 더욱 슈란ᄒᆞ되 부인을 말유ᄒᆞ녀 죠은 말누 하난 말이

【평ᄌᆞᆼ단】 녀보 부인 셔러 마오 마음ᄃᆡ로 하량니면 무ᄌᆞ할 니 뉘 잇게쇼 옛일을 ᄉᆡᆼ각하면 녀화씨 여ᄌᆞ라도 년셕보쳔하녀 잇고 문왕 후비 여ᄌᆞ라도 십츙신의 드러 잇고 ᄇᆡᆨ능파 녀ᄌᆞ로ᄃᆡ 양쇼유을 ᄉᆞᆯ녀 잇고 옛 ᄉᆞ람 짐젼니도 늣쎄야 ᄯᆞᆯ을 나아 ᄐᆡ일션녀 도녀 잇고 ᄯᆞᆯ리라도 쳥파쇼져 월궁황아 도녀시니

〈7뒤〉 우리도 신공 들녀 아들 낙키 발아싸가 ᄯᆞᆯ 낫키가 녀상ᄉᆞ이 남녀간의 무ᄌᆞᄒᆞ다 ᄯᆞᆯ리라도 ᄉᆡᆼ겨씨니 쳔힝문힝 다힝이요 불힝즁의 뇨힝이라

【안니리】 쳔힝으로 얼린 것시 명니 지러 살게 도면 장셩ᄒᆞ녀 큰 년후의 어진 ᄉᆞ람 ᄐᆡᆨ인ᄒᆞ여 달일ᄉᆞ외 ᄒᆞ녀시면 외숀봉ᄉᆞ 밧ᄯᅳᆯ 터니 그 안니 죠읏숀가 이럿텃 말유ᄒᆞ다 그즁의 죠와라고 ᄋᆡ을 어르던 거시녓싸

【엇모리】 얼시고나 ᄂᆡ ᄯᆞᆯ이야 어 어듸 보ᄌᆞ 어듸 보ᄌᆞ ᄉᆡ벽 발암의 옥풍경 강남의넌 열쇠 년입의넌 이실리요 팔문 진즁의 외ᄌᆞᆼᄉᆞ 열 쇼경의 한 막ᄊᆡ 밍상군의 호ᄇᆡᆨ구 옷고롬의 이궁젼 당

〈8앞〉 긔 숏ᄐᆡ 쥰쥬씨 옥반의 ᄉᆞᆫ호쥬 터덕터덕 놀어라 ᄲᅡᆼ긋ᄲᅡᆼ긋 운넌냐 은ᄒᆞ슈 말근 졍긔 네가 일ᄰᅧᆼ 타낫고나

【안니리】 심봉ᄉᆞ 짓부 마음 아들이나 다름읍씨 쳔금갓치 즁이 알고 구실갓치 ᄉᆞ랑하며 부인을 공경ᄒᆞ녀 치류을 시길 젹의 압 못 보난 심봉ᄉᆞ가 조셕 분별ᄒᆞ넌 거동 ᄉᆞᆫ모 보기 민망ᄒᆞ녀 삼닐 문의 박ᄭᅴ 나와 ᄎᆞᆫ물 달아 밥도 ᄒᆞ고 ᄲᆞᆯᄂᆡ 셔답ᄒᆞ녀더이 상쵸로 ᄎᆞᆼᄂᆡᆼᄒᆞ고 ᄒᆞ쵸로 발암 드러 별ᄶᅳᆼ으로 알넌고나

【평ᄌᆞᆼ단】 ᄋᆡ고 ᄇᆡ야 ᄋᆡ고 ᄇᆡ야 쳔병 문약의 약 먹을 병 안니로다 신음셩

〈8뒤〉 알넌 쇼ᄅᆡ 심봉ᄉᆞ 겁을 ᄂᆡ여 집팡막ᄊᆡ 것쩌 집ᄉᆞᆯ 더듬더듬 단이면셔

【안니리】 지극키 병셰을 문복ᄒᆞ녀 ᄇᆡᆨ 가지로 구병ᄒᆞ되 병이 졈졈 집퍼

간이 병셕의 집히 누어 어린 것 품의 안꼬 졋 먹이며 하난 말니

【진냥지】 슬푸다 ᄂᆡ 일리야 ᄇᆡᆨ년이나 ᄉᆞᆯ 쥴 알고 ᄉᆞ십의 와 공을 들녀 쳔덕으로 너을 나아 우리 양쥬 짓뿐 마음 ᄆᆞᆫ 셔름을 이져쪄니 ᄐᆡ산 갓턴 병을 어더 옛날 명의 화ᄐᆡ라도 ᄉᆞᆯ녀 ᄂᆡᆯ 슈 읍셔시이 이ᄂᆡ 몸 쥭어지면 압 못 보난 너 아버니가 너을 엇지 ᄒᆞ존 말닌야

【엇모리】 심봉ᄉᆞ 달녀들며 쥭싼 말니 웬 말니요 허허 그 말 ᄉᆔᆼ악ᄒᆞ오 그ᄃᆡ ᄆᆞᆫ일 쥭

〈9앞〉 재 도면 압 못 보난 이 신셰가 진ᄌᆞ리의 어린 것슬 엇지 ᄒᆞ녀 ᄉᆞᆯ녀ᄂᆡ리요 비난니다 비난니다 인물ᄎᆞ지 념ᄂᆡ왕임 제발 덕뿐 비난니다 씨지 못할 이 병신을 ᄃᆡ명으로 좁어 가고 ᄉᆞᆫ모난 ᄉᆞᆯ녀 쥬오

【안니리】 아무리 ᄋᆡ통 쥭엄의 ᄃᆡ신 잇씰쏜야 슬푸다 곽시부인 우넌 가ᄌᆞᆼ 쇼ᄆᆡ 좁고 만단셜화 유언한다

【평ᄌᆞᆼ단】 앙쳔탄식하난 말니 쇼경 된 가ᄌᆞᆼ의게 슈다분별 밋친 셔름 거쥬읍시 다 막씨고 나넌 쥭어 도러가니 ᄆᆞᆫ 셔름을 잇거이와 불분쳔지 페안 ᄌᆞᆼ의져 신셰을 어니할고 이ᄂᆡ 몸 쥭어지면 의ᄐᆡᆨ할 ᄃᆡ 읍써시이 이 ᄌᆞ식을 엇디할고 원통ᄒᆞ다 니ᄂᆡ 신셰 원명

〈9뒤〉 니 니쁜닌지 할닙업시 쥭ᄉᆞ오니 니거시나 고니 질너 효도을 보옵쇼셔

【안니리】 긋쁜 마음 눅겨 울며 하던 말을 못다 ᄒᆞ고 피색질 두셔너 번의 밥 ᄌᆞᆺ덧 ᄒᆞ넌고나 인ᄒᆞ녀 운명ᄒᆞ니 ᄒᆞ던 이원 끈쳐진다 긔막킨 심봉ᄉᆞ난 쥭은 쥴 모로고셔 ᄋᆡ기 어ᄆᆞ니 우지 마오 압 못 보난 ᄂᆡ게다가 이것슬 ᄆᆡᆨ기고 쥭싼 말니 될 말니오 먹던 원미 갓싸 녹코 마누라 먹어봅쇼 이것셜 싱각ᄒᆞ녀 아무쵸록 ᄉᆞ라나오 쥭은 ᄉᆞ람 말을 할랴 심봉ᄉᆞ 창황 ᄌᆞᆼ의 몸을 어로 만져보니 ᄐᆡ츙ᄆᆡᆨ니 끈쳐지고 ᄆᆞᆫ신의 졀ᄆᆡᆨᄒᆞ녀 일신슈족 구더시이 쇽졀읍시 쥭어꼬나 졍신 엇질 담낙ᄒᆞ녀 푹 곡ᄉᆞ러지더니ᄆᆞᆫ 신체을 덤

〈10앞〉 벅 안꼬

【엇모리】 쥭어꼬나 쥭어꼬나 쳔하의 몹씰 ᄉᆞ람 일언 일도 ᄒᆞ넌 거요 진ᄌᆞ리

의 강보 녀식 압 못 보난 날 막찌고 젹슈 가난 ᄉ던 집을 모로난 쳬 다 바리고 쥭짠 말니 웬 말니요 악쌉다 우리 안ᄋ 슈신졔가 힝신쳬통 알뜰ᄒ고 냥존ᄒ녀 부부유별 즁한 졍과 우녀장강 화슌심을 쌈의나 다시 보며 그림ᄌ나 다시 볼쌰 냥목 불견 이ᄂ 신셰 가속의게 의틱ᄒ녀 분별읍시 지ᄂ더이 슈족 갓튼 나의 안ᄋ 쇽졀읍시 이별ᄒ니 쇼경 된 니ᄂ 신셰 의식 분별 뉘가 ᄒ며 진ᄌ리 강보 녀식 뉘 졋 먹녀 술녀 닐고 이런 놈의 몹실 팔ᄌ 쇼경 되ᄌ 상쳐ᄒ니 니ᄂ 신셰 웃지 될고 임의ᄃ로 하량니면 ᄂ몸으로 박ᄉ련문 못 쥭

〈10뒤〉 어 한니로다 그ᄃ는 날 발니고 북망손 도러가니 셰상만ᄉ 문 셔름을 아죠 닛ᄉ 쥭쌔이와 쳔지간의 몹슬 병신 어ᄃ 가 의틱ᄒ며 이 ᄌ식을 웃지할고 이러납쇼 이러납쇼

【안니리】 왈칵 이리키니 ᄉ금질ᄒ넌 놈 니러나덧 하넌고나 강보의 어린 것셔 쥭은 어미 졋슬 쌜며 응아 응아 봇치 우이 지셰 양난 심봉ᄉ 우난 ᄋ을 품의 안ᄉ

【평즁단】 아가 아가 우지 마라 네가 을마 복 이시면 어미가 쥭어시며 ᄂ가 을마 팔ᄌ 죠면 쇼경 되고 상쳐ᄒ랴 복통하녀 쏘 울면셔 이놈 념ᄂᄉ졔더라 네 아무리 귀신인들 이런 일도 한단 말리야

【안니리】 니럿텃 탄식 오구 가난 동ᄂ ᄉ람 안니 울 니 뉘 잇시랴 도화동 어진 인

〈11앞〉 심 ᄉ즁ᄒ 노쇼 업시 다 모와 긔회ᄒ고 션심으로 ᄒ난 말니 심봉ᄉ의 이리 아니 ᄎ목ᄒ뇨 원근죡쇽 졔례간의 아즙 ᄉ촌 근죡 읍고 니셩지합 부부 즁의 장셩한 ᄌ식 업고 안밍 즁의 ᄉ쳐ᄒ녀 츌상ᄒ기 극난니니 그 안니 불상ᄒ뇨 우리 동ᄂ 호슈가 사빅녀 호 ᄃ츈이니 돈돈 슈렴 노와 거두어시면 쵸상 죵ᄉ까지 푼푼할 터니 니 뜻더리 웃써ᄒ요 이럿텃 말을 ᄒ니 일시의 녀츌일구라 슈렴 노와 거둘 젹의

【엇모리】 곽시부인 인심으로 한 냥 ᄂ리 두 양 ᄂ리 두 돈 ᄂ리 한 돈 ᄂ리 남의 셥호 든 ᄉ람도 졔가 질겨 오 푼 ᄂ리

【안니리】 ᄎᆞ려로 다 거두어

〈11뒤〉 초상ᄀᆡ겨 출일 젹의 포목ᄀᆡ화 회홍ᄃᆡ 칠셩판의 쳔금지금 면무 악슈 화릐원ᄉᆞᆷ 쏙도리며 ᄃᆡᄃᆡ오랑 ᄉᆞ민 후의 쇼렴 ᄃᆡ렴 입관ᄒᆞ야 교의 힝상 ᄶᅵ녀 녹코

【셰ᄆᆞ치】 슬푸다 고ᄉᆞ당의 ᄃᆡ원 쇼ᄅᆡ 창쳔ᄒᆞ녀 녕쳔지례 녕신 불유금봉 구ᄀᆡ 식젼 죠도 일포시죠 젼젼제난 망죵 가난 ᄒᆞ직이라

【안니리】 동ᄂᆡ 힝ᄉᆞᆼ 갓싸 녹코 용두봉미 ᄎᆡ화ᄉᆞᆼᄌᆞᆼ 야쳥눈포 휘ᄌᆞᆼ 둘너 오ᄉᆡᆨ드림 불근 씌예 구름ᄎᆡ일 덥퍼 치고 츌관상 ᄶᅵ년 후의 쥬과포혜 ᄎᆞ려 녹코 녕니ᄀᆡ가 왕진유ᄐᆡᆨ ᄌᆡ건던예 영결죵쳔

【평ᄌᆞᆼ단】 씌녀 하고 나갈 젹의 요량 징징 치난 쇼ᄅᆡ 구쳔 녕혼 실푸도다 어니 가리 넘ᄎᆞ너

【안니리】 문젼의 나가랴 할 졔 상두군

〈12앞〉덜 발니 붓터 ᄶᅥ러지지 안니ᄒᆞ니 발인ᄉᆞᆫ이 ᄃᆡ경ᄒᆞ녀 ᄋᆡ고 니게 웬이리요 니게 달옴 안니라 쥭은 혼니라도 쇼경 가ᄌᆞᆼ과 유쳬 어린 녀식을 두고 죵ᄂᆡ 못 이져 넉시라도 안니 가고 니 지경이 도녀시니 심봉ᄉᆞ 어린 것 안고 나와 하직니나 망죵ᄒᆞ오 심봉사 듯ᄶᅧᆫ니ᄆᆞᆫ

【평ᄌᆞᆼ단】 ᄋᆡᄉᆞ 그게 웬 말니요 어린 것 품의 안ᄭᅩ 더듬더듬 나오면셔 ᄀᆡ막킨 셰한숨은 봉ᄂᆡ손 안ᄀᆡ로다 신쳬을 만치면셔 엇씨하녀 이리 ᄒᆞ노 못다 갑푼 원슈을 다 갑ᄌᆞ 이리 하나 그ᄃᆡ 쥭은 혼니라도 셔러 말고 어셔 가오 황쳔ᄀᆡᆨ니 되년 후의 날 싱각 씰ᄊᆡ읍ᄂᆡ 그ᄃᆡ 쥭은 넉시라도 이것슬 싱각ᄒᆞ와 귀니 되게 졈지ᄒᆞ고 멀고 먼

〈12뒤〉 황쳔길의 어셔 밧비 도러가오

【안니리】 앙쳔ᄋᆡ곡하녀 우니 ᄉᆞᆼ두군도 낙누ᄒᆞ고 동ᄂᆡ ᄉᆞ람 구경ᄒᆞ다 안니 울 니 뉘 닛스랴 그제야 ᄶᅥ러져셔 북망으로 상ᄒᆞ올 졔

【즁모리】 ᄶᅵᆼ그랑ᄶᅵᆼ그랑 ᄶᅵᆼ강ᄶᅵᆼ강 요량 쇼ᄅᆡ 구롬ᄌᆡ일 넙풋넙풋 몽풍은 ᄉᆞᆸᄉᆞᆸᄒᆞ고 셰우난 ᄌᆞᆫᄌᆞᆫ할 졔 불근 녕젼 펄넝펄넝 젹막강손 혼니 간다 어너

너허 딍그랑딍그랑 찡강찡강 쇼쇼시벽 찬 바람의 계명셩이 놉히 쪗싸 어니 가리 넘ᄎᆞ너 쳔상의 우녀셩은 일 년 일 봉 한 치 마라 뉴셰인간거불회라 어니 가리 넘ᄎᆞ너 망극ᄒᆞ다 곽시부인 강보의 어린 것과 압 못 보난 병신 가ᄌᆞᆼ 거쥬 읍시 혼져 두고 가난 길니 쳐량토다

〈13앞〉 어니 가리 넘ᄎᆞ너 가련타 심봉ᄉᆞ난 어린 것 품의 안ᄭᅩ 힝ᄉᆞᆼ쇼릐 징엄ᄒᆞ녀 쳔방디츅 싸러가며 부인 혼져 어ᄃᆡ 가오 ᄎᆞ라리 ᄂᆡ가 쥭고 부인이 ᄉᆞ라시면 이것슬 길너 효도 볼듸 그ᄃᆡ 쥭고 ᄂᆡ가 ᄉᆞ니 ᄌᆞ식 살닐 썰 니런 일도 한단 말니요

【안니리】 니렁텅 싸러가니 동ᄂᆡ 남녀노쇼 읍시 심봉ᄉᆞ의 졍싱 보고 뉘 안니 낙누ᄒᆞ리 북망ᄉᆞᆫ 다다르니 짐 모시고 구렁 ᄑᆞ셔 굿셜 지녀 하관할 졔 홍ᄃᆡ 숌장의 폐박 노와 밧쳐 들고 비난 말니

【 】 산후토 손신임ᄂᆡ 다 구버보옵쇼셔 불상한 ᄂᆞ의 안ᄋᆡ 극낙셰계 가게시리 졈지하녀 쥬압쇼셔

〈13뒤〉 속결업싸 심봉ᄉᆞ ᄃᆡ셩통곡 ᄋᆡ통ᄒᆞ며 셔른 ᄉᆡ셜 하난 쇼릐 구쳔의 ᄉᆞ못춘다

【안니리】 녕ᄌᆞᆼᄒᆞ고 들어가셔 반안싸지 편니하니 요슌 인심 이 안니야 심봉사 단니면셔 동ᄂᆡ 상ᄒᆞ노쇼 읍시 은혜 치ᄉᆞ 다한 후 죠셕을 비러다가 ᄉᆞᆼ식 후의 연명ᄒᆞ고 젹막 ᄉᆞᆼ층 빈방 안의 쳬운 편월 더진 듯시 강보 녀식 품의 안고

【진냥죠】 후유 허허 ᄂᆡ 일니냐 ᄎᆞ목ᄒᆞ게 도녀ᄭᅩ나 한슘 장탄 일곡셩의 좌불안셕 건일면셔 부억니라 드러가니 죠용ᄒᆞ기 ᄎᆞᆼ냥읍고 윗방니라 드러가니 춘바람니 니러난다 바느질 그릇도 만져 보며 멋 읍시 홀노 안져 탄식ᄒᆞ녀 우난 쇼리 일월도 슈식하고 유슈도 목밋친 듯 셕목도 함누한다 ᄉᆞᆸ풍의 셰우 쏠여 쥬루룩쥬루룩 오난 비난 심봉ᄉᆞ의 눈물리라

【즁모리】 어린 것슨 ᄇᆡ가 곱펴 응아응아 우난

〈14앞〉 쇼릐 일촌간ᄌᆞᆼ 다 녹넌다 쥭은 어미 젓 ᄎᆞᆺ노라고 쇼경 아비 헛가심의

헐근헐근 ᄒᆞ난고나 심봉ᄉᆞ 긔가 막켜 아가 아가 우지 마라 네 아무리 ᄇᆡ곱퍼도 먹던 암죽 읍셔지고 네 아무리 목 말너도 어미 쥭고 읍셔시이 목 말너도 할닐읍다 쏘닥쏘닥 ᄌᆞ근ᄌᆞ근 아무리 달ᄂᆡ녀도 목니 밧터 우난 쇼ᄅᆡ 아비 간ᄌᆞᆼ 다 셕난다

【안니리】 못 견듸게 봇ᄎᆡ오니 그즁의도 ᄋᆡ을 얼으던 거시녓다

【엇모리】 아가 아가 우지 마라 둥게둥게 우지 마라 도리도리 우지 ᄆᆞ라 셰ᄉᆞᆼ셰ᄉᆞᆼ 죠냠죠냠 우지 마라 그랴도 응아 뉘녀도 응아 안어도 응아 업싸 야야 우지 말라 ᄇᆡ곱푼냐 어미 ᄉᆡᆼ각나늬 졋 먹ᄭᅮ 시부냐 어미난 너 바리고 멀니 갓싸 가련타 심봉ᄉᆞ넌 불으넌니 마누라라

【평ᄌᆞᆼ단】 어듸 간노 어듸 간노 쇼경 된 날 발리고 부인 혼져 어ᄃᆡ 갓쇼 죽ᄉᆞᆼ누의 우던 혼ᄇᆡᆨ 이비을 보러간가 반

〈14뒤〉 야ᄉᆞᆫ 바외 틈의 슉낭ᄌᆞ을 보러 간가 슈족 ᄊᆞᆫ코 절ᄉᆞᄒᆞ던 쳑부인을 보러간가 가던 날른 잇쌘문은 다시 올 날 읍셔씨이 죽엄길니 무졍ᄒᆞ다 방안니 휘휘하녀 ᄉᆞ람니 읍셔도 부인 ᄉᆡᆼ각 날이 ᄉᆡ나 밤이 ᄉᆡ나 몸이 치워도 부인 ᄉᆡᆼ각 침침칠양냐의 붓붓 두견셩의도 부인 ᄉᆡᆼ각 뇌셩 번ᄀᆡ 셔우 즁의 바람쇼ᄅᆡ도 부인 ᄉᆡᆼ각 월즁 김셩 난의 씰녹씰녹 기러기 쇼ᄅᆡ도 부인 ᄉᆡᆼ각 헌 누덕니 니가 물어 극져거려도 부인 ᄉᆡᆼ각 거젹을 녈뜰리고 부억을 보와도 부인 ᄉᆡᆼ각 허허허허허 헛우심 슷ᄐᆡ도 부인 ᄉᆡᆼ각 아무랴먼 오죡할냐 목져비도 쪵겅쪵겅 냥숀의 칼을 들고 얼ᄉᆞ절ᄉᆞ 츔도 츄며 공년니 박긔 나와 어졍어졍 이웃집의 도러가셔 우리 마누라 녀긔 왓쑈 아무리 ᄎᆞ져본들 죽은 ᄉᆞ람 잇씰

〈15앞〉 숀냐 일낙셔ᄉᆞᆫ ᄒᆡ 져무러진ᄃᆡ 눌과 함ᄭᅴ 말을 ᄒᆞ며 동지ᄌᆞᆼ냐 질고 진 밤의 잠은 뉘라 가져 갓노 고분지통 실피 울 졔 집고 집푼 슈심 즁의 어린 것션 ᄌᆞ덜 안코 죽은 어미 졋 ᄎᆞ노라고 쇼경 아비 헛가심ᄋᆡ 입을 ᄃᆡ고 헐근헐근 더듬더듬 문지르며 ᄇᆡ고퍼 우난 쇼ᄅᆡ ᄉᆡᆼᄉᆞ람니 다 죽쌘네 아가 아가 우지 마라 우넌 너도 불상ᄒᆞ고 못 머기난 나난 긔절ᄒᆞ여 ᄂᆞ 죽것싸 얼린 것 우난 쇼ᄅᆡ 좀잘 긔약 망년ᄒᆞ고 신세된 일 ᄉᆡᆼ각ᄒᆞ니 긔가 막켜 나

죽샌네

【안니리】 즈른 밤 질게 소여 그 니튼날 편명시예 강보 녀식 품의 안고 동닉 아기 나은 부인 젼의 추져가셔 읻걸ᄒᆞ녀 비난 말니

【평즁단】 비난니다 비난니다 부인 젼의 강보의 니 어린 것 셰숭니라 싱겨나셔 진즈리의 어미 죽고 빋고펴 우난 쇼릐 추무 듯기 치

〈15뒤〉 근ᄒᆞ와 황숑ᄒᆞ온 이 말솜을 부인 젼의 녓즈오이 웃지 아지 마옵시고 딕 아기 머기난 젓슬 덜 머기고 니거슬 먹녀 쥬오면 화린젹덕니 안니요 제발 덕분 젹션ᄒᆞ오

【안니리】 니럿텃 읻걸ᄒᆞ니 뉘 안니 낙누ᄒᆞ며 안니 울 니 뉘 잇시랴 그 아의 달누여셔 나넌 젓슬 실컷 먹녀 심봉ᄉᆞ 닉녀 쥬며 감격함을 싱각 말고 죵죵 와셔 먹녀 가오 심봉ᄉᆞ 감츅ᄒᆞ녀 난망지은 치ᄉᆞ로다 녀러 집을 졍ᄒᆞ녀 두고 추려로 젓슬 어더먹일 젹의

【진즁단】 집으로 가 못 먹니면 우물 길노 추져가고 거긔 가 못 먹니면 들 밧트로 추져가고 거긔 가 못 먹니면 방아싼으로 추져가고

【안니리】 불피풍우 밤낫 읍시 믿닐 젓실 흔니 비러 빋부르게 먹녀노니 술 올으고 슈니 약어 녁신초녁 고니ᄒᆞ고 난쵸갓치 슌니 즈라

〈16앞〉 년화갓치 부셩ᄒᆞ니

【엇모리】 ᄉᆞ람곳 얼는ᄒᆞ면 업치거니 뒤치거니 터덕터덕 노넌 냥 쌩긋 쌩긋 웃넌 양을 압 어둔 심봉ᄉᆞ 살펴보던 못 ᄒᆞ녀도 터덕터덕 노넌 즈쵀 귀로 듯고 반기녀셔 셤마둥둥 닉 쌀니아 진즈리의 어미 죽고 쇽졀읍시 죽을 닉 쌀 쳔명으로 ᄉᆞ러시니 신긔할숀 닉 쌀니아 간간한 졍 닉 쌀이아 술뜰할숀 닉 쌀니아 금은진보 냐광쥰들 ᄉᆞ랑ᄒᆞ기 너 갓트며 쥰쥬옥픠 밀화불슈 딕무산호 진향인들 ᄉᆞ랑ᄒᆞ기 너 갓트랴 도리도리 지게지게 죠냠죠냠 달강달강 너의 어머니 ᄉᆞ러시면 이런 직롱 갓치 안져 보랸문은 어미 죽고 나넌 ᄉᆞ니 싱각ᄒᆞ면 원통ᄒᆞ다

【안니리】 일년 잇히 얼는 지나 무졍셰월 양유픠라 어닉덧시 숨년 되이

쥭은 안이 쇼딕승을 물유 읍시 지닌 후의 그렁

〈16뒤〉 져렁 아희 ᄌ라 졍신니 춍명ᄒ고 마옴니 녕민ᄒ녀 심쳥니라 이름 짓고 십셰가 도녀가니 실겁도 쇼견 잇셔

【평중단】 져의 부친 츌입ᄒ면 집핑니도 어더 쥬고 슈죡도 쥬무루며 갈녀온 딕 글거 쥬고 옷싀 이도 잡어 쥬고 물 심불음 불 심부름 걱졍 읍시 다ᄒ면셔 압희 안져 도란도란 존싀숄니 비상ᄒ니 심봉사 안히 쥭고 녀광여취ᄒ던 마옴 심쳥니로 시름 풀 졔 셰월니 녀류ᄒ녀 심쳥 나니 십오셰라 위친지심 극진ᄒ고 인의화슌 덕니 말거 고금쳔지 금셰승의 이런 아희 쏘 닌넌가

【안니리】 니렁텃 지ᄂ가되 셩셰가 쳘빈니라 심봉ᄉ 안밍 즁의 죠셕 비러다 연명ᄒ니 엇지 안니 갈년ᄒ랴 하로난 심쳥니가 부친씌 녓ᄶ오되 아바님 들으 쇼셔 효녀

〈17앞〉 나히 십오 셰라 다 큰 ᄌ식 집의 두고 아바님니 폐안 즁의 밥 으드러 단니시어 극히 황숑도 ᄒ거이와 남니 날을 숭볼 터오니 니졔난 그리 마옵고 집의 안져 졔옵시면 효녀가 밥을 비러 양씌 봉친ᄒ오리다 네 말은 긔특ᄒ나 쇼학의 ᄒ녀시되 남녀 칠셰면 부동셕니라 ᄒ녀씨니 양반의 녀ᄌ로 셔 번아한 딕로변의 어딕을 갈가보냐 상읍신 말 닉도 마라 심쳥니 극진한 씃 죠흔 말노 녓ᄶ오딕 위친공경할야 하오면 양반닌들 광겨ᄒ오며 아바님을 싱각ᄒ오면 념쳬을 보오리싸 녕닌간쳥 익원지심 빅 번니나 위로ᄒ고 밥을 빌너 나간다

【평중단】 엄동셜한 뵈 쇽땟셰 짓만 나문 헌 져구리 다 써러진 힝ᄌ치마 알발의 집신 신소 박쪽 ᄒ나 녑희 씨고 동지뇹령 쇼

〈17뒤〉 딕한의 몹쓸 악풍 들니불고 빅셜니 펄펄 헌날일 졔 양지을 으지ᄒ녀 남북쵼 동셔리을 거쥬 읍시 ᄎ져갈 졔 마음니 쳥간 되고 념쳬가 ᄌ심하녀 이 문의 가 졉븟졉붓 져 문의 가 디웃디웃 시문의 누은 기난 컹컹 짓고 닉다르 니 심쳥니 어린 마음 긔싀ᄒ녀 벌벌 쩔며 안목으로 기을 쏫고 간신니 드러가셔 아쥬 알뜰 어린 말노 밥 한 슐 죤 닐 ᄒ오 쇼경 부친 혼져 두고 밥을 빌너

왓ᄉᆞ오니 각씨 한 슐 덜 잡숩고 십시일반 글념ᄒᆞ오면 부친 공경ᄒᆞ겟네다 이럿텃 ᄋᆡ걸할 졔 동네 즁의 괴한 계집 독술시럽고 인졍읍셔 사람을 몰너보고 함박 쬬빡 드지며 너의 아버니 심밍인도 사을 걸너 단니면셔 오면 먹고 바더 가더이 너야 몬너니 ᄃᆡ치 나 무슌 신셰 지녀노

〈18앞〉 라 일싱 밥을 달나너야 구박 츌숑 쬬쳐ᄂᆡ니

【안니리】 가련타 심쳥니 쥭구 읍난 어머니을 거쥬 읍시 불으면셔 어쥴 업시 벌벌 썰 졔 동네 즁의 측한 부인 심쳥의 숀을 잡고 날니 ᄎᆞ다 드러가ᄌᆞ 심쳥을 니ᄭᅳ러 방의 안치고 어안을 시긴 후의 네 부ᄃᆡ 죵죵 오라 ᄒᆞ며 밥과 반찬을 만니 쥬니 심쳥니 황공ᄒᆞ녀 난망지은 치ᄉᆞᄒᆞ고

【평죵단】 집으로 도러올 졔 황녕의 츈비 비쳔 젹젹니 어두어ᄉᆞᆫ 셔산 ᄂᆡ길 풍셜 즁의 거쥬 읍시 오난 거동 반냐ᄉᆞᆫ 부모 이별 슉낭ᄌᆞ 모냥니라 진동한동 밧비 올 졔

【안니리】 가련타 심봉ᄉᆞ 휑텡한 빈방 안의 시름읍시 홀노 안져 심쳥만 불너 운다

【진냥죠】 다든 문만 씩색 아가 심쳥니 네 왓너야 니런 년니 워딧시리 ᄂᆡ 말을 듯지 안코 졔 고집으로 하니 그런 도리가 워딧

〈18뒤〉 실고 심쳥니 오너야

【안니리】 걱졍을 무슈니 할 졔 박긔 ᄉᆞ람 쇼ᄅᆡ 나니 거 누구요 ᄂᆡ요 오날니 어두록 도녀쇼 ᄒᆡ 다 갓쇼 허허 니런 변이 어니 씰고 웬 걱졍을 그리 ᄒᆞ오 우리 ᄋᆡ 심쳥니가 오날갓치 치운 날의 입운 것도 박측한ᄃᆡ 발도 벗고 나가더니 입씨가지 안니 오니 아마 어러 쥭엇나 보 ᄋᆡ고 짝ᄒᆞ녀라 칩기가 억쳑닌ᄃᆡ 말도녀쑈 심봉ᄉᆞ 낙담ᄒᆞ녀 쌀 ᄎᆞ져 나간다

【평죵단】 헌 바지 헌 져구리 노닥노닥 누빈 버션 굼치 읍난 집신 쌜고 집팡 막ᄃᆡ 더듬더듬 쳔방지방 나가며 심쳥니 오너냐 이웃 ᄀᆡ문 컹컹 지져도 ᄂᆡ 쏠 심쳥 네 오너야 ᄉᆡ만 풀루루 날너가도 ᄂᆡ 쌀 심쳥 네 오너야 박측한 어린 거시 독한 풍셜 송의 뉘집 문의 비켜 셔셔 언 숀 불며 단니너야 허룬산

북풍ᄒᆞᆫ의 몸니 어러 못

〈19앞〉 오너야 오날갓치 치운 날의 발도 벗고 벌벌 썰며 밥 으드러 단니너양 보ᄌᆞ 나도 눈의 암암 집집마다 ᄎᆞ져가셔 지셩으로 밥 달나고 ᄋᆡ원지심 비난 쇼릐 듯ᄌᆞ 나도 귀예 징징 아비 간ᄌᆞᆼ 셕니지 말고 어셔 밧비 네 오너라

【안니리】 졍신읍시 나가다 바람의 에후리쳐 셜승의 미ᄭᅳ러져 집푼 구렁 눈니 몰녀 길갓치 ᄊᆞ엿난 ᄃᆡ 눈 쇽의 걱ᄭᅮ로 박켜 ᄯᅥᆨ가루의 져ᄶᅡ락 ᄲᅡ지덧 화루불의 굼벙이 ᄲᅡ지덧 후긔 읍시 ᄲᅡ져노니 긔녀 날 길 전녀 읍ᄊᆞ 흔 의복의 물리 드러 ᄲᆡᆺᄲᆡᆺ 어러 죽ᄭᅦ 되이 가련 신셰 심봉ᄉᆞ 불의예 변을 ᄆᆞᆫ나 명ᄌᆡ경ᄀᆡᆨ 도녀ᄯᅥ니

【우쥬】 녕보ᄉᆞᆫ 몽은암의 셩불화싱 닌도ᄃᆡᄉᆞ 금광문 진을 녈어 심핑규 구ᄒᆞ시랴 우ᄒᆞ장임 ᄒᆞ단 말가 ᄇᆡᆨ포ᄌᆞᆼ삼의 쳥

〈19뒤〉 숑낙 ᄇᆡ운가ᄉᆞ 두러 메고 셔냥 운무 즁의 비 마진 졔비갓치 ᄌᆞᆼ솜 쇼ᄆᆡ 썰썰리며 노장 ᄉᆞᆫ유화로 나무아미타불 이리로 썰썰 져리로 썰썰 흔들흔들 희희 흔들흔들 거러 나려오다

【안니리】 심봉ᄉᆞ의 급한 신셰을 지체 읍시 달녀들어 심봉ᄉᆞ을 구ᄒᆞ니라 반싱반ᄉᆞ 심봉ᄉᆞ가 포복지셩으로 탄식한다

【평ᄌᆞᆼ단】 억죠창싱 만민 즁의 슈다 병신 일을진ᄃᆡ 귀머거리 셜싸 ᄒᆞ녀도 쳔지일월 분명ᄒᆞ고 안진방니 셜싸 ᄒᆞ되 죠은 음식 아러 먹고 벙어리가 셜싸 ᄒᆞ녀도 부모 동싱 쳐ᄌᆞ 권쇽 얼골은 아러 보고 곰ᄇᆡ팔니 셜싸 ᄒᆞ녀도 집푼 듸난 아러 보고 절ᄯᅮᆨ발니 셜싸 ᄒᆞ녀도 길른 알어 단니건ᄆᆞᆫ언 니 모냥을 보옵쇼셔 부모 동싱 처ᄌᆞ 얼골을 엇지 아러 보며 금은옥ᄇᆡᆨ 죠은 음식 압

〈20앞〉 희 갓득 노녀씬들 쥬ᄌᆞ는 젼의 엇지 알며 집고 얏튼 험한 길을 도모지 몰너보고 밤즁갓치 지나가니 셰상의 셜른 병신 쇼경박긔 ᄯᅩ 잇넌가

【안니리】 노승 왈 봉ᄉᆞ임 죤호을 뉘라 ᄒᆞ시며 남녀간 ᄌᆞ식은 몃치나 되오며 츈츄가 몃치나 되오며 어ᄃᆡ을 가시다 그리ᄒᆞ녀쑈 ᄂᆡ 셩명은 심핑규요 ᄌᆞ식니라 ᄒᆞ넌 거시 남녀간의 무ᄌᆞᄒᆞ다 년ᄌᆞᆼ ᄉᆞ십의 쳣 ᄌᆞ식을 무남독녀 ᄯᆞᆯ을 낙코

진ᄌᆞ리의 어미 쥭고 어미 읍난 ᄯᆞᆯ을 질너 십오 셰가 도녓난ᄃᆡ ᄂᆡ 셩셰 가는ᄒᆞ녀 밥 어드러 나가더니 죵일토록 안니 오기예 ᄯᆞᆯ ᄎᆞ져 나가다 셜녕의 믹씨러져 거의 쥭게 도녀쎠니 홀년니 셩인 만나 쥭을 닌싱 솔녀쥬오니 니 은혀난 빅쓸난 망니오니 읏지 ᄂᆡᄂᆡ 갑ᄉᆞ

〈20뒤〉 오며 뷔시라 ᄒᆞ난이가 쇼승은 녕보ᄉᆞᆫ 몽은암 즁으로 부쳐임 명을 바더 남악으로 업ᄉᆞᆫ터니 봉ᄉᆞ임 상을 보오니 구격니 잇숩난ᄃᆡ 고싱ᄒᆞ기 쳔문의요 심봉사 허허 웃고 녀보 구격 닛시면 글얼 씰 잇쇼 솜십의 폐안ᄒᆞ고 ᄉᆞ십의 상쳐할 졔 셩셰 ᄯᅩ한 가난하녀 싱불녀ᄉᆞ오니 구격 닛난 얼골 고싱도 그러하오 져 즁니 ᄃᆡ답ᄒᆞ되 고싱을 한치 말고 우리 졀 붓쳐임게 고냥미 솜빅 셕을 지셩으로 시쥬 감은 눈을 발게 ᄯᅳ고 죤귀한 몸니 되오리다 심봉ᄉᆞ 식게 뭇고

【평즁단】 녀보 션ᄉᆞ 들으시요 젹슈공권 가난 즁의 쌀 솜빅 셕 어ᄃᆡ셔 나며 쌀 솜빅 셕 시쥬한들 쇼경 된 눈 읏찌 ᄯᅳ며 쇼경 된 눈 ᄯᅳᆫ다기로 고싱 즁의 나니 마너 슈이 쥭을 인싱의게 무슌 귀함니 잇스리오

【안니리】 그넌 날과 농언이오 고싱함을 싱각 말고 쇼승 말을

〈21앞〉 드르시면 한씨 안니 잇ᄉᆞ리가 심봉사 싱각ᄒᆞ되 셔가셰쥬 도승인가 ᄒᆞ고 권션을 ᄂᆡ라 ᄒᆞ녀 솜빅 셕을 긔록하고 ᄎᆞᆺ질 날 한졍ᄒᆞ녀 졀싼ᄒᆞ여 보ᄂᆡᆫ 후의 심봉ᄉᆞ 셩셰을 싱각ᄒᆞ고 다시금 ᄋᆡ탄ᄒᆞ되

【진냥죠】 션쇼빅셜 니ᄂᆡ 몸니 일 푼젼니 변통 읍셔 동셔 구걸하난 셩셰 쌀 삼빅 셕 어 잇시리 부쳐님을 쇽녀시이 나 죽어 구쳔의 가도 금ᄉᆞ망을 무릅씨고 눈먼 구렁니 되리로다

【안니리】 잇ᄯᆡ의 심쳥니난 밥을 으더 가지고 부친 공경하랴 ᄒᆞ고

【평즁단】 진동한동 밧비 와셔 부친 얼골 한듸 ᄃᆡ고 치운 방 촌 자리의 한긔가 오쥭ᄒᆞ오며 불쵸한 몹슬 녀식 밥 빌너 가 더듸 오니 오쥭 시장ᄒᆞ오리ᄭᅡ

【안니리】 심봉ᄉᆞ 반식하며

〈21뒤〉 ᄯᆞᆯ을 좁고 ᄋᆡ탄하되 오날갓치 치운 날의 어ᄃᆡ 갓다 이졔 왓너야

셜즁의 발도 벗고 죵닐토록 안니 오니 쥭은 쥴 알어쎠니 ᄉᆞ러오니 다힝니나 ᄂᆡ가 너을 ᄎᆞ져가다 집푼 구렁의 흠셕 ᄲᅡ져 너도 다시 못 보고 쥭을 지경 도녀쎠니 몽은ᄉᆞ 화쥬 만나 쥭을 목심 ᄉᆞ러씨나 큰 걱졍을 당ᄒᆞ녀ᄶᅡ 심쳥니 압희 안져 지셩으로 문난 말니 무ᄉᆞᆷ 걱졍을 당ᄒᆞ녓쑈 몽은암 ᄃᆡᄉᆞ 즁니 날을 구ᄒᆞ녀 술닌 후의 ᄂᆡ 상의 귀격 잇싸 ᄒᆞ며 쏠 삼ᄇᆡᆨ 셕 시쥬ᄒᆞ면 ᄂᆡ 눈을 활ᄶᅡᆨ 쓰고 죤귀한 몸니 되리라 하며 부도독 권ᄒᆞ기로 권션의 긔록ᄒᆞ녀쎠니 십 닐 한졍ᄒᆞ고 가며 ᄉᆞᆷ ᄇᆡᆨ셕을 ᄎᆞ지리라 ᄒᆞ니 이런 걱졍 또 닛난야 아버님 걱졍 마오 셰숭의 흔한 거시 모도다 쏠이오니 구ᄒᆞ기

〈22앞〉 어렵ᄉᆞ오며 셜마 변통 못 하오리가 념녀치 마옵시고 진지나 잡슈시요 되지 못한 말리로다

【평중단】 셰상의 쏠니 만타기로 뉘가 ᄂᆞ을 쏠을 쥬며 또한 셩셰 가난ᄒᆞ녀 죠셕니 날니한ᄃᆡ 어ᄃᆡ셔 날리라고 헛된 말을 네 ᄒᆞ너야 화쥬즁 도러와 시쥬쏠 달나 ᄒᆞ면 이을 웃지 ᄒᆞ잔 말니냐 나넌 ᄉᆞ러 씰ᄶᅵ읍싸

【안니리】 ᄎᆞ라리 쥭넌니문 갓지 못ᄒᆞ도다 ᄌᆞ결코져 졀ᄶᅡᆫᄒᆞ니 심쳥니 ᄃᆡ경ᄒᆞ녀 아버니 진졍하오 니 몹실 녀식이오나 부친 병은 못 고치오나 쏠 ᄉᆞᆷ ᄇᆡᆨ셕 못 구할가 츄호도 념여치 마옵고 진지나 잡슈시요 어든 밥 다시 더 부친 공경 극진ᄒᆞ니 심봉ᄉᆞ ᄃᆡ희하녀 그 밥을 감식ᄒᆞ고 식곤 즁 누어 줄 졔 심쳥니 죠은 말노 부친을 위로ᄒᆞ나 ᄉᆞᆷᄇᆡᆨ 셕 날 곳 읍셔 쇽으로 걱졍

〈22뒤〉 타가 후원을 졍니 씰고 닐쳑관을 정니 뭇고 졍한 ᄇᆡ셕 펴년 후의 모욕ᄌᆞ겨 ᄉᆡ 옷 입고 졍한슈 지러다가 단 우의 올닌 후의 북향ᄉᆞᄇᆡ 츅원ᄒᆞ되

【진냥죠】 쳔지일월 ᄐᆡ극셩신 죠림ᄒᆞ감ᄒᆞ옵쇼셔 쳔강ᄒᆞ민ᄒᆞ셔 ᄌᆞ지군 상지ᄉᆞᄒᆞ시니 유왈 기죠상졔라 고로 만물지즁의 유인이 쵸귀ᄒᆞ니 부ᄌᆞ유친은 오륜의 웃뜸니라 부녀싱아ᄒᆞ고 모혀국아ᄒᆞ니 욕보지덕니요 호쳔망극니라 불쵸녀 심쳥 신이 죠고마한 졍셩으로 병친을 위로ᄒᆞ와 고양미 ᄉᆞᆷᄇᆡᆨ 셕을 몸으로 ᄃᆡ신ᄒᆞ오니 고궐셩공ᄒᆞ옵ᄉᆡ을 쳔문복츅ᄒᆞ난니다

【안니리】 졍셩으로 비난 쇼ᄅᆡ 악호라도 물너가고 무쇠라도 녹쎄 되니 명쳔

인덜 몰을쇼냐 잇씨난 공교한 닐리 잇시되

〈23앞〉 그 압흔 심냥이라

【평중단】 왕닉ᄒ난 나로션과 츌닙하난 어망션과 흥니하난 송고더리 북경 장ᄉ 죵죵 할 제

【안니리】 남경으로 가난 ᄇᆡ난 니슈을 지나가면 인당포란 셤니 잇셔 흘썻ᄒ면 표풍ᄒ고 엿ᄎ하면 파션하여 치가 무슈한직 쇼 ᄌ버 졔숙ᄒ고 고ᄉ을 극진ᄒ녀 무ᄉ이 왕닉키로 상고션인 각셩인니 모욕ᄌ긔 졍니ᄒ고 물가의 농신졔와 졔문 지녀 빅닐순졔 쥬야로 졍셩하니 쳔신이 감동ᄒ녀 크게 뇌여 일론 말솜

【평중단】 너의 녀러 상고더리 다 각기 ᄇᆡ을 ᄎ려 쌀과 돈을 만니 싯고 각기 졍셩 단니면셔 아무 집 쳐ᄌ릐도 효심니 츌쳔하고 인물니 츌즁ᄒ며 십오 셰 먹은 쳐ᄌ 즁갑 쥬고 ᄉ다 인당포의 졍셩들녀 졔슉으로 들니오면

〈23뒤〉 힝보마다 픠가 읍고 십만 냥 퇴을 닉리라

【안니리】 녁녁키 이르거날 상고션인 동ᄉ지여 송션 시션 당도리며 칙션 즁션 독ᄃᆡ션의 쌀과 돈을 만니 싯고 십오 셰 머근 쳐ᄌ 즁갑 쥬고 ᄉ랴 ᄒ고 슈다한 ᄇᆡ 발션ᄒ녀 포구마도 단닐 제 ᄉᆡ로 모은 원고션은 양 돗쳘 츅켜 달고 도화동 압희 드러와셔 닷 쥬고 돗츨 녹코 셕 ᄌ버 션 년후의 상고션인 닉려와셔 도화동을 지나가며

【평중단】 크게 외녀 일론 말니 아무 집 쳐ᄌ라도 십오 셰 먹은 쳐ᄌ 졔시거던 즁갑을 쥴 거시니 인당포의 졔슉으로 몸 팔일 리 뉘 잇심나

【안니리】 ᄃᆡ호일셩 크게 외니 슈다 범닌은 닝쇼ᄒ되 심쳥의 극진한 뜻 쏠 솜빅 셕 시쥬ᄒ고 쇼경 부친 눈 씌우랴 쥬야 복념ᄒ던 ᄎ의 반기 듯고 썩 나셔며 녀보시요 상고임닉 몸언 용녈ᄒ나 나을 ᄉ씨랴시요 상고

〈24앞〉 더리 이 말 듯고 심낭ᄌ을 셰송인물 안이로다 션용니 져러한직 필경의 션아로셔 상졔씌 득죄ᄒ고 젹ᄒ인간 하녓난가 션인덜니 의심ᄒ고 낭ᄌ의 즁ᄒ신 몸 무신 셔롬 즁ᄒ관ᄃᆡ ᄉ지의 몸 팔니랴 ᄒ오 심낭ᄌ 니른

말니 명쳔니 ᄉᆞ람 ᄂᆡᆯ 졔 별노 후박니 읍샌만은 우리 부친 안ᄆᆡᆼᄒᆞ녀 쥬냐ᄌᆞᆼ쳔 구난 니릐 부쳐임니 ᄒᆞ감하셔 ᄊᆞᆯ ᄉᆞᆷᄇᆡᆨ 셕 시쥬ᄒᆞ면 부친 눈을 쓰리라 ᄒᆞ되 젹슈공권 가난 즁의 ᄊᆞᆯ ᄉᆞᆷᄇᆡᆨ 셕 할 슈 읍셔 몸 팔기을 원ᄒᆞ오니 졍미로 ᄉᆞᆷᄇᆡᆨ 셕의 나을 부ᄃᆡ ᄉᆞ 가시요 션인덜 탄복ᄒᆞ며

【평ᄌᆞᆼ단】 낭ᄌᆞ가 위친ᄒᆞ녀 쥭씨로쎠 졀싼하니 고집한 그 마음은 슈양ᄉᆞᆫ 발근 달니 심즁의 빗치녓고 츄상 갓턴 놉푼 졀니 금셕을 갓투하니

〈24뒤〉 낭ᄌᆞ의 ᄎᆞᆨ한 쇼힝 녀심ᄒᆡ지무궁니라 명쳔닌들 모로시며 ᄒᆡ슈직ᄒᆞ 말니심의 용왕인들 모로잇싸

【안니리】 ᄉᆞᆷᄇᆡᆨ 셕의 가졀ᄒᆞ고 ᄊᆞᆯ 오십 셕 돈 ᄇᆡᆨ 냥은 싸로 션물ᄒᆞ넌 거시니 낭ᄌᆞ 몸니 팔녀 가면 다시 못 볼 부친니니 한ᄶᆡ 위친ᄒᆞ옵시고 츄칠월 긔망일은 발션ᄒᆞ난 날니오니 보실 일 미심 읍시 다 보시고 가게 ᄒᆞ오 부ᄃᆡ 그리 아옵쇼셔 션인덜 간 연후의 몽은ᄃᆡ사 즁은 왓노라고 인ᄉᆞᄒᆞ니 심낭ᄌᆞ ᄉᆡᆼ각ᄒᆞ되 부친을 알녀셔난 ᄃᆡᄉᆞ 셩공 못 할 텐직 ᄂᆡ긔 읍시 박긔 나와 ᄊᆞᆯ ᄉᆞᆷᄇᆡᆨ 셕 ᄂᆡ여쥬며 졍셩으로 츅원ᄒᆞ녀 부친 눈을 쓰게 하오 셔가셰죤 말근 덕니 젹션함니 읏뜸니라 셜마 어련ᄒᆞ오리싸 즁니 도러간 년후의 갈 날니 머ᄌᆞ느니 부친 공

〈25앞〉 경 망죵할 졔

【엇모리】 어ᄎᆞᆫ 육미 가진 ᄎᆡ슈 갓츄갓츄 ᄌᆞᆼ문하녀 부친 압희 갓싸 녹코 ᄋᆡ졍 잇게 권ᄒᆞ오니 심봉ᄉᆞ ᄃᆡ희ᄒᆞ녀 이것 먹고 져것 먹고

【안니리】 놀ᄂᆡ 녀론 말니 죠셕니 어려온ᄃᆡ 쥬육진ᄎᆞᆫ 웬니리냐 근본니나 알고 먹ᄌᆞ 심쳥니 녓ᄌᆞ오ᄃᆡ 동네 녀러 부인더리 쇼녀을 귀 녀겨 젼미을 ᄆᆞᆫ니 쥬기예 한ᄶᆡ 반ᄎᆞᆫᄒᆞ녓ᄂᆡ다 근본니 그 부인덜이 인심니 거록하녀 너을 구이 알어ᄉᆞᆺ나 막ᄃᆡ한 은혀로다

【즁모리】 심쳥이 극진한 뜻 부친 의복 장만할 졔 봄 ᄎᆞ렵 녀름 홋것 갈ᄎᆞ렵 졉것시며 즁의 젹ᄉᆞᆷ 핫옷 일십 두셰 벌식 장문ᄒᆞ녀 졔ᄎᆞ 익게 너어두고 씨던 셰간 숀그릇덜 윗목으로 미러 녹

〈25뒤〉 코 부친 입던 흔 의복과 보던 ᄎᆡᆨ 고문진보 ᄊᆞ곡 ᄊᆞ 집피 녁코

부친의 머리맛틔 쏨지예 담ᄇᆡ 너 ᄃᆡ와 갓치 노와두고 화루의 불을 뭇더 그 젓틔 노년 후의 큰 그릇싀 물을 쎠다 ᄒᆞᆫ편 녑희 고니 녹코 ᄌᆞ넌 부친 압희 안져 명일니면 쎠날 터니 우리 부친 날을 일코 의식 분별 웃지 할고 ᄎᆞ마 니별 못 ᄒᆞ겟네 이별마다 셜짜 하되 우리 부녀 니별이야 고금천지 쏘 잇시랴 ᄌᆞ넌 부친 보고 보고 신은 버션 벽겨 ᄂᆡ녀 볼을 바더 감치면셔 우리 아버니 나을 질너 무슌 쇼도 볼야시고 밤낫읍시 이 집 져 집 더듬더듬 단니면셔 동냥젓 어더먹녀 날을 질너 죠훈할 졔 ᄋᆞ의녹쥭 열녀젼의 ᄎᆞᆨ한 뜻 가르치며 오ᄆᆡ불망 어진 말노 당부ᄒᆞ시던 우리 부친 어늬 셰상

〈26앞〉 의 만너보리 일낙은 함지ᄒᆞ고 동녁희 월ᄉᆞᆼ하니 강원 요젹하고 쵹ᄇᆡᆨ 셩은 ᄭᅳᆫ어지니 만뇌구젹니라 ᄉᆞ경니 거의로다 부친은 집히 ᄌᆞ고 ᄌᆞᆷ 읍난 심낭ᄌᆞ난 시름읍시 홀노 안져 쎠날 날을 ᄉᆡᆼ각ᄒᆞ니 ᄉᆡ넌 날니 갈 날이라 마옴니 슈란하고 흉즁이 ᄌᆞ로 막켜 ᄒᆞ념읍시 든난 눈물 ᄌᆞ로 흘너 옷시 젓ᄂᆡ 니읍고 밤니 집퍼 원촌의 닭니 ᄭᅴ규요 우니 심낭ᄌᆞ 쇼쇼리쳐 밤은 아직 머럿난ᄃᆡ 달기 웬 닭긴가 ᄆᆡᆼᄉᆞᆼ군 집 갑가온가 문얼 녈고 박긔 나와 셔식을 안관ᄒᆞ니 은ᄒᆞ슈 지우러지고 북두칠셩 도러션ᄂᆡ 셔봉의 월류ᄌᆡ난 동녁희셩함명니라 날리 거의 발게 되니 히ᄉᆞᆼ의 쎤난 ᄇᆡ난 날 ᄉᆡ면 쎠나랴고 고ᄉᆞᄒᆞ난 북쇼ᄅᆡ난 일촌간ᄌᆞᆼ 다 녹넌다

【안니리】 가련타 심낭ᄌᆞ난 혼비즁쳔 넉시읍

〈26뒤〉 셔 망극쳔지ᄒᆞ되 일신심니 부친이라 갈 밧긔 할일읍셔 압침 진지 급히 ᄎᆞ려 부친 공경 망죵ᄒᆞ고 인하녀 ᄒᆞ직ᄒᆞ되 부친의 쇼ᄆᆡ 아버임 날을 보오 망죵 ᄒᆞ직ᄒᆞ넌니다 녀식니 션인의게 즁갑 밧고 몸을 팔녀 한졍한 날 오날니요 고양미 ᄉᆞᆷᄇᆡᆨ 셕은 불당을오 올녀ᄉᆞ오니 녕신이 하감ᄒᆞ옵신덜 셜마 눈을 못 쓰리가 불쵸녀식 ᄉᆡᆼ각 마옵고 아무쬬록 쉬실ᄒᆞ녀 두 눈니 슈니 발거 번아한 쳔지일월 보던 순쳔 다시 보고 만슈무강ᄒᆞ옵쇼셔 이 말을 맛치면셔 일ᄌᆞᆼ을 통곡ᄒᆞ니

【엇모리】 심봉ᄉᆞ 긔가 막켜 ᄋᆡ고 ᄂᆡ 짤 심쳥아 니것시 웬 말인냐 네가

나을 쇼겨쇠나 숑고의게 몸니 팔녀 네가 쥭으러 간단 말니야 미욱한 년 심쳥아 늬가 너을 일커 더면 쵸롱갓치 박던 눈도

〈27앞〉 상명지통 어두울 씨 쇼경 된 눈 뜰 듯ᄒᆞ냐 니 몹실 쇼경 아비 눈 씌울 싱각 말고 늬 싱젼의 공경ᄒᆞ다 나 쥭재던 네 숀으로 녕즁니나 ᄒᆞ녀 다고 늬가 너을 일커더면 몸니 압퍼 누어씨나 빈가 곱퍼 누엇신덜 원미 한 씨 물 한 머검 뉘가 날을 위로ᄒᆞ며 너 쥭고 늬가 술면 그 신셰난 웃지 되며 쇼경 된 이늬 신셰 쥬야증탄 너 부루다 병니 나면 쥭을 재요 쥭은 빅골 허녀진 덜 무더 쥬 리 뉘 잇스리 동늬 으른 남녀간의 늬 말심을 드러보오 늬 신셰을 싱각ᄒᆞ면 숨십의 폐안ᄒᆞ고 ᄉᆞ십의 상쳐할 졔 문암독녀 져을 낫코 진ᄌᆞ리의 ᄉᆞᆫ모 쥭고 강보의 ᄊᆞ인 것슬 품의 씌려 안고 젓절 비러 질을 젹의 그 경셩니 오쪽ᄒᆞ오 진ᄌᆞ리 말녀 뉘고 틔단 독경 졍풍 역신 죤쥬럽 다

〈27뒤〉 뜰어셔 심쳥 나히 십오 셴듸 늬 눈갓치 즁니 알고 틔산갓치 밋어더니 쇼경 아비 눈 씌우랴 숑고의계 몸이 펄녀 졔슉으로 쥭으러 가니 일언 일도 보왓쇼 늬 쌀 심쳥 네 들으라 늬가 너을 질너 닐 졔 밤낫즈로 안ᄉᆡ 누어 엄마 압빠 하고 놀졔 만셔롬을 니져ᄉᆡ나 허숑셰월 지닐 씨예 그 풍승니 웃더ᄒᆞ며 십셰가 너머 가니 빅ᄉᆞ을 너믄 밋고 시름읍신 ᄉᆞ람으로 나 혼져 짓뿐 마옴 죻늬 길거하녀쩌니 싱목심을 쓴으랴고 니런 일을 ᄒᆞ녓나냐 인당슈 집흔 물의 너고 나고 갓치 쥭ᄌᆞ 니놈 남경상고더라 너의 졸 되ᄌᆞ 하고 남을 쥭니러 든단 말니야 ᄋᆡ구 하더니 모두거리 근드박질 긔식하녀 말 못 ᄒᆞ니 심쳥니 달녀드러 부친을 고니 모셔 방의 편니 눕

〈28앞〉 게 ᄒᆞ고

【안니리】 물도 쪄다 입의 넉코 슈쪽도 쥬모르고 졍신을 통한 후의 구녜 듸고 가만가만 녓ᄍᆞ오듸 아버임 진졍ᄒᆞ오 쌀 숨빅 셕 도로 ᄎᆞ져 남경즁ᄉᆞ 보늬리다 심니 봉ᄉᆞ 니 말 듯고 호련니 좀을 드니 심낭ᄌᆞ 싱각ᄒᆞ되 부친 말삼은 황공ᄒᆞ나 다시금 싱각ᄒᆞ되 부친 눈 씌우랴고 슈월 슈일 젹공으로 일편단심 먹쓴 뜻절 웃지 감니 변하리요 갈 박씌 하리렵다

【진ᄌᆞᆼ단】 ᄌᆞ넌 부친 다시 보고 쇼리 읍시 문얼 녈고 ᄂᆡ긔 읍시 나올 ᄊᆡ예 심쳥 마음 읏쎠허리 동네 쥬장 모모인게 ᄋᆡ그니 브ᄐᆡᆨᄒᆞ되 도화동 어진 인심 입은 덕도 ᄐᆡᄉᆞᆫ니오나 우리 아버니 외로온 신셰 의ᄐᆡᆨ할 곳 ᄭᅳᆫ어지오니 도후ᄒᆞ녀 쥬옵쇼셔 아버님 나을 ᄎᆞᆺ고 젼도용약할지라도 강닌ᄒᆞ녀 말녀 쥬오면 졀츄 보은하오리다

【안니리】 니렷텻

〈28뒤〉 ᄋᆡ근ᄒᆞ니 뉘 안니 낙누ᄒᆞ리 ᄉᆞ던 집 잇던 동네 망죵 녕결 하직할 제 한 ᄊᆡ라도 굼지 말나 쏠도 쥬고 밥도 쥬던 노쇼부인 다 모니고 졋털 먹녀 쥬던 부인 다 모녀 숀을 잡고 도화동 안팟 읍시 남녀노쇼 쳑동 읍시 모도 울며 ᄌᆞᆨ별할 제

【즁모리】 동년 동월 동일시예 갓치 나 동무쳐ᄌᆞ 압셔거니 뒤셔거이 간신니 ᄌᆞᆨ별하고 망극ᄋᆡ통 가넌 거동 몽농슈은뿐니로다 동원츈ᄉᆡᆨ 가넌 즁의 물은 흘너 존존ᄒᆞ고 만슈번임 긔유한듸 져ᄉᆡ 쇼ᄅᆡ뿐니로다 화간졉동 분분셜은 보넌 거시 슈ᄉᆡᆨ이요 가넌 질니 요요한듸 뭇ᄉᆡ 쇼ᄅᆡ만 지져권다 오류촌 도화동은 누ᄃᆡ ᄉᆡᆼ장 고향인듸 가넌 질니 어듸민고 거쥬 읍시 ᄉᆞᆼᄒᆞ올 제

【안니리】 심봉ᄉᆞ난 ᄌᆞᆷ을 드러 비몽닌 덧 ᄭᅮᆷ

〈29앞〉 을 ᄭᅮ니 ᄭᅮᆷ 가온ᄃᆡ 곽시부인 ᄎᆡ운으로 몸을 ᄊᆞ고 압희 와 이론 말니 쳡은 임의 ᄌᆞᆫ명ᄒᆞ녀 진셰을 하직하고 구쳔ᄐᆡ일 아득한ᄃᆡ 실픈 넉시 도녀시나 그ᄃᆡ 신셰 일니 된 일 ᄯᆞᆯ 읍싸고 한치 마오 하날니 졍한 슈니 이후 귀니 될 거시이 아직 풍ᄉᆡᆼ 달게 알게 일후 ᄊᆡ을 지ᄃᆞ리오 녁녁히 일우거날 놀ᄂᆡ 일셩의 ᄌᆞᆷ을 ᄭᆡ니 ᄭᅮᆷ일시가 젹년ᄒᆞ다

【즁모리】 심봉ᄉᆞ 쇼시리쳐 곽시부인 일우던 말이 ᄉᆡᆼ시갓치 분명ᄒᆞ니 ᄂᆡ ᄯᆞᆯ 심쳥 쥬거ᄊᆞᆫ나 목져비도 ᄯᅥᆯ걱ᄯᅥᆯ걱 두 쥬먹 불ᄭᅳᆫ 쥬녀 가심도 ᄭᅪᆼᄭᅪᆼ 두달니며 문을 ᄎᆞ고 박긔 나와 망망충ᄒᆡ 발아보고 ᄃᆡ호일셩 통곡ᄒᆞ며 ᄋᆡ통ᄒᆞ녀 ᄯᆞᆯ 부를 제 무녑ᄉᆞᆫ 쳥운 즁의 ᄉᆡᆨ기 일은 존나비 우 덧 목젼의 ᄯᆞᆯ을 닐코 ᄂᆡ ᄉᆞ러 무엇하리 한 번 쥭기 얼려울가 물의 ᄲᅡ져 쥭으랴고 거쥬 읍시 달어나니

〈29뒤〉【안니리】 도화동 어진 인심 녀러 ᄉᆞ람 달여들어 심봉ᄉᆞ을 말유ᄒᆞ며 ᄇᆡᆨ 가지로 ᄀᆡ유하니 심봉ᄉᆞ 셔름 즁의 녀러 ᄉᆞ람 안면으로 ᄉᆡᆼ불녀ᄉᆞ 부지할 제

【진ᄌᆞᆼ단】 가련타 심낭ᄌᆞ난 강변으로 ᄉᆞᆼᄒᆞ오니 무한ᄌᆞᆼ강 풀은 물은 ᄌᆞᆼ쳔일ᄉᆡᆨ 둘넌난듸 두융두융 써오난 ᄇᆡ ᄀᆡ경션ᄌᆞ 가년 후의 풍월 실너 가난 ᄇᆡᆫ가ᄉᆞᆼ션과 시션덜언 남북의 어리녓싸 상고션인 일희닐비 심낭ᄌᆞ을 ᄇᆡ의 싯고 닷 감넌 관아일셩 ᄉᆞᆫ슈록이 슬푸도다 무심한 갈마기난 강ᄉᆞᆼ의 펄펄 날어들고 유의한 가마귀넌 돗ᄃᆡ 박ᄀᆡ 우러온다 풍법 냥돗 츅혀 달고 ᄃᆡ하망망 쳘 니파의 어둥셜 ᄇᆡ을 씌녀 북경으로 상ᄒᆞ올 제 슈원ᄉᆞᆫ곡 아득한ᄃᆡ 가넌 길니 창ᄒᆡ로다 호호탕탕 치난 물셜 ᄃᆡ풍ᄒᆞ녀 가난 그 ᄇᆡ 고물의 ᄭᅩ진 ᄀᆡ발 바람셜의 표표ᄒᆞ고 ᄉᆞ공은 치을 트러 ᄇᆡ길을

〈30앞〉 가르치고 호호한 ᄎᆞᆼ낭이며 탕탕ᄒᆞᆫ 강호 빗치 ᄒᆡ풍도 십십하니 일ᄉᆡᆨ도 죠냥일다 원근ᄉᆞᆫ쳔 얼는얼는 쳥ᄉᆞᆫ 말 리 일고쥬라 심냥을 당도ᄒᆞ니 ᄇᆡᆨ냑쳔일거 후의 풍월강ᄉᆞᆫ 임ᄌᆞ 읍다 등왕각 솔펴보니 문ᄌᆞᆼ 왈발 지은 글은 함의ᄌᆞᆼ강ᄲᅮᆫ니로다 동ᄌᆞᆨᄃᆡ 다다르니 ᄆᆡᆼ덕니 간ᄃᆡ 읍고 ᄒᆡᄉᆞ을 도라드니 ᄉᆞ호 안져 두던 바독 일편 셕문 나머 잇ᄭᅩ 오ᄉᆞᆫ은 쳔쳡니오 츄슈난 만곡인ᄃᆡ 젹셩의 느진 안ᄀᆡ 셩근 빗쳘 씌여 잇고 남포의 이난 구롬 반허리을 버녀닛싸 ᄉᆞᆫ냥의 듯난 비와 벽파의 치넌 물셜 죵일위지쇼녀ᄒᆞ고 능망견지망년니라 북길셤 닌당포을 순식간의 다다르니 ᄒᆡ즁의 큰 셤이요 녕ᄒᆞ의 ᄃᆡ지로다 ᄎᆞᆼ숑녹쥭 울밀한듸 일좌녕신을 ᄇᆡ셜ᄒᆞ니 션판의 글을 씨되 인당포라 하녓난듸 그 압흘 다다르니

【모리】 풍우가 ᄃᆡ ᄌᆞᆨ하

〈30뒤〉 며 쳔지가 젹막 싸치노오리 바다을 뒤집어 ᄃᆡᄒᆡ예 즁긔ᄒᆞ녀 ᄐᆡᄉᆞᆫ 갓턴 큰 물셜은 월으렁츌렁츙 뒤둥구러제 감도러 푸도러 건방져 지방져 잉도러져 구비져 파두 벽안의 빗젼을 ᄊᆡ리니 ᄉᆞ면니 침침 쳔지가 젹막 큰 ᄇᆡ가 뒤쑝 돗ᄊᆡ가 직ᄉᆡᆫ ~~용츙쑬~~ ᄭᅳᆫ어져 씀니라 졋집 돗집 ᄌᆞᆼ미노 쎨색 물비통 닷가지 치싸리 쎄격 츤나모 불어져 텀벙 뒷쑝 월으렁츌엉 ᄒᆡᄉᆞᆼ의 쓴 ᄇᆡ가 혹츌혹물

죠로 질치 싸리니 심낭ᄌᆞ난 혼미ᄒᆞ고 ᄉᆞᆼ고션인 겁을 ᄂᆡ여 요왕묘의 졔물 츌녀 분향ᄒᆞ고 츅원 후의

【안니리】 빅녀셔 고ᄉᆞ할 졔 니물 고물 좌우 졋화리 진ᄐᆡ 활활 씰의치고 큰 긔 ᄂᆡ여 고물의 ᄭᅩᆺ고 졍한 빅셕 펴년 후의 ᄉᆞ공 녕좌 화죵 젹ᄉᆞᆫ 목녹ᄌᆞ계하 물 물고 홍순빅순 죠닐이시 시로편의 졀뫼 지녀 구음젹갈 ᄆᆡ물탕슈 우양으로 가음ᄒᆞ고 싱돗 ᄌᆞ버 큰 칼 ᄭᅩᆺ져 긔난

〈31앞〉 ᄃᆡᆨ기 드려 녹코 심낭ᄌᆞ 모욕 시겨 비단의복 녹의홍ᄉᆞᆼ 지분으로 단죵 시겨 당셤 압희 쓸닌 후의

【안니리】 ᄉᆞ공니 북을 달고 ᄎᆡᆨ을 들어 북을 치며 고ᄉᆞ할 졔

【평죵단】 두리둥덩 두리둥덩 둥덩덩 ᄉᆞ공니 비난 말니 비난니다 비난니다 ᄉᆞᆷ십삼쳔의 도숄쳔 이십팔슈 ᄒᆞ음지 북두칠셩 빅쳔셰 십만졔불 ᄒᆡ슈관암 변빅쥬셩 각위 쎤의 지셩으로 비난이다 ᄃᆡ풍용ᄒᆡ쇼ᄌᆞ츌은 비렴ᄒᆞ빅젹녕이오 ᄀᆡᄌᆞᄐᆡ극 죠판 후의 오손쵸국 유ᄅᆡ지업 ᄌᆞ쥬게 이졔불통 허원씨 셩덕니라 연강무파우셰변의 당도ᄎᆞ션 쇼원지심 니십ᄉᆞ방 너른 쳔지 힝부마다 덕을 입어 위부모보쳐ᄌᆞ 종싱ᄉᆞ을 간걸ᄒᆞ녀 비난니다 동ᄒᆡ 광년 암녕 신위 남ᄒᆡ 광니 츅용 신위 셔ᄒᆡ 광덕

〈31뒤〉 거승 신위 북ᄒᆡ 광ᄐᆡᆨ 옹강 신위 ᄒᆞ위동심ᄒᆞ옵시고 물 우의 용예부인 물 아ᄅᆡ 김춤봉과 오방신죵 각위 졔신 십니 남손 졔젼 국슈 감빅순 어븨셩황 ᄐᆡ순 즁순 ᄂᆡ외셩황 지ᄌᆡ봉봉 슈풀슈풀 회슈 낙슈 녀흘녀흘 각도 졔셤 셩황임 ᄂᆡ ᄂᆡ림 통츅ᄒᆞ옵쇼셔 도화동 심낭신을 졔슉으로 헌ᄉᆞᆼᄒᆞ오니 낙낙키 바드시고 이번 힝보 우리 빅예 억십만 냥 퇴을 ᄂᆡ녀 봉긔 ᄭᅩᆺ고 북 울니며 슌식회환 시기쇼셔 두리둥덩 두리둥덩 둥덩덩덩 비난니다 비난니다 일난 풍죠 용당 안의 일좌녕신 일월갓치 발그시이 쳔싱으로 셤의 말고 감겨 슌풍 빌니쇼셔

【안니리】 쳔만번 ᄋᆡ걸ᄒᆞ되 풍셰 졈졈 요란ᄒᆞ녀 힝션할 길 젼녀읍써 상고션 닌 ᄉᆞ러안져 심낭 젼의 비난 말이 낭ᄌᆞ의 즁하신 몸

〈32앞〉 위친으로 와겨신ᄃᆡ ᄯᅦ가 졈졈 늣나니다 지셩으로 ᄋᆡ걸하니 심낭ᄌᆞ

극씬한 쯧 위친ᄒᆞ녀 온 질니니 좀시 지체 불효로다

【진냥죠】 방식 읍시 이러나셔 하나님게 축슈ᄒᆞ되 일월셩신 발그신니 명쳔니 아옵시고 졔불신명 붓쳐임도 쳥덕으로 발키시고 ᄉᆞᄒᆡ슈부 용왕임ᄂᆡ 다 구버보옵쇼셔 불츄한 심쳥니난 폐안 부친 눈 띄우랴 위친으로 투강ᄒᆞ오니 누츄함을 ᄉᆡᆼ각 말고 부친 눈을 발키쇼셔 지셩으로 비난 쇼ᄅᆡ ᄉᆞᆷ십ᄉᆞᆷ천 ᄉᆞ못ᄎᆞ고 이십팔슈 짱의 셔려 ᄉᆞᄒᆡ 용궁의 진동할 졔 심낭ᄌᆞ 물의 빠지랴고 옥안의 긔운 읍시 졋화리을 부녀줍고 아버니 부친 셰 번 불으난 쇼ᄅᆡ 안혈의 어린 봉니 구슬을 움쪽니덧 크게 셰 번 불으더니 홍ᄉᆞᆼ을 물읍씨고 풍덩 쒸녀드니

〈32뒤〉 ᄎᆞᆼᄒᆡ일쇽 되거ᄉᆞ나 쳥ᄉᆞᆫᄇᆡᆨ슈 오녈ᄒᆞ고 금수목셕 합누ᄒᆞ니 ᄃᆡ풍ᄒᆞ녀 부던 발암 ᄌᆞᆫᄌᆞᆫᄒᆞ녀 긔막키고 호호탕탕 치던 물썔 멍멍ᄒᆞ녀 목맛친던 울밀한 요왕묘의 읍구셩은 ᄎᆞᆼ년ᄒᆞ고 젹젹요원 황능묘의 두견셩도 쳘냥ᄒᆞ다 흑운은 만쳔ᄒᆞ녀 날빗치 흐미 ᄉᆞ풍의 셰우 쑤려 쥬로록 쥬로록 오난 비 심낭ᄌᆞ의 눈물니라

【안니리】 그만ᄒᆞ녀 ᄇᆡ은 가니 인당슈 집푼 물의 달툐관쳔 얼루녓ᄉᆞ 홍광셔긔 쓰녀고나 심낭ᄌᆞ 츌쳔지심 쳔도모년 ᄒᆞ신지라 년단으로 보명ᄒᆞ고 ᄉᆡᆼ도을 급피 녀러 쳔명이 계옵시니

【즁모리】 안긔ᄉᆡᆼ 젹숑ᄌᆞ와 ᄐᆡ을션관 화덕진군 죠명으로 쯧슬 니어 남ᄒᆡ

〈33앞〉 신의 연통ᄒᆞ니 표쥬을 급히 ᄃᆡ령 후의 뇨지예 션아덜은 상안 젼명을 바더 월궁의 진동할 졔 금군쳔ᄌᆞ ᄌᆞ미셩과 옥ᄌᆞᆼᄌᆞᆼ군 ᄒᆞ구셩과 죠비남셩 ᄉᆞᆷᄐᆡ셩과 진먹궁의 월ᄌᆞᆼ쇼셩 일니셩 젼후직녀 쥬쾨남셩 노인셩과 만쳔니 인당슈의 도회ᄒᆞ고 셔긔 반공 황홀터니 팔선여 하강할 졔 난향공쥬 년낭공쥬 진ᄎᆡ봉 가츈운 심호년 ᄇᆡᆨ능파 덕겸홍 졔셤월니 난도 타고 학도 타고 단ᄉᆞᆫ 야월 봉도 타고 그린 타고 ᄉᆞ지 타고 호품으로 ᄎᆡ운 타고 ᄎᆡ약동의 쌍ᄉᆡᆼ화 낙원풍의 취젹가셩 옥ᄑᆡ쇼ᄅᆡ 경경ᄒᆞ며 묵길셤 인당포의 눈썔의 ᄒᆞ강

〈33뒤〉 ᄒᆞ니 용왕니 쳔명으로 구룸을 ᄌᆞ아ᄂᆡ녀 심낭ᄌᆞ을 구함니라

【안니리】 ᄒᆞ강한 션녀덜니 환혼쥬을 급피 ᄂᆡ여 심낭 입의 흘녀 느어 졍신을

통한 후의 션녀덜니 죠명으로 ᄉᆞᆼ년니 니론 말니 낭ᄌᆞ의 귀ᄒᆞ신 몸니 풍ᄉᆞᆼ고락 오ᄌᆞᆨᄒᆞ며 인간 ᄌᆞ미 웃더ᄒᆞ요 그ᄃᆡ 젼의 광안젼의 반도진ᄉᆞᆼᄒᆞ올 ᄊᆡ예 좀미셩과 눈맛츄어 ᄉᆞᆼ제재 득죄ᄒᆞ고 젹하인간 ᄒᆞ녀쩌이 그ᄃᆡ 쇼심 츌쳔ᄒᆞ녀 쳔명니 계옵시이 어셔 덩을 타옵쇼셔 심낭ᄌᆞ 황공ᄒᆞ녀 돈슈ᄒᆞ고 녓ᄌᆞ오ᄃᆡ 몸니 지쳔ᄒᆞ온ᄃᆡ 쳔명이 계옵신덜 웃지 덩을 타오리쌰

【평ᄌᆞᆼ단】 좌우 션녀 일른 말이 ᄌᆞ고로

〈34앞〉 효ᄌᆞ 츙신 졍부 녈녀 죤즁ᄒᆞ와 년도 타고 덩도 타고 극낙으로 도러가오니 쳔ᄒᆞ의 일뜽인니 츙효 박씌 또 인난니쌰 시가 졈졈 늣져 가오니 ᄉᆡ양 말고 타옵쇼셔

【안니리】 심낭ᄌᆞ 상읍ᄒᆞ고 쳔은을 할례ᄒᆞ며 인ᄒᆞ녀 덩을 타니

【ᄉᆞᆷ궁져비】 팔션여가 옹위ᄒᆞ녀 ᄎᆡ운으로 둘너 ᄊᆞ고 뉵용니 덩을 메어 만죡이 구인ᄒᆞ녀 빅녕이 앙덕니라 쇽녀 풍우ᄒᆞ녀 용궁의 들어가니 운셩풍일ᄒᆞ여 ᄑᆡ옥 쇼ᄅᆡ 들니거날 ᄌᆞ셔이 ᄉᆞᆯ펴보이 쳔지 명낭ᄒᆞ고 일월니 죠림한ᄃᆡ 쥬궁ᄑᆡ궐 영농ᄒᆞ녀 ᄉᆞᆷ광을 응ᄒᆞ엿고 곰의슈싱 황울ᄒᆞ여 비인간지오

〈34뒤〉 복이라 ᄉᆞ방으로 졍ᄀᆡ 보고 ᄉᆞᆼ향문 지은 들보 괘룡고리우양ᄒᆞ이 영광이 요일니요 집벌린니 ᄌᆞ래ᄒᆞ니 셔긔 반공 황울ᄒᆞ다 슈족분운 승덕화요 강신ᄒᆞ빅 됴령ᄀᆡ라 쳥심졍 도러들어 슈졍궁을 들어가이 쳔문만호 의의ᄒᆞ고 문슈달 번화한듸 긔ᄎᆞᆼ젼 고셕 틈의 옥쌘 고ᄆᆡ ᄉᆞ이ᄉᆞ이 난쵸 향긔 띄녀셔라 일씬 풍악의 졍옥쇼ᄅᆡ 바람셜의 경경 이층젼 단쳥화ᄀᆡᆨ 호박쥬츄 유리지동 진남분 홍도쥬련 직렁으로 글을 씨고 금슈보진 만화방셕 ᄊᆞᆼ학 문ᄎᆡ 더욱 죠타 홍쥬빅벽 슈졍쥬렴 셔ᄉᆞᆫ의 비 드리운 덧 회ᄉᆡᆨ은 ᄌᆡ오하녀 쳔일ᄉᆡᆨ을

〈35앞〉 쓰여시이 가니 진셰ᄉᆞ람으로 ᄎᆞᆷ네할 곳 안니로다

【안니리】 심낭ᄌᆞ넌 쳔은으로 보셕을 ᄎᆞᆷ여하니 용궁신여 느러 잇셔 진ᄇᆡ하난 거동이라 왕금졍 익킨 음식 쳔비 옥반의 ᄎᆞ려시되 불노쵸 불ᄉᆞ약 ᄌᆞᆼ싱보약 반도 벽도 죠리화쵸 ᄀᆡ안쵸 벌니용과 난ᄎᆡ 진ᄎᆡ 쵸과 등쇽 호빅포 졋드리고 그린포 졔안쥬로 심낭 젼의 진ᄇᆡᄒᆞ니 낭ᄌᆞ 옥안 화긔 읍시 만면 슈ᄉᆡᆨ 쓰여거날

좌우 션여 일론 말삼 낭ᄌᆞ의 형묘 유식 화긔가 쇼년ᄒᆞ니 웃지ᄒᆞ온 뜻시잇짜 심낭ᄌᆞ 녓ᄌᆞ오되 안밍 부친 혼져 두고 남양슈의 투신ᄒᆞ녀 부녀 영결 도녀쎠이 쳔명으로 ᄉᆞ러시나 용히 말 니 숑

〈35뒤〉 젹ᄒᆞ여 부친 죵젹 ᄭᅳᆫ어지이 가긍ᄒᆞ온 뜻시이다 좌우 듯고 층촌ᄒᆞ 졔

【평ᄌᆞᆼ단】 옥졔 ᄯᅩ한 감응ᄒᆞ셔 남히신을 지쵹하녀 ᄃᆡ장 풍악 긔도ᄒᆞ여 각슈 지방 직킨 후의 츌쳔지효 심낭ᄌᆞ을 셰숑으로 인도할 졔 요지복식 단ᄌᆞᆼ시겨 ᄃᆡ홍션의 머무루고 팔선녀 유의한 뜻 션과 쥭실 각봉ᄒᆞ여 심낭 쥬며 일론 말니 가넌 질이 ᄎᆞᆼ망ᄒᆞ니 니 실과을 진녀싸가 ᄇᆡ고픈 ᄯᅵ ᄉᆞᄌᆞᄒᆞ면 연일불식 쥬린 ᄎᆞᆼᄌᆞ 화긔단단ᄒᆞ오리다 잇지 말나 당부ᄒᆞ고 ᄒᆞ강한 션여덜니 심낭ᄌᆞ을 ᄌᆞᆨ별ᄒᆞ며 졔련ᄒᆞ여 이론 말니 우리난 숭쳔ᄒᆞ여 월궁으로 가건이와 그ᄃᆡ난 효심으로

〈36앞〉 만슈번음 죠은 셰숑 고향으로 나가오니 영화부긔 싱젼ᄒᆞ고 만죵녹을 누리다가 졔향으로 보ᄉᆞᆫ니다 이럿텃 ᄌᆞᆨ별ᄒᆞ고

【안니리】 츌쳔지효 심낭ᄌᆞ을 장싱화 ᄭᅩᆺ봉 쇽의 인젹 읍시 ᄌᆞᆼ신ᄒᆞ고 ᄒᆞ도낙셔 구궁법을 ᄉᆞᆷ틔육셩 졉응ᄒᆞ고 쳔지죠화 긔문육신 오힝을노 긔운 붓쳐 벽히숭의 ᄯᅳ여 녹코 ᄊᆞᆼ옥가난 명난니요 진조ᄒᆞ난 ᄑᆡ셜이라 숭피ᄇᆡ운 놉히 안져 인홀불견 ᄌᆞ최 읍시 학의 쇼ᄅᆡ 머러지며 션녀덜니 숭쳔ᄒᆞ니 다만 벽ᄉᆞᆼ뿐니로다

【진냥죠】 화즁 심낭 물의 쪄셔 슈부졍젼 ᄒᆞ직ᄒᆞ고 슈졍문 밧 쪄나가니 쳔무열풍 음우ᄒᆞ고 히

〈36뒤〉 불양파 존존ᄒᆞ녀 칠빅 니 군ᄉᆞᆫ덜언 물쇽의 버러잇고 ᄉᆞᆷ쳔ᄉᆞ 히당화난 셔히 약슈 불거난ᄃᆡ 졍슈위 한슈 낙슈 양진 죠진 힝예ᄒᆞ며 오호 비풍 놉피 쪄셔 되용되용 쪄가넌 ᄭᅩᆺ 말 니 강ᄉᆞᆫ 눈압힐다 오악은 여립ᄒᆞ녀 그림갓치 느러잇고 낙슈난 금ᄃᆡᄒᆞ여 쳔졔증강 둘너잇다 이구ᄉᆞᆫ은 셩음이오 슈양ᄉᆞᆫ은 쳥풍이라 한 곳졀 다다르니 ᄆᆡ화 만국 져문 날의 낙엽셩은 츄식이오 옥누쳥풍 기ᄌᆞ츄난 가을 보난 격졍이요 노화피낭 홀졍긔난 쇼강의 어부로다 부츈ᄉᆞᆫ

도러드니 칠니탄니 어ᄃᆡᄆᆡ요 노ᄒᆞ구 한ᄉᆞᄌᆞᆼ의 고기 낙넌 져 어옹은 우국양

〈37앞〉 져믄 날의 시름업시 안져ᄉᆡᆺ나 화ᄉᆞᆫ으로 돌어드니 졀경한 우ᄒᆞ암의 경쇠 쇼ᄅᆡ 은은ᄒᆞ고 유의한 황능묘의 슈운이 몽농ᄒᆞ여 일ᄉᆡᆨ이 ᄎᆞᆷ쳔ᄒᆞ며 ᄇᆡᆨ의 한 두 부인이 쥭임으로 나오면셔 반가울ᄉᆞ 심쇼졔난 그ᄃᆡ 효심 츌쳔ᄒᆞ여 양양한슈 집푼 물의 무ᄉᆞ니 단여오니 가니 ᄯᅩ한 쳔명이나 ᄋᆡ달을숀 우리 형제 이 물의 몸니 ᄌᆞᆷ겨 영불츌셰 셔른 ᄯᅳᆺ과 ᄂᆡ 글니나 들어다가 쵸쳔일월 발근 셰상 ᄌᆞ셔니 젼ᄒᆞ쇼셔 그 글의 ᄒᆞ여시되 ᄎᆞᆼ오ᄉᆞᆫ봉ᄉᆞᆼ슈졀 ᄃᆡᄅᆡ나 쥭ᄉᆞᆼ지 누을 ᄂᆡ가멸리라 잇지 말고 젼ᄒᆞ쇼셔 고유 황능지묘라 하더이 오날 보니 과

〈37뒤〉 약지언이로다 그곳셜 얼풋 지나 오강을 다다르이 벽ᄒᆡᄉᆞᆼ즁 구비구비 츙혼니 물의 ᄯᅳ고 명나슈을 발아보니 ᄉᆞᆷ여당의 녈ᄉᆞ로다 인당포을 다다르니 슈부 양계 분명ᄒᆞ녀 쳔의 죠화로다 북경ᄌᆞᆼᄉᆞ 갓던 그 ᄇᆡ 억십만 양 퇴을 ᄂᆡ여 봉긔 쏫고 북 울니며 슌풍의 돗쳘 달고 둥덩실 ᄯᅥ올 졔 범급젼ᄉᆞᆫ홀후ᄉᆞᆫ을 죠죠 ᄌᆞ랑 ᄆᆞᆫ됴ᄂᆡ라 어야아 어니녀아 허냐아 쇼ᄅᆡ하니

【평ᄌᆞᆼ단】 화즁 심낭 반기 듯고 원포귀범 ᄯᅥ가난 ᄇᆡ ᄉᆞᆫ슈록 못 보와도 관ᄒᆡ셩이 반갑도다 그 ᄇᆡ 워인 ᄇᆡᆫ고 ᄌᆞᆼ안니 강동거ᄒᆞ니 졍슈츄풍 ᄯᆡ을 만나 져어가난 일녑션과 오회월녀 ᄎᆡ련가로 칠니포 ᄂᆡ려갈 졔 저

〈38앞〉 어 가난 요고션인가 진시황 ᄌᆞᆼ싱쇼원 봉ᄂᆡ 방ᄌᆞᆼ 영쥬 ᄉᆞᆷᄉᆞᆫ ᄎᆡ약ᄏᆡ던 시션인가 긔경ᄐᆡᄇᆡᆨ 쇼식 듯고 풍월 실너 가난 ᄇᆡᆫ가 츄칠월 긔망야의 범쥬유어 노던 그 ᄇᆡ 청풍셩유 녀긔 온가 원포귀범 가난 ᄇᆡ예 ᄂᆡ 쇼식을 젼ᄒᆞ고져 그 ᄇᆡ 졈졈 갓가니 와

【안니리】 닷 쥬고 돗슬 녹코 셕 ᄌᆞ버 션 연후의 묵길셤 용신당의 금ᄇᆡᆨ으로 헌숑 후의 졔물 한 ᄉᆞᆼ 졍이 ᄎᆞ려 덕반 우의 고니 녹코 ᄉᆞ공니 츅원ᄒᆞ되

【엇모리】 츌쳔지효 심낭ᄌᆞ 위친으로 투강하셔 홍노졈셜 실어지덧 홍안은 어ᄃᆡ 가며 ᄇᆡᆨ골 의지 엇다 ᄒᆞ오 낭ᄌᆞ의 측한 쇼심 여심ᄒᆡ지 무궁이라 닐월셩신 발거시니 명쳔닌들 모로시며 ᄒᆡ슈직함 말니 심의 용왕인덜 모로니ᄶᅡ 북

〈38뒤〉 으로 황능묘난 이비 졀니 놉퍼 잇고 남으로 ᄉᆞᆷ여당은 츙혼니 발거시

이 낭ᄌᆞ의 달효지심 ᄎᆞ강변의 입셕ᄒᆞ여 쳔츄유젼ᄒᆞ올 터오니 밋친 마음 풀으시고 비박하온 젼물니나 알음 잇게 바드시고 우리 ᄇᆡ 녈두 동ᄉᆞ 물 우의 용ᄌᆞ리 보와 슌식 회환 식여 쥬옵쇼셔

【안니리】 헌식하고 용밥 쥴 졔 보지 못한 ᄭᅩᆺ 한 숑니 ᄃᆡ하 즁의 ᄯᅥ잇거날 져 ᄭᅩᆺ시 무신 ᄭᅩᆺ가

【평중단】 셰우동풍 홍난만ᄒᆞ이 화즁복의 몰란화야 그 ᄭᅩᆺ션 안니로다 쳥슨벽도 츙널ᄌᆞ의 월즁단겨 졔화런가 안니 그 ᄭᅩᆺ 안니로다 우후쳥강 츈흥단ᄒᆞ니 ᄇᆡᆨ도쥭연 여긔환야 안니 그 ᄭᅩᆺ 안니로다 슨쳔 독긔 별양츈ᄒᆞ니

〈39앞〉 쇼숑강슨 쥭단화야 안니 그 ᄭᅩᆺ 안니로다 공논니 미결할졔

【진냥죠】 표풍셰우 ᄃᆡ무 즁의 호록한 쳥의션관 크게 불 불너 이론 말니 ᄒᆡ숑의 ᄶᅥᆫ넌 져 ᄇᆡ ᄭᅩᆺ슬 보고 헌아 말나 요지년의 종싱화니 타인 통셜 부ᄃᆡ 말고 각별 죠심 고니 모셔 쳔ᄌᆞ 압희 진숑하라 약ᄎᆞ불연직 쳔도신명 뇌공신의 불벼락을 당ᄒᆞ리라

【안니리】 엄슉키 닐우거날 숑고션인 겁을 ᄂᆡ여 져의 셔로 당부ᄒᆞ며 ᄭᅩᆺ슬 고이 건져 ᄂᆡ여 허리ᄯᅡᆫ의 모신 후의

【엇모리】쳥포죵을 둘너 치이 ᄂᆡ외 쳬통 엄슉ᄒᆞ다 닷 들고 돗츨 달아 슌풍의 ᄇᆡ을 노니 ᄊᆞᆼ용이 협쥬한 듯 남경이 슌식이라 안관슨쳔 반

〈39뒤〉 갑도다 션두의 ᄇᆡ을 ᄆᆡ고 고ᄉᆞ을 극진할 졔

【안니리】 금쳔ᄌᆞ 국운니 불힝ᄒᆞ여 졍슌황후 붕ᄒᆞ시어 ᄉᆞᄒᆡ 분분 진동할 졔 죵실지친 문무관과 억죠충싱 만민더른 녀숑고비 통곡ᄒᆞ고 구쥬도가 등신이며 십이 졔국 ᄉᆞ신더리 황황급급 난녈ᄒᆞ여 졍당의 와 ᄂᆡ죠할 졔 쳔ᄌᆞ 마옴 슯안ᄒᆞᄉᆞ 졔신으로 함긔 모와 ᄎᆞ젼ᄒᆞ 고금득실 역ᄃᆡ와 문종ᄉᆞ을 일일리 젹윤터이 북경종ᄉᆞ 상고더리 종싱화을 고니 모셔 황극젼의 진숑ᄒᆞ니 쳔ᄌᆞ 보시고 ᄃᆡ희ᄒᆞᄉᆞ ᄭᅩᆺ셜 보고 층촌ᄒᆞ되

【평중단】 ᄒᆞ우쳔지 셩덕으로 ᄒᆡ불양파 ᄐᆡ평ᄒᆞ니 셩은으로 긔록ᄒᆞ여 월숑ᄇᆡᆨ치 숑셔 되고 셔믹종 지은 글은 희쥬셰계 도여시나 ᄂᆡ 무슌 셩덕으로 요

〈40앞〉 지귀화 ᄉᆞᆼ셕 되니 만고의 승ᄉᆞ로다 은근한 슈ᄇᆡ졍의 ᄇᆡᆨ유리 ᄌᆞᆼ을 ᄊᆞ며 장ᄉᆡᆼ화을 여어 두고 쥬야 ᄉᆞ랑ᄒᆞ옵실 졔 죠신더리 엿ᄌᆞ오ᄃᆡ 즁젼니 오ᄅᆡ 비녀 실망함니 잇ᄉᆞ오니 국모을 간ᄐᆡᆨᄒᆞ와 관져셩덕 발키심을 쳔만복츅 ᄒᆞ난니다 시임ᄃᆡ신뎔쏘 이 씃스로 다 알외이 경ᄉᆞ을 나리시며 슉녀을 간ᄐᆡᆨ 할 졔

【진냥죠】 젹젹한 용누봉궐 ᄐᆡ화당니 어릐녓ᄭᅩ 구룸 갓턴 황극젼의 날니 가고 밤이 되어 경졈 소ᄅᆡ쁜니로다 취심ᄒᆞ여 빅씨시이 비몽인 덧 ᄉᆞ몽인 덧 ᄉᆞᆼ취가 진동ᄒᆞ며 봉ᄂᆡ션관 ᄂᆡ려와셔 거슈ᄉᆞᆼ읍 왈 복원 폐ᄒᆞ넌 이계천입국 ᄒᆞ셔 보쳔ᄉᆞᆯ토의 셩교가 구긔ᄒᆞ되

〈40뒤〉 ᄒᆞ되 관져 갈담의 금젼니 공ᄒᆞ시다 ᄉᆞᆼ졔명 왈 션아을 ᄒᆞ강ᄒᆞ셔 황후을 봉ᄒᆞ시니 ᄌᆞᆼ싱화을 ᄉᆞᆯ피시면 ᄉᆞᆼ셔될 쥴 아오리다 말니 맛지 못ᄒᆞ여 ᄑᆡ옥 명난 학의 쇼ᄅᆡ ᄊᆡ다루이 ᄭᅮᆷ니로다

【안니리】 쳔니 유의ᄒᆞᄉᆞ 용젼을 급피 일어 쳔은을 감축ᄒᆞ고 쏘한 ᄭᅮᆷ을 ᄉᆡᆼ각ᄒᆞ니 츈몽닌가 의심ᄒᆞ여 각쳐쇼을 물으시며 ᄇᆡ회ᄒᆞ여 완보타가 궁녀을 급히 불너 금ᄌᆞᆼ을 거드시고 슈ᄇᆡ졍을 유의ᄒᆞ여 ᄌᆞᆼ싱화을 ᄉᆞᆯ피시이 보던 그 ᄭᅩᆺ 간듸읍고 일 낭ᄌᆞ가 안져째날

【엇모리】 쳔ᄌᆞ 보고 ᄃᆡ희ᄒᆞ셔 ᄌᆞ일요화문면긔난 금닐션아ᄒᆞ쳐ᄂᆡ오 몽션ᄌᆞ ᄉᆞᆼᄒᆞ언은 쳔유명야시ᄒᆞ언고 ᄭᅮᆷ인 쥴 알어써니 ᄭᅮᆷ니

〈41앞〉 쏘한 실경일다 정정ᄒᆞ고 요요ᄒᆞ여 말근 빗츨 쓰녀시니 션ᄐᆡ옥진 안닐진ᄃᆡ 단단화긔 일어ᄒᆞ며 쳥고ᄒᆞ고 뉴한ᄒᆞ니 요죠슉여 웃씀니요 미간의 말근 경긔 은은 셔긔 씌녀 잇고 셩묘화용 두렷ᄒᆞ니 셤셤쵸월 도더온 닷 쏘각쏘각 가난 구룸 션빈의 빗치온 닷 미어ᄌᆞᆼ강 고은 눈셥 ᄋᆡ원함을 쓰여 잇고 도셩덩업 문ᄌᆞᆼ보불 금안의 욱셤인가 요지쳔식 봄니 들어 긔화니쵸 어리운 덧 보골이 ᄃᆡ월ᄒᆞ니 만고의 웃씀니라 ᄭᅮᆷ의 뵈던 봉ᄂᆡ션관 ᄒᆞ던 말니 정연ᄒᆞ고 옥졔 명한 요지션녀 젹생할시 분명ᄒᆞ니

【안니리】 ᄂᆡ 씃즈로 글을 지여 묘당의 ᄂᆞ리시니 시원임 공경ᄃᆡ신 만죠ᄇᆡᆨ관

문무졔신 일

〈41뒤〉 시예 진안ᄎᆞ로 들어올 졔

【엇모리】 거마병진 졍필ᄒᆞ고 ᄌᆞᆼ안ᄃᆡ도 년협야의 쳥우빅마 칠양치라 평교ᄌᆞ 파쵸션은 ᄌᆞ공퇴 ᄃᆡ신이라 솜틔육경 벌녀 잇셔 가젼금도 싱풍ᄒᆞ고 호록한 문영춍지 금관죠복 됴을시고 집평졍언 할님니요 양현관은 학ᄉᆞ로다 ᄃᆡᄉᆞ헌의 광녹후난 좌우 빈긱 들어오고 일니품 솜광신은 죽셔관의 졍외로다 문ᄌᆞᆼ명ᄉᆞ 들어오고 당ᄒᆞ국밍 졔진ᄒᆞ니 화긔난 졉쳔ᄒᆞ고 홍광은 요일리라 진무가 펴쳔ᄒᆞ며 문ᄌᆞᆼ 무션 들어올 졔 황금쥬 비운갑은 솜군ᄉᆞ명 ᄃᆡᄉᆞ마라 도춍도ᄉᆞ울양관은 좌우익ᄌᆞᆼ 들어오고 젹

〈42앞〉 노ᄌᆞᆼ군 파도ᄌᆞᆼ군 도독니며 촌퇵ᄉᆞ 남명관과 포신아ᄌᆞᆼ 벌여 닛셔 일ᄃᆡ 이ᄃᆡ 젼후ᄃᆡᄌᆞᆼ 음신갑 잉모젼포 가진 융복 홀긔 등치 각궁 쳘젼 쇄금동긔 쳥요슌시 용호각긔 긔먼 보둑 관니 영젼 솜지충 어널쏘며 ᄌᆞ기충 슉졍픠난 위풍니 늡늡ᄒᆞ고 솔긔가 츙쳔ᄒᆞ여 날빗쳘 움쥭니며 경향문을 발아보고 국궁ᄒᆞ난 예을 ᄎᆞ려 굴율 잇게 드러셔셔 구름 ᄎᆞ일 어탑 압픠 용호방을 ᄎᆞ린 후의 화긔츈손의 상운니 일어난 듯 졍픠금관의 명텬니 지슈ᄒᆞ니 쳔안니 흡ᄉᆞᄒᆞ셔 죠신더러 니론 말삼

【안니리】 짐니 거야 쑴을

〈42뒤〉 ᄭᆞ니 신명니 쇼교 잇셔 쳔명니 졔시기로 몽ᄉᆞ을 긔록ᄒᆞ고 ᄌᆞ닐 션닌 진승ᄒᆞ던 ᄌᆞᆼ싱화을 다시 보니 월궁의 졔일이요 왕후의 긔승인이 죵ᄉᆞ의 큰 복이라 졍네 뜻지 웃써하요 죵친 문무 시위 빅관 일시예 몸을 일어 읍향ᄒᆞ고 복지하며 슈쳔츄 슈만셰을 셩은으로 츅원ᄒᆞ고 흠쳔관니 튁일ᄒᆞ녀 음양비합 싱긔복덕 갑ᄌᆞ일을 바다 녹코

【평ᄌᆞᆼ단】 심낭ᄌᆞ을 츄죤ᄒᆞ녀 황틔후을 봉하시고 요지복식 칠보화관 진나솜을 바치시고 십종싱 곤의슈싱 솜광으로 슈을 녹코 슈보다남 진쥬옥픠 솜쳔쥬가 황홀할ᄉᆞ 도금 쌍학 봉미션의 함교ᄒᆞ고 함틔ᄒᆞ니 월궁힝아 ᄒᆞ강한 덧 니

〈43앞〉 화졍 구름 쇽의 슉낭ᄌᆞ가 ᄂᆡ려온 닷 젼후좌우 승공 신녀 녹의홍승

빗난 치의 낭즈화관 족도리며 봉치죽절 가진 봉줌 밀화불슈 순호싸지 명월피 울금향 쳔도줌 활의원숨 품직으로 단중ᄒ고 심황후을 시위ᄒ여 층층니 셧난 거동 광한젼의 시위한 듯 홍빅슈 빗난 ᄎ일 구롬갓치 덥퍼 치고 금슈보진 용문셕의 ᄒ도문치 벌어시며 우슈보중 금병풍의 빅ᄌ쳔숀 근감ᄒ다 목졔쌍 화문보의 쇄금쵸씨 홍쵸 쏫고 유리만호 금은 옥병 중싱쵸을 느러 쏫고 금노진 향불을 달녀 귀비귀비 진취로다 난봉공족 그린 ᄉ겨 쳥

〈43뒤〉 학 빅학 쌍을 지녀 편편이 버런난디 잉모 갓턴 미식덜은 그럴 줍고 버려셔고 숨틔육경 만죠빅관 동셔반의 갈너 셔셔 읍양진퇴ᄒ난 거동 군신유 의 즁할시고

【안니리】 예보숭셔 함을 지고 봉치 납폐 들인 후의 쳔ᄌ 우념 볼쏙시면

【숨궁졔】 융쥰용안 미슈념의 미디강순 졍긔ᄒ고 복은죠화ᄒ니 황히슈 다 시 말거 셩현니 나시도다 멸뉴관 보불룡포 양 억기예 일월 붓쳐 응쳔상지숨광 이요 십니중 만젼홍포 비인간지오복니라 요슌 갓턴 우리 황상 임ᄉ 갓턴 황후젼의 길예가 되옵시이 틔평셩디 이 안인가 육예을 갓츈 후의 금덩의 황후 모셔 중낙젼 젼의 드옵실 졔 졔쥬숭궁 보모숭궁 ᄌ비숭궁 봉위

〈44앞〉 ᄒ니 숨쳔 궁여 시위ᄒ녀 여밀낙 디풍뉴난 쳘셩으로 질게 느러 궁중의 ᄌ욱ᄒ고 시위셩 놉픈 쇼리 황극젼의 진동ᄒ며 닉젼의 직위ᄒ셔 디례 을 맛츤 후의 황후 셩덕 어진 됴ᄒ 쳔ᄒ의 가득ᄒ니 숨틔육경 만죠빅관 각도ᄌ ᄉ 열읍 틔슈 억죠충싱 만민더리 복지ᄒ여 츅원ᄒ되 쥬숭젼ᄒ ᄎ순슈갓치 순봉슈갈토로 셩슈무강ᄒ옵쇼셔 순호만셰 불으오니 일언 경ᄉ 쏘 잇난가

【안니리】 급씨예 심봉ᄉ넌 짤을 일코 긔진ᄒ여 의지 읍시 홀노 안져 쥬야로 ᄌ탄할 졔

【진중】 봄 가고 여롬 되니 녹음방츈 훈니 되고 가지가지 우난 ᄉᆡ난 날를 보고 비양인 덧 간슈난 존존ᄒ여 물소릐

〈44뒤〉 도 쳘양ᄒ다 시문은 젹젹훈듸 구진비난 무숨 일고 도화동 어진 인심 송ᄒ 친구 동동 와셔 안부 물어 졍담ᄒ고 동네 남여노쇼 간의 먹을

것도 갓다 쥬고 짤과 갓치 노던 쳐ᄌ 각금 와셔 인ᄉᆞᄒᆞ니 갓득니 셔론 즁의 쳡쳡ᄒᆞ녀 목니 멘다 가만가만 나가넌 덧 어졍어졍 드러오난 듯 압희 안져 ᄌᆡ롱ᄒᆞ며 무듸무듸 측한 일과 공경ᄒᆞ던 말쇼ᄅᆡ와 일시라도 네 못 보면 반시라도 못 이즐듸 너을 일코 ᄂᆡ가 ᄉᆞ라 목셕갓치 의구ᄒᆞ니 니런 목심 쏘 닛넌가 환졀ᄒᆞ여 가을 되니 슬푼 ᄉᆞ람 츄식이요 금풍ᄉᆞ비셕긔ᄒᆞ니 젹막셩은 슬슬리라 오ᄉᆞᆼ은 고ᄒᆞ녀 츄식원니 집허지고 풍화넌 쵸진ᄒᆞ녀 낙녑셩니 간듸읍고 동지ᄌᆞᆼ야 진진 밤의 셜

〈45앞〉 리 궁한 몸니 ᄎᆞ니 짤 부르며 우난 쇼ᄅᆡ 졈졈 힝운 무졍니요 뉴뉴강슈 오녈니라

【후탄】 도화동즁의 곽시부인 인심으로 졔요 굴어 연명ᄒᆞ며 ᄉᆞᆼ구녕신 봄니 된니 셔롬니 눈물 도녀 셰우 셕거 오넌 즁의 춘식은 ᄌᆞᆼ뉴ᄒᆞ녀 한 번 가고 다시 오되 ᄉᆞ람 한 번 도러가면 어니ᄒᆞ녀 못 오난고 하눌니 멀다 ᄒᆞ녀도 오경 안의 쇼식이 오고 남경니 멀다 ᄒᆞ녀도 ᄉᆞ신힝ᄎᆞ가 왕ᄂᆡᄒᆞ건만 인당수 우리 심쳥 어니ᄒᆞ녀 못 온난고 짤 일코 눈 못 뜬니 일언 팔ᄌᆞ 쏘 인난가 이렷텃 탄식할 졔

【안니리】 셰월니 녀류ᄒᆞ녀 어늬덧시 쳣돌리라 심쳥니 가던 날노 용신을 위ᄒᆞ녀 강변의 포진ᄒᆞ고 가진 젼물 ᄉᆞᆼ즁녕실 닌졍히ᄌᆞ 용신긔을

〈45뒤〉 그려 ᄭᅩᆺ고 넉젼 말너 신위ᄒᆞ고 ᄉᆞᆷᄌᆞ비 셰악슈난 ᄊᆞᆼ골져 셰피리 진양쵸 즁할님 ᄋᆡ원으로 풍악ᄒᆞ며 구레 뉴운 은봉징을 쇽쇼리로 울니면셔 심낭 혼신을 쳥좌할 졔

【모리】 ᄉᆞ히용왕 각도션황 쳥좌ᄒᆞ여 위로ᄒᆞ고 심낭ᄌᆞ의 넉슬 불너 쵸혼ᄒᆞ되 츌쳔지효 심낭신은 안밍 부친 눈 씌우랴 ᄌᆞᄆᆡ투강 인당슈의 어복즁 원혼되니 압 못 보난 안밍 부친 밤낫즈로 ᄋᆡ통ᄒᆞ며 일구월심 원니 도녀 가던 날니 오날니라 혼을 불너 히원ᄒᆞ랴 가진 전물 ᄎᆞ려 녹코 졍셩으로 발원ᄒᆞ니 혼니라도 써나오고 넉시라도 도라와셔 만니만니 희망ᄒᆞ옵시고 ᄉᆞ우녕쳔 혼니 달너 셰왕 길노 왕싱ᄒᆞ녀 인도환싱ᄒᆞ옵쇼셔

【진양죠】 산

〈46앞〉 념ᄒᆞ녀 공슈풀 졔 심봉ᄉᆞ 안져 듯싸 긔졀ᄒᆞ녀 업쎠지며 이ᄉᆡ ᄂᆡ 쌀 심쳥아 진안 갓턴 ᄂᆡ 쌀이야 쳔ᄒᆞ의 몹슬 아비 쇼경 된 눈 씌우랴고 ᄃᆡᄒᆞ 즁의 일신 더져 흔젹 읍시 쥭어ᄉᆡᆺ나 명나슈난 쳥빅니요 오강신은 츙혼닌이 너도 위친 투강ᄒᆞ녀 그와 갓치 효녈니야 혼니라도 네 왓거던 날을 어셔 달여가 거라

【안니리】 이렂텃 통곡할 졔 츅시예 파년ᄒᆞ고 집으로 도러와 식지 쎈 암쇼 우덧 쥬냐 통곡 운일면셔 셰월을 보ᄂᆡ더니 건너말 양지쯤의 뼹덕어미란 지집 인물도 면츼ᄒᆞ고 몸밉셰도 씰 만ᄒᆞ되 쇼견니 고약ᄒᆞ녀

【엇모리】 요망ᄒᆞ고 미욱ᄒᆞ고 념쳬읍시 방졍맛고 변덕

〈46뒤〉 시럽고 간ᄉᆞᄒᆞ여 암한 즁 의심씌 만코 허욕으로 ᄉᆡ암 닛고 외침 ᄂᆡ숀의 잇난 쳬 보면 셔로 죳타가도 도러셔면 뒤파기와 얼능스럽고 능축ᄒᆞ녀 남의 음향 간셥ᄒᆞ녀 이간질노 쌈 붓치기 남의 ᄊᆞ옴 가로 맛터 쥭도록 어더 맛기 알뜰ᄒᆞ게 ᄉᆞ난 부녀 쵸인ᄒᆞ녀 팔어 먹지 졍녈부인 음ᄒᆡᄒᆞ다 졋쳐 ᄆᆡ고 쏭먹씨와 능쳥스럽게 숀 것치러 남의 젼곡 훔쳐다 다가 안쥬 ᄉᆞ고 슐 먹기와 남의 인졍 싱각 즌코 억ᄆᆡ흥졍 할랴다가 듯ᄌᆞ느면 욕ᄒᆞ기와 다된 혼인 ᄉᆞ니 드러 희년하녀 파의치기 병신 보면 흉을 보고 침 언져 악담ᄒᆞ기 언ᄉᆞ 만코 음측ᄒᆞ녀 춍각ᄋᆡ와 긔롱ᄒᆞ다 괸말의다 숀 넉키와 ᄉᆞ랑 츌닙 집신 웃기 졀 돌

〈47앞〉 임 메투리 엇기 슐즌 먹고 쥬막 츌입 구입ᄒᆞ고 말 돌임 밤을 ᄉᆡ녀 남진ᄒᆞ다 날곳 ᄉᆡ면 낫좀 ᄌᆞ기

【안니리】 불의지ᄉᆞ 무슈ᄒᆞ니 ᄉᆞᆼᄒᆞ 읍시 그년 져년 본동의셔 회가 츌힝 타동의서 붓치 즌코 쫏쳐ᄂᆡ니 멸ᄂᆡ싸지 왁ᄶᅧᆨᄒᆞ녀 유츅 읍시 단니다가 심봉ᄉᆞ 의 의퇵으로 구입니나 ᄒᆞ랴 ᄒᆞ고 심봉ᄉᆞ을 유닌ᄒᆞ되

【평즁단】 읍난 졍도 닛난 듯기 거짓 언ᄉᆞ 헛걱쎵의 죠식도 보술피고 허물읍 시 술뜰한 쳬 좀ᄶᅥ리도 갓치ᄒᆞ니 심봉ᄉᆞ 쥬린 지믜 웃지 한 번 각가워셔 졍슉히 지나가니 심봉ᄉᆞ 혹한 마음 갓치 ᄉᆞᄌᆞ 냑쇽ᄒᆞ고 념녀 읍시 발아더니

【안니리】 쎙덕어미 몹실 심ᄉᆞ ᄉᆡ예셔방과 언약ᄒᆞ고 심봉

〈47뒤〉 ᄉᆞ의 약싼 셰간 모도 탈취ᄒᆞ녀 가지고 부지거쳐 ᄒᆞ녀시나 심봉ᄉᆞ 어니읍셔 도화동 남녀노쇼 쳑동ᄭᆞ지 북그러워 의쥴 읍시 나갈 졔 집판막ᄃᆡ 것쎠 집고 거쥬 읍시 ᄂᆡ달아 쵼쵼걸식 단일 젹의

【진양죠】 잇ᄯᅦ에 심황후난 일신니 부귀ᄒᆞ녀 문죵녹을 바더시나 일편심니 부친니라 셰렴의 쯧시 읍셔 빗난 금의 ᄉᆡᆨ시 업고 진슈셩촌 변미ᄒᆞ녀 ᄉᆞ친함을 ᄉᆡᆼ각ᄒᆞ고 슈심으로 진아시다 심황후 집픈 쯧 화젼 닐 폭 셰셰원졍 슌식의 그려 ᄂᆡ녀 가마니 신녀 쥬어 쳔ᄌᆞ 압희 드려쎠니

【안니리】 셩안니 유의하ᄉᆞ 니 글 쯧 솔피시니 복원 신쳡은 돈슈ᄌᆡ빅ᄒᆞ고 황공ᄒᆞ온 ᄉᆞᆼ셔을 올니오니 복걸 셩명은

〈48앞〉 ᄋᆡ련 슈츌ᄒᆞ쇼셔 어양ᄶᅡ 도화동의 누ᄃᆡ ᄉᆡᆼ죵이온ᄃᆡ 죠난 ᄐᆡ학ᄉᆞ 의균니옵고 부난 니예 션비로셔 쳐ᄉᆞ라 일우던니

【즁모리】 ᄉᆞᆷ십의 폐안ᄒᆞ고 모난 션풍곽시로셔 쳡을 낙코 쥭ᄉᆞ오니 부친니 펴안 즁 젓두 읍시 양육ᄒᆞ녀 신첩을 질을 ᄯᅦ예 그 즁싱니 어쎠리ᄶᅡ 불분쳔지 동셔거리 존명을 보죤ᄒᆞ녀 쳡의 년이 십오 셰의 펴안 부친 눈 ᄯᅳ우랴 ᄆᆡ신 투강ᄒᆞ엿ᄉᆞᆸ다 옥졔 유명 션아ᄒᆞ셔 용궁으로 츌세할 졔 수부양계 불ᄉᆞᆼ급의 죵싱화로 은신하녀 약

〈48뒤〉 슈 ᄉᆞᆷ쳘 니을 무ᄉᆞ니 득달ᄒᆞ와 몸니 ᄯᅩ한 황극젼의 쳔의을 범ᄒᆞ오니 ᄉᆞᆯ어롬을 드ᄃᆡ온 덧

【안니리】 유공불감ᄒᆞ오나 신쳡의 포한간담 병친으로 일념이오니 부녀 ᄉᆞᆼ 봉ᄒᆞ옵기을 녀순약히 호싱지은 쳔만복츅 발아ᄂᆡ다 그 글을 보시고 용젼 셩안의 일희일비라 후의 효녕과 말근 덕니 호호오불가싱야라 민무능 명인이로다 인ᄒᆞ녀 직시 어냥ᄐᆡ슈의게 죠셔을 ᄂᆞ리고 도화동을 념문ᄒᆞ녀 심봉ᄉᆞ의 ᄉᆡᆼᄉᆞ을 탐지ᄒᆞ녀 ᄉᆞᆯ어ᄶᅢ던 안가 ᄉᆞ마의 즉시 올니라 ᄒᆞ녀시되 심봉ᄉᆞ가 부지거쳐 녀날 니 쯧

〈49앞〉 즈로 쥬문을 ᄒᆞ오니 황후 심ᄉᆞ 불평ᄒᆞ녀

【진냥죠】 아득 충망 구름 박긔 싱이ᄉᆞ별 웬일린고 부친 송봉 못 ᄒᆞ오니 번화부귀 좃타 할가 위친 투강 니ᄂᆡ 몸니 솔어시니 불효로다 슈심으로 지닐 젹의 날이 가고 밤니 드니 탑송을 으지ᄒᆞ여 비몽인 덧 ᄉᆞ몽인 덧 요지년 년황궁의 영독당을 드러가니 항아넌 쥴을 줍고 ᄇᆡ옥탑의 좌졍ᄒᆞ고 쳥심경 니 층의넌 쇼아가 쳔도 쥐고 황금탑의 좌졍ᄒᆞ고 좌우의 안진 부인 왕경부 기란니며 이경파 난향공쥬 남악션녀 졍부인 반쳡녀 녀룡왕씨 ᄎᆞ례로 안졋난ᄃᆡ

〈49뒤〉 중싱화 난만 즁의 반도 벽도 풀으녓고 졔슈나무 그늘 쇽의 월즁토 도약할 제 단쳥화직 후당으로 곽시부인 나오시며 황후 줍고 낙누ᄒᆞ며 긔특하다 ᄂᆡ 딸이야 위친 투강 달효지심 쳔명으로 환셰ᄒᆞ녀 황후 되니 긔툭하다 일엇텃 층춘할 졔

【즁모리】 심황후 긔식ᄒᆞ며 모친 젼의 달여들어 어마니 불으면셔 졍신읍시 늣겨 울며 아바니는 날을 일코 긔진 셰송 발니신지 죵젹을 모로네다 곽시부인 딸을 줍고 영녁히 니론 말솜 진즁한 ᄂᆡ 딸아 너의 부친 ᄉᆞ러시니 옥뉘을 ᄂᆡ지 말고 망닌존치 셜시ᄒᆞ고

〈50앞〉 구쥐 쇼경 다 불으면 부녀 송봉할 거시니 망인존치 부ᄃᆡ하라

【안니리】 싱시갓치 일을 젹의 금계셩의 좀을 ᄁᆡ이 쉼가온ᄃᆡ 보던 션녀 모친 일시 졍년ᄒᆞ니 모녀 송봉 쳔힝니라 심황후 니 뜻즈로 탑젼의 송달ᄒᆞ니 쳔ᄌᆞ게옵셔 황후 덕을 칭춘ᄒᆞ시고 잇튼날 ᄎᆞᄃᆡ예 이 뜻스로 글 지녀 졔신덜게 나리시너 ᄒᆞ려 ᄒᆞ난 졍ᄉᆞ 슷틔

【모리】 시급피 반포ᄒᆞ녀 구쥬ᄌᆞᄉᆞ 틔슈현의 죠셔을 ᄂᆞ리시되 슌병 녈읍 각쵼 곳곳지 ᄉᆞ난 쇼경 잇난 ᄃᆡ로 녕거ᄒᆞ녀 황셩으로 다 올이라 죠셔을 ᄂᆡ려 힝관ᄒᆞ니 구쥐ᄌᆞᄉᆞ 열읍 틔슈가

〈50뒤〉 각면 각동의 젼녕ᄒᆞ고 각면 풍악 종교 치ᄉᆞ 쥬안궐농 안동ᄒᆞ여 면면촌촌 방방곡곡 ᄉᆞ난 쇼경 졔진하여 황셩으로 올녀갈 졔 가다가 발쌩난 놈 보교 타녀 올녀가고 병든 쇼경 약을 먹녀 죠레 식켜너 올녀가고 쇼경 즁의 가난한 ᄌᆞ 노ᄌᆞ 쥬어 보ᄂᆡ면셔 동ᄂᆡ마다 신칙ᄒᆞ녀 녀긔 간다 져긔 간다

숨쇼님은 달음박질 쇼경 즁의 측실한 ᄌᆞ 면쳥ᄒᆞ고 ᄲᅡ지랴다 념문 즁 들켜나셔 볼기 맛고 가난 놈과 즁병 들어 못 가난 ᄌᆞ 통고 안의 ᄲᅡ지넌 ᄌᆞ 녕문의셔 보종ᄒᆞ고 일엇텻 분쥬할 졔

【안니리】 도화동 심봉손들 쥭기 젼의 ᄲᅡ질숀냐 읏지ᄒᆞ다 븟들여 방싀 읍시 갈냐

〈51앞〉 할 졔 노ᄌᆞ 읍셔 걱경ᄒᆞ니 본관의셔 노ᄌᆞ 쥬며 지체 말고 가라 ᄒᆞ니

【평중단】 심봉ᄉᆞ 거동 보아라 ᄯᅵ는 맛츰 유월니라 ᄉᆞ승맛포 고의젹숨 단물 다난 헌 즁츄막 압 터진 헌 망건 은졍관 덥퍼 씨고 모ᄌᆞ 숑한 헌 갓시다 옥갓끈 달아 씨고 망혀쥭중 쓸어 집고 황셩으로 숑ᄒᆞ올 졔 날니 더워 목욕하다

【안니리】 나와 더듬어 보니 어늬 몹실 놈니라 의관을 모도 가져 각ᄭᅩ나 심봉ᄉᆞ 긔가 막혀 불알만 쥐고 안져씰 졔 맛츰 관힝ᄎᆞ가 지나가니 심봉ᄉᆞ 긔녀들어 가 엽쳐고나 어닌 ᄇᆡᆨ셩인다 싱니 어냥ᄶᅡ 도화동 ᄉᆞ난 심봉ᄉᆞ옵더니 황셩으로 가옵다 날니 더워 목욕ᄒᆞ옵다 의관을 모도 봉젹ᄒᆞ옵고

〈51뒤〉 촌보 갈 길 읍ᄉᆞ와 명졍지ᄒᆞ의 의관을 ᄎᆞ져 지다 무엇슬 일럿난고 심봉ᄉᆞ가 좀싼 에누리로 알리던 거시엿다

【엇모리】 숨ᄇᆡᆨ틔 통냥갓 밀화갓끈 단 ᄎᆡ 일코 게알 것턴 와룡탕건 ᄃᆡ모몃쑥 니 단 ᄎᆡ 일코 외올망건 ᄃᆡ모관ᄌᆞ 금픿풍줌 단 ᄎᆡ 일코 당모시 곱바지예 졔츄리 즁의 졉쳐 일코 미량한포 헐릐ᄯᅴ예 우단쥼치 졉쳐 일코 싱면쥬 졉져구 리 문포젹숨 졉쳐 일코 슉쥬충의 당ᄲᅴ도포 부납ᄯᅴ 졉쳐 일코 합쥭션 밀화션쵸 니궁향을 졉쳐 닐코 화문갑ᄉᆞ 담ᄇᆡ쌈지 숨등쵸 년 ᄎᆡ 일코 은졀병 통셔ᄌᆞ로 ᄃᆡ모종도 졉쳐 일코 은쵸녀 통셔 투셔 학실경을 졉쳐 일코 숨승보션 육분당

〈52앞〉 혀 통힝젼을 졉쳐 일코 젼쥬간모 숑도유숨 쳥목젼ᄃᆡ 넌 ᄎᆡ 일코 유랑달마 가진 부담 노ᄌᆞ ᄇᆡᆨ 냥 졉쳐 일코 마노비 의관 신발 몰숔니 일어ᄉᆞ오니

【안니리】 명졍지ᄒᆞ의 통쵹ᄒᆞ와 봉젹한 것슬 ᄎᆞ져지다 ᄶᅦ을 더럭 씨며 달녀 드니 힝ᄎᆞ가 어[이 읍셔 숔의 입어ᄶᅥᆫ] 고의젹숨 버셔 쥬고 의 -훼손- 쥬니

심봉ᄉᆞ 더욱 죠와 -웨손- 가다 남방 인난 밍봉ᄉᆞ -훼손-

〈52뒤〉 -훼손- ᄲᅮ고 일어 안져 밍봉ᄉᆞ와 슈족ᄒᆞ되 [간밤의] 몽ᄉᆞ가 불길ᄒᆞ니 ᄒᆡ몽 좀 ᄒᆞ여쥬오 몽ᄉᆞ가 읏더ᄒᆞ오 심봉ᄉᆞ ᄃᆡ답ᄒᆞ되 화렴니 창쳔한듸 불의도 단녀 뵈고 ᄂᆡ몸을 샙질 벅겨 북ᄯᅩ 머녀 쳐도 뵈고 나무입 써러져 ᄲᅮ리도 덥퍼 뵈니 그 안니 흉몽니오 밍봉ᄉᆞ ᄒᆡ몽하되 화ᄌᆡ족승ᄒᆞ니 용낙[을] 가지요 녑낙은 성ᄒᆡ니 ᄌᆞᄂᆡ을 가봉니라 불쏫치 발 [우의] 잇시니 펄펄 ᄯᅱ녀 길거옴을 볼 거시요 ᄂᆡ 몸을 샙질 벅겨 북을 머녀시니 고타궁셩니라 궁궐의셔 ᄉᆞᆯ 거시요 나모닙 써러져 ᄲᅮᆯ니을 덥퍼시니 -훼손-

〈53앞〉 낙엽이 귀근ᄒᆞ이 ᄌᆞ여을 가봉이라 ᄉᆞᆷ이 ᄆᆡ오 둇사온이 거 안이 ᄃᆡ몽이오 심봉ᄉᆡ 싱긋 웃고 가로ᄃᆡ 거계 쳔부당 만부당할 말리로고 -훼손-ᄃᆞ -훼손- 지금은 밋지 안이ᄒᆞ나 ᄂᆡ두사을 두고 보오 심봉사가 아침밥 급피 먹고 궐ᄂᆡ로 향ᄒᆞ여 궐문 밧계 당두ᄒᆞᆫ이 궐ᄂᆡ의 쇼경 쳔지가 되엿들라 심황후 부친 동젹을 알고져 ᄒᆞ여 밍인잔치을 ᄇᆡ셜ᄒᆞ엿서되 승명ᄌᆞᆼ의 심씨 밍인이 읍시이 ᄎᆞ탄ᄒᆞ여 이른 말이

〈53뒤〉 부친이 기간 눈을 써셔 밍인 츅의 안이든가 ᄂᆡ가 인당슈의 죽은 쥴 알고 ᄋᆡ통ᄒᆞ여 죽어신가 잔치 오날 망둉인듸 엇지 안이 오시는고 ᄒᆞ고 쇼경 ᄎᆡᆨ을 다시 보이 황쥬 도화동 심핑규라 이거날 동명과 심씨는 올어이 자긔 부친인가 하고 시여로 ᄒᆞ여금 심밍인을 부르신이 심봉사 ᄉᆞᆷ을 생각ᄒᆞ고 은휘코자 ᄒᆞ다가 밍봉ᄉᆞ의 ᄒᆡ몽을 ᄉᆡᆼ각ᄒᆞ고 ᄂᆡ가 심봉ᄉᆞ요 심봉ᄉᆞ을 인도ᄒᆞ여 별젼으로 들

〈54앞〉 러 가이 심황후 어진 마음 심봉ᄉᆞ을 살펴보이 부친의 용모와 방불ᄒᆞ나 ᄌᆞ셔이 알길 읍셔 ᄋᆡ건이 물어시되 쳐ᄌᆞ가 잇나야 심봉ᄉᆞ 복지주왈 즁연의 상쳐ᄒᆞ고 말연의 ᄯᆞᆯ ᄒᆞ나 두어든이 요미ᄒᆞᆫ 중의 말을 듯고 아비 눈 ᄯᅳ기을 위ᄒᆞ여 ᄉᆞᆷ빅셕의 몸 팔여 인당슈의 쥭녀삽고 눈두 못 ᄯᅳ고 ᄌᆞ식만 일어삽나이다 셰셰이 알외이 왕후 거 말을 드르이 ᄌᆞ긔 부친이 완연ᄒᆞ다 보션발노 ᄯᅱ여 내려 부친의 목을 안고 아바지 살어 왓

〈54뒤〉 소 ᄂᆡ가 과연 물의 ᄲᅡ진 심쳥이요 심쳥이 살엇신니 어셔 급피 눈을 ᄯᅳ시고 ᄯᆞᆯ의 얼골 보옵쇼셔 심봉ᄉᆞ 이 말 듯고 업다 이계 웬 말이야 ᄃᆡ경ᄒᆞ여 ᄒᆞ는 중의 두 눈를 븐ᄀᆡ갓치 번ᄶᅥᆨ ᄯᅳᆫ이 일월이 조요ᄒᆞ고 쳔지가 명낭ᄒᆞ다 ᄯᆞᆯ의 얼골 다시 본이 갑ᄌᆞᄉᆞ월 초팔일야의 보든 션여로다 ᄯᆞᆯ의 목을 안고 일희 일비ᄒᆞ녀 ᄒᆞ는 말이 불상ᄒᆞ다 너의 모친 황쳔으로 돌라가셔 ᄂᆡ가 너을 일코 수삼연 고ᄉᆡᆼ으로 지

〈55앞〉 거ᄂᆡ다가 황셩의셔 너을 만나 이갓치 조와ᄒᆞ는 양을 알가보야 츔추며 노ᄅᆡᄒᆞ되 죽은 ᄯᆞᆯ 다시 보니 인도환ᄉᆡᆼᄒᆞ요온가 두 눈을 븐ᄶᅥᆨ ᄯᅳᆫ이 ᄃᆡ명쳔지 ᄉᆡ로온 듯 부즁ᄉᆡᆼ남즁ᄉᆡᆼ녀는 날로 두구 일르미라 지아ᄌᆞᄌᆞ 됴헐시고 이르텃 조와ᄒᆞᆯ 졔 무쑈한 소경들은 츔추고 노ᄅᆡᄒᆞ며 산호산호 만셰만셰 부르더라 심봉ᄉᆞ를 조복 입펴 황제게 ᄉᆞ은슉비ㄴᄒᆞ고 ᄂᆡ젼의 입시ᄒᆞ여 젹연 회포 드르시고 별궁

〈55뒤〉 을 뎡ᄒᆞ시이 황 -훼손- 고 안시을 취실ᄒᆞ여 -훼손- 은 공셰 신역을 [업시ᄒᆞ니] 쳔만고의 웃듬이라

부록 2

허흥식 소장본 심청가

영 인

107

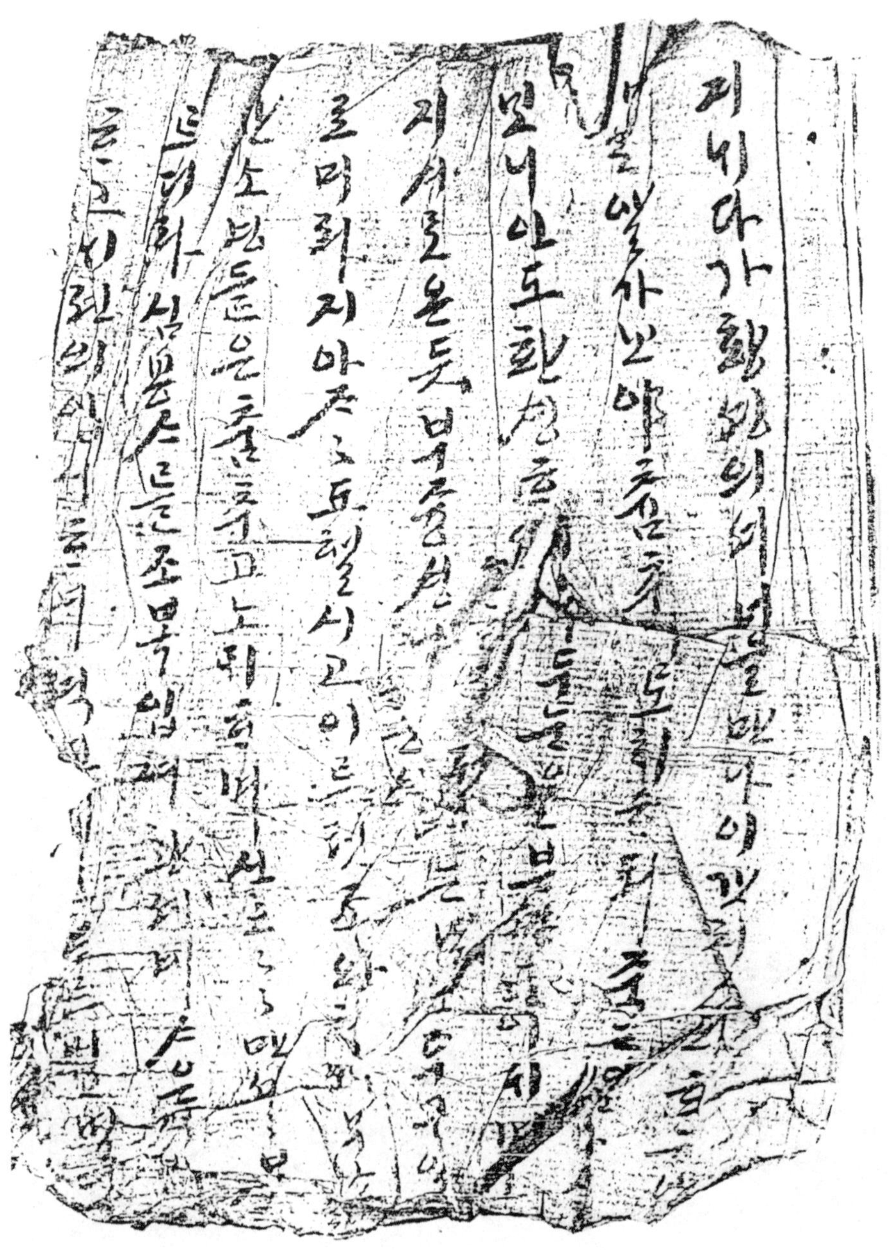

소ᄅᆡ가 ᄯᅡ샹 물의 ᄲᅡ진 [illegible]

뒤 금 [illegible]

승이 ᄲᅡᆯ [illegible]

외두 [illegible]

고가 [illegible]

일ᄉᆡ의 보든 [illegible]

비 [illegible]

도 [illegible]

러가니 심황후 이러 마은 심봉사을 셜게 보시물 뢰
의 용모와 백발은 나즌 하이 얼골 소은 이 걸이 뭇을 내서
되 쳬조 가 잇나 아바 심봉사 복리국 쳔연의 상쳔ᄒᆞ고
말 씨의 셩홍나 두어 도이 오미를 즁에 발을 드는 도 아
비 눈 뜨기을 위ᄒᆞ여 삼백 셕의 몸 팔여 인당수의
주ᄒᆞ던 섭ᄒᆞ노 눈도 못뜨고 조석 때 얼어 빨나 이다 셰셰이 잇
되 에 황후 거 빨 줄 드문 이 모과 부친 씨 왼연 ᄒᆞ마 보
씨 발노 ᄯᅮ여 내려 부친의 목을 안고 싸비 ᄀᆞ 실레 되

부친이 기가 날 올서서 맹안촌의 생시든가
가연당쉬의 죽을 금줄셰을 의동한여 좋아서가
랄치보 벌당통이 되엇지만 이모시는고 한고 소령헌
울다서 뭇이 황극도화동 심팽궁하이 해낳을 동
매파 실쉬 눈올는 어이라기 드루안하하고 시어도 흔여
곰삼만신을 부드신이 임만사 염수을 생기한고
은희고자 흔하가면 부는의 흥붐을 쉬갓흔고
비가신 몸는 소심 몸는 일로 흔댄 벌진을 고들

103

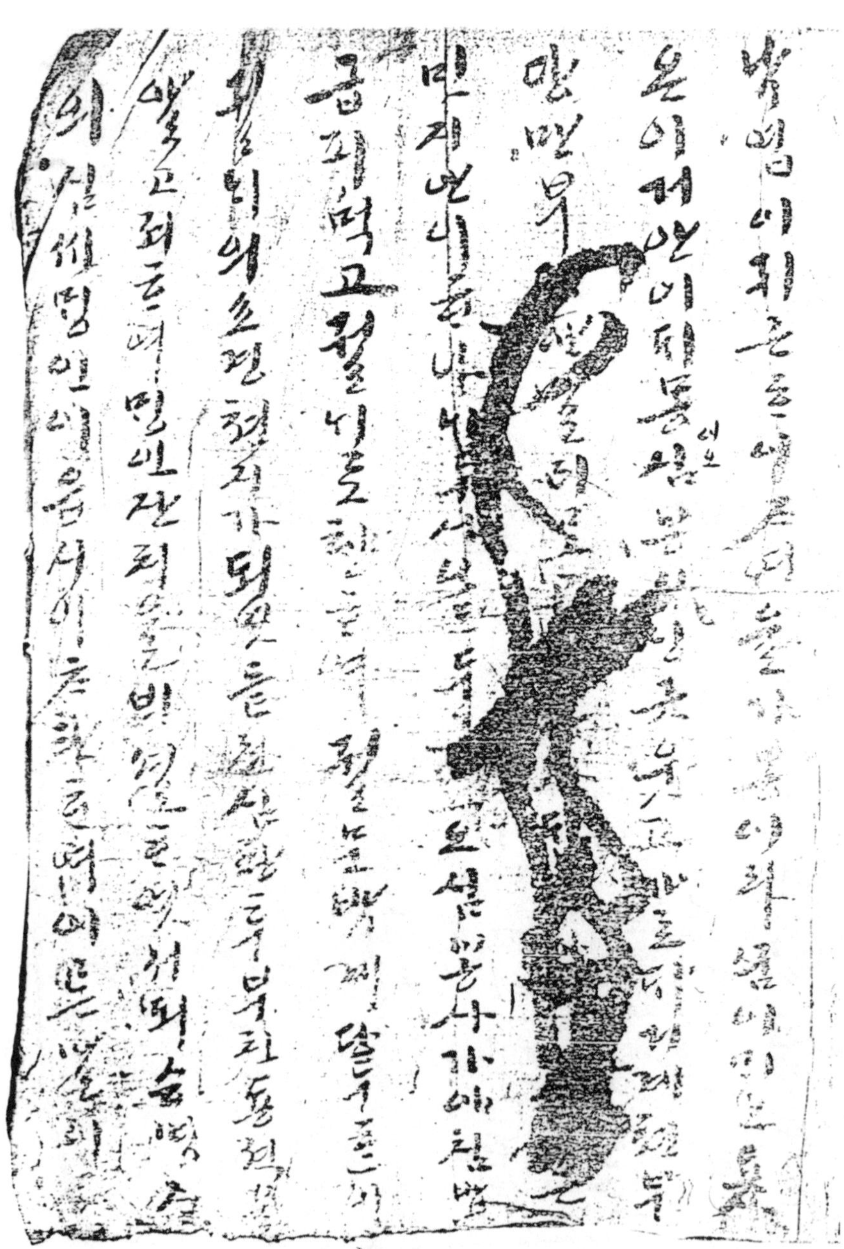

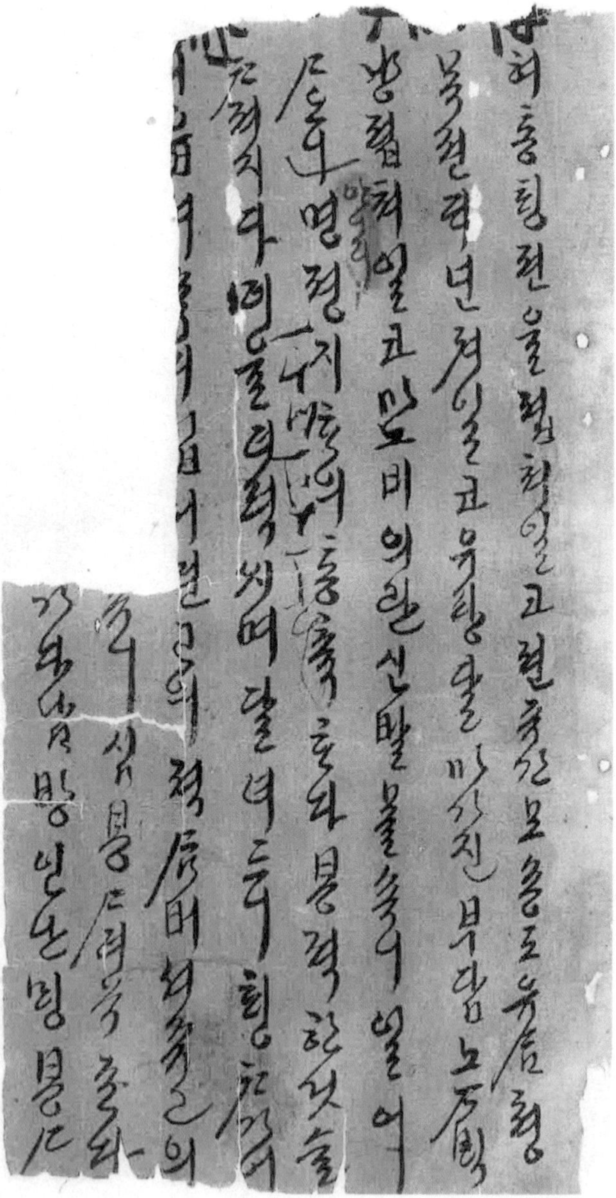

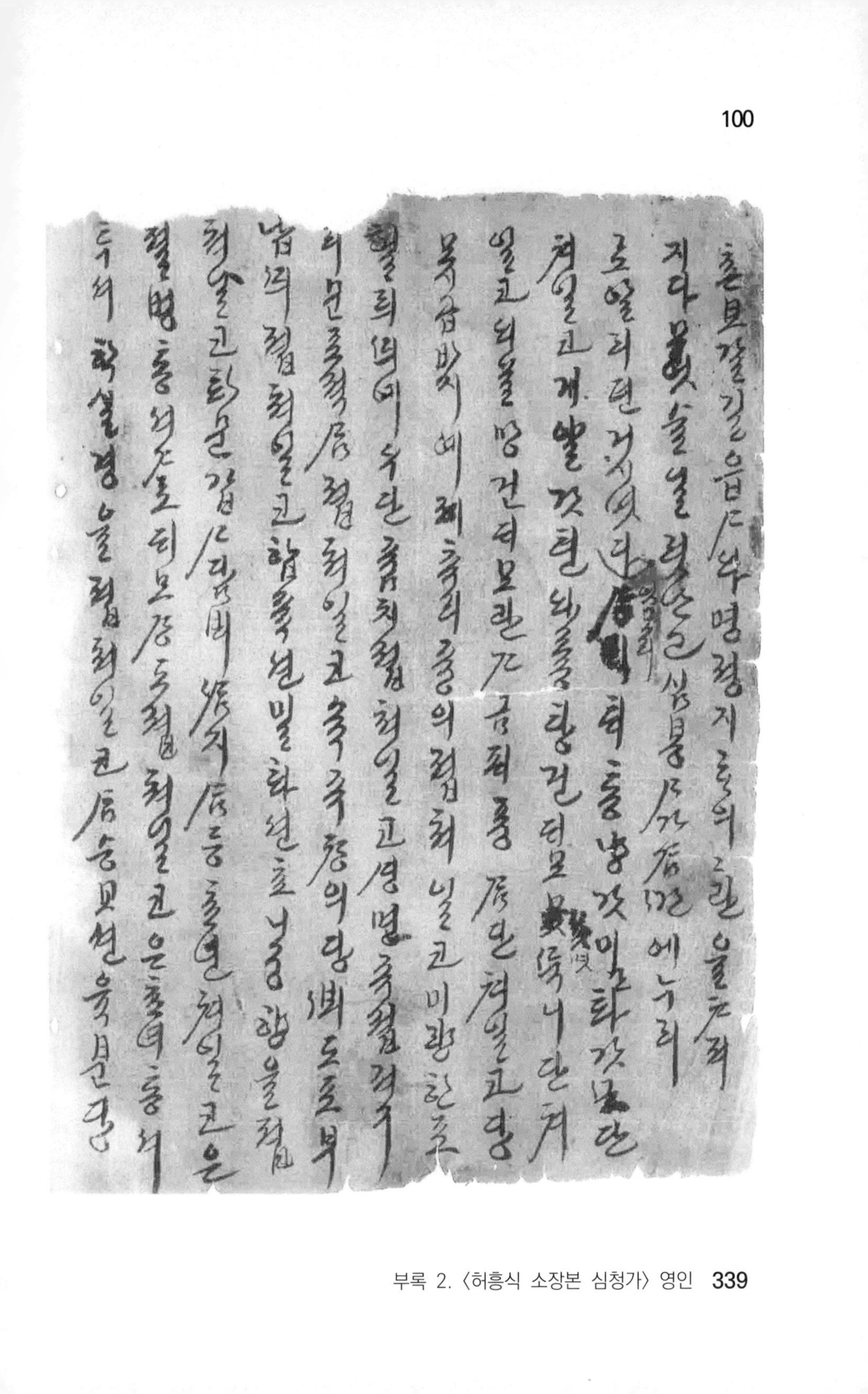

99

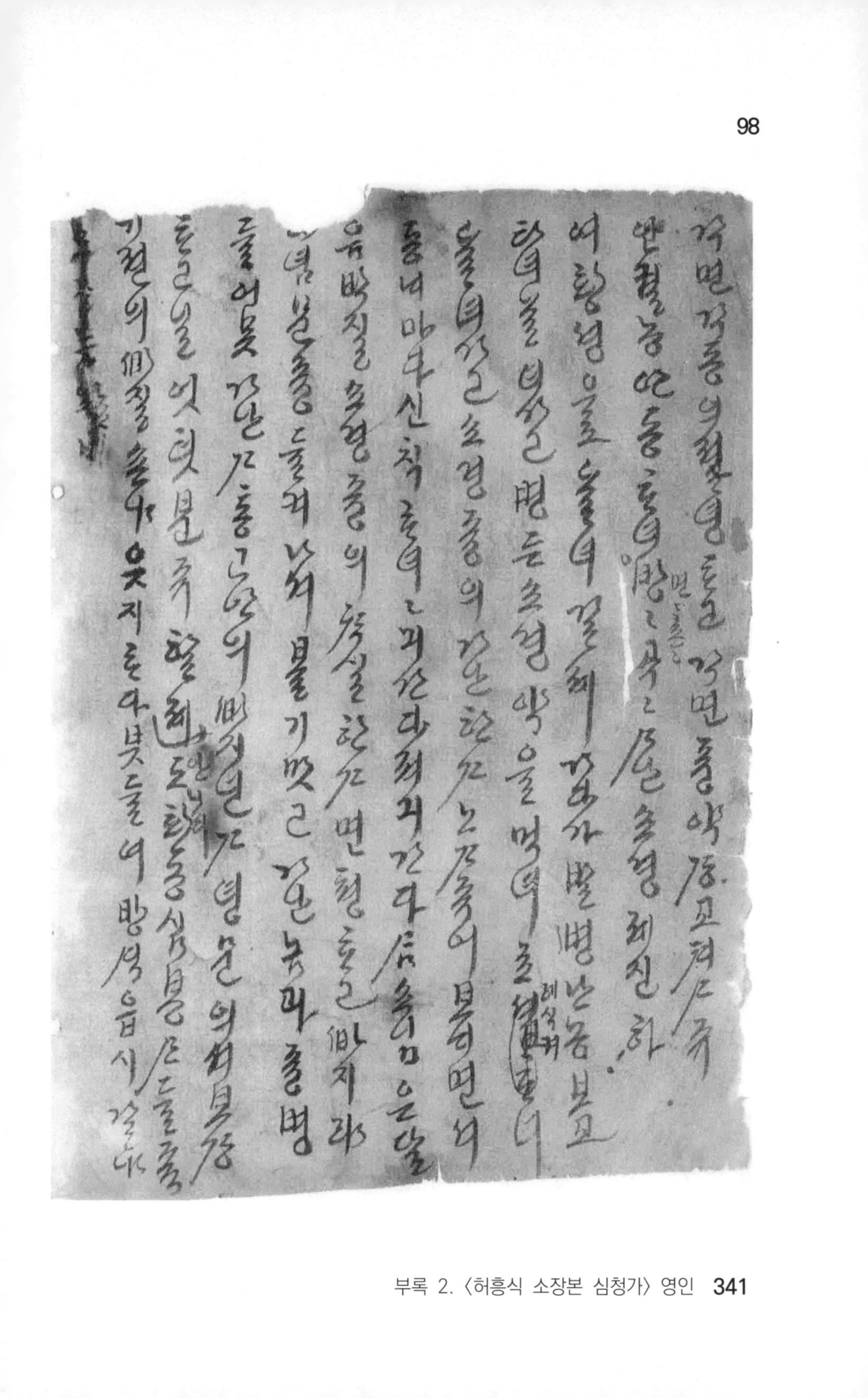

97

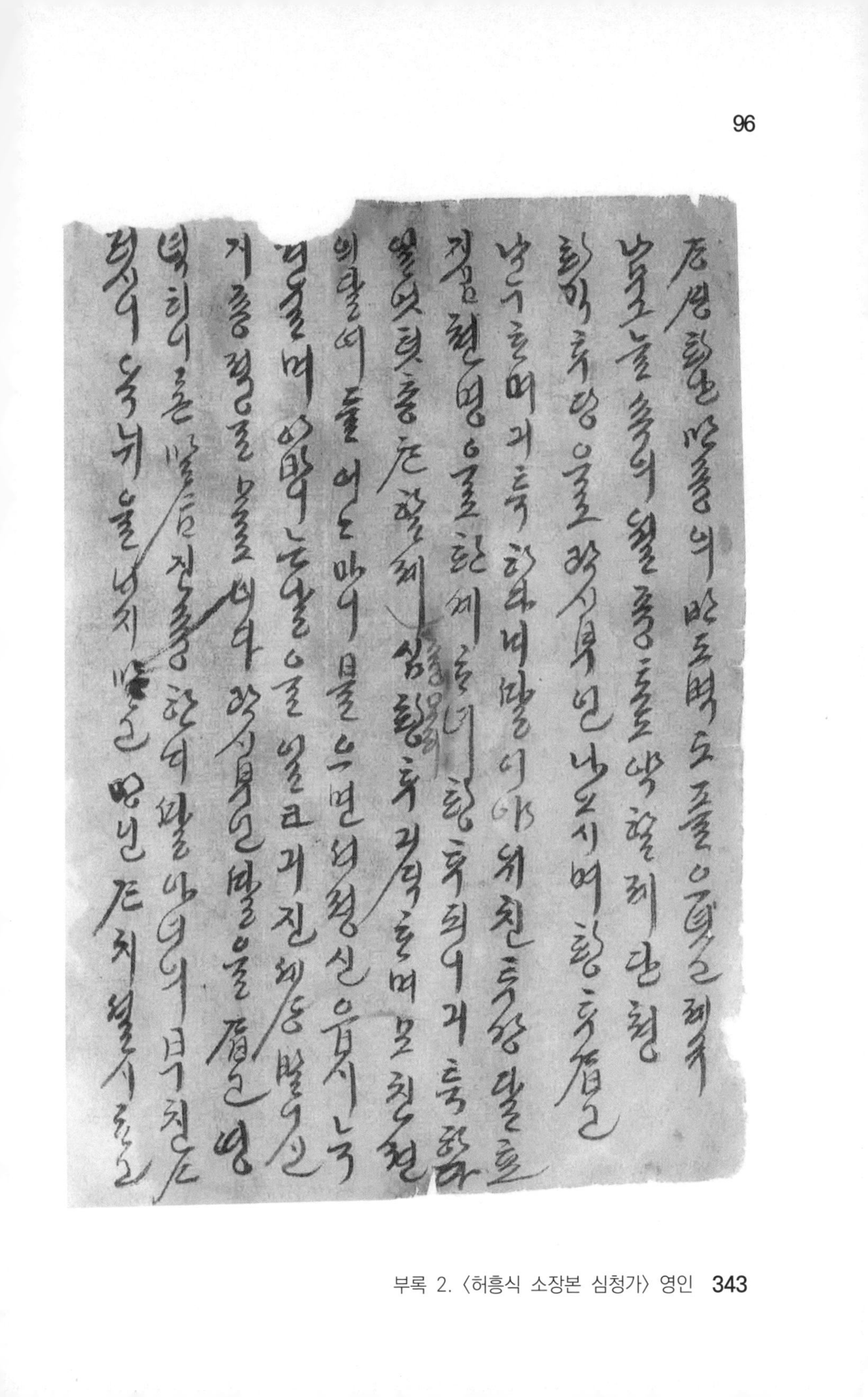

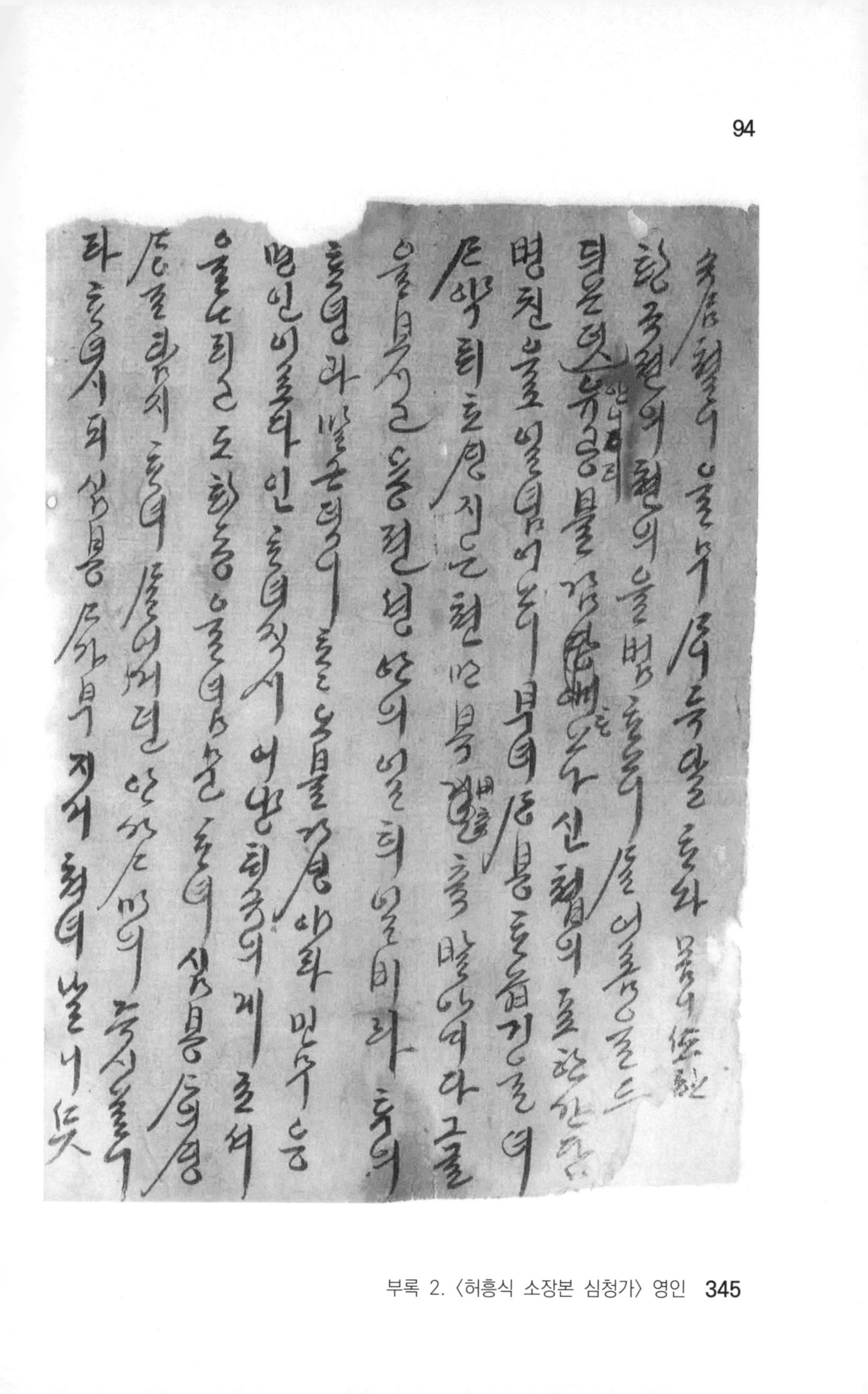

93

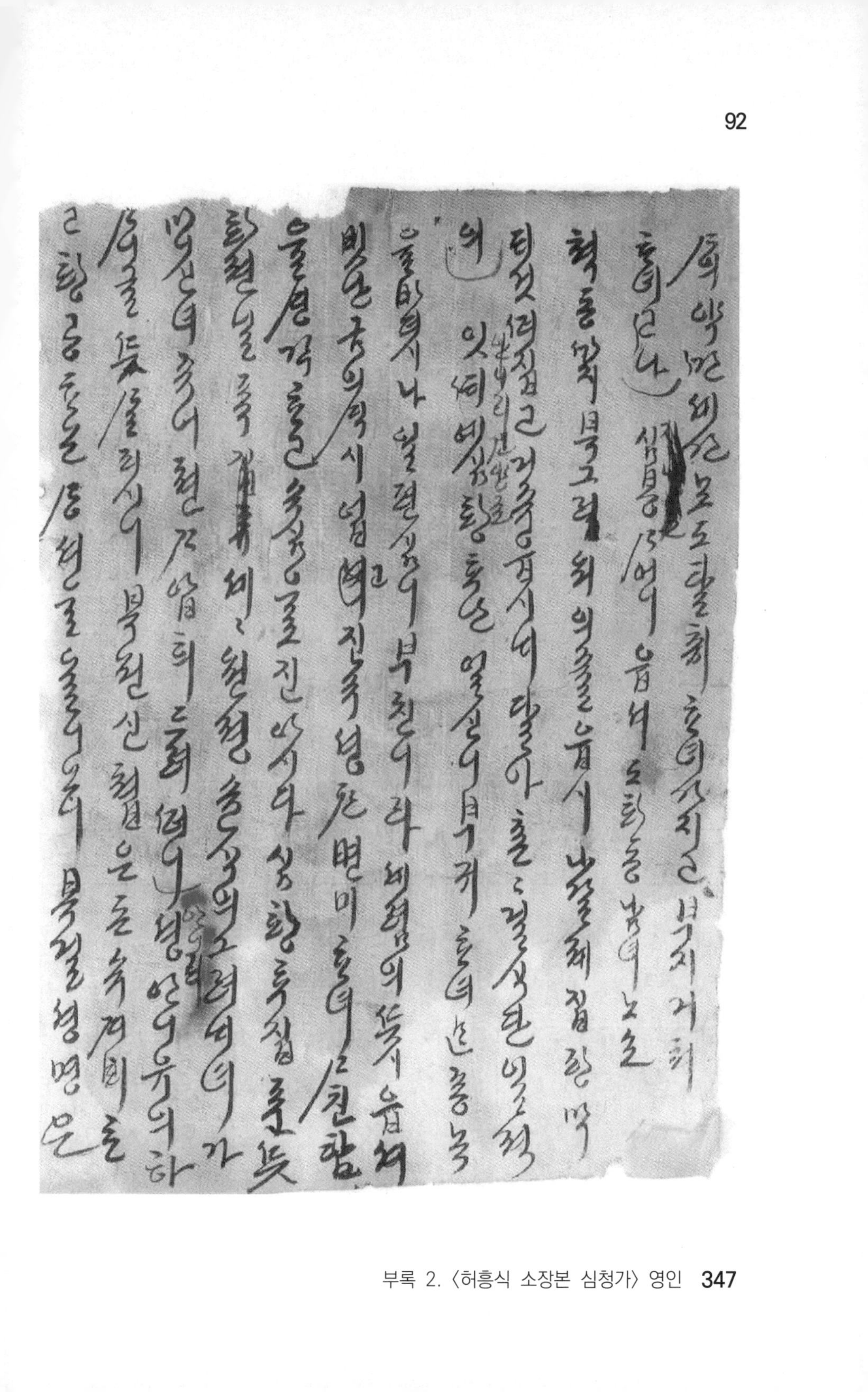

91

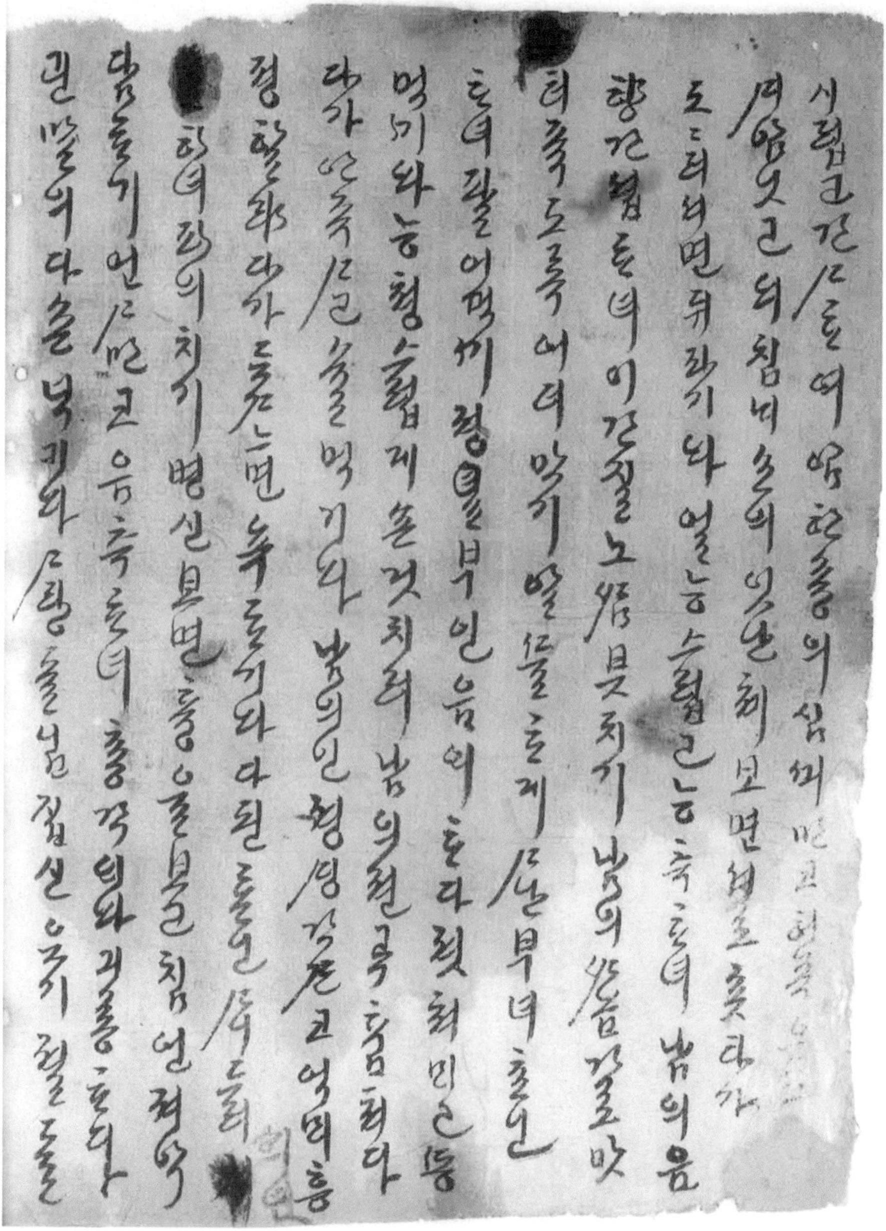

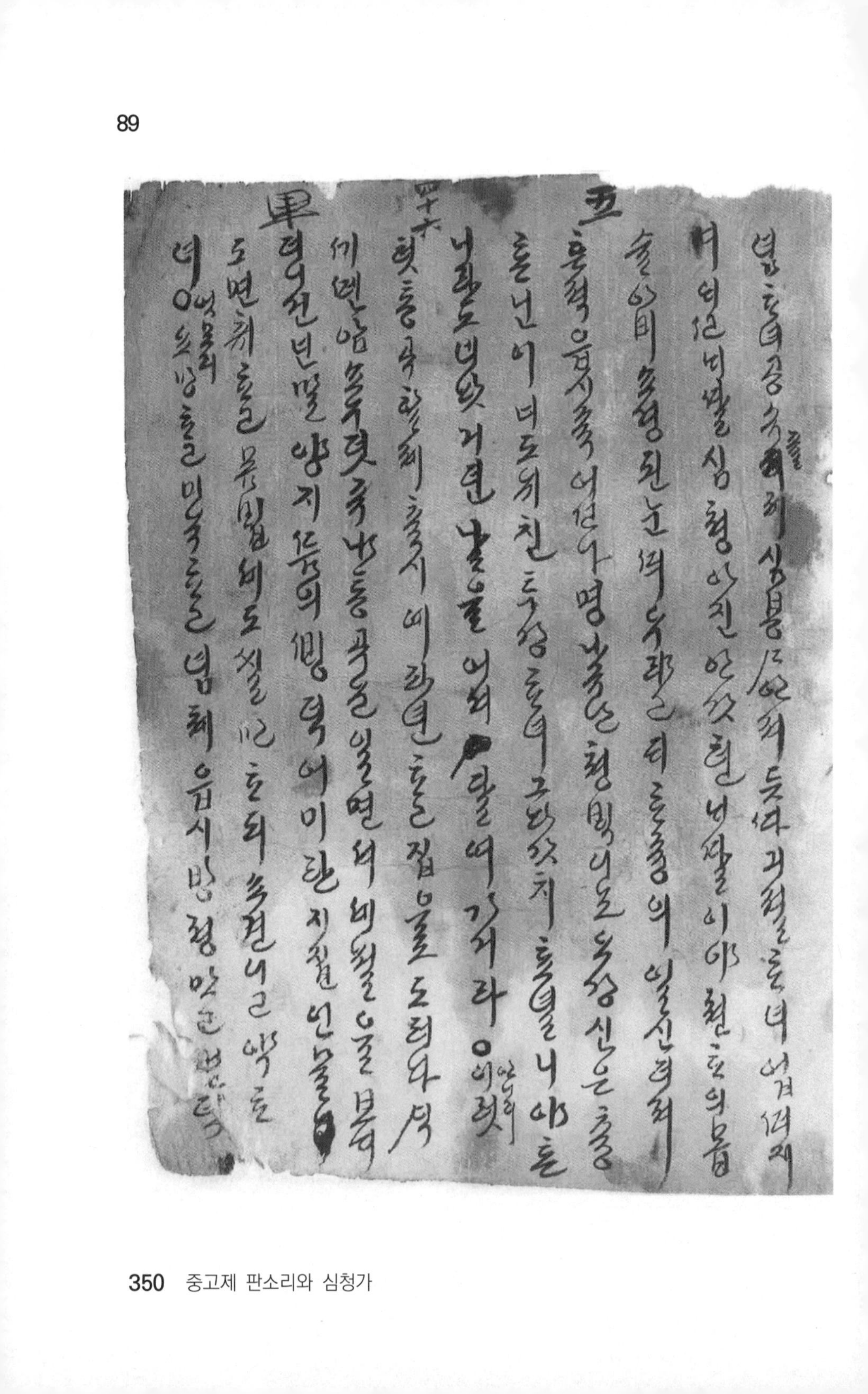

89

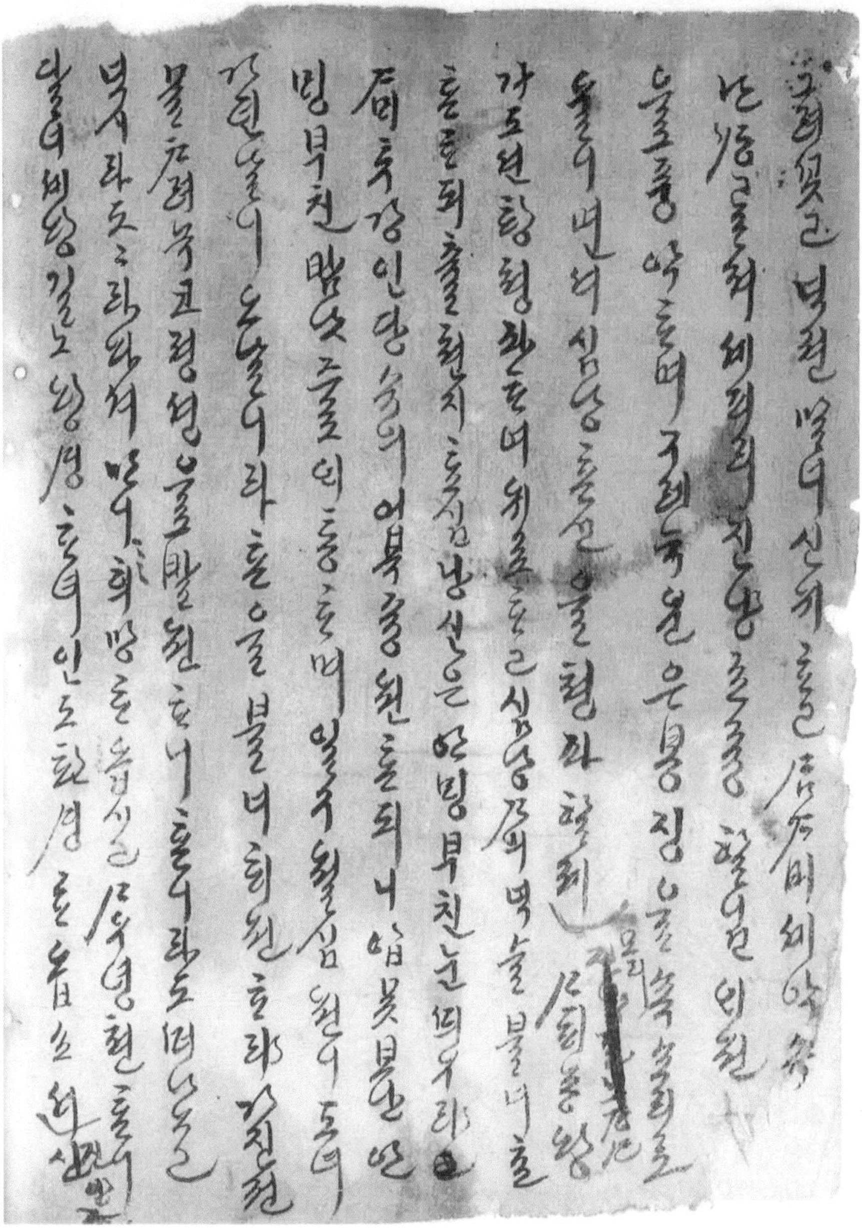

87

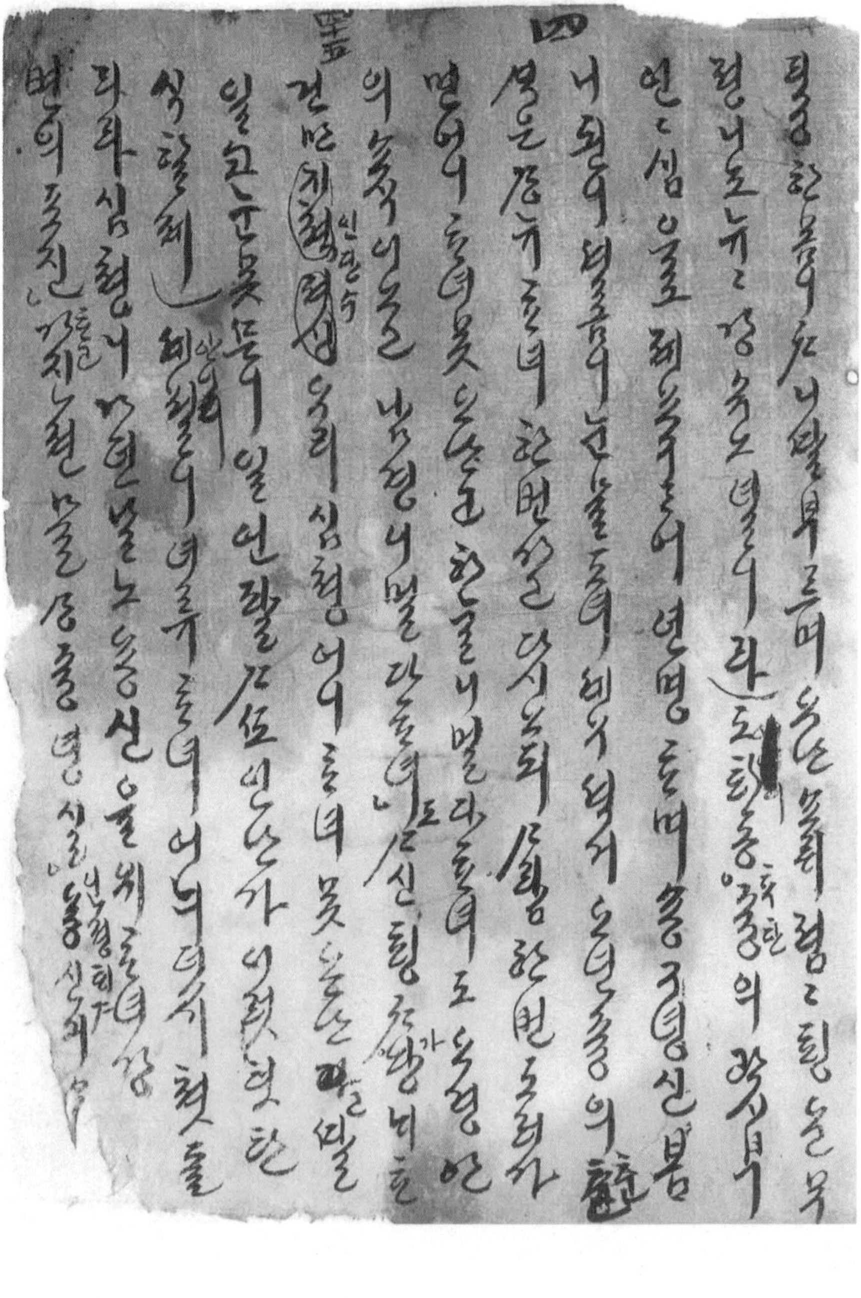

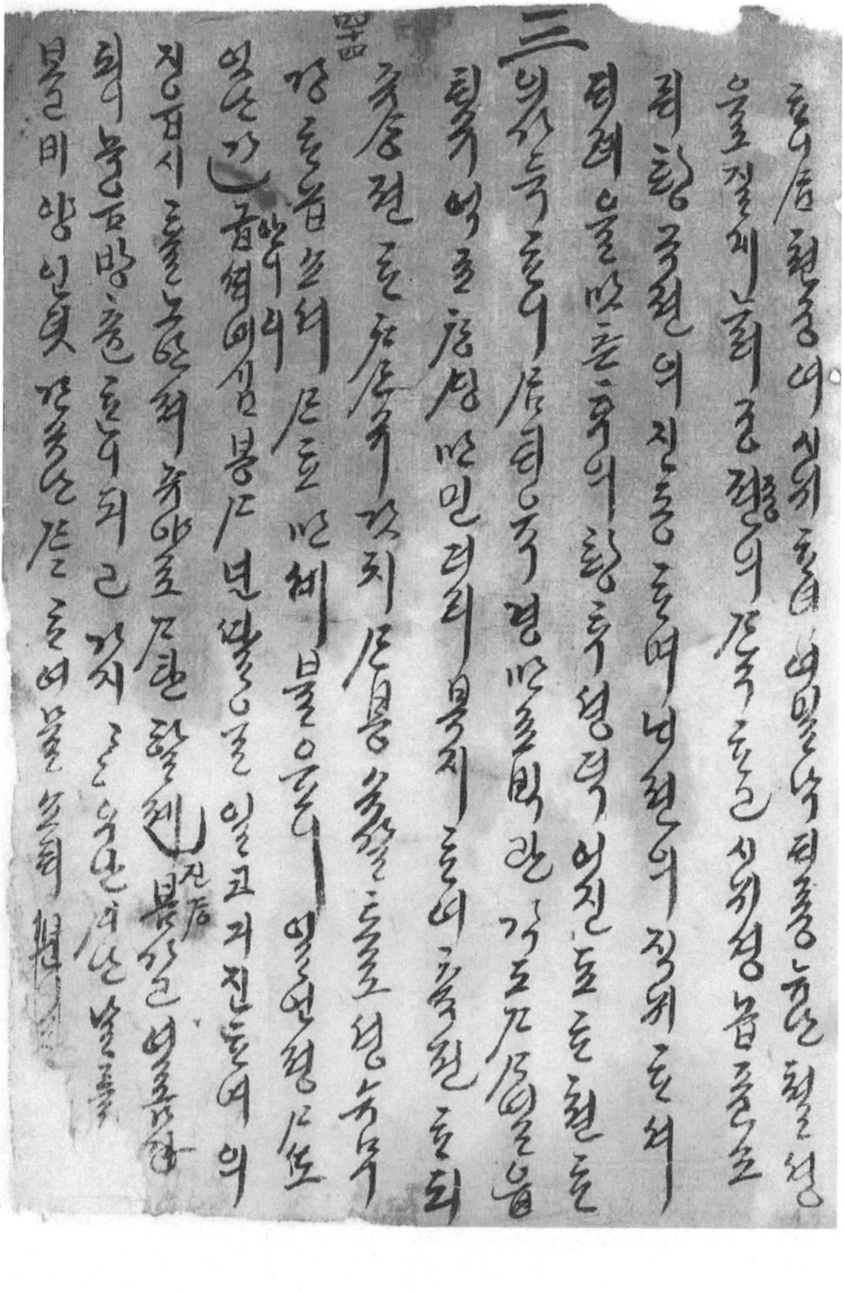

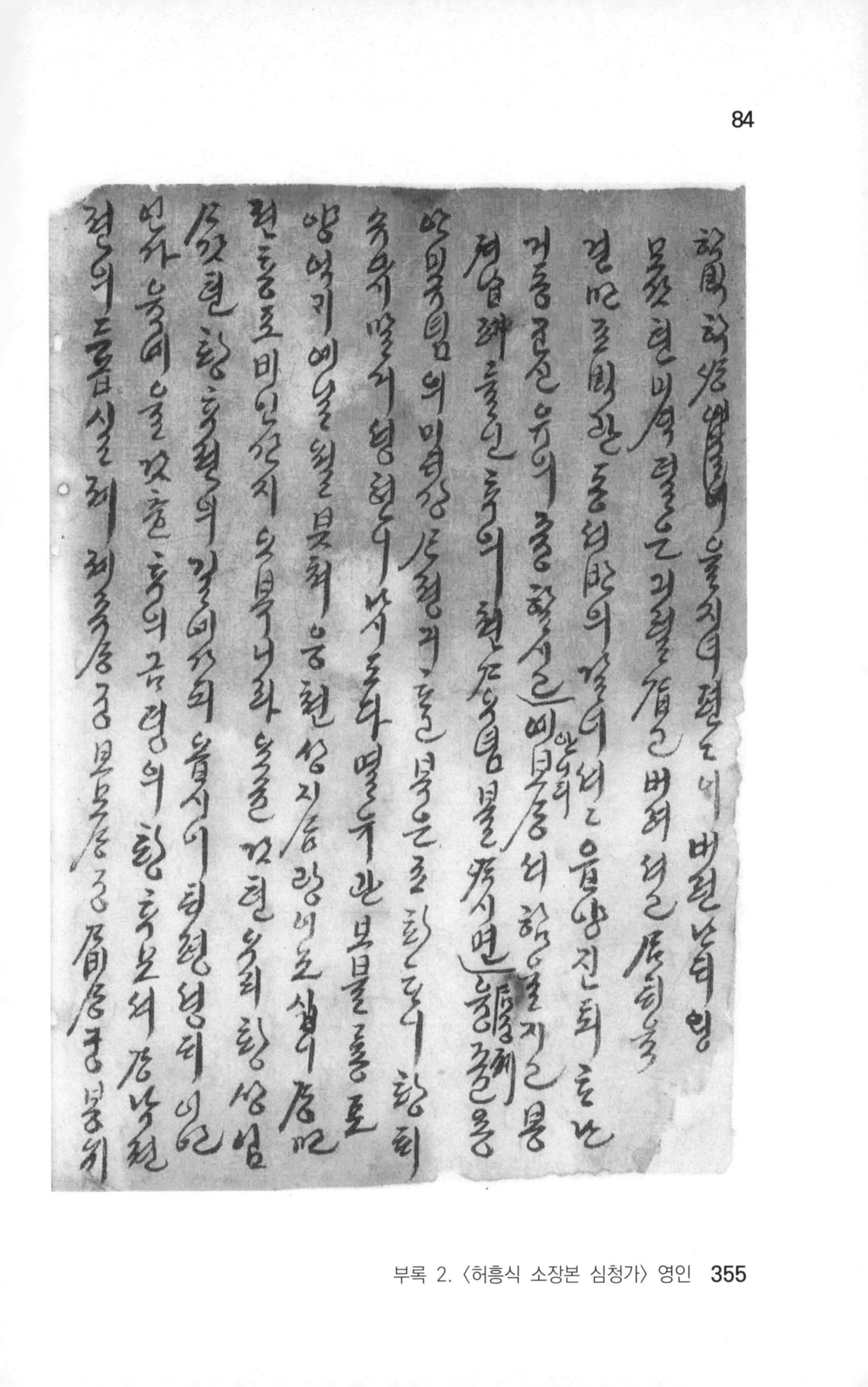

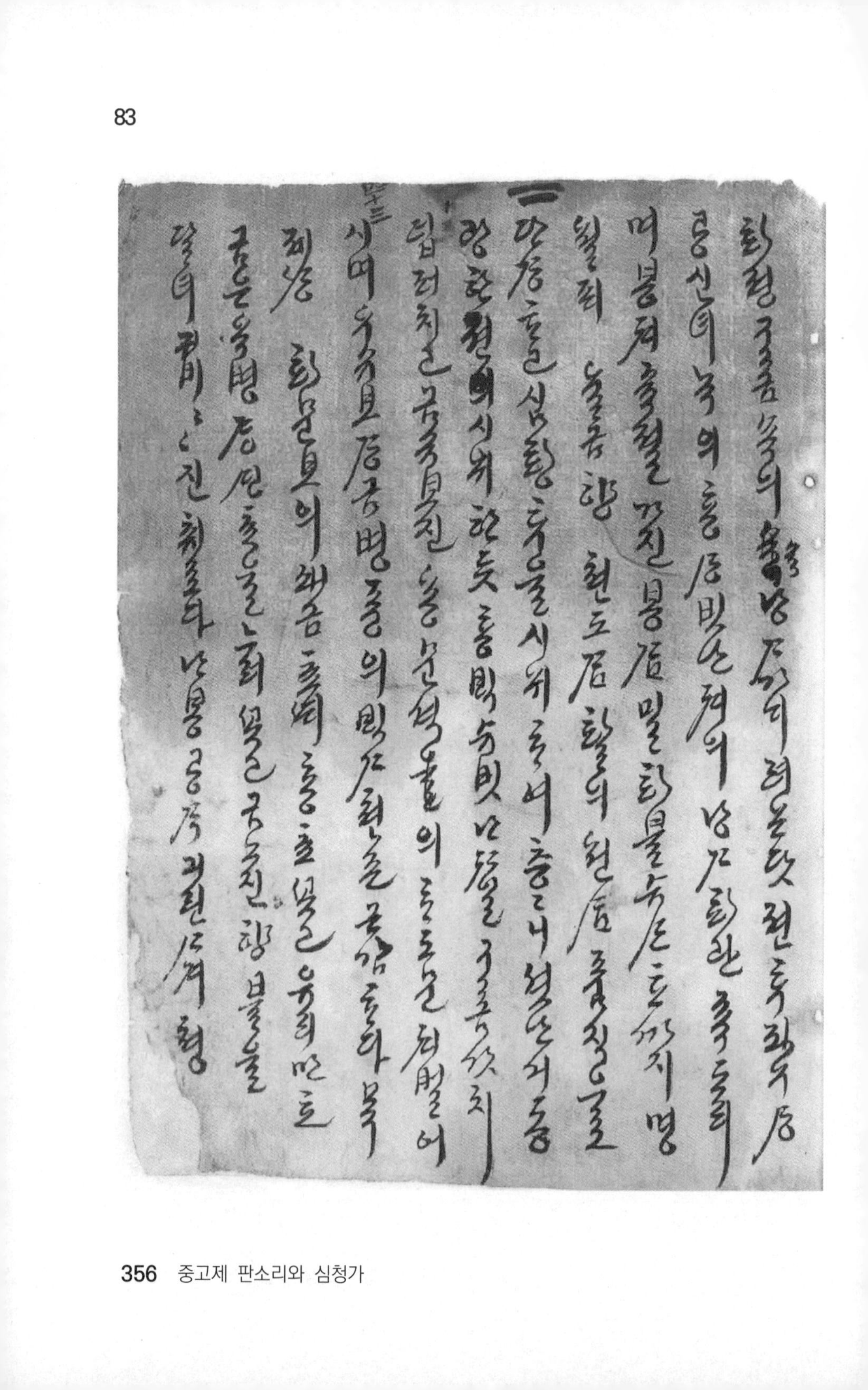

83

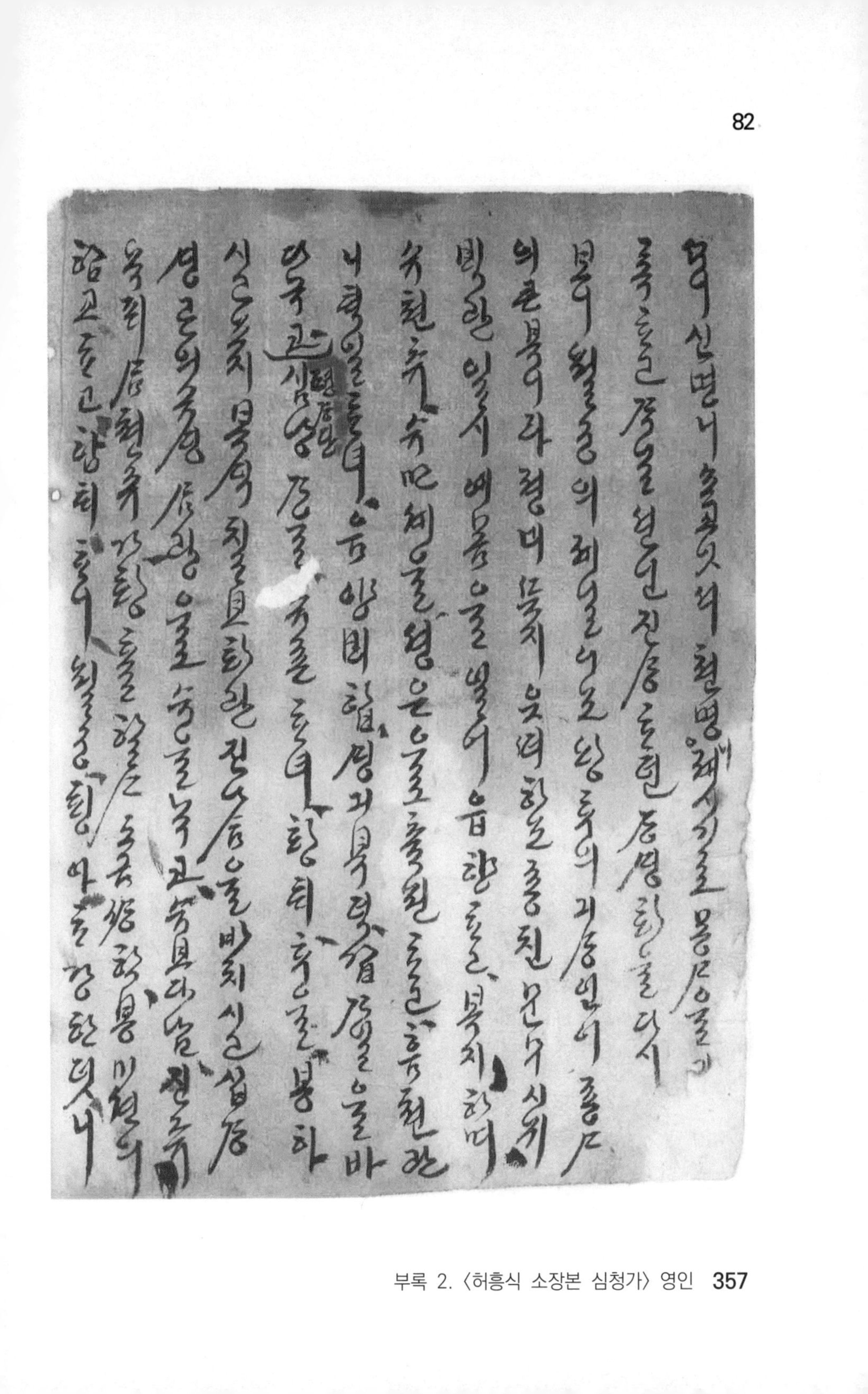

81

79

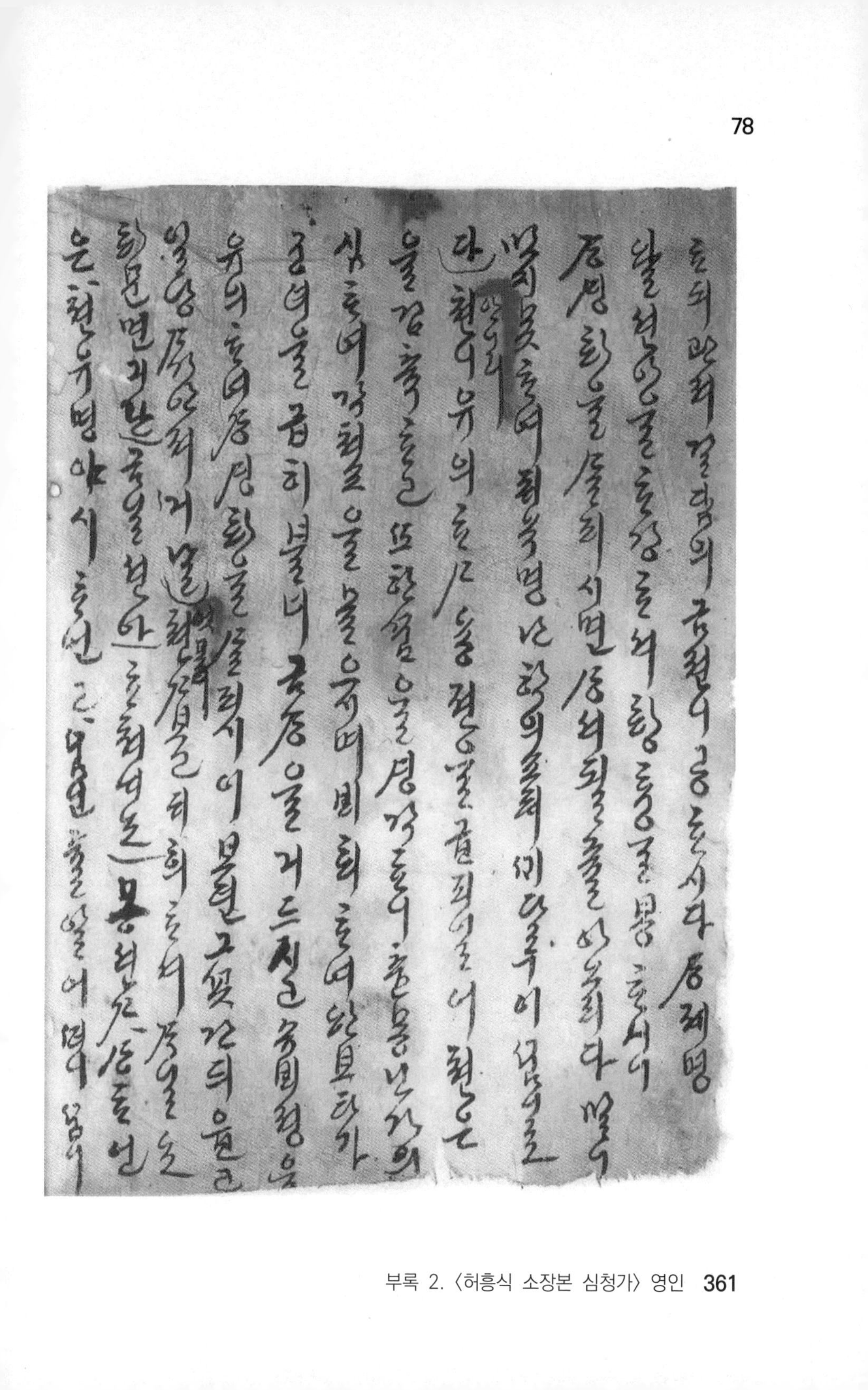

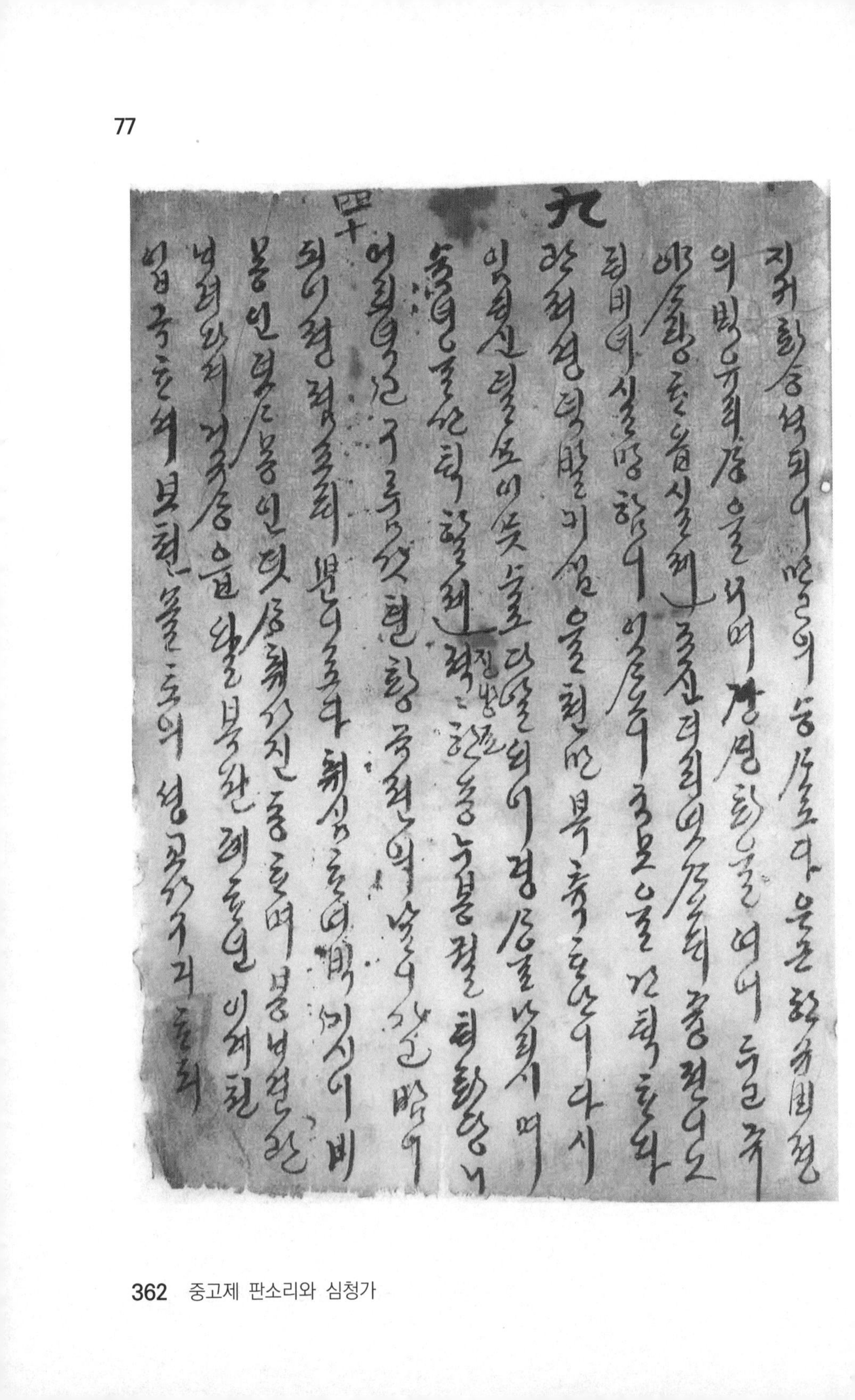

77

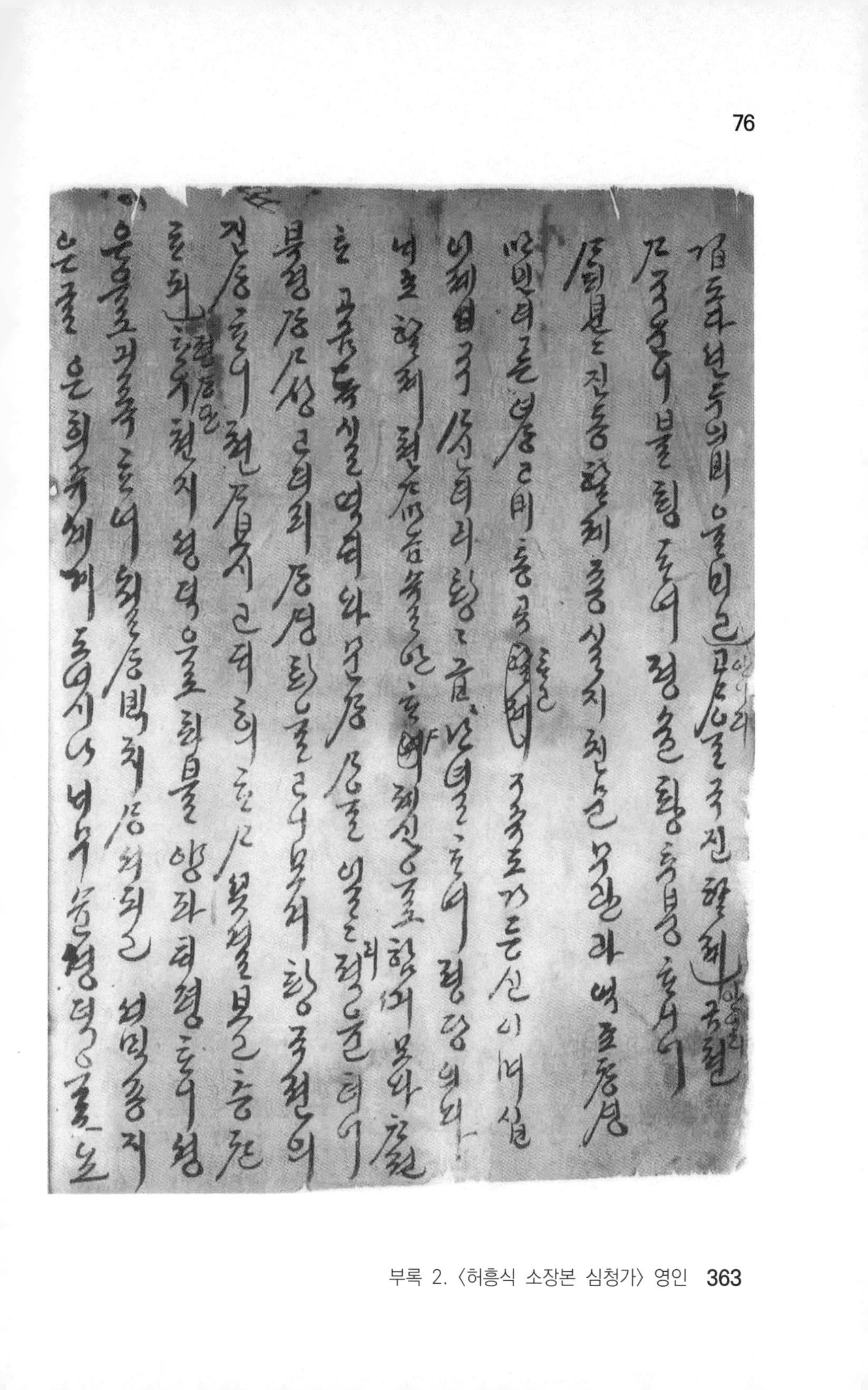

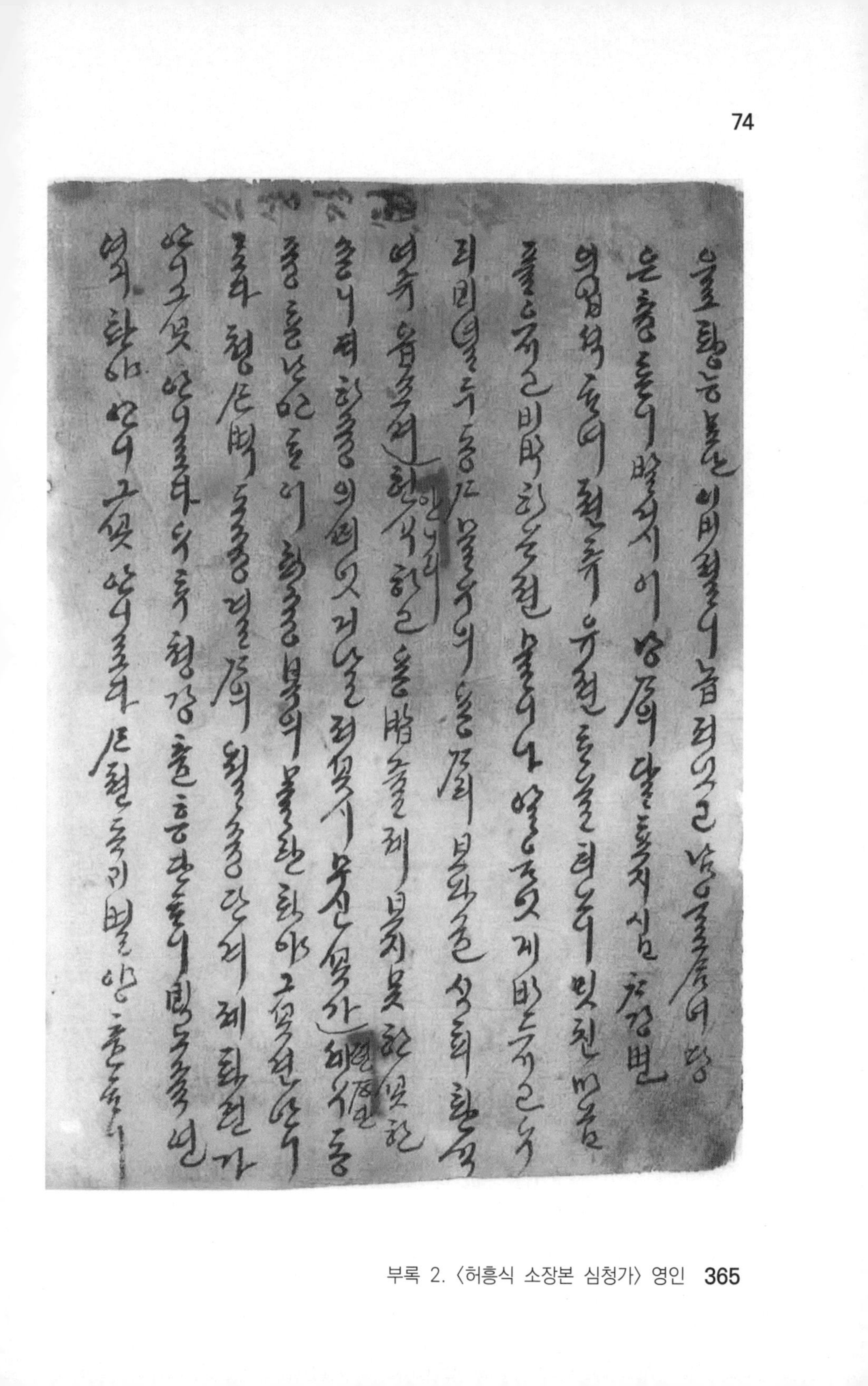

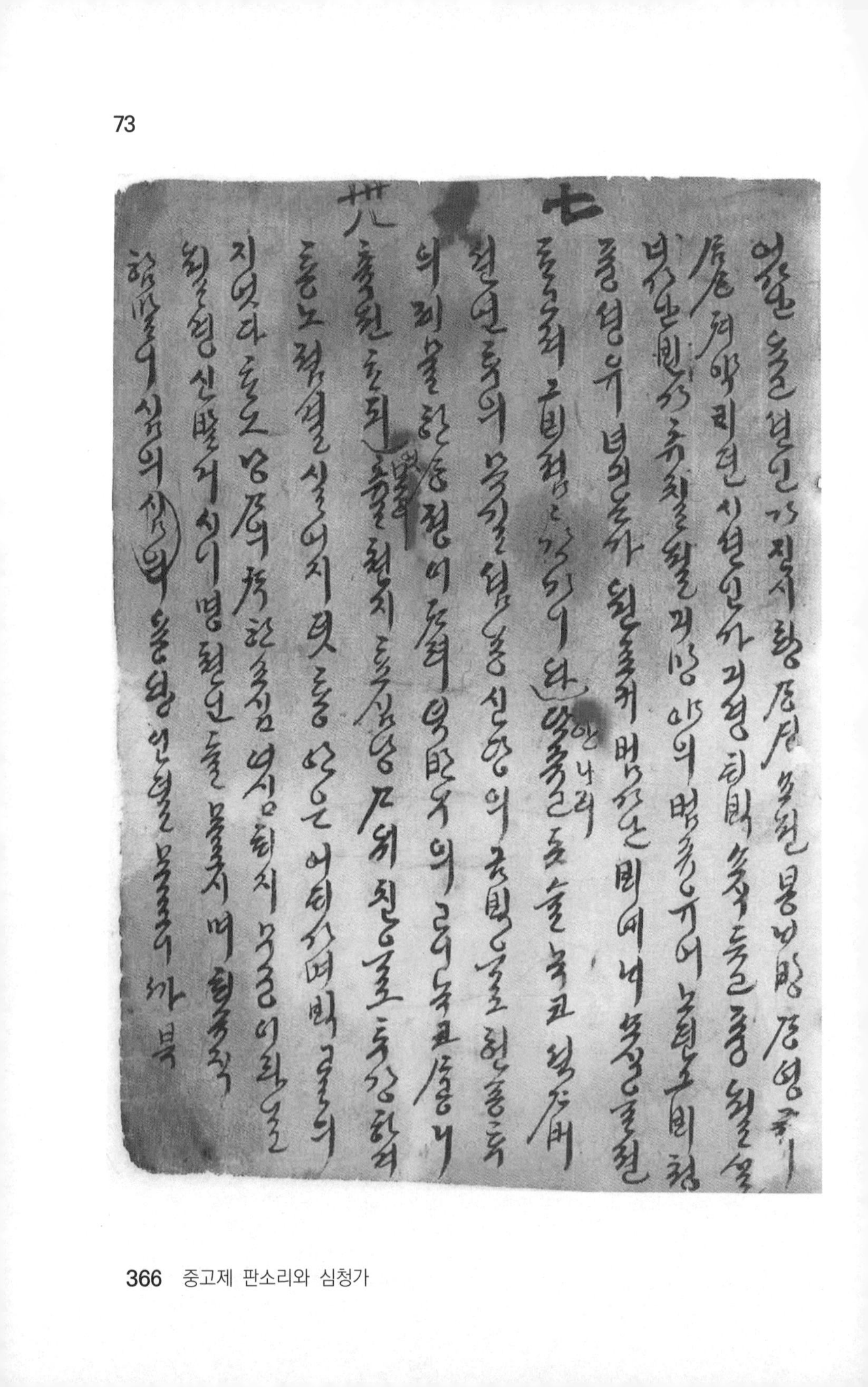

73

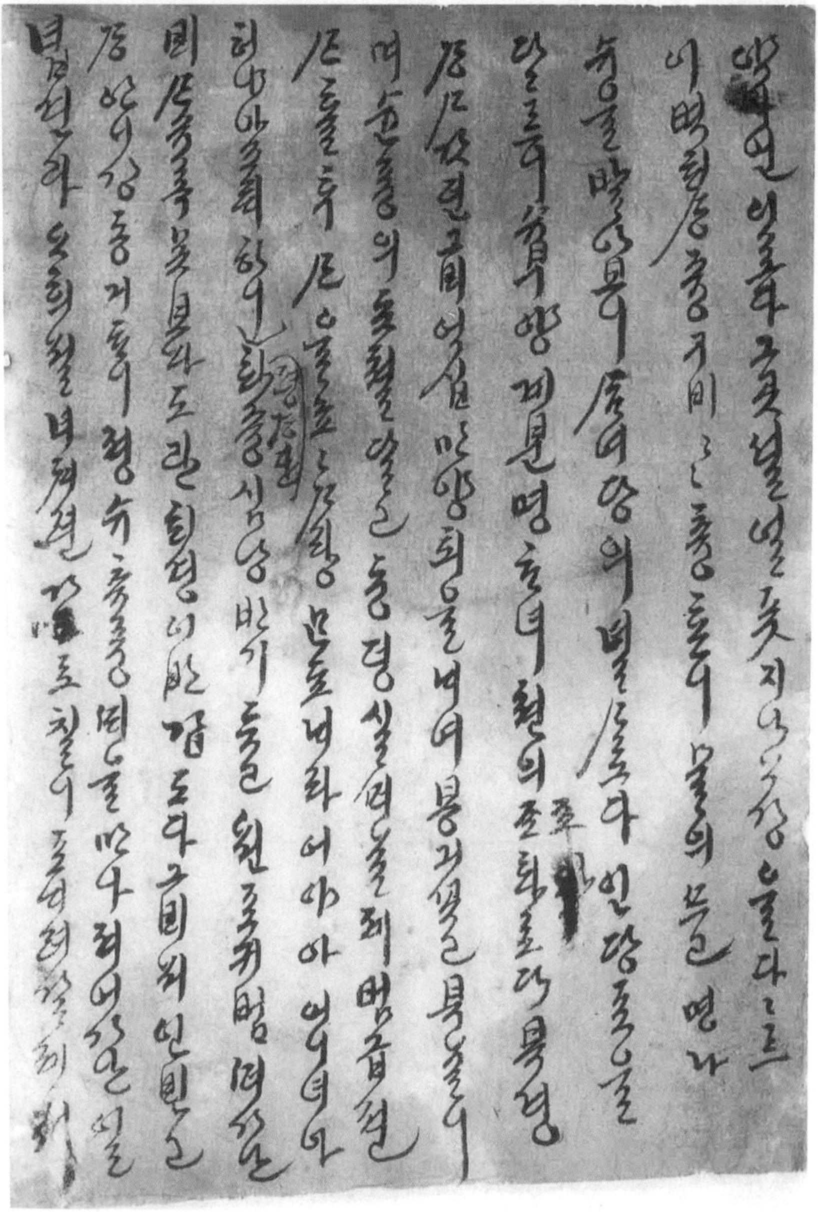

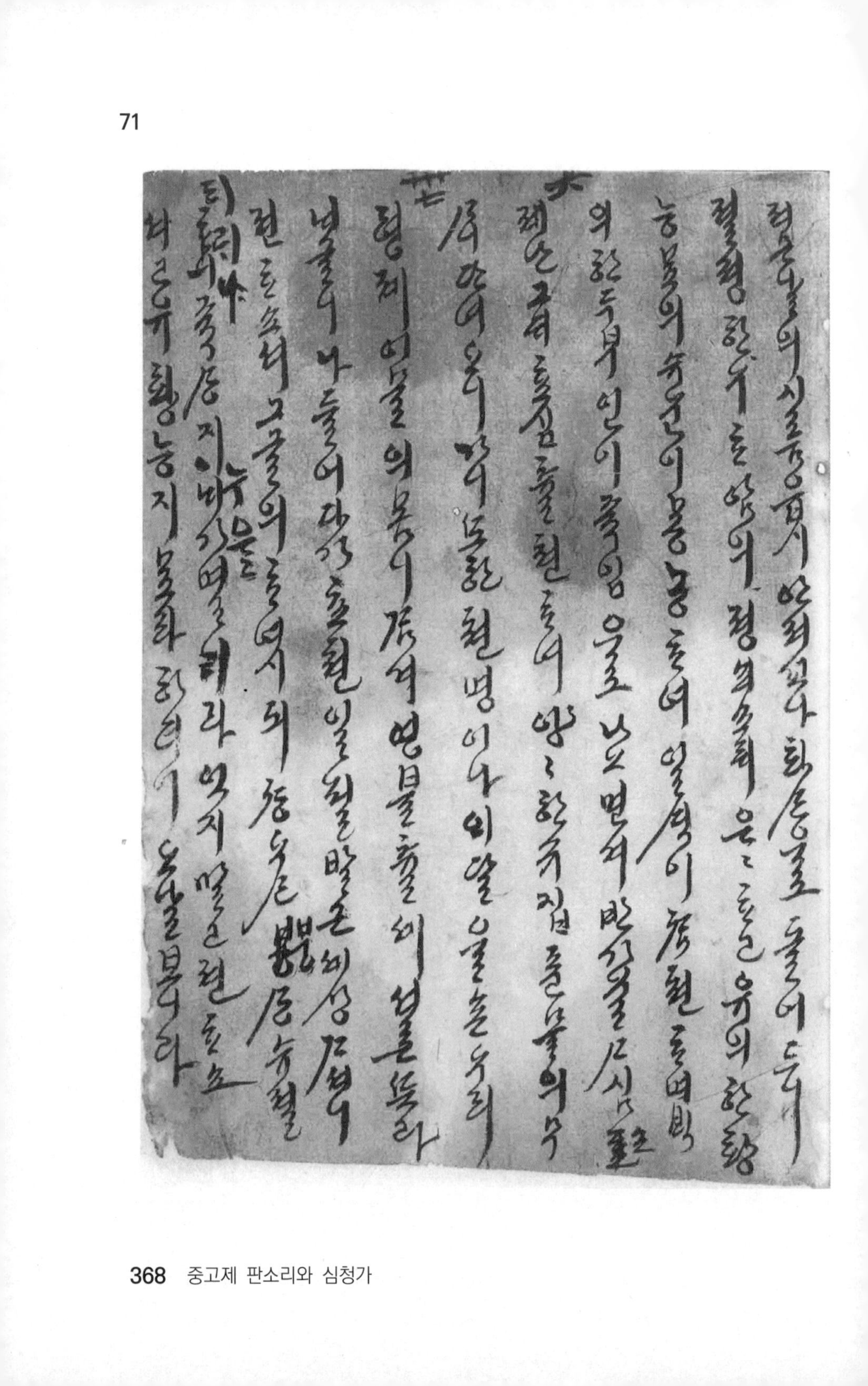

71

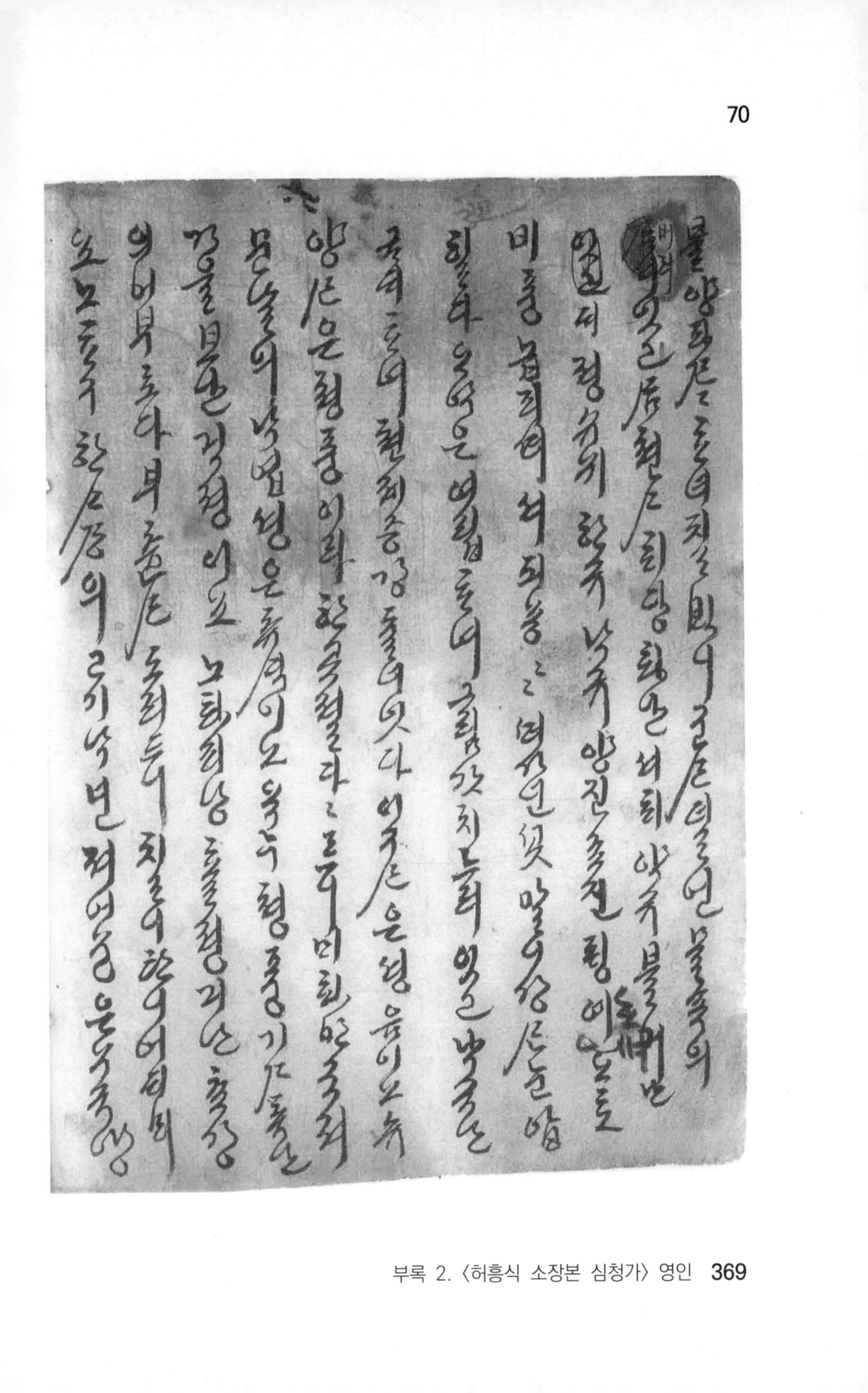

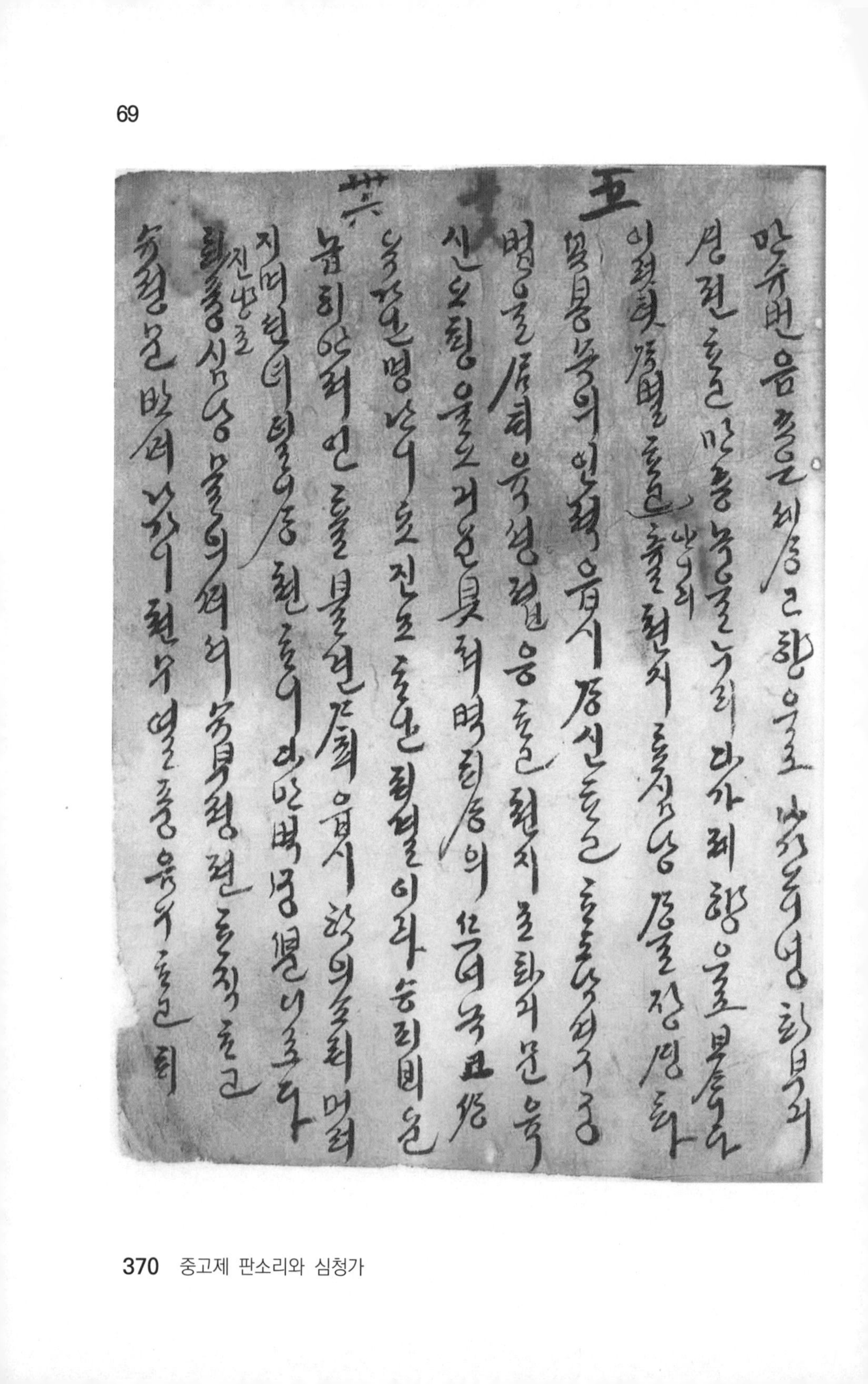

69

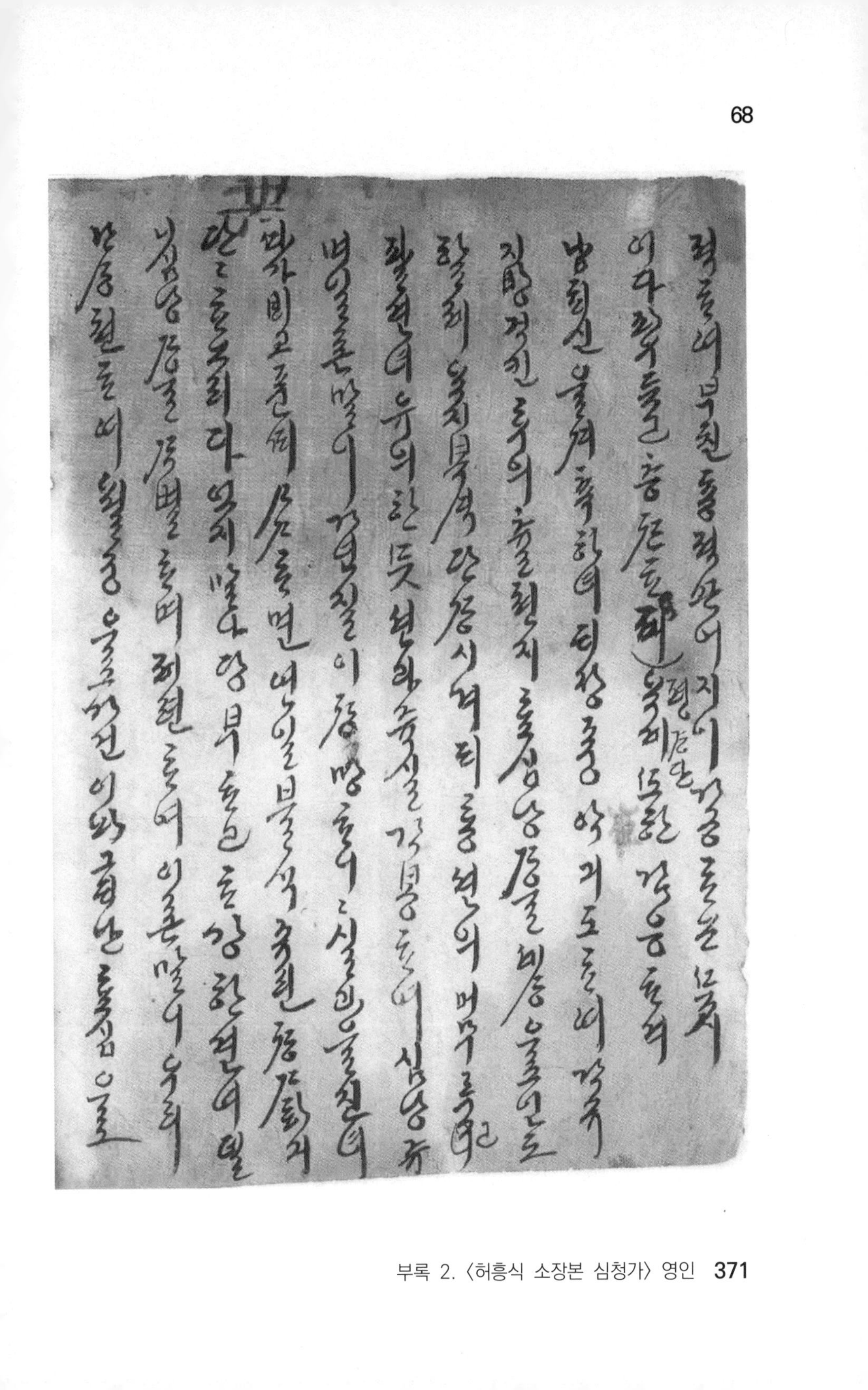

67

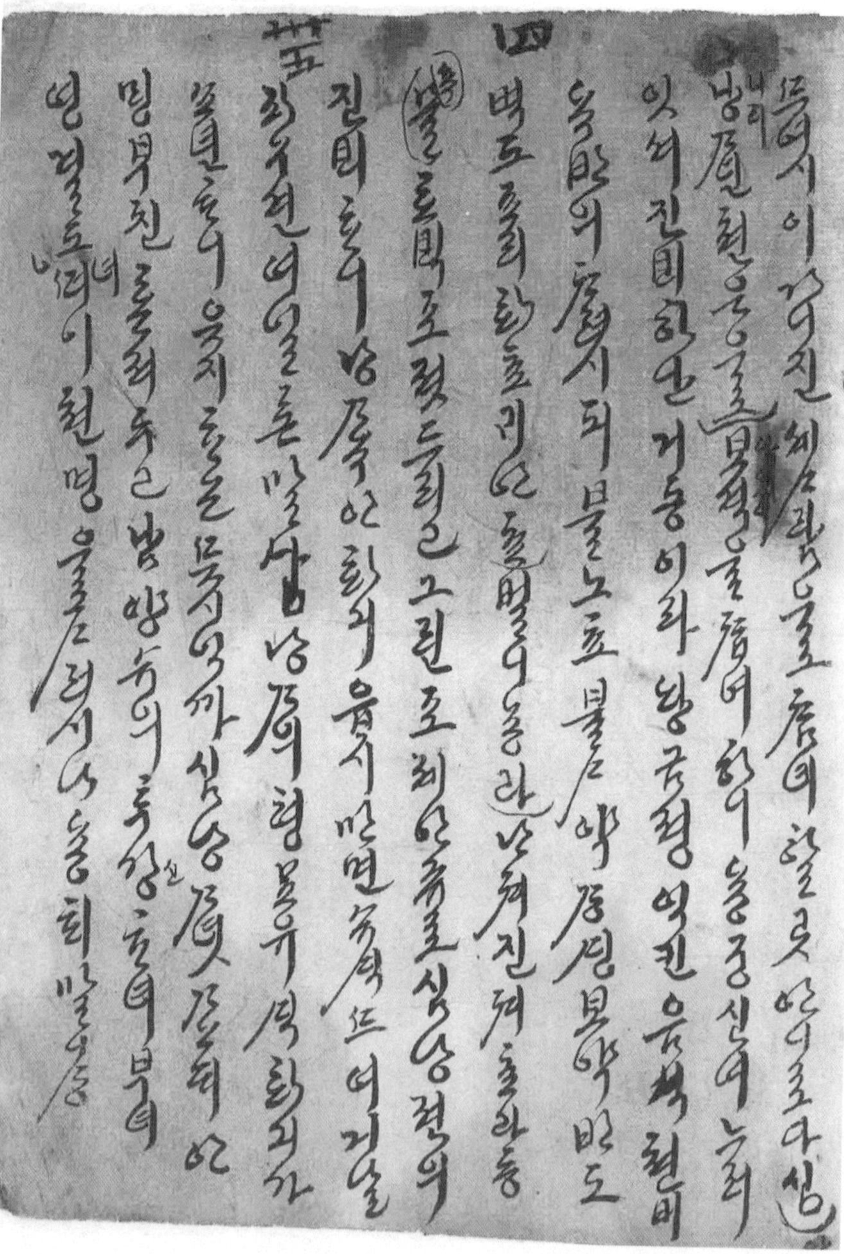

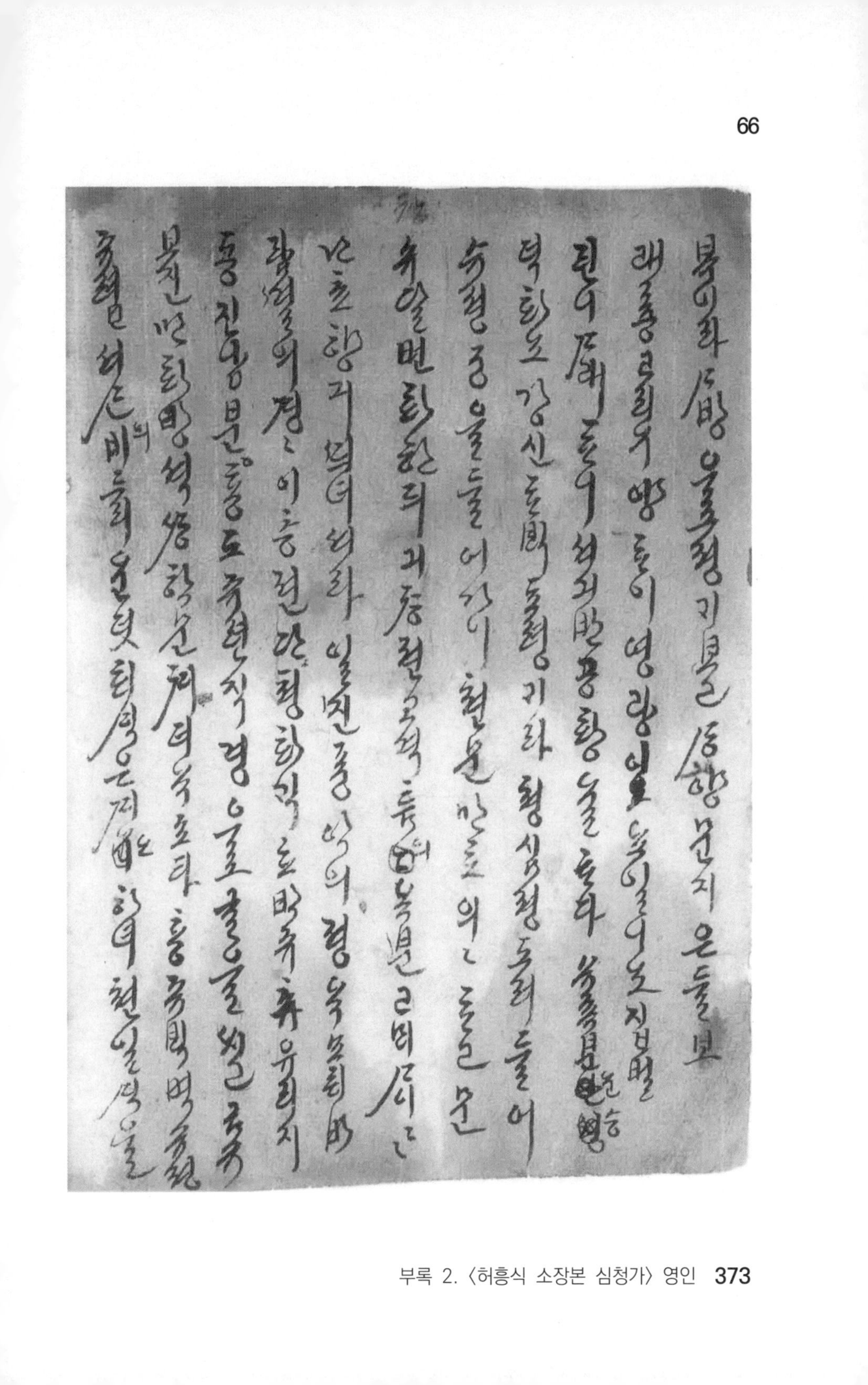

66

65

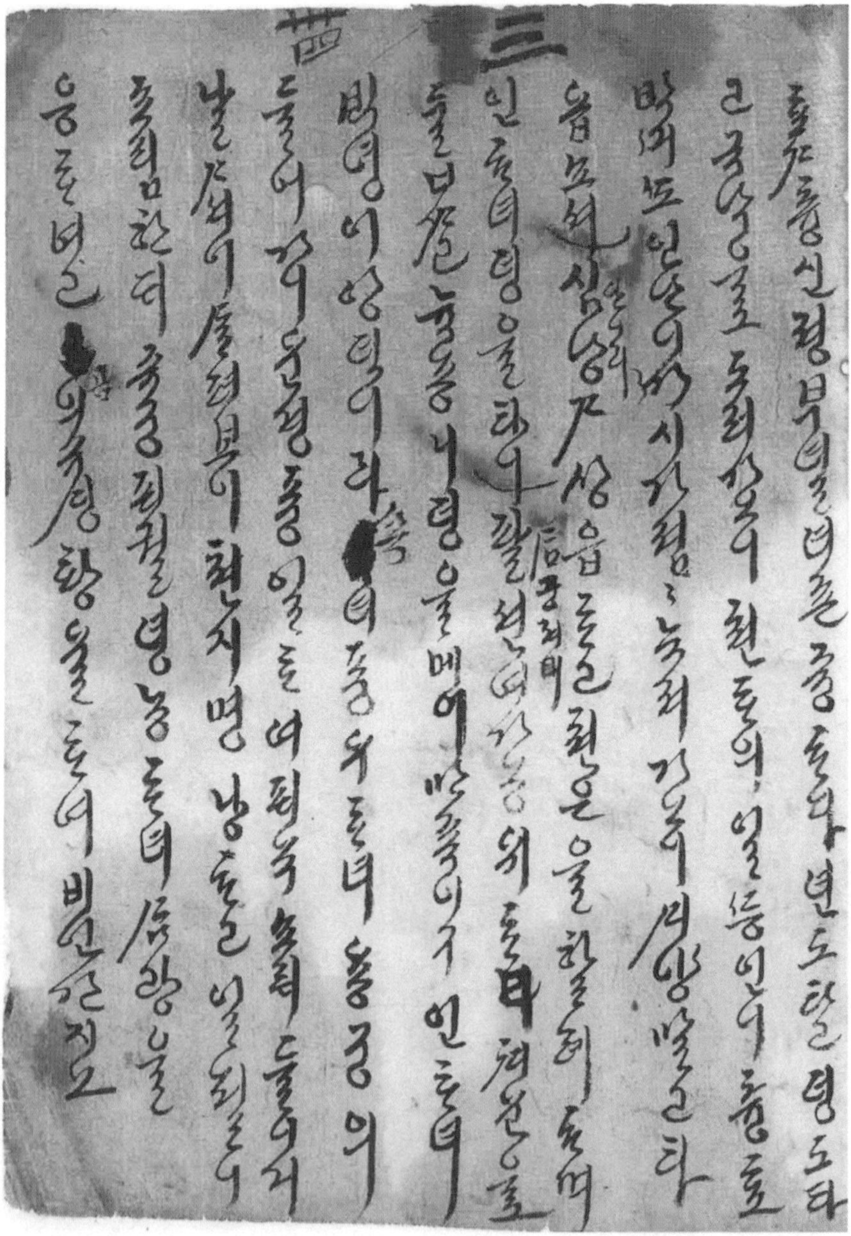

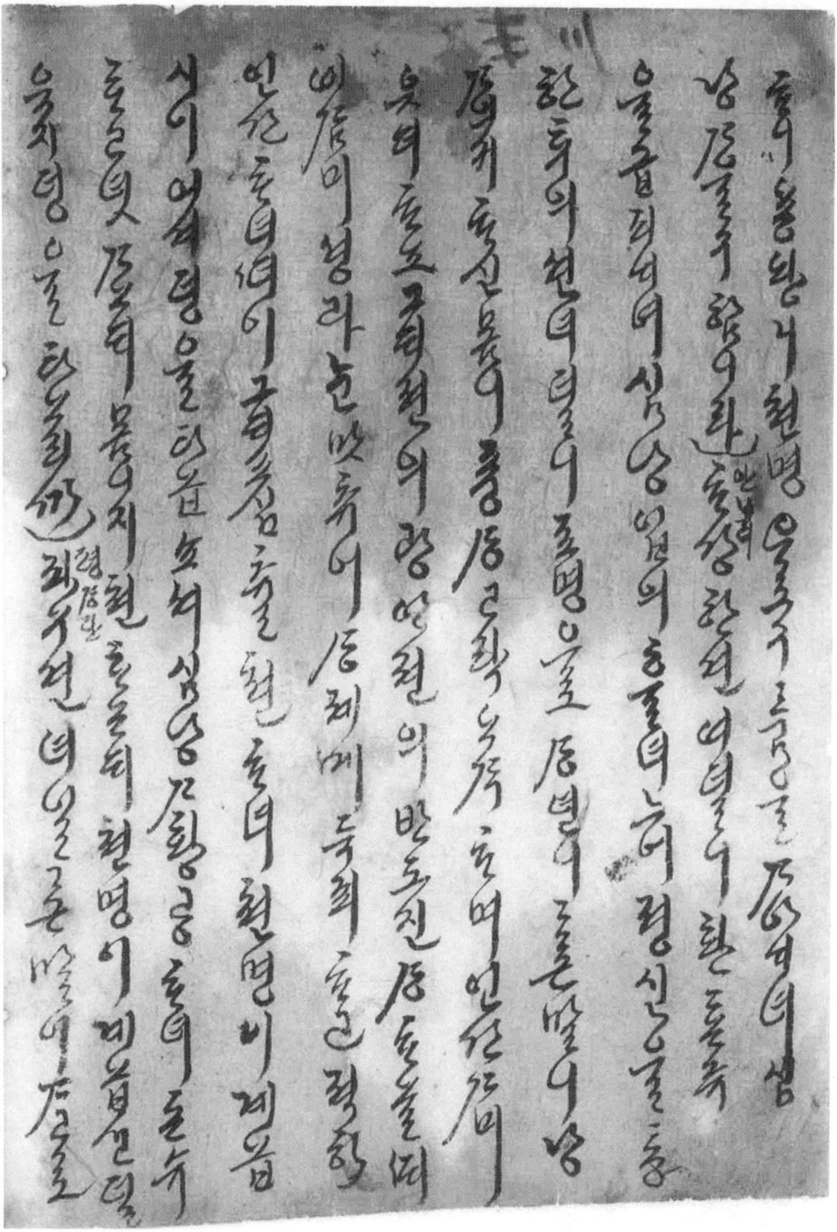

63

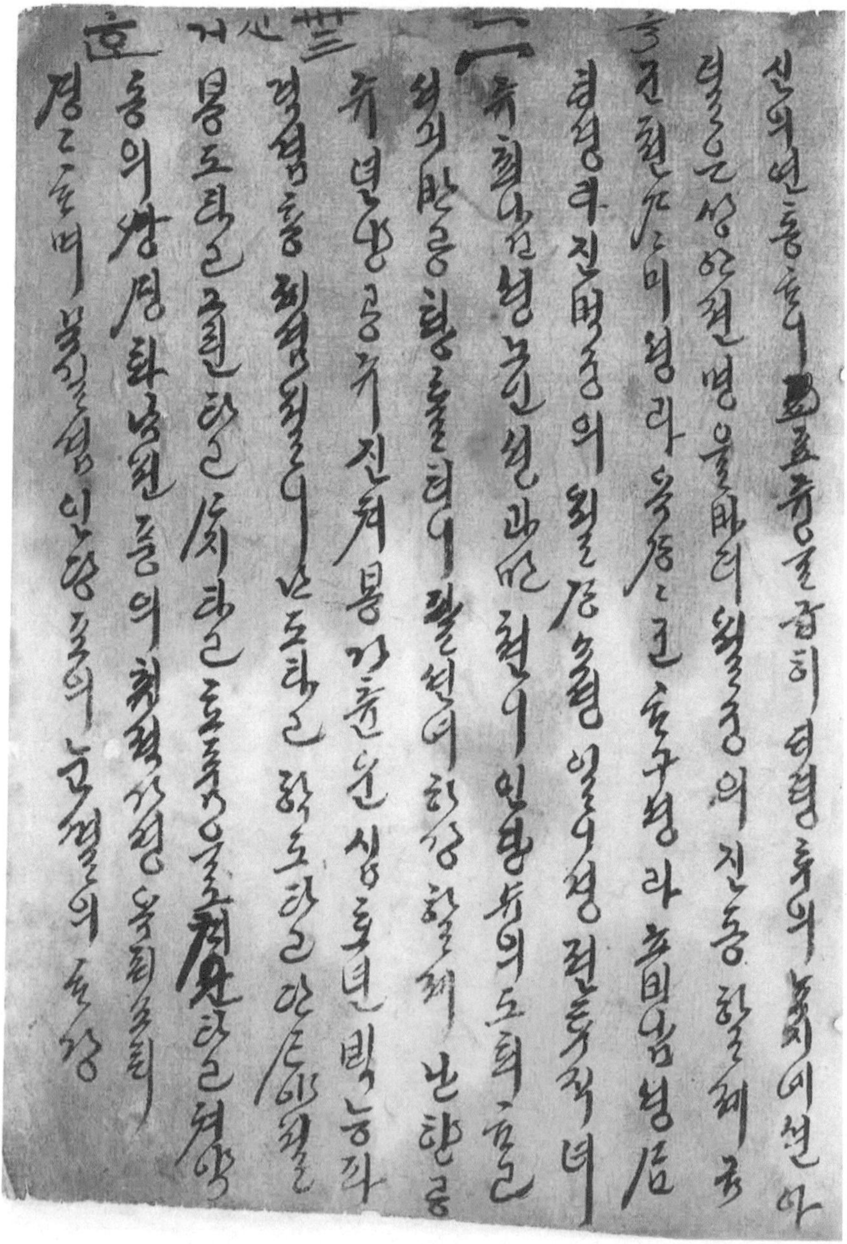

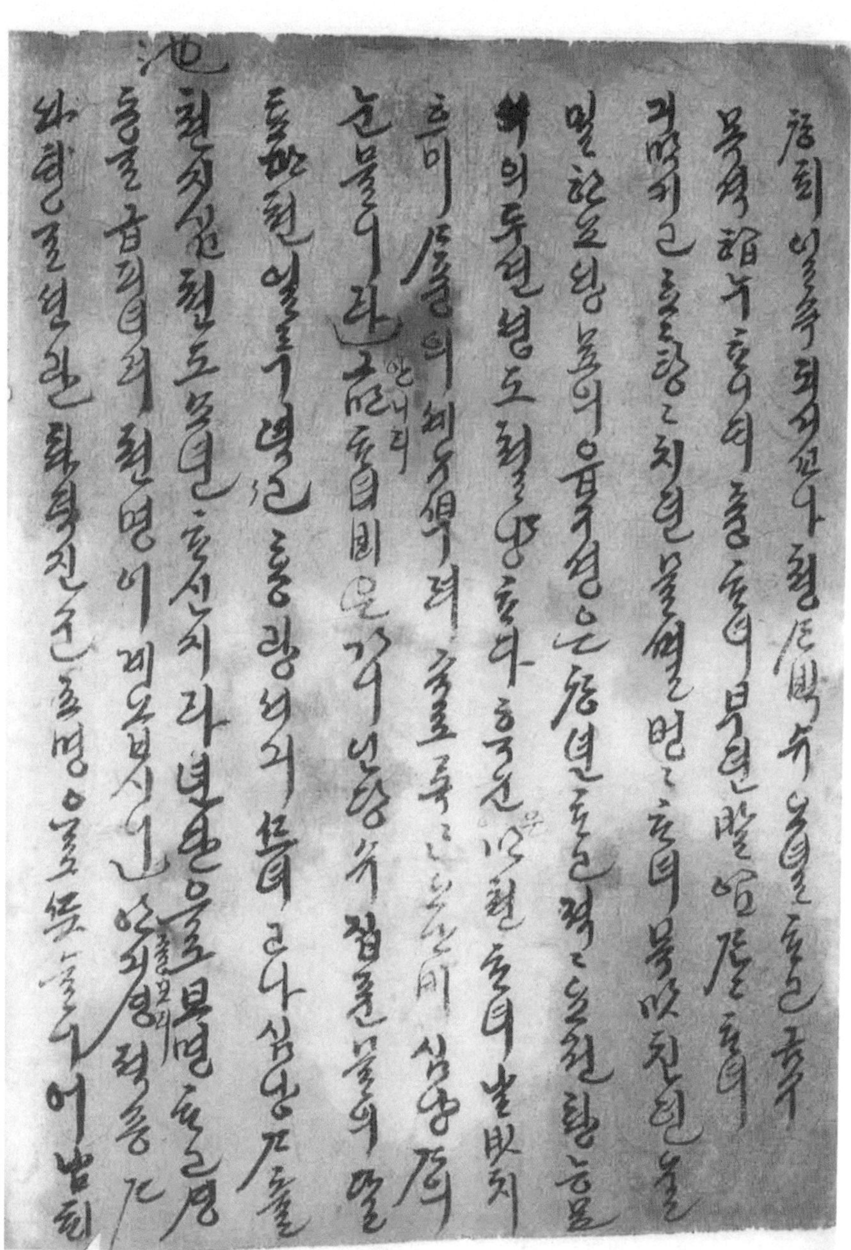

61

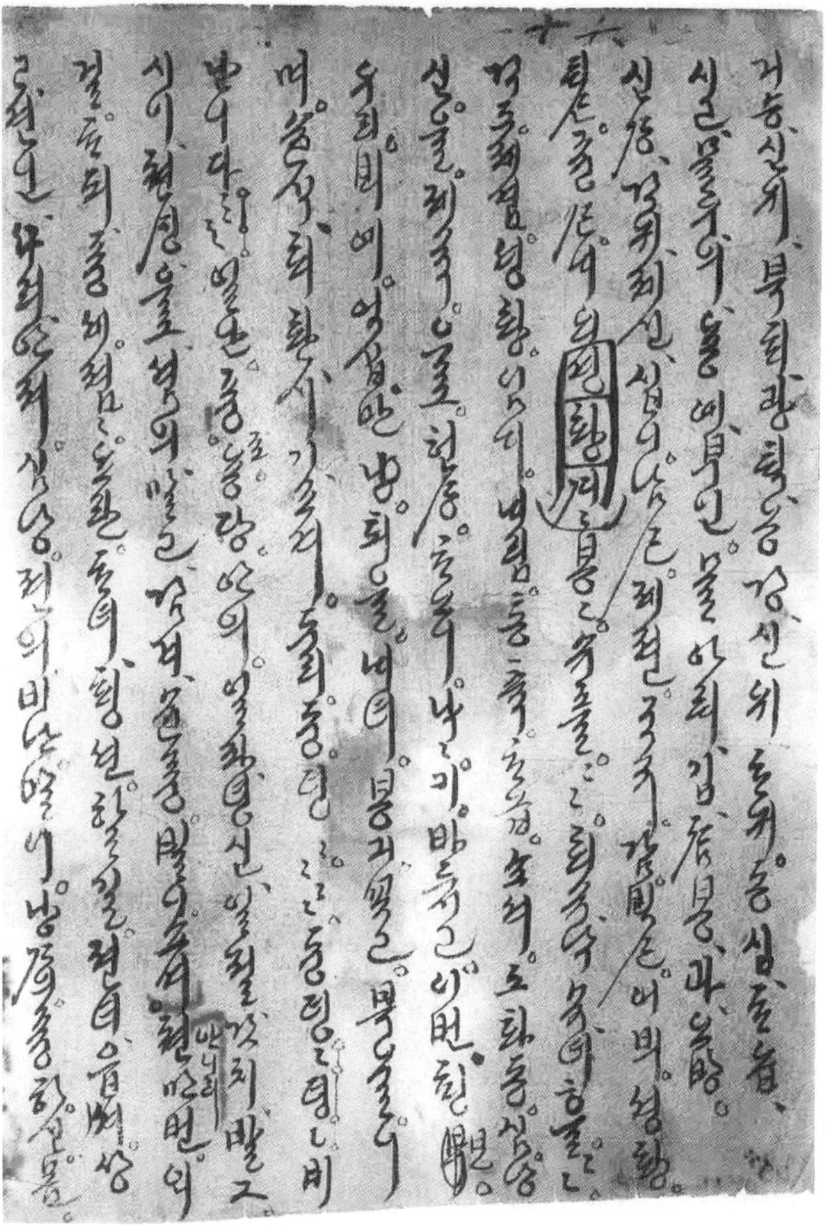

59

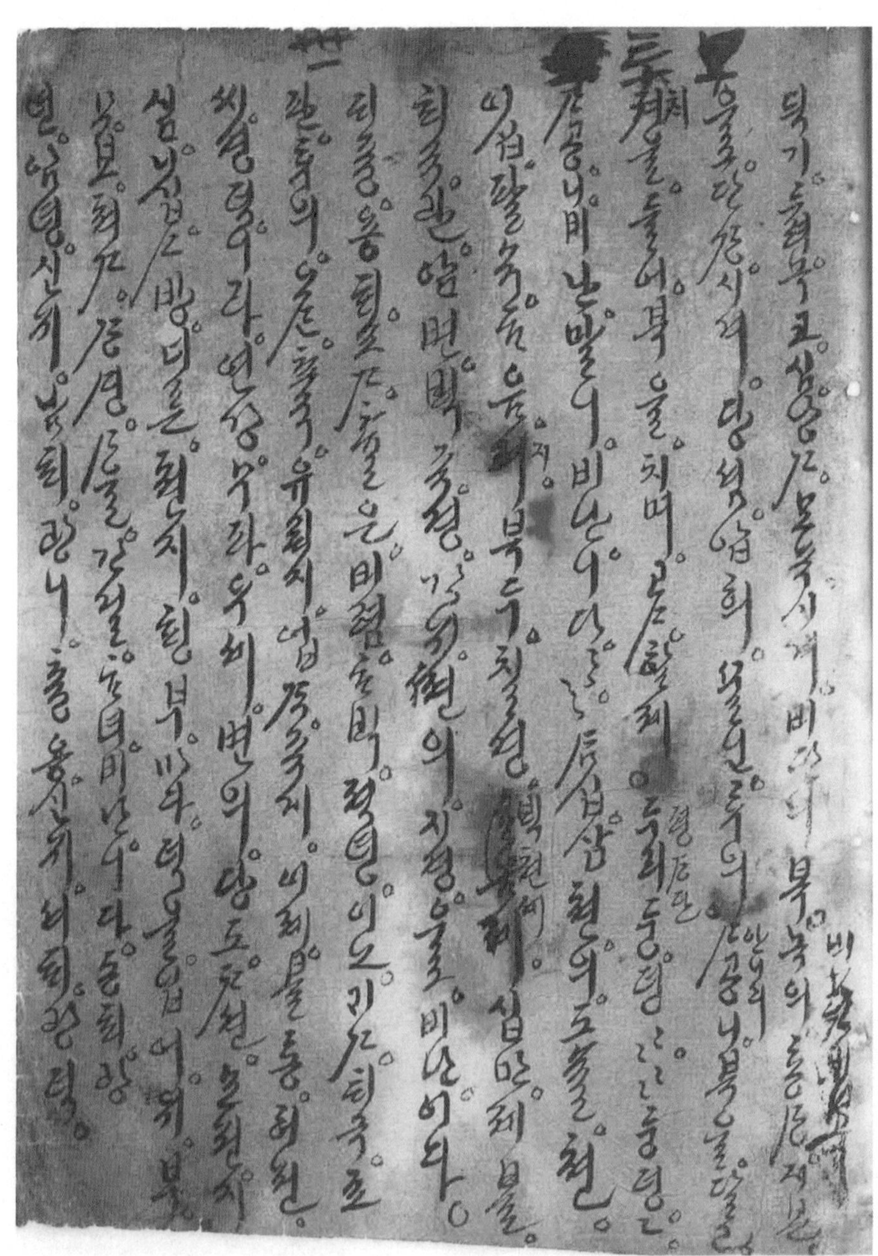

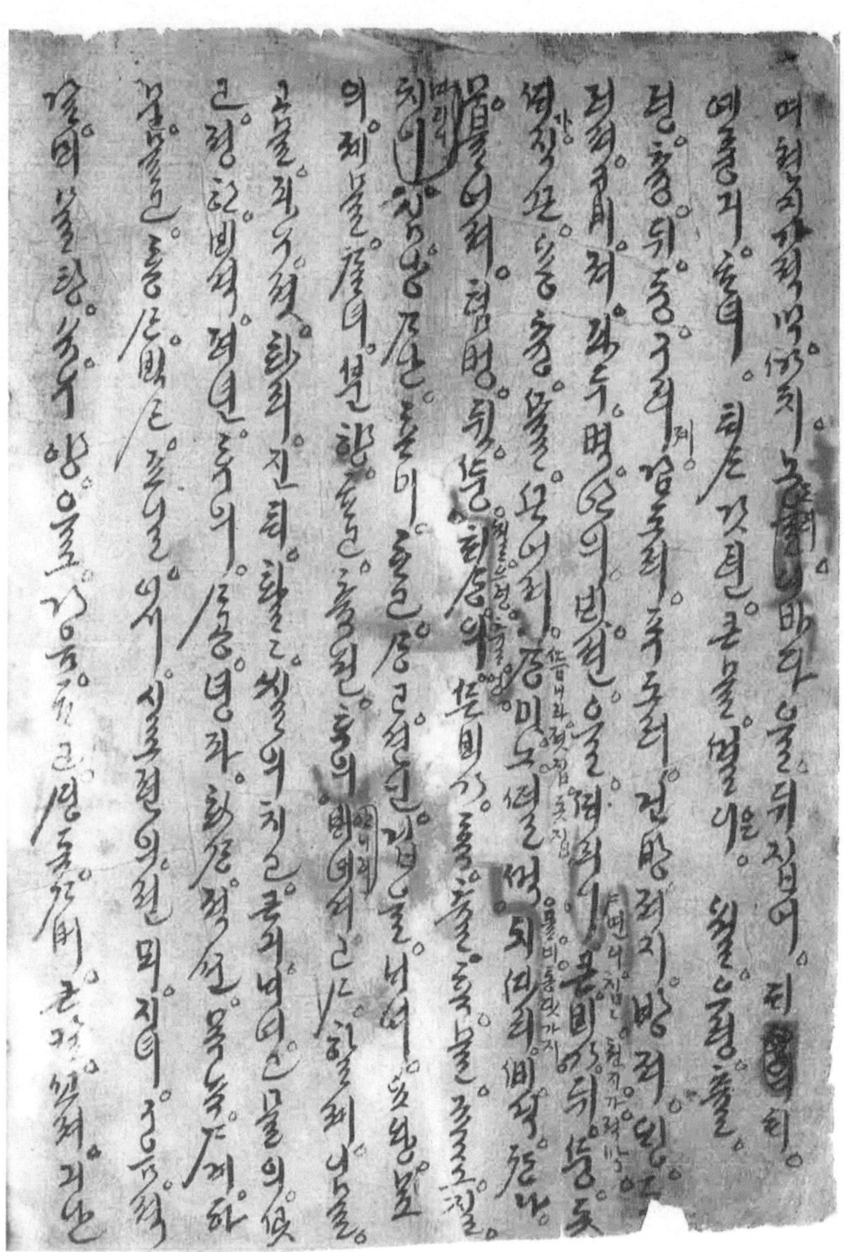

57

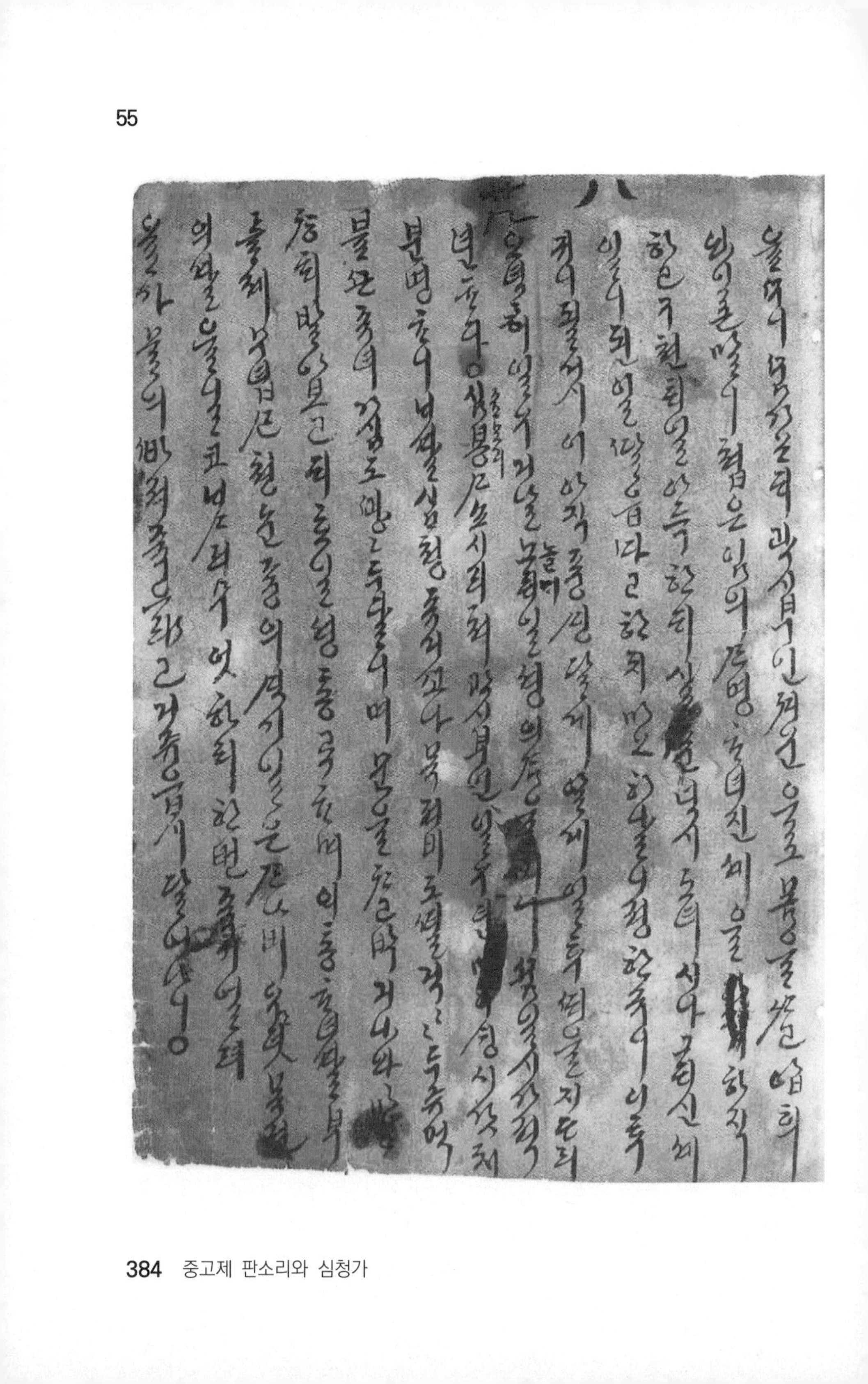

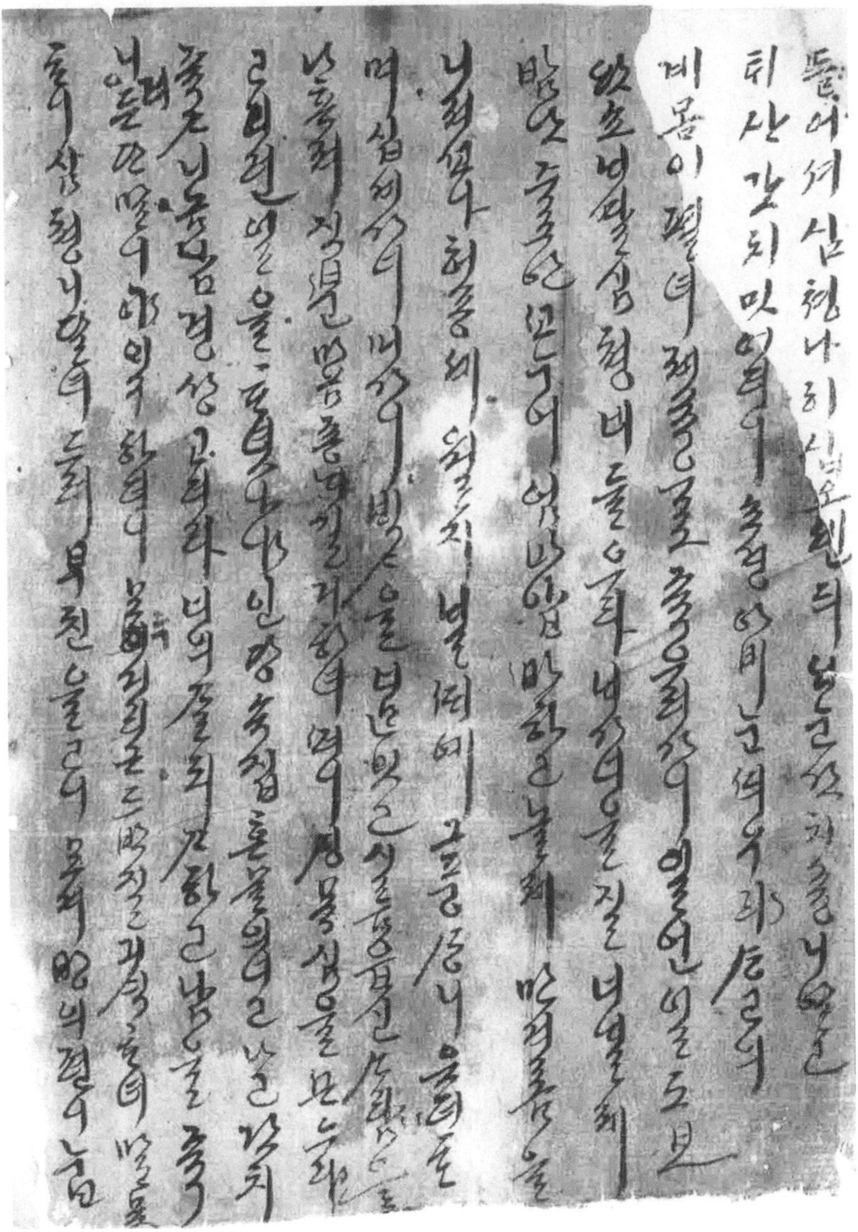

51

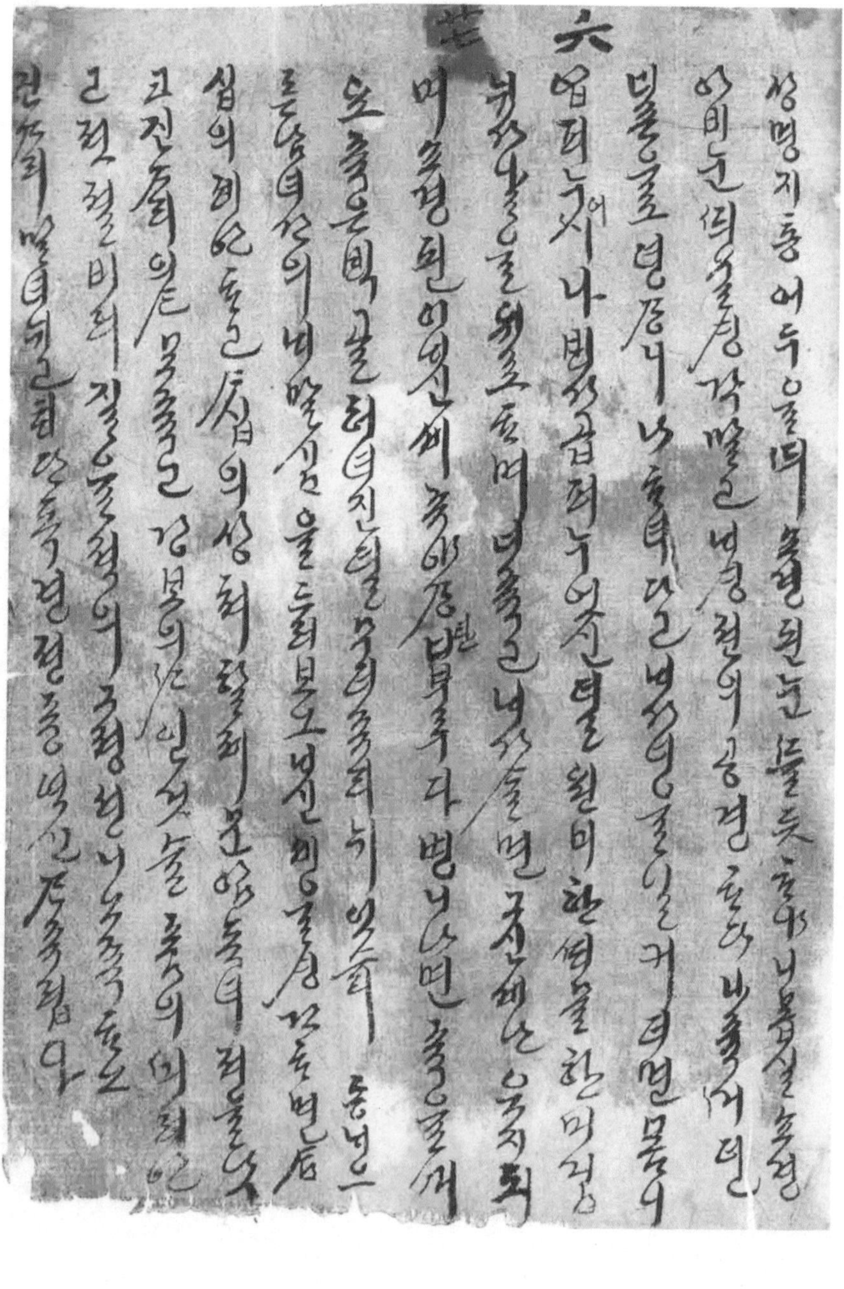

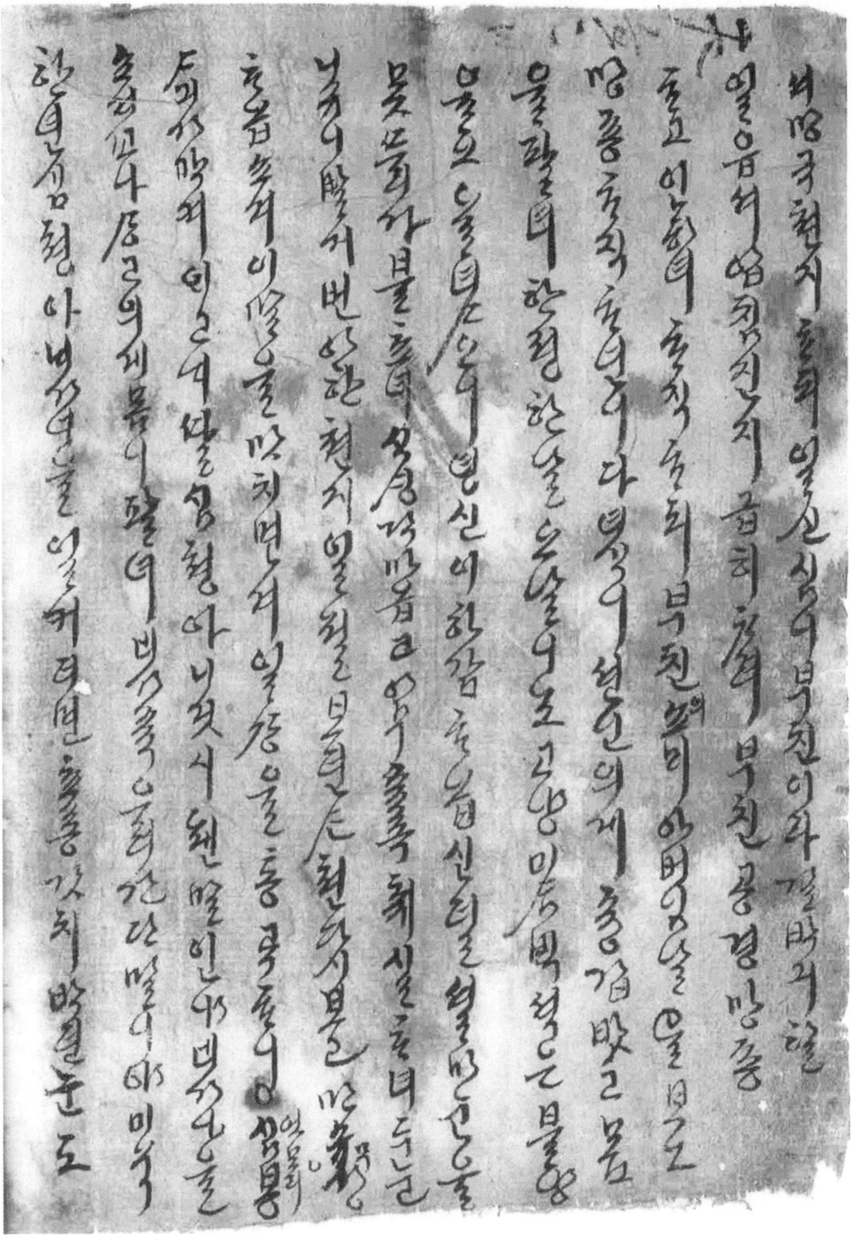

50

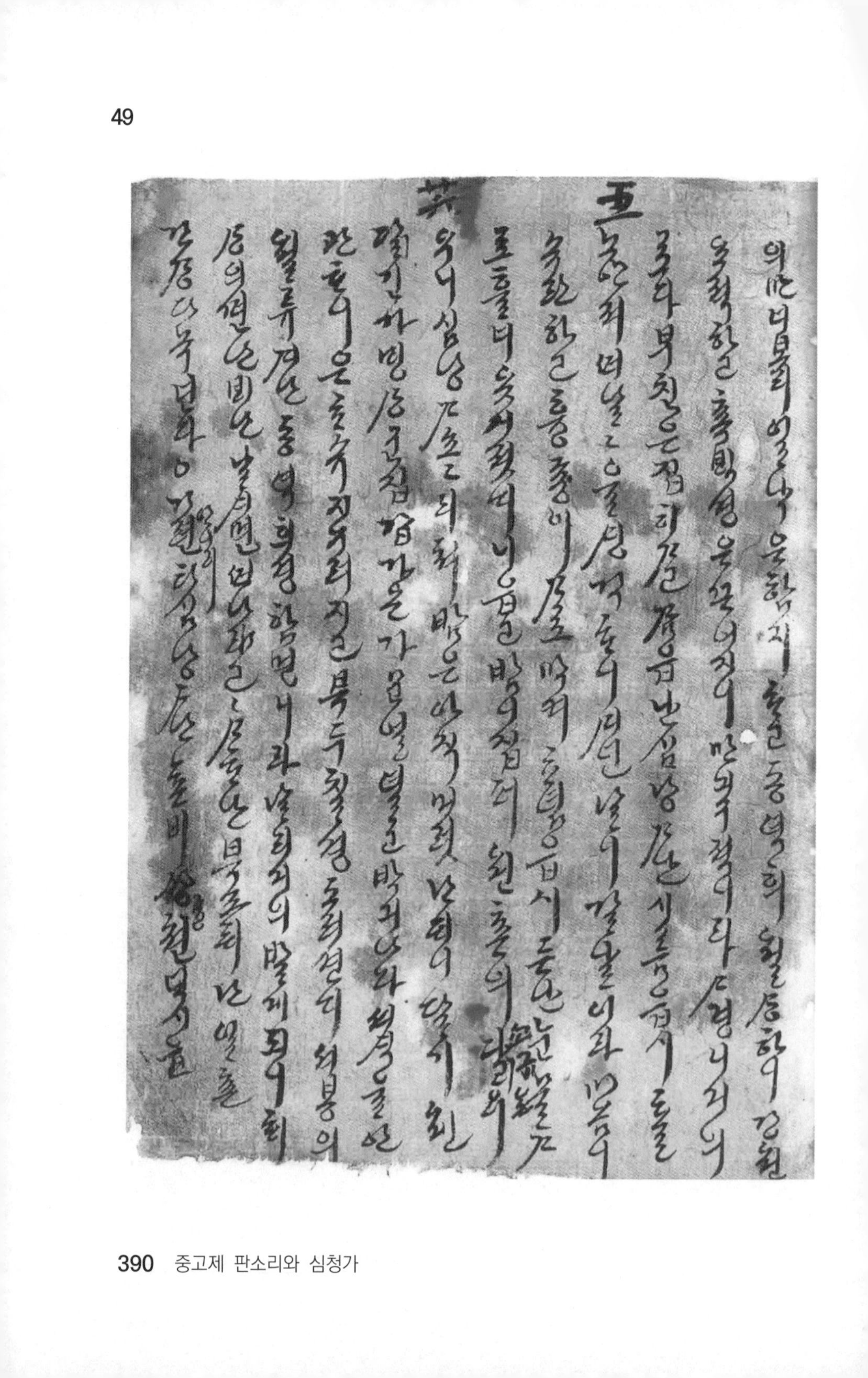

49

고부친 입던 ᄒᆞᆫ의복 다라 보션 젹근 노은 진보 ᄯᅡᆨ옷
접어 ᄃᆡ고 부친의 머리 맛ᄐᆡ 쌈지에 담베 디 되라
갓치 노하두고 ᄒᆡᆼ주의 불울 못 되구 첫 ᄐᆡᆫ 듯ᄒᆞ의 귀울ᄒᆞᆺ
실을 드울 ᄯᅥ다 ᄒᆞᆫ 젼 ᄒᆡ희ᄂᆞᆫ ᄂᆞ욱고 졔 부친 ᄋᆞᆸ희ᄂᆞᆫ
ᄒᆡ부 잇스니 면ᄯᆡ을 ᄒᆡ니 우리 부친 날 울일고 의식
분별 우지 ᄒᆞᆯ고 ᄂᆡ빌 못 ᄒᆞ시니 이ᄯᆡ를 마다 설ᄉᆞ
ᄒᆞᆫ되 우리 부부 ᄂᆞᆫ ᄯᅥᆯ이 이고 금젼지 ᄯᅩᆺ시와 졔 부친
보고〻 신은 버션 ᄇᆞᆨ 거ᄂᆞᆫ 불울 밧ᄂᆞ 감치면셔 우리
ᄋᆞᆸ버니 나을 질ᄯᆞᆫ 부ᄒᆞᄂᆞᆫ 도분 ᄋᆞᆷ시를 밤낫 울시 이집셔
집ᄯᆡ 드〻 ᄋᆞᆫ우면셔 ᄒᆞᆼ방 젹 어ᄯᆡ 날울 찰너
조ᄒᆞᆫ ᄒᆞᆯ졔 ᄋᆞᆫ의 ᄂᆞ츅 ᄯᅥᆯ쳔의 ᄎᆞᆨ한 ᄯᅳᆺ 가르치며
오민을 ᄇᆞᆼ 어진 ᄆᆞᆯ노 ᄒᆞᆫ부 ᄒᆞ시던 우리 부친 어ᄃᆡ ᄂᆡ ᄒᆡᆼ

47

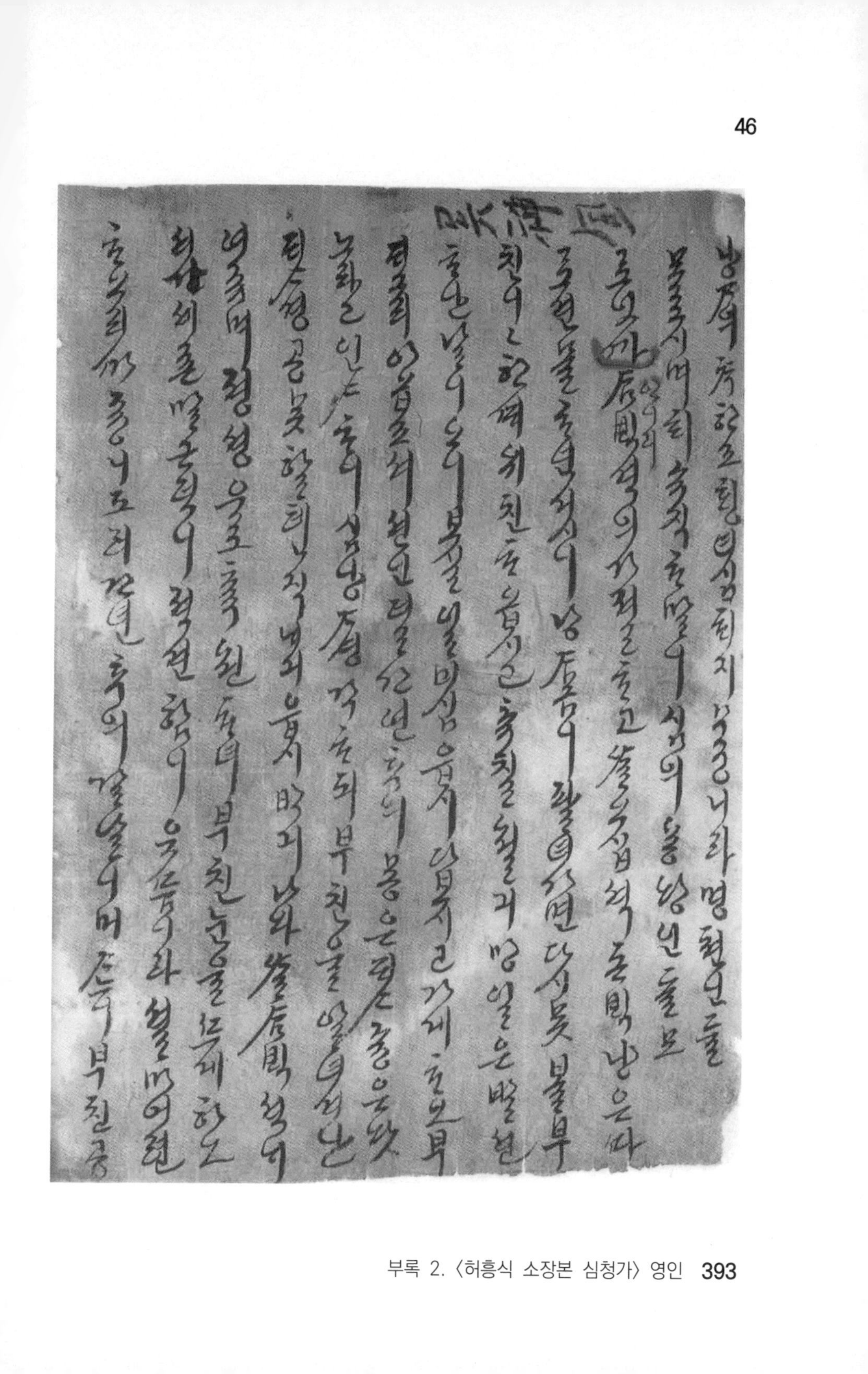

[illegible]

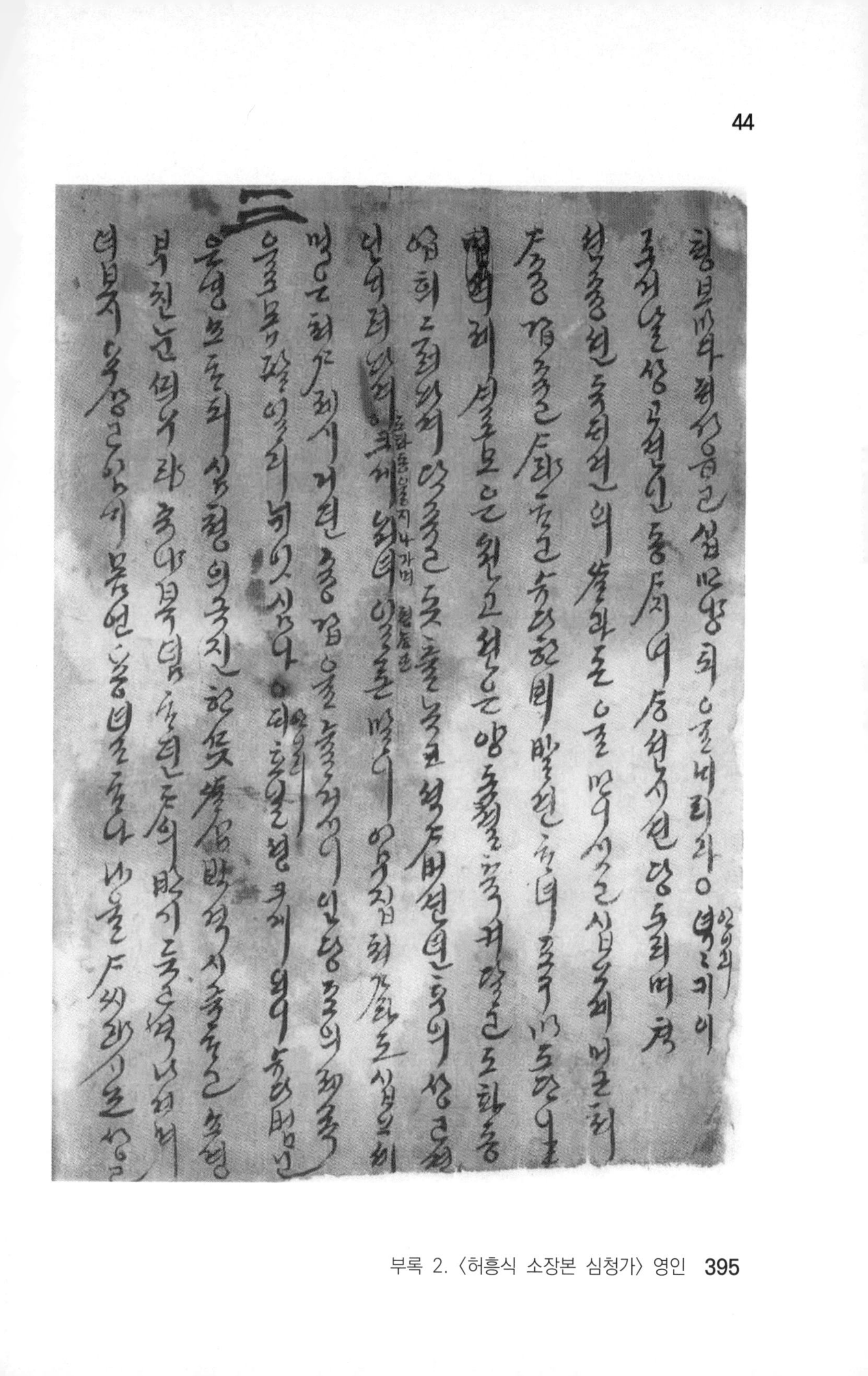

43

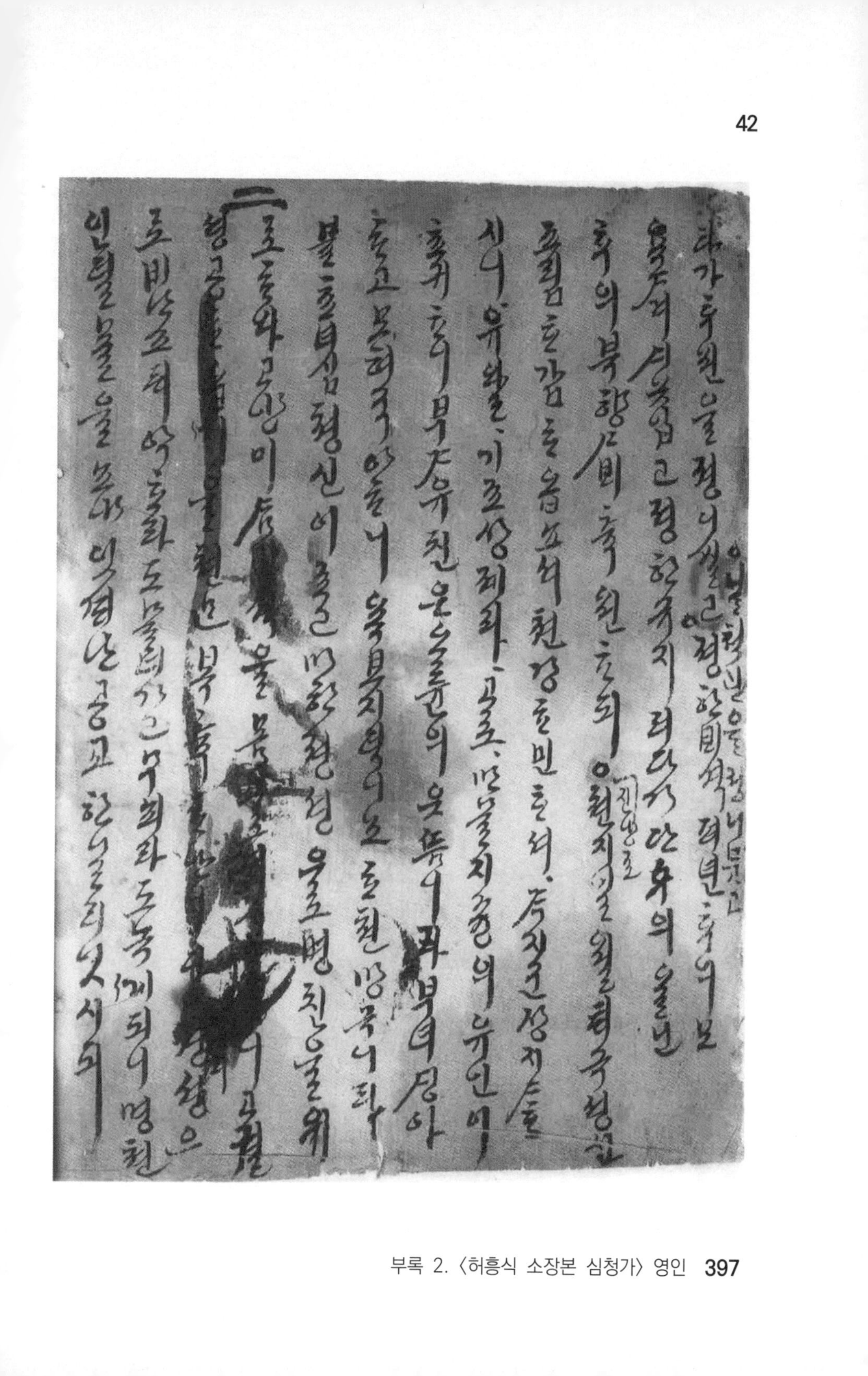

41

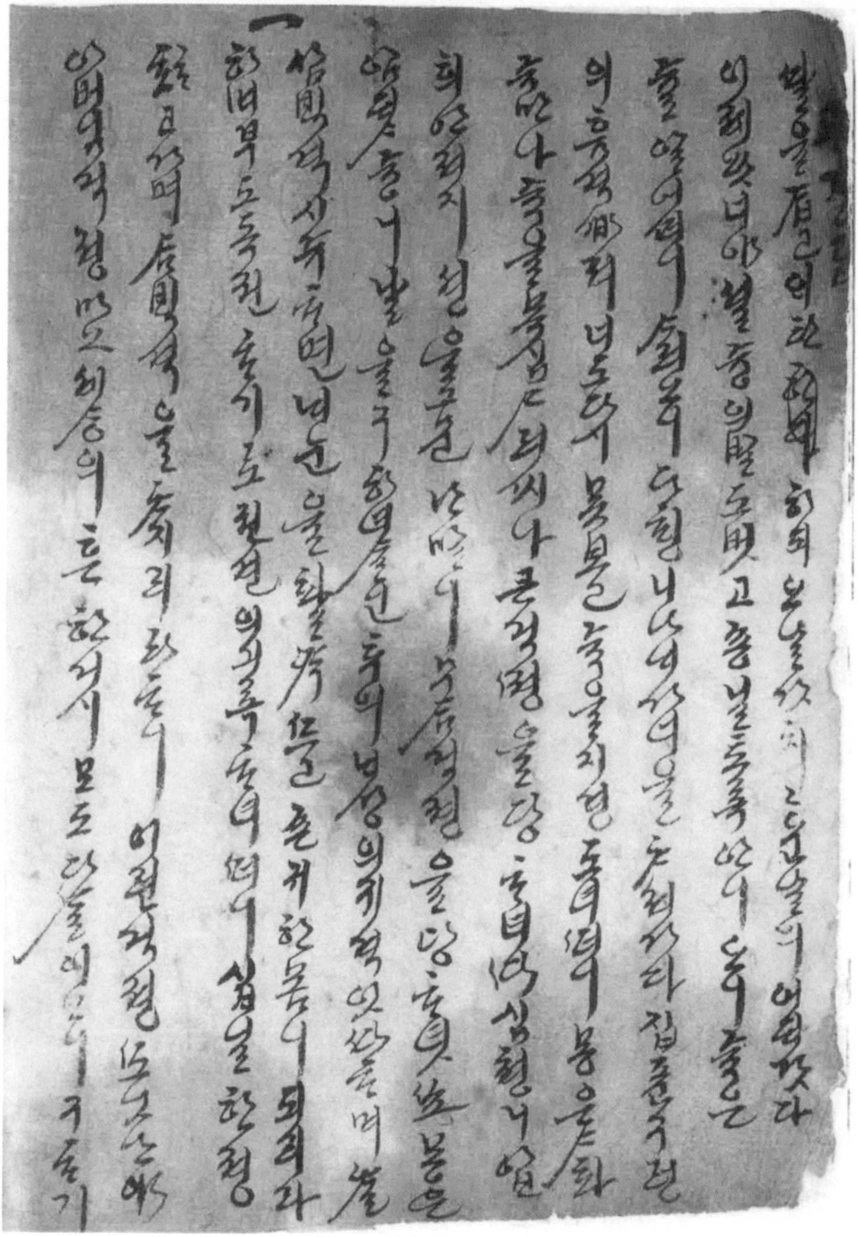

39

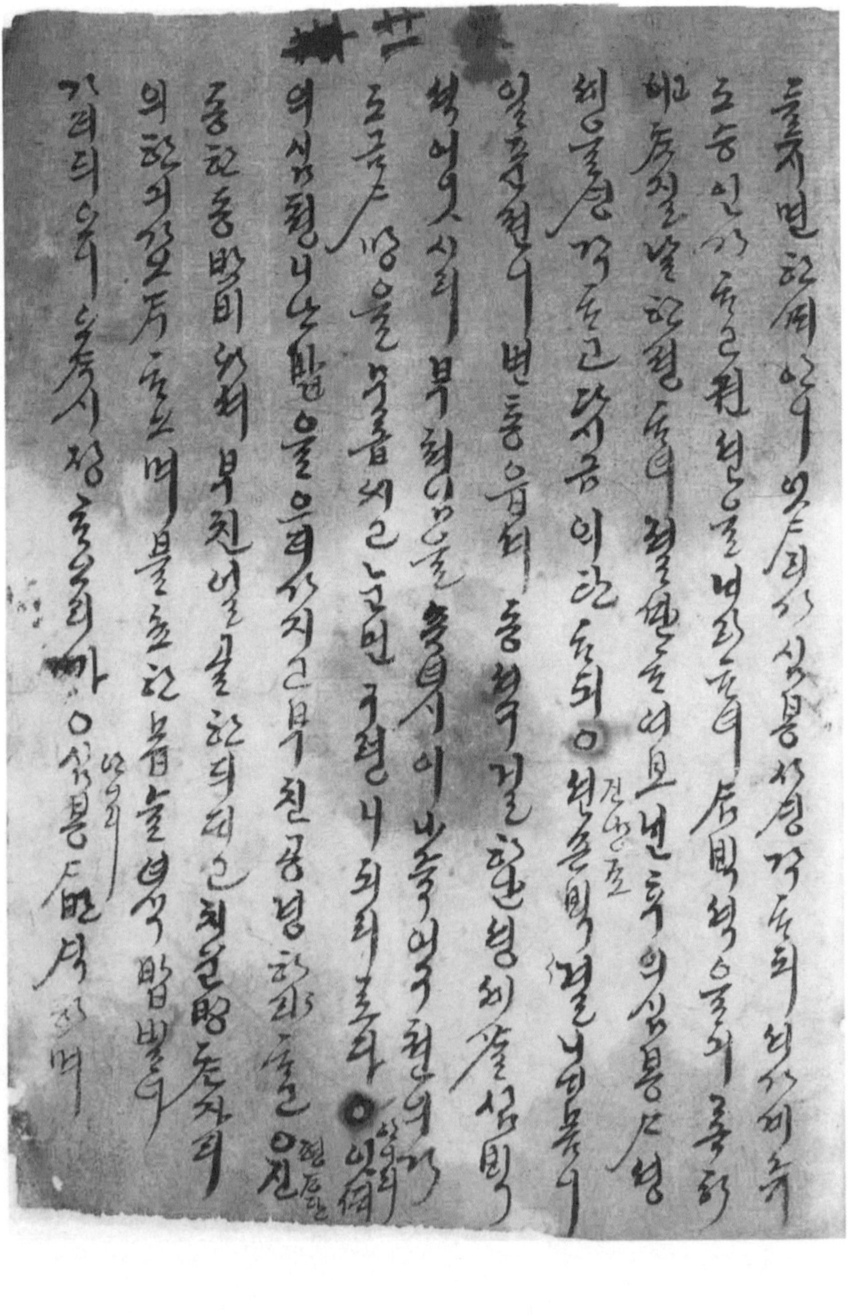

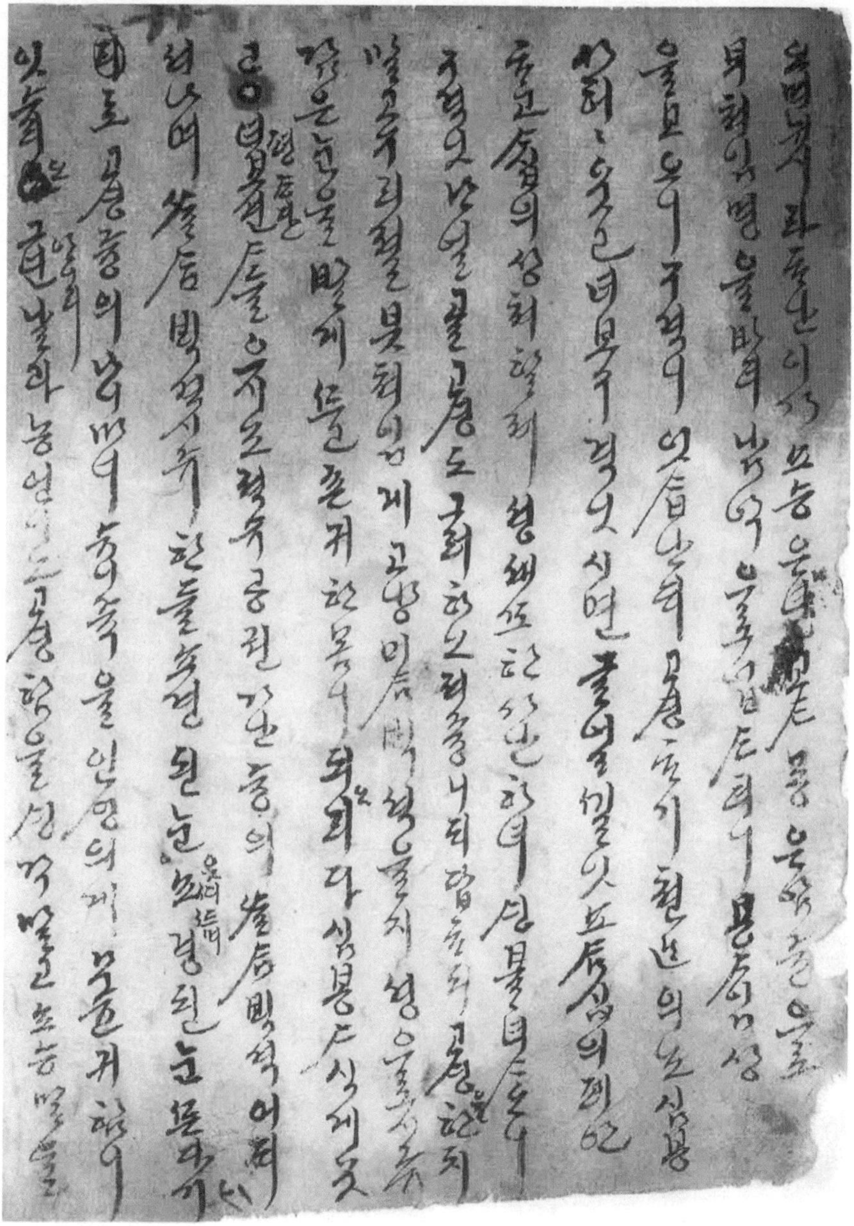

38

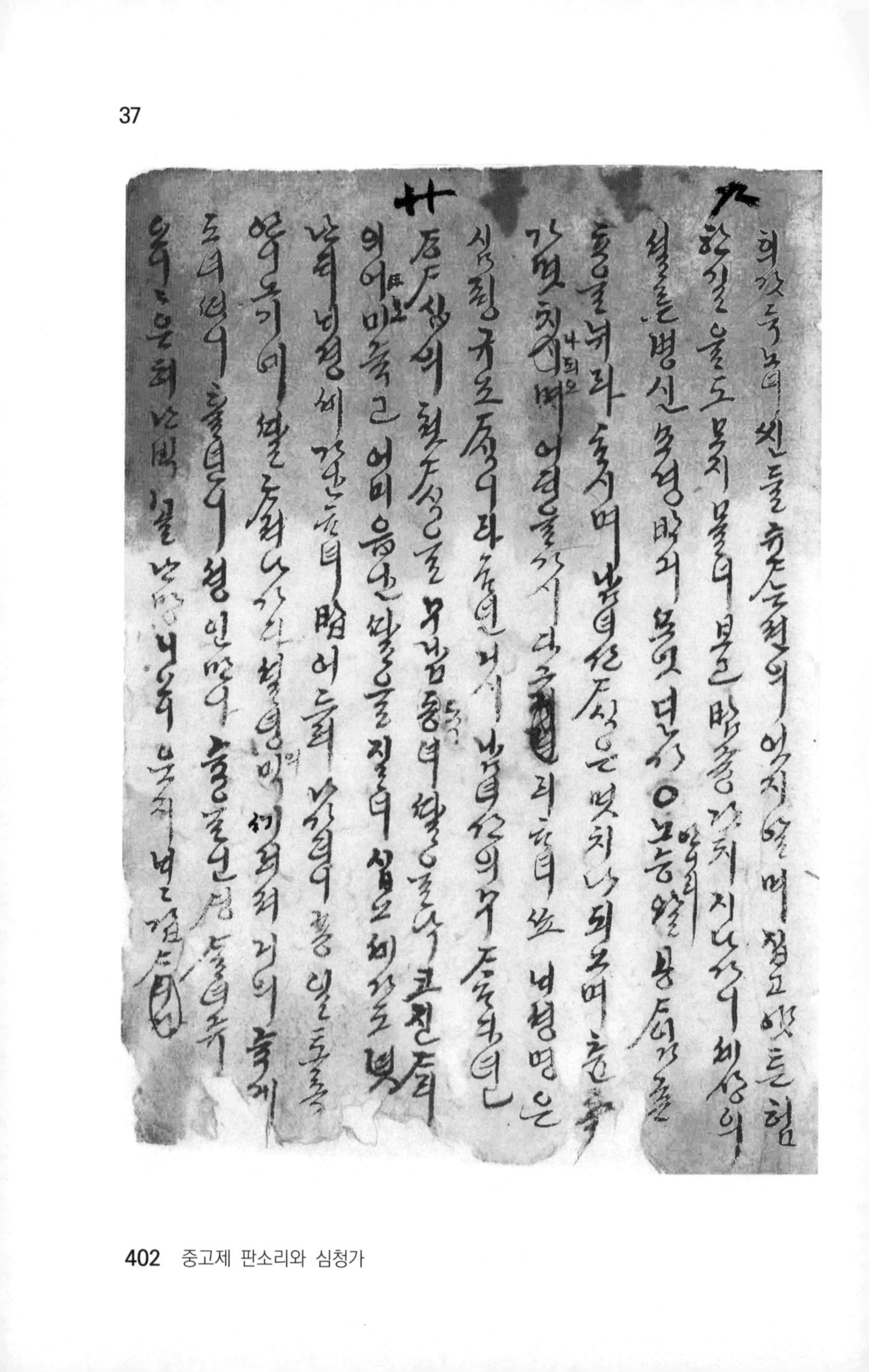

37

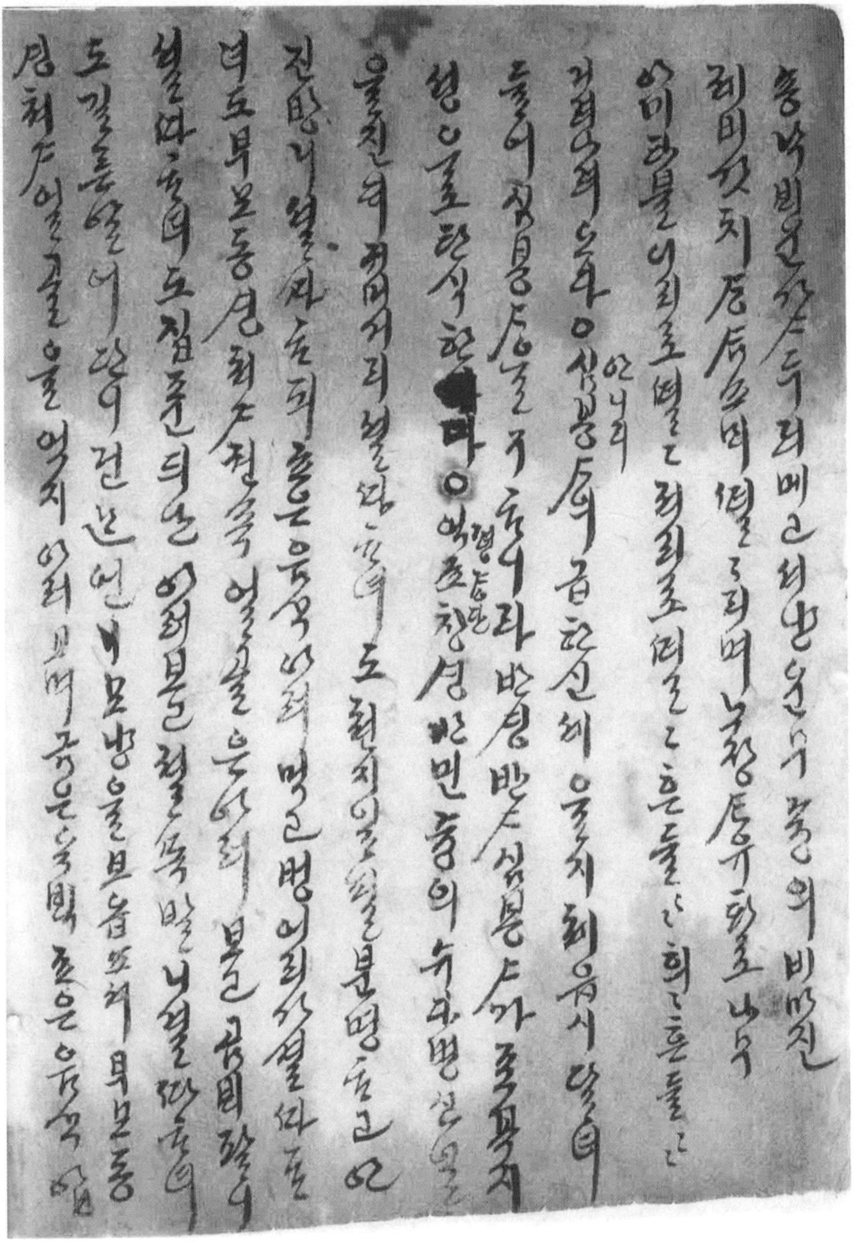

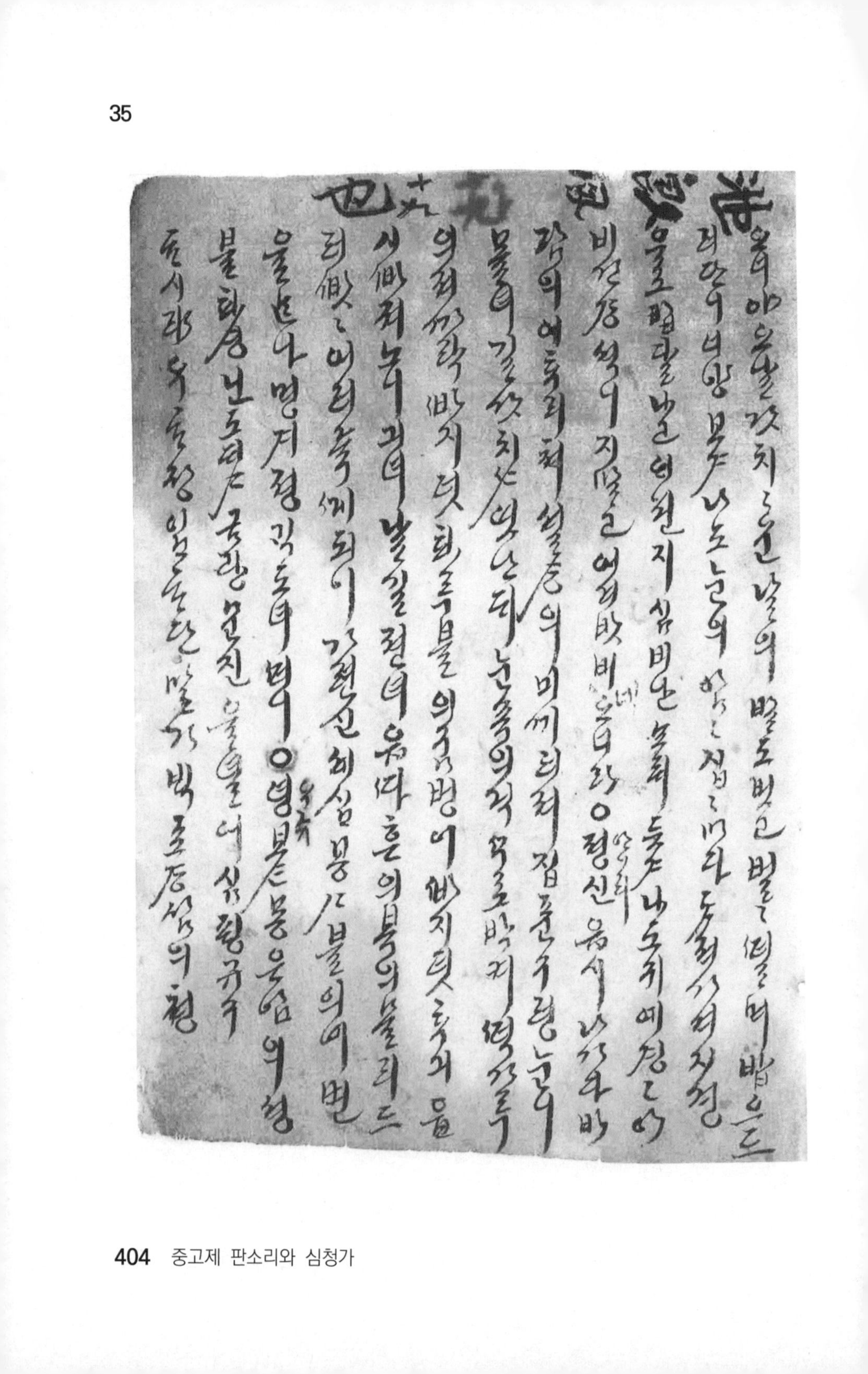

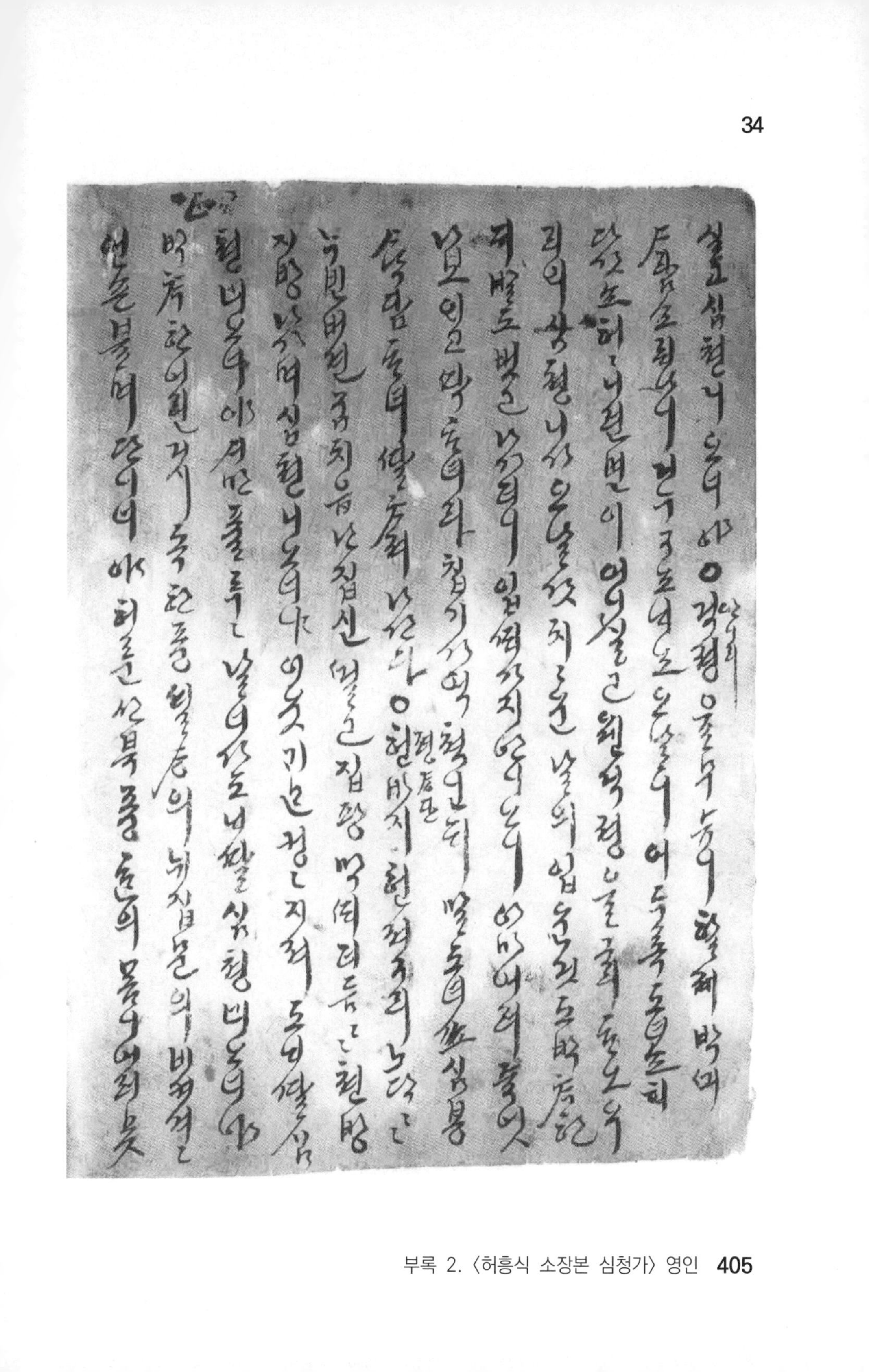

33

되야의 몸을 억조 듕불 근 빗설나 젹々 헌날
빙쇄 양진호니 우지 즁의 밝북 소리 즁생의 울러
존봅시 초야 방쇄 만종니 청강의 고봄 쇄 잠심 즁의
이운의 쳐비 붓々 쳑순 의가 다웃々 시순의 누운 귀난
청々 짓근데 한숨니 심쳥니 어린 마음 괴록 초의 벌々 떨
며 어욕 울음이 울 쏫슨 가실니 중의 가쳐 이중을 쏫슨 여린
밀노 밤 하올 흐흔 초로 조형 부친 흐쳐두고 밤을 밀
냥친슈니 다쳐 하올 일달 후 꿈근 심시 일바 구틀 달이면 부
친々 강 명 초계시다 이러시 제이 졀 하쳬 동비 흥 의의 헌
데짐 초 술시 쟁근 인쳥 음니 하 뢈 소 너부를 함바 없
七
빠드지며 니의 어버이 심뎡 인도 하을 제니 안니 면려요
면하도 비여 가리 이니 너 여 처사 이 울 졍 혀지도

31

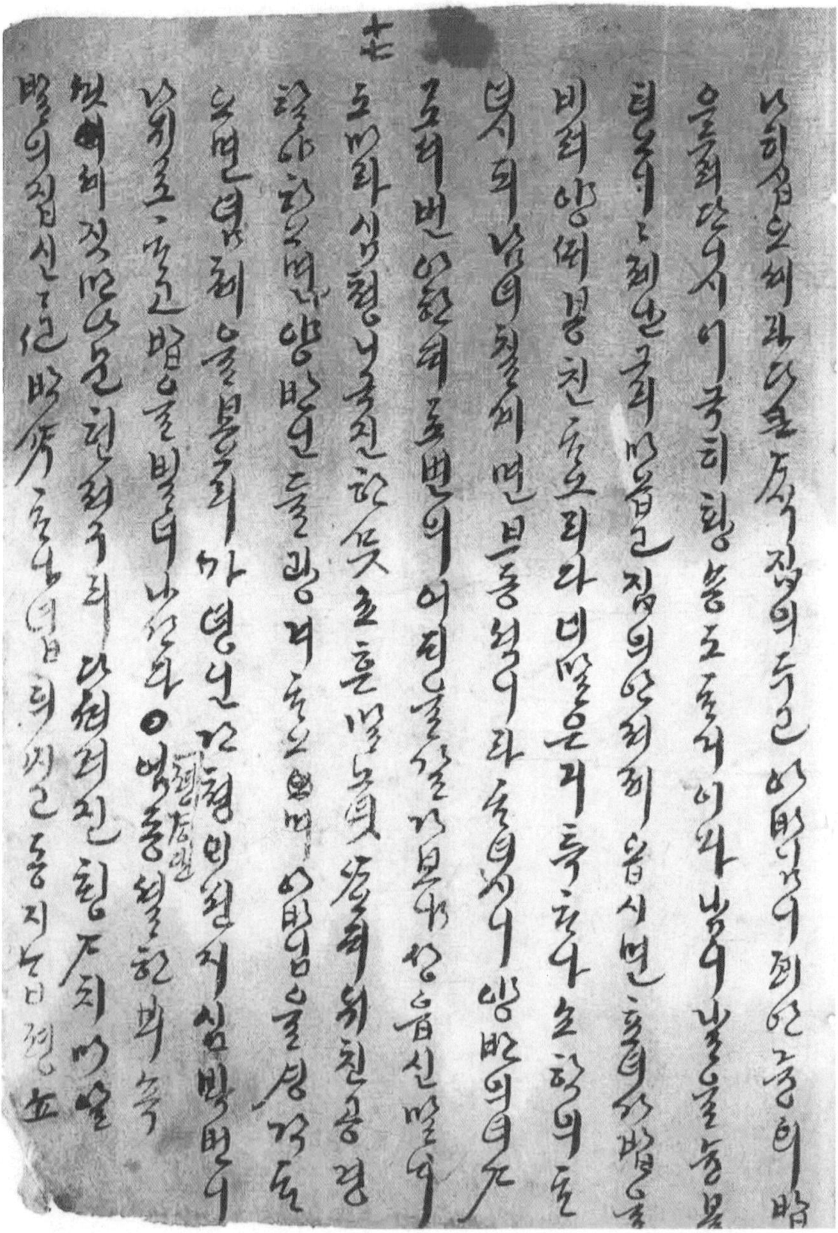

29

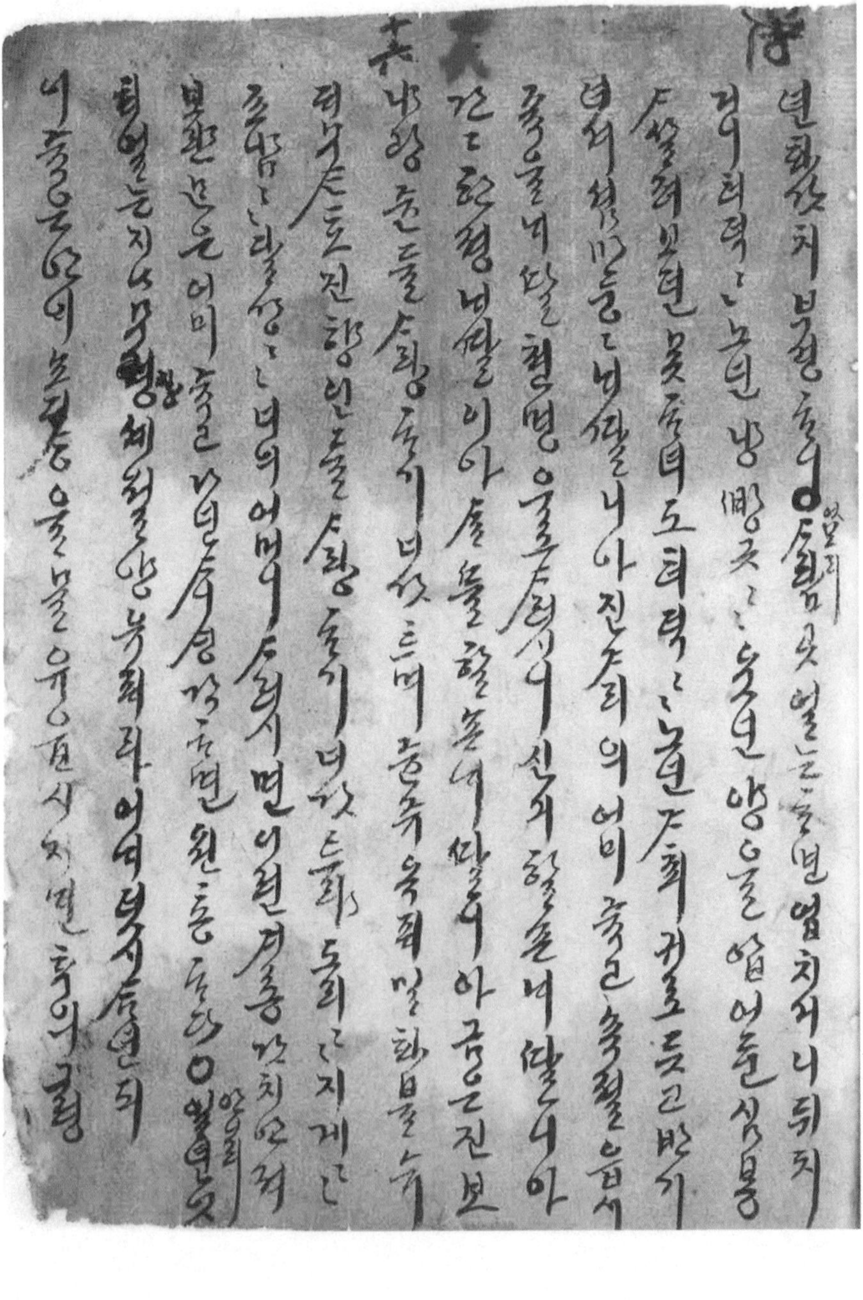

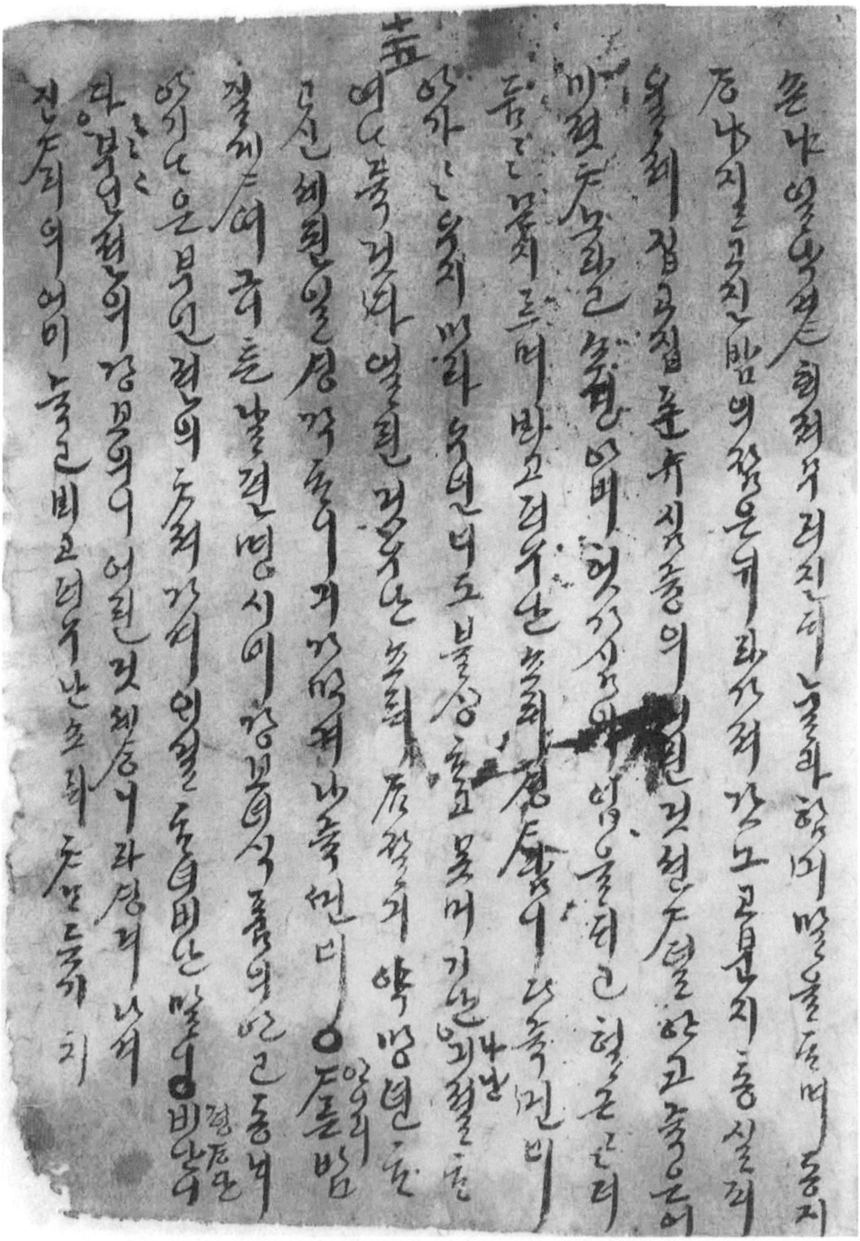

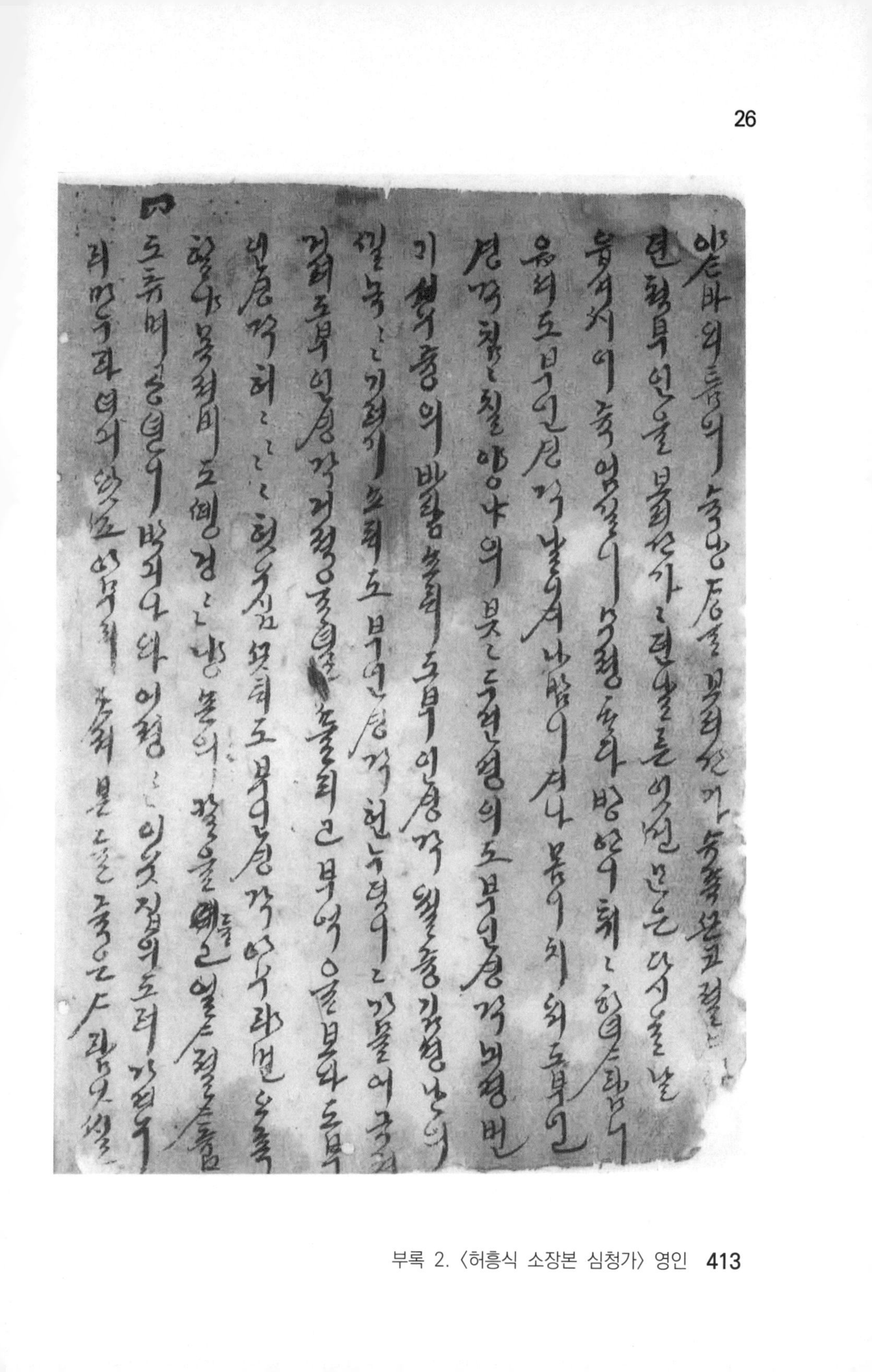

25

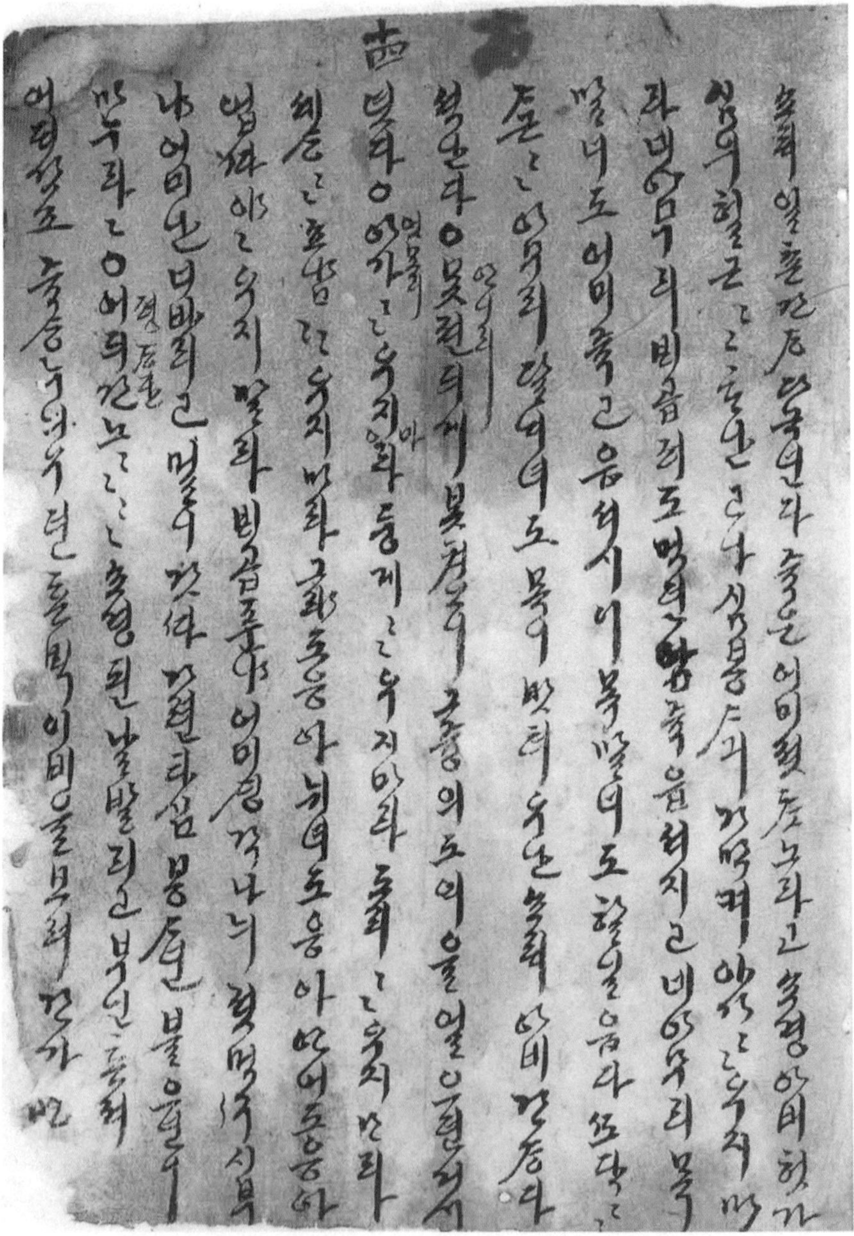

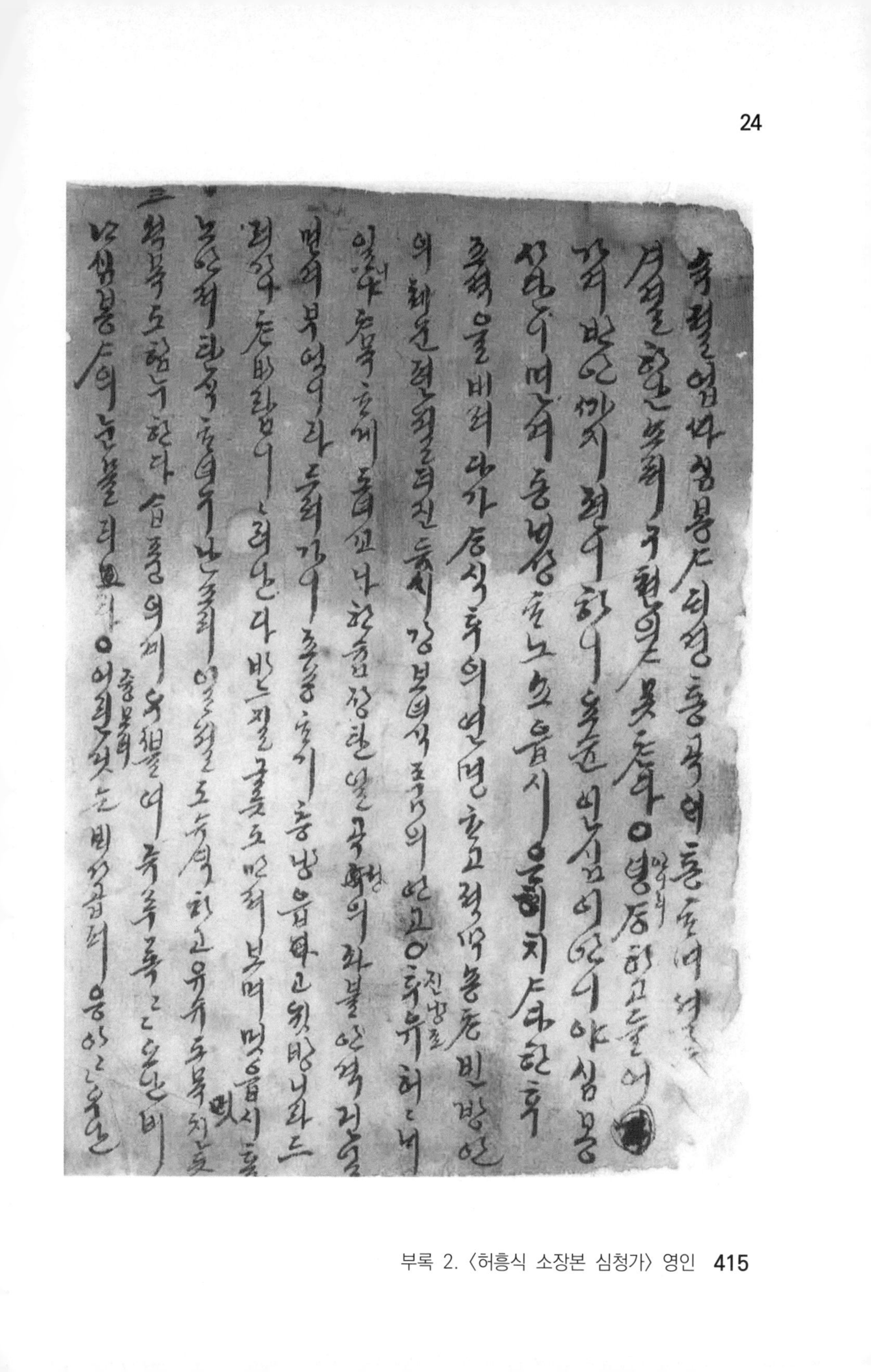

23

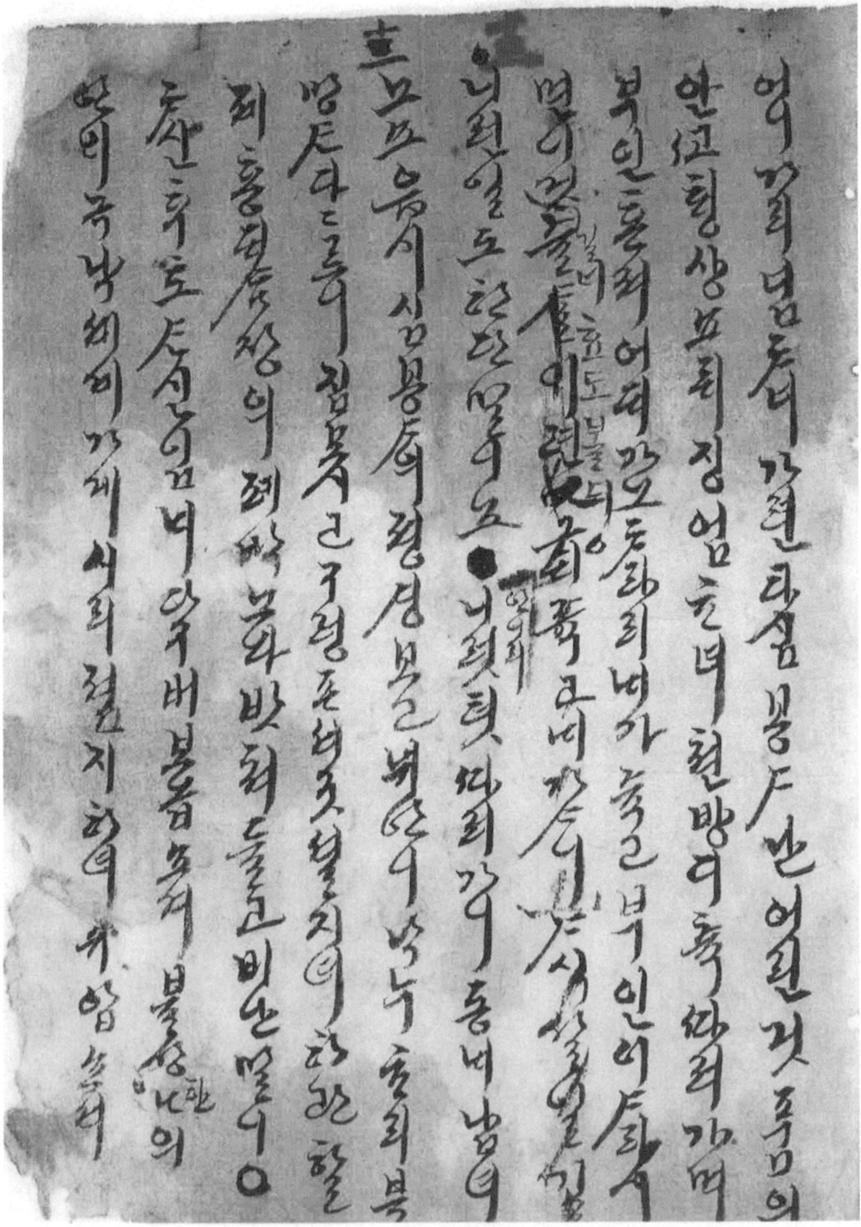

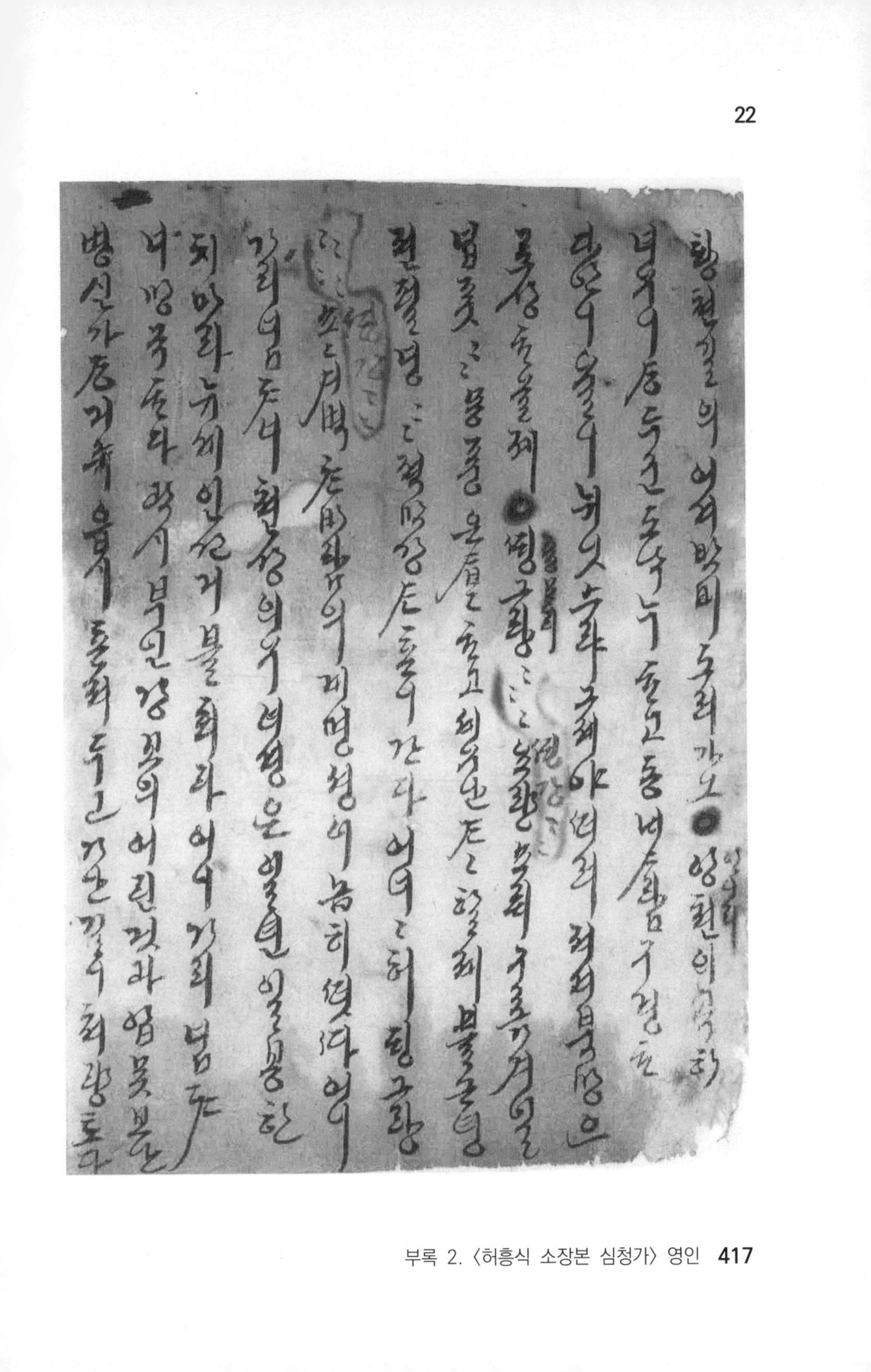

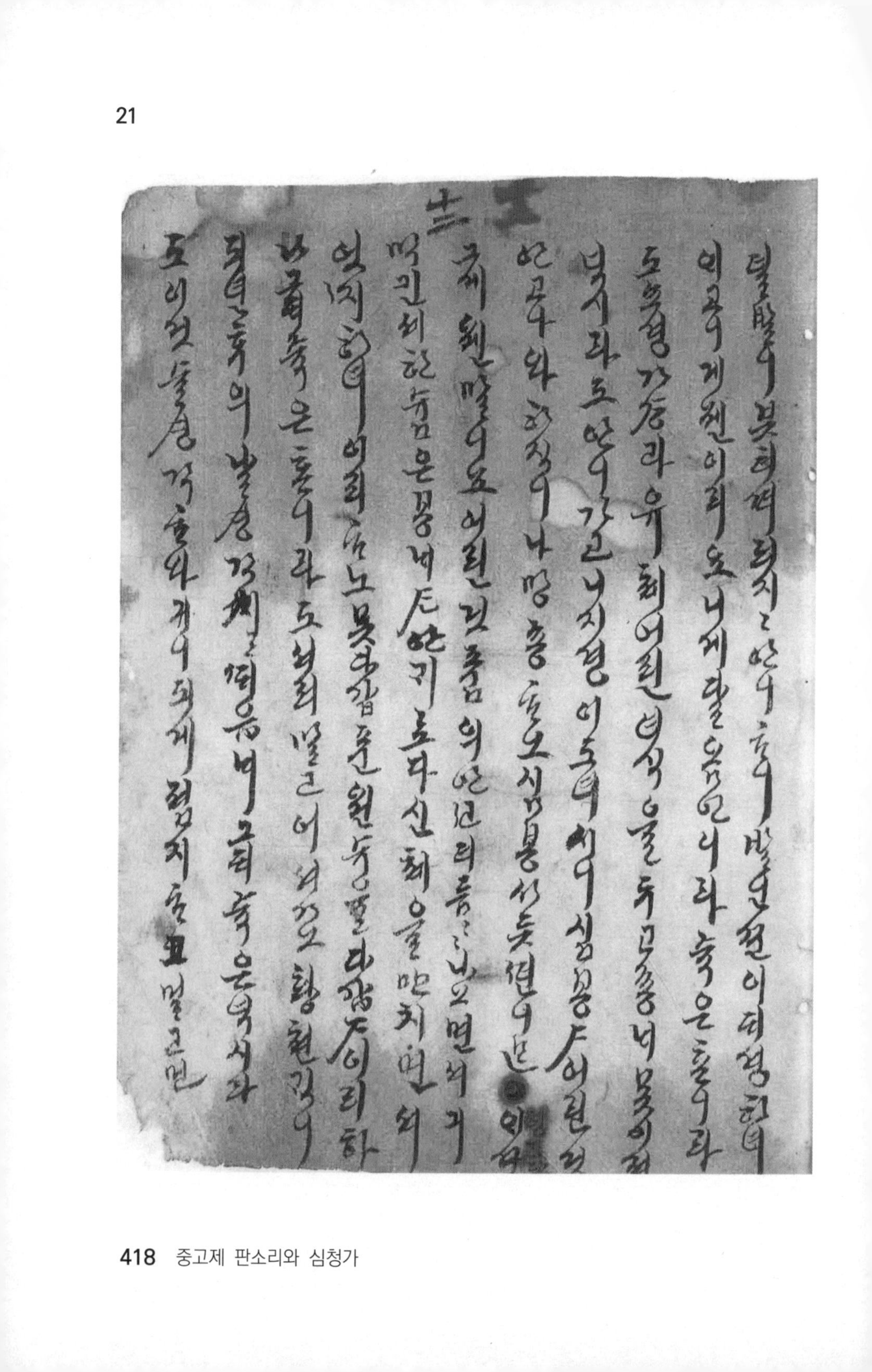

21

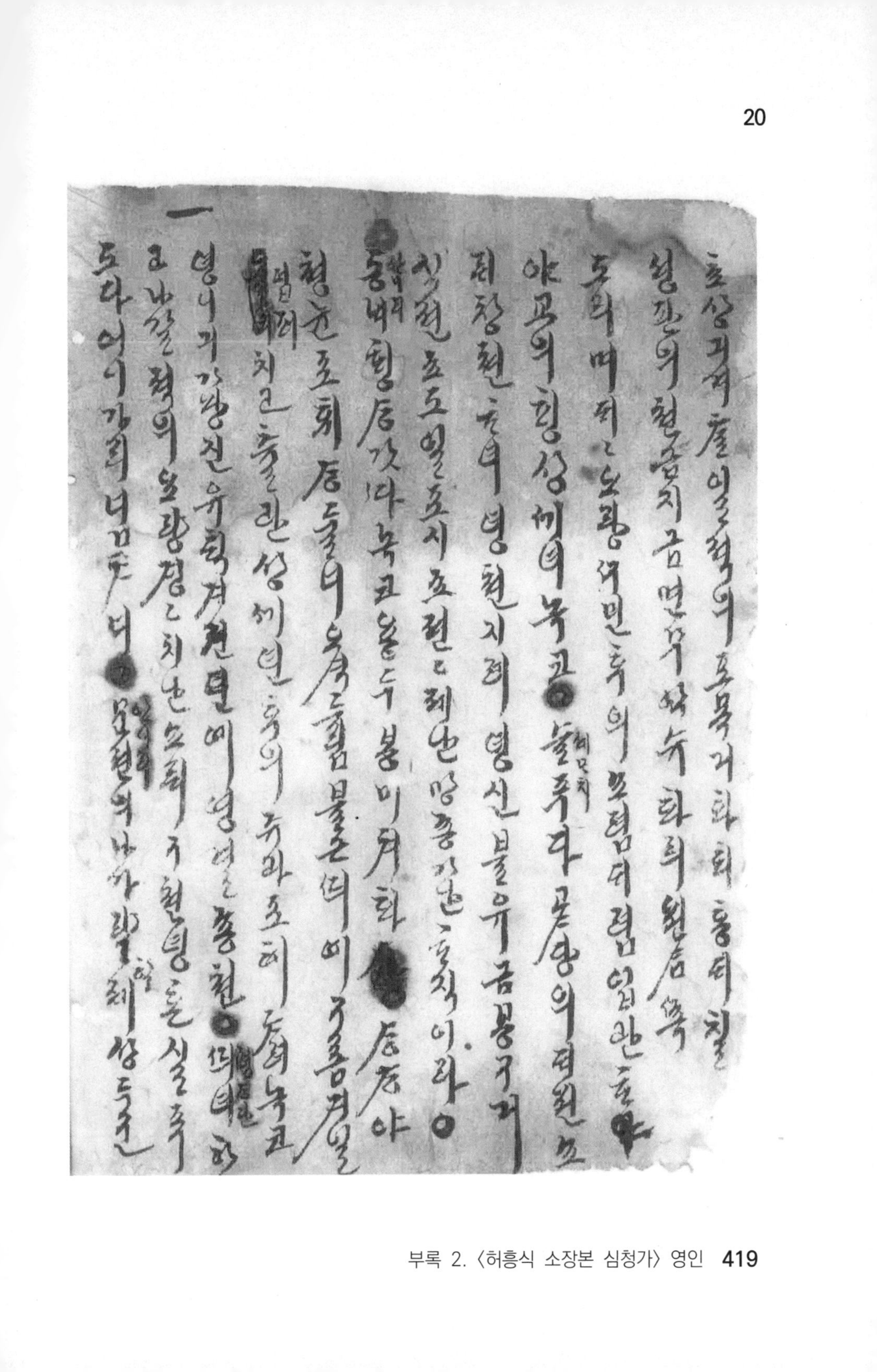

19

심쳥 흥ᄃᆞ 노ᄅᆡ 업시 부모와 귀히 ᄒᆞ고 셰샹을 ᄯᅩ ᄒᆞ
난 말ᄉᆞᆷ이 심봉ᄉᆞ의 이리 하니 ᄉᆞ죡ᄒᆞ오 원ᄒᆞᆫ ᄒᆞᆫ죡
쥐려갈 의 아ᄉᆞᆷ ᄉᆞᄅᆞᆷ 흔 근 흑음ᄂᆞ 비형지 합부ᄂᆞ 흥
의 쟝쳥 ᄒᆞᆫ ᄉᆞ젹 업고 ᄋᆡ ᄆᆡᆼ ᄒᆞᆼ의 ᄉᆞ쳐 ᄒᆞᆫ ᄃᆡ ᄒᆞ올 샹
ᄒᆞ시 곡 난 니ᄃᆞ 공ᄒᆞᆫ이 불상ᄒᆞ고 ᄒᆞᆫ오 우리 동네 ᄒᆞ오 ᄒᆞᆼ사
쳥학 녀 호ᄃᆡ ᄒᆞᆫ 이니 ᄒᆞᆫᄃᆞ 유졉 노와서 거두어 먼 ᄒᆞ오 샹ᄉᆞ
十
까지 ᄒᆞᆫ근 [illegible] 할 텐니ᄃᆞ 뭇더리 울ᄋᆡ ᄒᆞ오 이렷텃
말 울 ᄒᆞ니 일ᄌᆞᆺ시 의ᄯᅥ ᄒᆞᆯ 얼구라 ᄒᆞᆫ졀 노라
거동 ᄎᆡᆨ의 ○ 씻모리 말시 부인 헌셤 ○ 울고 ᄒᆞᆫ숨 내리 두양
내리 두둔 내리 ᄒᆞᆫ 돈 더리 남의 셜ᄒᆞ 둔ᄉᆞᄅᆞᆷ
도 ᄎᆡ 가지를 더 옷 ᄒᆞᆫ 내리 ○ 안니리 도쳐로 어허 두어

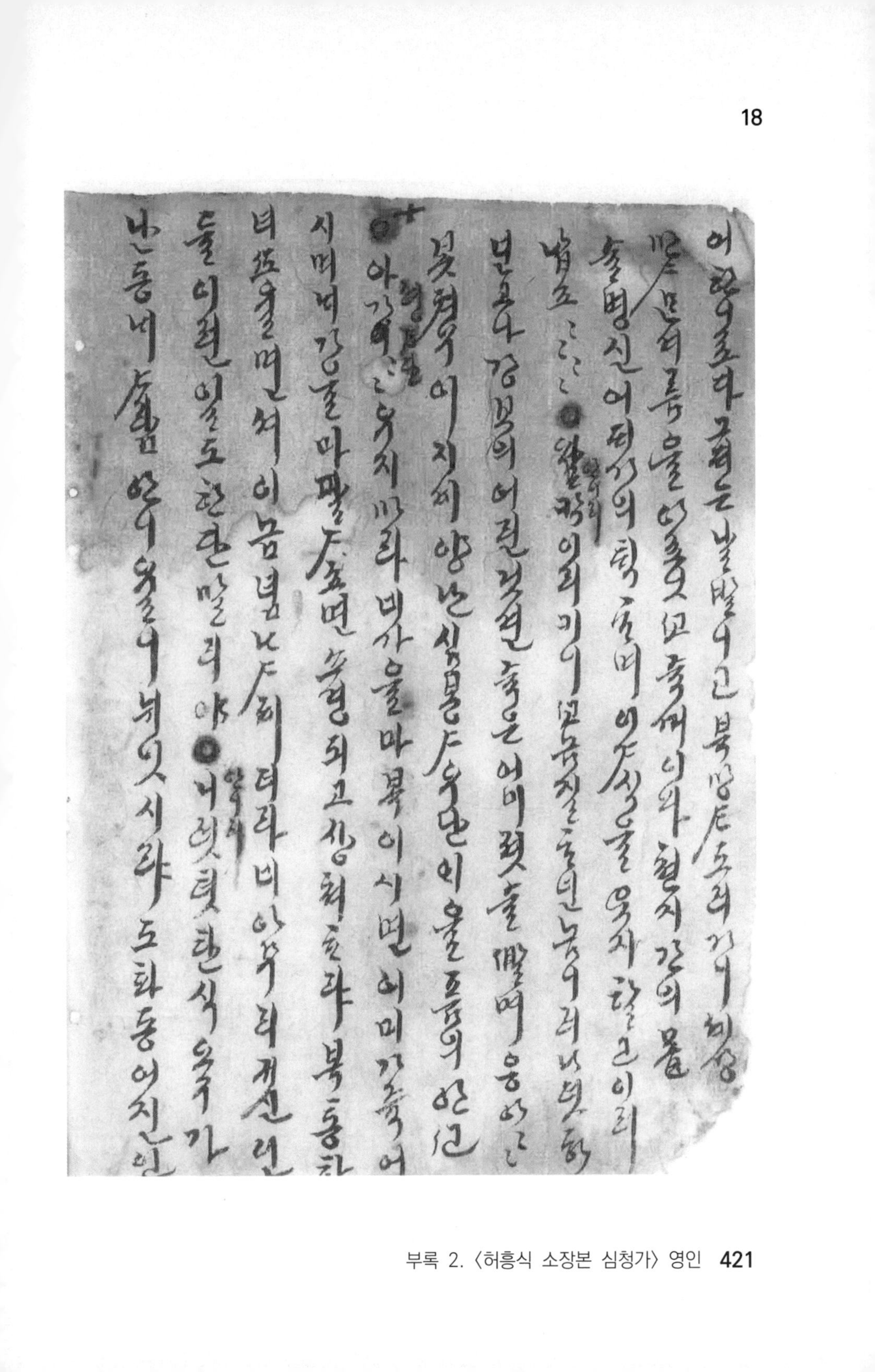

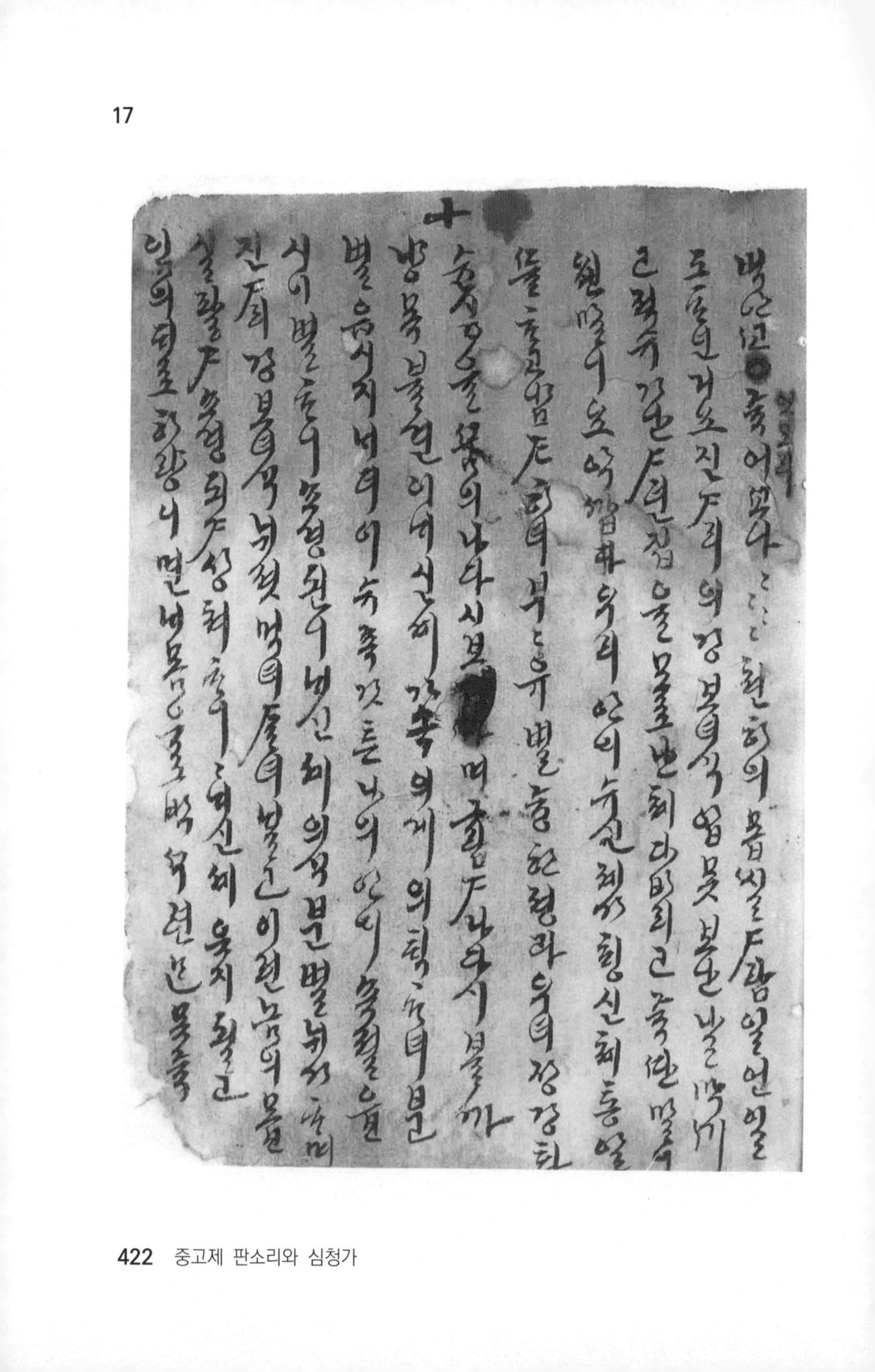

17

九

셰ᄒᆞ련 ᄋᆞᆸ 못 보ᄂᆞᆫ 이션쇠가 진ᄌᆞ식의 어린 ᄌᆞᆺ ᄉᆞᆯ 엇
지ᄒᆞ니 ᄌᆞ식이 버리오 비나이다〃〃 인물 ᄎᆞ지 염네
왕임ᄌᆡ 발원ᄒᆞᆸ신 비나이다 쌔지 못ᄒᆞ게 ᄒᆞ신을
디명을 도ᄉᆞᆸ어 살ᄉᆞ 보ᄉᆞᆫ ᄌᆞ식 ᄎᆡ로 ● 아무리 ᄒᆞ이 흉 (앙이리)
ᄌᆞ여의 ᄐᆡ션 엇이 쓸 ᄯᆡᄯᆡ ᄒᆞᆯ 쥬다 락시부 연유 년
망ᄉᆞ ᄉᆞ리 ᄯᅥᆯ고 ᄆᆞᆫ 셜 화유 연ᄒᆞᆫ다 ● 앙 (ᄒᆞᆼ한) 쳔ᄒᆞᆫ 즉 ᄒᆞ
난 ᄯᆞᆯ이 ᄒᆞᆫ번 ᄌᆞ식의 게 ᄉᆔ ᄌᆞ 분별 빈친 ᄒᆞ옴
겨유 응시 다ᄆᆡ고 나은 ᄌᆞ여 소리 길이 보ᄉᆡ 훈철
일시 어와 불분ᄒᆞᆫ지 ᄎᆡᄒᆞᆫ 즁의 ᄌᆞ션쇠 울어니 ᄒᆞᆯ
그 이녀 몸 ᄌᆞᆨ어지면 의탁ᄒᆞᆯ디 음ᄉᆡ서 어ᄂᆞ
ᄌᆞ식을 얻어 ᄒᆞᆯ고 원ᄒᆞᆼᄒᆞ다 니디 신쇠 원명

알은 오쇄 심봉ᄉᆞ 겁을 내여 집팡막ᄃᆡ
것더짚고 더듬〃 단이면서 ○ 지옥키 병세을
보북ᄒᆞ니 ᄲᅡ지조구 변ᄒᆞ되 병이 쳠〃 집퇴ᄒᆞᆫ
이 병셕의 집히 누어 〃린 것 품의 안고 젓먹이며
ᄒᆞᆫ 말이 ○ 출후다 내 일리야 빅년이나 ᄉᆞᆯ 줄 알
ᄂᆞᆫ 가ᄉᆞᆷ의 ᄇᆞᆫ증을 〃ᄅᆞᆸ니 현됨을 ᄒᆞ니 ᄋᆞ라 ᄋᆞ우
리 앙츄지 못ᄒᆞᆫ 말솜 부ᄃᆡ 조흠을 이ᄅᆞ더니 ᄒᆞ엿ᄂᆞᆫ 갓
현명을 어더 옛날 명의 화ᄐᆡ라도 ᄉᆞᆯ니 별슈
음ᄃᆞᆯ시 어〃 ᄂᆡ 몸 쥭어지면 앞 못본 ᄂᆡ 어ᄯᅥ니
ᄉᆞ 가ᄉᆞ 울 엇지ᄒᆞ고 말ᄒᆞᆫ 안 ○ 심봉ᄉᆞ 들며 ᄒᆞ
ᄯᆞᆫ 말ᄒᆞᆫ 원말ᄒᆞ 오히〃 고 말ᄒᆞ니 ᄋᆞᆨ ᄒᆞ오 그ᄃᆡ 보일 ᄒᆞ

13

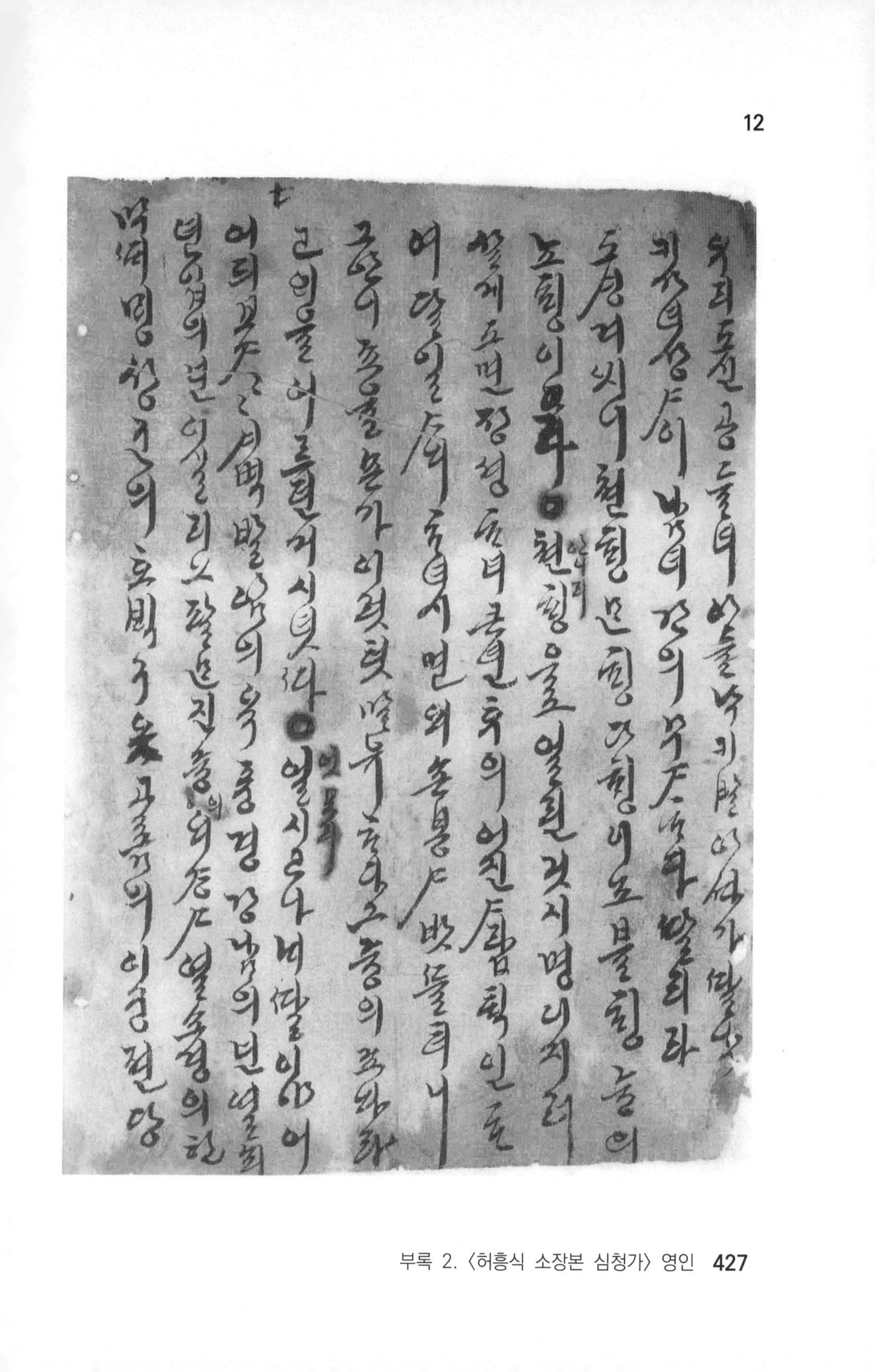

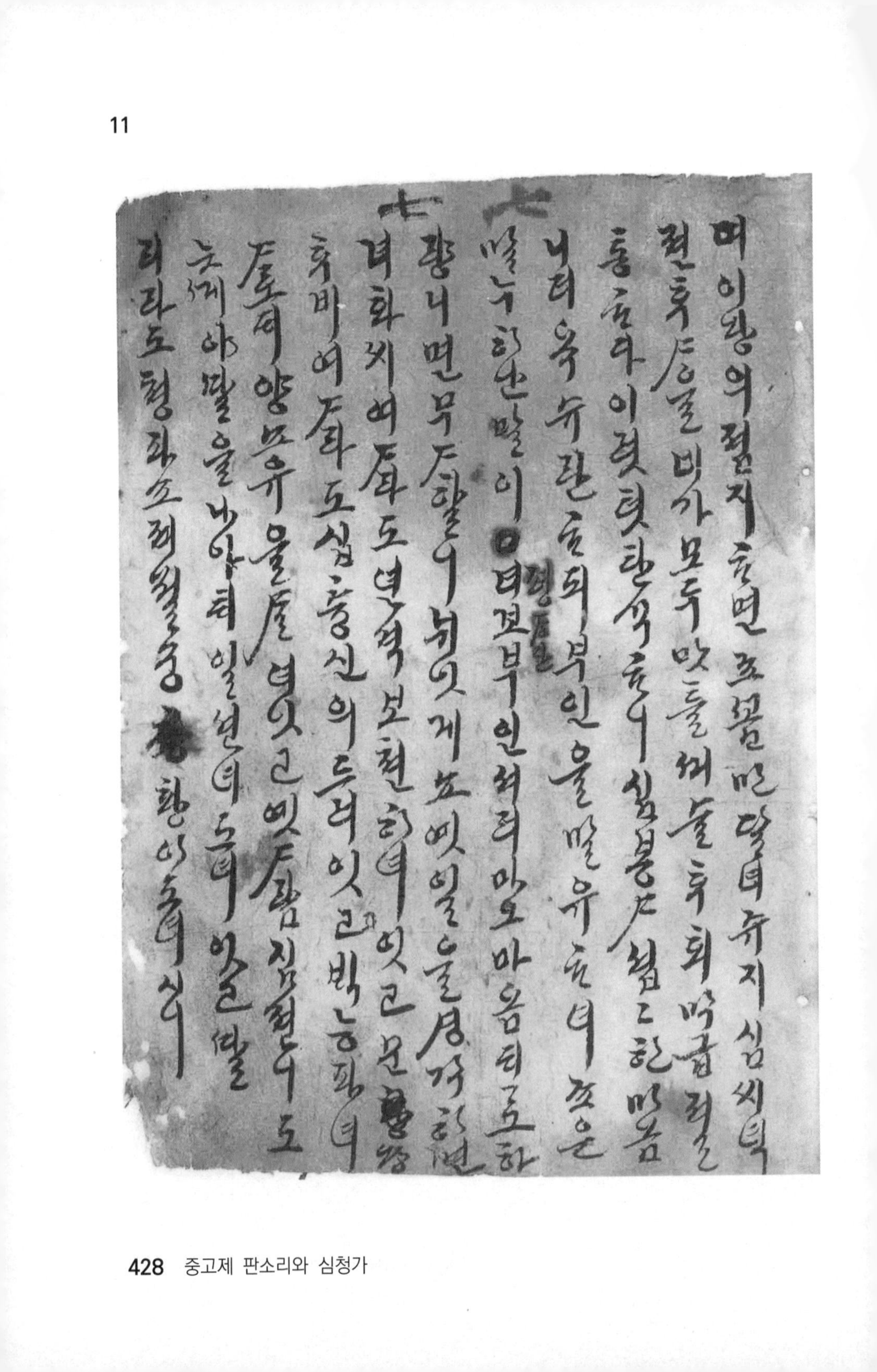

11

ᄒᆞ리이와 니 목ᄌᆞ비 ᄃᆡ속ᄒᆞ라고 가ᄋᆡ리 ᄃᆞᆺᄒᆞᆫ
니 ᄯᆞᆯ 목숨을 진 빌어 오히려 가ᄃᆡ 지리 씨이 셩ᄒᆞᆫ지
심 잇셔 ᄭᅮᆷ우 어ᄃᆡ 보ᄌᆞᆫ ○ 황(안이리)녀나 하ᄂᆞᆯ인가 시ᄅᆞᆯ 녀 드음을
ᄒᆞ제 ᄒᆞ옵ᄂᆞᆫ 것 ᄎᆞᆺ ᄒᆞ여시면 ᄇᆞᆯ시 ᄒᆞᆷ을 ᄒᆞᆯ ᄃᆞ이지ᄂᆞᆫ
운 몰ᄂᆞ 날ᄂᆞ 비지ᄂᆞ가 ᄯᅳᆺᄒᆞ연 곳ᄂᆞ 하ᄂᆞᆯ 언ᄒᆞᆯ ᄯᆞᆯ 어셔
이 ᄯᆞᆯ 일시 가련명ᄒᆞ이 심봉ᄉᆞ에 이 ᄋᆞᆷ되 ᄇᆞᆯ쳔의
빅이 읍ᄉᆞ오 ○ 뉴ᄒᆞᆫ ᄒᆞᆷ고 길게 쉬며 부모의 인ᄉᆞ령
에 하ᄂᆞᆯ 쌀을 읍전 ᄯᅳᆫ 후 ᄉᆞᄂᆞᆯ 경 가ᄒᆞ이 하ᄂᆞᆯ ᄒᆞᆫ
ᄒᆞᆼ분ᄒᆞ다 ○ (앙뉘)ᄉᆞᆷ을 못되ᄒᆞ니 부인도 밤낫 ᄌᆞ로
大 하ᄂᆞᆯ 날기 ᄯᅢ 기다리다 ᄉᆞ라ᄒᆞ시 ᄒᆞᆯ ᄯᅢᄒᆞ니 ᄎᆡ
몬ᄒᆞᆫ되 무ᄯᆞᆫ ᄒᆞ기 구치 읍배 한 ᄒᆞᆷ 쉬고 도라ᄂᆞ가

9

8

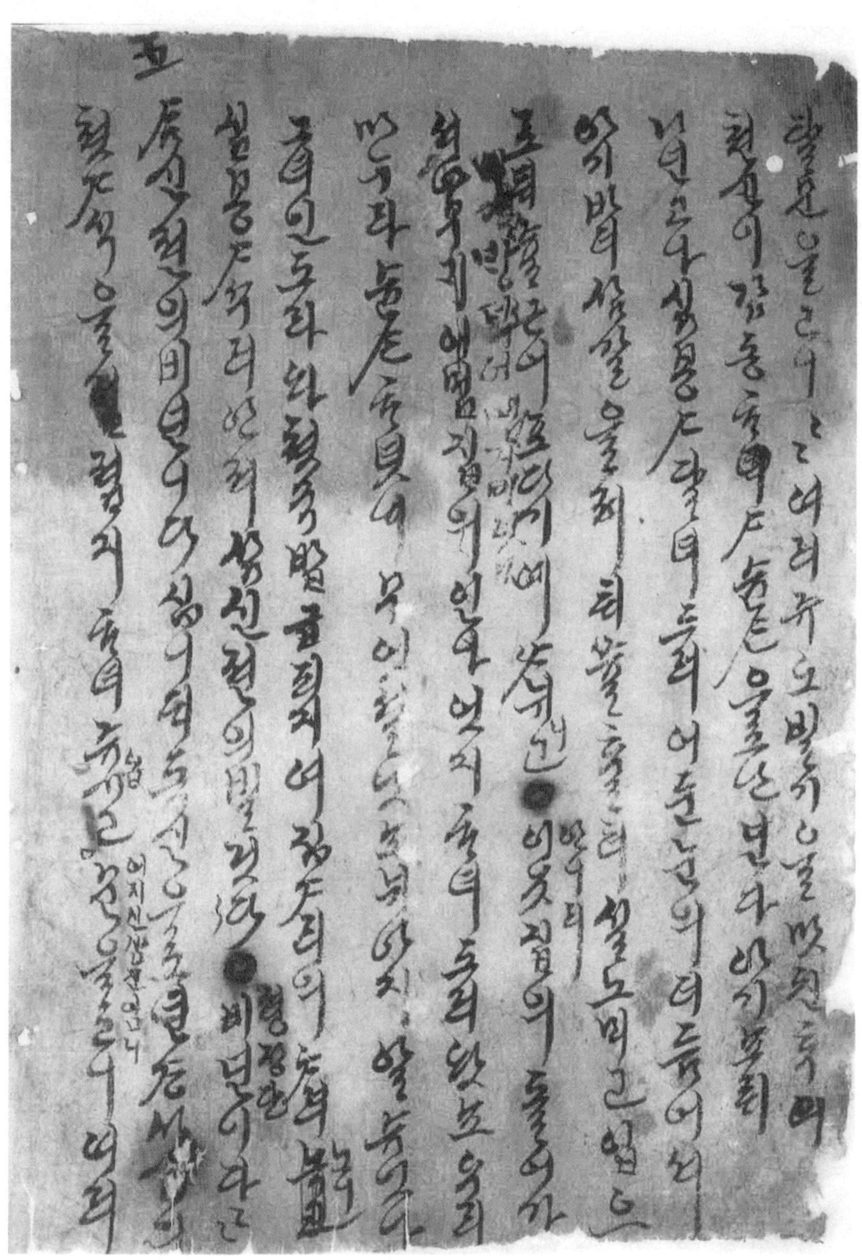

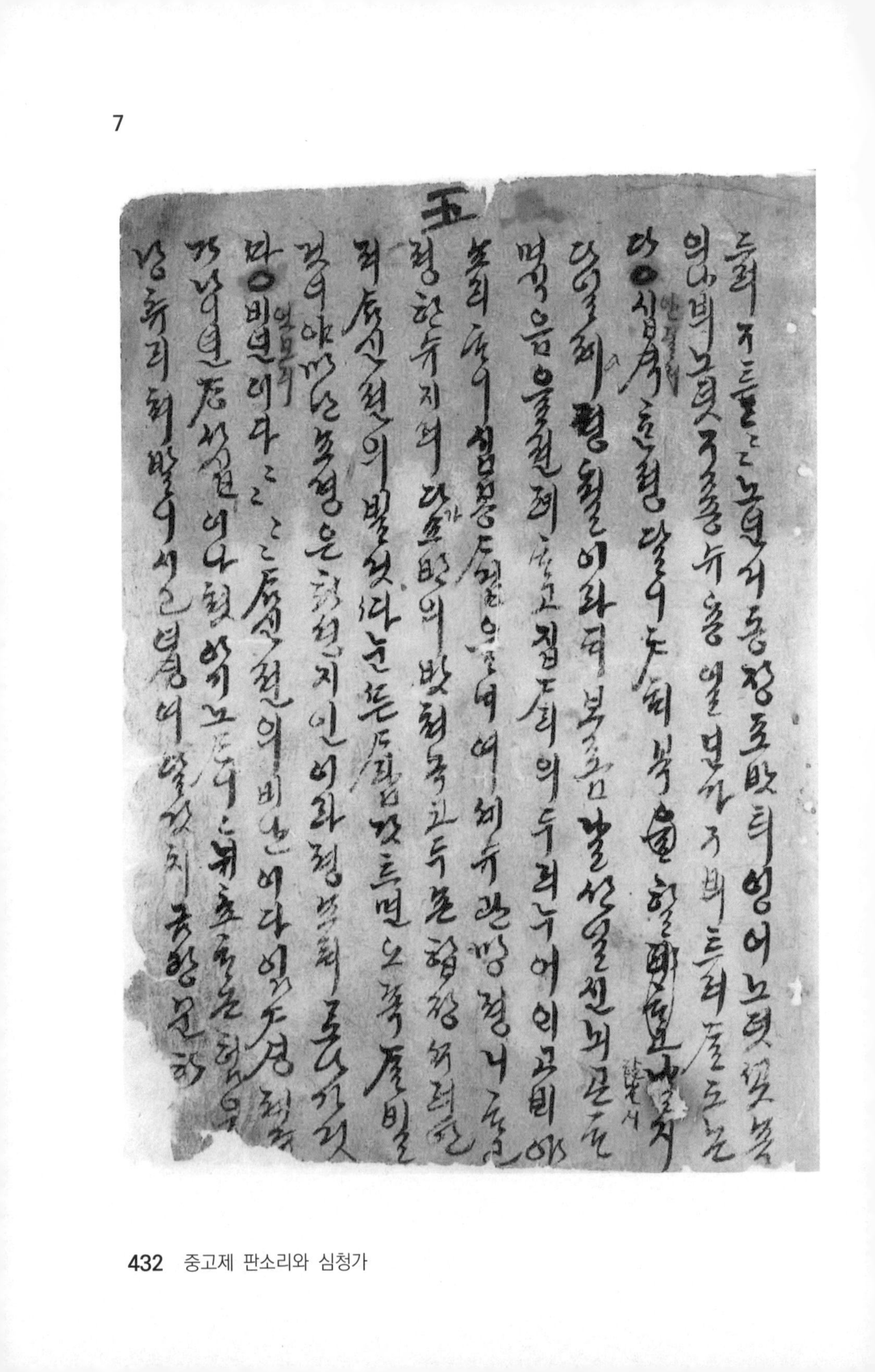

7

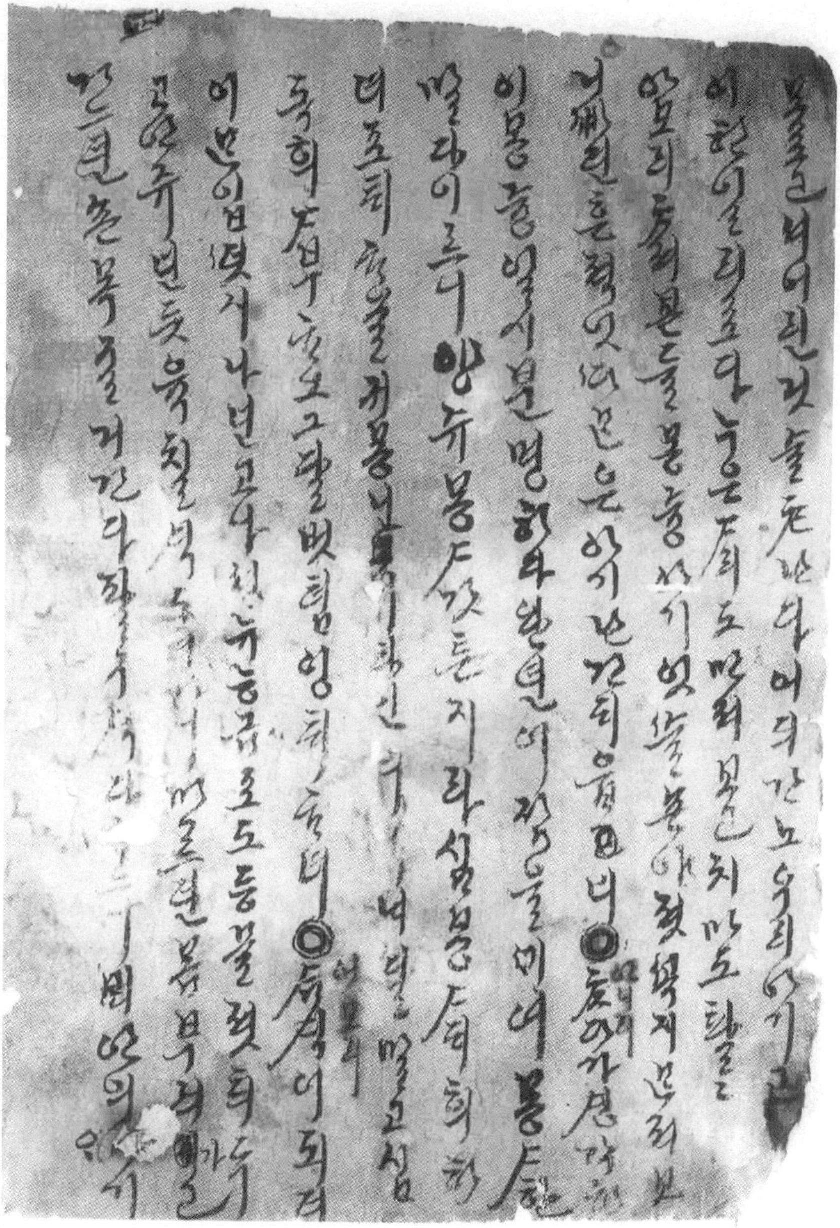

6

5

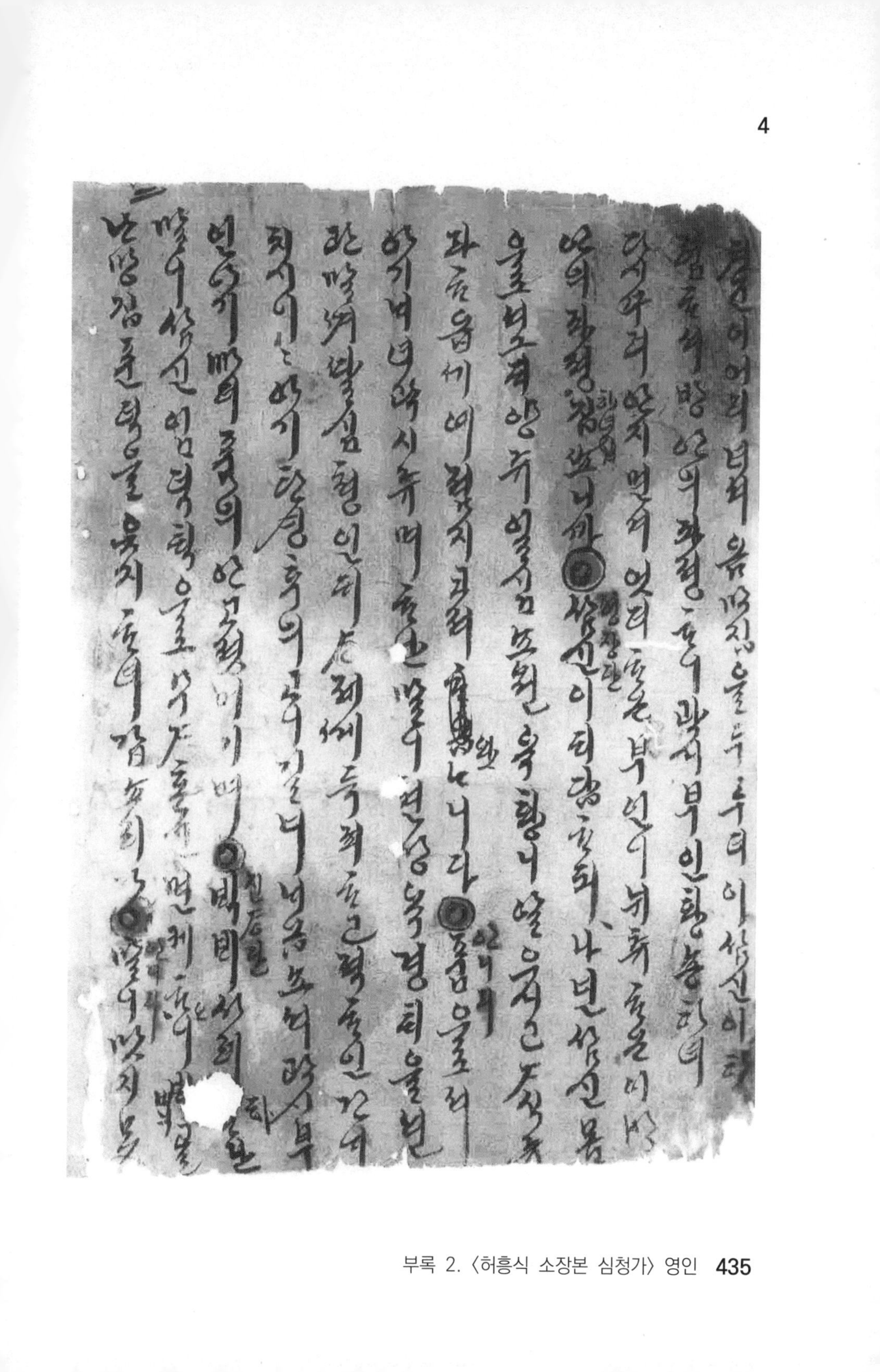

4

3

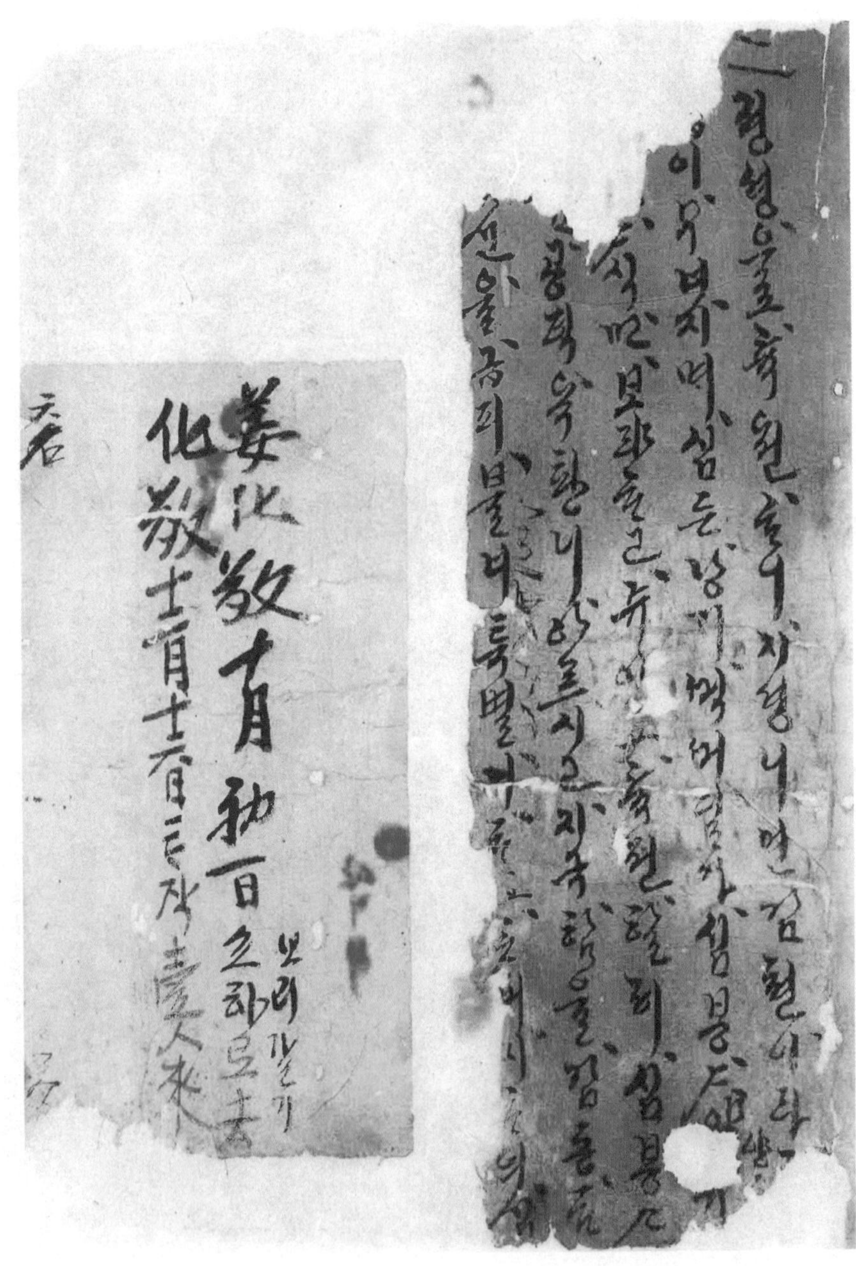

2

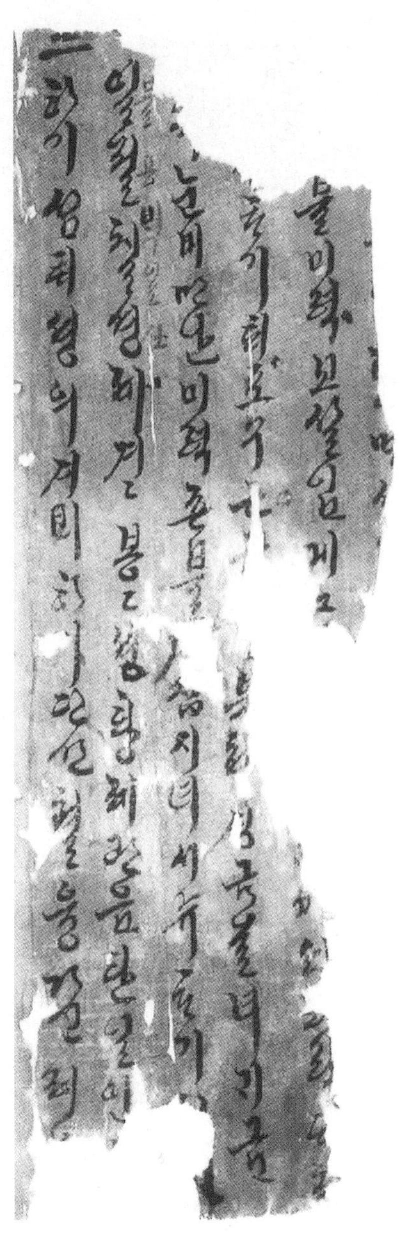

1

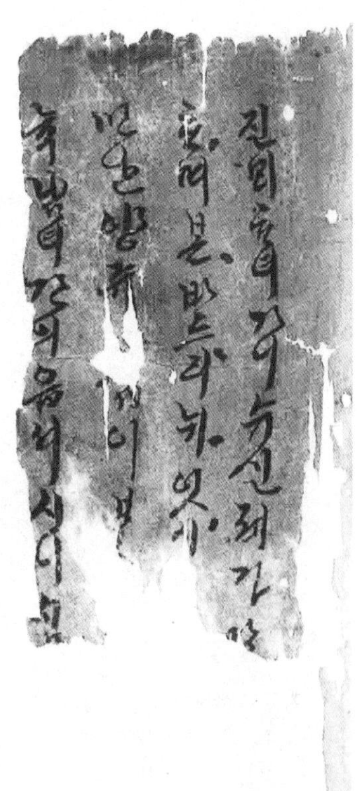

- 이 필사본은 허흥식 교수 소장본으로 19세기 중기 무렵 충청도 내포지역에서 불리던 고제 내지 중고제 심청가 창본이다.
- 총 55장의 본문 중에서 제1장은 완전히 낙장되었고, 제2장의 앞면과 뒷면, 제3장 앞면은 훼손이 심하여 온전한 내용을 알기 어렵다.
- 제53장~제55장은 후대에 덧붙인 것으로, 종이와 필체가 다르고 장단 표시도 없다. 현재 이 부분은 보수하는 과정에서 분실되었는데, 1978년 복사본에서 가져왔다.
- 원본 영인을 허락해 주신 허흥식 교수님께 깊이 감사드린다.

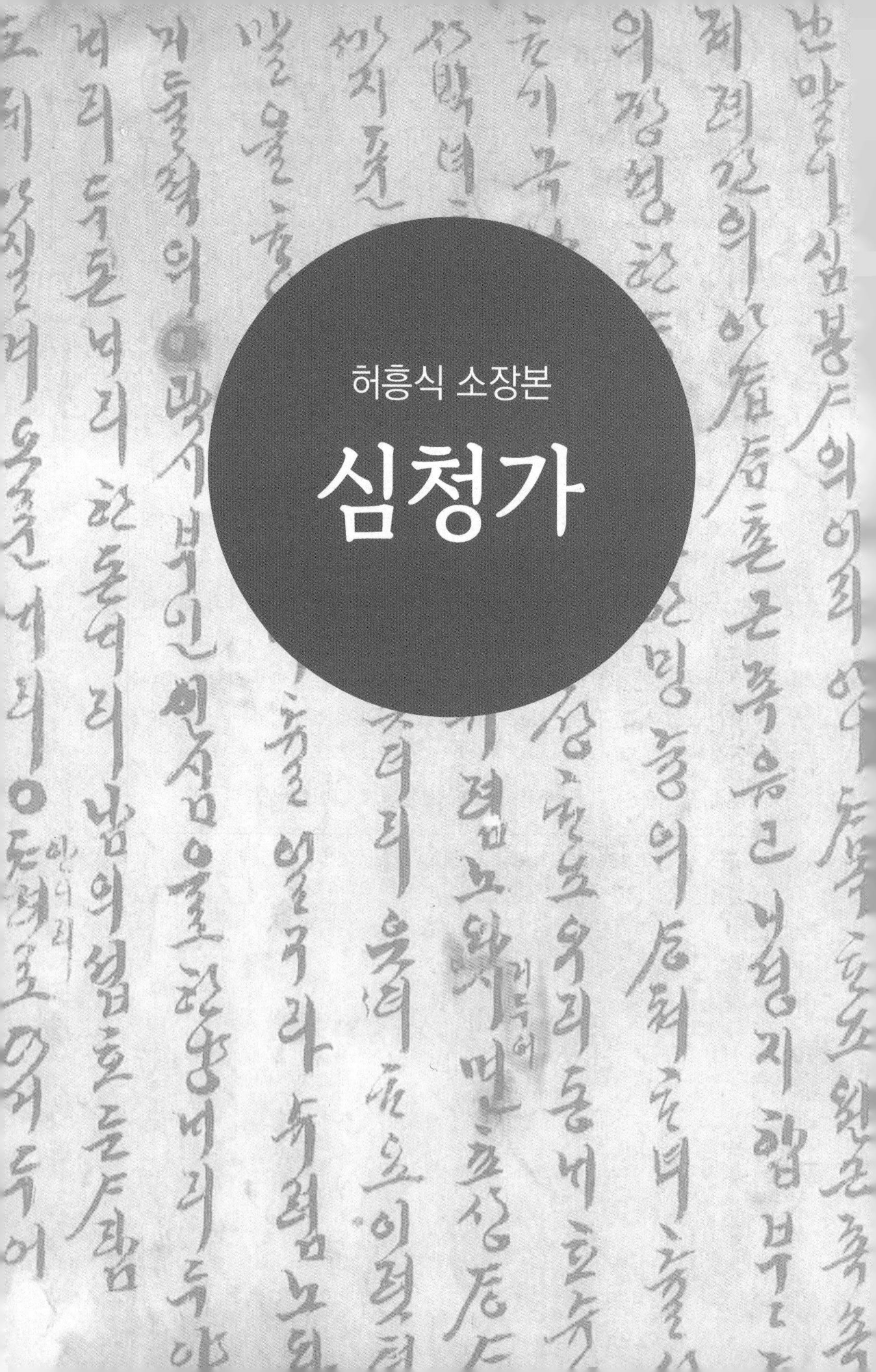

허흥식 소장본

심청가